JO NESBØ, 1960 geboren, ist Ökonom, Schriftsteller und Musiker. Er gehört zu den renommiertesten und erfolgreichsten Krimiautoren weltweit. Jo Nesbø lebt in Oslo.

Von Jo Nesbø sind in unserem Hause erschienen:

*In der Serie »Ein Harry-Hole-Krimi«:*
*Fledermausmann* (Harry Holes 1. Fall)
*Kakerlaken* (Harry Holes 2. Fall)
*Rotkehlchen* (Harry Holes 3. Fall)
*Fährte* (Harry Holes 4. Fall)
*Das fünfte Zeichen* (Harry Holes 5. Fall)
*Der Erlöser* (Harry Holes 6. Fall)
*Schneemann* (Harry Holes 7. Fall)
*Leopard* (Harry Holes 8. Fall)
*Larve* (Harry Holes 9. Fall)
*Koma* (Harry Holes 10. Fall)
*Durst* (Harry Holes 11. Fall)
*Messer* (Harry Holes 12. Fall)
*Blutmond* (Harry Holes 13. Fall)

Außerdem:
*Headhunter · Der Sohn*
*Blood on Snow. Der Auftrag · Blood on Snow. Das Versteck*
*Ihr Königreich · Eifersucht · Das Nachthaus*

JO NESBØ

# der könig

Kriminalroman

Aus dem Norwegischen
von Günther Frauenlob

Ullstein

Besuchen Sie uns im Internet:
www.ullstein.de

Ungekürzte Ausgabe im Ullstein Taschenbuch
1. Auflage November 2025

Die norwegische Originalausgabe erschien 2024 unter dem Titel *Kongen av Os* bei Aschehoug, Oslo
Published by Agreement with Salomonsson Agency

Umschlaggestaltung: zero-media.net, München
Titelabbildung: © duncan1890 / Getty Images, © Patty Lagera / Getty Images (Achterbahn), © arcangel / Collaboration JS (Mann)
Satz: LVD GmbH, Berlin
Gesetzt aus der Sabon LT Std
Druck und Bindearbeiten: ScandBook, Litauen
ISBN 978-3-548-07383-5

# 1

Jeder hat eine Achillesferse. Das hat Papa mir schon eingetrichtert, als er mir das Boxen beigebracht hat. Ich war kleiner als die anderen Jungs, er aber hat mir gezeigt, dass selbst der Furcht einflößendste Gegner eine Lücke in seiner Deckung hat, eine ungeschützte Stelle, und immer wieder zu denselben Fehlern neigt. Und dass es nicht ausreicht, diese Stelle zu finden, sondern man kalt genug sein muss, diese Schwachstelle, ohne zu zögern, auszunutzen. Und damit sind wir auch schon bei meiner Schwachstelle. Mein Herz schlägt für solche wie mich, für Menschen mit denselben Schwächen. Mit der Zeit habe ich aber viel dazugelernt, und mein Herz ist kälter geworden. Wie ein erkalteter, längst verloschener Vulkan. Der letzte, finale Ausbruch liegt inzwischen acht Jahre zurück. Aber auch schon da war mein Herz kalt. So kalt, dass es mich zum Mörder hat werden lassen.

Genau diese Gedanken gingen mir durch den Kopf, als ich auf der Treppe vor dem Einfamilienhaus mit Garage und herbstlich goldenem Apfelgarten in Oslo-Kjelsås stand. Ich war ein Mörder.

Es war Samstagabend, kurz vor acht, und ich hatte gerade auf den Klingelknopf gedrückt. Darunter hing ein kleines, herzförmiges Keramikschild mit der Aufschrift ›Hier wohnt die Familie Halden‹, ergänzt durch einen Smiley.

Ich weiß nicht, ob ich an mich als Mörder dachte, weil ich schon in diesem Moment ein schlechtes Gewissen hatte oder weil ich mir ins Gedächtnis rufen wollte, dass ich diese Seite in mir habe und schon schlimmere Sachen gemacht hatte.

Mein Herz schlug schneller, als ich drinnen Schritte hörte. Immer mit der Ruhe. Scheiß drauf und bring es hinter dich.

Die Tür ging auf.

»Guten Abend?«

Der Mann war größer, deutlich größer als ich mit meinen 175 Zentimetern. Schlank, fast dünn. Graue Haare, junges Gesicht. Er war 41 Jahre alt, das hatte ich vorher gecheckt. Hinter ihm im Flur hingen zwei Matschanzüge, darunter Schuhe in allen Größen, das übliche organisierte Chaos von Familien mit kleinen Kindern. Laut Grundbuchauszug, den ich im Internet eingesehen hatte, gehörte ihnen das Haus seit vier Jahren. Ich tippte darauf, dass Bent Haldens Frau auf die Idee mit dem Eigenheim gekommen war, als sie mit dem zweiten Kind schwanger gewesen war, weil sie bald mehr Platz brauchten. So was in der Art war jedenfalls ihrem Insta-Konto zu entnehmen. Während er vermutlich lieber ein Haus etwas weiter oben am Hang und damit näher an den Joggingstrecken und Skigebieten gehabt hätte. Bei Google tauchte sein Name auf diversen Teilnehmerlisten von Ski- und Orientierungslaufwettbewerben auf. Die letzte Teilnahme lag inzwischen ein paar Jahre zurück, vermutlich fehlte ihm die Zeit zum Trainieren. Zwei Kinder sind nämlich mehr als doppelt so viel wie eins. Vielleicht war auch die Firma, die er gemeinsam mit Jon Fuhr gegründet hatte, der Grund – Selbstständigkeit hat ihren Preis. Natürlich waren das alles nur Vermutungen, ich war mir aber ziemlich sicher, dass ich recht hatte. Die Firma hieß GeoData und hatte den Auftrag, die geologischen Gegebenheiten eines möglichen Todde-Tunnels zu analysieren, durch den die neue Trasse des Riksveis verlaufen sollte, der heute noch durch Os führte. Die immer schon durch Os geführt hatte, auch schon lange bevor die Straße 1931 zum Riksvei erklärt worden war.

Ich räusperte mich. »Roy Opgard. Ich weiß nicht, ob Sie sich an mich erinnern.« Ich versuchte, mein joviales, vertrauenswürdiges Bauer-in-der-Stadt-Gesicht aufzusetzen. Nicht gerade meine Spezialität, vermutlich sah ich noch immer aus wie Roy. Und damit etwas grüblerisch, verschlossen, reserviert. Zu meinem Glück scheine ich damit aber zu dem Typ Mensch zu gehören, dem die Leute in diesem Land vertrauen. Vermutlich glauben wir wirklich, dass es einen Zusammenhang zwischen Schüchternheit, sozialen Hemmungen und Ehrlichkeit gibt. Nun, ich vertraue eigentlich auch darauf, also lassen wir das.

Bent stieß ein lang gezogenes »Aaah« aus, ein Zwischending zwischen »ja« und »keine Ahnung«.

»Ich habe Ihr Auto repariert, als Sie für einen Auftrag in Os waren«, half ich ihm.

Bent machte mit dem Zeigefinger eine Art Peitschenschlag. »Natürlich! Gute Arbeit haben Sie da geleistet.« Seine Stirn zog sich besorgt in Falten. »Habe ich etwa die Rechnung nicht bezahlt?«

»Doch, doch.« Ich versuchte mich an einem Lachen. »Sorry, ich hätte vorher anrufen sollen, aber bei uns auf dem Land ist es üblich, einfach so vorbeizukommen und an der Tür zu klingeln. Ich war in Polen, bin eben erst gelandet, und als ich in die Stadt kam, ist mir wieder eingefallen, dass ich noch so ein Teil von Ihnen im Handschuhfach habe. Das hier.«

Ich hielt es ihm vor die Nase und sah, dass Bent, wie erwartet, nicht die geringste Ahnung hatte, um was es sich handeln könnte. »Es ist mir erst aufgefallen, nachdem Sie den Wagen abgeholt haben. Ich hatte damals dummerweise vergessen, es wieder einzusetzen. Sie merken beim Fahren nichts davon, es ist aber besser, wenn es da ist. Wo steht Ihr Wagen?«

»Das Auto? Jetzt? Kann ich das nicht selbst montieren? Was ist das eigentlich für ein Ding?«

»Und wie wollen Sie es dann montieren?«

Bent sah mich lächelnd an und schüttelte den Kopf. »Da sagen Sie was.«

»Sie haben mich für eine Arbeit bezahlt, die ich ganz offensichtlich nicht gründlich ausgeführt habe. Es dauert nur fünf Minuten. Wo …?«

»In der Garage«, sagte Bent, schlüpfte aus den Hausschuhen, nahm den Schlüssel des Audis vom Haken und zog sich Joggingschuhe an. »Camilla! Ich bin mal kurz in der Garage!«

Die Antwort kam irgendwo aus dem Haus. »Aber Sigurd muss jetzt ins Bett gebracht werden.«

»Fang schon mal an. Ich übernehme dann das Lesen.«

»Haben Sie Kinder?«, fragte Bent über das Knirschen des Kieses auf dem Weg zu der großen weißen Garage hinweg. Ich war auf die Frage nicht vorbereitet und schüttelte den Kopf, schob krampfhaft den Gedanken beiseite, dass sie jetzt sieben Jahre alt gewesen wäre. Ich kann nicht mit Sicherheit sagen, dass es ein Mädchen geworden wäre, irgendwie glaube ich aber immer mehr daran. Ich schluckte. Der Kloß in meinem Hals ist mit den Jahren etwas kleiner geworden, weigert sich jedoch, ganz zu verschwinden.

»Sie betreiben also diese Autowerkstatt in Os?«, fragte Bent in freundlichem Ton.

»Nein, die ist längst geschlossen. Aber ich bin ausgebildeter Automechaniker und kümmere mich hin und wieder um ein paar Autos. Eigentlich mehr zum Spaß. Ich betreibe die Tankstelle neben der alten Werkstatt.«

Vor der Garage hob Bent den Autoschlüssel an. Das Garagentor öffnete sich automatisch. Es war eines dieser wirklich teuren Modelle. Heute hätte Bent sicher eine andere Wahl getroffen.

»Ja, jetzt erinnere ich mich. Mir hat jemand im Ort den Tipp gegeben, mich an Sie zu wenden. Sie sind der Bruder dieses … dieses …«

»Carl Opgard ist mein Bruder«, sagte ich.

»Ja.« Bent lachte, als wir in die Garage gingen. »Der König von Os.«

Mir entging nicht, dass ihm noch im selben Moment aufging, wie herablassend das klang. Als wäre Os ein kleines Scheißkaff, in dem Carl wie irgendein komischer König herumstolzierte. Der König auf dem Misthaufen.

»Ich … meinte das nicht so … mir ist nur, als ich da war, aufgefallen, dass ihm fast der ganze Ort gehört.«

»Ihm gehört ein Großteil von *Os Spa*. Schließen Sie das Auto auf?«

»Ja, aber ist man dann nicht auch König von Os?«

Ich setzte mich auf den Fahrersitz, und Bent schob sich neben mich. Ich nahm einen Schraubenzieher, löste die Verkleidung unter dem Lenkrad und begann zu arbeiten. Bent sah mir mit gespieltem Interesse zu.

»Wie sieht es denn aus?«, fragte ich, während ich die Kabel hin und her schob. »Aus Ihrem vorläufigen Bericht entnehme ich, dass Sie das Gestein für den Tunnelbau für geeignet halten?«

»Das ist richtig, ja.«

»Hm. Und wie sicher sind Sie sich?«

»Ziemlich sicher.«

»Kann man das bei den Gesteinsschichten, die man gar nicht sieht, denn sein?«

»Schon. Aber natürlich gibt es bei der Auswertung seismischer Daten immer eine gewisse Unsicherheit.«

»Und Sie – oder besser gesagt Ihre Firma, nehmen diese Auswertung vor und ziehen die entsprechenden Schlüsse daraus?«

»Ja. Mein Partner und ich.«

»Jon Fuhr.«

»Ja, ja. Wir sind die geologischen Sachverständigen.«

»Ihnen gehören sechzig Prozent, ihm vierzig. Was machen Sie, wenn Sie sich mal nicht einig sind?«

»Ui, Sie wissen aber viel über uns. Woher …?«

»Ach, dafür muss man nur einen Blick in das Firmenregister in Brønnøysund werfen. Ich wollte neulich die Bilanzen einer amerikanischen Firma überprüfen, die Achterbahnen herstellt. Nicht so leicht, das kann ich Ihnen sagen. Dabei ist mir wieder klar geworden, wie selbstverständlich für uns hier in Norwegen die Transparenz ist. In unserem Land ist Vertrauen dermaßen grundlegend, dass ein Amerikaner das sicher als vollkommen naiv bezeichnen würde. Aber vermutlich vertrauen wir einander, weil wir immer alles über den anderen wissen. Genau wie auf dem Dorf. In Os wissen wir alle über jeden Bescheid. Wenigstens fast. Das heißt nicht, dass sich alle mögen, wir gehen aber davon aus, dass die Menschen die Wahrheit sagen. Wie die Straßenbaubehörde auf Ihre und Jons Expertise vertrauen wird.«

»Wir haben schließlich ein gutes Renommee.«

»Wirtschaftlich sieht es allerdings weniger gut aus.« Ich hob den Blick und lächelte ihn entschuldigend an. »Immer vorausgesetzt, dass das, was im Brønnøysund-Register vermerkt ist, auch der Wahrheit entspricht.«

Bents Lächeln wirkte etwas verkrampfter. »Die Pandemie war nicht ganz leicht für uns. Was wollen Sie eigentlich?«

Ich konzentrierte mich wieder auf meine Arbeit: »Ich frage mich, wie sicher Sie sich sind, dass dieser Tunnelbau mit dem für die neue Trasse vorhandenen Budget wirklich umgesetzt werden kann. Sagen wir mal: auf einer Skala von eins bis zehn.«

»Tja«, sagte Bent. »Acht. Vielleicht neun, wenn wir von der Annahme ausgehen, dass die Kosten sich nicht mehr als verdoppeln.«

»Warum nicht zehn?«

Statt zu antworten, sah er mich lange an.

Ich hob den Schraubenzieher an. »Was müsste passieren, damit Sie Ihre Meinung ändern?«

»Was wollen Sie … Roy? Das ist doch Ihr Name, oder?«

Ich lächelte. »Tut mir leid, Bent. Die Frage stammt aus einem wissenschaftlichen Lehrbuch über Überredungstechniken. Man versucht mit diesen Fragen, den anderen glauben zu lassen, dass er im Unrecht ist. Das Buch habe ich von meinem Bruder. Der macht das oft.«

»Überreden?«

»Ja. Wenn er seine Projekte verkaufen will. Er ist ziemlich gut darin.«

»Dann sind Sie hier … um mir etwas zu verkaufen?«

»Könnte man so sagen. Dann kann ich mir das ganze Gerede ja sparen …«

»Also?«

»… und Sie stattdessen auf die alte Weise überzeugen. Ich gebe Ihnen und Ihrem Partner zwölf Millionen Kronen, wenn in dem Bericht für die Straßenbaubehörde steht, dass der Tunnel nicht gebaut werden sollte.«

Es wurde still.

»Sie … wollen mich bestechen?«, fragte Bent.

Ich nickte. »Ja, hört sich nicht gut an, trifft die Sache aber ziemlich genau.«

Bent grinste ungläubig. »Und was, um alles in der Welt, lässt Sie glauben, dass das geht?«

»Zuallererst die Art, wie Sie antworten.«

»Häh?«

»Wenn der Gedanke für Sie vollkommen absurd wäre, hätten Sie den Konjunktiv benutzt. Was lässt Sie glauben, dass so etwas gehen KÖNNTE? Das habe ich auch aus dem Buch. Die Wortwahl verrät manchmal, was wir denken, bevor wir uns selbst darüber im Klaren sind.«

Bent schnaubte. »Außerdem?«

»Was?«

»Sie haben ›zuallererst‹ gesagt.«

»Oh ja!« Ich öffnete das Handschuhfach, nahm den Fahrzeugschein heraus und hielt ihn ihm hin. »Ich hab da mal einen Blick drauf geworfen, als ich Ihr Auto repariert habe. Da steht, dass Ihnen der Wagen gar nicht gehört, sondern dass er im Namen der Firma geleast ist. Leasing ist alles andere als wirtschaftlich, das wissen Sie, oder?«

»Na und?«

»Im Handschuhfach lagen auch drei unbezahlte Strafzettel, noch dazu längst überzogen. Mir sagt das, dass Sie und Ihre Firma ein echtes Cashflow-Problem haben, Bent.«

»Und deshalb glauben Sie, dass Sie mich bestechen können? Hören Sie, Roy. Ich würde eher Konkurs anmelden als eine Straftat begehen.«

Er war laut geworden, ich zweifelte aber daran, dass ich ihn in seiner Ehre gekränkt hatte. Er spielte das nur. Ich legte den Kopf zur Seite. »Bleibt die Frage, wie kriminell das denn wirklich ist? Es weiß doch niemand, was in dem Berg ist. Vielleicht ist da eine Wasserader. Oder zu viel Lockermaterial. Acht von zehn, das heißt, dass das Risiko, dass Ihr vorläufiger Bericht falsch ist, zwanzig Prozent beträgt. Das ist nicht nichts, oder? Es geht doch nur darum, die Sache aus einem anderen Blickwinkel zu betrachten und zu überlegen, ob die Daten nicht auch anders gedeutet werden könnten. Richtig?«

Bent antwortete nicht.

»Natürlich können Sie die Firma dichtmachen und Konkurs anmelden. Bei Ihrer Familie da oben geht das aber nicht.« Ich nickte in Richtung des Hauses. Das Zucken in seinem Augenlid verriet mir, dass ich ihn gefunden hatte. Seinen schwachen Punkt. Die Familie. Genau wie bei mir. Ich verdrängte das Mitgefühl, das sicher bald wieder in mir aufsteigen würde, und bewahrte ein kühles Herz.

»Ich habe auch einen Blick in das andere Register geworfen. Ihr Haus ist bis zum Schornstein mit Krediten belastet. Ebenso das von Ihrem Partner Jon. Vermutlich mussten Sie ein bisschen mehr investieren, als Sie die Firma gegründet haben.«

Bent hockte wie erstarrt da, in seinem Blick machte ich aber so etwas wie ein Nicken aus.

»Und dann kam die Pandemie.« Ich seufzte. »Okay, Ihr Vorteil ist, dass Sie kaum Schwierigkeiten haben werden, Jon zu der Sache zu überreden.«

Bents Augen weiteten sich. »Sie spinnen doch, Jon ist ...«

»... wegen Unterschlagung vorbestraft«, fiel ich ihm ins Wort. »Und wegen Körperverletzung.«

Bents Kiefer blieb offen stehen.

»Auch diese Gerichtsurteile sind öffentlich zugänglich«, erklärte ich. »Hat er Ihnen das nicht erzählt? Es waren eigentlich nur Peanuts. Er hat als Student in einer Bar gearbeitet, aber trotzdem, er hat ein halbes Jahr auf Bewährung bekommen. Es steckt also in ihm. Deshalb bin ich zu Ihnen gekommen, Bent. Den Rest können Sie dann mit ihm aushandeln. Sonderlich schwer sollte das nicht sein.«

Bent schluckte. Senkte den Kopf und starrte auf den Schweller. Ich würde sagen, dass er ziemlich resigniert aussah. Ich weiß aber noch, was Papa immer gesagt hat, wenn er Carl und mir erzählt hat, wie man Wildpferde in Amerika einreitet. Der kritischste Zeitpunkt ist immer der, wenn man glaubt, den Willen des Tieres gebrochen zu haben. Aber die Ruhe ist trügerisch, denn meistens legt das Tier dann noch ein letztes Mal los.

»Auch wenn ich mit der Firma in Konkurs ginge, würde ich schon morgen einen Job als Geologe bekommen, egal wo«, sagte Bent plötzlich mit scharfer Stimme. »Und dabei mehr verdienen als jetzt.«

Er hatte recht, das wusste ich. Ich wusste aber auch, dass es nicht das war, was ihn antrieb. Er wollte selbst etwas aus der Taufe heben, sein eigener Herr sein. Als er gesagt hatte, dass ich diese Autowerkstatt betrieb, war ich kurz davor gewesen, ihn zu korrigieren und zu sagen, dass sie mir *gehörte*. Aber ich hatte mich zusammengerissen und sogar gesagt, dass ich die Tankstelle betreibe. *Besitzen* klingt einfach zu pompös, zu prahlerisch. Ich weiß noch, wie Mari, Carls Jugendliebe, mich gefragt hat, warum ich so anders bin und nicht so prahle wie er. Ich hatte ihr damals geantwortet, dass ich mir vermutlich selbst genug bin. Was natürlich Blödsinn war. Was ich bin, reicht mir absolut nicht, und das war schon immer so. In meinem Kopf bin ich nicht mehr als ein Scheißtagelöhner oder Knecht. Ein wortblinder, sozial isolierter Eigenbrötler ohne andere Ausbildung oder Bildung als das, was ich mir in diesem Kaff mühsam eigenhändig erworben habe. Während mein Bruder alles hatte, was ich nicht hatte. Die Schule ist ihm leichtgefallen, die Mädchen sind ihm nur so zugeflogen, ja eigentlich alle. Carl braucht keine Register, um zu wissen, auf welche Knöpfe er drücken muss, er ist das Register.

»Vertrauen ist gut«, sagte ich und drückte die Verkleidung wieder an ihren Platz »Das ist das Beste an unserem Land, viel wertvoller als alles Öl. Die Behörden werden Ihrem Bericht vertrauen. Wie sie dem Wetterbericht geglaubt haben, der besagt hat, dass es in Hurum so und so viele Nebeltage gibt, weshalb sie den Hauptstadtflughafen schließlich nach Gardermoen verlegt haben. Erinnern Sie sich? Das war 1994. In der

Wirtschaft hatten sich viele für den Flughafen in Gardermoen ausgesprochen. Doch dann hat dieser Ingenieur – Wiborg – zu meckern begonnen und immer wieder angedeutet, dass die Daten falsch sind. Als er seine Berechnungen dann aber dem Parlament vorlegen sollte, war er plötzlich tot. Selbstmord, hieß es. Auch wenn niemand erklären konnte, wie er es vollkommen allein und splitterfasernackt geschafft haben konnte, durch das doppelte Thermopenfenster seines Hotelzimmers im vierten Stock zu springen.«

Bent blinzelte und blinzelte. Der Typ tat mir wirklich leid. Natürlich. Wie mir die Typen leidgetan hatten, die nach dem Tanz auf dem Festplatz Streit suchten, weil Carl mit ihren Freundinnen geflirtet hatte. Ihre Eifersucht war vollkommen verständlich. In der Regel kamen sie von außerhalb und wussten deshalb nicht, dass Carl einen großen Bruder hatte, der zwar klein war, sie aber trotzdem vertrimmen würde. Und wie. Mir hat das damals keine Freude gemacht, und das macht es mir auch heute nicht. Es gab einfach keine Alternative. Schließlich ging es um die Familie.

Bent atmete langsam aus und starrte durch die Windschutzscheibe auf das Garagentor. Ihm entging sicher nicht, dass er eingesperrt war. Eigentlich dachte ich nicht wirklich an Tod oder Verstümmelung, ich wollte ihm einfach ein paar weitere Argumente für die Diskussion liefern, die er an diesem Abend noch mit sich führen würde. Damit er sich selbst davon überzeugen konnte, dass das hier nichts mit Gier zu tun hatte, nein, nein, sondern er nur auf seine Gesundheit achtete. War er so weit? War meine Arbeit erledigt? Ich hoffte es inständig. Meine letzte Karte wollte ich nämlich wirklich nicht ausspielen. Nicht den Namen seiner Frau und die seiner Kinder erwähnen oder in welchen Kindergarten sie gingen.

Außerdem, brachte man erst mal die Familie ins Spiel, konnte man nie wissen, was passiert.

Ich hielt das Metallteil hoch. »Ui«, sagte ich. »Jetzt habe ich doch wirklich schon wieder vergessen, das Ding zu montieren.«

## 2

Kann jeder zum Mörder werden? Oder haben einige – ja, die meisten von uns – eine Art mentale oder moralische Sperre, die sie daran hindert, zu töten? Ich rede nicht davon, jemanden in Notwehr oder im Affekt zu töten, sondern davon, ganz normale, anständige Menschen, wie zum Beispiel Bent Halden, dazu zu bringen, einen Mitmenschen kaltblütig und ohne ein anderes Motiv, als das eigene Leben etwas besser oder leichter zu machen, zu töten. Solche Dinge gingen mir durch den Kopf, während ich mich mit meinem Volvo V60 durch die Dunkelheit pflügte. Es war spätabends, sodass ich auf der Strecke von Oslo nach Os wie immer etwas schneller vorankam. Kurz nach Mitternacht hielt ich auf der Anhöhe am Straßenrand, von der aus man tagsüber das Ortsschild und den Teil von Os sieht, der am Budalsvannet liegt.

Os ist eine kleine Gemeinde mit etwa tausend Einwohnern im Ortskern und weiteren zweitausend im Umland. Sie liegt 600 Meter über dem Meer, die Sommer sind kurz, aber warm und trocken, während die Winter kalt und hart sein können. Der Ortskern und die meisten Höfe – wir befinden uns hier im Bauernland – liegen geschützt unten im Tal, während andere – wie Opgard – oben am Rand der gebirgigen Hochfläche zu finden sind, mit viel Weideland, aber wenig bebaubarem Boden. Dem Klischee nach wohnen hier zähe, schweigsame Menschen, die es gelernt haben, in der kargen Gegend zu überleben, und in diesem Klischee steckt verdammt viel Wahrheit. Vielleicht bringen gerade solche Bedingungen Gemeinschaften hervor, die ein verbissener, warmherziger Zusammenhalt und klaustrophobisches Getratsche und Neid charakterisieren.

Die Einkünfte basierten größtenteils auf dem Tourismus, dem Verkauf von Bauland für Sommerhäuser, dem *Os Spa* und dem Campingplatz, der auch Hütten vermietete. Bevor das *Os Spa* gebaut wurde und Carl zum König von Os aufstieg, war Willum Willumsen der Herrscher im Ort gewesen. Ihm gehörten der Gebrauchtwagenhandel und die Campinghütten. Offiziell regiert hat natürlich Bürgermeister Aas, der dem Ort als Vertreter der Arbeiterpartei sein Leben lang vorstand, bis er selbst die Entscheidung traf, von seinem Amt zurückzutreten. Wobei er als graue Eminenz dem neuen Bürgermeister noch immer das ein oder andere aus dem Hintergrund einflüstert.

Der Mond stand blass über dem Ottertind, der Himmel war sternenklar. Ich kenne mich mit Sternen nicht sonderlich aus, das ist ein so großes Feld, und sie sind so weit weg. Wäre ich nicht allein gewesen, hätte ich aber eine ganze Menge über Os erzählen können. Ich hätte den Arm ausstrecken und ihr erzählen können, wessen Häuser da im Dunkeln unter uns leuchteten.

Für einen Moment verlor ich die Kontrolle, und plötzlich saß sie wieder neben mir auf dem Beifahrersitz, während unser Kind von der Rückbank aus aufmerksam zuhörte. Und ich erzählte ihnen, dass da, wo das meiste Licht ist, der Dorfplatz liegt und dass das Licht dahinter, ganz oben am Hang, aus dem großen Haus kommt, das Onkel Carl gerade baut.

Dann riss ich mich zusammen und kämpfte mich zurück in die Realität.

Ich war drei Tage weg gewesen und hatte mich schon nach zweien davon zurückgesehnt. Ich weiß nicht, warum. Ich hatte an diesem Ort alles verloren. Vermutlich aber auch alles gewonnen, was ich jemals hatte. Ich hasste Os, und ich liebte es. Kann man mehr von einem Heimatort verlangen?

Ich legte den Gang ein und fuhr weiter. Kam in den Ort, rollte an der Werkstatt und meiner Tankstelle vorbei, dem

Haus von Smitt, mit den vom Straßenstaub schmutzigen Fenstern und dem riesigen Plakat, das auf verquere Weise Reklame für den Friseur und das Solarium machte, dass Uneingeweihte unweigerlich glauben mussten, beides würde hier gleichzeitig geschehen.

Hundert Meter dahinter lag das alte Bethaus. Die Farbe blätterte von den weißen Wänden, was aber morgen schon anders sein konnte. Seit meiner Kindheit war das Dorf in unregelmäßigen Abständen von Erweckungswellen ergriffen worden, und mit der neuen Begeisterung für alles Spirituelle waren dann auch die Kollekten für die neuen Anstriche gekommen. Es hatte allerdings nie lange gedauert, bis der Teufel im Ort wieder die Oberhand gewann und das Haus erneut leer stand, während drinnen im Dunkeln noch das Zungenreden und die Bekenntnisse widerhallten. Wie den herumreisenden, immer lächelnden Predigern, die wie aus dem Nichts auftauchten und dann für ein paar Monate im Ort lebten, haftete auch dem Haus etwas Beklemmendes an. Als wäre hinter der Tür unter dem großen Kreuz etwas passiert, worüber niemals gesprochen werden sollte. Neben all den herrlich skandalösen Dingen, über *die* gesprochen wurde, obwohl sie vermutlich niemals geschehen waren.

Im Zentrum ging ich vom Gas – wenn der kleine Platz denn so genannt werden kann. Ich ließ das Fenster herunter und sah zum *Freien Fall* hinüber, dem einzigen Ort, an dem man in Os die Samstagabende verbringen konnte. Ich erkannte Eriks zierliche Handschrift auf der Tafel vor der Kneipe DJ ERIK. HAPPY HOUR EVERY HOUR. Der Bass der Musik war bis zum Auto zu hören, die Stimmung war sicher gut und der Laden voll. Als ich Erik Nerell die Kneipe für einen Appel und ein Ei abgekauft habe, habe ich das nicht getan, weil ich mir einbildete, dass man mit einer Kneipe in Os Geld verdienen kann, sondern weil ich mir die Immobilie sichern wollte. Eines Tages – sollte alles nach Plan laufen – würde sie deutlich mehr wert sein als der Preis, den ich Erik gezahlt hatte. Dass er verkaufen musste, ging auf seine eigenen Fehler zurück, er hatte den

Laden einfach nicht richtig betrieben. Ein Teil des Deals war, dass Erik weiterhin dort arbeiten konnte, ich zusätzlich als Geschäftsführerin aber Julie anstellte – die mir in der Tankstelle gezeigt hatte, zu was sie in der Lage war, auch wenn ich einmal nicht da war. Sie hatte den Billardtisch rausgeschmissen und stattdessen einen Pizzaofen und eine Espressomaschine gekauft und das Biersortiment um zwanzig internationale Sorten erweitert. Geöffnet war von zehn bis zehn, freitags und samstags von zehn bis eins. Und der Laden lief, er war zwar keine Goldgrube, wertete Os aber auf, sodass auch noch nach fünf was los war, was nicht zu unterschätzende Synergieeffekte haben konnte.

Im Westen des *Freien Falls* zeichnete sich vor dem Mond die Silhouette des Hauses ab, in das Carl in einem halben Jahr einziehen wollte, wenn es fertig gebaut war. Die Leute nannten es nur den Königshof, und ja, es lag derart herrschaftlich oben am Hang, dass ich unweigerlich an den Springsteen-Song »Mansion On The Hill« denken musste.

Ich bog nach rechts ab und fuhr an Nergard vorbei. Bemerkte – wie nur Leute vom Land es bemerken –, dass Grete Smitts Wagen hinter Simons auf dem Hofplatz parkte. Dann wurde die Straße schmaler und stieg steil an. Vor der Japankurve und der letzten, Geitesvingen genannten Haarnadelkurve, schaltete ich runter. Dann fuhr ich auf den Hofplatz und parkte zwischen der Scheune und dem kleinen Haus neben Carls BMW.

Opgard. Zuhause.

Carl war noch wach. Er trug einen Anzug und saß in Papas altem Schaukelstuhl im Wintergarten und trank ein Bier. Es war Papas Idee gewesen, dass das ansonsten ärmliche Haus, das er hier oben auf dem Hof gebaut hatte, eine amerikanische Porch bekam. Und Mama hatte darauf bestanden, dass die überdachte Terrasse verglast und Wintergarten genannt wurde. Wahrscheinlich sagt das einiges darüber aus, woher die beiden kamen. Sie hatte als Dienstmädchen und Haushälterin für eine Reederfamilie in der Stadt gearbeitet und liebte es, wenn Dinge englische Namen hatten und nach Oberklasse klangen, weshalb sie zu unserem immer nach Stallstiefeln stinkenden Flur auch Halle gesagt hatte. Papa war auf einer Farm in Minnesota aufgewachsen, mit Cadillac, Methodistenkirche und dem Streben nach Glück, und hatte mir und Carl jeweils als zweiten Vornamen den eines Republikaners gegeben. Ich hieß Calvin nach Präsident Calvin Coolidge und Carl Abel, zu Ehren von Abel Parker Upshur, dem Kerl, der die Annektierung von Texas durchgesetzt hatte. Vom Wintergarten aus konnten wir die gesamte Ortschaft überblicken. Das *Os Spa* lag in unserem Rücken, hinter dem Hügel, es war zu Fuß über die Vidda aber nur eine Viertelstunde entfernt. Mit dem Auto über die steile Straße nach unten und dann über den asphaltierten neuen Weg wieder nach oben zum Hotel dauerte es genauso lange. Ich hatte Carl gefragt, warum er darauf bestand, die Strecke immer mit dem Auto zu fahren. Zu Fuß könne er vielleicht ja auch ein paar der Kilos loswerden, die er mit jedem Jahr zulegte, während ich immer dünner wurde. Seiner Meinung nach musste ein Hotelchef aber standesgemäß zur Arbeit erscheinen, und die zusätzlichen Kilos würden ihm lediglich etwas mehr Würde verleihen.

Ich setzte mich neben Carl, nahm die Schachtel Berry Snus heraus und schob mir ein Beutelchen unter die Unterlippe. Papa hatte mich gelehrt, dass es dorthin gehört und nicht unter die Oberlippe, wie es die Leute hier machten. Außerdem musste es Berry sein, nicht der skandinavische Mist, den die anderen kauften.

»Und?«, fragte Carl.

»Wir werden sehen«, erwiderte ich, nahm die letzte, ungeöffnete Flasche Bier vom Fensterrahmen, zog mein Messer aus der Scheide und öffnete die Flasche. Es schmeckte gut. Ein Bier schmeckt immer gut. Nur der Durst nach mehr unterschied mich von Papa und Carl. Ich war der nüchterne Typ, der als Carls Fahrer auserkoren war, kaum dass ich alt genug zum Fahren gewesen war, also lange vor dem Führerschein. Seit ich sechzehn war, hatte ich Carl und Mari zum Festplatz gefahren, wenn dort etwas los war. Ich hatte gewartet, Cola getrunken, mich geprügelt und sie nach Hause gebracht. Die Sache mit

Mari war dann allerdings zu Ende gegangen, nachdem ihre beste Freundin – Grete Smitt – ihr gesteckt hatte, dass Carl und sie etwas miteinander gehabt hatten. Carl war zum Studieren in die USA gegangen und fünfzehn Jahre später mit einer Frau und Plänen für das *Os Spa* nach Hause gekommen. Das war jetzt etwas mehr als acht Jahre her, und während es seine Frau nicht mehr gab, stand das Hotel in all seiner Pracht da. Eine mit fünf Sternen ausgezeichnete Goldgrube, ein Hochgebirgshotel, der ganze Stolz der Gemeinde und das, wofür Os berühmt war.

»Und, was glaubst du?«, fragte Carl und unterdrückte ein Rülpsen.

Ich zuckte mit den Schultern. »Neunzig Millionen Kronen für eine Achterbahn sind viel.«

»Ich meine den Geologen. Hat er das Angebot angenommen?«

»Keine Ahnung. Ich habe ihm Bedenkzeit gegeben.«

»Oh? Heißt das, er hat Zweifel?«

»Das heißt, dass er moralische Bedenken hat. Zum Glück.«

»Zum Glück?«

»Ja.« Ich trank einen Schluck. »Wenn sich sein Gewissen jetzt schon meldet, dann quält es ihn wenigstens nicht später.«

»Und das ist gut für uns?«

»Das heißt, dass er es nicht hinterher bereut und sich dann umentscheidet, also nachdem er erst einmal Ja gesagt hat. Und weil er Moral hat, versucht er auch gar nicht erst, uns zu täuschen.«

»Manchmal könnte man meinen, du wärest der Klügere von uns beiden«, sagte Carl, setzte die Flasche an und leerte sie.

Es war ein Witz, trotzdem steckte viel Wahrheit darin. Im Allgemeinen galt Carl als der Klügere.

»Wir haben Post vom Amt für Verkehrssicherheit«, sagte er und stand auf. »Bier?« Ich hob meine Flasche an, um ihm zu zeigen, dass ich noch hatte. Er verschwand, und gleich darauf hörte ich die Tür des Kühlschranks.

Das war wieder mal typisch Carl. Er setzte seine Pausen

genau, um die Erwartungen zu steigern. Vermutlich funktionierte das, wenn er irgendwelchen Kunden neue Projekte schmackhaft machen wollte, ich war dagegen aber immun, ich starb weder vor Spannung, noch wurde ich ungeduldig oder ärgerlich. Ich hörte ihn die Flasche öffnen, während mein Blick nach draußen zur Geitesvingen ging. Die Kurve lag im Mondlicht. Seit Jahren stritten wir mit dem Amt darüber, wo die öffentliche Straße endete und unser privater Weg begann. Wir vertraten, dass es in der Verantwortung des Amtes lag, an der Außenkante Leitplanken anzubringen, schließlich ging es dort hundert Meter senkrecht in eine schmale Schlucht, die nur widerwillig zurückgab, was sich in sie verirrt hatte, egal ob Ziegen oder Menschen. Und bekam sie Autos zu fassen, gab sie diese gar nicht mehr her.

Ich war fast achtzehn gewesen, Carl noch keine siebzehn, als Papa und Mama umkamen. Wir sahen Papas schwarzen Cadillac DeVille in die Kurve einfahren und in den Abgrund stürzen. Hätte es dort eine Leitplanke gegeben, wäre der Unfall nie passiert. Das wusste auch das Amt. Aber erst nachdem zwei weitere Wagen in der Schlucht verschwunden waren, waren sie zu Kreuze gekrochen und hatten sich zu ihrer Verantwortung bekannt.

Carl kam zurück und setzte sich.

»Sie fangen nach dem Wochenende an.«

»Ui«, sagte ich. »Das sind gute Nachrichten. Wie hast du sie dazu gebracht, so schnell zu kommen?«

»Ich war Carl«, sagte er voller Ernst. »Sie wollen wissen, in welcher Farbe wir die Leitplanke wollen.«

Ich lachte, und wir prosteten uns zu.

»Es gibt aber auch weniger gute Nachrichten, vorher wollen sie nämlich die Autos heben.«

Ich hätte mich fast an meinem Bier verschluckt. »Du machst Witze?«

»Nein. Sie gehen davon aus, dass sie zwei Kranwagen und eine Winde brauchen. Das mit der Winde verstehe ich nicht, aber dir wird das wohl was sagen.«

Ich nickte. Obwohl ich nur die Theorieprüfung zum Automechaniker gemacht habe, verstehe ich, wo welche Kräfte wirken. Außerdem hüpfen die Buchstaben nicht mehr ganz so wild herum, wenn sie zusammen eine Formel bilden.

Carl verstand sich auf Businessfragen. Nachdem er das Abi gemacht und mit Mari gebrochen hatte, hatte Bürgermeister Aas irgendwie dafür gesorgt, dass Carl von einer Vereinigung für ausgewanderte Norweger in Minnesota ein Uni-Stipendium bekam. Danach habe ich nur von ihm gehört, wenn er Geld gebraucht hat. Ganze fünfzehn Jahre habe ich ihn nicht gesehen. Doch nachdem er dann vor etwa acht Jahren aus den USA zurückgekommen ist, ist kaum ein Tag vergangen, an dem ich ihn nicht gesehen habe.

Die Leute wunderten sich vermutlich darüber, dass wir – zwei erwachsene Männer – zusammen auf einem Bergbauernhof wohnten. Alte Geschichten und Gerüchte kursierten wieder. Die meisten handelten von mir. Feiert man an einem Ort wie Os seinen dreißigsten Geburtstag, ohne bis dahin eine Familie gegründet zu haben, machen sich die Leute langsam Gedanken.

Ein Gerücht besagt, dass ich meinen kleinen Bruder missbraucht habe, als er Teenager war. Ja, dass wir, wie auch immer, ein Paar waren. Das Gerücht verstummte nicht einmal, als Carl und Mari zusammenkamen. Es war etwas leiser zu hören, als die Leute die Köpfe zusammensteckten und darüber spekulierten, ob ich als Siebzehnjähriger wirklich etwas mit der Frau von Willum Willumsen hatte. Jedenfalls redete danach niemand mehr über die zwölf Ziegen, die mir ja oben auf Opgard zur Verfügung stünden. Vermutlich dachten sie, dass ich doch nicht so pervers sein konnte, wenn ich etwas mit der Königin von Os, Rita Willumsen, hatte. Und Carl war als Schürzenjäger viel zu berüchtigt, um noch als Schwuler durchzugehen, außerdem hatte er ja auch eine Frau aus Amerika mitgebracht.

Die Leute glaubten so viel und wussten so wenig. Für uns war das in Ordnung. Sagen wir es so: Es war besser, sie zerrissen sich das Maul über Opgard und nahmen das Schlimmste an, denn schlimmer war nur die Wahrheit.

»Entspann dich«, sagte Carl. »Die werden die Wagen doch eh gleich auf den Schrottplatz bringen.«

»Glaubst du wirklich?«, sagte ich. »Du hast von weniger guten Nachrichten gesprochen.«

»Ich dachte mir schon, dass *du* das nicht gut finden würdest. Für mich ist es in Ordnung, wenn wir diese Autos endlich loswerden. Dann hängt die Sache nicht mehr wie ein Sisophos-Schwert über uns.«

»Sisyphos«, sagte ich. »Und das ist der mit dem Stein. Der mit dem Schwert ist Damokles.«

Carl lachte. »Es war so schräg, als ich nach Hause kam und du plötzlich alles wusstest. Als wärst du irgendwo auf eine Schule gegangen, von der niemand etwas ahnte.«

»Von der Schule wusste wirklich niemand«, sagte ich leise und studierte das Etikett der Flasche.

Carl amüsierte sich. »Stimmt. Aber Rita Willumsen kann dir in der kurzen Zeit doch nicht alles beigebracht haben.«

»Sie hat aber etwas in Gang gesetzt. Außerdem weiß ich wirklich nicht alles, es ist nur so, dass ihr Bauerntrampel so verdammt leicht zu beeindrucken seid.«

»Beeindruckt? Wir kotzen, das hast du doch wohl kapiert?«

Wir lachten wieder. Carl bewegte sich im grünen Bereich, dort ging es ihm gut. In Momenten wie diesen dachte ich, dass es hier einsam werden würde, wenn er erst sein herrschaftliches Haus bezogen hatte. Ich wusste aber nur zu gut, dass sich das alles mit ein paar weiteren Bieren komplett ins Gegenteil verkehren konnte. Dann war er im Papa-Bereich. In der schmerzerfüllten, einsamen Dunkelheit, die die meine gewesen war, die Carl aber – der charmante, sorglose Lebenskünstler, für den ihn alle hielten – immer öfter aufsuchte.

»Verflucht, diese Rita war wirklich ein Geschoss«, sagte Carl und starrte verträumt aus dem Fenster.

»Das ist sie noch immer«, erwiderte ich und trank einen Schluck.

»Ach ja? Läuft da was mit ihr?«

Ich grinste. »Kurt Olsen und sie haben sich letzte Woche verlobt, ich gehe also mal davon aus, dass du vom Campingplatz sprichst.«

»Natürlich.«

»Der Ball liegt noch immer bei ihr, ich habe noch nichts gehört.«

»Sie wird kein besseres Angebot bekommen. Sollte GeoData allerdings einen Bericht vorlegen, aus dem hervorgeht, dass der Tunnel nicht gebaut werden kann, schießt der Preis in die Höhe.«

Ich nickte. Die Immobilienpreise in Os waren schlagartig in den Keller gegangen, als die Pläne für die neue Streckenführung des Riksveis publik geworden waren. Nach dem Bauentscheid für das *Os Spa* hatten sie wieder etwas angezogen, aber was ein Hotel für eine Gemeinde ohne direkte Verkehrsanbindung bewirken kann, hat seine Grenzen – selbst wenn dort nur etwas mehr als dreitausend Menschen leben. Während die Immobilienpreise in Os auf niedrigem Niveau stagnierten und schließlich noch etwas sanken, stiegen sie im restlichen Land ins Unermessliche. Der norwegische Immobilienmarkt boomte. Kurz gesagt, bekamen die Leute erst mit, dass die Straße auch in Zukunft durch Os verlaufen würde, mussten zwanzig Jahre steigender Immobilienpreise irgendwie nachgeholt werden, und das würde – mehr oder weniger – über Nacht geschehen. Der Campingplatz mit seiner Lage am See nur zweihundert Meter vom Ortszentrum entfernt wäre dann das Filetstück, dessen Preis sich vervielfachen würde. Also ja, es eilte, den Kaufvertrag zu unterschreiben.

Willum Willumsen, Gott hab ihn selig, hatte dem Klischee des gerissenen Gebrauchtwagenhändlers nicht nur entsprochen, sondern es weit übertroffen. Ich habe einmal Papa gefragt, ob es stimmt, was sie in der Schule sagen und ob Willumsen ihn wirklich übers Ohr gehauen hat, als er ihm den alten, heruntergekommenen Cadillac DeVille verkauft hat, aber alles was er sagte, war: »Wir Opgards handeln nicht.« Ich denke, dass in diesem Satz ebenso viel Verbitterung wie Stolz steckte. Und vielleicht ein bisschen Scham.

»Sie wird morgen zum Spiel kommen«, sagte Carl.

»Woher weißt du das?«

»Morgen kommen *alle*. Wenn wir gewinnen, steigen wir auf. *Sieben* Spieltage vor Ende der Saison.«

»Wirklich? In welche Liga?«

Carl stöhnte. »Ist ja okay, dass du dich nicht für Fußball interessierst, aber das ist wirklich *unsere* Mannschaft.«

Eigentlich war das nur zum Teil richtig. Auf Carls Initiative hin war der Klub in eine Aktiengesellschaft umgewandelt worden, von der *Os Spa* achtzig Prozent der Aktien hielt. Da ich vor einigen Jahren den Großteil meiner Aktien am Hotel an Carl verkauft hatte, war mein Anteil am Klub eher gering, was meinem Interesse entsprach. Carl interessierte sich auch nicht sonderlich für Fußball, er wollte aber um jeden Preis geliebt werden und glaubte fest daran, dass der Weg zum Herzen einer kleinen Gemeinde unweigerlich über den Fußballverein führte. Erst waren wir Sponsoren. Dann gründete Carl die Aktiengesellschaft und sicherte sich die Mehrheit der Anteile, sodass wir ein paar gute Spieler einkaufen und bezahlen konnten, plus einen Trainer. Für einen Klub in der fünften Liga gehörte sich das eigentlich nicht, und die Leute meinten entsprechend auch, dass nur Russen oder irgendwelche Scheichs sich eigene Klubs leisteten. Sie staunten aber nicht schlecht, als der Verein eine nigerianische Sturmspitze verpflichten und den ehemaligen Schlüsselspieler Kurt Olsen als Teilzeittrainer gewinnen konnte. Die Mannschaft stieg in die vierte Liga auf, ohne ein einziges Spiel verloren zu haben. Und wenn ich richtig gerechnet hatte, jetzt also in die dritte.

»Okay, ich komme«, sagte ich. »Noch irgendwas?«

»Ich habe die Firma in Deutschland endlich dazu gebracht, mir diese Küchensonderanfertigung zu bauen, die ich oben im Haus haben will. Und auf dem Steinssetra ist ein Wolf gesehen worden.«

»Wirklich?«

»Keine Ahnung. Simon Nergard hat ihn gesehen.«

Wir lachten. Nergard war unser unmittelbarer Nachbar, obwohl sein Hof weit unter unserem am Fuß des Hangs lag. Er war als Lügenbold bekannt, der viele Gerüchte in die Welt setzte. In diesem Punkt wurde er nur von seiner Geliebten, Grete Smitt, übertroffen, der Chefin des Friseur- und Tratschsalons des Ortes.

»Erik Nerell hat gestern in derselben Gegend aber auch ein gerissenes Schaf gefunden«, sagte Carl. »Er war sich sicher, dass das ein Raubtier war. Von dem Tier war aber noch viel übrig, sodass es vermutlich kein Rudel, sondern nur ein einsamer Wolf ist.«

Ich schüttelte den Kopf. »Hier gibt es seit fünfzig Jahren keine Wölfe mehr. Das war bestimmt bloß ein wildernder Hund. Würde mich nicht wundern, wenn es Simons Rottweiler war und er jetzt nur vor dem Wolf warnt, um seinen Köter zu schützen.«

Carl brummte amüsiert. »Was aber, wenn es wirklich ein Wolf ist? Wäre das für das Wandergebiet eine gute oder schlechte Nachricht?«

»Tja«, erwiderte ich. »Der wird da so oder so nicht lange sein.«

»Du meinst, der zieht weiter?«

»Ich meine, dass er sterben wird. Wölfe leben von großen Beutetieren, und um die zu erlegen, braucht es ein Rudel.«

»So wie wir?«

»In etwa so wie wir, ja«, sagte ich und trank einen Schluck. Ich fühlte mich warm und müde. Es entspannte mich, so mit dem Menschen zusammenzusitzen, den ich am besten kannte, wie eine Erweiterung von mir selbst. Wenn Carl einen Satz begann, wusste ich nach drei Wörtern, wie er enden würde, und das galt sicher auch umgekehrt, weshalb wir in der Regel mit wenigen Worten auskamen. Es war fast wie allein zu sein, man schonte die Stimmbänder und sparte Energie.

»Das war's?«, fragte ich.

»Ja oder nein. Wir haben eine neue Marketingchefin eingestellt. Eine junge, begabte Frau, die kommt sogar von hier.«

»Ach ja?«

Carl tat es wieder. Er trank langsam und ließ mich warten. Atmete tief durch. Doch statt des Namens folgte ein langer Rülpser.

» Jeeesus, Carl. Heute noch?«

»Sorry. Die Tochter vom Klempner. Moe.«

»Natalie?«

»Du erinnerst dich an sie? Ach ja, da war ja diese Geschichte. Hatte ich fast vergessen.«

Das war natürlich Unsinn, denn Carl hatte es nicht vergessen, es allenfalls verdrängt. Denn »diese Geschichte« hatte ich nur Carl erzählt.

Es war direkt nach Carls Rückkehr gewesen, Natalie Moe war damals auf die weiterführende Schule gegangen, und das dünne, blasse Mädchen mit dem verängstigten Blick war etwas zu oft in der Tankstelle aufgetaucht, um die »Pille danach« zu kaufen. Ich hatte damals Julie, die in der Tankstelle gearbeitet hat und in dieselbe Klasse wie Natalie ging, gefragt, ob Natalie einen Freund hat, dem sie vielleicht Kondome vorschlagen könnte, aber Julie meinte nur, Natalie würde rumvögeln. Ich weiß nicht, aber für mich passte das nicht zusammen. Und eines Tages stand dann ihr Vater da, Klempnermeister Moe, und wollte auch eine dieser »Pillen danach«.

Die Scham in seinem Blick war mir bekannt vorgekommen, und mit einem Mal hatte ich alles verstanden.

Ich habe damals vergeblich versucht, unseren Polizisten, Kurt Olsen, auf die Sache anzusetzen, und die Sache dann schließlich selbst in die Hand genommen. Ich bin zu Moe gefahren, habe ihn halb totgeschlagen und ihm gesagt, dass ich mein Werk vollenden würde, wenn er seine Tochter nicht am nächsten Tag in sicherem Abstand zu ihm auf einer anderen Schule unterbringen würde. Im Gegenzug würde ich den Mund halten. Natalie hat die Schule dann in Notodden abgeschlossen. Ich habe sie dort einmal zufällig in einem Café zusammen mit ein paar Freunden gesehen. Ich habe nicht mit ihr gesprochen, wohl aber bemerkt, dass der verängstigte Gesichtsausdruck weg war.

»Hast du mit den Franzosen geredet?«, fragte ich, um das Thema zu wechseln. Es gibt gewisse Dinge, über die Carl und ich nicht gerne sprechen.

»Jeden Tag«, sagte Carl. »Unsere Bilanzen und Entwicklungspläne gefallen ihnen, und sie sind so begeistert von den Erweiterungsplänen, dass am Mittwoch zwei Ingenieure kommen, um sich das Ganze genauer anzusehen.«

»Gut«, sagte ich. Der Plan für die Erweiterung des *Os Spa* war von der Generalversammlung, die lediglich aus Investoren aus unserem Ort bestand, darunter auch ich, zu Beginn recht skeptisch aufgenommen worden. Die Sorgen waren begründet, da niemand wusste, wie sich die Besucherzahlen entwickeln würden, wenn der Riksvei über die neue Trasse führte. Carl hatte sich schließlich aber doch mit seinen Argumenten durchgesetzt. Er meinte, Konsolidierung sei Selbstmord, das Hotel müsse der Grund für einen Umweg über Os sein. Wir sollten offensiv, groß und spektakulär denken. »Wachsen oder sterben«, sagte Carl. »Wir dürfen kein Fünf-Sterne-Boutique-Hotel bleiben. Es ist essenziell, dass die Leute uns auf dem Schirm haben, und dann reicht es nicht, an Qualität zu denken. Auch was die Größe angeht, müssen wir die kritische Masse erreichen. Ich will, dass nicht nur diese Gemeinde, sondern die ganze Provinz stellvertretend für das *Os Spa* steht. Wenn die Leute *Os Spa* hören, sollen sie nicht nur an ein Hotel mit warmem Bad denken, sondern an ein ganz besonderes Erlebnis. Und dafür müssen wir investieren, nicht alles verzögern.«

Anschließend war heftig, aber kurz diskutiert worden, ob man über die Emission neuer Aktien externe Investoren einbinden sollte. Schließlich hatte aber die Vernunft gesiegt, denn es gab Grenzen, wie viel Kapital aus Os kommen konnte. Die französische Hotelgruppe Alpin hielt seit der Refinanzierung nach dem Feuer einen Aktienanteil von 15 Prozent – Carl kannte den Geschäftsführer von Alpin aus seiner Zeit in der Immobilienbranche in Toronto. Alpin war also ein Paket angeboten worden, mit dem sie dann 45 Prozent der Aktien halten würden. Die Kontrolle läge also noch immer in unseren

Händen hier in Os, während wir das Risiko teilen würden und die erfahrenen Franzosen uns helfen könnten, das Hotel auch international zu bewerben. Sobald man sich über den Aktienpreis einig war, sollte die Transaktion über die Bühne gehen und der Erweiterungsbau beginnen. Es lag natürlich auf der Hand, dass die Franzosen bereit waren, einen wesentlich höheren Preis zu zahlen, sollte GeoData vom Bau des Tunnels abraten.

»Ich geh dann schlafen«, sagte Carl und stand auf.

»Okay, gute Nacht.«

»Gute Nacht. Du siehst so nachdenklich aus.«

Ich nickte. »Weißt du, woran ich gedacht habe, als ich bei Halden geklingelt habe?«

»Dass du dich für die Mannschaft opferst?«

»Ja. In erster Linie dachte ich aber daran, dass ich ein Mörder bin. Dass *wir* Mörder sind.«

Carl sah mich an und zog eine Augenbraue hoch. »Schlaf gut«, sagte er und ging. Es gibt, wie gesagt, gewisse Themen, die wir meiden.

Ich blieb sitzen und starrte ins Dunkel, während ich oben im Schlafzimmer seine Schritte hörte. Sieben Morde.

Carl und ich hatten zusammen sieben Menschen auf dem Gewissen. Und einen Hund.

Ich leerte meine Flasche.

Nein, es gefiel mir gar nicht, dass die Autowracks gehoben werden sollten.

# 3

Am Abend vor meinem Besuch bei Halden und dem Angebot, ihm zwölf Millionen Kronen für einen falschen Bericht zu zahlen, war ich in Polen gewesen. Genauer gesagt in Zator, einer Stadt mit rund viertausend Einwohnern im Süden des Landes. Noch genauer gesagt in Energylandia, Polens größtem Vergnügungspark. Und um es genau auf den Punkt zu bringen, hatte ich in einem Wagen der Zadra gesessen, der weltgrößten hölzernen Achterbahn. Streng genommen ein Hybrid aus einer Stahl- und einer Holzbahn, so hat es mir jedenfalls der Architekt Glen Moore von Rocky Mountain Constructions über den klickenden Laut der Schienen hinweg erklärt. Bei dem Geräusch musste ich an die Ankerkette eines Schiffs denken. Oder an die Ketten, an denen Tierkadaver in einer Schlachterei hochgezogen und aufgehängt werden. Ich habe versucht, Moore zuzuhören, als er mir die technischen Details erklärt hat, aber es ist nicht leicht, sich zu konzentrieren, wenn man weiß, dass man Sekunden später über 62,8 Meter frei in die Tiefe fallen wird.

Er sah mich an, und mir wurde klar, dass er mir eine Frage gestellt hatte.

»*Sorry?*«

»*I asked if there's much wind.*«

»*Yes*«, antwortete ich,

»*Low temperatures?*«

»*Yes, it's in the mountains*«

»*Then I would not recommend wood, but steel.*«

»*No*«, sagte ich. »*It needs to be a wooden roller coaster.*« Moore sah mich fragend an.

Ich hatte nicht die Zeit, es ihm zu erklären, auch wenn ich es gewollt hätte, denn plötzlich waren wir oben. Das Rasseln der Ketten verstummte, und ich sah keine Schienen mehr vor mir, nur noch flachen polnischen Boden, der sich bis zum Horizont erstreckte. Hätte ich es mit einer kurzen Zusammenfassung versucht, hätte ein Name gereicht. Shannon Alleyne.

Der Wagen blieb an der Kante beinahe stehen, als graute auch ihm vor dem Abgrund. Dann kippte die Nase langsam nach unten. Immer weiter. Als ich die Beschleunigung in meinem Bauch spürte und glaubte, vertikal nach unten zu rauschen, waren vor mir noch immer keine Schienen zu sehen, als bögen sich diese nach innen. Ich dachte, so fühlt es sich also an, in einem Auto zu sitzen, das bei uns aus der Geitesvingen-Kurve fliegt, über die Kante rauscht und vom schweren Motorblock nach unten in den Abgrund gezogen wird. Und man nur noch die Tiefe vor sich sieht. Ich schloss die Augen.

Als Shannon Alleyne vor acht Jahren in mein Leben trat, war ich 35 Jahre alt, single, ein mehrfacher Mörder und ganz offenbar bereit, eine Familie zu gründen.

Ich schreibe *offenbar*, weil ich diesen Gedanken nie konkret gedacht hatte, bis sie mir plötzlich eines Tages erzählte, dass sie ein Kind von mir erwartete. An meiner Reaktion habe ich dann gemerkt, dass ich mir das gewünscht hatte. Ich war vollkommen über dem Mond, wie man *drüben* sagt. Kann gut sein, dass es mir nicht um die Familie als solche ging, sondern einzig und allein darum, dass Shannon Alleyne die Mutter meines Kindes war. Denn Shannon war perfekt. Eine kleine, blasse Frau mit Engelsgesicht, Baritonstimme und einem derart scharfen Verstand, dass man verdammt aufpassen musste, wollte man es mit ihr aufnehmen. Ihre Familie gehörte zu der meist betrunkenen, armen, weißen Unterschicht der Redlegs in Barbados, Nachkommen von Schotten und Iren, die vor ein paar Hundert Jahren ausgewandert waren. Keiner in ihrer Familie hatte mehr als die Volksschule geschafft, aber auch in diesem Punkt bildete Shannon die Ausnahme. Sie studierte Architektur in Kanada, und als eine der Besten ihres Jahrgangs wurde ihr eine große Zukunft vorhergesagt. Sie war hartnäckig, sentimental und komplett verrückt. Und sie wusste nur zu gut, dass sie eine ganz spezielle Begabung hatte, und war extrem ehrgeizig. Nicht um ihrer selbst willen, sondern wegen der Sache, ihres Projekts. Sie kämpfte wie eine Löwin für das von ihr entworfene minimalistische Meisterwerk eines Spa-Hotels, während die Investoren aus der Gemeinde etwas Billigeres, Einfacheres, Traditionelleres wollten. Oh ja, wenn es um ihre Ideen und um Menschen ging, die sie zu ihrer Familie zählte, war Shannon loyal bis in den Tod. Eine Kriegerin, die man auf der eigenen und nicht auf der Seite des Feindes wissen wollte. Und im Bett so wunderbar leidenschaftlich und gierig, als wäre die Liebe ein Kampf, ganz anders als die langsame, sinnliche Zärtlichkeit, die ich mit Rita Willumsen erlebt hatte.

Shannon Alleyne war, wie schon gesagt, perfekt. Die Sache hatte nur einen Haken.

Sie war die Frau meines Bruders.

Als Shannon schwanger wurde, stand Carl persönlich wie wirtschaftlich kurz vor dem Ende und war komplett verzweifelt. Sein Hotel wurde gebaut, er hatte das Budget aber aus den Augen verloren und sich heimlich und zu Wucherzinsen Geld bei Willumsen geliehen. Außerdem setzte Shannon ihm kontinuierlich zu, wenn ihre Entwürfe nicht auf Punkt und Komma umgesetzt wurden. Der Druck, der auf ihm lastete, mag vielleicht wenigstens teilweise erklären, warum er Shannon in regelmäßigen Abständen verprügelte. Ich war verzweifelt verliebt, schon seit über einem Jahr, und ihr ging es ähnlich. Ohne es zu wissen, steuerten wir bereits eine ganze Weile auf das Unausweichliche zu und landeten schließlich in Notodden in einem Hotelzimmer. Wo ich dann ihre blauen Flecken bemerkt habe.

War das der Moment, in dem es mir zum ersten Mal gelungen war, Carl zu hassen? Oder war das erst später gekommen, als mir klar geworden war, dass Carl sich Geld von Willumsen geliehen und ihm dafür meinen Teil des Königreichs als Sicherheit geboten hatte? Oder war ich nicht einmal da bereit, ihn zu hassen? Wogen die Schuld und die Scham aus unserer Kindheit noch immer zu schwer?

Am Neujahrsmorgen brannte das *Os Spa* dann nieder. Eine Silvesterrakete, hieß es. Versicherungsbetrug munkelten ein paar andere. Carl vertraute mir dann aber an, dass er die Feuerversicherung gekündigt hatte, um Geld zu sparen, was bedeutete, dass er mit dem Kredit nicht nur seinen Teil des Erbes, sondern auch meinen in den Wind geschossen hatte. Mir gehörte nur ein kleiner Teil des Hotels. Nach Plan – einem Plan, der nun zum Teufel gegangen war – sollte ich ausbezahlt werden, wenn der Laden lief, damit ich die Tankstelle kaufen konnte, die ich gepachtet hatte. Etwas musste passieren.

Willumsens Kredit wurde fällig, und bei uns oben auf Opgard tauchte ein dänischer Geldeintreiber in einem weißen Jaguar auf. Es war ein kalter Wintertag, an dem ich Carls und meiner Liste einen weiteren Todesfall hinzufügte, indem ich in der Geitesvingen-Kurve Wasser auf die Straße kippte, bis es zu spiegelblankem Eis gefroren war. Polizist Kurt Olsen stellte den Unfall anschließend infrage, wie auch den Umstand, dass Willumsen tot in seinem Bett gefunden worden war. Unfälle gibt's nun mal, antwortete ich. Und Selbstmorde, das sollte ihm doch schon seit dem Tod seines Vaters und Vorgängers bei der Polizei bekannt sein. Ich sah den Hass in Kurts Blick, er konnte mir aber – wie vor ihm schon sein Vater – nichts nachweisen.

Im Gegensatz dazu meinte das hinzugezogene Kriminalamt, Beweise gefunden zu haben, dass der Geldeintreiber Willumsen und damit seinen eigenen Auftraggeber ermordet hatte.

Wir Opgards hatten die unmittelbaren Probleme damit gelöst. Eines aber blieb bestehen.

Carl.

Ich weiß nicht mehr recht, ob es Shannons oder meine Idee war, aber irgendwann wussten wir, dass es nur einen Ausweg gab, wollten wir zusammen sein und uns wirtschaftlich irgendwie ans Ufer retten. Wir mussten Carl aus dem Weg räumen. Es war keine leichte Entscheidung, als sie aber erst einmal gefallen war, schmiedeten wir recht schnell einen Plan. Man neigt dazu, Erfolge zu wiederholen, weshalb unsere Idee nicht sonderlich originell war.

Ich ließ die Bremsflüssigkeit aus Carls Auto ab, damit er die Kurve nicht schaffte.

An jenem Tag – er sollte später noch zu einem Investorentreffen in Sachen Wiederaufbau des Hotels – konfrontierte Carl Shannon mit ihrer Schwangerschaft und sagte ihr, dass er wisse, wer der Vater sei. Ihm sei der Name des Amerikaners, der so offen mit ihr geflirtet hatte, auf der Gästeliste des Hotels in Notodden nicht entgangen. An dem Tag, an dem auch sie dort gewesen war. Shannon begann zu lachen, und in blinder Wut schlug Carl ihr mit dem Bügeleisen gegen den Kopf. Und dann gestand sie es ihm. Nicht, mit wem sie ihn betrogen, sondern dass sie das Hotel angesteckt hatte. Damit es neu gebaut werden konnte, dann aber nach ihren Plänen.

Carl schlug noch einmal zu, und danach war ihr weder nach Lachen noch nach Atmen zumute. Nie wieder.

Anschließend tat Carl das, was er schon getan hatte, als er damals den Polizisten umgebracht hatte. Er rief mich an und bettelte um Hilfe. Ich sollte hinter ihm aufräumen.

Wir setzten Shannon hinter das Steuer von Carls Cadillac DeVille, ließen den Motor an und schoben den Wagen in Richtung Geitesvingen. Ich starrte den roten Rücklichtern nach, bis sie gemeinsam mit der Frau, die ich liebte und die unser Kind in sich trug, im Abgrund verschwanden. Dann weinte Carl sich an meiner Schulter aus.

Als ich die Augen in Zator, Polen, wieder öffnete, sah ich das Skelett der Bahn auf uns zurasen, während die roten Schienen sich vor uns drehten und wanden, als versuchten sie, irgendwie davonzukommen. Wir klammerten uns aber an ihnen fest, sogar noch, als wir kopfüber fuhren. Mir war erklärt worden, dass die Bahn drei solcher »*inversions*« hatte, und das Gefühl der Schwerelosigkeit, das sich dabei einstellte, war wirklich seltsam. Eine neuerliche, enge Kurve zog eine Seite meines Körpers in die Länge.

Dann, eine Minute nach dem höchsten Punkt, war es vorbei. Der Wagen bremste in einer sanften Rechtskurve und hielt an.

»What do you think?«, fragte Moore und sah mich an.

Ich nickte zustimmend. Es hatte mehrere steile Partien gegeben, kein Absturz war aber wie das erste Mal gewesen. Nichts war wie das erste Mal.

# 4

Fünf Minuten vor Spielbeginn parkten wir Carls BMW hinter den Deutschenbaracken, die seit dem Krieg als Umkleidekabinen für den Sportklub dienten. Papa hat immer wieder darauf hingewiesen, dass die norwegischen Straßen und die Infrastruktur des Landes nicht auf dem heutigen Stand wären, hätten die Deutschen das Land nicht fünf Jahre besetzt. Und dass die durchschnittliche Lebenserwartung in Norwegen damals gestiegen und nicht gesunken sei, während Engländer, Amerikaner und Russen für uns in den Kampf gezogen sind. Hatte er ein paar Bier zu viel, wussten wir immer schon, was kommen würde. Nicht selten sagte er dann mit vor Wut zitternder Stimme:

»Wisst ihr eigentlich, dass im Kampf gegen die Nazis auf norwegischem Boden mehr Russen als Norweger gefallen sind? Auf norwegischem Boden! Wir sind wirklich das feigste Volk, das Europa je gesehen hat. Nur eine Handvoll Menschen hat zu den Waffen gegriffen und das eigene Land verteidigt, während zwei Millionen Amerikaner über den großen Teich gekommen sind und ihr Leben riskiert haben *to save our ass*!«

Danach schnappte er sich immer seine Remington-Flinte, und wir mussten mit ihm nach draußen und auf irgendwelche Ziele schießen, die er uns zeigte.

»Dieser Ort hier, das ist unser Königreich«, posaunte er dann herum. »Und wenn jemand kommt und es uns nehmen will, verteidigen wir es bis zum letzten Blutstropfen. Habt ihr das verstanden?«

Carl und ich hatten genickt und die imaginären Nazis und Kommunisten erschossen, die sich in der Heide versteckten.

Wir stiegen hinter den Baracken aus dem Wagen und gingen an den anderen parkenden Autos vorbei. »Habe ich doch gesagt, sie ist hier«, sagte Carl, als wir an Rita Willumsens 58er Saab Sonett vorbeikamen. Ein Roadster und damit das einzige Cabriolet des Ortes. Man muss schon einen gewissen Stil haben, will man in Os in einem offenen Saab Sonett herumfahren, ohne sich lächerlich zu machen. Rita Willumsen löste diese Aufgabe mit Bravour.

Gerade als wir um die Baracken herumgingen, liefen die Spieler auf dem Platz ein. OS FK in roten Trikots mit diversen Sponsorenaufdrucken. Der größte zentral auf der Brust: *Os Spa*.

Die Spieler wurden mit Applaus empfangen. Ich schätzte, dass auf den Rängen etwa dreihundert bis vierhundert Zuschauer zusammengekommen waren, was nicht schlecht war. Die meisten standen auf der Westseite des Platzes entlang der Seitenlinie, wo die Baracken etwas Windschutz boten. Dort war auch die sieben Meter breite und zweieinhalb Meter hohe Holztribüne, die als VIP-Loge für die Unterstützer des Vereines diente. Ganz oben standen der Sparkassendirektor und Bürgermeister Voss Gilbert, der auch erster Vorsitzender des Vereins war. Auch Ex-Bürgermeister Aas war natürlich gekommen, neben ihm seine Tochter Mari und sein Schwiegersohn Dan Krane. Krane war Redakteur der Lokalzeitung *Os Blad* und würde vermutlich über den Aufstieg berichten. Ich nickte dem Coop-Chef zu, als wir auf die Tribüne traten und uns neben Rita Willumsen stellten. Während die meisten Outdoorklamotten trugen, hatte Rita sich in einen eleganten burgunderroten Mantel gehüllt, der sie mit ihren hochhackigen Stiefeletten und der geraden Körperhaltung geradezu majestätisch wirken ließ. Sie unterstützte den Klub durch ihre Firma Willumsen As und war im Vorstand von *Os Spa*. Etwas sagte mir aber, dass sie auch ohne dieses Engagement auf der Tribüne gelandet wäre, denn wenn irgendjemand in Os so etwas wie die Oberschicht repräsentierte, dann sie.

»Schön, dass man dich hier auch mal sieht«, sagte sie.

Ich zuckte mit den Schultern. »Os vor, noch ein Tor«, sagte ich.

»Witzig, aber das rufen wir schon lange nicht mehr.«

»Weiß ich, ich wollte nur auf die Ansennität hinweisen.«

»Anciennität.«

Ich grinste. Der Sommer, in dem Rita Willumsen und ich uns heimlich oben in ihrer umgebauten Seterhütte getroffen hatten, war so fern, dass ich schon bald das Gefühl hatte, es hätte ihn nie gegeben. Was sie mich über korrekte Sprache, Verhalten, Kunstgeschichte, Liebe und Literatur gelehrt hatte, zeugte aber noch immer davon. Für sie war unser Verhältnis wie ein zusammenhängender Sant Jordi gewesen, ein Festtag, an dem Frauen ihren Geliebten Bücher schenkten und diese ihnen Rosen. Wie auch immer, ich werde den Sommer mit Petrarcas Sonetten und Ritas Sonett nie vergessen.

»Danke«, sagte ich leise.

»Bedank dich nicht zu früh«, sagte sie ebenso leise. »Das Spiel geht los.«

Ich sah, dass der Anstoß tatsächlich gerade ausgeführt worden war.

»Gegen wen spielen wir?«, flüsterte ich.

»Das frage ich mich auch manchmal«, erwiderte sie.

»Sagt Kurt dir das nicht?« Ich deutete mit dem Kopf zur anderen Seite des Spielfelds, wo Kurt Olsen stand. Sein blonder Haarmopp war deutlich zu erkennen. Mit Zigarette im Mundwinkel und vor der Brust verschränkten Armen stand er neben der Bank der Ersatzspieler. Damals hatten nicht viele dem Gerücht Glauben geschenkt, dass Rita wirklich etwas mit diesem Siebzehnjährigen hatte, dabei war Ritas Vorliebe für jüngere Männer ja auch wieder zum Vorschein gekommen, als sie nach einigen Jahren als Witwe mit Kurt Olsen zusammengekommen war, der in der Schule eine Klasse unter mir gewesen war.

»Kurt hat Schweigepflicht«, sagte sie. »Und ich glaube, er spielt ein anderes Spiel als du und ich.«

»Und welches Spiel spielen wir?«

»Das frage ich mich auch, Roy. Du hast mir nicht gesagt, was du mit dem Campingplatz willst.«

»Einen Campingplatz betreiben?«

»Unterschätz mich bitte nicht.«

»Hast du mein Angebot deshalb noch nicht angenommen? Willst du mehr wissen, um den Preis in die Höhe zu treiben? Bis ich das zahle, was er mir wirklich wert ist?«

»Sieh an, jetzt gefällst du mir schon besser.«

»Und was, wenn ich ihn einfach haben will?«

»Unsinn. Der Besitz allein ist uninteressant. Du willst damit doch etwas machen.«

»Wir sind Bauern. Für uns ist Grund und Boden alles. Wir haben das im Blut, das ist wie eine Krankheit.«

Rita lächelte. »Geht es darum? Willst du mehr von Os, als dein Bruder hat?«

Ich zuckte mit den Schultern. »Rivalität zwischen Brüdern ist als Motivation nicht zu unterschätzen.«

»Aha«, flüsterte sie.

»Aha?«

»Du willst das jetzt vom Tisch wischen, weil ich den Nagel auf den Kopf getroffen habe. Gut, dann weiß ich, warum. Und dass dir der Platz mehr wert ist, als du zurzeit bietest. Was meinst du, sollen wir mit dem Kaufpreis zehn Prozent in die Höhe gehen?«

»Du meinst fünfeinhalb Millionen? Ist das dein Preis?«

»Und wenn es so wäre?«

Die Menschen um uns herum begannen zu jubeln. Vermutlich hatten wir bereits ein Tor geschossen.

»Okay«, sagte ich und hielt ihr die Hand hin. »Dann sagen wir das.«

Sie starrte nach unten, schlug aber nicht ein. »Ohne zu handeln?«

»Wir Opgards handeln nicht.«

»Nein, das hat Willum mir auch schon erzählt. Aber vielleicht seid ihr mit der Zeit ja ein bisschen klüger geworden. Vielleicht ist das ja eure Strategie. Ich denke, ich kann mit dem Preis noch ein bisschen hochgehen.«

»Ich dachte, wir hätten einen Deal?«

»Nein, die zehn Prozent waren nur ein Vorschlag.«

»Verdammt, Rita, du hörst dich schon an wie Willum.«

Sie lachte kurz. »Jeder braucht einen Lehrmeister, Roy. Du hattest mich, und ich hatte meinen Mann. Im Übrigen will ich Willums Namen nicht aus deinem Mund hören oder dem deines Bruders, wenn du verstehst.«

Ihr Lächeln war noch da, der Blick hatte sich aber verfinstert. Was den Selbstmord ihres Mannes vor acht Jahren angeht, gab es ein paar Ungereimtheiten. Wobei es die für sie selbst nie gegeben hatte. Direkt nachdem Willumsen tot im Bett gefunden worden war, mit der Pistole auf dem Kissen, war ein Brief aufgetaucht, in dem er Carl ohne Weiteres dreißig Millionen Schulden erließ und überdies noch drei weitere schenkte. Ohne dieses Geld wäre das *Os Spa* nie gebaut worden. Und *mit* diesem Geld müsste Rita den Campingplatz nicht verkaufen. Vielleicht war es deshalb kein Wunder, dass sie Carl bei der Beerdigung »Mörder« ins Ohr geraunt hatte.

Da Rita die Millionen aber mehr fehlten als ihr alter, dicker, eifersüchtiger Gebrauchtwagenhändler und Geld nie mehr Hass erzeugt als echte Liebe, schien Ritas Hass mit den Jahren etwas verflogen zu sein. Naiv war ich jedoch nicht. Wenn Rita auch nur die Spur einer Chance sah, jemanden oben in Opgard zu Fall zu bringen, würde sie das tun, ohne zu zögern. Wie eben jetzt.

»Okay, gehen wir mit dem Preis zehn Prozent rauf«, sagte ich. »Morgen ist Montag, mein Angebot gilt bis nachmittags um vier. Danach gehe ich zurück zum ursprünglichen Preis.«

»Der Preis ist nur eine Sache«, sagte sie. »Viel interessanter ist doch die Frage, wie du das zahlen willst? Ich zweifle daran, dass du so viel Cash hast, und jetzt, ohne den Riksvei, wirst du deine Tankstelle nicht mehr los.«

»Dir ist schon klar, dass das nicht mein einziger Besitz ist?«

»Ja, ja, du könntest mit deinen Hotelaktien zahlen, aber das willst du nicht.«

»Warum nicht?«

»Weil du weißt, dass ich mit deinen sechs Prozent auf elf Prozent der Aktien kommen würde und dann gemeinsam mit Alpin die Mehrheit hätte. Und dann wären Carl Opgards Zeiten als Hotelchef vorbei, stattdessen säße da dann irgend so ein französisches Männlein, das zu allem Ja und Amen sagt. Also, Roy, woher willst du das Geld nehmen?«

Ich musste lächeln.

»Ich werde wohl einen Kredit aufnehmen«, sagte ich und deutete mit dem Kopf nach hinten.

Rita musterte mich von Kopf bis Fuß, wie sie es an jenem warmen Sommertag vor einer Ewigkeit getan hatte, als sie auf ihren High Heels in die Werkstatt gekommen war und ich, der Siebzehnjährige, mit bloßem Oberkörper und Ölflecken auf der Haut dagestanden hatte. Ich hatte gerade an ihrem Saab herumgeschraubt, und sie hatte eine ihrer rasierten Augenbrauen hochgezogen und gefragt, ob es noch etwas anderes gäbe, an dem ich herumschrauben wolle. Der Blick, mit dem sie mich jetzt maß, als prüfe sie meine Kreditwürdigkeit, erinnerte mich an damals.

»Viel Glück«, sagte Rita und richtete ihre Aufmerksamkeit wieder auf das Spielfeld.

Ich stieg auf der Holztribüne zwei Stufen nach oben. Selbst in Allwetterjacke sah Bankdirektor Asle Vendelbo wie ein Bankdirektor aus. Ich will damit nicht sagen, dass alle Bankdirektoren gleich aussehen, aber Asle Vendelbo war eben einer. Freundlich lächelnd und mit samtweicher Stimme. Die geborene Diskretion. Vielleicht lag ihm das im Blut, seine Familie hatte über drei Generationen hinweg als Bestatter in Notodden gearbeitet. Die meisten von uns wandten sich an sie, wenn jemand das Zeitliche gesegnet hatte, und es war schon ein seltsamer Gedanke, dass ich gerade ihnen derart viele Aufträge zugeschustert hatte. Ich stellte mich neben ihn.

»Na, Roy. Was glaubst du, gewinnen wir?«

»Kommt darauf an.«

»Worauf?«

»Dass wir offensiv genug denken.«

Vendelbo musterte mich.

»Ich werde dich um einen Kredit über hundert Millionen bitten müssen«, sagte ich.

Vendelbo sah aufs Spielfeld, wippte auf den Füßen, legte die Hände hinter den Rücken und schob die Unterlippe vor. Es ist schon seltsam, dass man auch Tics und Gewohnheiten erben kann, denn es war in diesem Moment wirklich so, als stünde Vendelbo senior auf der Beerdigung meiner Eltern vor mir.

»Ich würde jetzt so einen Pfeifton machen«, sagte Vendelbo. »Aber ich kann nicht pfeifen.«

»Was meinst du?«, fragte ich.

»Kommt sehr darauf an, wofür der Kredit ist.«

»Ich meine so generell.«

»Generell?« Er musterte mich. Fand aber nichts. »Generell würde ich sagen, dass das ein verdammt hoher Betrag für eine so kleine Bank wie unsere ist. Was uns zu der Frage bringt, welche Sicherheiten du hast.«

»Und wenn ich die habe?«

»Dann müssen wir auf Basis dieser Sicherheiten eine Risikoabwägung machen. Ein derart großer Kredit muss so oder so über die Zentrale laufen.«

»Dachte ich mir schon.«

»Du hast mich jetzt aber wirklich neugierig gemacht, Roy. Um was für ein Projekt handelt es sich denn?«

»Das erfährst du, wenn es so weit ist. Ich wollte dich nur schon mal darauf vorbereiten, dass ich dich in absehbarer Zeit bitten werde, eine entsprechende Sitzung einzuberufen. In der Zwischenzeit gehe ich davon aus, dass du dichthältst?«

Vendelbo nickte und sagte etwas, wurde aber vom wütenden Schimpfen des Publikums übertönt. Ich sah aufs Spielfeld. Unser einziger eingekaufter Spieler wurde angezählt, während das Spiel ohne Unterbrechung weiterlief.

Ich verabschiedete mich mit dem Zeigefinger an der Stirn von Vendelbo und schob mich auf der Tribüne ein Stückchen weiter. Der alte Aas nickte mir lächelnd zu, als ich mich an seiner Familie vorbeischob. Ebenso Mari. Während die Leute im Ort,

Junge wie Alte, mit jedem Jahr dicker wurden, wurde Mari nur dünner. Ich wusste wirklich nicht, ob sie noch schön war oder ich mich trotz des verhärmten Gesichts bloß an die Zeit klammerte, in der sie die Prinzessin im Ort gewesen war. Nach der Trennung von Carl war sie nach Oslo gegangen und hatte dort Volkswissenschaften studiert. Dort hatte sie Dan Krane getroffen und war mit ihm zurück nach Os gekommen. Dan Krane war wie Mari mager, mit markantem Adamsapfel und deutlich sichtbaren Adern an den Schläfen, weshalb man immer erkennen konnte, was hinter den blauen, kalten Augen vor sich ging. Er war wie die ganze Aas-Familie politisch aktiv, und ich könnte darauf wetten, dass er, als er nach Aas gekommen war, Pläne gehabt hatte, irgendwann die Bürgermeisterkette anzulegen. Seinen Job als Redakteur der arbeiterparteinahen Lokalzeitung hatte er sicher nur als Sprungbrett angesehen. Lange war auch alles nach Plan verlaufen, schließlich wohnten sie in einem Ort, in dem es keinen Carl und auch keine anderen Echos aus der Vergangenheit gab. Sie bekamen zwei Kinder, und Dan wurde zwar nicht gemocht, aber mehr und mehr respektiert. So freundlich und volksnah sich Leute wie Mari und Dan auch gaben – seien es nun die Flanellhemden oder der angenommene Dialekt –, gelang es ihnen doch nie, zu verbergen, dass sie sich als etwas Besseres fühlten und über dem gemeinen Volk eines Kaffs wie Os zu stehen glaubten. Während Dan hartnäckig daran gearbeitet hatte, sich anzupassen – er hat den Jagdschein gemacht, Gummistiefel getragen und auch als Journalist Dialektausdrücke verwendet –, passierte dann aber etwas Unvorhergesehenes. Carl kam völlig überraschend aus den USA zurück. Er hatte eine Frau mitgebracht, sodass von ihm eigentlich keine Gefahr ausgehen sollte. Aber er sah nach Geld aus. Und hörte sich auch danach an, als er auf der Bühne des Festplatzes seine Pläne rund um das *Os Spa* kundtat, an dem sich der ganze Ort beteiligen sollte. Er bewarb das Hotel als Gegengewicht zu dem geplanten Tunnel bei Todde. Niemand hatte Mari in Verdacht, es mit der Treue nicht so genau zu nehmen. Im Gegenteil gab sie sich als Tochter des Bürgermeisters eher als Moralistin.

Mir war aber schon damals klar, dass Frauen wie Mari ein Faible für Alphamännchen haben und vielleicht nicht einmal dagegen ankämpfen, sondern es als schlüssig oder schicksalhaft erachten, den Mächtigen zur Seite zu stehen. Und da Carl definitiv ein Alphamännchen war, der Erlöser, der zu den Seinen zurückgekehrt war, war es nur eine Frage der Zeit, bis die beiden ein Verhältnis anfingen, hinter dem Rücken von allen. Mit einer Ausnahme, denn Grete Smitt wusste wie immer Bescheid. Sie ist der Hai, der das Blut schon aus einer Entfernung von Kilometern riecht. Grete hatte zu den Kunden, die zu ihr in den Friseur- und Solariumsalon kamen, wo der neueste Dorftratsch im Preis inbegriffen ist, zwar nie konkret etwas gesagt, aber ein paar Gerüchte drangen doch bis zu Dan Kranes Ohren vor. Der Betrug war sicher Thema bei ihnen zu Hause, den beiden Kindern zuliebe haben sie sich jedoch nichts anmerken lassen und irgendwie weitergemacht. Die Demütigung war damit aber noch nicht zu Ende, denn Maris drittes Kind, ein kleines Mädchen, das heute sechs Jahre alt ist, sah Carl derart frappierend ähnlich, dass selbst Jo Aas – laut Grete – seine Tochter beiseitegenommen und gefragt hat, was da eigentlich vor sich gehe. Auch Dan muss es verstanden haben, trotzdem muss er die Augen davor aus Rücksicht auf seine Kinder verschlossen haben. Erstaunlicherweise waren Dan und Mari noch immer ein Paar, aber Dan war ein gebrochener Mann. Ich mochte ihn nie, wobei das eigentlich nichts zu sagen hat, weil ich kaum einen mag. Aber mit einem Kind, das Carl wie aus dem Gesicht geschnitten war, tat er mir wirklich leid. Der früher so schnelle Gang, die aufrechte Haltung und die inspirierten Leitartikel waren einem gesenkten Haupt gewichen, das man nicht selten schon vormittags im *Freien Fall* über einem Bier sah. Auch den Leitartikeln fehlte es an Begeisterung und Feuer, als wäre ihm eigentlich alles egal.

Genau wie jetzt.

Ich versuchte im Vorbeigehen, Blickkontakt mit ihm zu bekommen und ihn wenigstens kurz zu grüßen, aber Krane stand auf der Stufe über mir und übersah mich einfach. Er blickte zwar auf das Spielfeld, aber was dort vor sich ging, schien ihm wirklich am Arsch vorbeizugehen.

Ich trat neben Carl und sah zu Kurt auf der anderen Seite des Platzes. Aus der Entfernung sah es so aus, als starrte er uns an. Die Opgard-Brüder. Viele hatten sich gefragt, warum Kurt die Ersatzbank auf die andere Seite des Spielfelds verlegt hatte, schließlich bedeutete dies, dass Trainer, Ersatzspieler und das restliche Personal mindestens viermal den Platz überqueren mussten und außerdem auch noch zweimal 45 Minuten den kalten Westwind im Gesicht hatten. Einige meinten, Kurt wolle so den dummen Kommentaren des Publikums aus dem Weg gehen. Andere glaubten, gehört zu haben, dass er einen gewissen Abstand zwischen sich und die Besitzer und Sponsoren auf der VIP-Tribüne bringen wollte, um so sicher vor jedweder Einflussnahme zu sein. Ich persönlich glaube, dass es noch einen anderen Grund gab. Kurt Olsen wollte Carl und mir nicht den Rücken zudrehen. Er wollte uns in die Augen schauen und sehen, was auf ihn zukommt. Und uns zeigen, was wir zu erwarten hatten.

Eine unerwartete kalte Böe aus Osten ließ die Os-Spa-Wimpel am Rand der Tribüne flattern.

»Die gehen heute aber aufeinander los«, sagte ich.

»Typisches Derby«, erwiderte Carl und nickte. »Die gegnerische Mannschaft hätte eigentlich schon zwei Gelbe Karten bekommen müssen.«

Ich seufzte. Sah auf die Uhr. Noch eine halbe Stunde. Und das war erst die erste Halbzeit.

# 5

Der Aufstieg wurde noch am selben Abend im *Freien Fall* gefeiert.

Alle waren da, wie es so schön heißt.

Ich selbst hatte mehr Lust auf einen Abend allein, das heißt einzig in Gesellschaft der Pläne für die Achterbahn und der 90-sekündigen Filmsequenz meiner Achterbahnfahrt in Polen. Ich hatte mich etwas in die Physik eingelesen. Geschwindigkeit, Gewicht, Reibung, Luftwiderstand, Temperatur und so weiter. Es ist ein Spiel von in unterschiedlichste Richtungen wirkenden Kräften, die gegenseitig in Schach gehalten werden müssen, sonst riskiert man das totale Chaos. Zum Glück ist das alles aber berechenbar, außerdem hält sich die Physik viel genauer an Gesetze, als Menschen das tun. Ich liebte diese Planzeichnungen, die strenge, aus Quadern, Würfeln und Parallelepipeden aufgebaute Geometrie, die so ganz anders ist als die eleganten Kurven der Bahn, die den Verlauf der Berge im Hintergrund spiegelten. Die Bahn war nicht so monströs wie die neuesten Projekte in den USA und in Asien mit 140 Metern Höhe und einer Maximalgeschwindigkeit von 240 Stundenkilometern. Hielt sich die Konstruktion an die Zeichnung, würde es zwar die höchste hölzerne Bahn der Welt werden, doch das war einzig und allein eine Folge der Ästhetik, des Verschmelzens von Kunst und Physik. Das Gesamterlebnis vom ersten Anblick der Bahn, wenn man sich im Tal näherte, bis hin zu dem Moment, in dem man über alle Höhen gejagt wurde und nicht mehr kontrollieren konnte, was mit einem geschah. Es sollte wie ein Konzert sein, bei dem man einfach all seine Sinne öffnen und sich hingeben musste.

Mir ist das immer extrem schwergefallen, das Leben hat mir in diesem Punkt aber auch einige Lektionen erteilt.

Moore war etwas zurückhaltend, was eine Bahn anging, die auf Zeichnungen basierte, die seine Firma nicht selbst erstellt hatte, er hatte mir aber versprochen, sich die Unterlagen anzuschauen.

Carl hielt es für meine Pflicht, auch noch an dem Fest teilzunehmen. »Du bist Sponsor, die Leute würden sich fragen, warum du nicht da bist.«

Und deshalb stand auch ich schließlich an der Bar, während Fans und Spieler auf der kleinen Tanzfläche auf und ab hüpften und gemeinsam mit Freddie Mercury »We Are the Champions« grölten.

»Ist das geil?«, rief Julie, die kaum mit dem Zapfen nachkam.

»Schon«, sagte ich. »Wir nehmen heute vermutlich mehr ein als sonst im ganzen Monat.«

»Du Idiot!«, rief sie lachend und schlug mir mit ihrer freien Hand auf die Schulter. »Wir sind aufgestiegen, Roy! Jetzt freu dich doch mal mit!«

Ich zuckte mit den Achseln. »Ich freue mich doch, Julie. Sorry, dass ich nicht so wie die ausrasten kann, dass wir von einer Scheißliga in die nächste aufgestiegen sind. Ich bin viel gespannter, was da passiert.« Ich zeigte auf ihren runden Bauch.

»Ich auch«, sagte sie. »Beim zweiten Mal soll es ja leichter sein.«

Ich nickte. Beim zweiten Mal ist alles leichter. Julie war mittlerweile fünfundzwanzig, und von der unschuldigen, wenn auch irgendwie aufmüpfigen Jugendlichen, die als Siebzehnjährige bei mir in der Tankstelle zu arbeiten begonnen hatte, war nichts mehr zu sehen. Sie hatte etwas zugelegt, entsprach laut Carl damit dem dörflichen Schönheitsideal, und sie hatte die Ruhe und das Selbstvertrauen, das manche Frauen erst entwickeln, wenn sie Mütter werden.

»An was denkst du?«, fragte sie, während Erik Nerell sich mit einem Tablett leerer Gläser an ihr vorbeischob.

»An damals, als du mich als Siebzehnjährige jedes Mal rufen musstest, wenn jemand Kippen kaufen wollte«, sagte ich. »Wie sehr du dich verändert hast.«

Sie lächelte. Und niemand lächelte wie Julie.

»Apropos Veränderung«, sagte sie. »Hast du Natalie Moe gesehen?«

»Nein, hab bloß gehört, dass sie einen Job im Hotel bekommen hat.«

»Das ist nicht irgendein Job. Als Marketingchefin sollte man vielleicht besser von einer Anstellung sprechen. Apropos Job. Wir wollten dich fragen, ob du Patenonkel werden willst?«

Ich kriegte das Bier in die falsche Röhre und musste husten. »Noch mal?«, fragte ich. »Habt ihr beim letzten Mal nicht gemerkt, dass ich dafür völlig ungeeignet bin?«

»Doch«, sagte eine Stimme. »Aus unserer Sicht ist es aber besser, einen Heiden zu nehmen, das mindert das Risiko, dass unsere Kinder zu christlich werden.«

Alex hatte sich etwas angetrunken hinter Julie geschoben und seine Arme um sie gelegt. Seine Haare waren noch immer so dicht und kurz geschnitten, dass sie wie aufgemalt aussahen. Zusätzlich hatte er sie wie ein italienischer Fußballer mit Gel zur Seite gescheitelt, aber das war's dann auch schon mit den Ähnlichkeiten. Vor der Saison hatten sich alle Spieler in der Lokalzeitung mit einem Satz vorstellen sollen, und Alex hatte geschrieben: *»Ich bin technisch nicht so gut, dafür aber langsam.«*

»Los, ab, auf die richtige Seite des Tresens!«, rief Julie lachend und wand sich aus den Armen ihres Partners.

»He, ich bin ein Spieler!«, schimpfte Alex gekünstelt.

»Ja und?«

»Heute müssen wir belohnt werden!« Er beugte sich mit Kussmund zu ihr vor.

»Na dann«, sagte sie und klatschte ihm einen biergetränkten Lappen ins Gesicht. »Und jetzt ab mit dir!«

Alex seufzte und sah Hilfe suchend zu mir, aber ich schüttelte nur den Kopf. Er ging um den Tresen herum. »Hab dich heute auf der Tribüne gesehen.«

»Klar«, sagte ich. »Du warst gut heute.«

»Ich habe auf der Bank gesessen.«

»Eben.«

Er lachte. »Du Arsch!«

»Einmal Arsch, immer Arsch«, sagte Kurt Olsen, der auf der anderen Seite neben mich getreten war. »Ein Bier, Julie.«

Das mit der Veränderung galt nicht für Kurt Olsen. Er war noch immer der schlanke Mann mit den hohlen Wangen, dem Hufeisenbart und dem blonden Boris-Johnson-Mopp, den er von seinem Vater geerbt hatte. Seine Haut glänzte dank Zehnerkarte in Gretes Solarium und Winterferien auf Gran Canaria das ganze Jahr über goldbraun, und auch was seine Kleider anging, zeigte er eine beeindruckende Konstanz. Er schien wirklich zu den Männern zu gehören, die ein Leben lang das trugen, was sie anhatten, als sie zum ersten Mal eine Frau für sich gewinnen konnten. In Kurts Fall muss das irgendwann in den Neunzigern gewesen sein. Die Hipster in den Städten hatten damals Country gehört, alles von Wilco bis zu den Jayhawks, während auf dem Land Garth Brooks angesagt war. Kurt Olsens Bekleidung passte in beide Lager, die enge Jeans unterstrich den o-beinigen Gang und betonte die Schlangenlederstiefel, die er von seinem Vater, dem früheren Ortspolizisten, geerbt hatte. Als Spieler sei Kurt mit Abstand der beste von OS FK gewesen, sagten die Leute. Er sei nicht nur technisch bewandert gewesen, sondern wäre die neunzig Minuten durchgelaufen und hätte niemals aufgegeben. Es hieß, er hätte auch in den oberen Ligen spielen können, aber alle Angebote ausgeschlagen, vermutlich wollte er lieber der Star in Os als ein Reservist in der Profiliga sein. Seine Karriere endete abrupt mit achtundzwanzig durch eine Knieverletzung.

»Gratuliere zum Aufstieg«, sagte ich. »Macht ihr in der nächsten Liga auch wieder so einen Durchmarsch?«

»Die meisten hier sagen *wir* und nicht *ihr*, wenn sie vom

Klub sprechen, Roy.« Er sah Julie beim Zapfen zu. »Und nein, die nächste Liga ist für Erwachsene. Da muss dein Bruder noch ein bisschen Geld lockermachen.«

»Wofür?«

»Einen schnellen Abwehrspieler.«

»Alex ist Abwehrspieler. Gratis und von hier.«

»Ich habe schnell gesagt«, erwiderte Kurt und sah seufzend zu Alex. »Im Fußball ist nichts gratis, schon gar nicht Erfolg, da ist man sich sogar in der Forschung einig. Die Mannschaft mit den meisten Siegen ist immer auch die Mannschaft mit den höchsten Spielerlöhnen. Das ist so einfach, wie es brutal ist.«

»Also nicht die Mannschaft mit dem besten Trainer?«

Kurt Olsen nahm Julie das Bier ab und setzte das Glas an. Die Musik wechselte von Queen zu dem Gitarrenriff von den White Stripes. Alle johlten mit a-a-a-a. Kurt wischte sich den Schaum aus dem Bart und stellte das Glas auf den Tresen.

»Allem Anschein nach hast du wirklich keine Ahnung, Roy, ich kann dir aber versichern, dass nicht einmal Mourinho etwas aus einem talentlosen Spieler machen könnte.«

Ich hob meine Flasche an. »Wäre es dann nicht schlau, den gut bezahlten Trainer zu feuern und stattdessen Alex etwas zu zahlen? Damit die Spielerlöhne steigen, meine ich.«

Ich trank und hörte Alex' Lachen und wie Kurt ihn bat, Leine zu ziehen. Als ich die Flasche sinken ließ, hatte Kurt mich mit seinem Blick fixiert.

»Es gibt gewisse Ähnlichkeiten zwischen dem Job als Trainer und dem eines Polizisten«, sagte er. »Weißt du, in welcher Hinsicht?«

»Ist das jetzt der Punkt, an dem ich sagen soll: Nee, erzähl mal?«

Seine Augen wurden schmal. »Man muss immer vorausschauend handeln. Ich sorge dafür, dass es keinen Ärger gibt, dass unglückliche Situationen gar nicht erst aufkommen. Das Trikot mit der 10 bekommt der beste Spieler, während die Kapitänsbinde an den geht, von dem ich weiß, dass er meiner Spielstrategie am sichersten folgen wird. Ich sage Stanley Spind, dass er als Arzt unser Trikot tragen, aber nicht mit den Jungs duschen soll. Um …«

»… vorausschauend zu handeln?«

Kurt drehte das Glas in der Hand. »Ich habe gesehen, dass du während des Spiels mit Rita geredet hast?«

»Du hast das gesehen? Fandst du das Spiel auch langweilig?«

Kurt legte die Hand auf meine Schulter und drückte zu. »Ich weiß, dass Rita ein bisschen mit dir gespielt hast, als du noch sehr jung warst. Für sie hatte das aber keine Bedeutung, und sie hat mir erzählt, dass du im Bett eine echte Niete warst, Roy. Nicht nur unerfahren, sondern geradezu talentlos.«

»Also nicht einmal, wenn sie Mourinho gewesen wäre, hätte aus mir …«

»Roy …« Er drückte fester zu und bohrte seinen Daumen unter mein Schlüsselbein. »Es ist möglich, dass ich im Moment nicht zu hundert Prozent nüchtern bin und ich deshalb jetzt endlich Klartext mit dir rede. Aber wenn ich noch einmal sehe, dass du dich Rita auch nur näherst, werde ich dich so was von in den Arsch ficken.«

»Komm nur, ich mach dann die Beine breit.«

Kurt prustete, sodass mir sein Bier ins Gesicht spritzte. »Willst du es wirklich darauf anlegen, Roy? Echt? Damit du Gelegenheit hast, deine berühmte Rechte einzusetzen? Ich weiß, dass du bei diesen Prügeleien richtig gut warst, aber wir sind schon lange keine Jugendlichen mehr, heute würde ich den Boden mit dir aufwischen, Roy, versuch es nur. Schlag zu.« Er zeigte auf die Spitze seines Kinns. »Schlag einen Polizisten, dann können wir dich endlich dahin stecken, wo du und dein Bruder längst sein sollten. In den Bau.«

Er sog die Wangen ein, als sammelte er Speichel im Mund. Doch statt zu spucken, zog er meinen Kopf zu sich und fauchte mir ins Ohr. »In den Bau, Roy! Le-bens-läng-lich. Blöd für euch, dass heute nichts mehr verjährt. So werde ich euch auf den Fersen sein, bis ihr das Zeitliche segnet.« Er ließ mich los und lachte. »Rita sagt, du willst den Campingplatz? Wenn du noch was zu diesem Angebot sagen willst, kommst du zu mir, verstanden?

Und mach bloß ein gutes Pokerface, mich verarschst du nicht so schnell.«

Er nahm sein Bier und ging. Sein o-beiniges Watscheln ließ nicht erkennen, wie viel er wirklich getrunken hatte.

»Was war das denn?«, fragte Julie, die uns ganz offensichtlich beobachtet, aber kein Wort verstanden hatte.

»White Stripes«, sagte ich. »Cooles Riff, oder?«

# 6

Es war sechs Uhr früh, als ich zu meiner Tankstelle kam.

Manchmal muss ich mich wirklich daran erinnern, dass es meine ist. Ich habe sie so lange als Pächter für die Erdölgesellschaft betrieben, dass sich dieses Gefühl noch nicht ganz gelegt hatte.

»Moin, Chef«, grüßte Egil mich vom Tresen aus. Er arbeitete seit zehn Jahren hier, und ich konnte mich nicht daran erinnern, zur Begrüßung jemals etwas anderes als diese beiden Wörter gehört zu haben. Es machte keinen Unterschied, dass ich nur noch sporadisch in der Tankstelle arbeitete und ihm einen Großteil der Verantwortung übertragen hatte. Wir hatten rund um die Uhr geöffnet, und die Nacht auf Montag konnte ziemlich arbeitsintensiv sein, wenn die Ferienhausgäste nach dem Wochenende wieder nach Hause fuhren.

Als ich kam, hatte ich Egil an den Pumpen aufräumen und putzen sehen. Trotzdem lagen noch einige Fastfood-Verpackungen und Zigarettenkippen an der Stelle, wo sich die neue Generation Jugendlicher traf. Aber okay, Nachtwachen sollen die Tanke nur im Sonderfall verlassen, wenn sie allein sind.

»Ich räume da noch auf, wenn ich gehe«, sagte Egil, als hätte er meine Gedanken gelesen. Er war nicht immer eine vertrauenswürdige Person gewesen, manchmal hat er blaugemacht oder sich in den Regalen bedient. Als ich ihm, statt ihn wie erwartet zu entlassen, eine neue Chance gegeben habe, war aber etwas mit ihm geschehen, sodass es anschließend ziemlich lange gut gegangen war. So lange, dass ich ihm, als er wieder auf Abwege geriet, eine neue Chance gab. Mit der Zeit habe ich ihm mehr

Verantwortung übertragen, und er ist mit dieser Verantwortung gewachsen. Und nachdem ich ihn dann schließlich auch noch an dem Bonus beteiligt habe, den wir wegen des guten Jahresabschlusses bekommen hatten, wurde seine Haltung immer aufrechter. Die Rede war nicht von großen Beträgen, aber trotzdem hat er mir in die Augen gesehen und seinen unterwürfigen Blick aufgegeben. Und als wir dann andere Jugendliche als Hilfskräfte eingestellt haben, hat er wieder das Plakat aufgehängt, das früher an der Wand der Personaltoilette gehangen hatte, »TU, WAS GETAN WERDEN MUSS. ALLES HÄNGT AN DIR. UND TU ES JETZT«, und ihnen noch dazu erklärt, dass damit nicht das Scheißen gemeint war.

»Cool, dieser Aufstieg«, sagte Egil und tippte auf Kasse-Shift-Menü. Dann hörte ich den Drucker den Umsatzbericht für die letzten 24 Stunden ausspucken. »Warst du bei der Party im *Freien Fall*?«

»Eine Weile.«

»Hast du gehört, ob wir diesen Stürmer aus Notodden kriegen?«

»*Nope*«, sagte ich und sah, dass die Brötchen, die über Nacht aufgetaut und gegangen waren, bereit zum Bestreichen waren. »Das Interessanteste, was ich gehört habe, war eigentlich The White Stripes.«

»›Seven Nation Army‹?«

Mir fiel wieder ein, dass Egil ein richtiger Fußballnerd war. Wenn ich mich recht erinnerte, war sein Klub Manchester City.

»Es überrascht mich eigentlich, dass Fußballfans einen so guten Geschmack haben. Das ist wirklich ein cooler Song. Ist das eigentlich der Song deiner Mannschaft?«

»Nee, nee, das ist ›Hey Jude‹.«

»The Beatles? Ich dachte, in Manchester würde man alles aus Liverpool hassen?«

»Schon, aber das ist ja der Trick. Wir nehmen dem Gegner das Beste, das sie haben, und nutzen es gegen sie.«

»Aha?«

»Das ist genau wie mit ›Seven Nation Army‹. Eigentlich war das der Song von Club Brugge. Sie haben ihn gesungen, als sie AC Milan in Italien besiegt haben. Aber als dann Rom bei ihnen zu Hause zu Gast war, hatten die Rom-Fans die Lektion gelernt und sangen ›Seven Nation Army‹ gegen das Heimpublikum an. Und haben das Spiel gewonnen.«

Ich nickte. Die Waffen des Feindes stehlen. Nicht schlecht. Das hatte was, ich wusste nur noch nicht, was genau. Aber vielleicht konnte ich das mal gebrauchen.

Egil holte seine Jacke aus dem Personalraum und sagte, dass Daniel mich dann um zwei ablösen würde. Danach war er weg. Natürlich ließ ich Egil die Musik spielen, die er wollte. Kaum dass er durch die Tür war, legte ich aber J. J. Cales »Stay Around« auf. Das Album war sechs Jahre nach J. J. Cales Tod erschienen, und ja, man sollte skeptisch sein, wenn jemand nach dem Tod eines Künstlers alle nicht veröffentlichten Skizzen rausgibt. Es ist auch schwer zu sagen, ob dieses Album wirklich gut ist, schließlich ist es nicht so leicht, kritisch gegenüber seinen toten Helden oder Heldinnen zu sein. Ich war kritisch gewesen, als ich die Entwürfe für die Achterbahn gefunden hatte, oder etwa nicht? Liebte ich diese Pläne womöglich nur, weil ich *sie* geliebt hatte? Ich stellte mir vor, dass Shannon sie oben in der Küche in Opgard gezeichnet hatte, während sie darauf wartete, dass der Bau des Hotels endlich begann. Sie musste auf die Silhouette der Berge gestarrt haben. Wie sie Budalsvannet und Ottertind im Hintergrund gezeichnet hatte, war mir gleich klar gewesen, dass sie den Campingplatz als Baugrund vorgesehen hatte. Carl ist aus allen Wolken gefallen, als ich die Achterbahn zum ersten Mal angesprochen habe. Shannon schien die Zeichnungen wirklich niemandem gezeigt zu haben. Und warum auch? Die Idee einer so großen Bahn hier oben in den Bergen war ohnehin verrückt.

Ich hatte lange darüber nachgedacht, ob ich Carl sagen sollte, dass ich die Zeichnungen hatte und dass sie von Shannon seien. Zum einen hatte ich Angst, dass er mich sofort durchschauen würde, er kannte mich schließlich gut, warum ich – der nüchterne Pragmatiker – auf einmal ein derartiges Projekt durchführen *musste*. Ja, dass es mir um mehr ging als den Synergieeffekt zwischen dem *Os Spa* und einer hölzernen Achterbahn. Zum anderen war ich mir nicht sicher, dass er ein Projekt unterstützen würde, das auf Shannons Vorstellungen aufbaute. Nach ihrem Tod hatte Carl nicht ein einziges Mal die Mappe mit ihren Entwürfen durchgeblättert, sondern mich stattdessen gebeten, alles einfach wegzuwerfen: »Die Spuren dieser Hure müssen samt und sonders ausgemerzt werden.«

Aber wusste ich wirklich, was ich wollte, oder redete ich mir etwas ein? Wollte ich diese Bahn nur bauen, um die Frau zu ehren, die ich geliebt habe, und um ihr ein Denkmal zu setzen, wo ich hingehen konnte, da Shannon ja in ihrer Heimat in Barbados beerdigt worden war? Oder war da noch etwas anderes, etwas weniger Selbstzerstörerisches in mir? Könige haben Kirchen bauen lassen, nicht um Gottes Größe zu zeigen, sondern ihre eigene. Papa hatte sich für die Wikingerzeit begeistern können, als Männer noch echte Männer waren, und so weiter. Die Geschichte der beiden Brüder Sigurd und Øystein, die sich ein Königreich teilten, war mir nicht aus dem Kopf gegangen. Øystein war der kluge, charmante, gewinnende der beiden. Er ließ einige Denkmäler für sich selbst errichten, unter anderen die riesige Berghalle im Dovre-Gebirge, während Sigurd, die dunkle, verschlossene Seele, lediglich ein Gebäude errichten ließ. Die Kathedrale in Oslo. Die beiden hatten vermutlich ein kompliziertes Verhältnis, da Øystein vom Volk als der eigentliche König erachtet wurde. Nach seinem Tod mussten die Menschen Sigurd als alleinigen König widerwillig anerkennen, trotzdem ist er es, der als Sigurd der Jerusalemfahrer von den beiden in die Geschichte eingegangen ist.

Ich sah auf die Uhr. Rita Willumsen hatte jetzt noch zehn Stunden.

Der Tag begann ruhig. Ein paar Kunden aus der Gegend, die tankten, bezahlten und wieder gingen, ohne Small Talk zu erwarten. Der Fahrer von Nor Tekstil, der jeden Werktag die Schmutzwäsche aus dem *Os Spa* holte, hielt für einen Kaffee und drei Wörter über das Wetter, bevor er weiter zur Reinigung in Skien fuhr. Dagur, der Isländer, der eine der beiden Taxen von Os fuhr, betankte seinen roten Mercedes und erzählte, dass er erwog, den Wagen gegen ein Hybridfahrzeug einzutauschen, wie es Lillabeth und ihr Mann getan hatten, die das andere Taxi fuhren. Angeblich hätten sie so zwanzig Prozent der Betriebskosten eingespart. Ich nickte und sagte, dass ich Pläne hätte, die Tankstelle um zwei Schnellladestationen zu erweitern. Es war inzwischen kurz vor elf, ein bis dato guter Tag, bis ich Grete Smitt auf der anderen Straßenseite entdeckte, in Crocs und T-Shirt. Leider sah sie gründlich nach links und rechts, bevor sie die Straße überquerte. Die automatischen Glastüren seufzten heiser, als sie sich für sie öffneten, und ließen mich an Darth Vader denken.

In der Schule waren Gretes Haare immer aschblond und strähnig gewesen. Später dann aschblond und dauergewellt, was einen geradezu gruseligen Effekt hatte. Verstärkt wurde er noch durch die tiefe Falte, die sich wie ein Axthieb von der Stirn bis zwischen die Augen zog und selbst den Teufel in die Flucht geschlagen hätte. Ich weiß, dass es nicht jedem Menschen gegeben sein kann, schön zu sein, aber bei Grete war unser Schöpfer wirklich sehr schlecht aufgelegt gewesen. Seit sie einen Lover hatte, war sie etwas aufgeblüht, was ich bei jedem anderen Menschen sicher als eine Art göttliche Gerechtigkeit empfunden hätte. Grete Smitt war aber nicht jeder andere, sie war so voller Bosheit, dass unser Schöpfer ihr nichts schuldete, und das galt auch für mich. Trotzdem war sie mein Darth Vader, was sie nur allzu gut wusste. Mit all ihrem Wissen, ob nun gesehen, gehört oder auch nur zusammengereimt, war sie wie eine Landmine, die nur darauf wartete, Carl und mir die Eier wegzublasen. Eine Landmine, die nur auf den richtigen Moment wartete, darauf, dass es sich wirklich lohnte.

»Hallo, Roy. Was willst du mit dem Campingplatz?«

Sie stand vor mir und tat nicht einmal so, als wollte sie etwas kaufen.

»Du hast heute also Rita Willumsen frisiert?«, fragte ich.

»Nein. Kurt war da und hat gefragt, ob ich etwas weiß.«

»Dein Tratschsalon wird jetzt also schon von der Polizei bei ihren Ermittlungen benutzt?«

»Ich glaube, du solltest froh sein, dass das keine Polizeiermittlung ist, Roy.«

Wir starrten uns gegenseitig nieder, und ich zog als Verlierer geschlagen den Kopf ein.

»Ein Teilchen, Grete?«

»Nein.«

»Diät?«

»Komm schon, Roy.«

Ich räusperte mich. »Gehen wir mal davon aus, dass ich auf dem Platz nicht campen will, warum sollte ich dir das dann sagen?«

»Weil ich dir gerade gesagt habe, dass Kurt der Sache nachgeht. *Quid pro quo*, nicht wahr?«

Bei uns im Ort wurde so selten Latein gesprochen, dass ich sie überrascht ansah. Aber vielleicht kam das durch dieses Gerichtsdrama, das auf Netflix lief und bei dem man, laut Simon, so viel lernen konnte.

»Okay. Dann sagen wir, dass ich den Platz zum Campen will. Dann sind wir quitt«, erwiderte ich.

Sie starrte mich an. »Du lügst.«

Ich zuckte mit den Achseln. »Drei Teilchen zum Preis von zwei?«

Grete Smitt machte auf der Stelle kehrt, sodass die Crocs über den Boden quietschten. In der offenen Tür blieb sie noch einmal kurz stehen. Kalte Luft schwappte herein.

»Natalie Moe ist übrigens wieder da.«

Die Türen schlossen sich hinter ihr, und dieses Mal klang das Seufzen fast erleichtert.

Um zwölf Uhr rief Kurt Olsen an. Seine Stimme war nach dem gestrigen Tag noch heiser. Er kam gleich zur Sache. »Wenn du noch eine Million drauflegst, gehört der Platz dir, okay?«

»Das ist viel«, sagte ich. »Ich glaube, ich bleibe erst einmal bei fünfeinhalb. Nach vier Uhr geht es dann wieder runter auf fünf.«

»Oha, dann stimmt es also nicht, was du überall erzählst? Dass ihr Opgards nicht handelt?«

»Wer handelt hier, Kurt? Weiß Rita überhaupt, was du da treibst?«

»Warum ... sollte sie das nicht wissen?«

»Weil ich daran zweifle, dass sie so plump versuchen würde, den Preis nach oben zu treiben, wie du das gerade tust.«

»Wovon redest du eigentlich?«

»Rita wäre eher um den heißen Brei herumgeschlichen, um so herauszubekommen, wie weit ich zu gehen bereit bin, bevor ich aussteige. Und dann hätte sie es darauf ankommen lassen, ob ich nicht doch noch etwas drauflege. Du knallst stattdessen eine Zahl auf den Tisch, wodurch ich jetzt weiß, dass ihr verkaufen wollt. Und wenn ich recht habe, hättet ihr zwar lieber mehr, würdet aber auch für fünfeinhalb verkaufen. Schließlich weiß niemand, was der Platz noch wert ist, wenn der Toddetunnel erst mal gebaut ist. Außerdem stehen hier draußen auf dem Land die Campingplatz-Interessenten ja nicht gerade Schlange, oder?«

Es blieb eine ganze Weile still. Das heißt, ich hörte Kurts Finger über sein unrasiertes Kinn streichen. In Gedanken sah ich ihn vor mir, noch etwas angeschlagen vom Alkohol, und dann hörte ich ein leises Knacken, das nur von seinen Gedanken kommen konnte. Und weil das Denken nicht seine Stärke ist, dauerte es. Zu lange, denn jetzt schenkte ich seiner Antwort keinen Glauben mehr.

»Im Gegenteil, wir haben eins«, sagte er.

»Ach, erzähl.«

»Wir haben ein Angebot über sechs Komma vier.«

»So einfach aus dem Nichts heraus?«

»Nee, nee, ich habe jemanden angerufen, der sich schon lange für den Platz interessiert.«

»Um einen Campingplatz zu besitzen?«

»Womöglich.«

»Und wer ist das?«

»Das kann ich dir jetzt noch nicht sagen.«

»Ich erfahre es doch so oder so, wenn er den Platz kauft.«

Kurt antwortete nicht. Eigentlich hätte ihm klar sein müssen, dass ich diese Lüge durchschaute. Ich hasste Kurt Olsen aber nicht so sehr wie er mich, es fehlte mir einfach an Gründen. Deshalb sagte ich nichts. Ich wollte ihm Zeit zum Nachdenken und für einen einigermaßen ehrbaren Rückzug geben. Die Sekunden verstrichen, und irgendwann erkannte ich, dass er diese Chance nicht nutzen würde. Gleichzeitig kamen mir auch Zweifel. Gab es womöglich wirklich einen anderen Interessenten? Aber wer würde denn einen Campingplatz kaufen, der kurz davorstand, von der Zivilisation gekappt zu werden.

Und dann fiel der Groschen.

Es konnte nur jemand sein, der wusste, dass dies nicht passieren würde.

»Lass mich darüber nachdenken«, sagte ich.

»Tu das, du hast bis ... sagen wir vier Uhr?« Ich hörte die Genugtuung in seiner Stimme.

»Okay«, sagte ich.

»Und, Roy? Ich traue dir nicht über den Weg, deshalb will ich alles schriftlich.«

»In Ordnung.«

Wir legten auf, und ich rief Carl an.

# 7

Zehn nach zwei fuhr ich von der Tankstelle in Richtung Zentrum und dann über die neu angelegte Straße nach oben zum Hotel. Dreihundert Höhenmeter später parkte ich den Wagen vor dem Hauptgebäude. Das *Os Spa* sieht auf den ersten Blick gar nicht so spektakulär aus. Es ist eher schlicht gehalten, und die länglichen Hotelflügel folgen dem Gelände und fügen sich in die Landschaft ein. Der frühere Bürgermeister Aas meinte, dass ihn der Komplex ein bisschen an die alten deutschen Bunker erinnerte, die er noch aus seiner Kindheit kannte. Man müsste wirklich zweimal hinschauen, um alles zu erfassen. Das hat ihn aber nicht davon abgehalten, sein Geld, wie rund hundert andere Leute aus dem Ort auch, in das Hotel zu stecken, als nach dem Brand die Aktiengesellschaft gegründet worden war. Es handelte sich nicht um große Summen, sie reichten aber aus, damit die Leute sich als Miteigentümer fühlten und sagen konnten, dass ihnen ein Hotel gehörte. Die Bilanzen waren solide, trotzdem waren in den letzten sieben Jahren keine Renditen ausgezahlt worden. Carl hatte in der Generalversammlung wieder und wieder erklärt, dass das am Anfang häufig so sei. Und da niemand wirklich sagen könne, welchen Einfluss die neue Verkehrsführung auf den Hotelbetrieb hätte, wäre es jetzt auch schwierig, neue Käufer für die Aktien zu finden. Deshalb waren nur wenige Aktionäre bereit gewesen, noch einmal Geld für die Erweiterung einzubringen, weshalb sie sich mehrheitlich für den Einstieg der Franzosen entschieden hatten. Der neue Flügel aus grauem Beton und hellem Holz stand kurz vor dem Baubeginn. Maschinen und Fahrzeuge der litauischen Baufirma mit dem Logo AUB waren bereits vor Ort. Voss Gilbert, der nach zehn Jahren Amtszeit noch immer als der »neue« Bürgermeister bezeichnet wurde, wartete bereits darauf, begleitet von Blasmusik, den Spaten zum ersten Mal in die Erde zu stechen.

Ich ging in die Lobby. Granit, Glas und Holz. Eine Büste von Jo Aas. Kein Hinweis auf die Frau, die das Hotel entworfen hatte, obwohl mir jedes Mal, wenn ich hierherkam, bewusst wurde, wie genial alles ineinandergriff. Praktisch, pur, einfach und trotzdem warm und einladend. Konsequent und voller Raffinesse durchdacht. Wie Shannon Alleyne selbst.

Ich nickte der Frau an der Rezeption zu und ging zum Fahrstuhl.

Carls Büro, das gleichzeitig als Sitzungszimmer fungierte, lag in der zweiten Etage, was wirklich unpraktisch war, da die Administration einen Stock tiefer lag. Außerdem hätte man in dem großen Raum mit Blick auf die Berge die zweitbeste Suite des Hotels einrichten können, nur getoppt von der Hochzeitssuite mit Blick auf den See Budalsvannet.

Carl hatte aber auf seinem Büro im oberen Stockwerk bestanden. Seine Idee war es, treue Stammkunden, Investoren und prominente Gäste dort zum Essen einladen zu können, wie auserwählte Kreuzfahrtpassagiere an den Tisch des Kapitäns gebeten wurden.

Carl stand am Panoramafenster und sah nach draußen, als ich ohne zu klopfen eintrat.

»Der neue Flügel wird *amazing*«, sagte er, ohne sich umzudrehen. »Ich hatte gerade eine Besprechung mit Lewi.«

»Lewi?«

»Der litauische Chef von AUB. Er sagt, die Pläne wären so detailliert und fehlerfrei, dass sie nichts ändern müssten. Sie könnten einfach loslegen.« Er ging zu seinem Stuhl und hängte sein Jackett darüber. »Weißt du eigentlich, was für ein Genie sie war?«

Er sah mich an. Ich nickte und setzte mich an den langen Tisch.

»Ich habe mir ein paar Gedanken gemacht, Roy. Ich finde, wir sollten den neuen Flügel nach ihr benennen. Was meinst du?«

»Nach Shannon?«

»Ja. Alleyne-Flügel.«

Ich schluckte. »Ich dachte, du wolltest alle Spuren von ihr ausmerzen … hast du sie nicht sogar als Hure bezeichnet?«

Carl seufzte. »Die Zeit heilt alle Wunden, weißt du.«

Was für ein Schwachsinn, dachte ich. Deine vielleicht, ihre aber ganz sicher nicht. Und meine auch nicht.

»Außerdem …«, fügte er hinzu, »ist mir bewusst geworden, dass es merkwürdig, ja geradezu verdächtig wäre, wenn ich als Witwer die Tote nicht irgendwie würdigen würde. Verstehst du?«

Ich öffnete meinen Mund einen Spaltbreit, damit mich die zum Bersten angespannte Kiefermuskulatur nicht verriet, während Carl sich auf seinen luxuriösen Bürostuhl fallen ließ. »Also, was ist los?«

Ich berichtete von meinem Telefonat mit Kurt Olsen. Sollte er tatsächlich ein anderes Angebot haben, musste der andere Interessent darüber Bescheid wissen, dass die Straße vielleicht doch nicht verlegt wurde.

»Du glaubst also, dass ich …?«, sagte Carl, legte vier Finger an seinen Seidenschlips und warf mir das Lächeln zu, das seit seiner Jugend so viele Herzen von Frauen und Männern hatte weich werden lassen. Er hatte das natürlich als Witz gemeint, trotzdem versetzten seine Worte mir einen Stich. Der Gedanke berührte etwas, denn obwohl Carl und ich noch immer ähnliche ökonomische Interessen hatten, war unser wirtschaftliches Schicksal nicht mehr so eng aneinandergeknüpft, seit ich den Großteil meiner Aktien verkauft hatte. Der Gedanke, dass Carl und ich gegeneinander boten, war abwegig, im selben Boot saßen wir aber auch nicht mehr. Jedenfalls nicht ökonomisch. Die Aussicht auf lebenslange Haft war eine ganz andere Sache.

»Es könnte jemand von GeoData sein«, sagte ich.

Carl schüttelte den Kopf. »Glaube ich nicht. Das wäre zwar

kein Insiderhandel, weil hier im Ort außer dem Hotel nichts börsennotiert ist, aber strafbar wäre es vermutlich dennoch, wenn sie ihr Wissen auf diese Weise nutzen würden.«

»Einer der Partner von GeoData ist früher schon mal wegen Unterschlagung angeklagt worden.«

»Fünf Millionen sind ein stattlicher Preis für den Campingplatz, selbst mit Straße, Roy. Ich kann mir wirklich nicht vorstellen, dass zwei Geologen plötzlich auf Tourismus setzen, in einem Ort, den niemand kennt.«

»Vielleicht haben die gecheckt, dass hier was läuft, und bieten mir den Platz hinterher zu einem höheren Preis an.«

»Jetzt hör aber auf, Roy. Es mag ja sein, dass hier ein paar kleine Haie im Spiel sind. Wie Rita Willumsen und vielleicht auch dieser Partner bei GeoData. Aber das sind nur zwei, gegen dich und mich.«

»Ja, vielleicht hast du recht.« Ich stand auf und trat ans Fenster. Wie schön es war, wenn die Heide herbstlich rot im Sonnenlicht vor den Bergen leuchtete. »Es gibt da aber einen, der es auf Haie abgesehen hat und mit wirklich großen Haken fischt. Inklusive Kranwagen. Ich habe gestern auf dem Fest mit Kurt geredet. Der war zwar ein bisschen besoffen, ich glaube aber, dass der es auf uns abgesehen hat, Carl. Er hat von ›lebenslänglich‹ gesprochen. Wenn es bei ihm auch etwas anders klang. Hat mir gerade ins Gesicht gesagt, dass wir nicht auf alle Zeit straffrei davonkommen werden.«

»Hat er das?« Carl machte ein ernstes Gesicht.

»Ich kann mir nicht vorstellen, dass er irgendwas Neues weiß, vermutlich hofft er darauf, an oder in den Autowracks irgendwas zu finden.«

Carl nickte nachdenklich und kniff sich mit Daumen und Zeigefinger in die Haut unter seinem Kinn. »Ich hatte ohnehin vor, Kurt im Laufe der Woche einen neuen Vertrag anzubieten. Vielleicht sollte ich ein bisschen was drauflegen.«

»Du glaubst, ein höherer Trainerlohn wird ihn aufhalten?«

Carl beugte sich über den Schreibtisch, von dem er im Spaß immer behauptete, er sei aus dem Holz einer vom Aussterben bedrohten Palmenart auf Tuvalu hergestellt worden, und nahm den Füllfederhalter, den er von Jo Aas geschenkt bekommen hatte. »Ich war schon immer der Auffassung«, begann er und tippte rhythmisch mit dem Stift auf die Tischplatte, »dass es keine Grenzen dafür gibt, was Menschen zu tun bereit sind – oder wie in diesem Fall zu lassen bereit sind –, wenn die Bezahlung nur gut genug ist. In Form von Geld, Sex, Drogen, Macht oder Ruhm. Vor allem Letzteres. *Keine* Grenzen.«

»Du hörst dich schon wie Papa an«, sagte ich.

Der Stift hörte zu tippen auf, und ich begegnete Carls Blick und spürte die Kälte.

»Sorry«, sagte ich und hob beschwichtigend die Hände. »Aber Kurt Olsen geht es in erster Linie darum, endlich herauszufinden, wie sein Vater zu Tode gekommen ist. Und Familie ist stärker als Geld. Oder als Macht und Ruhm. Meinst du nicht auch?«

Carl saß angespannt in seinem Chefsessel und starrte mich an.

»Stimmt«, sagte er schließlich und ließ die Schultern sinken. »Verdammt, Roy, ich muss aufhören zu trinken.«

»Ach Gott, schon wieder?«

»Früher hatte ich immer erst hinterher Angst«, sagte er und ignorierte meinen Kommentar. »Mittlerweile habe ich echt das Gefühl, paranoid zu werden. Heute Nacht habe ich geträumt, dass die Franzosen hier alles an sich reißen und mich feuern, sodass ich dich um einen Job in der Tankstelle bitten muss.«

»Interessant. Was habe ich geantwortet?«

»Weiß ich nicht mehr. Vielleicht bin ich auch vorher aufgewacht. Was machst du mit dem anderen Angebot für den Campingplatz?«

Ich zuckte mit den Schultern. »Ich denke, Kurt hat mich hinter Ritas Rücken angerufen, um ihr zu zeigen, dass er ein echter Mann ist und noch eine zusätzliche Million rausholen kann. Im Grunde habe ich ihn auf die Idee gebracht, dass ja auch andere Käufer infrage kommen. Der hat den Gedanken nur weitergesponnen. Sein Zögern hat ihn allerdings entlarvt. Er war ein paar Sekunden zu langsam, als dass ich ihm den Bluff wirklich abgenommen hätte.«

»Meinst du, es nützt, ihm ein bisschen Honig um den Bart zu schmieren und die Million draufzulegen?«

Ich nickte. Carls Telefon begann zu vibrieren.

Ich drehte mich zum Fenster, nahm mein Handy und wählte, während Carl den eingehenden Anruf annahm.

»Ja?«, hörte ich.

»Ist okay«, sagte ich. »Sechseinhalb.«

»Schriftlich«, forderte Kurt und konnte kaum verbergen, wie erleichtert er war. Vermutlich hatte er Angst, den Deal, den Rita mit mir ausgehandelt hatte, gefährdet zu haben.

»Kriegst du, vorher will ich aber noch das andere Angebot sehen.«

»Ich habe dir doch alles gesagt.«

»Ich will es schwarz auf weiß haben.«

»Hör mal ...«

»Wenn du mir nicht vertraust, habe ich keinen Grund, dir zu vertrauen, Kurt. Wenn du ein Angebot erfunden hast, um den Preis in die Höhe zu treiben, wäre das für mich ein Grund, vom Vertrag zurückzutreten. Hat dir Rita das nicht erklärt?«

Ich hätte schweigen und Kurt die Oberhand lassen sollen, aber irgendwie ging das nicht, in dieser Hinsicht bin ich wirklich schwach.

»Das Angebot kam mündlich, und der Bieter wollte anonym bleiben«, sagte Kurt.

»Dann lass es dir schriftlich ausstellen. Den Namen brauche ich nicht zu wissen. Es reicht mir, wenn Rita das Angebot gesehen und abgenickt hat. Denn ihr vertraue ich.«

Kurt stieß einen leisen Fluch aus, den man nur verstand, wenn man aus Os war.

»Sechs Uhr«, sagte er. »Bei Rita.«

Carl sah mich fragend an, stand dann aber auf und redete in breitem Amerikanisch weiter. Ich gab ihm zu verstehen, dass er aufstehen und auf seinen Bildschirm schauen sollte, und tippte ein paar Zeilen ein. Ohne das Telefon vom Ohr zu nehmen, sah er sich den Text an und korrigierte ein paar Schreibfehler. Ich wollte Kurt nicht die Gelegenheit geben, seine blöden Dyslexie-Witze zu machen. Dann schickte ich den Text an den Drucker im Erdgeschoss, klopfte Carl auf die Schulter und ging nach draußen.

Am Fahrstuhl hielt ich die Tür für ein älteres Pärchen auf, das in Flip-Flops und weißen Bademänteln angelaufen kam. Drinnen starrten wir bemüht aneinander vorbei. Während die beiden in Richtung Spa und Wellness-Bereich verschwanden, ging ich an der Rezeption vorbei zu den Büros.

Die Tür des Druckerraums stand offen, und ich trat hinter eine blonde Frau, die die Blätter sortierte, die die Maschine ausspuckte. Sie hatte eine Kaffeetasse auf den Drucker gestellt, und ihr Kopf mit den großen Kopfhörern bewegte sich im Takt der Musik. Ich räusperte mich, um auf mich aufmerksam zu machen, damit sie nicht erschrak und die Kaffeetasse umkippte, wenn sie mich sah. Die Musik war allem Anschein nach aber zu laut.

Was ich hörte, kam mir bekannt vor. Es war das Gitarrenriff vom letzten Abend.

Ich räusperte mich lauter.

Die Frau drehte sich um und lächelte mich herzlich an. »Bald fertig!«, rief sie unnötig laut.

»Nimm dir die Zeit, die du brauchst«, erwiderte ich lächelnd. Ich erwartete, dass sie sich umdrehte und wieder dem Drucker zuwandte, aber sie sah mich nur an.

»Roy Opgard?«

»Ja«, sagte ich.

Sie nahm die Kopfhörer ab, und ich hörte, dass es nicht die White Stripes, sondern klassische Musik war, was sie hörte. Geigen und Bläser, das war unverkennbar.

»Erkennst du mich nicht?«

Ich sah sie an. Die eindringlichen Augen waren zu groß für das schmale Gesicht mit den hohen Wangenknochen. Und irgendwas stimmte mit der Farbe der Iris nicht, als changierte sie von Grün über Tiefblau bis zu Hellblau. Aber nicht nur die

Farbe war besonders, auch der Ausdruck. Carl und ich hatten immer von Tränenaugen gesprochen, wenn jemand einen derart sensiblen, verwundbaren Blick hatte. Abgesehen davon wirkte die junge Frau – ich schätzte sie auf Mitte zwanzig – aber weder sonderlich verletzlich noch irgendwie ängstlich. Sie hielt meinem Blick stand, ohne dass das anziehende Lächeln von ihrem Gesicht verschwand. Vermutlich erkannte ich sie deshalb nicht wieder.

»Natalie Moe«, sagte sie.

»Natalie?«, wiederholte ich ungläubig, bis es mir endlich wieder gelang, mich zusammenzureißen. »Natürlich. Mein Bruder hat mir ja gesagt, dass du jetzt hier arbeitest. Tut mir leid, das muss mein Alzheimer sein ...«

»Das muss dir doch nicht leidtun«, sagte sie. »Ich bin nur froh darüber, wenn die Leute in Os mich nicht erkennen.«

»Warum?«

Sie zuckte mit den Schultern. »Ich denke, das weißt du besser als die meisten anderen, Roy.«

Ich nickte. Das langsame Os-Nicken, das alles und nichts bedeuten konnte. Auf und ab. Dann deutete ich auf ihre Kopfhörer. »Was hörst du da?«

Sie lächelte, hatte verstanden, dass ich das Thema wechseln wollte, und sagte: »Bruckners fünfte Symphonie.«

»Ui, das hören in Os nicht gerade viele.«

»Ich höre das auch nicht so oft. Bin ... wie soll ich das sagen ... auf der Suche.«

»Suche«, wiederholte ich und schaffte es einfach nicht, mit diesem blöden Nicken aufzuhören. Zum Glück sah ich, dass der Drucker hinter ihr zur Ruhe gekommen war und ganz zuoberst mein Ausdruck lag.

»Den brauche ich«, sagte ich und streckte den Arm aus. Sie trat zur Seite.

Ich nahm das Blatt. »Schön, dich wiederzusehen, Natalie. Wo ...?«

»Nein, ich wohne nicht zu Hause bei meinem Vater«, sagte sie. »Er ist jetzt allein, aber das weißt du ja sicher.«

»Ich habe gehört, dass deine Mutter gestorben ist, ja«, erwiderte ich. Mag sein, dass sie das ›allein‹ extra betont hatte, ich ging aber nicht weiter darauf ein. Wollte nicht mehr wissen. Was ich sah, reichte mir. Sie war eine erwachsene Frau und nicht mehr das verängstigte, arme Mädchen, das Hilfe gebraucht hatte, um die Scham zu überwinden und Os hinter sich zu lassen. Ihr Zuhause.

»Wir sehen uns dann sicher noch«, sagte ich.

»Roy?«

Es war seltsam, meinen Namen aus ihrem Mund zu hören. Natalie und ich hatten kaum ein Wort gewechselt, wenn sie bei mir in der Tanke aufgetaucht war. Trotzdem gab es diese eine Sache, die uns gleichermaßen verband und auseinandertrieb. Als ich sie damals im Café in Notodden gesehen hatte, hatte sie so getan, als sähe sie mich nicht, was mir nur recht gewesen war.

In der Tür drehte ich mich noch einmal um und sah sie an. Sie sagte etwas, nur ein Wort, aber so leise, dass das Piepen des Druckers es übertönte, der das Ende des Auftrags verkündete. Lächelnd signalisierte ich, dass ich losmüsse.

Draußen auf dem Parkplatz strich die Herbstluft kühl und sanft über meine warme Stirn.

Ich setzte mich in den Volvo und ließ den Motor an.

Ich hatte das Wort von ihren Lippen gelesen.

Natalie Moe hatte Danke gesagt.

# 8

Als ich an Nergard vorbeifuhr und die Steigung begann, sah ich eine Bewegung hoch oben an der Felswand unterhalb der letzten Kurve. Sie musste aus dem Teil des Abgrunds kommen, der über die Felskante hinweg zu sehen war. Erst nach einer ganzen Weile erkannte ich, dass das, was wie ein großes Tier aussah, das langsam an der überhängenden Wand nach oben kroch, ein Auto sein musste. Ich hielt an und sah genauer hin. Ja, es war das Wrack des untersten Autos, der schwarze Cadillac DeVille, Baujahr 1979. Das Auto, das Papa ohne zu handeln von Willumsen gekauft hatte, der es als gepflegt angepriesen und behauptet hatte, es sei nur auf den langen, trockenen Highways in Nevada gebraucht worden und deshalb rostfrei. Kaum zwei Wochen später musste die Kiste in die Werkstatt und wurde im Laufe der folgenden Jahre zu meinem Schulungsobjekt in Sachen Automechanik. Im Wesentlichen habe ich damals gelernt, dass man Sachen reparieren kann. Für eine Weile glaubte ich, dass das für alles gilt. Heute bin ich nicht mehr dieser Meinung.

Als ich in die letzte Kurve einbog, hatte der Kranwagen den Cadillac bereits auf Carls 85er DeVille und dem weißen E-Jaguar von Willumsens dänischem Geldeintreiber abgelegt. Die Leute, die um den Kranwagen herumstanden, musterten mich. Einen von ihnen erkannte ich, den Mann mit der Warnweste. Ich hielt neben ihm an und ließ die Scheibe herunter.

»Gilliani?«, sagte ich fragend. »Job gewechselt? Arbeiten Sie jetzt für das Straßenwesen?«

Der Kriminaltechniker mit dem pakistanischen Äußeren

lächelte mich an und schob seine Nerdbrille höher auf die Nase. »Sie haben ein gutes Gedächtnis, Opgard. Wie lange ist das jetzt her? Sieben Jahre? Acht?« Kurt Olsen hatte damals darauf bestanden, dass das Kriminalamt Mitarbeiter in den Abgrund hinunterließ, um die Toten zu untersuchen. Die Polizisten hatten aber keine Hinweise darauf gefunden, dass es sich nicht um tragische Unfälle handelte. An der Hand des Dänen hatten sie allerdings Schmauchspuren gefunden, die ihn mit der Pistole in Verbindung brachten, die im Bett neben Willumsen gelegen hatte. Der Willumsen-Fall war damit für sie gelöst. Motiv? Das Kriminalamt sah gleich mehrere Möglichkeiten, immerhin lagen 30 Millionen Schulden im Pott. Da beide Seiten tot waren, sahen sie keine Veranlassung, weitere Ressourcen auf den Fall zu verwenden. Möglicherweise hatte sich das jetzt, sieben, acht Jahre später geändert.

»Ich gehe davon aus, dass Kurt euch wieder herbestellt hat?«, fragte ich.

»Möglich.«

»Tja, müssen Sie alle drei Wagen kriminaltechnisch untersuchen?«

»Das ist der Plan.«

»Warum? Ist seit damals irgendetwas geschehen?«

»Neue und bessere Technologien«, erwiderte Gilliani.

»Ach ja?« Ich dachte an die Sachen, die er beim letzten Mal dabeigehabt hatte, wie dieses föhnartige Dingsbums, mit dem er die Schmauchspuren entdeckt hatte. »Und was wollen Sie mit dem alten Cadillac?«

»Wie Sie ja sicher wissen, ist die Verjährungsfrist für Mord aufgehoben worden.«

»Nein, das wusste ich nicht«, log ich und erinnerte mich an den Tag, als Carl und ich im Wintergarten gesessen und im Radio gehört hatten, dass im Parlament diese Gesetzesänderung beschlossen worden war.

»Alle Morde, die weniger als fünfundzwanzig Jahre zurückliegen, unterliegen jetzt der Strafverfolgung. Für immer«, sagte Gilliani.

»Was Sie nicht sagen.«

»Doch. Olsen meint, es sei weniger als fünfundzwanzig Jahre her, dass der erste Wagen von der Straße abkam. Stimmt das?«

Ich nickte. Dachte daran, wie Carl und ich geflucht hatten, während der Radiosprecher erklärte, welche Konsequenzen das habe. Wäre diese Gesetzesänderung nur ein paar Jahre später gekommen, müssten wir uns um drei Morde weniger sorgen.

»Sind denn nach so langer Zeit überhaupt noch Spuren zu finden?«, fragte ich.

»Wir werden sehen. Dort, wo die Wagen lagen, kommt ja nur selten Regen hin, und der direkten Sonne waren sie da auch nicht ausgesetzt. Außerdem ist DNA robuster, als man gemeinhin glaubt.«

Ich versuchte, Gillianis Gesichtsausdruck zu deuten. Wollte er mir Angst machen, oder redete er so offen, weil Carl und ich damals, als die Beamten hier gewesen waren, als Täter ausgeschlossen worden waren?

»Viel Glück«, sagte ich und schlug ihm vor, dass er sich in der Küche einen Kaffee holen könnte, sollte er länger bleiben müssen. Gilliani schüttelte lächelnd den Kopf.

Ich war bei meiner dritten Tasse Kaffee, als die Mitarbeiter der Straßenmeisterei Löcher für die Halterungen der Leitplanken bohrten. Der Lärm und die Vibration ließen die dünnen Scheiben der Küchenfenster klirren, sodass ich das Telefon fast überhört hätte.

»Ja?«, rief ich in den Hörer.

»Hier ist Halden.«

»Einen kleinen Moment, bitte«, sagte ich und ging ins Wohnzimmer. Dort hatten wir inzwischen anständige Fenster. »So. Haben Sie eine Entscheidung getroffen?«

»Wo können wir uns sehen?« Er hörte sich nervös an. Ich ließ ihn einen Moment zappeln. Nervosität war gut. Wäre er zur Polizei gegangen, wäre dies eher ein Grund, ruhig zu sein. Er schlug weder Ort noch Zeit vor, sondern überließ dies mir, eine Falle war es also nicht. Außerdem war es weniger als zwei

Tage her, dass ich ihn besucht hatte. Die Polizei hätte für die Ausarbeitung eines Plans sicher länger gebraucht.

»Notodden«, sagte ich.

»Ist das nicht ein bisschen nah an Os? Wenn jemand, der Sie kennt, uns zusammen sieht …«

»*Brattrein Hotel*«, fuhr ich fort. »Mittwoch, drei Uhr nachmittags. Zimmer 333. Wenn Sie nichts anderes hören, gehen Sie direkt dorthin, und kommen Sie allein.«

»Aber Fuhr will …«

»Allein. Er kann mitkommen und im Auto warten, wenn er will.«

Es entstand eine Pause. Ich hatte das Gefühl, dass er mit jemandem, der mithörte, einen Blick tauschte. Das konnte dann nur Fuhr sein.

»Okay.«

»Gut, dann sehen wir uns.«

Ich legte auf. Starrte vor mich hin. Hatte ich Zimmer 333 vorgeschlagen, weil ich darin jeden Winkel kannte und wusste, wo das Bad lag? Andererseits waren alle Zimmer vermutlich identisch. Oder aus Nostalgie? Wollte ich das Zimmer, in dem ich zum ersten Mal mit Shannon zusammen gewesen war, noch einmal sehen? Oder lag es daran, dass auf diesem Zimmer bereits ein Fluch lag, dass ich dort meine eigene Familie verraten und den Abzweig genommen hatte, auf dem ich seit damals unterwegs war. Als zynischer Sünder ohne den moralischen Kompass, der mir bis dahin geholfen hatte, ich selbst zu sein, einem Ziel zu folgen, einen Wert zu haben, und so auch für Natalie Moe da zu sein, für die sonst niemand auch nur einen Finger krumm machte. Zweimal 333. Das ergab dann die Zahl, die für den neuen Roy Opgard passend war.

Ich rief Carl an. »Ich treffe morgen diesen Tunnel-Typen.«

»Und? Was hat er gesagt?«

»Wir reden heute Abend drüber.«

Wir legten auf. Ich setzte mich in Papas alten Ohrensessel, den Carl seltsamerweise hatte behalten wollen, als wir das Haus renovierten, und starrte auf das Telefon. Ich hatte es vermieden, GeoData oder Halden zu sagen, damit Carl sich nicht verplappern konnte. Setzten Kurts Drohungen mir zu? Oder die Tatsache, dass das Kriminalamt – buchstäblich – vor meiner Tür stand? Oder griff Carls Paranoia langsam auch auf mich über?

Ich ging in die Küche, nahm den Stift, der neben der Brotbox lag, und unterzeichnete mein Angebot. Sah zum Ofenrohr, das durch ein Loch nach oben in unser altes Kinderzimmer führte. Der Dielenboden war mit exakt so viel Abstand ausgesägt worden, dass das Haus nicht abbrannte. Carl hatte darauf gedrängt, auch die Küche zu modernisieren, aber ich hatte mich dagegen gewehrt. Warum, weiß ich eigentlich nicht. Während er an dem Ohrensessel hing, wollte ich den Ofen mit dem Rohr behalten. Weder der Sessel noch der Ofen weckten schöne Erinnerungen, aber mit der Vergangenheit verbinden einen nicht selten komplizierte Dinge.

Es war auf die Sekunde genau sechs Uhr, als ich an Rita Willumsens Tür klingelte.

Aktuell war ihr Haus noch das größte in Os, zwei ziemlich idiotisch wirkende Säulen rahmten die Haustür ein und gaben dem Ganzen einen herrschaftlichen Touch.

Während ich wartete, wurde mir bewusst, dass ich in meinen 44 Jahren in Os zum ersten Mal vor dieser Tür stand. Als ich das letzte und einzige Mal hier gewesen war, war ich durch die Kellertür gekommen.

Die Tür ging auf, und Rita überragte mich.

»Er wartet oben im Schlafzimmer«, sagte sie und trat zur Seite.

»Schlafzimmer?«, fragte ich und ging ins Haus.

»Du kennst den Weg, Roy.«

Noch ehe ich fragen konnte, was dieser Unsinn sollte, war sie im Wohnzimmer verschwunden.

Ich ging über die breite Treppe nach oben. An der Wand über dem Treppenabsatz hing ein Ölbild von Willum. Auch wenn der Künstler einen Teil des Doppelkinns weggelassen und versucht hatte, den Mann eher würdig als schleimig aussehen zu lassen, war die Darstellung so wenig vorteilhaft wie Willumsen selbst.

Die Tür zum Schlafzimmer, in dem ich auch nur ein einziges Mal gewesen war, stand offen. Ich sah hinein. Kurt lag auf dem Bett. Er war zwar bekleidet, die Pose und sein Aussehen erinnerten mich aber an die ikonische Fotografie des nackten Burt Reynolds auf dem Bärenfell, die einmal in der *Cosmopolitan* abgedruckt worden war. Nur mit dem Unterschied, dass eine Zigarette und kein Zigarillo zwischen seinen Lippen steckte und er den Kopf auf die linke und nicht auf die rechte Hand stützte. Die streckte er mir nämlich entgegen.

Ich reichte ihm mein Angebot. Er las es durch und schob den Zettel unter die Bettdecke.

»Ich dachte, du hättest vielleicht Lust, noch einmal zum Tatort zurückzukehren«, sagte er.

»Aber ... Rita und ich haben es hier nie getrieben«, sagte ich.

Kurt zuckte zusammen. Auf seiner Stirn kam schlagartig eine Ader zum Vorschein. »Hier in diesem Zimmer hast du Willum Willumsen erschossen«, sagte er.

»Und du hast mich hierherbestellt, um zu sehen, wie ich reagiere?« Ich sah mich um. Soweit ich das sehen konnte, war alles unverändert. Aber sicher war ich mir nicht, es war damals an diesem frühen Wintermorgen ja noch dunkel gewesen. Ich sog die Luft durch die Zähne. »Und? Wie funktioniert dein Röntgenblick?«

»Verdammt, du bist echt ein verflucht kalter Hund geworden, Roy.«

»Zwei Flüche in einem Satz? Was mich daran erinnert, dass ich das andere Angebot sehen will.«

»Du hast gesagt, dass es dir reicht, wenn Rita es gesehen hat.«

»Okay, dann hol sie hoch.«

»Nee, du kannst es sehen.« Er zog einen anderen Zettel unter der Bettdecke hervor, legte die Hand über den untersten Teil und hielt es mir hin. Ich kniff die Augen zusammen. Der kurze, handschriftliche Text war *mit freundlichen Grüßen* unterschrieben. Mehr konnte ich nicht lesen.

»Moment«, sagte ich, als er den Zettel wieder wegziehen wollte.

»Ach ja, tut mir leid«, sagte Kurt, »ich habe deine Leseschwäche vergessen.«

Ich sah mir den Zettel an. Das Gebot belief sich tatsächlich auf 6,4 Millionen, und die Zahl schien weder korrigiert noch überschrieben worden zu sein. Ich las den Text noch einmal. *Ich biete für den Campingplatz, im Besitz von Rita Willumsen, 6,4 Millionen Norwegische Kronen. Mit freundlichen Grüßen.* In diesem Moment kam mir etwas in den Sinn, das mehr wert war als die Million, die ich Carls Meinung zufolge zahlen sollte, nur um Kurt eine Freude zu machen.

»Okay«, sagte ich.

»Und die Kohle?«

»Kriegst du, sobald der Kaufvertrag unterschrieben ist. Das ist so üblich. Ich denke, dass du dich als Polizist daran halten wirst.«

Er grinste. »Es ist Ritas Geld, und mit diesen Verträgen und Grundbucheinträgen kenne ich mich nicht aus. Aber jetzt habe ich das hier …« Er klopfte mit der Hand auf die Decke, unter der mein Gebot lag. »Und wenn du nicht zahlst …« Er fuhr mit dem Finger über seine Kehle.

»Du bist ja der reinste Geldeintreiber«, sagte ich. »Apropos, wenn es nicht dieser Däne war, der Willum umgebracht hat, käme da ja auch noch ein anderer Täter infrage. Ich meine, guck doch mal, wo du jetzt bist. Vielleicht hattest du ja einen langfristigen Plan.«

Kurt Olsen schnitt eine Grimasse. »Als wäre deine Seele nicht so schon schwarz genug, Roy.«

»Ich finde selbst raus«, sagte ich und ging, bevor er aufstehen konnte.

Auf dem Weg nach draußen sah ich kurz bei Rita vorbei.

»Ich habe den Platz gekauft, Rita.«

»Gratuliere«, sagte sie, ohne den Blick von dem Buch zu nehmen, das sie las. Vermutlich ein Klassiker. Sollte sie gehofft haben, dass Kurt dafür ebenso empfänglich war wie ich, war sie sicher enttäuscht worden. Aber vielleicht hatte er ja andere Qualitäten.

»Warum hast du ihm die Verhandlungen überlassen?«, fragte ich.

Endlich hob sie den Blick. Ihre Augen sahen müde aus. »Er wollte das gerne.«

»Wollte er mir imponieren?«, fragte ich. »Oder mich bloß melken?«

Rita Willumsen seufzte leise. Ihre dicken Haare waren geflochten und zu einem straffen Knoten gebunden. Vielleicht wollte sie so die Falten straffen, die sich auf ihrem Gesicht abzuzeichnen begannen. Ich hörte Kurt nach unten kommen.

»Hast du das andere Gebot gesehen?«, fragte ich.

»Sechs Komma vier«, sagte sie. »Sah einigermaßen in Ordnung aus.«

Ich machte eine Pause, damit sie noch auf das *einigermaßen* eingehen konnte, bevor mir bewusst wurde, dass ich sowohl mit dem Kauf als auch mit dem, was ich dadurch sonst noch bekommen hatte, ziemlich zufrieden war. Schließlich nickte ich ihr zu und ging zur Haustür.

# 9

Es war früh am Morgen, genauer gesagt Viertel vor sieben, als Carl nach unten in die Küche kam.

»Ich dachte, du hättest heute Dienst«, sagte er und goss sich Kaffee aus der Kanne ein, die seit einer Stunde auf der Warmhalteplatte stand.

»Egil ist für mich eingesprungen«, sagte ich. »Rita und ich unterzeichnen heute bei der Bank den Vertrag. Ich fahre etwas früher runter und treffe mich vorher noch mit Vendelbo.«

»Es ist gut, Vendelbo im Team zu haben«, sagte Carl und schlürfte seinen Kaffee. Das Geräusch erinnerte mich an Papa. Er hatte den Kaffee immer auf die Untertasse gekippt, damit er schneller abkühlte, und ihn von dort aus so laut schlürfend eingesaugt, dass das Geräusch durch das Ofenrohrloch noch oben bei Carl und mir zu hören gewesen war.

»Apropos Team«, sagte Carl. »Mir ist da eine Sache in den Sinn gekommen. Natalie Moe. Was hältst du von ihr?«

»Was ich von ihr *halte*?«

»Ich glaube, es wäre gut, sie in das Campingplatzprojekt einzuweihen. Ich hab mir da schon ein paar Gedanken gemacht. Wir brauchen jemanden für das Marketing.«

Ich trat ans Fenster. »Vielleicht. Aber ist sie nicht ein bisschen jung für ein so großes Projekt? Vielleicht kämen da auch noch andere infrage.«

»Wir brauchen gerade junge Leute. Die kennen die Kanäle und wissen, wie das läuft. Habe ich dir erzählt, dass sie ein Jobangebot von einer der Ketten in Oslo hatte, als wir sie angeworben haben?«

»Sie ist sicher gut«, sagte ich. »Aber …«

»Aber was?«

Ich zögerte. »Bist du dir sicher, dass wir ihr vertrauen können?«

»Inwiefern vertrauen?«

»Dass wir sicher sein können, dass das, was wir ihr sagen, nicht gleich das ganze Dorf weiß. Wenn sie für uns arbeitet, darf sie nicht zu viel in … privaten Dingen graben.«

»Natalie ist ein Profi. Die ist seriös. Das garantiere ich dir.«

Ich ging in mich und spürte, dass sich da irgendetwas in mir querstellte. Natalie hatte offensichtlich das Gefühl, mir etwas schuldig zu sein, aber war das jetzt gut? Oder vielleicht gerade schlecht? Es konnte schnell zu persönlich werden.

»Ich weiß nicht«, sagte ich. »Außerdem … ist es nicht ein bisschen früh, um ans Marketing zu denken?«

»Früh?« Carl breitete die Arme aus. »Der Campingplatz gehört jetzt doch dir. Du hast die Pläne und einen Unternehmer, der dir das bauen will. Ist der Bericht, dass der Riksvei weiterhin durch Os führt, erst da, können wir das Projekt direkt an Vendelbo und die Bank verkaufen. Das kriege ich hin, das weißt du.«

»Weiß ich das?«, fragte ich. Über den Ottertind zogen Wolken, es war Regen gemeldet worden. »Und was, wenn sie Nein sagen?«

»Das tun sie nicht.«

»Ich habe Vendelbo während des Spiels schon mal die Kreditsumme genannt. Er ist nicht ohnmächtig geworden, hat aber gleich nach Sicherheiten gefragt.«

»Klar. Wenn die Sache mit dem Riksvei erst mal bekannt ist, steigen die Preise von deinen und meinen Immobilien in die Höhe. Dann können wir der Bank alle Sicherheiten bieten, die sie nur haben wollen. Und wenn wir den Kredit dann haben, ist Showtime, dann ist die Katze aus dem Sack. In dem Moment müssen wir vorbereitet sein, damit das neue Projekt in den Medien auch richtig dargestellt wird. Wir brauchen Profis wie Natalie, um den Wow-Effekt zu maximieren. Du hast nur einmal die Chance, einen guten ersten Eindruck zu machen, das weißt du, oder?«

Ich nickte widerwillig.

»Okay?«, fragte Carl.

Ich seufzte. »Okay.«

Er kam zu mir und stellte sich neben mich ans Fenster. Legte mir eine Hand auf die Schulter und trank einen Schluck Kaffee. »Sieht so aus, als hätten wir demnächst eine Leitplanke.«

»Sieht so aus.«

Die Sparkasse von Os lag in demselben charakterlosen Bau, in dem auch die Gemeindeverwaltung, die Polizeistation und die Arztpraxis waren. Sparkassenchef Asle Vendelbo und ich sahen zu, wie Rita sich den Kaufvertrag durchlas. Vendelbo hatte sichergestellt, dass keine Nutzungsabkommen mit dem Grundstück verbunden waren, es keine Konzessionspflicht gab und der Kaufbetrag von meinem Konto auf das der Bank überwiesen worden und zur Auszahlung an Rita bereit war.

»Das sind alles Standardformulierungen«, sagte Vendelbo, während Rita zur zweiten Seite umblätterte. »Ich habe lediglich eingetragen, dass auch ein zweites Angebot über 6,4 Millionen vorlag, da Sie beide ja den Wunsch geäußert haben, dass keine separate Angebotsübersicht mit Namen und Gebotshöhen beigelegt wird?« Rita und ich nickten.

Vendelbo winkte seinen Assistenten zu sich, sodass zwei Zeugen zugegen waren, als Rita und ich den Vertrag unterzeichneten. Als alles gestempelt und unterschrieben war, gratulierte Vendelbo uns zu dem Abschluss und begleitete uns nach draußen.

»Ach, Roy, könnte ich noch kurz mit dir über ein anderes Thema sprechen?«, sagte Vendelbo, während er Rita die Tür aufhielt.

Ich nickte, und Rita schien erleichtert, dass sie nicht gemeinsam mit mir die Bank verlassen musste.

Wir blieben stehen und sahen ihr nach. Manchmal habe ich

den Verdacht, dass Frauen ihre Hüften erst richtig in Schwingung versetzen, wenn sie wissen, dass sie beobachtet werden. Nicht so Rita Willumsen. Ihr Gang ist einfach der einer Katze. Immer.

»Danke für die Hilfe bei dem Abschluss«, sagte ich. »Und den schnellen Kredit.«

»Normalerweise hätten wir für den Campingplatz keinen so hohen Kredit bewilligt«, sagte Vendelbo. »Aber da in diesem Fall der Kredit ja nur von einem Kunden auf den anderen übertragen wurde, wollten wir die Sache nicht verkomplizieren.«

Rita stieg in ihren Saab Sonett, es war wirklich unglaublich, wie gut die beiden sich hielten. Stil, dachte ich. Stil und Haltung. Vermutlich wäre das das Letzte, auf das Rita Willumsen zu verzichten bereit wäre.

»Ihr lasst euch doch wohl eher auf denselben Deal ein, weil der Kredit so von einem etwas unsicheren Schuldner auf einen etwas sichereren übertragen wird«, sagte ich. »Die Bücher von Willumsen AS kennst du ja wohl. Ich denke, ihr seid froh, dass Rita verkauft und einen Teil ihrer Schulden loswird.«

Ein Lächeln huschte über Vendelbos Gesicht. Bankchefs und ihre Diskretion. Er räusperte sich.

»Ich wollte dich nur darüber informieren, dass ich gegenüber der Zentrale schon mal den Kredit in der Hundertmillionenklasse angesprochen habe, von dem du gesprochen hast. Sie stehen dem Gedanken, ein derart großes Projekt so weit draußen auf dem Land zu finanzieren, leider sehr skeptisch gegenüber. Wobei das Hauptproblem ist, dass auch die Sicherheiten hier liegen. Dein Vermögen steckt ja größtenteils in Immobilien in Os, und die Zentrale weiß natürlich, wie sehr die in ihrem Wert gefallen sind, seit dieser Tunnel im Gespräch ist. Und dass sie vermutlich noch weiter sinken werden.«

»Aber sehen die denn nicht, was hier alles passiert?«, fragte ich. »Das *Os Spa* läuft super, und das Hotel wird auch ohne Riksvei florieren.«

Vendelbo seufzte, wippte auf den Füßen auf und ab und zog am Gürtel seiner Anzughose. »Das *Os Spa* reicht nicht, Roy.

Der Ort wird extrem unter Druck geraten. In vier oder fünf Jahren ist diese Filiale hier vielleicht längst nicht mehr da. Was mich angeht, so heiße ich alles willkommen, was Leben in diesen Ort bringt. Aber die Zentrale sieht keinerlei Grund, Os zu priorisieren. Die konzentrieren sich jetzt eher auf Projekte in Todde.«

»Todde? Es gibt doch nicht mal einen Ort, der so heißt.«

»Nein, aber der kann kommen.«

»Okay. Und du möchtest gerne Bankchef in ...« Ich spitzte die Lippen, als wollte ich ausspucken, »Todde werden?«

Vendelbo zögerte. »Natürlich nicht.«

»Okay, wie dem auch sei. Danke für deine Hilfe.« Ich knöpfte meine Levi's-Jeansjacke mit Pelzkragen zu. Julie hatte gemeint, die würde langsam wieder modisch. Nun ja, bis jetzt hatte sich das noch nicht rumgesprochen.

Auf dem Weg zum Auto klingelte das Telefon. Ich kannte die Nummer nicht, aber es gingen auch keine Warnlampen an, weshalb ich das Gespräch annahm.

»Ja?«

»Hallo, hier ist Natalie. Carl hat mich gebeten anzurufen.«

Ich fluchte still vor mich hin. Es mag ja angehen, dass Carl proaktiv ist, wie manche Leute das nennen, aber er ging einfach zu schnell vor. Das war immer schon so gewesen. Und wenn er dann ins Stolpern geriet, musste ich – der große Bruder – ihn auffangen.

»Wenn ich das richtig verstanden habe, geht es um ein Projekt, das du mit mir besprechen möchtest?«

»Ja«, sagte ich. »Im Prinzip ist das richtig.«

»Okay. Ich bin bereit. Wann hast du Zeit?«

Ich dachte nach. Sah auf die Uhr. Morgen musste ich nach Notodden. Tags darauf hatte ich versprochen, eine Doppelschicht zu machen, schließlich hatte Egil heute meine Schicht übernommen. Vielleicht war es das Beste, das Ganze sofort hinter sich zu bringen.

»Wie wäre es jetzt?«

»In Ordnung. Wo?«

»Auf dem Campingplatz. Hast du ein Auto?«

»Ja, bin in zehn Minuten da.«

Neun Minuten später stieg Natalie aus ihrem staubigen Mitsubishi, und mir wurde bewusst, wie schön sie war. Bestimmt war sie das schon als Jugendliche gewesen, vermutlich hatte ich das nur nicht bemerkt. Oder sie hatte es bewusst nicht gezeigt und den Kopf gesenkt, damit sie sich hinter ihren Haaren verstecken konnte. Ganz anders als Julie, die mit ihrem freizügigen, extrovertierten Wesen und ihren früh entwickelten, weiblichen Formen vor Selbstsicherheit und spielerischem Mut nur so gestrotzt hatte und deshalb von den Jungs, die die Tankstelle belagerten wie Raubtiere ein Wasserloch, schnell als Beute auserkoren worden war. Ein verdammt schlechtes Bild, da diese Jugendlichen schon bald nach ihrer Pfeife tanzten.

Nein, die eigentlichen Raubtiere von Os waren damals in ihren Höhlen geblieben, in ihren vier Wänden. Auf jeden Fall registrierte ich, dass Natalie Moe etwas von Rita Willumsens schwingendem Gang hatte.

»Hier war ich lange nicht mehr«, sagte sie wieder mit diesem direkten Blick, als hätte sie sich irgendwann ganz aktiv entschlossen, den Menschen in die Augen zu blicken. Eine Übung, die sie mittlerweile perfektioniert zu haben schien, denn auf mich wirkte das alles vollkommen natürlich. Ich selbst hatte mir nur zu oft gewünscht, mich so ungezwungen und offen verhalten zu können wie Carl. Natalie hatte dieses Licht vielleicht schon immer in sich gehabt, nur dass die Geschehnisse in ihrer Jugend ihr Wesen verdunkelt und in die Knie gezwungen hatten. Während ich in der Dunkelheit aufgewachsen und es in mir von Anfang an *dunkel* gewesen war. Nein, ich habe mir niemals eingebildet, eine größere Metamorphose durchlaufen zu können, wie es so schön heißt. Wir gingen ganz selbstverständlich zwischen den kleinen Hütten hindurch in Richtung Wasser. Das Gras musste geschnitten und die Hütten gestrichen werden. Die Saison war vorüber, Rita hatte mich aber darüber informiert, welche der zwanzig Hütten noch gebucht waren. Überdies hatten wir die Vereinbarung getroffen, dass

Schlüssel, Bettzeug und Handtücher den Herbst über an der Tankstelle abgeholt werden konnten.

»Früher sind wir im Sommer immer zum Baden hierhergekommen«, sagte Natalie. »Vater hatte mir das eigentlich verboten – wegen der Jungs, die hier Ferien machen. Ich bin deshalb immer zu Mama und habe gesagt, dass der Campingplatz den einzigen anständigen Strand hat, und für sie war das in Ordnung.«

»Eine kluge Frau.«

»Vielleicht«, erwiderte Natalie lächelnd. »Aber das war natürlich gelogen, ich bin ja wegen der Jungs hierher.« Wir lachten, und etwas sagte mir, dass es in Natalies Leben ein Vorher und Nachher gab. Eine Zeit der Unschuld, bis das Raubtier zugeschlagen hatte.

»Und du?«, fragte sie. »Seid ihr hierher, als ihr jung wart?«

»Natürlich«, sagte ich. »Da gab es hier aber noch keine Hütten. Damals sind die Leute mit Wohnwagen und Zelten gekommen. In einem Sommer habe ich mich hier mit einem Jungen angefreundet. Ich bin dann jeden Sommer wieder hierher, aber er ist nicht mehr gekommen. Das heißt, irgendwann habe ich einen, der ihm ähnlich sah, getroffen und habe ihn mit seinem Namen angesprochen. Also dem Namen von meinem Freund. Der Typ hat aber nur zu seinen beiden Kumpels geschaut und lachend gefragt, wo ich denn mein Banjo hätte. Danach war ich nicht mehr hier. Bis vor ein paar Jahren.«

Sie sagte nichts, und mir wurde klar, dass das, was ich erzählt hatte, zu merkwürdig war, um es jemandem zu erzählen, den man kaum kannte. Ich hatte die Geschichte bisher bloß einer einzigen Person anvertraut, und damals hatte ich nicht darüber nachgedacht, wie einsam sie mich wirken ließ. Weil Shannon das bereits wusste.

Ich räusperte mich. »Ich bin damals wegen einer ganz bestimmten Idee hier gewesen, und dann hatte ich plötzlich Pläne in den Händen, aus denen hervorging, dass an der Idee was dran ist.«

Ich sah keinen Grund, ihr zu sagen, dass das in Wahrheit

andersherum gewesen war, bemerkte allerdings, dass ich Natalie Moe damit die erste Lüge aufgetischt hatte.

»Eine Achterbahn?«, sagte sie fragend.

»Verdammt«, platzte ich heraus. »Carl?«

»Ja.«

»Ich hatte gehofft, deinen Gesichtsausdruck zu sehen, wenn du es das erste Mal hörst.«

»Warum?«

»Um einen Eindruck zu haben, wo auf der Skala des Wahnsinns du das verorten würdest.«

Sie lachte. »Carl meinte, dass ich nicht schockiert ausgesehen habe.«

»Nicht? Dabei hält Carl dich doch für eine seriöse Expertin ...«

»Das bin ich!« Sie lachte weiter, und ihr Lachen erinnerte mich an das der anderen. Natürlich. Manchmal frage ich mich, wann ich damit aufhören werde, unter den Lebenden nach ihr zu suchen, aber das hat sich in mir festgebissen, wie so ein Scheißvirus; nicht immer aktiv, aber für immer und ewig in meinem Blut. Ich versuchte, es zu verdrängen.

»Das ist bei allen originellen Ideen so«, sagte Natalie. »Hört man das erste Mal davon, hält man sie für komplett verrückt. Und wenn es dann ein Erfolg wird, kommt es einem nur noch verrückt vor, dass niemand früher auf die Idee gekommen ist. Erzähl.«

»Ich weiß ja nicht, was Carl dir noch gesagt hat?«

»Er hat nur gesagt, dass es sich um eine Achterbahn aus Holz handelt. Und dass sie hier entstehen soll.«

Ich nickte. Wir setzten uns auf eine der Holzbänke am Steg vor den Bootshäusern, und ich erzählte, dass ich etwas bauen wollte, das eine Ergänzung zum Spa-Hotel sein könnte. Etwas, das sich mehr an Familien richtet. Heute hatte das Hotel Kindern nur wenig zu bieten. Ein kleines Schwimmbecken und die Chance, bei einer Wanderung vielleicht einen Fuchs oder ein Reh zu sehen. Aber Familien mit Kindern, die baden wollen, fahren eher ins Sommarland nach Bø auf der anderen Seite von

Notodden, und wer Tiere sehen will, den zieht es in den Tierpark von Kristiansand. Ich erzählte ihr, dass ich in Polen gewesen war und mir Zadra angesehen hatte, die bislang weltgrößte Bahn aus Holz.

»Der Ort heißt Zator und ist auch nicht größer als Os. Er liegt im Landwirtschaftsgebiet, eine Stunde und zehn Minuten von Krakau entfernt. Trotzdem ist da Polens größter Freizeitpark mit allen möglichen Attraktionen entstanden. Die Achterbahn ist aber definitiv das Zugpferd. Nur deshalb sind die Leute bereit, sich sonntags für mehr als eine Stunde ins Auto zu setzen.«

Natalie nickte. »Du denkst hier an etwas Ähnliches? Einen Vergnügungspark für die ganze Familie?«

»Ja, als Erstes soll aber die Bahn gebaut werden.«

»Natürlich«, sagte sie.

Ich sah sie an, bereit für den ersten Test, und räusperte mich. »Warum natürlich?«

Ihre Antwort kam ohne ein Zögern. »Weil eine Achterbahn signalisiert, welche Ambitionen ein Park hat. So eine Bahn macht Schlagzeilen und lässt die Erwartungen auch auf den Rest steigen. Das beste Rezept für Erfolg sind hohe Erwartungen, die dann auch erfüllt werden. Manchmal reicht es auch aus, sie nur zum Teil zu erfüllen, Hauptsache, die Erwartungen waren hoch genug. In der Regel ist das sogar besser als moderate Erwartungen, die übertroffen werden, verstehst du?«

»Warum?«

»Weil Erwartungen die Wahrnehmung beeinflussen. Ich will dir ein Beispiel nennen. In einem Delikatessenladen in den USA haben sie Käse auf zweierlei Weise verpackt und verkauft. Einmal als ›Geschnittenen Käse‹ und einmal als ›Delikatess-Scheiben‹. Bei einer anschließenden Kundenbefragung stellte sich heraus, dass die meisten die ›Delikatess-Scheiben‹ bevorzugten. Es gibt da natürlich auch Grenzen. Wenn ein Park viel mehr verspricht, als er halten kann, werden die Kunden das umso härter bestrafen.«

Ich nickte das langsame Os-Nicken. »Du kannst mir also helfen …«

»… hohe Erwartungen zu schüren. Erfüllen musst du die dann aber selbst.«

»Verstehe. Und wie willst du das machen?«

»Heute will ich nur wissen, was konkret du planst. Danach mache ich mir dann Gedanken. Okay?«

»Also«, begann ich und geriet gleich wieder ins Stocken. Ihr unerwartetes Selbstvertrauen brachte mich wirklich aus dem Konzept. »Es war Carls Idee, mit dir zu reden, eigentlich zweifle ich daran, dass ich zum jetzigen Zeitpunkt schon jemanden für das Marketing brauche. Auf jeden Fall sind das Hotel und das, was ich hier plane, zwei grundverschiedene Sachen. Du bist also zu nichts verpflichtet.«

»Ich weiß«, antwortete sie lächelnd. »Ich werde das in meiner Freizeit machen und dir die Stunden dann in Rechnung stellen.«

»Verdammt«, sagte ich. »Der Taxameter läuft also?«

Sie lachte. »Noch nicht.«

»Okay«, erwiderte ich. »Ich muss noch darüber nachdenken.«

Wir standen auf und gingen zu den Wagen. »Du hast ein bisschen von deinem Dialekt verloren, als du in Oslo studiert hast«, sagte ich.

»Ich habe mehr als den verloren«, entgegnete sie, sah mich an und kniff ein Auge zu, sodass ich unwillkürlich an das denken musste, was Shannon als Ptosis bezeichnet hatte, schwere Augenlider. Ich konnte aber wirklich nicht sagen, ob dieser Blick eine Warnung oder eine Aufforderung war, auf jeden Fall hielt ich den Mund.

Ein dicker Mann trat in Unterhose und T-Shirt aus einer der Hütten. Rülpsend kratzte er sich am Oberarm und blickte uns nach.

Ich blieb neben dem Mitsubishi stehen, als Natalie einstieg. Die Musik begann, kaum dass sie den Zündschlüssel gedreht hatte. Wieder eine Geige, dieses Mal aber nicht klassisch, sondern Hardangerfiedel.

»Was ist das?«, fragte ich.

»Odd Bakkerud. Gefällt es dir?«

Ich hörte zu. Es kreischte und jaulte. Papa hat immer das Radio ausgeschaltet, wenn Volksmusik gespielt wurde, aber das hier erinnerte mich an etwas ... nur was?

»Ziemlich psychedelische Sache«, sagte ich. »Neu?«

Sie lachte. »50er-Jahre. Als er noch zum Tanz aufspielte, später hat er seinen Stil dann aufpoliert.«

Jimi Hendrix. Das war es. »Purple Haze«, und zwar so, wie er es auf dem Konzert in Woodstock gespielt hatte. Verdammt.

»Samstagvormittag?«, fragte ich. »Können wir da noch mal miteinander reden?«

»Wolltest du nicht erst nachdenken?«

»Habe ich. Um zehn?«

»Okay.«

»Weißt du, wo Opgard liegt?«

»Klar? Kennst du meinen Stundenlohn?«

»Nein, aber ich gehe davon aus, dass du mir nicht das Fell über die Ohren ziehen wirst.«

Natalie legte den Kopf auf die Seite und sah mich mit einem seltsamen Blick an. »Ich glaube, nicht nur ich habe mich verändert, Roy. Das gilt wohl auch für dich.«

»Ach? Inwiefern?«

»Weiß ich nicht«, sagte sie. Dann nannte sie ihren Preis, kurbelte die Scheibe hoch und fuhr.

Ich folgte ihr mit dem Blick und dachte, dass es vielleicht an der Zeit war, doch mit dem Handeln anzufangen.

# 10

Am Mittwochmorgen rief ich Vera Martinsen beim Kriminalamt an.

Sie war in Verbindung mit dem Todesfall von Poul Hansen, dem dänischen Geldeintreiber, in Os gewesen. Wir hatten damals gleich einen Draht zueinander gehabt. Manche würden sicher von einem Verhältnis sprechen, da sie ein paarmal in Os und ich ähnlich oft in Oslo gewesen war. Es war für uns beide schön, auf eine gewisse Weise therapeutisch, aber ich hing damals noch so an Shannon, dass ich keine großen Gefühle aufbringen konnte. Und irgendwann hatte Vera dann einen Kollegen kennengelernt und war mit ihm zusammengezogen.

Nachdem wir ein bisschen über unsere Leben geplaudert hatten – sie hatte definitiv mehr zu erzählen als ich –, kam ich zur Sache. Das heißt, sie tat es.

»Du willst sicher wissen, wie es mit der Untersuchung der Wagen aussieht, oder?«, fragte sie.

»Ja.«

»Und du weißt, dass ich dir nichts sagen kann?«

»Ja.«

»Du fragst aber trotzdem.« Der Vorwurf war nicht zu überhören.

»Das tue ich, ja. Es geht doch um meine Eltern, Vera. Wenn es deine wären, würdest du auch wissen wollen, ob jemand Schuld an ihrem Tod hat.«

»Da magst du recht haben. Besonders wenn ich selbst Gefahr laufe, verdächtigt zu werden.«

Ich erstarrte. Seinerzeit hatte Vera Kurt Olsens Vorwürfe

einfach weggewischt. Für sie waren das immer nur Verschwörungstheorien gewesen. Das Kriminalamt hatte sie damals nach Os geschickt, um der hiesigen Polizei einen Gefallen zu tun. Hatte sie ihre Meinung jetzt geändert?

»Ich meinte das nicht so«, sagte sie, als hätte sie meine Gedanken gelesen. »Ich sage nur, dass euer Dorfpolizist versuchen wird, dir und deinem Bruder etwas anzuhängen, egal, was wir finden. Der ist heute nicht weniger scharf auf die Sache wie damals.«

»Okay«, erwiderte ich.

In der darauf folgenden Pause sagte sie kein Wort.

»Habt ihr denn etwas gefunden?«, fragte ich schließlich.

»Roy ...«

»Ich weiß, sorry. Es war schön, mal wieder deine Stimme zu hören, Vera. Und ich freue mich, dass es euch gut geht. Viel Glück beim Hausbau, und pass auf, dass es dabei keinen Grund zum Streit gibt.«

»Das werde ich tun. Und grüß den Heilo von mir.«

»*Will do.*«

Ich legte nicht auf. Sie auch nicht.

»Sie haben etwas Blut gefunden«, sagte sie. »Und Haare.«

Ich wartete. Mehr kam aber nicht. Sie hatte aufgelegt.

Auf dem Weg nach Notodden hörte ich J. J. Cale. Nach einer Weile hielt ich am Straßenrand, nahm mein Handy und suchte Odd Bakkerud heraus. Ich koppelte den ersten Song, der mir angezeigt wurde – »Fanitullen« –, mit der Anlage und fuhr weiter. Das Stück hatte ich schon einmal gehört, irgendwann in der Mitte nimmt der Spieler den Bogen von den Saiten und zupft mit der linken Hand weiter. Es war aber nicht so wild wie das, was Natalie im Auto gehört hatte.

Eine halbe Stunde vor dem vereinbarten Zeitpunkt, also um halb drei, hielt ich auf dem großen Parkplatz hinter dem *Brattrein Hotel*. Es standen nur wenige Autos dort, nur eines hatte ein Osloer Kennzeichen, und das war nicht Haldens Audi.

Ich war deshalb überrascht, als ich an der Rezeption erfuhr, dass meine Gäste bereits gekommen seien.

*Gäste*, Mehrzahl.

Mist. Polizei? Ich wartete vor dem Aufzug. Sollte ich abhauen?

Bevor ich Halden in Oslo besucht hatte, hatte ich mich über das Strafmaß für Bestechung und Vorteilsgewährung schlaugemacht. Es schadete ja nicht, zu wissen, was auf Halden, Fuhr und mich selbst zukommen würde. Wenn ich alles richtig verstanden hatte, konnten in einem Fall wie dem unseren beide Seiten gemäß Paragraf 389 des Strafgesetzbuches zu bis zu drei Jahren Haft verurteilt werden. Dort stand allerdings auch, dass nur die Bestechung an sich strafbar ist, nicht das Verhandeln darüber.

Die Tür des Fahrstuhls öffnete sich, und ich trat ein.

Halden saß auf dem Stuhl am Schreibtisch und Fuhr – den ich von der Bildersuche im Internet wiedererkannte – im Sessel am Fenster. Sie standen auf, Halden und ich begrüßten uns per Handschlag.

»Ich weiß, dass Sie es vorgezogen hätten, wenn ich allein gekommen wäre«, sagte er. »Mein Partner hat aber darauf bestanden, dabei zu sein. Schließlich steht für uns alle ja viel auf dem Spiel.«

»Jon Fuhr«, sagte der Mann neben ihm.

Er streckte mir die Hand entgegen. Fuhr war ein ganz anderer Typ als Halden. Crewcut und militärgrüne Bomberjacke. Gedrungene, muskulöse Gestalt und ein paar Pickel, die auf den Missbrauch von anabolen Steroiden hindeuteten. Seine Nase war schief, vielleicht betrieb er einen Kampfsport. Auch seine Ausstrahlung war anders. Er wirkte kalt, herausfordernd und selbstsicher. Dass er für die Unterschlagung wie auch für die Körperverletzung mit Bewährung davongekommen war, ließ vermuten, dass er sich bloß verteidigt hatte, wenn auch übertrieben brutal.

»Hallo«, sagte ich und nahm seine Hand.

»Roy Opgard, richtig?«, fragte Fuhr.

Ich nickte und fragte mich, warum ein gewöhnlicher Vorname mit nur drei Buchstaben ihm Schwierigkeiten bereitete. Der Versuch, seinen Blick einzufangen, misslang.

Sie setzten sich wieder, und ich nahm auf dem Rand des Doppelbettes Platz, in dem Shannon und ich gelegen hatten. Jedenfalls nahm ich an, dass es dieses Bett gewesen war, seit dem letzten Mal schien sich nichts verändert zu haben.

»Zu welchem Schluss sind Sie gekommen?«, fragte ich und sah zu Halden. Er blinzelte nervös, was ihm nicht zu verdenken war.

Fuhr räusperte sich. »Ehe wir darauf antworten, möchten wir ein paar Dinge klarstellen. Ist das in Ordnung?«

»Legen Sie los«, sagte ich.

»Sie, Roy Opgard, wollen also uns von GeoData mit zwölf Millionen Kronen bestechen, damit wir einen falschen Bericht an die Straßenbaubehörde schicken?«

Ich starrte ihn an. Inhaltlich war alles richtig, trotzdem hörte sich der ganze Satz irgendwie merkwürdig an. Ich senkte den Blick. Der Stoff der Bomberjacke war so dünn, dass ich in der Tasche das Licht des Handydisplays erkennen konnte.

»Entschuldigen Sie mich einen Augenblick«, sagte ich, stand auf und ging ins Badezimmer.

Doch, die Handtücher waren ausgetauscht worden. Die neuen waren hellblau, die alten waren weiß wie Shannons irische Haut gewesen. Sie hatte nackt gewirkt, als sie mit dem Handtuch um sich gewickelt aus dem Bad gekommen war. Ich drehte das Wasser auf und sah in den Spiegel. Natalie Moe hatte gemeint, ich hätte mich verändert. Natürlich verändern Menschen sich in acht Jahren, schließlich werden sie älter. Wobei sie vermutlich etwas anderes gemeint hatte. Ich nahm das Handy heraus, tippte auf eine Taste, stellte es ins Wasserglas und richtete es zur Tür hin aus. Dann nahm ich eines der kleinen Handtücher, wickelte es mir um die rechte Hand, drehte das Wasser ab und ging zurück ins Zimmer. Ein paar Dinge sind wichtig, wenn es um Prügeleien geht. Eine davon ist, dass man nahezu chancenlos ist – wie gut trainiert man als Kampfsportler auch sein mag –, wenn man auf jemanden trifft, der seine Jugend damit verbracht hat, sich auf Dorffesten zu schlagen. Der Hauptgrund ist, dass man im Kampfsport immer auf das Signal eines Kampfrichters wartet. Ich hielt nicht an, um die Badezimmertür hinter mir zu schließen, sondern machte mir mein Tempo zunutze, um das zu tun, was Papa mir schon beigebracht hatte, als wir noch mit dem Boxsack in der Scheune trainierten; ich schob die Hüfte vor und aktivierte die Schulter. Da Jon Fuhr in dem breiten Sessel saß, musste ich einen tiefen Schwinger ansetzen. Mein Vorteil war allerdings, dass sein Kopf an der hohen Lehne ruhte und nicht nach hinten ausweichen konnte, um dem Schlag die Kraft zu nehmen.

Es hörte sich an, als zerträte jemand eine Tüte Kartoffelchips, als ich seine Nase traf.

Halden schrie auf, aber Fuhr stöhnte nur.

Er schaffte es nicht einmal, die Hände zu heben, bevor ich ein zweites Mal dieselbe Stelle traf. Dieses Mal knirschte es nicht, vermutlich war es um die Nase bereits geschehen. Fuhr hatte die Deckung angehoben, die Fäuste geballt und hielt die Unterarme vors Gesicht, und ich nutzte die Gelegenheit und zog ihm mit der linken Hand das Handy aus der Innentasche. Samsung, das gleiche Modell, das auch ich hatte. Die Aufnahme wurde als Wellenband angezeigt. Ich drückte auf Stopp und löschte alles. Dann warf ich Fuhr das Handy auf den Schoß. Er zuckte zusammen, vermutlich rechnete er mit einem Schlag in die Magengrube. Irgendwann ließ er dann langsam die Deckung sinken und sah mich mit feuchten Augen an. Der Schmerz zeigte Wirkung. Die Nase war noch schiefer als zuvor, und Blut rann aus den Nasenlöchern und tropfte von der vorstehenden Oberlippe auf das Kinn und weiter auf die Bomberjacke. Es floss wie der geschmolzene Schnee im Frühling in den Bergen.

»Wenn man jemandem eine Falle stellen will«, sagte ich, »muss man dafür sorgen, dass die Falle nicht dümmer ist als die Beute.«

Fuhr starrte mich an, als fragte er sich, ob er aus dem Sessel aufstehen und auf mich losgehen sollte. Er war aber klug genug, es bleiben zu lassen.

»Wir … wir wollten uns nur absichern«, kam es von Halden.

Ich sah ihn an. Er war so blass, als wäre er seekrank.

»Für den Fall, dass wir den Bericht abliefern und Sie nicht zahlen«, grunzte Fuhr. Das Pfeifen in seiner gebrochenen Nase verlieh seiner Stimme einen Doppelton, genau wie bei Bakkeruds Hardangerfiedel.

Ich schnaubte. »Und dann hättet ihr mir angedroht, mit der Aufnahme zur Polizei zu gehen? Damit wir alle für drei Jahre in den Bau wandern? Hört sich nicht wirklich nach einem guten Plan an.«

Die zwei sahen einander an. Fuhr ergriff das Wort:

»Würden Sie nicht bezahlen, wären wir rein technisch betrachtet doch noch nicht bestochen worden. Und dann könnten wir Ihnen damit drohen, zur Polizei zu gehen und auszusagen, dass wir einen falschen Bericht abgegeben haben, um Sie in die Falle zu locken. Und dass wir das nicht gleich gesagt hätten, weil die Polizei ja nicht an der Provokation von Straftaten beteiligt sein darf.« Fuhr versuchte sich sogar an einem Lächeln. Er war wirklich ein Idiot »Wir hätten andeuten können, wie wichtig es für die Gesellschaft ist, dass Kriminelle gefasst werden, besonders Kriminelle mit großen finanziellen Möglichkeiten. Und dass wir anschließend natürlich bereit wären, den echten Bericht abzugeben.«

»Der schon fertig geschrieben ist?«

Fuhr strich sich mit dem Ärmel der Jacke unter der Nase entlang und nickte. »Sie hätten sich doch auch abgesichert, Opgard«, pfiff er mehrtönig.

Ich nickte. Er hatte recht. Wir dachten in denselben Bahnen, achteten darauf, ein Back-up zu haben. Sonst wäre mir vielleicht gar nicht aufgefallen, dass er überdeutlich und vollkommen überflüssig noch einmal auf die Ausgangssituation eingegangen war. Im Film nennt man das »Exposition«. Er wollte mich sogar dazu bringen, meinen vollen Namen zu bestätigen. Andererseits waren die beiden solche Prototypen von Amateuren, dass ich ihnen glaubte. Ich wickelte das Handtuch von meiner rechten Hand und reichte es Fuhr.

»Hören Sie mir zu«, sagte ich und setzte mich aufs Bett. »Keiner von uns ist ein Bandit. Wir tun nur, was wir tun müssen. Und wir tun es für etwas, das größer ist als wir selbst. Sie wollen die Arbeitsplätze Ihrer Angestellten in einer schwierigen Zeit sichern, und ich will, dass meine Stadt überlebt. Wir befinden uns dabei an einem Punkt, an dem wir beide unsere Ziele erreichen können. Wenn das klappen soll, müssen wir uns aber vertrauen.«

Ich erkannte wirklich nicht, ob mein Gerede zu ihnen durchdrang. *»Leap of trust«*, sagte ich. Genau wie damals, als Willumsen und ich uns die Hand darauf gegeben hatten, nicht den Versuch zu unternehmen, uns gegenseitig umzubringen. Es hatte gehalten, wenigstens für eine Weile.

»Und als ein Zeichen, dass wir dazu bereit sind, diesen Schritt zu wagen«, sagte ich und nahm den dicken Umschlag aus der Tasche meiner Daunenjacke und warf ihn auf das kleine Tischchen zwischen ihnen, »kriegt ihr schon mal einen Vorschuss. Das sind zweihunderttausend.«

Sie sahen auf den Umschlag. Ich tippte, dass Fuhr als Erster danach greifen würde, und sollte recht behalten. »Und der Rest?«, fragte er, während er fast beiläufig durch das Geld blätterte.

»Vierzehn Tage nach Abgabe des Berichts.«

»Warum so spät?«

»Weil es so lange dauert, bis die Bank den beantragten Kredit bereitstellt.«

»Kredit?«, fragte Fuhr und sah zu Halden. »Warum warten Sie auf den Bericht? Sie können den Antrag doch schon jetzt stellen?«

»Weil der Bericht erst dazu führen wird, dass ich den Kredit bekomme. Ich besitze eine Tankstelle und ein paar Immobilien in Os, die besser bewertet werden und beliehen werden können, wenn die Straße weiterhin durch Os führt.«

Fuhr sah nicht wirklich zufrieden aus, was mit gebrochener Nase vermutlich aber auch nicht so einfach ist. »Wie gesagt«, fuhr ich fort, »wir müssen einander vertrauen.«

Fuhr sah zu Halden. Sie nickten.

»Der Bericht kommt nächste Woche Donnerstag«, sagte Halden.

Ich stand am Fenster und sah ihnen hinterher, wie sie über den Parkplatz gingen und sich in den Mercedes mit dem Osloer Kennzeichen setzten. Wir waren die wichtigsten Punkte des Berichts durchgegangen, wobei sie unterstrichen hatten, dass die Angaben nicht direkt falsch, sondern nur etwas großzügig ausgelegt seien. Sollte die Behörde auf die Idee kommen, den Bericht von einer unabhängigen Instanz prüfen zu lassen, musste diese zur gleichen Schlussfolgerung kommen. Das Fazit von GeoData, dass ein Tunnel bei Todde keine Option war, bliebe unstrittig. Als der alte und der neue Bürgermeister seinerzeit nach Oslo gefahren waren, hatten sie sich im Parlament mit der Ausbesserung des Riksveis auf der bestehenden Route für eine andere, billigere Lösung eingesetzt. Nur dass die Reisezeit für diejenigen, die von A nach B wollten, dann nicht verkürzt würde und Os zugegeben weder A noch B war. Sollte der Tunnel für den neuen Riksvei nicht gebaut werden, standen die Chancen, dass ihre Idee wieder aufgenommen wurde, sehr gut. Würde sie angenommen, wäre Os nicht nur vor dem Nichts gerettet, sondern enger angebunden an das Leben in Drammen und Oslo.

Die Scheinwerfer des Mercedes wurden eingeschaltet. Dann verschwand der Wagen vom Parkplatz.

Ich ging ins Badezimmer, dessen Tür noch immer offen stand, beugte mich über das Wasserglas mit meinem Telefon und sagte mit bestmöglicher Nachrichtensprecherstimme:

»Wir befinden uns im Zimmer 333 des *Brattrein Hotels* und haben gerade erlebt, wie Bent Halden und Jon Fuhr, die Geschäftsführer der Firma GeoData, zweihunderttausend Kronen als Anzahlung für einen falschen Bericht über die geologischen Bedingungen im Bereich des geplanten Todde-Tunnels erhalten haben.«

Ich nahm das Telefon aus dem Wasserglas und stoppte die Filmaufnahme. Dann ging ich wieder ins Zimmer, legte mich aufs Bett und sah mir die Aufnahme an. Halden war nicht zu sehen, man erkannte aber meinen Rücken und sah, wie Fuhr das Geld zählte und dann einsteckte. Und man hörte das Gespräch. Wie gesagt, sie und ich hatten dieselbe Einstellung zum Thema Back-up.

Ich schloss die Augen und spürte die Schwere meines Körpers auf der Matratze. Es war dieselbe.

Auf dem Nachhauseweg hörte ich ein Album namens *Warg Buen*. Eine neuere Sache. Zwei Hardangerfiedeln im Duett oder besser gesagt in einem heftigen Streit. Eine coole Sache. Ich drehte die Musik laut auf und trat aufs Gas. Zwei meiner Überholmanöver waren ziemlich fragwürdig, ich musste wirklich runterkommen. Aber ja, Halden und Fuhr hatten das Geld genommen, die Entscheidung war gefallen, und ich musste doch irgendwie feiern. Wenn nicht allein im Auto, mit wem denn dann? Carl? Tja, mit wem sonst, unser Team bestand ja nur aus uns beiden. Und der Plan war? Die Bahn zu bauen, okay. Und darüber hinaus? Was war wirklich der *Plan*? Mein Gott, musste ich mich jetzt schon wieder mit diesem Scheiß quälen? Dann konnte ich ja gleich nach dem Sinn des Lebens fragen, und wenn man einmal damit anfängt, muss man verdammt lange durch tiefsten Morast waten, bis man wieder festen Boden unter den Füßen hat. Wenn überhaupt. Erkennt man nämlich erst, dass das, was man tut und ist, keinen Wert hat, schießt man sich vielleicht lieber eine Kugel in den Kopf. Ein Gedanke, den ich jetzt schon ziemlich lange erfolgreich auf Abstand gehalten habe. Ich sage »auf Abstand«, denn irgendwie ist es ja auch ein Trost, dass es diesen Ausweg immer gibt. Nach Shannons Tod hatte für mich alles seinen Sinn verloren, nur die Gefahr hatte damals noch so etwas wie Lebenslust in mir geweckt. Eine beständige Erinnerung daran, dass einem das Leben genommen werden kann, weshalb man sich daran klammert. Wie ein Junge, der ein Spielzeug wegwirft und zu schreien beginnt, wenn ein anderer damit spielen will. Vielleicht war ich deshalb mit einem freudvollen Kribbeln ins Hotelzimmer gegangen, bereit, mich allem Erdenklichen zu stellen, bis hin zu meinem eigenen Tod. Aus demselben Grund hatte ich vermutlich auch irgendwie gehofft, dass der Waggon in Polen aus der Bahn flog, und vielleicht glühte auch deshalb meine Kopfhaut, wenn ich an Vera Martinsens Worte dachte. *»Sie haben Blut gefunden. Und Haare.»*

Dass im Inneren der Wagen Blut war, war so wenig überraschend, dass sie das auch jedem dahergelaufenen Journalisten hätte sagen können, ohne ihre Schweigepflicht zu verletzen. Schließlich waren da Menschen in die Tiefe gestürzt. Das konnte sie also nicht meinen. Vera hatte mir etwas sagen wollen, ohne etwas zu sagen. Auffällig war besonders der Nachsatz: »Und Haare.«

Meine Haare? In den Cadillacs wäre das natürlich, schließlich hatte ich oft in beiden Wagen gesessen. Im Jaguar wären Haare von mir deutlich schwerer zu erklären gewesen, ich zweifelte aber daran, dass dort welche waren. Als ich unten im Abgrund gewesen war, um die Pistole des Geldeintreibers zu holen, mit der ich später Willum Willumsen in seinem Schlafzimmer erschossen habe, war ich vorsichtig gewesen und hatte keine Spuren hinterlassen. Außerdem war meine Haarfarbe nicht gerade einzigartig, und eine eventuelle DNA-Analyse der Haare konnte unmöglich schon fertig sein.

Ich fuhr dicht auf einen Traktor auf, der allem Anschein nach direkt vom Acker kam. Aus dem Reifenprofil flogen dicke Erdklumpen, von denen einer auf meiner Motorhaube landete. Ich hatte keinen Termin, musste nirgendwo hin, trotzdem klebte ich in der Kurve hinter ihm und lauerte ungeduldig auf die gerade Strecke vor uns. Registrierte, dass die Erdklumpen den Zentrifugalkräften trotzten und einfach auf der Motorhaube liegen blieben. Und dann wusste ich es plötzlich.

Haare. Weißblonde Haare, und zwar so lang und dick, dass sie nur von zwei Menschen stammen konnten. Kurt Olsens Mopp. Oder vom Kopf des Mannes, von dem Kurt seine Haare hatte. Olsens Vater und Vorgänger bei der Polizei. In Gedanken sah ich Sigmund Olsen vor mehr als zwanzig Jahren am Rand des Abgrunds stehen und zum Wrack von Papas Cadillac nach unten schauen. Und wie Carl einen Schritt nach vorn machte und ihn in die Tiefe stieß. Ich sehe es so deutlich vor mir, als wäre ich jetzt gerade dort, ja noch deutlicher, denn in der Fantasie folgen die Bilder aufeinander in Zeitlupe, sodass die fatale Entscheidung Sekunden braucht, während sie in Wirklichkeit nur die Impulshandlung eines verzweifelten, von panischer Angst gequälten Jugendlichen war. Sigmund Olsen wird oben am Rücken getroffen, sodass der Körper sich langsam in der Luft dreht und unten mit dem Rücken auf dem Auto aufschlägt. Nicht auf der Motorhaube, sondern auf dem Unterboden, da auch der Wagen einen halben Salto vollführt hatte. Carls Anruf erreichte mich damals in der Werkstatt, weinend hatte er gesagt, dass ich sofort kommen solle.

Und ich bin hin. Wie immer, wenn mein kleiner Bruder mich braucht. Nicht, weil ich ein uneigennütziger Idiot bin, sondern weil wir durch Blutsbande, Schuld und Schicksal verbunden waren. Vermutlich war es deshalb fast schon symbolisch, dass wir ein hundert Meter langes Seil zwischen mich und den Volvo 240 banden, den ich damals fuhr, und Carl mich langsam rückwärts nach unten ließ. Sigmund Olsen lag zur Hälfte auf dem Unterboden, die andere Hälfte zeigte in einem Neunzig-Grad-Winkel nach unten. Er erinnerte mich an eine gliederlose Puppe, eine Vogelscheuche, deren Oberkörper und Kopf vor dem Nummernschild und Kofferraum hingen, während das Blut noch immer aus seinen Haaren leise schmatzend auf die Steine tropfte. Als Vogelscheuche schien er aber nichts zu taugen, denn ein Rabe saß auf seinem Bauch, die Krallen um die große Gürtelschnalle gelegt, und flog erst auf, als ich ihn mit Steinen bewarf.

Carl und ich bugsierten den Leichnam nach oben und zogen ihm die Schlangenlederstiefel aus. Ich stellte sie noch in derselben Nacht in Sigmunds Boot und schob es auf den See hinaus. Den Leichnam legten wir in die Schaufel des Traktors und füllten diese mit dem heute verbotenen Fritz-Reiniger, der alles auflöst: Diesel, Asphalt, ja sogar Kalk. Natürlich kam es für die Leute überraschend, als das Boot gefunden wurde und alles darauf hindeutete, dass Sigmund Olsen sich das Leben genommen hatte. Aber es ist ja bekannt, dass Typen wie er es nicht gerade an die große Glocke hängen, wenn sie Depressionen haben. Sein Sohn Kurt hatte aber nie an Selbstmord geglaubt, sondern stattdessen seinen Blick auf Carl und mich gerichtet. Und daran hatte sich auch durch den Trainerjob nichts geändert.

Trotzdem ging mir die Frage nicht aus dem Kopf, wie sie nach mehr als zwanzig Jahren Blut und Haare außerhalb des Wagens hatten finden können. Der Abgrund war zwar teilweise vor Regen und Sonnenstrahlen geschützt, aber es gibt doch auch dort unten Insekten, die sich von Blut ernähren. Außerdem war da noch der Wind, hätte er die Haare nicht weggeweht?

Ich schob den Gedanken wieder von mir.

Endlich kam die gerade Strecke. Ich blinkte, sah in den Spiegel und trat aufs Gas. Blickte noch einmal in den Spiegel. Der Traktor war bereits ganz klein. Ich drehte die Hardangerfiedel wieder lauter. Ein treibender Rhythmus ohne Gesang.

Doch, auch diese Sache würde sich regeln.

# 11

Es regnete bis zum Wochenende, dann war der Himmel plötzlich wieder blau und hoch und die Luft klar und kalt.

Samstagvormittag ging ich raus, um die neue Leitplanke zu inspizieren. Sie hatten sich an die Vorschriften gehalten, alles war solide verankert. Unter mir wand sich die Straße in Richtung Nergard. Ich ging wieder zurück nach oben und über die Rampe auf den Heuboden der Scheune. Drinnen schaltete ich das Licht an und sah mich um. Carl und ich diskutierten seit Jahren darüber, ob wir die Scheune und den alten Ziegenstall renovieren oder abreißen sollten. Neu bauen oder einfach warten, bis der Wind die alten Sachen von allein zerlegte? Carl setzte sich in letzter Zeit mehr und mehr für Letzteres ein. Er meinte, dass wir dann auch noch die Versicherungsgelder einstreichen könnten. Ich hatte mich dagegen verwahrt, für mich gibt es Grenzen, wie weit man sich erniedrigen darf. Inzwischen war ich mir da aber nicht mehr so sicher. Versicherungsgelder hin oder her, ich hätte nichts dagegen, wenn ein Herbststurm die alten Erinnerungen einfach auslöschen würde.

Der Boxsack hing noch immer am Gebälk, dort hatten Papa und ich uns die Knöchel blutig geschlagen, bis ich das Erbe angetreten und weitergeführt hatte.

Ich warf einen Blick auf die Wand unter den Lichtschaltern, wo an jenem Abend seine Flinte gestanden hatte. Papa hatte sie geladen und ganz bewusst dort platziert. Damit ich tat, was getan werden musste. Doch ich hatte versagt, hatte nicht nur ihn, sondern die ganze Familie verraten.

Ich senkte den Blick. Hier, genau an dieser Stelle, hatte Papa mit dem toten Hund im Arm gekniet. Carl hatte Dog versehentlich mit einem Schuss verletzt, und ich hatte dem Tier dann den Gnadenstoß versetzt, weil Carl dazu nicht in der Lage gewesen war.

Nein, es gab hier wirklich nicht viel, was ich behalten wollte.

Von meinem Platz aus konnte ich die fensterlose Westwand des Wohnhauses sehen. Hier oben achtete man beim Bau eines Hauses nicht auf das Licht, wie unten in der Stadt, hier kam es darauf an, den Nordwestwind und die Kälte auszusperren. Die Eingangstür auf der Rückseite des Hauses zeigte direkt nach Norden. Vor mir – auf der Sonnenseite – lag Mamas Wintergarten, in dem Carl am PC Zeitung las.

Ich spitzte die Ohren. Sah noch einmal auf die Uhr. Ging auf den Hofplatz.

Doch, es näherte sich ein Auto. Jemand schaltete in einen niedrigeren Gang, das musste in der Japankurve sein. Als Zehnjähriger hatte ich die Autos noch am Sound unterscheiden können, auf jeden Fall diejenigen, die nicht mehr ganz neu waren. Heute hatte ich keine Chance mehr, man könnte allenfalls noch sagen, welche Reifen die Leute aufgezogen hatten.

Als der Wagen durch die letzte Kurve fuhr, erkannte ich Natalies Mitsubishi.

Sie stieg aus.

»Das also ist das berühmte Opgard?«, sagte sie.

»Du warst noch nie hier?«

Sie schüttelte den Kopf. »Der Weg endet ja hier.«

»Du bist auch nie bei einer Wanderung hier vorbeigekommen.«

»Wir sind nicht gewandert. Nicht in den Bergen. Oh, ihr habt hier oben sogar Neuschnee!« Lachend zeigte sie in Richtung Villmark. Die Berge waren im Laufe der Nacht leicht gezuckert worden, und das Weiß glitzerte matt im Sonnenlicht. »Es ist wirklich schön hier oben, Roy.«

»Ich weiß.« Keine Ahnung, warum, aber ich fühlte plötzlich

wirklich so etwas wie Stolz. Schließlich gehörte all die Wildnis, die man von hier aus sah, zu unserem Hof. Bäuerlicher Stolz hat aber weniger mit Schönheit zu tun als damit, wie gut die Weiden und wie ertragreich der Wald ist, und was das angeht, hatte Opgard nicht viel zu bieten. Karge Hügel, Zwergbirken und Blaubeerheide. Hier oben kamen nur extrem genügsame Ziegen zurecht. »Du warst also nie hier oben in den Bergen?«, fragte ich.

»Keine Ahnung. Vielleicht schon, irgendwann mal. Falls ja, erinnere ich mich nicht daran. Aber wie dem auch sei, ich muss mich mit dem Gelände vertraut machen, das Wandergebiet ist ja Teil des Pakets, das das Hotel anbietet.«

»Amen. Kaffee?«

»Gerne.«

Sie warf mir wieder dieses glückliche, offene Lächeln zu, aber irgendwie war ich noch nicht bereit für so viel Freude und Offenheit und tat so, als studierte ich weiterhin die Landschaft.

Ich ging vor ihr her ins Haus. Sie setzte sich an den Küchentisch, während ich das Wasser aufsetzte. »Hallo, Natalie!«, rief Carl aus dem Wintergarten.

»Hallo, Chef!«

Er lachte, hörte sich zufrieden an.

Ich drehte mich zum Tisch, sah die Notizen, die ich für sie herausgesucht hatte, und bemerkte, wie eng diese Küche war. Natürlich hätten wir uns auch ins Wohnzimmer setzen können, aber da standen noch die Reste von Carls gestriger Pizza und die leeren Bierflaschen.

»Weißt du, was?«, sagte ich. »Du musst die Gegend hier doch sowieso kennenlernen. Sollen wir den Kaffee nicht in eine Thermoskanne füllen und ein bisschen rausgehen?«

Sie sah automatisch an sich hinunter. Enge Jeans und dünne Converse.

»Du kannst dir die Wanderschuhe von meiner Mutter leihen«, sagte ich.

Ich holte Mamas alte Lederschuhe aus der Kiste im Schuppen,

und während Natalie sie anzog, ging mein Blick zu dem Remington-Gewehr über der Tür.

»Eine Remington 700 CDL?«, hörte ich ihre Stimme hinter mir.

Ich drehte mich um.

Natalie war aufgestanden, hatte den Reißverschluss ihrer Patagonia-Jacke zugezogen und war zum Aufbruch bereit.

»Du kennst dich mit Waffen aus?«, fragte ich.

Sie schüttelte den Kopf. »Das Gewehr von meinem Vater sieht dem hier verdammt ähnlich.«

»Geht er jagen?«

»Früher, heute nicht mehr.«

»Und du warst nie dabei?«

»Nein, ich durfte sein Gewehr auch nie anfassen, immer nur anschauen. Erst recht nicht, nachdem ich mit dem Lötkolben, den ich zu Weihnachten bekommen hatte, ein kleines Herz eingebrannt hatte.« Sie stellte sich auf die Zehenspitzen und strich mit dem Finger über das Ende des Kolbens aus Walnussholz. »Hier. Es war kaum zu sehen, ich habe aber trotzdem Wahnsinnsärger bekommen.«

»Ein strenger Mann«, sagte ich und legte die Hand auf die Klinke.

»Nein, Mutter war es, die mich zur Schnecke gemacht hat, sie hat gesagt, dass ich das Gewehr niemals anrühren darf.«

Ich verdrängte die Fragen, die mir auf der Zunge brannten, und öffnete die Tür. Licht flutete in den Raum.

Als wir durch die Heide gingen, fiel mir auf, dass Natalie mal lange, mal kurze Schritte machte und mitunter sogar zu hüpfen schien, als wüsste sie nicht, wie sie sich im Gelände bewegen sollte. Als wir die erste Anhöhe erreicht hatten, von der man das Hotel sehen konnte, war sie bereits außer Atem.

»Du bist so ein richtiger Gebirgsmensch, oder?«, fragte sie.

»Ich weiß nicht«, sagte ich.

»Doch, doch. Es sieht immer so aus, als würdet ihr langsam und gleichmäßig gehen, dabei kommt ihr wahnsinnig schnell vorwärts. Genau wie Ola.«

»Ja? Und wer ist Ola?«

Sie legte den Kopf zur Seite, kniff die Augen zusammen und blinzelte mich an. »Jemand, mit dem ich auf der Jagd war.«

»Ach? Dann hast du doch schon mal *geschossen*?«

»Nee, ich habe die Jägerprüfung nie gemacht, weshalb ich nur dabei sein durfte. Gehen wir weiter?«

»Okay? Wohin?«

Sie lächelte. Breiter Mund mit weichen Lippen und großen, weißen Zähnen. »Zum Gipfel, natürlich.«

Wir gingen weiter, ich etwas langsamer rechts des kaum zu erkennenden Weges, sodass sie zu mir aufschließen konnte.

»Apropos Schießen«, sagte sie. »Ich will deine Idee von einem Vergnügungspark in Os nicht so ohne Weiteres abschießen, aber ich habe mich ein bisschen schlaugemacht.«

*»Shoot.«*

»Wenn man sich die Vergnügungsparks in Norwegen anschaut, dann haben diejenigen, bei denen es gut läuft, eine klare Gemeinsamkeit. Weißt du, was?«

»Ich kann nur raten, sag du es mir.«

»Sie liegen alle an großen Straßen. Die vier größten – Tusenfryd, Kongeparken, Dyreparken und Hunderfossen an Europastraßen. Sommarland liegt an einem Riksvei. Die kommen klar, haben im Schnitt 150 000 Besucher pro Jahr, dabei sollten sie rein von den Attraktionen Hunderfossen schlagen können. Der Unterschied ist der Verkehr, der an diesen Parks entlangführt. Wenn du mich fragst, ist die Wahrscheinlichkeit, dass ein großer Park Rendite abwirft, ziemlich klein, wenn Os den Riksvei verliert. Meine Frage lautet also, ob du schon mal über einen kleinen Park nachgedacht hast?«

»Das habe ich«, erwiderte ich. »Und den Gedanken verworfen.«

»Warum?«

»Weil Achterbahnen allein im Bau hundert Millionen Kronen verschlingen, und dann versteht es sich von selbst, dass man Zigtausende von Besuchern pro Jahr braucht.«

Natalie nickte, als würde sie es verstehen, ich sah ihr aber an, dass sie es nicht tat.

»Du fragst dich, ob meine Geschäftsidee Hand und Fuß hat? Oder ob ich bloß eine fixe Idee habe und unbedingt diese Bahn will?«

»Ist es so?«

Ich sah sie an, und sie blickte mir wie üblich direkt in die Augen. Irgendetwas war da, irgendetwas sagte mir, dass sie mich las, wie ich damals die missbrauchte Jugendliche gelesen hatte, die in die Tankstelle gekommen war, um die Pille danach zu kaufen. Plötzlich spürte ich einen unbändigen Drang, ihr alles zu erzählen. Na ja, nicht alles, aber einen Teil. Was natürlich nicht ging.

»Die Rechnung ist ein bisschen komplizierter«, sagte ich. »Es gibt Synergieeffekte. Nicht nur zwischen Vergnügungspark und dem *Os Spa*, sondern auch mit der Tankstelle, dem *Freien Fall* und den Immobilienpreisen hier in der Gegend. Es geht um die kritische Masse, wir müssen eine sich selbst verstärkende Reaktion ins Leben rufen, mit der Achterbahn als Katalysator.«

»Okay«, sagte sie, sah aber noch immer nicht überzeugt aus. Vielleicht hatte sie auf der Schule Chemie abgewählt, vielleicht traute sie aber auch einfach meiner Rechnung nicht.

»Du hast mich ja nicht angeheuert, um die Geschäftsidee zu beurteilen, ich musste nur sichergehen, dass du das wirklich willst. Also diese große Achterbahn und folglich auch den großen Park. Es gibt da nämlich gewisse Prämissen, wie man das markttechnisch angehen muss.«

»An was denkst du?«

»Es liegt auf der Hand, dass große, teure Projekte mehr Marketing erfordern. Die wenigsten wissen aber, dass der Anteil, der für das Marketing aufgewendet werden muss, auch prozentual größer sein muss. Nimm zum Beispiel die Filmindustrie, für die ist jeder Film ein eigenes Projekt. Bei kleinen, günstigen Indie-Filmen macht der Marketinganteil vielleicht zehn bis zwanzig Prozent des Gesamtbudgets aus, während bei großen, teuren Filmen der Marketinganteil fünfzig und mehr Prozent betragen kann. Hast du das Geld?«

»Nein«, räumte ich ein.

»Das dachte ich mir. Ausgehend davon, dass Os weit von der nächsten großen Stadt entfernt liegt und bald auch noch den Durchgangsverkehr verlieren wird und du überdies nicht das Geld hast, die Mütter zu überreden …«

»Mütter?«

»Die Forschung sagt klar, dass sie die Entscheidungen treffen, wohin in den Ferien oder an den Wochenenden gefahren wird.«

»Okay.«

»Ich habe nachgedacht, und mir ist eine Idee gekommen, für die ich aber dein Okay brauche.«

Ich nickte, als Zeichen, dass ich bereit war.

»Du, Roy Opgard, musst meiner Meinung nach all-in gehen und alles auf eine Karte setzen. Klar?«

»Hä?«

»Du musst fragen: ›Und welche?‹«

Ich verdrehte vermutlich die Augen. »Und welche?«

Sie blieb stehen und drehte sich zu mir um. Wartete, bis wir Blickkontakt hatten, und sagte laut und deutlich:

»Die weltgrößte Achterbahn.«

Ich verstand nichts, als sie meine Hand nahm, den Arm zu sich zog und den Ärmel meiner Daunenjacke nach oben schob. »Siehst du?«, sagte sie lachend und fuhr mit dem Finger über meinen nackten Unterarm. »Siehst du?«

»Was sehen?«

»Gänsehaut. Das ist das einzige Blatt, mit dem du gewinnen kannst.«

»Gänsehaut?« Sie hatte meinen Arm losgelassen, und ich schob den Ärmel nach unten.

»Ein begrenztes Marketingbudget begrenzt nicht nur, wie laut du rufen kannst, sondern auch, was du gesagt bekommst. Und so brauchst du nur zu sagen ›Welt…‹« Sie dirigierte mich mit beiden Händen, und ich verstand, dass sie nicht eher aufhören würde, bis wir gemeinsam sagten: »…größte Achterbahn.«

»Diese beiden Wörter sind deine Botschaft, und die müssen jedes Mal fallen, wenn du in den Medien über das Projekt sprichst.«

»Und du glaubst, das reicht, damit die Leute kommen?«

»Nur zweimal haben die Besucherzahlen in Tusenfryd die halbe Million geknackt, und das war in den beiden Jahren, in denen dort eine neue Achterbahn eröffnet wurde. Dabei waren das nicht mal die größten der Welt. Mit der weltgrößten Bahn in Os reden plötzlich auch die Väter mit, wenn es darum geht, wohin die Familie fährt. Ganz zu schweigen von all den internationalen Roller-Coaster-Nerds, die nur aus einem einzigen Grund hierherkommen werden. Allein in den USA gibt es zahlreiche Roller Coaster Clubs mit jeweils Tausenden von Mitgliedern, die in der Welt herumreisen.«

»Vielleicht hast du recht«, sagte ich. »Aber das wird nicht die weltgrößte Bahn, nur die schönste. Und das gilt sowohl für die Bahn als auch für die Umgebung.«

»Das Ästhetische zieht vielleicht die Nerds an, nicht aber die Massen. Die wollen lediglich einen Haken hinter die weltgrößte Bahn machen können.«

»Du meinst also …«

»… dass du größer bauen musst, ja.«

»Nur, um dann zusehen zu müssen, dass jemand zwei Jahre später in Dubai eine noch größere Bahn baut?«

»Die Besucherzahlen der Vergnügungsparks sind ziemlich stabil, was nichts anderes heißt, als dass das erste Jahr entscheidet, wie es in den nächsten zwanzig laufen wird. Das ist wie das erste Wochenende, nachdem ein neuer Film in die Kinos gekommen ist. Gelingt es dir, von Anfang an genug Druck hinter die Botschaft ›weltgrößte‹ zu bringen, wird das dem Produkt anhaften und in Erinnerung bleiben, auch wenn du damit irgendwann keine Werbung mehr machen kannst.«

»Du gibst mir da einiges zum Nachdenken«, sagte ich und kratzte mich am Kinn. Zum ersten Mal seit Langem hatte ich den Apparat liegen lassen und mich nass rasiert, die glatte Haut fühlte sich ungewohnt an.

»Trinken wir den Kaffee da oben?«, fragte Natalie und zeigte auf den schneebedeckten Nesaksla.

»Der ist ein bisschen weiter weg, als es aussieht«, sagte ich.

»Ja und?«

Ich zuckte mit den Schultern. »Wenn du kalten Kaffee magst?«

Natalie lächelte. »Wir können mit dem Schnee ja Eiskaffee machen!« Ohne auf eine Antwort zu warten, ging sie los.

Ich blieb stehen und wartete darauf, dass sie sich umdrehte. Aber sie tat es nicht, sodass ich ihr schließlich folgte.

Die Sonne strich über den Himmel, während wir uns dem Schnee auf dem Nesaksla näherten.

Natalie hatte eine steile Lernkurve, auch was die Bewegung in unwegsamem Gelände anging, sodass ich beinahe in meinem Tempo gehen konnte. Wir diskutierten weiter über den Park, und mir wurde klar, dass ich einiges nicht bedacht hatte. Nicht weil sie vorgab, Antworten zu haben, sondern weil sie reichlich Fragen stellte. Irgendwann handelte unser Gespräch dann aber von dem, was wir um uns herum sahen. Ich nannte ihr die Namen der Berge und wie hoch sie waren und wie die Vögel hießen, die über unsere Köpfe flogen. Ich wusste, wie die Seter hießen, an denen wir vorbeikamen, während sie die Hirtenlieder aus der Gegend kannte und wusste, was früher auf den Almen gesungen wurde. Über Sennerinnen, die ihre Sommer singend allein auf den Bergen verbrachten oder selbst besungen wurden.

»Kjenner du Kari Midtgård av Teinn?«, sang Natalie mit heller, voller Stimme und traf jeden Ton mit perfekter Präzision. »Die nie einen Mann ließ herein.«

Es klang so schön, dass ich einfach stehen bleiben musste. Vermutlich mit offenem Mund, denn sie musste lachen und legte eine Hand hinter das Ohr, als sie eine Antwort von der Vidda bekam. Ein einzelner, lang gezogener, trauriger Ton, der noch lange in der Luft hing.

»Was war das denn?«

»Heilo«, sagte ich.

»Heilo? Ist das ein Vogel?«

Ich nickte. »Der Goldregenpfeifer. Wir sehen ihn nicht, weil wir zu zweit sind. Wenn man allein ist, zeigt er sich. Der Heilo ist der treue Begleiter der Einsamen.«

»Das ist es«, sagte sie und nickte vor sich hin, als hätte sie gerade etwas verstanden.

»Was?«

»Der Ton. Den kenne ich. Du und der Heilo, ihr habt euch ziemlich oft gesehen, oder?«

Statt ihrem Blick zu begegnen, sah ich auf die Uhr. »Sicher, dass du nicht umkehren willst?«, fragte ich.

»Ich habe heute keine weiteren Pläne. Und du?«

Ich schüttelte den Kopf und ging weiter.

Nach etwas mehr als drei Stunden erreichten wir endlich die Schneegrenze. Das Weiß schmolz, und überall gluckstenkleine Rinnsale. Einzelne Büsche ragten auf dem sanften Hang aus dem Weiß heraus.

Wir fanden zwei trockene Steine, und ich öffnete den Rucksack, nahm die Thermoskanne heraus und goss den Kaffee in zwei Plastikbecher. Die Sonne wärmte noch ein bisschen, obwohl sie sich bereits dem Ottertind näherte. Trotzdem meinte Natalie, dass der Kaffee ohne Schnee besser sei.

Ein winziger Vogelball mit dünnem Schnabel und Schwanz landete auf einer Wurzel und musterte uns.

»Haben wir da von dem Heilo Gesellschaft bekommen?«, fragte Natalie.

Ich schüttelte den Kopf. »Das ist ein Zaunkönig.«

»Ach? Glaubst du, dass der hier brütet?«

»Das bezweifle ich, das Männchen baut sein Nest gewöhnlich im Wald, wo es Nistmaterial findet.«

»Das Männchen baut auch bei denen das Nest?«

»Oh ja. Und anschließend kommt das Weibchen und überprüft, ob es gut genug ist.«

»Und wenn nicht?«

Ich zuckte mit den Schultern. »Kommt darauf an. Entweder er baut ein neues, oder sie sucht sich ein neues Männchen mit einem besseren Nest.«

»Hast du deshalb keine Lebensgefährtin, Roy?«

Die Frage kam derart unerwartet, dass ich nur stammeln konnte: »Habe ich nicht?«

»Ich war gestern beim Friseur. Grete Smitt hat mir erzählt, dass du keine Freundin mehr hattest, seit diese Polizistin nicht mehr kommt, und das sei wohl schon fünf Jahre her.«

Ich lachte. »Grete beeindruckt mich immer wieder. Sie kennt mein Leben besser als ich.«

»Also?« Natalie richtete ihren Blick auf mich. »Warum keine Lebensgefährtin?«

Ich legte den Becher an die Lippen, um mir selbst ein bisschen Zeit zu geben.

»Tut mir leid, wenn das zu persönlich ist«, sagte sie leise.

»Schon in Ordnung«, log ich. »Es gibt da einfach nicht so viel zu erzählen. Die Tage vergehen und fordern ihren Tribut, nicht wahr?«

Sie nickte ernst und ließ ihren Blick über die Weite schweifen. Die herbstlichen Farben würden bald in dem schwindenden Licht verblassen. »Weißt du, bei all dem, was du über mich weißt … Ich dachte, ein bisschen Ausgleich wäre da nicht schlecht. Auf jeden Fall für mich.«

»Verstehe.«

Sie kippte den Rest ihres Kaffees in den Schnee.

»Ich muss mal«, sagte sie. »Passt du auf, dass niemand kommt?«

Es war ein Witz, wir hörten aber beide die unbeabsichtigte Doppeldeutigkeit. Trotzdem lachte keiner von uns.

»Ich passe auf«, sagte ich.

Sie verschwand in Richtung eines Felsens, der etwas oberhalb am Hang lag, während ich in die Sonne blickte und ausrechnete, dass wir für den Rückweg zweieinhalb Stunden brauchen würden, schließlich ging es bergab. Außerdem waren Natalies Schritte gleichmäßiger und raumgreifender geworden.

»Roy!«

Der Ruf hallte wider.

Ich drehte mich um.

»Komm mal!«

Ich stand auf und ging die fünfzig Meter zu dem Felsen. Natalie stand auf der anderen Seite und deutete in den Schnee. »Spuren«, sagte sie.

Und wirklich waren da die Abdrücke von Pfoten. Vier Zehen und ein herzförmiger Handtellerballen.

»Ist das nicht ein Wolf?«, fragte sie.

»Könnte sein«, sagte ich. »Vielleicht war das aber auch nur ein Hund.«

»Ist der dafür nicht zu groß?«

»Kommt auf den Hund an. Der Unterschied ist wirklich kaum zu erkennen.«

»Eine der Frauen im Friseursalon meinte, es seien hier in der Gegend Wölfe gesehen worden.«

»Ich fürchte, dass in diesem Salon auch Fake News verbreitet werden. Die Gegend hier ist ein Jagdgebiet mit vielen Hunden.«

»Aber wenn es doch ein Wolf ist? Und jetzt bald die Sonne untergeht ...«

Sie sah mich ängstlich an.

»Das ist nur eine Spur, es kann sich also nur um einen einsamen Wolf handeln«, sagte ich und versuchte, ihr mit meiner Stimme Sicherheit zu geben. Eigentlich sollte das ja möglich sein. Schließlich war ich ein Mann und fast zwanzig Jahre älter als diese plötzlich erwachsen gewordene Frau. »In der Regel sind nur Männchen allein unterwegs, wenn sie den Kampf gegen einen Alpharüden verloren haben«, fuhr ich fort. »Ergo ist das nicht der stärkste Wolf. Ohne Rudel wird der schon ziemlich ausgehungert und geschwächt sein. Zum Tode verurteilt. Außerdem hat der mehr Angst vor uns als du vor ihm.«

»Würdest du darauf wetten?«

In all der Angst zeichnete sich ein Lächeln ab. Hatte sie wirklich Angst, oder verarschte sie mich nur? »Beim nächsten Mal nehmen wir unsere Remingtons mit«, sagte ich, als wir den Rucksack gepackt hatten und auf dem Weg nach unten waren.

»Es ist nicht erlaubt, Wölfe zu schießen«, sagte sie.

»In Notwehr darf man erschießen, wen man will.«

»Sicher?« Sie drehte sich vor mir auf dem Weg um, ohne langsamer zu werden. Kniff ein Auge zu. »Wenn du auf dem Schafott stehst und zum Tode verurteilt bist, darfst du den Henker dann umbringen? Oder den König, wenn er dir befiehlt, in das Maschinengewehrfeuer des Gegners zu stürmen?«

Ich schüttelte nur den Kopf.

»Was sind das denn für Fragen«, sagte sie mit extra tiefer Stimme.

»Guck nach vorn, damit du nicht stolperst«, erwiderte ich.

»Gib zu, du hast die Fragen ziemlich verrückt gefunden.« Der Schalk blitzte aus ihren seltsam gefärbten Augen.

»Ich denke«, sagte ich und schob sie weiter, »dass diese Fragen ziemlich verrückt waren.«

Ihr Lachen trillerte durch die eisige, klare Luft des immer blasser werdenden Herbsthimmels.

Es dämmerte, als Natalie sich in ihren Wagen setzte und fuhr.

Carl war nicht zu Hause. Bestimmt im Hotel. Mit wem, konnte ich mir denken.

Ich blieb bis spät am Abend über den Zeichnungen sitzen. Ich hatte die Kenndaten von Zadra und versuchte mir auszurechnen, wie eine prozentuale Vergrößerung aller Parameter sich auf die Physik der Bahn auswirken würde. Ich kämpfte eine ganze Weile mit den Formeln, musste aber irgendwann einsehen, dass meine Kompetenz dafür nicht ausreichte. Bevor ich ins Bett ging, schrieb ich deshalb eine E-Mail an Glen Moore und fragte ihn, ob eine Vergrößerung möglich sei. Und wie hoch die Mehrkosten wären.

Bevor ich einschlief, hörte ich draußen einen lang gezogenen, traurigen Ton. Ich dachte an den Heilo, aber dieser Laut klang anders. Es war auch kein Hund. Kein Wolf. Ich hatte zwar noch keinen Wolf gehört, der Laut hatte sich aber zu menschlich angehört. Wie Gesang. Vermutlich war ich bereits eingeschlafen, als das Lied von einem kalten Schrei aus dem Abgrund unterbrochen wurde und ich den Raben auf der Gürtelschnalle von Sigmund Olsen sah.

# 12

Der Sonntag kam mit Wind und niedrig hängenden, schnell über den Himmel ziehenden Wolken.

Wir hatten wieder ein Heimspiel. Carl erklärte mir, dass der Spielplan so eingeteilt war, dass der OS FK alle seine Heimspiele vor November absolvieren konnte und die letzten Auswärtspartien dann im Flachland stattfanden, wo das Risiko für Schnee geringer war.

Die Wimpel auf der VIP-Tribüne flatterten im Wind, als ich hinter Carl nach oben stieg.

Mari Aas' Blick strich mit einem schnellen, formellen Lächeln über ihn, als hätten sie sich nicht noch vor Stunden im *Os Spa* in den Armen gelegen. Carl und ich redeten aber nie über das Verhältnis der beiden, was sicher mehr meinem als seinem Wunsch entsprach. Ich wollte damit ganz einfach nichts zu tun haben, wollte kein Mitverschworener sein, was er mir vermutlich angemerkt hat. Vielleicht war es aber auch für Carl leichter, wenn niemand in dieses Geheimnis eingeweiht war, vielleicht konnte er sich dann einbilden, das alles würde nur in seinem Kopf passieren. So war es damals jedenfalls bei Rita und mir gewesen. Und bei Shannon und mir, natürlich. Was Shannon angeht, frage ich mich allerdings tatsächlich manchmal, ob es wirklich passiert ist oder ich das alles nur geträumt habe.

Es waren weniger Zuschauer als beim letzten Mal, sowohl auf der Tribüne als auch am Spielfeldrand. Der Aufstieg war gesichert, was sich auch in der Aufstellung widerspiegelte, denn ich sah Alex seine Trainingsjacke ausziehen, allem Anschein nach war er heute in der Startelf.

Bevor Schieds- und Linienrichter das Feld betraten, ging der Stadionsprecher mit einem kabellosen Mikrofon in der einen und einem Gutschein in der anderen zum Mittelkreis. Es war Carls Idee gewesen, dass vor jedem Spiel der beste Spieler des vergangenen Wochenendes mit einer zweistündigen Spa-Behandlung im Hotel belohnt wurde. Natürlich galt dies nur für die Spieler der Heimmannschaft.

Carl blinzelte mir zu, als der Sprecher den Namen nannte, die Leute zu klatschen begannen und Kurt Olsen zum Mittelkreis joggte.

»Das kommt noch als Zugabe zu der Vertragsverlängerung, die er am Freitag bekommen hat«, flüsterte Carl.

Kurt nahm den Gutschein entgegen, doch statt sich kurz zu bedanken und wieder zu verschwinden, nahm er das Mikrofon. Der Wind knackte hässlich im Lautsprecher, weshalb der Stadionsprecher Kurt mit dem Rücken in den Wind drehte, damit das Mikro bestmöglich geschützt war.

»Das ist sicher das erste Mal, dass ein Trainer zum besten Spieler gekürt wurde«, sagte er. »Aber was kann ich dagegen sagen? Ihr habt ja so recht!«

Gelächter auf der VIP-Tribüne.

»Vielleicht ist das jetzt aber auch die richtige Gelegenheit, um dem Klub und euch Fans mitzuteilen, dass ich eine Entscheidung getroffen habe.«

Carl lehnte sich grinsend zurück und streckte den Bauch raus. Erst jetzt fiel mir auf, dass seine Wampe mehr als herrschaftlich war. Er musste sich sogar etwas zurücklehnen, um ausbalanciert stehen zu können. Und ein zweiter Gedanke meldete sich: Vermutlich hatte der frühere König von Os – Willum Willumsen – dieselben Körpermaße gehabt, als er in Carls Alter gewesen war.

»Ich bin zu dem Schluss gekommen«, fuhr Kurt fort, »dass meine Arbeit für unseren Klub erfüllt ist. Ich würde euch gerne weiter begleiten, aber als Polizist habe ich andere Schwerpunkte zu setzen, und diese Aufgabe wird in der kommenden Zeit den ganzen Mann erfordern.«

Im Stadion war mit einem Mal nur noch das Pfeifen des Windes und das Knattern der Wimpel zu hören.

»Die beiden Jungs da drüben haben mir einen Vorschlag für eine Vertragsverlängerung vorgelegt.« Kurt zeigte auf uns, und irgendwo von der Seitenlinie war ein lautes Lachen zu hören. Es hörte sich nach Erik Nerell an. »Das Angebot ist gut, daran liegt es nicht, sie können sich das leisten, und ich bin ein verdammt guter Trainer.«

Wieder war es Erik Nerell, Kurts treuer Jünger, der lachte.

»Es ist aber meine Pflicht, mich von nun an voll auf meine Arbeit als Polizist zu konzentrieren, und dieser Verpflichtung möchte ich auch nachkommen, weshalb ich den Staffelstab an jemand anderen übergebe. Danke für euer Vertrauen!« Er hielt den Gutschein hoch und rief durch den Applaus, »ich werde nicht die Zeit haben, den hier einzulösen, also gebe ich ihn weiter! Alex war beim Training gut, soll er doch in die Sauna gehen!«

Ich sah zu Carl, der mit erstarrter Miene die Handflächen aneinanderschlug, als wollte er sie bestrafen.

»Was zum Henker hat der vor?«, zischte er.

»Vermutlich sitzt der auf Sprengstoff«, murmelte ich klatschend. »Und sorgt jetzt für die nötige Distanz.«

Carl nickte, er verstand, was ich meinte. Bevor Kurt die Bombe platzen lassen konnte, musste er aus dem Raum verschwinden, Abstand zwischen sich und uns bringen und jedweder Interessenverquickung aus dem Weg gehen. Sie mussten etwas in den Autowracks gefunden haben, sonst hätte er den Vertrag unterzeichnet und die Chance genutzt, in Os zu einer wirklichen Legende zu werden. Andererseits konnte er das auch so, nur eben auf einem anderen Spielfeld. Er wollte nicht nur den Mord an seinem Vater aufklären, sondern auch sechs weitere Morde, deren Ermittlung er in den letzten Jahren mehr oder weniger allein übernommen hatte. Deshalb hörte ich nicht auf zu klatschen, denn er verdiente Applaus, er war ein zäher Teufel, hatte sich im Schützengraben festgesetzt und Winter wie Frühling überdauert, obgleich es von der Front keinerlei Neuigkeiten gegeben hatte.

Rita drehte sich um und sah uns mit einem Blick an, den ich noch nicht kannte. Der kalte, unverhohlene Hass drang wie ein Gammastrahl durch meinen Körper. Verflucht! Ein Schauer lief mir über den Rücken. Denn wie kühl man auch beiseiteschiebt, warum man von einer Frau gehasst wird, die einem einmal ihr Herz und die Tür zu ihrem Schlafzimmer geöffnet hat, bleibt doch die Frage, ob sie nicht vielleicht recht hat. Ist man in Wahrheit nicht doch das widerwärtige, seelenlose Monster, das sie in einem sieht? Andererseits kann man das nicht immer gewesen sein, schließlich wurde man ja einmal geliebt und umsorgt. Wann also war es passiert, an welchem Punkt des Lebens hatte man den Kontakt zu seiner eigenen Menschlichkeit verloren? War es der Moment, in dem Shannon mit dem Cadillac in den Abgrund rollte? Oder schon davor, als Mama und Papa über die Kante kippten? Oder noch früher, als ich im oberen Stockbett lag, mir die Ohren zuhielt und versuchte, mich an einen anderen Ort zu träumen?

Rita wandte sich wieder dem Spielfeld zu. Die Mannschaften waren bereit zum Anstoß. Wenn ich richtig informiert war, ging es für die andere Mannschaft um mehr, sie waren auf einem Abstiegsplatz. Es war also der typische Kampf zwischen einem besseren, klügeren und stärkeren Gegner und einem, der mehr wollte.

Als wir vom Spiel nach Hause kamen, kochte ich Nudeln, und beim Essen diskutierten Carl und ich dann, was für eine Bombe Kurt Olsen in die Hände bekommen haben konnte.

»Also«, begann Carl. »Wenn deine Polizeifreundin sagt, dass sie Blut und Haare gefunden haben, an einem, wie du meinst, unlogischen Ort, könnten die doch im Kofferraum meines Cadillacs fündig geworden sein.«

Ich bemerkte, dass er alles tat, um Shannons Namen nicht aussprechen zu müssen. Nachdem Carl sie erschlagen hatte, hatte er sie in den Kofferraum gelegt und mich angerufen und um Hilfe gebeten. Natürlich. Für mich ist es noch immer ein Mysterium, wie es mir damals gelungen ist, die Fassade zu wahren. Während mein Leben in Schutt und Asche zerfiel, habe ich, ohne zu zögern, die Führung übernommen und entschieden, dass sie hinter das Lenkrad muss und wir den Wagen in den Abgrund rollen, auf dass es nach einem weiteren tragischen Unfall aussieht. »Noch einer?«, hatte Carl gefragt. Meine Antwort war, dass statistisch betrachtet die Hälfte aller Unfälle an Orten passieren, wo schon einmal etwas passiert ist, meistens sogar im selben Jahr. Es sei also nicht auffällig, wenn es in der Geitesvingen-Kurve in achtzehn Jahren drei Unfälle gibt.

Ich bohrte die Gabel in eine Nudel. »Wir haben den Kofferraum wirklich gründlich ausgewaschen. Ich bezweifle, dass sie dort etwas gefunden haben.«

»Und was kann es dann sein?«

Ich zuckte mit den Schultern. »Vielleicht bin ich nur paranoid. Vielleicht haben sie Haare gefunden, dann aber später erkannt, dass es dafür ganz normale Gründe gibt, sodass wir uns eigentlich gar keine Sorgen machen müssen. Nachtisch?«

»Haben wir?«

»Nicht, wenn du nicht eingekauft hast.«

Wir sahen uns an und lachten.

Carl ging früh ins Bett. Ich hatte ihn am Abend zuvor sehr spät nach Hause kommen hören.

Es wäre wirklich interessant zu wissen, mit wem Mari sich verbündet hatte, um eine Entschuldigung zu haben. Ihre Jugendfreundin Grete Smitt? Eine ziemlich wilde Kombination. Aber hatten es nicht die Großmächte vor 1914 genauso gemacht und sich mit demjenigen verbündet, dem sie auf dem Schlachtfeld ganz sicher nicht gegenüberstehen wollten? Ich blieb sitzen und dachte nach. War Mari einen Bund mit Os' Antwort auf den KGB eingegangen? Wie sonst konnte sie eine solche Affäre über Jahre geheim halten? Sollte dem wirklich so sein, konnte ich von den beiden noch etwas lernen.

Ich checkte meine Mails und sah, dass Moore geantwortet hatte. Er schrieb, dass er gerne nach Os kommen und sich das Gelände ansehen würde, um dann vor Ort das Projekt zu diskutieren. Und dass ich recht mit meiner Annahme hätte und man nicht einfach die ganze Bahn mit einem Faktor x vergrößern konnte. Außerdem wies er mich darauf hin, dass die Baukosten für ein größeres Projekt in der Regel überproportional stiegen. Ich antwortete ihm, dass ich keine Termine hätte, die ich nicht verlegen könnte, sodass er kommen könne, wann es ihm passte. Gerne so schnell wie möglich.

Anschließend suchte ich nach Hirtenliedern und Kari Midtgård, aber ohne Erfolg, weshalb ich Natalie eine SMS schrieb und fragte, wie das Lied hieß, das sie gesungen hatte.

Die Antwort kam nach zwei Minuten.

*Wer kennt nicht Kari Midtgård?*

Ich fand das Lied auf Spotify. Ein älterer Sänger, eine alte Aufnahme, die nur wenig an Natalies glasklare Version erinnerte. Aber okay, auch diese Variante hatte eine Seele, nur eben eine andere.

Gleich darauf kam eine weitere Nachricht.

*Interessiert dich das wirklich?*

Ich verwarf ein paar blöde Kommentare (definier »wirklich« und »Hab mich bloß gefragt, ob zwischen Nergard und hier irgendwer wohnt«) und schickte dann ein Wort.

*Ja.*

Und hörte nichts mehr.

Ich ging ins Bett, las ein bisschen im *Zauberberg* von Thomas Mann, das perfekte Buch zum Einschlafen, das schon zwei Jahre neben meinem Bett lag. Ich schaffte nie mehr als eine Seite, dann war ich weg. Gerade als ich das Licht ausgemacht hatte, kam die Nachricht.

*Entschuldige die späte Antwort, hab ziemlich lange telefoniert. Am Mittwoch ist ein Konzert in Notodden, du kannst mitkommen, wenn du noch mehr Hardcore-Volksmusik hören willst. Wir brauchen Publikum.*

Mittwoch. Spätschicht. Ich antwortete.

*Eigentlich gerne, aber ich muss arbeiten. Vielleicht ein andermal.*

Ich kriegte einen Daumen hoch als Antwort.

Ich las noch eine Seite vom *Zauberberg*. Und dann noch zwei weitere. Seufzte, schaltete das Licht aus und starrte blinzelnd in die Dunkelheit. Warf mich hin und her. Aber vielleicht ist es ja kein Wunder, dass man nicht schlafen kann, wenn man gerade erst kapiert hat, dass die Polizei auf dem Kriegspfad ist und sich vielleicht eine Bombe im Raum befindet.

Irgendwann bin ich dann aber wohl doch eingeschlafen.

# 13

Die Bombe platzte am Dienstagmorgen.

Es war zehn Uhr, wir waren zu zweit an der Tankstelle, und ich sammelte draußen an den Säulen Müll ein, säuberte die Zapfhähne und füllte neue Papierrollen und Seifenwasser auf. Ein Wagen näherte sich, und das Knirschen des Kieses auf dem Asphalt verriet mir, dass er von der Straße zur Tankstelle abgebogen war. Ich drehte mich um. Der Wagen bremste, und ich erkannte den Mann hinter der Windschutzscheibe. Unter dem kahlen Schädel, auf dem sich nur noch wenige Haare festklammerten, sahen mich ein paar matte, blaue Augen an. Die eingefallenen Wangen ließen das blasse, müde Gesicht wie eine Sanduhr wirken. Aber Moe hatte krank ausgesehen, solange ich mich erinnern konnte. Seit ich ihn in seiner Küche zusammengeschlagen hatte, hatte er nach dem Tanken immer am Automaten bezahlt und war nie mehr in den Verkaufsraum gekommen. Er zog seine Wangen noch weiter ein, als wollte er spucken, wobei er dafür die Scheibe seines alten Lieferwagens hätte nach unten kurbeln müssen, und das wäre sicher zu viel gewesen. Stattdessen ließ er den Motor aufheulen, als wollte er mich warnen, ehe er die Kupplung wieder kommen ließ und über den Riksvei in Richtung Osten verschwand.

Während ich stehen blieb und ihm mit dem Blick folgte, klingelte das Telefon.

Es war Dan Krane vom *Os Blad*.

Ich muss zugeben, dass ich erstarrte, als er von einem Leck sprach und dass die Geschichte am nächsten Tag die gesamte Titelseite einnehmen sollte. Online wäre sie schon in einer

Stunde zu lesen. Und die Sache wäre wirklich die reinste Bombe. Er benutzte genau diese Worte und wollte meinen Kommentar.

»Vielleicht erzählst du mir erst einmal, um was für eine Bombe es sich handelt«, sagte ich, während mein Hirn fieberhaft versuchte, auf Betriebstemperatur zu kommen und sich eine Strategie zurechtzuschustern, was ich antworten sollte. Oder wäre es besser, nichts zu sagen? Aber dann müsste ich erklären, warum ich nichts sagen wollte. Ich hatte gelesen, dass die Polizei dank neuer Technologie deutlich schneller als früher DNA-Proben analysieren konnte, weshalb ich eigentlich nicht überrascht sein sollte, immerhin war es schon eine Woche her, dass sie die Autos geborgen hatten.

Überraschender war allerdings, dass die Presse sich vor der Polizei meldete, aber vermutlich drängte es beide Seiten nach einer Erklärung. Aber wieso gab es ein Leck? Konnte Kurt Olsen selbst die Quelle sein? Sonst hätten die Hauptstadtzeitungen ja vor unserem Lokalblättchen von der Sache Wind bekommen müssen. Kurt kannte die Ergebnisse der Analysen bereits, als er seinen Trainerjob gekündigt hatte, sonst hätte er es vielleicht nicht so eilig gehabt, von der Lohnliste der Opgard-Brüder gestrichen zu werden. Und irgendwie wäre es auch stimmig, wenn Kurt Dan Krane, dem bekennenden Opgard-Hasser, die Informationen zugespielt hätte, damit wir öffentlich an den Pranger gestellt wurden, bevor wir uns hinter unseren Anwälten verschanzen konnten. Mein Herz klopfte wie wild, anders kann ich das wirklich nicht beschreiben.

»Die Bombe«, sagte Krane mit einer Stimme, in der keine Schadenfreude mitschwang, »ist, dass der Bericht der Straßenbaubehörde, der am Mittwoch veröffentlicht werden wird, zu dem Schluss kommt, dass der Todde-Tunnel nicht gebaut werden sollte.«

»Was?«, platzte ich heraus und brauchte meine Überraschung nicht zu spielen.

»Der Tunnel würde infolge des Berichts das bewilligte Budget um ein Vielfaches übersteigen. Und selbst dann wäre nicht zu hundert Prozent gewährleistet, dass die Inbetriebnahme wirklich sicher ist. Das Todde-Projekt ist damit geplatzt. Ich telefoniere herum und sammle spontane Reaktionen von allen ein, die das direkt betrifft. Was sagst du dazu, immerhin gehören dir die Tankstelle und ein paar weitere Immobilien?«

Ich atmete aus. Sah Egil im Verkaufsraum drei Brötchen zum Preis von zwei in eine Tüte stopfen und sie einem weiteren zufriedenen Kunden reichen. Seine Lippen formten ein Wort. Der Preis. Er hatte es von mir übernommen, den Preis laut zu nennen. Das stammte noch aus der Zeit, als die Leute mit Bargeld zahlten. Seit alle mit Karte zahlten und den zu zahlenden Betrag im Display sahen, hatte ich damit aufgehört, nicht so Egil. Manchmal kam es vor, dass er deshalb von Kunden angeraunzt wurde, aber Egil ließ sich davon nicht aus der Ruhe bringen. Gut. Und wenn uns der Riksvei blieb, hatte Egil auch noch in den nächsten Jahren einen Job.

Ich gab Krane eine entsprechende Erklärung, was ich genau gesagt habe, weiß ich nicht mehr, ich denke aber, ich habe von Arbeitsplätzen gesprochen und hinzugefügt, dass der alte Riksvei dann aber erneuert werden müsse.

»Darüber haben wir bereits mit Jo Aas gesprochen, und er sieht das auch so.«

Natürlich war auch Aas gefragt worden. Er war damals bei dem Verkehrsminister auf taube Ohren gestoßen, hatte von sterbenden Kommunen und viel zu teuren Tunneln gesprochen und jetzt also wieder einmal recht bekommen.

»Ich habe mitbekommen, dass du letzte Woche den Campingplatz von Rita Willumsen gekauft hast«, sagte Krane. »Verdammt gutes Timing. Plötzlich wirkt das gar nicht mehr so dumm.«

»Und vorher hat es das?«, sagte ich mit bewusst leichtem Tonfall, damit Krane einen Rückzieher machen konnte, was er aber nicht tat.

»Sechseinhalb Millionen sind schon mit Riksvei viel, ohne ist das die reinste Idiotie. So viel ist das Land nicht wert. Willst du was zu deinem Timing bei dem Kauf sagen?«

»Nein«, erwiderte ich, nahm einen Zapfhahn aus der Halterung und wischte das Benzin vom Griff. »Du, Dan, ich muss hier arbeiten.«

»Verstehe«, entgegnete Krane. »Ich rufe dann deinen Bruder an. Für das Hotel ist das ja auch gut.«

»Das ist für den ganzen Ort gut«, sagte ich. »Ein Freudentag auch für deine Zeitung. Im Grunde wundert es mich, dass du so beherrscht bist.«

Krane lachte kurz. »Und du?«

Ich antwortete nicht. Krane hatte dieses Mal gar nicht erst versucht, sich unserem Dialekt anzupassen, sonst passierte ihm das immer erst nach ein paar Gläsern. Irgendwie kam es mir so vor, als hätte er mit seinem verbitterten Auflachen für einen Augenblick gezeigt, wie sehr er dieses Kaff hasste. Den Ort, der ihn, einen gehörnten Ehemann mit drei Kindern und zu viel Verantwortungsgefühl, um einfach abzuhauen, gefangen hielt. Vielleicht lag es aber auch an Mari, vielleicht zwang ihn seine Liebe zu ihr, zu bleiben. Denn Liebe gibt nicht frei, sie mauert dich ein und nimmt dir deinen Willen. Das hatte ich gelernt, und deshalb machte ich auch einen Bogen darum. Wenn ich darüber nachdachte, konnte ich nicht anders, als eine gewisse Sympathie für Dan Krane zu empfinden. Erst jetzt wurde mir bewusst, dass der Todde-Tunnel für ihn vielleicht so etwas wie ein Ausweg gewesen wäre. Die fehlende Lebensader hätte Os ausgetrocknet, die Zeitung wäre eingegangen, und Mari und er hätten wegziehen müssen, um Arbeit und eine Schule für ihre Kinder zu finden. Für ihn wäre das die Rettung gewesen, vielleicht hatte er deshalb so lange durchgehalten. Der Gedanke war derart traurig, dass ich mich bemühte, das Gespräch in einem aufmunternden Ton, ja sogar freundlich zu beenden.

»Mach's gut«, sagte ich und legte auf.

Ich ging zu der kleinen Werkstatt hinter der Tankstelle und schloss die Tür auf. Schlenderte durch die Halle und vorbei an dem alten Traktor, der über der Schmiergrube stand. Im Regal thronten – wie eine Erinnerung an alte Zeiten – zwei Kannen von dem giftigen Fritz-Reiniger, den ich loszuwerden versucht hatte. Ich ging in das Schlafzimmer, das ich mir vor langer Zeit in einem angrenzenden Raum eingerichtet hatte. Rief Carl an und erzählte von dem Leck, wegen dem wir nun wussten, dass GeoData den Bericht ganz offensichtlich wunschgemäß verändert hatte.

Auch er hörte sich ziemlich gefasst an. Die zukünftigen Mehreinnahmen hatte er allem Anschein nach bereits einkalkuliert. Ich warnte ihn vor, dass Dan Krane ihn anrufen und um einen Kommentar bitten würde.

»Wir müssen miteinander reden«, sagte Carl.

»Klar, ich bin hier um sechs fertig.«

»Geht es nicht vorher?« Carl klang gestresst. »Kannst du zum Lunch ins Hotel hochkommen?«

»Okay«, sagte ich. »Stimmt was nicht?«

»Es ist ... ach, im Augenblick überschlägt sich einfach alles.«

Wir legten auf. Ich sah zu den seltenen Nummernschildern, die ich an die Wand gehängt hatte. Basutoland, Französisch Äquatorial Afrika, Johor, Britisch Honduras, und irgendwie kam mir in diesem Moment etwas in den Sinn, an das ich niemals zuvor gedacht hatte. Ich sammelte ausschließlich Dinge, die es nicht mehr gab. Ich hatte keine Fotografien von Freunden oder Bekannten oder von Carl und mir. In meiner Erinnerung gab es nur Verlust.

Ich ging zurück in die Tankstelle.

Egil hatte nichts dagegen, dass ich über Mittag kurz weg war.

»Wenn du willst, kannst du dann heute Nachmittag früher gehen«, schlug ich vor.

Egil zuckte mit den Schultern. »Ich bleibe hier, habe nicht so viel anderes zu tun.«

»Nicht?«

»Zu Hause langweile ich mich nur. Sind ja alle weggezogen.«

Mit alle meinte er vermutlich die Kumpel, mit denen er als Teenager seine Computerspiele gemacht hatte.

»Wenn du willst, kannst du morgen Abend eine Extraschicht einlegen?«

Egils Augen leuchteten auf. »Wirklich?«

Ich lächelte. »Ist hiermit abgemacht.«

Als ich kurz vor zwölf von der Tanke losfuhr, entschloss ich mich, unterwegs kurz bei der Bank vorbeizuschauen.

Vendelbo kam heraus und führte mich in sein Büro.

»Hast du es schon gehört?«, fragte ich.

»Natürlich, es kam eben im Radio. Es gibt sogar bereits erste Kommentare von Parlamentariern von rechts und links. Sie sagen alle, dass die Planung für den Riksvei noch einmal überdacht werden muss, sollten diese Informationen stimmen. Und dass es dann erst in 15 bis zwanzig Jahren eine neue Streckenführung geben wird. Wenn überhaupt. Im Lokalsender sprechen sich sowohl Aas als auch Voss für die Strecke durch Os aus. Für sie gibt es keine Alternativen.«

»Dann musst du vielleicht doch hierbleiben«, sagte ich.

»Was mich angeht, ich fühle mich wohl in Os«, sagte Vendelbo mit einem Lächeln.

»Vielleicht sieht es jetzt doch nicht so schlecht für meinen Kredit aus, oder?«

»Den Gedanken hatte ich auch schon.« Vendelbo lehnte sich zurück und verschränkte die Hände im Nacken. »Die Tankstelle ist schuldenfrei, oder?«

»Richtig.« Ich spiegelte ihn und legte ebenfalls die Hände hinter dem Hals zusammen. Ich habe gelesen, dass Spiegelung ein unbewusster Ausdruck für Empathie ist, vermutlich gibt es aber auch da Ausnahmen.

»Dasselbe gilt übrigens für das Merkur-Haus«, sagte ich. »Das Haus, in dem der *Freie Fall* ist, fünfundzwanzig Prozent des Gebäudes, in dem wir gerade sitzen, meine Aktien vom *Os Spa* und meinen Anteil am Land oben rund um Opgard. Nichts davon ist beliehen.«

»Gut. Sollen wir einen Termin mit der Zentrale machen?«

Im Hotel erfuhr ich, dass Carl bereits gegessen hatte und unten im Spa-Bereich war. Ich ging über die Treppe zur Spa-Rezeption, wo mir das dick geschminkte Gesicht hinter dem Tresen sagte, dass Carl in der Sauna sei, sie aber den Auftrag bekommen habe, mich zu ihm zu schicken, wenn ich komme. Ich erklärte mich einverstanden, stellte aber die Bedingung, dass sie die Mindful-Musik abstellte, die zuckersüß aus den Lautsprechern troff.

Die Frau lächelte, als würde sie glauben, ich mache Witze, und reichte mir ein Handtuch.

Ich zog mich in der Garderobe aus und öffnete die Tür der Sauna. Weißer Dampf wirbelte nach draußen, sodass ich Carl für einen Moment nackt auf der obersten Bank sitzen sah. Dann schloss ich die Tür hinter mir, und der weiße Nebel hüllte ihn wieder ein. Ich setzte mich auf die Bank unter ihm und versuchte, meinen Körper davon zu überzeugen, dass es nicht gefährlich war, bei beinahe hundert Prozent Luftfeuchtigkeit einzuatmen, und wartete. Hörte Carls etwas raspelnden Atem.

»Die Verkehrsministerin hat gesagt, dass sie sich nicht äußern will, bevor sie den ganzen Bericht gelesen hat.«

»Verständlich«, erwiderte ich. »Aber auch sie wird zu dem Schluss kommen, dass das Tunnel-Projekt gestorben ist.«

»Ja. Wie sieht es mit dem Kreditantrag aus?«

Ich starrte in das Weiß, ohne zu antworten.

»Entspann dich, wir sind allein«, sagte Carl.

»Das wird klappen«, erwiderte ich. »Im Laufe des Tages schicke ich den Projektbericht und das vorläufige Budget noch an Vendelbo. Er tritt jetzt aufs Gas und rechnet damit, den Antrag Anfang nächster Woche offiziell einzureichen. Die Entscheidung fällt dann die Woche drauf.«

»So spät?«

»Ich habe zu GeoData gesagt, dass es zwei Wochen dauern wird, ehe sie ihre zwölf Millionen bekommen, und die verstehen das auch. Was macht dir Sorgen?«

»Mache ich mir Sorgen?«

»Ja.«

Ich wusste, dass Carl gar nicht erst versuchen würde, zu widersprechen, er kannte mich ebenso gut wie ich ihn.

»Alpin«, sagte er.

»Was ist mit denen?«

»Die sind abgesprungen.«

»Was?«

»Sie haben gesagt, ihre Ingenieure hätten bedeutende Schäden entdeckt, die noch von dem Brand stammen.«

»Was sollen denn das für Schäden sein?«

»Im Detail sind sie nicht darauf eingegangen. Irgendwas an tragenden Konstruktionen und Schäden, die auf lange Sicht die Grundmauern zerstören könnten, hieß es. Genug, um das Risiko einer Investition nicht eingehen zu wollen.«

»Wirklich?« Ich drehte mich zu Carl um, sah ihn aber nicht durch den Nebel.

»Ja.«

»Und du glaubst ihnen? Wir haben doch wohl keinen falschen Ingenieurbericht bestellt und sind jetzt selbst reingefallen, oder?«

Carl lachte freudlos. »Ich habe wirklich gedacht, die machen Witze. Das sind doch Franzosen. Wenn die mit dem Bericht den Preis hätten drücken wollen, hätte ich das verdächtig gefunden, aber die sagen glatt Nein. Treten komplett vom Kauf zurück.«

»Aber jetzt behalten wir doch die Straße. Vielleicht ändern sie ihre Meinung, wenn sie das erfahren?«

Es wurde still.

»Du bist dir schon im Klaren darüber, dass ich es nicht sehen kann, wenn du nickst oder den Kopf schüttelst?«

»Nein«, hörte ich Carl. »Sie werden sich nicht umentscheiden.«

»Weil?«

»Weil ich ihnen schon gesagt habe, dass die Straße weiterhin durch Os führen wird.«

»Du hast ... was?«

»Ja, ich wollte die Diskontierung etwas abschwächen.«

Das war einer seiner Lieblingsausdrücke aus dem Wirtschaftsstudium in den USA. Immer wieder berechnete er, was zukünftige Investitionen nach heutigem Stand wert waren. Der andere

Ausdruck war *»preemptive strike«*, wobei er standhaft behauptete, dass er den von mir während der Prügeleien auf dem Dorfplatz gelernt hatte. Als Erster zuschlagen und angreifen, sobald man glaubt, dass der andere angreifen will. Ich stöhnte. »Die Franzosen wissen also, dass jemand – vermutlich wir – den Bericht gekauft hat?«

»Vielleicht denken sie sich ihren Teil, aber die kümmern sich doch nicht darum, Roy. Das hier ist eines von hundert Hotelprojekten, für das sie sich interessieren, die meisten davon in deutlich korrupteren Ländern als Norwegen.«

Flüssigkeit lief an meinem Körper herab, wobei ich nicht sagen konnte, was Schweiß und was kondensierter Dampf war. Kitzeln tat es trotzdem. Heftig. Und an den falschen Stellen.

»Und was machst du jetzt? Willst du den Ausbau stoppen?«

»Dafür ist es zu spät. Die Verträge sind unterschrieben. Würde ich so kurz vor dem Baubeginn einen Rückzieher machen, würden uns allein die Stornierungsgebühren den Hals brechen.«

»Und jetzt?«

»Jetzt denke ich über den Kredit nach, den du bald bekommen wirst.«

Natürlich. Natürlich waren wir wieder an diesem Punkt. Carl hatte den Karren in den Dreck gefahren, und der große Bruder musste ihn wieder rausholen. Aber das musste ein Ende haben. Ich war wirklich fertig damit. Shannon war das letzte Mal gewesen. Unwiderruflich.

»Der Kredit ist für den Park, Carl. Du verstehst doch wohl, dass ich dir damit nicht aus der Klemme helfen kann?«

»Wieder mal, denkst du?«

»Das habe ich nicht gesagt, aber ja, klar.«

»Du weißt aber schon, dass du mir das schuldig bist?«

Ich drehte mich noch einmal um, starrte in die weiße Wolke und fragte mich, ob ich richtig gehört hatte. Klar, ich schämte mich und hatte das Gefühl, ihm für seine Jugend etwas schuldig zu sein, doch das war meine Meinung, nicht seine. Es war total krank, aber ich hatte wirklich den Eindruck, als hätte er, das Opfer, die Übergriffe, die es nachts in unserem Schlafzimmer gegeben hatte, akzeptiert oder wenigstens verdrängt. Während ich sie nicht hinter mir lassen konnte. Carl hatte meine Schuldgefühle immer wieder mehr oder weniger bewusst ausgenutzt, er hatte aber noch niemals offen gesagt, dass ich ihm etwas schuldig sei. Noch dazu hatte in seiner Stimme eine Verbitterung mitgeschwungen, wie ich sie von ihm gar nicht kannte.

Als er weiterredete, war seine Stimme wieder weich und einschmeichelnd, das war Carl im Überredungsmodus, bekanntes Terrain.

»Wir sind doch eine Familie, Roy. Das Hotel gehört mir, der Park dir, aber in diesem Fall sind eins plus eins mehr als zwei.«

»Ich weiß, aber ...«

»Die Bank achtet nicht so genau darauf, für was das Geld verwendet wird, solange sie genügend Sicherheiten hat und du Zinsen und Tilgung zahlst. Außerdem ist das ja nur vorübergehend, nur für einen Monat, maximal zwei. Dann habe ich einen neuen Investor gefunden. Die beiden chinesischen Interessenten, die ich abgelehnt habe, sind noch immer interessiert. Ich kann da eine Auktion starten. Ich verspreche dir, dass du das Geld zurückhast, lange bevor du die Achterbahn bezahlen musst. Was sagst du dazu, großer Bruder?«

Es ist schon merkwürdig, was man manchmal mit sich machen lässt, dass man, obwohl man den Trick schon längst durchschaut hat und genau sieht, was die linke Hand tut, während man auf die rechte achten soll, letztlich doch einknickt. Der Grund ist simpel: Wenn jemand dein Herz in der Hand hält, dann spielt es keine Rolle, ob es in der rechten oder linken steckt.

»Ich werde darüber nachdenken«, sagte ich.

»Um mehr bitte ich nicht. Ich komme heute Abend spät nach Hause, sollen wir morgen nach der Arbeit über die Details sprechen?«

»Okay. Das heißt, nein, da bin ich in Notodden.«

»Okay? Und was machst du da?«

»Ein Konzert.«

»Du allein?«

»Nein, Natalie meinte, dass mich das interessieren würde.«

Ich sagte es ganz beiläufig, vielleicht übertrieben beiläufig. An der aus dem Nebel kommenden Antwort konnte ich seine Reaktion nicht ablesen.

»Viel Spaß«, sagte er nur. »Dann übermorgen?«

»Ja«, sagte ich. »Jetzt muss ich aber zurück zur Arbeit.«

»Okay, ich bleibe noch ein bisschen.«

Ich drehte mich um, als ich die Tür öffnete, und hielt sie für einen Moment fest, während der weiße Dampf nach draußen strömte, bis ich sicher sein konnte, dass Carl wirklich allein im Raum war. Allein und nackt. Der Blick, den er auf mich gerichtet hatte, war nicht zu deuten. Es ist merkwürdig, wenn einem ein Mensch, mit dem man über so viele Jahre so eng zusammengelebt hat, plötzlich wie ein Fremder vorkommt. Man schiebt es auf das Licht oder die eigene Müdigkeit, schließlich handelt es sich ja um den eigenen kleinen Bruder, der nichts vor dir verbergen kann, bis einem klar wird, dass man ja noch nicht einmal sich selbst richtig kennt.

# 14

Soso, dann sollen wir dich also für Natalie Moe schön machen?«, sagte Grete Smitt und massierte meine Kopfhaut.

Ich lag ziemlich wehrlos auf dem Rücken in ihrem Stuhl, den Kopf im Waschbecken, und hoffte, dass das Geräusch des fließenden Wassers laut genug war, damit die beiden anderen im Salon uns nicht hörten. Grete machte es richtig, sie hatte eine junge Frau angestellt und war darüber hinaus auf der Suche nach etwas passenderen Räumlichkeiten im Ortszentrum.

»Einfach das Übliche«, sagte ich. »Versuch erst gar nicht, mich schön zu machen.«

Ich wusste weder, ob sie die versteckte Beleidigung mitbekam, noch woher sie die Information hatte, dass Natalie und ich abends nach Notodden wollten, stellte aber keine Fragen. Sie schlug ein Handtuch um meine Haare, führte mich zu dem freien Frisierplatz, kämmte mich und begann ihre Arbeit mit der berühmten japanischen Niigata-1000-Schere. Sicher würde sie auch dieses Mal irgendwann in ihren Monolog einflechten, dass dieses Wunderding 15 000 Kronen gekostet hatte.

»An dir geht die Zeit wirklich spurlos vorbei, Roy«, sagte sie.

Ich war überrascht über das Kompliment, denn so hatte sie es ja vermutlich gemeint. Sie studierte mein Gesicht. Vielleicht hatte sie recht. Brutale, dicke Nase, breiter Mund, kantiges Kinn, tief liegende Augen und dichte dunkle Haare. Mit meinem tiefen Haaransatz sah ich wie der Prototyp eines Mannes aus, der keinem Konflikt aus dem Weg ging. Auf jeden Fall nicht, wenn er getrunken hatte. War es der Gedanke an eine deutlich jüngere Frau, die sie zu ihrer Bemerkung über das Alter verleitet hatte? Andererseits deutete ihr Tonfall an, dass der Satz eigentlich noch nicht zu Ende war und sie den Rest nur ausgelassen hatte. Dann wurde mir plötzlich klar, wie er weitergehen hätte sollen: *Nicht an deinem Bruder Carl.*

Der Gedanke kam mir nicht, weil es stimmte, sondern weil Grete noch immer ein Auge auf Carl geworfen hatte. In ihrer Jugend war sie jahrelang in Carl verliebt gewesen, eine einseitige, aussichtslose Liebe, die dann aber doch in einem One-Night-Stand mit einem besoffenen Carl geendet hatte. Jetzt ging es ihr wohl eher darum, Beweise dafür zu sammeln, dass es ein großes Glück gewesen war, dass sie nicht mit Carl, sondern mit Simon Nergard zusammengekommen ist. Und obwohl Simon ein langweiliger Tropf war, hatte sie sicher recht damit. Vielleicht ja gerade deshalb.

»Will dein Bruder in wärmere Gefilde?«, fragte sie.

»Warum?« Ich bereute meine Rückfrage, kaum dass ich den Mund geöffnet hatte.

»Er war in der letzten Woche zweimal im Solarium.«

»Ja und? Vitamin D soll doch so gesund sein.«

»Schon, aber die Leute hier im Ort glauben, dass Männer, die in Solarien gehen, schwul sind. Deshalb kommen auch nur drei zu mir. Der Bankchef, Stanley Spind und Kurt Olsen. Und alle wissen, dass Kurt auf Frauen steht. Die Männer haben hier bei uns eine panische Angst, für schwul gehalten zu werden. Erinnerst du dich an Adrian, der hier für mich gearbeitet hat?«

Ich erinnerte mich. Ein junger Mann, den Stanley in den Ferien auf Ibiza getroffen hatte und der zu ihm in den Ort gezogen war. Er hatte es acht Monate ausgehalten, eine ziemlich stolze Leistung.

»Ein verdammt guter Friseur, aber irgendwann musste ich ihn einfach ziehen lassen. Selbst die Frauen scheuen hier davor zurück, sich von einem Homo anfassen zu lassen.«

Ich hatte nicht die Spur einer Ahnung, auf was Grete Smitt hinauswollte, und ich wollte es auch nicht wissen und schloss demonstrativ die Augen. Vielleicht reichte das ja als Signal, wie wenig mich ihr Gerede interessierte.

»Andererseits ist es natürlich schön, wenn Carl und Kurt sich gemeinsam sonnen. Eigentlich sind sie ja nicht gerade die besten Freunde, nachdem Kurt Carls Angebot als Trainer ausgeschlagen hat. Oder was meinst du?«

Ich meine dazu gar nichts, dachte ich und sagte: »Ich denke, die tragen das mit Fassung.«

»Sah aber nicht so aus, als Carl gestern Morgen aus der Polizeiwache kam«, fuhr sie fort. »Er soll stinkwütend rumgeflucht haben und dann mit quietschenden Reifen vom Parkplatz gefahren sein.«

Ich konzentrierte mich darauf, langsam zu atmen. Warum zum Henker hatte ich nicht Julie gefragt, ob sie mir im Hinterzimmer des *Freien Falls* ein bisschen die Ohren freischnitt und die Haare im Nacken kürzte? Ich räusperte mich. »Vielleicht hat er das Angebot verbessert und ist trotzdem auf Granit gestoßen?«

Das Zischeln der japanischen Superschere verstummte. Offensichtlich erforderte es volle Konzentration, diese Erklärung abzuwägen.

»Mag sein«, sagte sie schließlich. Die Schere setzte ihre Arbeit fort. »Apropos Angebot. Letzte Woche hat mich ein Friseur aus Notodden angerufen. Er wollte meine Niigata kaufen. Rat mal, wie viel er mir geboten hat?«

Ich sah im Spiegel auf die Wanduhr hinter mir. Ich sollte Natalie erst um sechs am Hotel abholen. Ich hatte also noch viel Zeit. Sehr viel Zeit. Und der Gedanke, der sich in den letzten acht Jahren in unregelmäßigen Abständen immer wieder mal gemeldet hatte, zeigte seine hässliche Fratze. Mehr Zeit, als mir lieb war.

Es regnete leicht, als wir aus dem Ort fuhren. »Don't Go To Strangers« kam aus den Lautsprechern. Wie gewöhnlich warf ich nach dem Ortsschild einen Blick in den Rückspiegel.

»Zo«, sagte Natalie.

»Hä?«

»Spiegelverkehrt wird es *Zo*. Du hast doch deshalb in den Spiegel geguckt, oder?«

Ich musste lächeln. »Ich dachte, ich wäre der Einzige, der diesen Gedanken hat.«

»Oh nein. Ich habe mich immer gefreut, wenn ich das gelesen habe. Denn dann wusste ich, dass ich auf dem richtigen Weg war. Weg von hier.«

Ich nickte. Wusste aber nicht, wie ich das deuten sollte. Hatte sie hier noch unangenehme Sachen erlebt, nachdem sie weggezogen war? Ich konnte nur hoffen, dass dem nicht so war. Für Natalie, für mich und für Moe. Schließlich hatte ich versprochen, ihn zu töten, sollte er sich noch einmal an seiner Tochter vergreifen, und ich hatte die Absicht, dieses Versprechen auch zu halten.

»Was hören wir da?«, fragte sie.

»J. J. Cale«, antwortete ich. »70er-Jahre.«

»Singt er wirklich *don't talk to strangers*?«

»Fast.«

»Meine Tante hat nämlich immer gesagt, dass ich nie irgendjemandem etwas erzählen soll.«

In den nächsten Sekunden blieb es still im Auto. Nur J. J. Cale und die Scheibenwischer auf zwei und vier des Taktes. »Meine Tante ist selbst von Großvater missbraucht worden. Und mein Vater auch, das hat sie mir mal erzählt.«

»Wie? Deine Tante wusste, dass du …?«

»Ja. Sie hat die Zeichen erkannt.«

Ich spürte, wie mein Puls in die Höhe ging und ich, ohne es zu wollen, fester aufs Gaspedal trat. »Und sie hat nicht mehr getan, als dir zu sagen, dass du den Mund halten sollst?«

Natalie zuckte mit den Schultern. »Wenn es deine Familie wäre, hättest *du* es dann jemandem gesagt?«

Ich spürte ihren Blick auf mir und wusste nicht, was ich antworten sollte. Mein Hals war wie zugeschnürt.

»Sie hat mir gesagt, dass es vorbeigehen wird«, sagte Natalie. »So war es bei Großvater. Irgendwann war von einem auf den anderen Tag Schluss. Danach ist es nie mehr vorgekommen, und nach ein paar Jahren wäre es so gewesen, als sei es nie passiert, wie wenn der Körper eine Kugel einkapselt.«

»Aha«, sagte ich. Ich hatte den Fuß wieder vom Gas genommen. »Ist das so? Als wäre es nie geschehen?«

Sie schüttelte den Kopf. »Nein, nein, das ist es nicht. Aber die Angst vor ihm ist weg.«

»Warum? Er ist physisch doch noch immer stark genug, um ...« Ich suchte nach den richtigen Worten, bis mir klar wurde, dass es keinen Sinn machte, um den heißen Brei herumzureden. »... dich zu vergewaltigen.«

Natalie blinzelte nicht einmal. »Sicher«, sagte sie. »Aber er kann mich nicht mehr *steuern*. Hat seine Macht über mich verloren. Seit Mutters Tod hat er nicht einmal mehr sich selbst im Griff. Falls das denn jemals so war. Er ist ein trauriger Mann, Roy. Läuft da zu Hause rum und ... ich weiß nicht ... wartet auf den Tod. Ich hasse ihn nicht. Oder doch, aber irgendwie liebe ich ihn auch. Ich weiß, dass das vollkommen verrückt ist, und es macht mich auch wütend, dass ein Mann, der nicht eine einzige meiner Tränen verdient, mich zum Weinen bringt, weil er mir leidtut. Denn ich *will* ihn hassen, verstehst du? Mein Kopf hasst ihn, aber der wird immer wieder von meinem Herz verraten, kannst du das irgendwie ... verstehen?«

Ich nickte. Ich verstand das alles nur zu gut.

Wir fuhren lange schweigend. Ließen J. J. Cale seine Sache machen. Unseren Puls senken. Bis sie mich fragte, was kommen musste und womit ich insgeheim schon lange gerechnet hatte.

»Warum hast du das gemacht?«

»Das mit deinem Vater?«

»Ja. Ich meine, du warst nicht der Einzige, der einen Verdacht hatte.«

»Nicht?«

»Nein. Aber du warst der Einzige, der etwas unternommen hat. Warum?«

»Vermutlich bin ich ein verantwortungsbewusster Mitbürger. Oder was meinst du?«

Sie sah aus dem Fenster. Es war dunkel geworden und regnete immer heftiger, weshalb es da draußen nun wirklich nichts zu sehen gab.

Dann kam es. Leise. »Willst du es mir nicht erzählen?«

Meine Fingerknöchel wurden weiß, so fest umklammerten meine Hände das Lenkrad. Wollte ich es erzählen? Ja, wir alle wollen erzählen und verstanden werden. Jemanden dazu bringen, uns zu helfen, um wieder zu einem Menschen zu werden und in den Spiegel blicken zu können. Nur dass es niemanden gibt, dem man das erzählen kann. Niemanden, der es verstehen würde. Niemanden, bei dem ich mich darauf verlassen könnte, dass er den Mund hielt.

»Roy?«

Abgesehen von Natalie. Sie war an diesem Ort gewesen. Hatte ihr eigenes Familiengeheimnis.

Ich holte tief Luft und fürchtete einen Moment lang, dass meine Stimme versagen würde.

»Auch mein Vater war so.«

So, es war raus, ich hatte es gesagt.

Ich hielt die Luft eine ganze Weile an. »Deshalb habe ich das deinem Vater angesehen. Die Scham lastete schwer auf ihm, wie ein Rucksack voller Sand.«

»Dachte ich mir doch, dass es so etwas ist«, sagte sie. »Wie lange ging das?«

Ich zögerte. Sollte ich sagen, dass Carl das Opfer gewesen war, nicht ich? Dass ich der große Bruder gewesen war, der über ihm im Stockbett gelegen und sich schlafend gestellt hatte, während es geschah, weil ich damals glaubte, nichts tun zu können, ja dass so etwas in Familien vorkäme und man einfach nicht darüber redete? Nein, ich konnte ihr Carl nicht ausliefern, er war ihr Chef, diesen Teil der Geschichte musste er erzählen.

»Seit ich zwölf Jahre alt war.«

»Wie bei mir«, sagte sie. »Und wann hat es aufgehört?«

»Als meine Eltern bei dem Unfall ums Leben kamen.«

»Apropos«, sagte sie. »Du fährst mehr als hundert.«

»Oh, verdammt«, sagte ich und nahm den Fuß vom Gas. »Danke.«

Sie legte ihre Hand auf meinen Arm. Ich spürte die Wärme durch den Stoff von Jacke und Flanellhemd. »Ich bin es, die zu danken hat. Du weißt doch wohl, dass du mir damals das Leben gerettet hast?«

»Ich weiß nur«, sagte ich und hoffte, dass sie die Hand niemals wegnehmen würde, »dass du mir eine neue Chance gegeben hast, das Richtige zu tun.«

»Indem du dich gegen den Vergewaltiger zur Wehr setzt?«

Ich nickte. Blickte auf den rechten Mittelfinger, der etwas von den anderen am Lenkrad abstand. Das Resultat eines *preemptive strike*. Als ich Moe in seiner Küche das Ultimatum stellte – dass ich nur dichthalten würde, wenn er seine Tochter fortschickte –, schaffte er es, mir das Grundgelenk vor Beginn des eigentlichen Kampfes mit einem Hammer zu zerschmettern. Zum Schluss lag er dann aber schluchzend und wie ein Embryo zusammengekrümmt auf dem Linoleum, während sein Blut in einem kleinen Rinnsal über den Boden lief, bis es sich vor einem der umgestürzten Stühle staute. Ein paar Tage später war Natalie dann nach Notodden gezogen.

Sie nahm die Hand weg. Drehte das Radio lauter. Ich legte den Kopf an die Kopfstütze und richtete meinen Blick so weit nach vorn, wie das Licht der Scheinwerfer reichte.

*Oh, woman, When in doubt, call on me.*

Es war ein Konzert, wie ich es noch nie erlebt hatte.

Der Saal war nicht groß. Eine Bar, ein paar Tische und eine provisorische Bühne aus Szenemodulen. Die fünfzig Leute im Publikum schienen Bekannte oder Freunde der Musiker zu sein. Zuerst trat ein junger Typ in Hallingdal-Tracht mit weißer Jacke, roter Weste, schwarzen Kniehosen und weißen Strümpfen auf. Er spielte die Hardangerfiedel und trat dabei so hart den Takt, dass das Bier, das er auf den Stuhl neben sich gestellt hatte, im Glas hin und her schwappte. Nach zwei kurzen Liedern kam ein junger Mann in Setesdal-Tracht mit einem großen schwarzen Hut hinzu. Ich entnahm sowohl der Reaktion im Saal als auch seiner Ausstrahlung, dass er der Star von beiden war. Sein Körperbau war ziemlich kräftig, er hatte einen harten Blick und kündigte in einem etwas undeutlichen Schwedisch einen Song an, den er von seinem Lehrmeister habe. Als er die Fiedel ans Kinn legte, sah ich das auf den Handrücken tätowierte Kreuz. Er zählte, begann auf fünf, und mir wurde schlagartig klar, dass das jetzt ganz andere Musik war. Sein Spiel war hart und aggressiv, schon nach dem ersten Lied glitzerte das Bühnenlicht auf den im Bogen gerissenen Haaren. Statt auf den Bühnenboden zu treten, trat er auf eine *stomp box*, die irgendwie nach Bassgitarre oder Basstrommel klang. Ich schloss die Augen. Das Spiel war wild, heftig und richtig gut, vertraut und gleichermaßen neu, wie ein Mädchen, mit dem zusammen man aufgewachsen ist und das dann später vollkommen verändert nach Hause zurückkehrt als eine andere, als jemand, den man erst dann so richtig versteht. Vielleicht liegt das aber auch an einem selbst, vielleicht hat man sich unmerklich, Stück für Stück, über die Jahre verändert, sodass man erst durch diese neuerliche Begegnung die Einsicht erlangt, die es braucht, um zu sehen, zu hören, zu verstehen, was man das ganze Leben über vor Augen hatte.

Ich sah zu Natalie. Sie prostete mir mit ihrer Bierflasche zu, und ich hob mein Wasserglas.

Dann kam der Rest der Band dazu. Schlagzeug, 2-Saiten-Bass, Akkordeon und zwei weitere Hardangerfiedeln. Sie spielten laut, um es vorsichtig auszudrücken. Alles außer den beiden Fiedeln war Begleitung. Und von den Fiedeln kamen Obertöne, Verzerrungen und eine Bassline, zwei gegenläufige Rhythmen, die sich, statt in Chaos zu enden, wieder trafen, wie drei und vier in zwölf. Glaubte man, dass es nach links gehen würde, ging es nach rechts, und nach jedem Luftholen kam der nächste freie Fall. Doch wie in einer guten Achterbahn aus Holz spürte man die darunterliegende Harmonie, die Struktur, den Sinn.

Der Schwede riss sich den Hut vom Kopf. Bis auf den langen, schwarz glänzenden Pony waren seine Haare kurz geschnitten.

Dieser aber führte seitlich durch einen großen Ohrring. Ich hatte das früher schon einmal auf Bildern von alten Spielleuten gesehen, man nannte das Spieß. Der Schwede fletschte die Zähne, seine Augen traten hervor, und er fauchte uns an, als sein Spiel den Höhepunkt erreichte.

Nach einer Stunde, als wir glaubten – einige hofften darauf, da war ich mir sicher –, dass die Band fertig war, rief der Schwede Natalie auf die Bühne. Sie ging nach oben und nahm ein merkwürdiges Blasinstrument in die Hand. Es war gebogen wie ein Horn und fast so lang wie sie. Ich hatte das Instrument draußen auf dem Plakat gesehen, das eine alte, nationalromantische Illustration einer Sennerin zeigte, die auf der Alm in ihre Lure bläst. Ich kannte das Bild irgendwoher, wusste aber nicht, wo ich es schon einmal gesehen hatte. Unter der Abbildung hatte in gotischen Buchstaben der Name der Band geprangt. *Hell Spelmannslag*. Natalie legte die Lippen an das schmale Ende des Instruments, und ihre Brust hob sich. Sie blies. Und jetzt war ich es, der den langen, traurigen Ton wiedererkannte, den sie in den Bergen gehört und identifiziert hatte. Es war das Lied des Heilo. Sie spielte nur drei Töne, wieder und wieder in derselben Reihenfolge, doch die Wiederholung hatte etwas Magisches. Der Schwede begann vorsichtig, denselben, langsamen Rhythmus auf seiner *stompbox* zu treten. Dann begann Natalie zu singen. Im Saal war es mit einem Mal so leise, dass nur noch die glockenklare, nahezu weinende Stimme und der Rhythmus zu hören waren, wie schwere, zähe Herzschläge. Ich schloss die Augen. Fluchte innerlich. Denn jetzt war ich wirklich im freien Fall.

Nach dem Konzert verschwand die Band inklusive Natalie durch eine Tür hinter der Bühne.

Als sie wieder herauskamen, war der Großteil des Publikums gegangen. Natalie und der Schwede setzten sich an meinen Tisch. Der Schwede hatte sich die Jacke ausgezogen, und sein weißes Hemd klebte schweißnass auf der Brust. Er knallte eine Thermosflasche auf den Tisch.

»Roy«, stellte Natalie mich vor. »Roy, das ist Ola.«

»So, du bist also Roy«, sagte der Schwede und reichte mir die Hand. »Sie hat recht.«

»Womit?«, fragte ich und schlug ein.

»Du siehst wirklich wie Leonard Cohen aus. Wie aus dem Gesicht geschnitten. Einen Udevallar?« Er hob die Thermoskanne an. Das Kreuz auf seinem Handrücken wellte sich über die Adern.

»Was ist das?«

Er grinste. Der Mann konnte nur wenige Jahre älter als Natalie sein, trotzdem glänzten in seinem Mund eine Reihe von goldenen Zähnen. »Kaffeegök.«

»Danke, aber ich muss noch fahren.«

»Okay.« Er goss sich und Natalie ein. »Und, was meinst du, Roy?«

»Worüber?«

»Uns natürlich.«

Ich sah von Ola zu Natalie und zurück.

Ola grinste. »Die Band, die Musik, verdammt.«

»Oh ja.« Ich dachte nach. »Das war echt … stark.«

»Stark? Wie Kaffeegök?«

»Wie Jimi Hendrix.«

Ola nickte zufrieden. »Gut. Dann hast du es verstanden.« Er trank einen großen Schluck. »Auf jeden Fall fast.«

»Fast?«

»Tja. Natalie sagt, du interessierst dich für Musik. Du bist ein bisschen älter als wir und noch dazu Norweger, weshalb ich dachte, du würdest auf etwas naheliegendere Vergleiche kommen.«

»Ja?«

»Klar Mann, denk doch mal nach. Es gibt eine klare Verbindungslinie zwischen den beiden Höhepunkten der norwegischen Musik. Volksweisen und …«

Er hielt inne und sah mich abwartend an. In seinen Augen blitzte so etwas wie Schalk. Ich zermarterte mir das Hirn. Aber nein, doch … Moment. Das Plakat. Endlich war der Groschen gefallen.

»Black Metal«, sagte ich. »Burzum. Das Plakat mit der Sennerin ist eines von deren Plattencovern.«

Ola wandte sich an Natalie. »Dein Freund ist nicht auf den Kopf gefallen. Sorry, ich muss mal raus und opfern.« Er legte die tätowierte Hand auf Natalies, stand auf und ging zur Ausgangstür.

»Opfern?«, fragte ich.

Natalie trank lachend einen Schluck Bier. »So ein Setesdal-Kram. Es ist gar nicht so lange her, dass sie da auf den etwas abgelegenen Höfen noch Nahrung und Blut für die Götter geopfert haben. Ola nennt es ›opfern‹, wenn er zum Kotzen rausmuss.«

»Tut er das oft?«

»Vor jedem Konzert und ein paarmal danach. Vorher sind es die Nerven, hinterher die Erschöpfung. Er ist Künstler und hat hohe Ansprüche an sich selbst.«

»Willst du damit sagen, dass er davon lebt?«

Sie lächelte. »Nein, du siehst ja wohl, dass das kaum möglich ist. Er arbeitet als Kirchendiener hier in Notodden, lebt und atmet aber nur für die Musik. In Bohuslän, wo er aufgewachsen ist, hat er Nyckelharpa gespielt. Er hat damit schon mit fünf Jahren angefangen.«

»Nyckelharpa?«

»Wenn du willst, die schwedische Variante der Hardangerfiedel, nur dass man anstelle von den Fingern mit Tasten auf die Saiten drückt. Außerdem hat sie nur vier Saiten. Dann hat er bei einem Urlaub bei Verwandten im Setesdal beim Kappleik-Festival die Hardangerfiedel entdeckt. Das heißt, die nutzen da etwas, das sie Bygdefiedel nennen, die hat zusätzlich noch darunterliegende Resonanzsaiten. Auf jeden Fall war er verzaubert. Hat sich einen der besten Lehrmeister im Setesdal gesucht und ist dahin gezogen.«

Ich nickte. »Und jetzt ist er Kirchendiener mit Kirchenabfacklern als Vorbildern?«

Sie lachte. »Ola hört nur die Musik und die Gefühle. Alles andere ist für ihn Ablenkung.«

Ich hörte die Bewunderung in ihrer Stimme und sah den Glanz in ihren Augen. Es war an der Zeit, nach Hause zu kommen. Ich sah auf die Uhr.

»Hast du Lust, die Nacht über hierzubleiben?«, fragte sie.

Ich hob den Blick. »Hierbleiben?«

»Wir feiern nachher noch. Ich bleibe bei Ola. Da ist sicher auch Platz für dich.«

Mein Magen zog sich zusammen. »Ich muss zurück, ich muss morgen früh arbeiten. Nimmst du dann den Bus?« Ich hörte, wie es klang, kaum, dass ich den Mund geöffnet hatte. Wie jemand, der gute Butter verkauft hat, ohne dafür bezahlt worden zu sein. Aber ich konnte die Worte nicht mehr zurücknehmen. Ihr Blick zeigte mir, dass sie etwas sagen, mir klarmachen wollte, dass sie mir die Übernachtung nicht angeboten hatte, um am nächsten Tag mit nach Os fahren zu können. Stattdessen führte sie die Bierflasche an die Lippen, blinzelte und sah weg. Die Hand, die sie mir während der Fahrt hierher auf den Arm gelegt hatte, war natürlich nicht mehr gewesen als genau das. Eine Hand auf einem Arm.

Das Gespräch hatte uns in eine Ecke manövriert, in der die Stille uns gefangen hielt, und plötzlich sah ich mich durch ihre Augen, durch Olas Augen und durch die Augen all der anderen in der Bar. Ein alternder Typ, der geifernd eine Frau anschmachtete, die – rechnete man etwas großzügig – durchaus auch seine Tochter hätte sein können, während ihr Lover für einen Moment draußen war. Gott, wie erbärmlich.

Ich ballte die Hände unter dem Tisch zu Fäusten. War ich wirklich so kaputt? Was ich ihr von mir gezeigt hatte, war so peinlich, dass ich für einen Moment bereute, uns auf dem Weg hierher nicht mit dem Auto vor einen Baum gesetzt zu haben. Nein, nicht sie. Sie und Ola sahen so aus, als könnten sie sich gegenseitig glücklich machen. Außerdem bot die nächste Chance sich ja schon, wenn ich allein zurückfuhr. Ich lachte.

Natalie sah mich überrascht an. »Was?«

»Ach, nichts ... Ich dachte eigentlich, wir hätten die Fahrt hierher nutzen können, um darüber zu sprechen, wie wir die

Bahn und den Park lancieren wollen, immerhin behalten wir jetzt ja den Riksvei. Andererseits war es richtig schön, über Musik und unsere Jugend zu sprechen. Minus ...«

»... das mit der Jugend«, sagten wir im Chor, und jetzt war sie es, die lachte.

Ich stand auf. »Lass uns am Wochenende telefonieren.«

Sie sah mich mit einem Blick an, als hätte ich ihr eine Ohrfeige gegeben. Die Augen eines Opfers. »Okay«, sagte sie schließlich. »Danke, dass du mitgekommen bist. Fahr vorsichtig.«

Auf dem Weg zum Auto sah ich Ola und den Typ mit der Hallingdal-Tracht miteinander streiten. Ola hatte die Hände auf die Schultern des anderen gelegt, er war mittlerweile so voll, dass er sich abstützen musste. Keiner der beiden sah mich.

Es war halb zwei, als ich den Wagen auf dem Hof parkte. Carls Auto war nicht da. Ich ging in die Küche, nahm mir zwei Flaschen Bier und setzte mich in den Wintergarten. Nach zehn Minuten wurde ich vom Scheinwerferlicht von Carls BMW geblendet. Er kam herein, hatte sich ein eigenes Bier mitgebracht und ließ sich neben mir auf den Stuhl fallen.

»Spät«, sagte ich. »Hast du die Straße gefeiert?«

»Nee«, sagte er. »War mit Mari Aas zusammen. Wieder.«

Wir tranken und starrten schweigend ins Dunkel. Es regnete noch immer.

»Du wirkst nicht überrascht«, sagte er schließlich.

»Es überrascht mich nur, dass du es mir erzählst. Beziehungsweise, dass du das erst jetzt tust. Warum?«

»Weil ich wissen will, was du denkst?«

»Worüber?«

»Dass sie und ich ein Paar werden. Jetzt aber richtig.«

»Du meinst, sie lässt sich von Dan scheiden?«

»Ja.«

»Wirklich? Mit den Kindern und allem?«

»Ja, Dan Krane will weg aus Os. Und sie will bleiben.«

»Und dann bist du als Witwer und Papa zu haben?« Ich hob die Flasche zu einem Prosit auf den Aashof, der irgendwo dort unter uns lag. »Kein schlechter Schachzug von Mari, den Loser durch den König von Os zu ersetzen. Und das Timing ist verdammt gut, dann kann sie ja direkt in dein neu gebautes Schloss einziehen und vorher noch bestimmen, wie es eingerichtet wird. Und für dich auch nicht schlecht, du bist ja nicht gerade ein Meister darin, allein zu wohnen.«

»Jetzt hör aber auf, Roy. Es ist ja nicht so, als hätten Mari und ich nicht schon früher darüber nachgedacht.«

»Habt ihr? Und was hat euch aufgehalten?«

Carl zuckte mit den Schultern. »Sie war noch nicht so weit. Vermutlich die Summe verschiedener Dinge. Vermutlich auch Stolz, weil ich sie damals ja betrogen und zum Gesprächsthema des Orts gemacht habe.«

»Jeeesus, das ist ein Leben her.«

»Schon, es kommt aber wohl auch hinzu, dass sie mir nie richtig vertraut hat. Als wir nach der Sache damals zum ersten Mal wieder zusammengekommen sind, war Shannon ja noch am Leben. Sie hat also mitbekommen, dass ich wieder jemandem untreu war. Außerdem haben die Kinder eine enge Verbindung zu Dan, sie meint, er wäre der reinste Superpapa.« Carl schüttelte den Kopf und verdrehte die Augen, was auch immer das heißen sollte. »Oder war. In der letzten Zeit ist er wohl etwas im Kurs gefallen.«

Er beugte sich vor, stützte die Ellenbogen auf die Knie und legte die Hände um die Bierflasche. »Ich habe ihr gesagt, dass wir das jetzt machen müssen, wenn alle über den Riksvei reden. Damit das in dem allgemeinen Aufruhr etwas untergeht. Wobei sie natürlich niemals einräumen würde, dass ihr so etwas wichtig ist. Aber das ist es. Heute Abend stand sie der Sache jedenfalls deutlich positiver gegenüber.«

»Natürlich«, sagte ich. »Wenn die Straße bleibt, wird auch Os bleiben und damit eine Heimat für sie und die Kinder sein. Dan wird ohnehin nicht in einem Ort bleiben, in dem alle wissen, dass er ein Hahnrei ist.«

Carl sah mich an. »Du glaubst, er weiß das?«

»Dan Krane hat Augen im Kopf, Carl. Es ist wirklich nicht zu übersehen, dass der Jüngste von dir ist.«

Carl sah aus dem Fenster. »Verdammt.«

»Und pass bloß auf, betrogene Ehemänner können verdammt gefährlich sein.«

»Tja, davon kannst du ja wohl ein Lied singen.«

Ich nickte. »Rita hat mir mal erzählt, wie es zu diesem Begriff gekommen ist. Eigentlich heißt das Hahn-Reh. Wenn sie früher Hähne kastriert haben, haben sie ihnen zur Kenntlichmachung die Sporen abgetrennt und in den Kamm gesetzt, wo sie zu einer Art von Hörnern auswuchsen. Rita meinte, man müsse sich vor diesen Hörnern verdammt in Acht nehmen. Wäre ich nicht schneller gewesen, hätte Willum mich getötet – und dich.«

»Amen«, sagte Carl.

Für den Bruchteil einer Sekunde war ich wieder mit Natalie im Auto, dann begriff ich, dass Carl es war, der seine Hand auf meinen Arm gelegt hatte.

»Weißt du was, Roy?«

»Was?«

»Du bist der beste große Bruder, den ein Idiot wie ich nur haben kann.«

Die Worte kamen mit einer solchen Wärme und Inbrunst, dass ich schlucken musste. Wenn zwei Leben so miteinander verflochten sind wie unsere beiden, kann man unmöglich alles auf einmal fühlen. Man sieht immer nur Ausschnitte, kann nur sagen, »erinnerst du dich an dieses oder jenes«, und ist dann plötzlich wieder mitten in der Vergangenheit mit all den dazugehörigen Gefühlen.

»Ach, ich weiß nicht, ob ich nicht ein ebenso großer Idiot bin«, erwiderte ich und hörte, dass ich mich vorher hätte räuspern sollen.

Er wandte sich mir zu. »Was ist passiert?«

Ich schnaubte, trank noch einen Schluck.

Er drückte meinen Arm und entließ mich nicht aus seinem Blick.

Dann begann ich zu erzählen. Berichtete, wie der Abend verlaufen war und ich mich selbst belogen hatte, bis ich mir dann endlich bewusst geworden war, was ich da tat. Oder auch nicht, denn getan hatte ich ja eigentlich nichts, bloß gefühlt.

»Du bist verliebt«, platzte Carl lachend heraus und rutschte auf dem Stuhl nach vorn. »Verdammt, Roy! Ich habe dich nie zuvor verliebt gesehen!«

Mir drehte sich der Magen um. Er sah so glücklich aus, aber ich konnte ihm ja nicht sagen, dass ich über beide Ohren in seine Frau verliebt gewesen und deshalb sogar nach Kristiansand gezogen war, nur um hier wegzukommen. In den dunkelsten Stunden hatte ich damals sogar erwogen, von einer der Brücken der Stadt zu springen.

Stattdessen versuchte ich wie er zu lachen. »Das geht auch wieder vorbei«, sagte ich.

»Ach was, diesen Fiedler wirst du doch wohl ausstechen«, sagte Carl, öffnete zwei Flaschen und reichte mir eine davon.

»Hörst du mir nicht zu?«, sagte ich. »Ich *will* niemanden ausstechen. Es ist Natalie Moe, die Tochter des Klempners. Sie war *gestern* noch ein kleines Mädchen! Ich werde ganz still in der Ecke stehen, bis das vorbei ist.«

Aber Carl ließ nicht locker. »Sieht er denn gut aus, dieser Ola?«

»Keine Ahnung. Er hört sich allerdings an wie Jimi Hendrix. Ziemlich harte Konkurrenz, selbst für so einen Schönling wie dich.«

Carl grinste zufrieden. »Komm schon, Roy. Du siehst besser aus als jemals zuvor.«

»Blödmann.« Wir prosteten uns zu, und ich sah auf die Uhr. In weniger als vier Stunden musste ich schon wieder aufstehen. Ich lachte. »Übrigens hat sie zu Ola gesagt, dass ich wie ein hässlicher Leonard Cohen aussehe.«

*»Contradiction in terms«*, rief Carl.

»Auf dem Rückweg ist mir dann noch diese Story aus den späten Sechzigern in New York eingefallen. Leonard Cohen ist dieser ältere Kanadier, der in die Stadt gekommen ist und von den jungen Leuten der Musikszene umschwärmt wird. Eine davon ist eine süße junge Frau mit Gitarre und fantastischer Stimme, Joni Mitchell.

Er geht mit ihr auf ein Date, und nach dem Essen laufen sie in Richtung des *Chelsea Hotels* nach Hause. Unterwegs hält eine dicke Limousine neben ihnen. Die getönten Scheiben gehen runter, und da sitzt Jimi Hendrix. Ihr Gesicht leuchtet auf. ›*Hi Jimi!*‹ Er: ›*Hi Joni, you wanna go for a ride?*‹«

»Und?«

»Na ja. Ich hätte sicher gedacht, scheiß auf *Suzanne takes you down* und *Hallelujah*, da ist *Purple Haze* und *Voodoo Child*, also ... wäre ich an Leonards Stelle gewesen, ich hätte Joni zur Seite gestoßen, wäre selbst in die Limo geklettert und hätte gehofft, selber gevögelt zu werden.«

Carl legte den Kopf nach hinten, öffnete den Mund, holte Luft und begann zu lachen. Ein befreiendes Lachen. Das war Carl, wenn er das Gefühl hatte, dass das Leben doch keine so ernste Sache war. Und die Liebe auch nicht. Geschweige denn der Tod. Und dass man jeden Augenblick nutzen sollte, denn alles geht vorbei, und nichts, absolut nichts währt ewig.

»Was ist passiert?«, fragte er und wischte sich die Tränen weg. »Ist sie mit Jimi mitgefahren?«

Ich dachte nach. »Ich weiß es nicht mehr. Wäre ja eigentlich logisch, oder?«

Ich stand auf und ging zum Kühlschrank, um noch ein paar Bier zu holen. Es würde eine lange Nacht werden.

# 15

Am Mittwoch kam Glen Moore mit einem Leihwagen nach Os.

Ich holte ihn am Hotel ab und nahm ihn mit zum Campingplatz. Er war total begeistert.

»*Wow, Roy, now I can see why you want the profile of the roller coaster to align with the mountains. And the lake! You know what, I think this can be a masterpiece, no matter the size.*«

Er fragte nach den Bodenverhältnissen und dem möglichen Erwerb der angrenzenden landwirtschaftlichen Flächen. Seiner Meinung nach war das Grundstück nämlich etwas knapp bemessen. Ich antwortete, so gut ich konnte, und weihte ihn in die Regeln für die Nutzung der jeweiligen Landflächen ein.

»*Anyway*«, sagte Moore. »*Visually it'll be great both for those riding, for on-lookers and for people driving by. Let me put it this way, they will want to stop. And go for a ride themselves.*«

Wir einigten uns darauf, nach oben zum Hotel zu fahren und uns die Pläne anzuschauen.

»*Hunting season?*«, fragte er, als wir an drei Männern in Tarnanzügen vorbeifuhren, die in Klappstühlen vor einer der Hütten saßen. Zwei davon putzten Gewehre.

»*Yes.*«

»*What do you hunt around here?*«

»*Mostly deer. Moose. Some roe deer.*« Und manchmal Menschen, dachte ich, schließlich hatte ich gerade Kurt Olsen in seinem Land Rover vorbeicruisen sehen. Ich hatte nichts mehr von der Untersuchung der Wracks gehört, vielleicht war die

Sache mit den Haaren und dem Blut doch nur falscher Alarm. Trotzdem spürte ich ein Kribbeln zwischen den Schulterblättern, wie es in den Morgan-Kane-Bänden beschrieben wurde, ein Gefühl, als hätte mich jemand im Visier.

Nach dem Lunch gingen wir in einen der Sitzungsräume. Uns kam eine Gruppe entgegen, die auf dem Weg nach draußen war. Carl war unter ihnen und warf mir ein Lächeln zu. Als ich Natalie sah, die der Gruppe folgte, wusste ich, warum.

»Hallo, Roy«, sagte sie lächelnd.

Ich erwiderte ihr Lächeln. Ich hatte sie seit Notodden nicht mehr angerufen. Dabei hätte ich das tun sollen, allein schon, um ihr zu sagen, dass ich mich erst wieder auf das Marketingkonzept konzentrieren kann, wenn die anderen Dinge geregelt sind, schließlich brauchte ich ja auch einen Architekten, der die Bahn bauen konnte, und eine Bank, die mir dafür das entsprechende Geld gab. Ich hätte auch in diesem Moment stehen bleiben und es ihr sagen können, aber das kam alles zu plötzlich. Ich bekam sogar rote Wangen.

»*Tell me, why are all Norwegian women so damned beautiful*«, sagte Moore, als wir die Tür hinter uns geschlossen hatten.

Ich zuckte mit den Schultern, und der nächste Kommentar wurde mir erlassen.

In den nächsten vier Stunden brüteten wir über Shannons Originalplänen und Glen Moores Modifikation einer größeren Bahn mit demselben Profil.

»*It will be the world's tallest in wood*«, sagte er. »*It'll beat Zator, but only by two meters.*« Obwohl die Bahn größer sein würde, zweifelte er daran, dass sie die Höchstgeschwindigkeit von 121 km/h toppen konnte, die in Polen möglich war. Das kältere Wetter bedingte eine höhere Reibung zwischen Rädern und Schienen. Er hielt das für gewichtiger als den geringeren Luftwiderstand durch die größere Höhe. Die definitive Antwort darauf würden wir aber erst erhalten, wenn die Bahn gebaut war. »*We're looking at twelve or thirteen million Dollars*«, sagte er, als der Preis zur Sprache kam. Ich erwiderte wahrheitsgemäß, dass ich abhängig von einem Kredit der hiesigen Bank sei, die ein nachvollziehbares Budget eingefordert habe. Schätzte ich die Einnahmen einigermaßen realistisch ein, würde ich den Preis, den er angesetzt hatte, nicht zahlen können.

»*Well*«, sagte er. »*Let's see what we can do. Every customer argues that their project is unique, that we should do it for less because it'll be a showcase for us. This is the first time that's actually true. This can be a very special roller coaster, Roy. I'd love, love, love to do it.*«

Ich lächelte. Spürte in mich hinein. Ich hatte gerade gehandelt, oder?

Als ich ihn anschließend zum Wagen begleitete, hatte es zu dämmern begonnen.

In der Ferne war ein Schuss zu hören, der Knall wurde vom Ottertind zurückgeworfen. Glen Moore sah in Richtung Berge.

»*Let's hope the hunter can see what he's aiming at*«, sagte er.

Ja, dachte ich, während ich die Rücklichter seines Wagens in Richtung Os verschwinden sah. Hoffen wir, dass der Jäger weiß, auf was er da schießt.

Carl und ich hatten für Freitag ein Treffen mit der Bank vereinbart, nachdem der Bericht über den Riksvei und den Todde-Tunnel veröffentlicht worden war. Die Medien hatten aber schon derart intensiv über die Vorabinformationen berichtet, dass der Bericht selbst kaum noch Aufsehen erregt hatte. Die Kommentare einiger Parlamentarier waren abgedruckt worden, aber niemand schien das Fachgutachten anzweifeln zu wollen. Ein Abgeordneter der Linken schrieb: »Wir sollten froh über diesen Bericht sein, man mag sich kaum vorstellen, wie viele Steuermillionen sonst wieder aus dem Fenster geworfen worden wären.«

Im Sitzungsraum der Bank gingen die Meinungen etwas weiter auseinander. Die zwei Repräsentanten der Zentrale in Notodden sprachen von einem traurigen Tag für den ganzen Bezirk, sah man einmal von Os ab, während Vendelbo den Abgeordneten der Linken zitierte.

Carl war ungewöhnlich stumm und blass. Es war bereits elf Uhr vormittags, trotzdem hatte er mich gebeten zu fahren. Lewi, der Chef von AUB, war am Abend zuvor bei ihm gewesen, um den Vertrag zu unterzeichnen, und anschließend hatten sie das noch mit einem Essen und einem Barbesuch gefeiert. »Diese Litauer sind verdammt zäh«, hatte er stöhnend gesagt.

Ich stellte das Projekt »Vergnügungspark Os« mit einer PowerPoint-Präsentation vor, die mir daheim in unserer Küche in Opgard beeindruckender erschienen war. Nicht einmal, als ich die nüchterne Kalkulation der Besucherzahlen hinter mich gebracht und die aufgehübschten Zahlen vorgestellt hatte, die mit dem erneuerten Riksvei realistisch wären, sah ich so etwas wie Begeisterung in ihren Blicken. Nicht einmal bei Vendelbo.

Auch Carl schien das zu bemerken, vermutlich wagte er sich deshalb ziemlich weit vor und sprach von den positiven Begleiteffekten, die ein solcher Park auch für viele andere Kunden der Bank haben würde, unter anderem das *Os Spa*. Sein Enthusiasmus war wie immer ansteckend, und sogar einer der Männer aus Notodden ließ sich zu einem Nicken verleiten. Als Carl dann aber zum Ende gekommen war und die Bankleute ihre Fragen stellten, waren ihre Gesichter wieder wie versteinert. Natürlich sprachen sie an, dass mein Park sich über die eigentliche Grundstücksgrenze hinaus auch auf landwirtschaftlich genutztes Gelände ausdehnte, und wollten von uns wissen, wie wir dieses Problem zu lösen gedachten. Ich unterrichtete sie wahrheitsgemäß darüber, dass ich in den letzten zwei Tagen mit den Landwirten gesprochen hätte, und einer der beiden zu verkaufen bereit sei, wenn der Preis stimme. Der andere hatte mir einen langfristigen Pachtvertrag angeboten. Auch hatte ich das Gespräch mit der Kommune gesucht, um das Gelände umzuzonen, und auch hier seien die Signale positiv gewesen. Schließlich ging es um etwas, das ganz Os zugutekommen würde.

Vendelbo beendete die Sitzung, bedankte sich und meinte, wir würden noch im Laufe der nächsten Tage Antwort erhalten.

»Dieser aufgeblasene Arsch«, schimpfte Carl, als er sich in meinen Wagen setzte. »Hast du gesehen, wie er das genossen hat?«

»Vendelbo?«

»Er war stinkwütend, als wir den Fußballklub übernommen haben und das Logo dieser Scheißbank nicht mehr auf den Trikots prangte. Und heute hockt er in seinem billigen Anzug da, serviert Teilchen und genießt es in vollen Zügen, endlich einmal die Macht zu haben, die ihm zusteht.«

»Ich glaube, du irrst dich«, sagte ich und fuhr vom Parkplatz.

»Ach ja?«

»Vendelbo hat nur seinen Job gemacht. Das Problem war ich. Ich habe das schlecht präsentiert. Zu schlecht.«

»Unsinn. Du siehst nur nicht das große Ganze.«

»Das sieht niemand, Carl. Ich war einfach nicht gut. Du hast getan, was du konntest.«

»Natürlich, du bist mein Bruder.«

»Danke, aber möglicherweise ist genau das das Problem.«

»Verdammt!« Carl schlug mit der flachen Hand auf das Armaturenbrett. »Ein gutes Argument ist ein gutes Argument, egal, von wem es kommt.«

Der Parkplatz vor dem Hotelrestaurant war fast voll. Es war Lunchzeit.

»Ziemlich viel los«, sagte ich.

Carl seufzte. »Das muss so sein, sonst könnte ich mir keinen Koch leisten, der den Bocuse d'Or gewonnen hat.« Er öffnete die Beifahrertür. »Wenn Vendelbo dir diesen Kredit verwehrt, lasse ich ihn nicht mehr in die Sauna.«

»Und du meinst, dass das Eindruck auf ihn macht?«

»Oh ja.«

»Okay. Und Carl?«

»Ja?«

»Sprüh dir noch mal dieses Spray in den Mund, bevor du da reingehst.«

Er grinste, tat aber, was ich sagte. Dann tätschelte er meine

Wange, stieg aus und ging zum Eingang. Nicht, weil er einen Termin hatte – wie er mir gegenüber behauptet hatte –, sondern um der Business-Regel zu folgen, die auch in den Seitenstraßen von Caracas galt: Wer nicht ausgeraubt werden will, muss so aussehen, als hätte er es eilig.

»Für den Rest deines Lebens«, sagte Stanley Spind in seinem Sørlands-Dialekt und sah mich hinter seinem schmalen Schreibtisch an.

»Ich muss diese Pillen für den Rest meines Lebens nehmen?«, fragte ich ungläubig und starrte auf das Rezept, das er mir gereicht hatte. Er meinte, mein Leiden sei vermutlich eher genetisch bedingt, als durch einen ungesunden Lebensstil verursacht worden.

»Du bist damit in guter Gesellschaft«, sagte er. »Auch hunderttausend andere Norweger haben einen zu hohen Cholesterinspiegel«, sagte er. »Außer du ziehst es vor, zum Beispiel an einem Herzinfarkt zu sterben. Wie hunderttausend andere …«

»Danke«, unterbrach ich ihn und sah ihn an.

Ich mochte Stanley. Unter dem Arztkittel trug er ein offenes Hawaiihemd mit Totenköpfen, und mit seinen gebleichten Haaren sah er aus wie dreißig, dabei hatte er mein Alter. »Außerdem solltest du vielleicht deine Nahrung umstellen. Und mehr trainieren.«

»Hast du nicht gerade gesagt, das sei genetisch bedingt und habe nichts mit meinem Lebensstil zu tun?«

»Ja, aber das heißt nur, dass du noch strenger sein musst als …«

»Hunderttausend andere Norweger?«

»Richtig. Die Pillen kriegst du in jeder Apotheke. Die nächste ist in …«

»Notodden«, seufzte ich.

»Ich weiß«, sagte Stanley und tippte etwas in seinen PC. Dann hielt er plötzlich inne und sah mich an. »Deine Tankstelle wird doch vom Gesundheitsamt kontrolliert, oder?«

»Ja.«

»Os ist zu klein für eine eigene Apotheke, aber ... du könntest in deiner Tankstelle einen Medikamentenverkauf einrichten. Das weißt du, oder?«

»Ja klar, ich verkaufe bereits einige rezeptfreie Sachen wie Paracetamol und so.«

»Ja, aber du könntest auch Rezepte entgegennehmen und dir die Sachen von der Apotheke in Notodden schicken lassen. Damit nicht immer alle so weit fahren müssen. Die zusätzliche Arbeit ist überschaubar und könnte sich lohnen, jetzt, da der Ort wohl doch nicht verwaisen wird. Ich habe das auch schon dem Coop vorgeschlagen, aber die haben mir gesagt, dass sie nicht genug Angestellte über 18 Jahren hätten. Asle hat mir versprochen, dass die Bank jedem, der das versuchen will, einen Start-up-Kredit gibt.«

»Danke, aber ich will meinen Kreditrahmen nicht überstrapazieren«, sagte ich und spürte das Handy in meiner Tasche vibrieren. Ich faltete das Rezept zusammen, dankte Stanley, ging aus dem Behandlungszimmer und nahm den Anruf im Wartezimmer entgegen.

Es war Julie, die mir sagte, ihre Tochter sei krank geworden und die üblichen Aushilfen könnten ihre Schicht im *Freien Fall* diesmal nicht übernehmen.

»Kann Erik das nicht allein stemmen?«

»Nee, Roy. Nicht an einem Freitagabend.«

»Ich würde dir ja gerne jemanden von der Tanke schicken, aber der Einzige, der alt genug ist, Alkohol auszuschenken, ist Egil, und der ist das ganze Wochenende auf einem MC-Treffen in Kongsberg.«

»Egil? Der fährt doch gar nicht Motorrad.«

»Nein, aber er und Børge haben einen MC-Club.«

»Børge Lid? Der hat einen Motorradführerschein? Als der hergezogen ist, war der doch auf einem Auge blind. Mindestens.«

»Keiner von beiden hat den Führerschein, aber Børge hat ein abgemeldetes Motorrad.«

»Und die beiden haben einen MC-Club gegründet?«

»Lid&Evensen. Ein cooles Logo, noch nicht gesehen?«

Julie lachte. Sie hatte zu rauchen aufgehört, als sie mit ihrem ersten Kind schwanger gewesen war, die Zigaretten waren in ihrem warmen, heiseren Lachen, das für jeden, der es auslöste, wie eine Belohnung war, aber noch zu hören.

»Dann springe ich selber ein«, sagte ich.

»Du?«

»Ich kann Bier zapfen, Fässer wechseln und eine Kasse bedienen. Und DJ sein.«

»Die Musik ist Eriks Sache, da lässt er dich sicher nicht dran. Aber danke, du bist ein Schatz, Roy.«

»Schatz ist mein zweiter Vorname.«

# 16

Erik saß an einem der Tische und schrieb etwas auf die Klapptafel, als ich in das Lokal kam. Es war sieben. Die Tagesgäste waren gegangen, und die Abendkundschaft kam erst in ein oder zwei Stunden.

Ich stellte mich hinter ihn und beobachtete, wie er die Kreide über die Tafel führte. Mit fetten Buchstaben hatte er bereits DJ ERIK – FRIDAY NIGHT LIVE geschrieben, darunter folgte etwas kleiner *»Hits only«*.

»Was meinst du?«, fragte er und versuchte, den Kopf auf die Seite zu legen. Ich sage versuchte, weil Eriks Kopf so klein und sein Hals so stark und muskulös ist, dass beides eigentlich wie eine Einheit wirkt. Ganz oben wuchs ein Crewcut, der einmal so dicht wie bei Djokovic gewesen war, inzwischen aber ein paar tiefe Kerben erkennen ließ, die längs über den Schädel führten. Es war genau wie mit dem schmelzenden Polareis, auf nichts war mehr Verlass. Außerdem hatte er begonnen, sich die Haare zu färben, vermutlich wollte er wenigstens die jugendliche, strohblonde Farbe erhalten. Das Resultat war aber wenig überzeugend und erinnerte vielmehr an ungekochte Spaghetti.

»Schön«, sagte ich mit Blick auf die Tafel. »Du hast wirklich einen persönlichen Stil, du solltest die Schriftart nach dir benennen lassen.«

»Na ja«, sagte Erik, ohne den Blick zu heben. »Ich kenne mich wenigstens mit der Rechtschreibung aus.«

Ich sah, wie die Haut in seinem Nacken sich zusammenzog, als wüsste er selbst, dass er zu weit gegangen war.

Ich lachte. »Eins zu null für dich. Sag mir, was ich tun muss, Chef.«

Er hob langsam den Blick und lächelte mich ziemlich schräg an. »Und ich dachte, du wärst mein Chef.«

»Besitzer und Chef sind zwei verschiedene Sachen, weißt du.« Ich erwiderte sein Lächeln, wobei mir jedoch klar wurde, dass das ein ziemlich anstrengender Abend werden könnte.

Aber okay, der Anfang war gemacht.

Gegen halb kamen die ersten Leute, und um zehn war der Laden voll.

Ich stand am Zapfhahn und hatte genug zu tun.

Eriks Job als DJ beschränkte sich darauf, die Playlist auf seinem Handy abzuspielen, wobei er Wort hielt und nur richtige Hits spielte. Präziser gesagt, eine Mischung aus cheesy Hits à la »Bombadilla Life«, etwas weniger angreifbaren Sachen wie »Hungry Hearts« und den namengebenden Song »Free Fallin'«. Immer, wenn ich einen Moment Zeit hatte, ließ ich meinen Blick über die Anwesenden schweifen. Ich weiß nicht, wie lange ich es schaffte, mich selbst zu bescheißen und an dem Glauben festzuhalten, dass ich nicht nach jemand Speziellem Ausschau hielt. Aber egal, sie war nicht da, und das war auch in Ordnung so.

Will man Kneipen an Orten wie Os am Laufen halten, darf man sich nicht nur an eine spezielle Klientel halten. Es müssen sich alle willkommen fühlen, Krethi und Plethi, wie man so schön sagt. Trotzdem kam ich ins Stutzen, als Asle Vendelbo vor mir stand und vier Bier bestellte. Nicht nur, weil es überraschend war, den Bankchef ohne Anzug zu sehen, sondern weil er zu Hause ja auch Frau und Kinder hatte. Als er ging, folgte ich ihm mit dem Blick zu einem Tisch, wo er die Biere vor drei sehr junge Männer stellte. Ich kannte nur einen von ihnen, einen aufbrausenden und nicht sonderlich hellen Burschen, der Johnny Depp genannt wurde. Johnny, weil er wirklich so hieß und Depp, weil er als Deputy für Kurt Olsen arbeitete. Die Jungs nahmen die Biere entgegen, zeigten aber kein großes Interesse an Vendelbo, der sich neben Johnny gesetzt hatte, dessen Bier bereits fast leer war. Vendelbo legte Johnny die Hand auf die Schulter, der sie wie Vogeldreck anstarrte, aufstand und den anderen beiden ein Zeichen gab, ihm zu folgen.

Als Erik eine Runde durch das Lokal drehte, um die leeren Gläser einzusammeln, nahm ich sein Handy unter dem Tresen hervor, öffnete Spotify und suchte Hell Spelemannslag heraus. Die Band war auf Spotify, wenn auch ohne Bild, sie hatte sogar 137 monatliche Follower und war mit elf Songs gelistet. Ich tippte einen davon an, »Ihjælslått«, drehte die Lautstärke auf und drückte auf Play. Die Hardangerfiedeln gingen zum Angriff über, und das Lokal schien einen Moment lang den Atem anzuhalten, wie ein Film, der ins Stocken gekommen war. Dann fiel der Rest der Band ein, und schließlich war die Hölle los. Ich legte einen Lappen über das Handy und ging zurück zum Zapfhahn, während Erik angerannt kam.

»Was zum Henker machst du da?«, rief er durch das Kreischen. »Willst du die Leute vertreiben?«

»Ich dachte, etwas aus der Region, das nicht schon angestaubt ist, wäre ganz gut.«

»Angestaubt? Es gibt doch wohl kaum etwas Angestaubteres als Hardangerfiedeln? Verdammt, wo ist mein Handy«, schimpfte er und suchte fieberhaft die Unterseite des Tresens ab.

»Ich helf dir suchen, wenn ich mit dem Zapfen fertig bin«, sagte ich.

Erik sah mich wütend an.

Die Lieder von Hell Spelemannslag dauerten in der Regel zwei bis drei Minuten, sodass tatsächlich das Lied bis zum Ende lief, bevor Creedence übernahm. Ich räumte die Spülmaschine zum zweiten Mal an diesem Abend aus und machte mich auf eine Runde, um leere Gläser einzusammeln.

Als ich bei Vendelbo war, der allein an seinem Tisch saß, stellte ich das Tablett ab und setzte mich zu ihm.

»Ach nee?«, sagte Vendelbo und lächelte blass. Er sah nicht ganz nüchtern aus.

»Und?«, fragte ich. »Was haben die Leute aus der Zentrale gesagt, als wir weg waren?«

Vendelbo drehte sein Glas in der Hand. »Was glaubst du denn?«

»Sie glauben nicht an das Projekt, oder?«

»Ein Freizeitpark in einem Ort mitten im Gebirge, Roy? Dir ist schon klar, dass sich das nach einer verdammten Bauchlandung anhört, oder?«

»Okay«, sagte ich. »Aber sie brauchen ja nicht an das Projekt zu glauben, von Bedeutung ist doch nur, dass ich genügend Sicherheiten biete.«

Vendelbo antwortete nicht. Er sah in T-Shirt und Jeans älter und nicht jünger aus. Aber nicht das verwirrte mich, sondern sein Gesichtsausdruck.

»Das stimmt doch, oder?«, fragte ich nach.

»Schon …«, er trank einen Schluck, »… aber.«

Ich spürte, wie die Unruhe in mir aufstieg. »Was soll das heißen, Vendelbo?«

Der Bankchef sah mir direkt in die Augen. Und sein Blick trug noch Anzug.

»Letztlich geht es doch nur um Vertrauen, Roy. Ich sollte das vielleicht nicht sagen, aber das eigentliche Problem ist Carl, die Tatsache, dass auch er involviert ist.«

»Carl? Und wieso ist das ein Problem?«

»Das *Os Spa* zahlt seine Raten nicht so pünktlich, wie wir uns das wünschen, überdies ist die Zentrale der Meinung, dass Carls Bilanzen nicht klar genug zu erkennen geben, was in der Gesellschaft wirklich vor sich geht.«

Ich schluckte. »Aber das Hotel und der Freizeitpark haben doch nichts miteinander zu tun, das sind zwei unabhängige Gesellschaften.«

»Wie gesagt«, sagte er und ließ seinen Blick durch das Lokal schweifen. »Letztlich geht es um Vertrauen. Ihr seht die Synergie der zwei Gesellschaften, wir sehen die ganzen Schulden.

Vielleicht solltest du es bei einer Bank probieren, die nicht Carls Schuldenrisiko trägt.«

»Aber … welche Bank außer euch würde denn das Potenzial erkennen, dass das Projekt hier in Os hat?«

»Du musst sicher vorsichtiger vorgehen, aber mit etwas Zeit werden sie dir wohl ein Angebot machen.«

»Wie viel Zeit?«

»Geh gleich zu mehreren und gib ihnen ein oder zwei Monate. Du solltest sie aber nicht unter Druck setzen, Roy, sonst sagen sie Nein.«

»Ich habe keinen Monat, geschweige denn zwei.«

»Doch, hast du. Der Bau soll doch erst im Frühjahr beginnen, oder?«

»Ja, aber …« Mein Mund war komplett ausgetrocknet. Das war so überraschend gekommen, wie ein Blitz aus heiterem Himmel. Was zum Henker sollte ich sagen? Dass ich in spätestens vierzehn Tagen zwölf Millionen für eine Bestechung brauchte?

»Asle«, sagte ich und hörte, wie falsch der Vorname aus meinem Mund klang. »Du kannst die Zentrale doch überzeugen, dass wir vertrauenswürdig sind. Tu das, bitte.«

Vendelbo bewegte den Kopf hin und her. »Vielleicht kann ich das, Roy. Das Problem ist nur, dass ich ihre Sorgen teile. Nicht was dich angeht, aber Carl.«

Ich starrte ihn an und überlegte, ob ich fragen sollte, was er sonst noch über meinen Bruder wusste, ließ es dann aber bleiben.

»Wann fällt die Entscheidung?«, fragte ich.

»Die entscheidende Sitzung ist am Mittwoch.«

»Okay.« Ich stand auf. »Vorher kriegst du von mir noch was, was dich überzeugen wird.«

Vendelbo warf mir noch einmal sein trauriges, blasses Lächeln zu. »Nichts würde mich mehr freuen, Roy.«

Ich sah zu ihm nach unten, und ein Teil von mir hasste ihn in diesem Moment. Ein anderer fühlte mit ihm, er sah dort am Tisch wirklich schrecklich deplatziert und einsam aus.

Den Rest des Abends blieb ich hinter dem Tresen und zapfte Bier, während meine Gedanken Achterbahn fuhren. Wenn ich Halden und Fuhr die Aufnahme aus dem Hotel zeigte, bekamen sie vielleicht genug Angst, um einen gewissen Aufschub zu akzeptieren. Andererseits war ihnen bewusst, dass ich ebenso viel zu verlieren hatte wie sie, weshalb ihre Geduld auch Grenzen haben würde. Der nicht gefälschte Original-Bericht war bei unserem Treffen sicher schon fertig gewesen, bestimmt lag er in irgendeiner Schublade, sodass sie nur zu sagen brauchten, sie wären die Daten noch einmal durchgegangen und nun doch zu einem anderen Ergebnis gekommen. Mit der Korrektur wären sie aus dem Schneider, und vermutlich brauchten sie auch nicht zu fürchten, dass ihr Bericht noch einmal gegengecheckt wurde. Ich musste mit Carl reden, er musste wissen, dass alles gerade auf Messers Schneide stand.

»Ein Bier, Onkel Roy«, lallte es direkt vor mir, begleitet von einem hustenden Lachen gleich daneben. Ich hob den Blick. Es war Johnny Depp. Er war besoffen, seine Augen schwammen.

»Sorry, bereits angetrunkenen Gästen dürfen wir nichts mehr ausschenken«, sagte ich und hoffte – entgegen aller Erfahrung –, dass es damit gut war.

Johnny lachte. »Und was zum Henker lässt dich vermuten, dass ich angetrunken bin, Onkel?«

»Fangen wir damit an, dass du mich für deinen Onkel hältst.«

»Doch nicht mein Onkel, du Trottel. Du bist der Onkel von einem der Jungs von Aas.« Johnny suchte bei seinen drei *wingmen* nach Unterstützung, aber die Jungs an seiner Seite sahen mich nur gespannt an. Aus der Anlage kam Bowies »Jean Genie« – da hatte Erik mal eine gute Wahl getroffen –, der Song steigerte sich zum Ende in einem echten Crescendo.

»Andererseits«, sagte ich. »Wenn ich so zurückdenke, ist es natürlich nicht ausgeschlossen, dass ich dein Onkel bin.«

Genau an der Stelle, an der man bei »Jean Genie« wieder mit dem Refrain rechnet, endet das Lied überraschend, und Johnny Depp starrte mich durch die Stille an. Sein Kiefer arbeitete, er öffnete den Mund und schloss ihn wieder, genau wie so ein blöder Aquarienfisch.

»Kein Comeback, Johnny?«, fragte ich. »Bei der langen Reaktionszeit besteht ja der Verdacht auf Trunkenheit am Steuer. Wie wäre es mit einer Cola? Cola Zero?«

Johnny Depp schüttelte langsam den Kopf, den er zum Stoß gesenkt hatte, er starrte mich von schräg unten an, die großen Pupillen direkt unter den Augenlidern.

»Wie du willst«, sagte ich. »Aber grüß deine Schwester von mir.«

Einer seiner Kumpane wich einen Schritt zur Seite aus und lachte, riss sich aber schnell wieder zusammen.

Johnny schlug zu.

Ich hatte eine Hand auf den Zapfhahn gelegt, in der anderen hielt ich ein Glas, und das soll auch keine Entschuldigung sein. Dank der Tanzabende auf dem Dorfplatz hatte ich genug Erfahrung, um zu wissen, wann ein Typ, überladen mit Alkohol und Hormonen, sich nicht mehr beherrschen konnte. Außerdem hatte ich seiner Körperhaltung angesehen, dass er zum Schlag bereit war. Weshalb war ich also nicht den entscheidenden Schritt nach hinten ausgewichen? War ich alt geworden, träge und unaufmerksam, oder …? Vielleicht. Überdies hatte ich ihn so provoziert, dass er eigentlich keine andere Wahl hatte. Blieb die Frage, ob ich den Schlag nicht in gewisser Weise willkommen hieß? Mit dem Tresen zwischen uns und in Anbetracht der Kürze seiner Arme konnte er nicht viel Kraft in den Schlag legen. Spüren tat ich ihn trotzdem. Und er war härter als erwartet. Es flimmerte vor meinen Augen, ich taumelte nach hinten und saß plötzlich auf dem Boden, um mich herum Scherben und Bier, das vom Stoff meiner Hose aufgesaugt wurde.

Jemand rief etwas, und die Musik verstummte. Die Leute liefen um uns herum zusammen.

»Was zum Henker ist hier los?«, rief Erik, der sich einen Weg durch die Menge gebahnt hatte.

Ich rappelte mich auf, rieb mir das Kinn und begegnete dem entsetzten Blick von Johnny. Seine Augen schwammen nicht mehr, jetzt war er stocknüchtern, denn im Gegensatz zu Erik wusste er nur zu gut, was geschehen würde. Vermutlich sah er schon die Schlagzeilen in der Lokalzeitung vor sich: »Schlägerei: Angetrunkener Polizist geht auf Barmann los.« Bei der Menge an Zeugen, die vor dem Tresen auf ihr Bier gewartet hatten, brauchte Dan Krane sich nicht einmal vorsichtig auszudrücken. Vielleicht sah Johnny Depp sich in Gedanken bereits die Stellenanzeigen durchblättern.

»Nichts«, sagte ich. »Bin nur gestolpert.« Dann rief ich mit lauter Stimme. »Alles okay, Leute! Tanzt und trinkt weiter!«

Lachen um mich herum.

Erik ging zum Verstärker hinter dem Tresen und drehte die Musik wieder auf.

Einer von Johnnys Kumpel hatte ihm die Hand auf die Schulter gelegt und versuchte, ihn wegzuschieben, aber Johnny blieb stehen und starrte mich an. Ich wischte mir die Glasscherben von der Hose, beugte mich zu ihm vor und sagte so leise, dass nur er es hören konnte:

»Wenn wir das vergessen, Johnny, damit du weiter deinen Job machen kannst, dann schuldest du mir was? Ist das klar?«

Johnny starrte mich weiter an und blinzelte leer. Dann öffnete und schloss er den Mund, bis er endlich einen Hauptsatz formulieren konnte:

»Du kranker Arsch!«

Er schob die Hand seines Kumpel weg, machte auf dem Absatz kehrt und ging mit unsicheren Schritten zum Ausgang.

Ich sah auf die Uhr. Noch nicht Mitternacht. Erik stellte »Macarena« lauter. Doch, es war ein anstrengender Abend.

Als ich kurz nach zwei nach draußen in die Nacht trat, nahm ich das Handy und sah, dass ich zwei Anrufe verpasst hatte. Der eine war von Carl, der andere von einer Nummer, die nicht unter Kontakten gespeichert war, an die ich mich aber trotzdem erinnerte. Dieselbe Nummer hatte später auch noch eine SMS geschickt. »Ruf an, macht nichts, wenn es spät ist.«

Ich wählte die Nummer und legte das Telefon ans Ohr, während ich über den Platz zu meinem Wagen ging.

»Hey.« Natalies heisere Stimme klang schlaftrunken.

»Hallo«, erwiderte ich. »Habe ich dich geweckt?«

»Ja. Wo bist du?«

»Unten im Ort. Ich habe heute Abend im *Freien Fall* gearbeitet. Hab deine Nachricht gerade erst gesehen.«

»Oh ja, ich ...« Sie unterbrach sich selbst und gähnte, und ich fragte mich, ob sie so leise sprach, weil sie nicht allein war. Wollte die Antwort aber gar nicht wissen. »... hab mich nur gefragt, ob du mir vielleicht zeigen könntest, wie man jagt.«

»Jagen? Tiere, meinst du?«

Es war still am anderen Ende. Irgendwie entnahm ich der Stille aber auch, dass niemand bei ihr war.

»Natalie?«, auch ich flüsterte.

»Ja. Nein. Ich habe das noch nie gemacht.«

»Und du glaubst, dass ich das schon ...?«

»Hast du nicht?«

»Nur zwei- oder dreimal und nur auf Kleinwild.«

»Kleinwild?«

»Hasen und Vögel, was man so an einem Abend aufessen kann.«

Sie lachte leise. Weit entfernt hörte ich eine Melodie. Vielleicht kam die Musik aus ihren Kopfhörern.

»Du warst weg«, sagte sie.

»Ja, vielleicht«, antwortete ich und setzte mich in den Wagen. »Ich bin mir auch noch immer ziemlich unsicher, ob wir beide uns zurzeit wirklich brauchen. Außerdem bist du ja beschäftigt.«

»Beschäftigt?«

»Mit deiner anderen Arbeit?«

»Ja, das stimmt natürlich«, sagte sie langsam. Vielleicht irrte ich mich, doch das, was in ihrer Stimme lag, konnte auch etwas anderes als Müdigkeit sein. Sie war nicht betrunken, dafür war ihre Aussprache viel zu deutlich, aber klang sie nicht irgendwie high? Marihuana? MA? Pillen?

»Aber klar, das bisschen, was ich weiß, kann ich dir gerne zeigen«, sagte ich.

»Wann?«

»Wenn es dir passt.«

»Ich habe das ganze Wochenende.«

Die etwas weiche, langsame Art, in der sie das sagte, ließ es irgendwie feierlich klingen, als böte sie mir nicht zwei Tage, sondern ihr ganzes Leben. Der Gedanke war lächerlich, änderte aber nichts daran, dass es in meiner Brust süß zu pochen begann. Dabei war ich doch auf einem so guten Weg gewesen.

»Morgen«, sagte ich. »Um zehn am Hotel?«

»Okay.«

Wir legten auf, und ich lehnte die Stirn gegen das Lenkrad.

Verdammt!

# 17

Es war einer dieser warmen Oktobertage, die für uns hier oben wie unerwartete Geschenke sind. Ein paar weiße Wolken zogen über den Himmel, doch sobald die Sonne hinter einer davon verschwand, sanken die Temperaturen drastisch. Ansonsten hatte der alte Stern uns noch einiges an Wärme zu bieten.

Natalie und ich zogen schon nach einem Kilometer unsere Goretex-Jacken aus und stopften sie in die Rucksäcke. Ich hatte das Gewehr von der Wand über der Eingangstür genommen und trug es an einem Riemen über der Schulter. Unterwegs erklärte ich ihr, was ich von der Jägerprüfung wusste. Viel war das aber nicht, da sie erst obligatorisch geworden war, nachdem ich im Alter von sieben oder acht Jahren zum ersten Mal auf die Jagd gegangen war.

»Vielleicht hätten Carl und ich die Prüfung machen sollen. Papa hat aber der Jagdverwaltung geschrieben und angegeben, dass wir trotz unseres jungen Alters schon erfahrene Jäger seien. Untermauert hat er das mit einem Foto, auf dem Carl und ich mit Gewehren neben zwei geschlachteten Ziegen stehen, und so sind wir dann drum herumgekommen.«

Natalie lachte.

Wir gingen querfeldein, scheuchten ein paar Schneehühner auf, und ich erklärte ihr, dass wir es auf Hasen abgesehen hatten, auch wenn man mit dem Gewehr theoretisch auch Vögel schießen konnte.

Es war so windstill, dass wir die erste Kaffeepause auf einer Anhöhe machen konnten, von der aus wir in alle Richtungen schauen konnten. Dabei war es so warm, dass wir nicht einmal unsere Jacken anziehen mussten.

»Wir müssen dir das Schießen beibringen«, sagte ich, als wir unsere Tassen geleert hatten.

Ich lud das Gewehr und zeigte ihr die richtige Position im Liegendschießen. Wie sie die Waffe halten, zielen und atmen musste. Und dass sie den Abzug ziehen und nicht drücken sollte.

Sie gab einen Schuss ab. Der Knall hallte über die Hochebene, und das Echo kam erst nach Sekunden zurück.

»Noch einmal!«, rief sie.

Lachend lud ich das Gewehr ein weiteres Mal.

»Jetzt musst du auf etwas zielen«, sagte ich. »Stell dir doch vor, die Zwergbirke da drüben wäre ein Nazi.«

»Oder Kommunist?« Sie kniff ein Auge zu und krümmte langsam den Finger. Beim dritten Versuch – nachdem sie selbst geladen hatte – wackelte der Baum etwas.

»Du bist ein Naturtalent«, sagte ich lächelnd, während sie jubelte.

Wir feierten mit einem Extraschluck Kaffee.

»Glaubst du, ich könnte jemanden töten?«, fragte sie und schaute in die Ferne. Die Finger hatte sie um den Becher gelegt, um sie ein bisschen aufzuwärmen. »So richtig, meine ich?«

»Du denkst an einen Unschuldigen?«

»Nicht notwendigerweise. Aber eben auch nicht an Krieg, denn da trifft man die Entscheidung ja nicht selbst. Nein, ich meine, wenn ich selbst will, dass jemand sterben soll.«

»Das kommt wohl auf das Motiv an«, erwiderte ich. »Wenn du glaubst, dass die Welt ohne diesen Menschen ein besserer Ort ist, vielleicht.«

»Ich habe schon mal darüber nachgedacht, ob ich in der Lage wäre, ein paar Staatschefs zu erschießen, die der Menschheit Schaden zugefügt haben oder es noch immer tun. Aber ich glaube, ich könnte das nicht. Selbst wenn ich es mir wünschen würde. Wie ist das mit dir?«

Ich machte ein Schmatzgeräusch, als müsste ich über die Antwort nachdenken. »Schwer zu sagen.«

»Ja, nicht wahr?«

Sie sah aus, als wollte sie noch ein bisschen bei dem Thema bleiben, weshalb ich mich räusperte und fragte, ob sie sich vorstellen könne, dass Hell Spelemannslag im *Freien Fall* auftrat. Sie zog ihr süßes Gesicht etwas zusammen und schüttelte den Kopf. »Es ist paradox«, sagte sie, »aber je kleiner ein Ort ist, desto weniger scheinen die Leute sich dort für ihre eigene Volksmusik zu interessieren.«

»Vielleicht«, sagte ich. »Vielleicht hätte Ola aber Lust, in der Heimat seiner Freundin etwas für diese Musik zu tun.«

Natalie wandte sich mir zu. »Was für eine Jagd ist das hier? Was hattest du gesagt?«

»Hasenjagd.«

»Meinst du das mit dem Anpirschen?«

Ich lächelte nur, und sie erwiderte mein Lächeln und schaute wieder in die Ferne. »Ola ist nicht mein Freund, das heißt schon, er ist mein bester, aber eben nicht mein fester Freund, wir sind eher wie Bruder und Schwester. Wir haben keine Geheimnisse, kennen die übelsten und die besten Seiten voneinander und lieben uns trotzdem.«

»Eigentlich schade, ihr würdet ein tolles Ehepaar abgeben.«

»Ehepaar?« Sie schnaubte. »Ola hat versprochen, auf meiner Hochzeit zu spielen, aber nur, wenn er mich zum Altar führen darf. Aber es wird keine Hochzeit geben.«

»Warum nicht?«

Sie zuckte mit den Schultern. »Du hast mir die Freiheit geschenkt. Die will ich nicht mehr hergeben.«

»Ich habe dir nicht die Freiheit geschenkt«, sagte ich. »Das warst du selbst.«

»Okay, aber dann hast du mir wenigstens die Tür aufgehalten.«

Ich antwortete nicht. Ließ den Blick über den roten Teppich der Heide schweifen, und als sie sagte, »mein Gott, das sieht ja so aus, als würde es brennen«, fühlte es sich für einen Moment so an, als wären ihre Gedanken die meinen.

Wir blieben still sitzen und tranken unseren Kaffee. Dann

standen wir wortlos auf, schulterten die Rucksäcke und gingen weiter.

Eine Stunde später kamen wir zu einem See mit einem Wäldchen aus Zwergbirken und Ebereschen.

Ich weiß nicht, ob es richtig wäre, zu sagen, dass ich vollkommen unvorbereitet war, aber plötzlich fragte sie:

»Baden?«

Wir zündeten ein Feuer an, bevor wir uns auszogen. Dann liefen wir in Unterwäsche ins Wasser, obwohl wir wussten, dass wir für den Rest der Tour die Outdoorklamotten dann auf der nackten Haut tragen mussten, denn auch das Feuer würde die zu dicke Baumwolle nicht trocknen. Ich watete als Erster in den See. Das Wasser war so kalt, dass ich beinahe unmittelbar das Gefühl in den Beinen verlor.

»Ist es erlaubt, einen Rückzieher zu machen?«, fragte ich.

»Wag es nicht!«, heulte Natalie, stürmte an mir vorbei und warf sich mit ausgestreckten Armen ins Wasser. Sie tauchte unter und kam erst ein paar Meter weiter draußen wieder an die Oberfläche.

Ich fluchte leise, ließ mich ins Wasser fallen und glaubte für einen Moment, das Bewusstsein zu verlieren. Als ich wieder hochkam, sah ich Natalie mit hektischen Zügen in Richtung Land schwimmen. Ihre Augen waren weit aufgerissen, die Lippen bereits blau.

»Oh nein, war das schon alles?«, rief ich und folgte ihr.

Wir zogen uns um, trockneten uns ab und setzten uns beinahe direkt ins Feuer. Als unsere Zähne nicht zu klappern aufhörten, rückten wir dicht aneinander und versuchten, uns gegenseitig warm zu reiben. Sie drückte ihre eiskalte Nase an meinen Hals und ihre Stirn an meine Wange. Ich hatte meine Arme um sie gelegt und spürte, wie der Atem – ihrer und meiner – sich wieder beruhigte. Dann nahm sie ihr Gesicht weg und sah zu mir auf, und meine Augen klebten an den unmöglichen Farben ihrer Iris. Ich konnte meinen Blick nicht abwenden, und sie wandte ihren Kopf nicht ab, trotzdem küsste ich sie erst, als es wirklich keine andere Möglichkeit mehr gab. Sie knöpfte mein Hemd wieder auf und ich dann das ihre. Sie hatte Gänsehaut und sie zitterte, ob vor Kälte oder Erregung, wusste ich nicht. Als sie dann aber erst meine und dann ihre Hose öffnete und mich nach unten in die Heide zog, hatte ich die Antwort. Sie setzte sich auf mich, und die Tropfen, die aus ihren nassen Haaren fielen, trafen mich wie kleine Küsse. Ich wollte etwas sagen, etwas wie, dass wir das nicht tun müssten und es vielleicht besser ließen, aber als ich den Mund öffnete, um Luft zu holen, legte sie ihre Hand darauf, als hätte sie meinem Gesicht den Protest entnommen.

»Ich nehme nichts«, flüsterte sie, beugte sich vor und wies mir mit der anderen Hand den Weg, während ihr keuchender Atem über meinen Hals strich.

Es fühlte sich gleichermaßen vollkommen unwirklich und total real an. Tag und Nacht hatte ich davon geträumt, Natalie zu lieben, und jetzt war dieser Traum plötzlich Wahrheit geworden. Aber wir liebten uns nicht, wir fickten. Als müssten wir das einfach hinter uns bringen, als wäre das unsere Medizin füreinander gegen ... irgendetwas.

Die Heide kratzte meinen Rücken auf, während sie sich auf mir bewegte und sich mit ihren Händen auf meinem Bauch abstützte. Ich sah ihre Silhouette vor dem Himmel, ihre Brüste, die geschlossenen Augen, das halb abgewandte Gesicht. Wir waren eins, wie es so schön heißt, und trotzdem wirkte es so, als wäre sie weit, weit weg und allein. Ja, als suchte sie diese Einsamkeit. Dann wurde ihr Atem immer abgehackter, ihre Bewegungen schneller, und mir wurde klar, dass ich sie nicht stören durfte, sondern ihrem Rhythmus folgen musste. Sie kam mit einem lang gezogenen, wütenden, zitternden Stöhnen. Die Haare fielen ihr ins Gesicht, und sie sackte auf mir zusammen. So blieben wir vollkommen still liegen. Ihre Fingerspitzen berührten meine, ich erhielt aber keine Antwort, als ich sie streichelte. Ich wollte meinen Arm um sie legen, ließ es aber bleiben. Sie sollte zu mir kommen, wenn sie bereit war. Stattdessen lauschte ich auf ihren Atem, der sich zum zweiten Mal beruhigte. Irgendwo in der Ferne hörte ich einen Vogel rufen. Es hörte sich nach einer Ringdrossel an. In diesem Moment fiel mir etwas ein, das ich gesagt hatte, als Shannon, Carl und ich zum ersten Mal miteinander geredet hatten. Dass die männlichen Vögel hier oben im Gebirge nicht für ihre Weibchen singen, das sei nur Aufschneiderei. Stattdessen beeindrucken sie ihre Auserwählten mit ihren Nestern.

»Hotels?«, hatte sie gefragt. »Oder Tankstellen?«

»Wie es aussieht, funktionieren Hotels besser«, hatte ich damals geantwortet.

Natalie bewegte sich etwas. »Oh nein«, sagte sie und ahmte meine Stimme nach. »War das schon alles?«

Ich lächelte.

»Das denkst du jetzt doch wohl, oder?«

»Nein«, sagte ich, und legte meinen Arm um sie. »Ich denke, ›so viel‹, dabei war das nur das erste Mal.«

Ich spürte ein leichtes Zucken durch ihren Körper gehen und bereute meine Worte.

»Entspann dich«, sagte sie. »Es war nur ein Angebot. Für mich war es schön. Okay?«

Ich spürte, wie ihr Körper sich entspannte.

»Danke«, flüsterte sie und küsste mich auf die Wange.

Dann stand sie auf und zog sich an.

»Ich gehe zurück«, sagte sie.

»Schon?« Ich zog mir meine Hose an.

»Ja, den Hasen haben wir jetzt ja bekommen.«

Ich weiß, dass es als Witz gemeint war, aber keiner von uns lachte.

»Ich gehe allein«, sagte sie. »Du kannst weiter jagen.«

»Ich komme natürlich mit«, sagte ich und öffnete den Rucksack. »Aber sollen wir nicht vorher etwas essen?«

Natalie schüttelte den Kopf. »Ich muss vor dem Mitarbeiterfest noch ein paar Dinge erledigen. Und ... ich meine, wenn das für dich okay ist, würde ich gerne wissen, wie es sich anfühlt, allein hier oben durch das Gebirge zu laufen. In Ordnung?«

Ich muss ziemlich verblüfft ausgesehen haben, denn sie lachte.

»Ich verlaufe mich schon nicht, Roy. Ich sehe den Ottertind, und mein GPS funktioniert hier oben auch. In Ordnung?«

»Natürlich ist das in Ordnung«, erwiderte ich. Trotzdem klang es wie eine Frage.

Sie antwortete mir aber nicht, sondern packte ihre Sachen, nahm mich kurz in den Arm und ging.

Ich blieb am Feuer sitzen und folgte ihr mit dem Blick. Natürlich fragte ich mich, was da gerade passiert war. Was war falsch gelaufen, und wer hatte den Fehler gemacht? Ich? Oder wollte sie es einfach so haben? Das Körperliche, aber fast ohne jede Intimität. Natürlich konnte das etwas mit ihrer beschissenen Jugend zu tun haben. Was sie erlebt hatte, musste Einfluss auf ihr Verhältnis zu Sex haben. Schließlich kam ich aber zu dem Schluss, dass es keinen Sinn machte, mir weiter den Kopf zu zerbrechen, vielleicht war der Sex für sie einfach scheiße gewesen. Oder so weit in Ordnung, aber eben nicht gut genug, als dass sie das wiederholen müsste. Vielleicht war das heutzutage aber auch einfach so, wenn man den Hasen erwischt hatte.

Sie wurde kleiner und kleiner und verschwand schließlich hinter einem Höhenzug.

Ich goss mir noch einen Kaffee ein.

Das Feuer brannte herunter, und der Rauch drehte sich in der vollkommen stillstehenden Luft in den Himmel.

Es war beinahe eine Stunde vergangen, in der ich fast zwanghaft versuchte, mich anderen Dingen zu widmen – unter anderem der Frage, wie ich Vendelbo davon überzeugen konnte, mir den Kredit zu geben –, als ich ihn sah. Hätte ich nicht so still dagesessen und wäre nicht der See zwischen uns gewesen, er hätte sich bestimmt nicht gezeigt.

Ich hatte ihn nicht kommen sehen, aber jetzt stand er auf einem Felsen am Wasser, kaum hundert Meter von mir entfernt. Der Pelz hob sich grauschwarz von der roten Heide ab, und die Ohren standen senkrecht von dem kräftigen Kopf nach oben. Es war der Wolf. Er war mager, aber groß. Lange Vorderläufe, breite Brust.

Wir musterten einander, beide regungslos. Das Gewehr lag an einem Stamm zwei Meter von mir entfernt, aber das Tier wusste natürlich nicht, dass mich das weniger gefährlich machte. Zwei einsame Wölfe im selben Territorium. Meine Wildnis, sein Jagdgebiet. Dachte der Wolf nach? Konnte er das? War sein Hunger groß genug, sah er in mir möglicherweise ein Beutetier? Aber nein, ich glaubte eher, dass er zu bestimmen versuchte, welche Gefahr von mir ausging. Und dann – als wäre er zu dem Schluss gekommen, dass sein Gegenüber ihm kaum Schwierigkeiten bereiten würde – zeigte er mir seine Seite, lief am See entlang und verschwand in die andere Richtung als Natalie.

Als ich Wasser auf die Feuerstelle gekippt hatte und gerade gehen wollte, hörte ich das Knallen eines Schusses über die Hochebene rollen. Es kam aus der Richtung, in die der Wolf verschwunden war. Vielleicht war er auf der Fährte desselben Wildes unterwegs, auf das der Jäger geschossen hatte.

Es war noch hell, als ich auf das Hotel zuging, wo mein Wagen stand. Kurts Land Rover parkte neben meinem Volvo. Als ich näher kam, öffneten sich die beiden Vordertüren des Land Rovers, und Kurt und Johnny stiegen aus. Beide in Jeans, aber mit den reflektierenden Jacken der Polizei und jeder mit einem Gewehr in der Hand.

»Polizei!«, rief Kurt, und das Wort hallte zwischen den Autos und den Fenstern des Restaurants wider. »Roy Opgard, nimm das Gewehr am Lauf und leg es auf den Boden. Jetzt!«

Einen Moment lang dachte ich, Kurt machte Witze. Ich war kurz davor, das Gewehr von der Schulter zu nehmen und es ihm zu bringen, damit er es sich nicht holen musste. Doch dann entnahm ich der Körpersprache der beiden, dass sie es wirklich ernst meinten. Wenn ich jetzt mit meinem Gewehr herumwedelte, war das für Kurt Olsen womöglich die Gelegenheit, auf die er in all diesen Jahren gehofft hatte. Also tat ich, was er verlangte, nahm das Gewehr am Lauf und legte es vorsichtig auf den Asphalt. Dann richtete ich mich wieder auf.

»Den Rucksack abnehmen und die Hände heben, wo wir sie

sehen können«, befahl Kurt. Ich gehorchte. Sah, wie die Köpfe im Restaurant sich uns zuwandten.

»Jetzt komm vier Schritte auf uns zu, dann drehst du dich um und legst dich mit dem Bauch auf den Asphalt! Los!«

Mir kam das alles komplett absurd vor. Wir waren doch nicht in der Bronx, sondern in Os, und das vor mir war Kurt Olsen, unser o-beiniger Sheriff mit Boris-Mopp. Vermutlich hörte er sich auch so an, wenn er die Kicker der vierten Liga herumkommandierte.

Trotzdem tat ich, was er sagte, und trat die vier Schritte vor. Mein Blick ging dabei zu der Wand der entsetzten Gesichter im Restaurant. Und unter ihnen Natalie, die mit einer Hand vor dem Mund zwischen zwei Tischen stand.

Ich legte mich auf den Boden, atmete den Straßenstaub ein und dachte, dass ich, wenn ich Kurts Anweisungen Punkt für Punkt folgte, wenigstens nicht Gefahr lief, mehr gedemütigt zu werden als bei einer Festnahme üblich. Natürlich irrte ich in diesem Punkt. Zum einen setzte er sich auf meinen Rücken, als wäre ich sein Pony, riss meine Arme nach oben und legte mir Handschellen an. Zum anderen zerrte er mich am Jackenkragen hoch, da ich jetzt ja nicht mehr aus eigener Kraft aufstehen konnte. Und als ich endlich wieder stand, Kurts Hand noch in meinem Nacken, stand plötzlich Dan Krane kaum fünf Meter vor mir zwischen den Autos und zielte mit seiner Kamera auf mich. Es blitzte einmal, und dann noch zwei weitere Male.

»Danke«, sagte Dan, ich weiß aber nicht, ob zu mir oder zu Kurt. Dann ließ er die Kamera sinken und studierte das Resultat auf dem kleinen Display, während Kurt mich weiter festhielt und wartete. Schließlich nickte Dan Kurt zu.

»Dann gehen wir«, sagte Kurt und stieß mich in Richtung Land Rover, wo Johnny bereits die Tür im Fond des Wagens aufhielt. Der Land Rover war hoch, trotzdem legte Kurt seine Hand quasi schützend auf meinen Kopf, als ich einstieg. Allem Anschein nach wollte er seinem Publikum zeigen, dass hier in Os alles höchst professionell vor sich ging. Sicher wünschte er sich auch, dass er diese Miranda-Rights hätte aufsagen können, aber die gibt es hier bei uns ja nicht.

Johnny warf mein Gewehr und meinen Rucksack auf die Ladefläche und setzte sich auf den Beifahrersitz, und als wir losfuhren, sah ich noch einmal Dan Kranes Blitzlicht aufleuchten.

# 18

Nachdem wir ein paar Minuten schweigend gefahren waren, bemerkte ich Kurts Blick im Spiegel.

»Willst du nicht mal fragen, Roy? Ist das alles so klar?«

Ich zuckte mit den Achseln und sah aus dem Fenster. Der Himmel zog sich langsam zu. Überhaupt schien das Wochenende nicht so gut zu werden, wie ich heute Morgen noch geglaubt hatte.

In der kleinen Polizeiwache nahm Johnny mir die Handschellen ab und sagte, dass ich mich an den Tisch in dem fensterlosen Raum setzen sollte, der als Zelle und Lagerraum für diverse Akten genutzt wurde, die sich an der Wand stapelten. Johnny brachte mir eine Tasse Kaffee, und unsere Blicke begegneten sich. Er sah zuerst weg.

Kurt kam herein und setzte sich.

»Ist es für dich in Ordnung, wenn wir das aufzeichnen?«, fragte er und legte ein Telefon auf den Tisch. Die Aufnahme war bereits gestartet.

»Ja«, sagte ich. »Wenn ich anschließend auch Zugriff auf diese Aufnahme habe.«

»Natürlich«, sagte Kurt mit einem Lächeln. »Kannst du mir Namen, Geburtsdatum und Wohnort nennen, damit wir das auf der Aufnahme haben.«

Ich tat, was er wollte.

Kurt faltete die Hände und nannte ein Datum mit Jahreszahl. »Klingelt da was?«, fragte er.

»Das ist lange her, Kurt. Wir waren damals noch Teenager, aber da du fragst und schon seit Jahren versuchst, mich mit dem Verschwinden deines Vaters in Zusammenhang zu bringen, tippe ich mal, dass das der Tag ist, an dem das leere Boot mit seinen Stiefeln gefunden wurde.«

»Roy, was hast du an dem Tag gemacht, an dem er verschwunden ist?«

»Das hast du mich schon vor exakt acht Jahren gefragt, Kurt. Wirf doch einen Blick in deine Aufzeichnungen.«

»Ich möchte, dass du noch einmal deine Erinnerung durchforstest.«

Seit der Festnahme vor dem Hotel war Kurt beunruhigend kalt und sachlich geblieben, was mich glauben ließ, dass er ein verdammt gutes Blatt in der Hand hatte. Jetzt bemerkte ich aber, dass seine Kiefer zu arbeiten begannen und mit diversen, in sich reingefressenen Gefühlen kämpften. »Und dein Gewissen«, sagte er, wobei seine Stimme schon etwas metallischer klang, als schnürte sich ihm der Hals zu.

Ich beugte mich vor und sprach mit lauter, deutlicher Stimme. »Ich möchte, da dies ja aufgezeichnet wird, darauf hinweisen, dass ich zu diesem Zeitpunkt des Verhörs weder vom Verhörer, also Polizist Kurt Olsen, noch von einem anderen Mitarbeiter der Polizeiwache darüber informiert worden bin, weshalb ich festgenommen wurde, welche Rechte ich habe und ob ich über die persönlichen Angaben hinaus zur Antwort verpflichtet bin. Des Weiteren wurde mir nicht gesagt, wie lange sie mich festhalten wollen oder können und ob ich die Möglichkeit habe, einen Anwalt zu kontaktieren.«

Kurt sah grinsend zu Johnny, der an der Wand hinter ihm lehnte. »Jetzt spiel dich nicht auf, Roy, wir kommen noch dazu.«

»Hinweis für die Aufnahme«, sagte ich. »Polizist Kurt Olsen bestätigt damit, dass er das Verhör ohne die entsprechenden Hinweise begonnen hat.«

Kurt beugte sich vor, sein Gesicht war rot angelaufen, und schaltete die Aufnahme aus. »Versuch gar nicht erst, uns auszutricksen, Roy. Das kannst du nicht. Arbeite mit uns zusammen, sonst wird alles nur noch schlimmer für dich.«

»Ich höre, was du sagst. Wirst du diese Aufnahme jetzt löschen, oder bekomme ich die?«

»Was glaubst du?«, fauchte er.

Ich antwortete nicht.

Kurt schloss die Augen und atmete tief durch. Julie hatte mir erzählt, dass Kurt der einzige Mann war, der an den für kurze Zeit angebotenen Yogastunden im Keller der Buchhandlung teilgenommen hatte, vielleicht war das also irgend so eine Zen-Sache. Er hatte sicher einen Plan für dieses Verhör gehabt und wollte jetzt alles wieder in die richtige Spur bringen. Er schaltete die Aufnahme wieder ein, und als er den Mund öffnete, klang seine Stimme wie Samt.

»Wir können dich erst einmal für achtundvierzig Stunden festhalten, wenn wir dich wegen etwas verdächtigen, dessen Strafrahmen sechs Monate oder mehr beträgt. Wollen wir dich länger festhalten, brauchen wir einen Beschluss. Du kannst Angehörige informieren und auch Kontakt mit einem Anwalt aufnehmen. Und du bist nicht verpflichtet, auf unsere Fragen zu antworten. Hast du das verstanden?«

»Ja«, sagte ich.

»Du bist festgenommen worden, weil wir dich verdächtigen, Sigmund Olsen, den früheren Polizisten von Os, getötet zu haben oder an dem Mord an ihm beteiligt gewesen zu sein.«

»Okay«, sagte ich. »Sind das wieder deine mottenstichigen privaten Verdachtsmomente, oder gibt es in dem Fall irgendetwas Neues?«

Kurt presste die Lippen zu etwas zusammen, das man als eine Art Lächeln bezeichnen konnte. Ein Schauer lief mir über den Rücken, und ich bereitete mich auf das Schlimmste vor. Es sind Blut und Haare gefunden worden, hatte Vera gesagt. Eigentlich hörte sich das nicht so schlimm an, aber an Kurts Blick konnte ich ablesen, wie schlecht meine Karten waren. Oder wie gut das Blatt, das er in der Hand hielt.

»Die Kriminaltechniker mussten lange suchen, schließlich haben sie aber Blut am Cadillac deiner Eltern gefunden«, sagte Kurt. »Blut und drei Haare.«

Ich zuckte mit den Schultern. »Ist das in einem Autowrack nicht normal?«

»Ja, aber sie haben diese Spuren an der Außenseite des Wagens gefunden, Roy. Genauer gesagt unter dem hinteren Nummernschild.«

Es fühlte sich an, als zöge jemand die Haut an meinem Schädel stramm. In plötzlichen Flashs sah ich alles vor mir und verstand, was passiert war. Und wie katastrophal das war. Kurts Mund bewegte sich, während meine Haut sich so anfühlte, als würde sie mir langsam von Augen, Ohren und Mund gezogen. Als Sigmund Olsen mit dem Rücken auf der Unterseite des Wagens aufgeschlagen war, war sein Kopf über dem Nummernschild an das hintere Ende des Wagens geknallt. Das Blut, das unter das Nummernschild gelaufen war, hatte ein paar Haare mitgenommen und sie an die Schrauben und Muttern auf der Rückseite geklebt. Und dort hatte dieser verfluchte DNA-Beweis, geschützt vor Wind und Wetter, darauf gewartet, dass übereifrige Sucher ihn fanden. Jemand wie Kurt Olsen. Er sah jetzt richtiggehend triumphierend aus, vermutlich hatte er im Traum mein Gesicht gesehen, wenn er mir das erzählte, und konnte deshalb jetzt nicht aufhören.

»Es hat so lange gedauert, bis wir herausgefunden haben, dass es sich um das Blut und die Haare meines Vaters handelt, weil wir weder sein DNA-Profil noch DNA-Proben von ihm hatten. Damals hat ja niemand daran gedacht, zum Beispiel Haare von seiner Jacke aufzubewahren, und inzwischen ist ja alles gereinigt und weggeworfen worden. Abgesehen von einer Sache.« Kurt reckte den Zeigefinger in die Höhe. »Oder genauer gesagt, zwei.« Grinsend richtete er seinen Zeigefinger auf mich. »Seine Schlangenlederstiefel. Die du selbst ins Boot gestellt hast, damit es so aussah, als wäre er auf den See hinausgefahren und hätte sich ertränkt. Die haben wir nämlich nicht weggeworfen. Ich habe sie selbst getragen, als eine Art Verbeugung vor dem besten Polizisten, den dieser Ort je hatte, nicht wahr? Und das war gut so, denn unter der Innensohle haben wir Reste seiner Zehennägel gefunden. Seiner und meiner.«

Kurts Grinsen hätte nicht breiter sein können. Vermutlich erfüllte mein Gesichtsausdruck all seine Erwartungen. Es spannte an meiner Stirn, noch ein paar Umdrehungen der Schraube und mein Gesicht würde aufreißen.

»Wir wissen, dass mein Vater am Tag seines Verschwindens oben in Opgard war, und damit wissen wir jetzt auch, dass er von dort nie wieder zurückgekommen ist. Er ist tief gefallen und hat sein Blut auf dem Auto hinterlassen, das dort bereits lag. Du und dein Bruder, ihr habt damals ausgesagt, dass er weggefahren sei. Was sagst du dazu, Roy?«

Ich brauchte ein paar Anläufe, bis mein Mund zur Kooperation bereit war.

»Ich sage, dass ich gerne meinen Anwalt anrufen würde.«

»Der nächste ist in Notodden, da sind zwei Anwälte gelistet, und ich bin mir ziemlich sicher, dass beide beschäftigt sind. Schließlich ist Samstag. Aber wenn du den Rest des Tages und die Nacht hier verbringen und darauf warten willst, dass jemand aus Oslo kommt, kannst du das gerne tun. Alternativ antwortest du jetzt auf ein paar Fragen und kannst gehen.«

»Nein.«

Kurt hielt mich mit seinem toten Blick fest.

»Okay«, sagte er schließlich. »Wir halten fest, dass du dich weigerst, eine Aussage zu machen, solange dein Anwalt nicht hier ist. Wenn du dieses Dokument unterzeichnest und uns zusicherst, dass du dich alle vierzehn Tage bei uns meldest, kannst du gehen.«

»Das ist ungerecht«, sagte ich.

»Stimmt«, sagte Kurt, lehnte sich nach hinten, zog eine zerknüllte Packung Zigaretten aus der Hosentasche, schnippte eine Kippe heraus und steckte sie sich zwischen die Lippen. »Aber solange wir nicht Gefahr laufen, dass du Beweise beseitigst oder das Land verlässt, gibt es keinen Grund, dich hierzubehalten.«

Er streckte die Hand aus, um die Aufnahme anzuhalten, und sah mich scharf an, als ich ihn mit meiner Hand daran hinderte.

»Ich meine, es ist ungerecht, dass ich *gehen* soll«, sagte ich. »Ihr habt mich bei meinem Auto oben am Hotel festgenommen, ich verlange, dass ihr mich da auch wieder hinbringt.«

Kurt studierte mich, und vermutlich dachten wir dasselbe. Für die Gäste des Restaurants, die meiner Festnahme beigewohnt hatten, musste es so aussehen, als würde die Polizei ihren Fehler einräumen, wenn sie mich schon eine halbe Stunde später am selben Ort wieder absetzten.

»Die Frage ist auf Band«, sagte ich. »Also?«

Der Hass in Kurts Blick war als Wärme förmlich zu spüren.

»Johnny«, sagte er, den Blick fest auf meine Stirn geheftet.

Ich folgte Johnny Depp über den Parkplatz. Auf halbem Weg drehte ich mich um. Kurt Olsen stand auf der Treppe vor dem Gebäude und schaute uns nach. Es hatte zu dämmern begonnen, und ich sah die Glut seiner Zigarette. In den Büros von Bank, Arztpraxis und Rathaus brannte kein Licht. Hatte Kurt die Ergebnisse der DNA-Analyse schon ein paar Tage, sich aber entschieden, mich am Samstag zu verhaften, weil er wusste, wie schwierig es da sein würde, einen Anwalt nach Os zu bestellen? Auf jeden Fall musste er rechtzeitig mit Dan Krane gesprochen haben, Eltern von kleinen Kindern haben in der Regel ziemlich vollgepackte Wochenenden. Vielleicht hatte Kurt die Hoffnung gehabt, etwas aus mir herauszubekommen. Geglaubt hatte er aber sicher nicht daran. Trotzdem war es ihm gelungen, mich zu demütigen und jedem in Os mitzuteilen, dass ich unter Verdacht stand. Er wollte den Dorftratsch in Gang setzen, den Schädling aus dem Holz ins Tageslicht locken. Und all denen eine Chance geben, die wussten, was damals geschehen war, bisher aber nichts gesagt hatten. Johnny öffnete die Fahrertür seines alten, verbeulten Honda Civic.

Er setzte sich neben mich, ließ den Wagen an und fuhr los, begleitet von einem charakteristischen Heulen und Ticken.

»Das klingt nicht gut«, sagte ich. »Sei vorsichtig damit.«

»Ist bloß der Keilriemen«, sagte Johnny und fuhr auf die Straße. »Den kann ich selbst reparieren.«

»Keilriemen kannst du selbst wechseln, das ist richtig, aber das Geräusch, das du da hörst, kommt vom Zahnriemen. Wenn der reißt, ist der ganze Motor im Arsch.«

Johnny sah zu mir rüber, als wollte er sichergehen, dass ich die Wahrheit sage.

»Komm Montag in der Werkstatt vorbei«, sagte ich. »Dann wechseln wir den Riemen. Das ist schnell erledigt.«

Johnny konzentrierte sich auf die Straße.

»Diese Theatervorstellung war nicht meine Idee«, sagte er. »Wir sind nach Opgard gefahren, um dich zu holen, dein Bruder hat uns dann aber gesagt, du seist zum Hotel gefahren. Und Kurt hat daraufhin beschlossen, dass wir da oben auf dich warten.«

»Und Dan Krane?«

»Kurt hatte mit ihm vereinbart, dass Krane die Fotos vor der Wache macht, wenn wir da ankommen. Aber als die Rede vom Hotel war, hat er ihn angerufen und nach oben zitiert. Wegen des dramatischen Effekts …«

Ich nickte. Wir fuhren eine Weile schweigend weiter.

»Danke«, sagte Johnny. »Dass du nichts von gestern gesagt hast.«

»Wenn ich dich anzeigen würde, dann nicht bei Kurt, sondern bei der Polizeibehörde in Notodden«, sagte ich.

Er rutschte auf seinem Sitz herum. »Und … hast du das vor?«

Ich wiegte den Kopf hin und her. Ich hatte wirklich nicht vor, den jungen Mann anzuzeigen, er hatte seine Lektion gelernt. Außerdem gab es im Moment wirklich wichtigere Dinge. DNA-Beweise. Natalie. Eine Bestechung und eine Investition, die im Begriff war, zur Hölle zu gehen. Genug, um einen Mann verzweifeln zu lassen. Genug, um nach dem letzten Strohhalm zu greifen. Vielleicht antwortete ich deshalb mit einer Frage.

»Was läuft da eigentlich zwischen dir und Vendelbo?«

»Laufen?«

»Er lädt dich und deine Kumpel auf ein Bier ein?«

Johnny grinste. Er zögerte, ahnte aber vermutlich, dass es eine Verbindung zwischen der möglichen Anzeige und der Information gab, um die ich bat. Es ging also darum, bestmöglich zusammenzuarbeiten. »Er will mir in die Hose. Echt jetzt. Natürlich wird es nie dazu kommen, aber wenn er bereit ist, mir Bier zu spendieren, mich zum Essen einzuladen und mir sogar einen Kredit hinterherzuwerfen, soll mir das nur recht sein. Ist ja seine Entscheidung.«

»Kredit?«

»Ja, ist aber nichts draus geworden.«

»Erzähl.«

»Also, ich habe ihm vor ein paar Wochen das Foto von einem gebrauchten Porsche gezeigt, eine geile Kiste, die in Notodden zum Verkauf steht. Er hat vorgeschlagen, mir einen Kredit mit Zinsen unterhalb des üblichen Satzes zu beschaffen.«

Ich spürte, wie mein Blut – das an diesem Tag schon einige Male in Wallung geraten war – schneller durch die Adern pulsierte. War das der Strohhalm? Ich schluckte. »Das hat er nur so gesagt, oder?«

»Nein, nein, der hat das wirklich so gemeint.«

»Woher weißt du das?«

»Er hat mir das gesamte Angebot per SMS geschickt. Ganz geringe Tilgung und kaum Zinsen. Er meinte, wir könnten den Vertrag nach Büroschluss in der Bank unterzeichnen. Dass wir schon einen Weg finden würden, wie ich das zurückzahle. Ich hab den Braten aber gerochen und schön Nein gesagt. Ich stehe auf Frauen, ist doch klar, oder?«

»Verstehe«, sagte ich. »Er hat dir sicher mehrere SMS geschickt, oder?«

»Da kannst du dir ganz sicher sein«, sagte Johnny mit einem Grinsen.

»Auch mit Fotos?«

»Nein, nein. Vendelbo ist verheiratet, so ein Risiko geht er dann doch nicht ein.«

»Aber die SMS lassen trotzdem erkennen, auf was er es abgesehen hatte, oder?«

»Man muss schon ziemlich blöd sein, um das nicht zu erkennen.« Johnny sah mich an, und ich bemerkte das Misstrauen in seinen dummen Augen. »Wohin … willst du eigentlich?«

»Zum Hotel«, sagte ich.

Wir fuhren weiter, aber er fuhr langsamer, als wartete er wachsam auf etwas, von dem er nicht wusste, was es war.

»Johnny«, sagte ich. »Was hältst du davon, wenn du und ich einen kleinen Deal machen?«

# 19

Am Sonntag arbeitete ich in der Tankstelle. So konnte mein Kopf ein bisschen über den neuen DNA-Beweisen der Polizei brüten und sich der Frage widmen, wie ich mir hundertzwanzig Millionen beschaffen konnte, von denen zwölf wirklich dringend waren.

Am Abend zuvor hatten Carl und ich mit Liv Goebbel gezoomt, einer Strafrechtsanwältin aus Oslo, die wir kannten, und mit ihr ein weiteres Zoom-Meeting für Montagmorgen vereinbart. Goebbel war eine lebhafte Frei-von-der-Leberweg-Frau in den Fünfzigern, die ich schon einmal bei einem Essen im Hotel getroffen hatte und zu der ich – was das angeht, hängt die Latte ziemlich hoch – spontan Vertrauen gefasst hatte. Jetzt befand sie sich vor mir auf dem Bildschirm, saß hinter einem aufgeräumten Schreibtisch mit Blick auf das Rathaus und redete mit ihrer Whiskystimme so schnell, dass ich mich konzentrieren musste, um mitzukommen. Sie erklärte uns, dass die Polizei auch ohne diese Zehennägel herausgefunden hätte, dass das Blut unter dem Nummernschild von Sigmund Olsen war. »Mit der heutigen Analysetechnik reicht ein Tropfen Blut einer Schwangeren aus, um nicht nur das DNA-Profil des Säuglings, sondern auch des Vaters des ungeborenen Kindes zu bestimmen. Kurt Olsens DNA hätte ausgereicht, um zu beweisen, dass das Blut von seinem Vater stammte.«

Goebbel war überrascht darüber, dass die Polizei nicht auch Carl verhört hatte, sondern es allem Anschein nach nur auf mich abgesehen hatte. Sie fragte, wie alt wir damals waren, und als sie erfuhr, dass ich gerade neunzehn geworden, Carl aber noch minderjährig war, meinte sie, das sei der Grund. Auch wenn die Schuldfähigkeit mit fünfzehn einsetzte, gäbe es eine weitere, klare Grenze bei achtzehn, weshalb es schwierig sei, Minderjährige zu verurteilen und in Haft zu nehmen. Wollten Sie wirklich Ressourcen auf diesen alten Fall aufwenden, machte es Sinn, auf denjenigen zu fokussieren, den sie auch bestrafen konnten. Ergo mich.

In der Onlineausgabe der Lokalzeitung fand sich eine kurze Notiz über eine DNA-Spur in einem alten Vermisstenfall. Es wurden aber weder der Vermisste noch mein Name genannt, und es gab auch keine Fotos von der Festnahme. Goebbel meinte, das sei eine Folge des selbst auferlegten Presse-Kodex, niemanden öffentlich vorzuverurteilen, solange keine Anklage erhoben worden war. Carl und ich hatten uns nur resigniert angesehen, die Frau in Oslo schien nicht zu begreifen, dass alle, wirklich alle in Os längst wussten, wer unter welchem Verdacht festgenommen worden war. Kurt Olsen wartete nur darauf, dass ihn jemand anrief, der eine Aussage machen konnte.

Ich hatte in der Nacht kaum geschlafen, sodass es mir wie eine Befreiung vorgekommen war, als um sechs endlich der Wecker geklingelt hatte. Sonntag war der hektischste Tag in der Tankstelle, da viele Sommerhaus- und Hotelgäste auf dem Weg zurück nach Hause waren. Sie brauchten dann nicht nur Benzin, sondern auch Essen und Trinken für die lange Fahrt. In einem freien Moment erzählte Egil mir von dem MC-Treffen, das ein voller Erfolg gewesen sei. Als ich fragte, wie man denn den Erfolg eines MC-Treffens misst und ob es dabei um die Zahl der Anwesenden gehe, meinte er nur, es komme doch nur darauf an, Spaß zu haben.

»Mehr als erwartet?«, fragte ich.

»Hä?«

»Wenn man von einem Erfolg spricht, muss es doch besser als erwartet gewesen sein?«

»Ich glaube, sie haben mit einem Erfolg gerechnet«, sagte Egil.

Ich hatte gerade fünf Hotdogs und Krabbensalat über die

Theke geschoben, als Natalie zur Tür hereinkam. Sie hatte die Haare unter eine Basecap gesteckt und trug einen Hoodie mit der Aufschrift »Tame Impala«. Sie sah müde aus, als sie an das Regal mit der Scheibenwaschflüssigkeit trat. Als niemand mehr an der Kasse wartete, kam sie zu mir.

»Was kann ich für Sie tun«, fragte ich.

Sie sah mir direkt in die Augen, und wieder versetzte es mir einen Stich. Verdammt.

»Was hast du anzubieten?«, fragte sie leise.

»Tja«, ich holte tief Luft. »Im Angebot ist getrocknetes, zähes Ziegenfleisch, ziemlich alt, aber noch lange haltbar. Aller Wahrscheinlichkeit nach.«

Sie lachte leise und sah mich mit müden Augen an. »Das glaube ich auch. Aber habe ich nicht gestern gesehen, dass das Fleisch eingezogen wurde. Stimmt was nicht damit?«

Ich zuckte mit den Schultern. »Jemand ist der Meinung, dass die Geiß in jungen Jahren, du warst damals gerade erst auf der Welt, den alten Dorfpolizisten in den Abgrund gestoßen hat.«

»Und, hat sie das?«

Ich schüttelte den Kopf. Die Tür ging auf, und ein weiterer Kunde kam herein. Egil war draußen an den Zapfsäulen. »Aber das Fleisch haben sie trotzdem eingezogen«, sagte ich mit einem Blick auf den Kunden. »Frischere Ware gibt es woanders.«

»Roy?«

Ich sah sie an. Sie lächelte, blinzelte aber immer wieder, als schaffte sie es nicht, das Lächeln richtig festzuhalten.

»Sorry.«

Auch ich versuchte zu lächeln. »Da gibt es nichts zu entschuldigen, Natalie. Du machst das, was du willst.«

»Okay.« Sie holte tief Luft und schien sich auf die Zehenspitzen stellen zu wollen. »Ich will …« Sie hielt inne.

Der Kunde hatte einen Kanister Scheibenwaschflüssigkeit genommen und wartete direkt hinter Natalie. »… dich wiedersehen, wenn du willst, meine ich.«

Ich sah sie an. Sie war so schön wie eines dieser Lieder, bei denen man einfach weinen muss. Und es war auch nicht so, dass ich Angst hatte, benutzt zu werden, manchmal ist das gar nicht so schlecht. Andererseits war so schon alles verdammt kompliziert, und mehr schaffte ich nicht. Das Problem war nur, dass ich bei ihrem Anblick das Gefühl hatte, als würde jemand Morphium in einen schmerzenden Körper pumpen, sodass alle Bedenken verschwanden und nur die Wünsche blieben. Ich zwang mich deshalb, den Blick von ihr zu nehmen und mich auf den Kunden hinter ihr zu konzentrieren.

»Wir haben da gerade ein Angebot. Drei Kanister für den Preis von zweien.«

»Ui«, sagte der Kunde überrascht, und noch bevor ich sagen konnte, dass er sie beim Rausgehen mitnehmen konnte, schlappte er schon wieder zurück zum Regal.

»Lass uns später reden, Natalie. Wenn die Dinge sich etwas beruhigt haben, okay?«

Ich hob den Blick und sah den blanken Schimmer auf ihren Augen, die großen, schwarzen Pupillen. War sie high, oder hatte sie geweint?

»Wenn die Dinge sich beruhigt haben?«, fragte sie mit belegter Stimme.

Ich schluckte. »In fünf oder sechs …«, begann ich und wusste nicht, ob ich Tage oder Wochen meinte. Eine Träne sammelte sich in den dünnen, kurzen Wimpern der fehlfarbenen Augen.

»Stunden«, sagte ich. »Da bin ich hier fertig. Treffen wir uns um sechs vor der Tankstelle?«

Um vier Uhr ging ich nach draußen, räumte an den Zapfsäulen auf und ging zu der neuen Generation Jugendlicher, die etwas entfernt bei ihren aufgemotzten Autos standen.

»Hebt die Kippen auf«, sagte ich und zeigte auf die fünf ausgetretenen Zigaretten am Boden. »Ja, Papa, machen wir«, sagte einer der Jungs, der rauchend hinter dem Steuer seines Wagens saß. Er stützte sich auf den Arm im Fenster. Die Ärmel seiner Jeansjacke hatte er abgeschnitten, sodass das No-Mercy-Tattoo gut zu sehen war.

»Jetzt«, sagte ich.

»Wir heben die auf, wenn wir gehen«, erwiderte er und zog bemüht cool an seiner Zigarette.

»Nee, nee, ich will den Platz sauber haben.«

»Wenn wir fahren, Papa.« Er hob grinsend seine Colaflasche an. »Wir sind doch bezahlende Kunden, oder?«

Ich schnappte mir die Zigarette aus seinem Mund, noch ehe er reagieren konnte. Schnippte sie auf die Rückbank, wo ein Mädchen und ein weiterer Junge schreiend zur Seite rutschten.

»Was zum ...!«, brüllte der Fahrer.

»Jetzt weißt du, wie sich das anfühlt«, sagte ich und ging weiter. Als ich an der Leitplanke an dem zum See abfallenden Straßenabschnitt stand, nahm ich das Handy heraus und rief Asle Vendelbo an.

»Ja?«

»Ich glaube, ich habe, was ich brauche, damit du mir den Kredit geben kannst«, sagte ich.

»Roy, bist du das?«

»Ja. Bei mir ist auf der Habenseite noch etwas aufgetaucht, das du als Sicherheit nehmen kannst. Passt es, wenn ich morgen früh vorbeikomme?«

»Das wären dann ja gute Nachrichten«, sagte er, ohne dass sich das positiv anhörte. »Wenn ich das richtig verstanden habe, hat die Polizei ihr Augenmerk auf dich gerichtet?«

»Ein Missverständnis«, sagte ich. »Wir können morgen gerne auch darüber reden. Passt es dir um zehn?«

»Morgen könnte es ein bisschen schwierig werden, Roy.«

»Ein bisschen schwierig ist besser als sehr schwierig, übrigens soll ich dich von Johnny Depp grüßen.«

Es wurde still am anderen Ende.

»Zehn Uhr?«, fragte ich.

Vendelbo räusperte sich. »Ich habe dann aber maximal eine halbe Stunde Zeit.«

»Ich denke, die brauchen wir nicht«, sagte ich.

Wir legten auf. Der schwache Punkt. Ich hatte ihn gefunden, aber hatte ich auch das Herz, ihn auszunutzen?

Ich drehte mich um und ging zurück zur Tankstelle. Der Typ

mit der Jeansjacke war aus seinem Wagen ausgestiegen und wartete auf mich. Bewegte sich hin und her und verlagerte sein Körpergewicht. Ein Rothaariger aus einem der anderen Wagen ging zu ihm und flüsterte ihm etwas ins Ohr. Er sah ungläubig erst den Rothaarigen, dann mich an. Der Rothaarige hastete zurück zu seinem Wagen, und die Jeansjacke öffnete die Fahrertür und wollte sich wieder ins Auto setzen.

»He, he«, rief ich. »Erst die Kippen.«

Er starrte mich an, und noch aus zehn Metern Entfernung sah ich seinen Adamsapfel hüpfen. Dann hockte er sich hin und las die Kippen auf. Ich zweifelte nicht daran, dass der Rothaarige ihm gerade gesagt hatte, dass ich gestern festgenommen worden war und unter dem Verdacht stand, den früheren Ortspolizisten umgebracht zu haben.

»Buh!«, flüsterte ich, als ich an ihm vorbeiging, trotzdem zuckte der junge Mann so zusammen, dass ihm die Kippen aus der Hand fielen.

Doch, mein Herz war kalt genug.

Punkt sechs verließ ich die Tankstelle.

Natalie stand frierend neben meinem Auto, sie hatte die Arme um sich geschlungen. Ich stutzte etwas, da es alles andere als kalt war.

»Wartest du schon lange?«, fragte ich.

Sie schüttelte den Kopf.

»Du siehst aus, als würdest du frieren. Sollen wir eine Runde fahren?«

Sie legte den Kopf auf die Seite. »Habt ihr so etwas gemacht, als du jung warst?«

»Klar, wenn man den Führerschein und ein Auto hatte, war man sozial betrachtet am Ziel.«

Sie lachte. »Du bist also gefahren, während die anderen getrunken und Frauen aufgerissen haben?«

»Ist das so deutlich zu erkennen?«

»Vielleicht. Es gibt hier nicht zufällig einen Ort, wo wir allein sein können. Am besten irgendwo drinnen?«

»Tja. Wenn es dich nicht stört, dass es etwas nach Öl riecht?«

Als ich die Tür zur Werkstatt aufschloss, wurde mir bewusst, dass zuletzt Shannon mit mir hier gewesen war.

Wir setzten uns in das Zimmer, in dem ich viele Jahre gewohnt hatte. Ich in den Stressless-Sessel, sie auf das Bett. Sie war blass und zitterte wie Espenlaub, weshalb ich die kräftige Elektroheizung aufdrehte, die sonst nur im Winter zum Einsatz kam. Dann legte ich das einzige Lou-Reed-Album auf, das etwas taugt – *Transformer* – und kochte Tee. Der Honig stand seit mindestens zehn Jahren im Schrank über dem Herd, aber da Honig wie Mord nie verjährt, schaufelte ich drei Löffel in das glühend heiße Getränk und stellte die Tasse vor sie.

»Du siehst aus, als würdest du krank werden«, sagte ich.

»Ich bin krank«, sagte sie und trank einen kleinen Schluck. »Danke. Was ist das da?« Sie zeigte auf die Wand.

»Nummernschilder aus Ländern, die es nicht mehr gibt«, erwiderte ich. »Mein Onkel hat die gesammelt, ein Teil davon war schon hier, als ich die Werkstatt übernommen habe. Andere habe ich selber gefunden.«

»Basutoland«, las sie laut.

»Heute Lesotho«, sagte ich.

»Lesotho?«

»Ein winziges Königreich. Eine Enklave in Südafrika. Es soll da ziemlich schön sein. Gebirgig. Auf dem höchsten Berg liegt manchmal sogar Schnee.«

»Ein bisschen wie hier. Ein Königreich in den Bergen. Wer ist der König?«

Ich nahm eine Packung Snus. »Hier oder da?«

Lächelnd führte sie die Tasse an die Lippen. »Du weißt so seltsame Dinge, Roy.«

»An den Namen des Königs erinnere ich mich nicht«, sagte ich. »Er ist an die Macht gekommen, nachdem sein Vater bei einem Autounfall ums Leben gekommen ist. »

»Ach?«

»Ist vom Hof weggefahren, um den Viehbestand zu überprüfen, und dabei von der Straße abgekommen und in einen

Abgrund gestürzt. Es gibt Leute, die meinen, jemand hätte an dem Auto herumgeschraubt, dass es ein Attentat war.«

»Was glaubst du?«

Ich zuckte mit den Schultern. »Das sind Verschwörungstheorien. Jetzt sitzt jedenfalls der Sohn auf dem Thron.«

»Wie heißt er?«

»Weiß ich nicht.«

»Sollen wir es googeln?«

»Oder lassen wir es einfach so stehen?«

»Stehenlassen ist in Ordnung«, sagte sie. »Willst du mich küssen?«

Dieses Mal war es ganz anders. Langsam, zärtlich, irgendwie suchend. Und als wir fündig wurden, fuhren wir mit zurückhaltender Intensität fort. Ich musste sie ein paarmal bremsen, bis sie es verstand. Wie zwei Tanzende fanden wir aber schließlich Takt und Wellenlänge des anderen, und erst ab diesem Punkt erhöhten wir dann langsam und kontinuierlich die Frequenz.

Dieses Mal kam sie ohne einen Laut. Und weinte zitternd, aber lautlos an meiner Schulter.

Wir tranken noch einen Tee. Ich drehte die Platte um, und wir liebten uns noch einmal. Anschließend schauten wir das Erstlingswerk von Peter Jackson, *Bad Taste*. Wir hatten beide mitbekommen, dass wir den Film feierten, und gleichzeitig registriert, dass wir auch das Wort feiern feierten.

Ich ging in die Tanke und holte eine Aufbackpizza, die wir im Ofen aufwärmten.

Mittlerweile war es wirklich warm im Zimmer, ihre Zähne klapperten aber noch immer. Fieber hatte sie aber nicht, im Gegenteil war der Schweiß auf ihrer Haut kalt.

»Was ist denn das für eine Krankheit?«, fragte ich.

»Was glaubst du?«

»Kann es sein, dass das was mit Abstinenz zu tun hat?«

Sie nickte.

»Was nimmst du?«

Sie zuckte mit den Achseln. »Ich habe meine Grenzen, innerhalb des Ranges bin ich aber flexibel.«

»Heißt was?«

»Emma, Speed, Kokain. Manchmal auch Mikrodosen Ketamin. Und Gras, um schlafen zu können. Ayahuasca, wenn es welches gibt und ich es mir leisten kann. Niemals aber Methamphetamin, Morphium oder Heroin, darum mache ich einen Bogen.«

»Wie abhängig bist du?«

»Ich bin nicht abhängig. Das ist eher eine Gewohnheit, wenn du verstehst. Immer, wenn ich mit etwas angefangen habe, muss ich da wieder raus. Aber das schaffe ich. Wie jetzt. Das wird schon wieder. In ein oder zwei Tagen bin ich wieder voll da.«

»Warum fängst du immer wieder an?«

Sie blies die Wangen auf und atmete aus. »Gute Frage. Weil ich mich langweile? Weil ich deprimiert bin? Weil es den Lärm in meinem Kopf für einen Moment beruhigt?«

»Du sagst Ayahuasca stoppt den Lärm?«

»Auf jeden Fall hat der dann einen ganz anderen Charakter.«

»Und wo kriegst du das Zeug her?«

»Ich muss nach Notodden.«

»Zu Ola?«

Sie sah mich eine Weile an, als wollte sie sich versichern, dass sie mir trauen konnte, dann nickte sie.

»Wie kommst du darauf?«

»Ola? Tja. Er ist ein Black-Metal-Typ mit Fiedel, oder?«

Sie schüttelte lächelnd den Kopf. »Falsch. Black-Metal-Jungs sind dysfunktionale, aber disziplinierte Streber in Kostümen, hart arbeitende Nerds aus irgendwelchen kleinen Käffern. Das wahre Rock-'n'-Roll-Leben findest du bei den traditionellen Musikern. Und die gehen daran auch zugrunde. So war es schon immer. Du musst wissen, ich habe immer ein kleines Fläschchen Ipecac-Sirup bei mir, und das nur wegen den Spelemannslag-Jungs. In erster Linie wegen Ola, er nimmt mehr als alle anderen.«

»Was für ein Fläschchen?«

»Ipecac-Sirup. Brechwurzel. Von dem Zeug muss man wahnsinnig kotzen. Es muss einem aber spätestens eine Stunde nach der Drogeneinnahme eingeflößt werden, sonst ist es zu spät.« Sie hielt inne. »Mache ich dir Angst?«

»Angst machen?«

»Ich nehme Drogen. Ich bin missbraucht worden. Ich habe Depressionen. Das Leben ist einfacher, wenn man einen Bogen um solche Leute macht.«

»Ach so. Nein, nein. Das ist in Ordnung. Ich habe meine eigenen Dämonen.« Ich nahm die Pizza aus dem Ofen, legte sie auf ein Brett und teilte sie auf. Hörte, wie Natalie sich hinter mir auf dem Bett bewegte.

»Abgesehen davon, dass dein Vater sich an dir vergangen hat, was sonst noch?«

»Reicht das nicht?«, fragte ich, ohne mich umzudrehen.

»Doch, aber da ist noch mehr, oder?«

»Tja, vielleicht, aber gibt es nicht immer irgendwie mehr?«

Ich stellte die Pizza und zwei Teller auf die Bettdecke und schob mich neben sie.

»Solltest du was essen können«, sagte ich und nickte in Richtung Pizza.

»Hunger habe ich«, sagte sie. »Erzähl.«

»Ich meinte …«

»Ich weiß, was du meintest, ich will es aber wissen.«

Ich nahm ein Stück. Die weißen Käsefäden schienen sich an ihren Ursprung zu klammern und wollten – oder konnten – nicht loslassen. Ich nahm einen Bissen und kaute, während sie mich wartend ansah. Schluckte, während sie mich wartend ansah. Atmete ein paarmal ein und aus, während sie mich wartend ansah. »Moshoeshoe der Zweite«, sagte ich.«

»Was?«

»Das war sein Name. Der König von Lesotho. Sein ältester Sohn heißt Letsie der Dritte. Es gab reichlich Spekulationen über den Unfall, aber keine klaren Erkenntnisse. Papa hat Opgard auch immer als sein Königreich bezeichnet. Er war Moshoeshoe, und ich bin Letsie, der den Hof übernommen hat. Mit einem Unterschied.«

Natalie nahm sich ein Stück Pizza. »Und der wäre?«

»Ich glaube nicht, dass Letsie seinen Vater getötet hat.«

# 20

Ich war achtzehn Jahre, Carl noch keine siebzehn.

Ich hatte Carl versprochen, dass Papa sich nicht noch einmal an ihm vergriff und dass ich unseren Vater töten würde. Auch Papa wusste das, er hatte es in meinem Blick gesehen und akzeptiert, ja sich gewünscht. Vielleicht hat er sich danach gesehnt, dass ich ihn aus der Folterkammer seines Kopfes befreie. Er war in jener Nacht in unserem Schlafzimmer gewesen und stand jetzt in der Scheune. Hämmerte auf den Boxsack ein, wohl wissend, dass ich hinter ihm stand. Er hatte das Gewehr an die Wand gelehnt, geladen und entsichert. Ich brauchte ihm nur aus nächster Nähe in den Kopf zu schießen und die Waffe neben ihn zu legen. Sigmund Olsen, der damalige Polizist, würde nur zu dem Schluss kommen, dass wieder einer auf die übliche Weise Selbstmord begangen hatte. Aber ich schaffte es nicht. War verdammt noch mal nicht dazu in der Lage. Denn sosehr ich ihn auch hasste, so war doch er ich und ich er.

Also ging es weiter.

Bis zu dem Abend, an dem Carl und ich in dem alten Volvo saßen, den ich von Onkel Bernard bekommen und oben vor dem Wintergarten geparkt hatte. Vor uns waren Mama und Papa gerade im Cadillac losgefahren. Sie rollten auf die erste Kurve zu, und ich wusste, was passieren würde. Hatte keine halbe Stunde gebraucht, um das Lenkgestänge zu lösen, zwei Löcher in die Bremsschläuche zu stechen und die Bremsflüssigkeit in einer Wanne aufzufangen. Ich hatte nicht damit gerechnet, dass Mama mit ihm im Auto sitzen würde, aber irgendwie steckte wohl auch darin eine Art Gerechtigkeit. Sie hatte so getan, als wüsste sie nicht, was vor sich ging, hatte nichts hören wollen, wenn ich versuchte, mit ihr darüber zu reden. Sie hatte Papa immer mehr als Carl und mich geliebt, vielleicht war das eine dieser biologischen Anomalien, von denen manchmal die Rede ist. In unserem Fall war es einfach so. In gewisser Weise verstand ich ja auch, wie überwältigend die Scham sein musste. Mir ging es nicht anders, auch ich hatte mit niemandem gesprochen und hätte es nicht als ungerecht empfunden, wenn es auch mir so ergangen wäre wie Mama und Papa.

Ich weiß noch, dass mein Herz so laut geklopft hat, dass ich glaubte, man müsse es in der Stille hören, die sich um uns gelegt hatte, als das Knirschen unter den Reifen plötzlich verstummt war. Die roten Rücklichter starren mich noch heute wie die Augen eines stummen Zeugen an. Hundert Meter freier Fall. Der Aufprall unten im Abgrund war überraschend leise. Nur ein dumpfer Knall, sodass ich spontan dachte, dass sie das überlebt haben könnten und wir bald sehen würden, wie Papa blutig und zerschlagen über die Kante nach oben kroch und uns voller Wut und Selbsthass ansah. Wir blieben so lange im Auto sitzen, bis wir uns ganz sicher waren.

»Du hast getan, was du tun musstest«, flüsterte Natalie. Ich hatte lange gebraucht, um ihr das alles zu erzählen, hatte ihre Fragen beantwortet und ein paar alte Biere geöffnet, die aber noch ganz okay schmeckten. Ich hatte nicht protestiert, als sie sich einen Joint gedreht hatte, um der Abstinenz die Spitze zu nehmen, wie sie es nannte. Es war Nacht geworden, ohne dass wir das Licht angemacht hatten.

»Ja, ich habe getan, was ich tun musste«, sagte ich. »Und ich würde es wieder tun.« Ich ahmte ihre Stimme nach, wie sie es mit meiner gemacht hatte. »Macht dir das Angst?«

Ich erahnte ihr Lächeln im Dunkeln. Sie fuhr mit der Hand über meine nackte Brust und streichelte mir dann über Wange, Haare und Nacken.

»Nein«, sagte sie. »Und jetzt frage ich mich nur noch eine Sache.«

»Was?«

»Woher weißt du, dass du mir vertrauen kannst?«

Ich erwiderte ihr Lächeln. »Wer sagt, dass ich das tue? Aber du bist nackt, ich weiß also schon mal, dass Kurt Olsen dich nicht verkabelt hat, und ohne eine Aufnahme steht dann ja Aussage gegen Aussage.«

Sie schlug mich. »Mach keine Witze. Was, wenn ich … mehr als das hier nehme …« Sie hielt den Joint hoch. »Und irgendwann den Mund nicht halten kann? Ich glaube nicht, dass das passieren wird, aber sicher kannst du dir ja nicht sein.«

Ich zuckte mit den Schultern. »Gewisse Risiken muss man wohl eingehen.«

Ich sah nicht die Farbe, sondern nur das Weiße in ihren Augen sowie die Silhouette von Kopf und Körper, sodass ich mir hätte vorstellen können, dass sie Shannon war. Aber ich wollte das nicht. Brauchte das nicht.

Sie beugte sich vor und küsste mich. Sie schmeckte nach Gras und Bier und Natalie. Ich erwiderte ihren Kuss, nicht um wieder geil zu werden, sondern rein aus Neugier, ob sie es wieder werden würde. Ihre Küsse wurden gieriger, und ich reagierte spontan.

»Verdammt«, sagte ich und ließ sie los.

»Ich weiß!«, rief sie laut und lachte.

Ich wischte die Pizzakrümel von der Decke, stand auf und wusch das leere Brett unter dem Waschbecken ab. Stand mit dem Rücken zu ihr da und fragte mich, in was für eine Situation ich mich da manövriert hatte. Hatte ich gerade wirklich als eine Art Liebeserklärung einen Mord gestanden? Mein Schicksal in ihre Hände gelegt, nur um etwas zu beweisen? Oder tat ich jetzt, was Papa getan hatte. Das Gewehr an die Wand stellen, geladen und entsichert, und dann dem Ganzen den Rücken zudrehen und halb darauf hoffen, dass jemand die Gelegenheit ergriff? Vielleicht. Vielleicht aber auch nicht. Denn ich hatte ja nur von meinen ersten beiden Morden gesprochen.

Sie haben die Leichname meiner Eltern aus dem Abgrund geholt, den Cadillac aber liegen lassen, es wäre zu teuer und zu gefährlich gewesen, ihn zu bergen. Ich hatte Natalie nichts davon gesagt, dass Sigmund Olsen damals Verdacht geschöpft hatte und daran zweifelte, dass es bloß ein tragischer Unfall war. Und dass Carl ihn in die Tiefe gestoßen hatte, als er zu uns nach Opgard gekommen war, um den Wagen im Abgrund zu untersuchen. Ebenso wenig hatte ich von dem Geldeintreiber gesprochen oder von Willumsen, geschweige denn von Shannon und dem Kind.

Ich zog meine Hände weg, als mir bewusst wurde, dass die Schmerzen von dem Wasser aus dem Hahn kamen, das brennend heiß über meine Haut lief.

# 21

Jetzt haben wir aber genug über das Wetter geredet«, sagte Asle Vendelbo und sah auf die Uhr, um mich daran zu erinnern, dass wir maximal eine halbe Stunde hatten. »Du hast gesagt, auf der Habenseite wäre etwas Neues aufgetaucht?«

»Oh ja«, sagte ich und sah aus dem Fenster auf den Platz. Auf dem Riksvei war an diesem Montagmorgen im Oktober nur wenig Verkehr. Es waren aber Autos unterwegs. Ich wartete, bis er fragte.

»Von was für Aktiva sprechen wir?«

Vendelbo saß an seinem Schreibtisch mit Familienfoto und presste die dicken Finger gegeneinander. Seine Anzugjacke war an den Ärmeln etwas zu kurz. Ich weiß nicht, warum Bankchefs in kleinen Orten schlechtere Anzüge tragen als ihre Kollegen in der Stadt, der Lohn sollte ja derselbe sein. Machten sie das, um den Bauerntrotteln ein Gefühl von Erdverbundenheit zu geben? Glaubten sie, dass ein Ermenegildo-Zegna-Anzug auf einen Durchschnittskunden in Os komisch, ja wenn nicht sogar wie eine Beleidigung wirken könnte?

»Wenn du so willst, geht es um etwas wie Goodwill«, sagte ich.

»Goodwill?«

»Ja, was auf der Habenseite neu hinzugekommen ist, hat keinen materiellen Wert.«

»Ich weiß, was Goodwill ist«, sagte Vendelbo. »Aber das sind keine Anlagewerte. Wovon konkret sprechen wir also? Markenname, Ruf oder Patent?«

»Guter Ruf«, sagte ich.

»Heißt das, du hast ein oder mehrere Angebote für die Tankstelle bekommen, die den Wert der Immobilie deutlich übersteigen?«

»Nein«, sagte ich.

Vendelbo seufzte tief und klang dabei irgendwie erleichtert. Als ich um fünf nach zehn die Bank betreten hatte, war mir der Schweiß auf seiner Oberlippe nicht entgangen. Er hatte mich gleich ins Büro geführt, wo der Kaffee parat stand, und seinen Small Talk gestartet. Hatte er eine Vorahnung? Fragte er sich, was ich in den Händen hielt? Mittlerweile wirkte er deutlich sicherer.

»Dann gehst du nur davon aus, dass dein Besitz mehr wert ist als angenommen. Eine Bank kann keine Rücksicht auf Goodwill nehmen, Roy. Mit dem guten Ruf kann es über Nacht vorbei sein, besonders wenn …« Er bremste sich und presste die Lippen zusammen.

»Besonders wenn?«, fragte ich.

Vendelbo richtete sich hinter seinem Schreibtisch auf und gab sich alle Mühe, mich mit einem ernsten, entschiedenen Blick anzusehen. »Besonders wenn der Besitzer der Gesellschaft bei der Polizei unter Verdacht steht. Wie gesagt, den guten Ruf können wir als Sicherheit nicht akzeptieren.«

»Auch wenn es gar nicht um meinen guten Ruf geht, …?«

»Wie bitte?«

»… sondern deiner auf der Habenseite steht?«

Er schluckte, und seine Stimme stieg wieder auf die Frequenz, die sie bei meinem Kommen gehabt hatte: »Was willst du damit sagen, Roy?«

Ich legte das Handy vor mir auf den Tisch und zeigte darauf.

»Darauf sind E-Mails und SMS, die du einem jungen Mann geschickt hast. Dass du was mit einem Typ anfangen willst, ist einzig und allein eine Sache zwischen deiner Frau und dir, es ist aber natürlich möglich, dass sie noch nichts davon weiß. Sollte ich ihr also diese Sachen schicken, müsstest du vielleicht das Bild auf deinem Schreibtisch austauschen.«

Es sah aus, als leuchtete eine Bremslampe in Vendelbos Gesicht auf, als er auf das Display des Handys starrte.

»Schlimmer als das mit der Ehe ist aber vermutlich, dass auch deine Karriere einen gewaltigen Knick bekommen könnte.« Ich wischte zur nächsten Seite auf dem Telefon und gab Vendelbo Zeit, seine eigenen Formulierungen zu lesen, bevor ich fortfuhr. »Du hättest dieses Angebot nicht schriftlich machen dürfen, Asle. Schließlich hast du mich so gründlich über die Richtlinien der Bank für die Vergabe von Krediten informiert, dass selbst ich erkenne, wie weit außerhalb des Rahmens das da liegt. Du hast einem jungen Mann, auf den du scharf bist, das Geld der Bank für einen alles andere als sicheren Kredit angeboten. Noch dazu weit unter dem üblichen Zinssatz. Fällt das eigentlich unter Korruption oder unter Unterschlagung? So genau kenne ich mich damit nicht aus, ich bin mir aber sicher, dass die Zentrale eine passende Bezeichnung dafür findet. Dan Krane und unser Lokalblättchen kriegen das sicher auch hin.«

Vendelbo hatte den Blick gehoben und starrte mich an. Seine Stimme war so heiser, dass ich sie fast nicht wiedererkannte. »Was willst du?«

Ich nickte langsam und sah auf meine Armbanduhr. »Wir haben noch zwanzig Minuten, um über die Details zu diskutieren«, sagte ich. »Die Kurzversion lautet, dass ich einen Kredit über hundert Millionen brauche, bewilligt im Laufe von einer Woche. Wenn du das schaffst, lasse ich meinen Finger von dem Knopf da.«

Ich deutete auf das »Weitersenden«-Symbol und lehnte mich auf meinem Stuhl zurück. Wartete. Sah zu Vendelbo, der auf einen Punkt vor sich starrte und stoßweise durch die Nase atmete.

Schließlich räusperte er sich. »An welche Zinsen hast du gedacht?«

»Die zurzeit auf dem Markt üblichen«, erwiderte ich und faltete die Hände vor dem Bauch. »Wir Opgards handeln nicht.«

Auf dem Weg über den Platz sah ich, dass Natalie angerufen hatte.

»Hallo, Liebling«, meldete sie sich, als ich zurückrief.

Natürlich war das ein Witz, die Worte taten mir trotzdem gut.

»Arbeitest du heute Abend?«

»Nein«, sagte ich.

»Wenn du willst, kann ich was für uns kochen.«

»Gerne.«

»Sagen wir um sieben?«

»Perfekt. Soll ich was mitbringen?«

»Was zum Beispiel?«

»Wie wäre es mit einer Flasche Wein?«

Sie lachte. »Willst du damit sagen, dass du für dieses Date extra nach Notodden fahren würdest. Hier kriegst du ja keinen.«

»Du glaubst nicht, dass ich einen auf Lager habe?«

»Hast du?«

»Ja.«

»Wirklich?«

»Und nein. Ich nehme eine von Carls.«

Ihr Lachen kitzelte im Ohr. »Danke, für mich aber nicht. Ich trinke heute Abend Wasser.«

»Verstehe.«

»Tust du das?«

»Wein war ein schlechter Vorschlag. Du hast gestern ja gesagt, dass es von jetzt ab erst mal nichts gibt.«

»Diese Zwischenlösungen funktionieren bei mir nicht. Magst du Forelle?«

»Selbst gefangen?«

»Ja, in der Kühltheke vom Coop.«

»So mögen wir das, gemästet, zahm und mausetot. Isst man genug davon, sind die Chlamydien auch gleich erledigt.«

Mir war vollkommen klar, dass ich für schlechte Witze zu gut bezahlt wurde, ich war aber bereit, alles zu tun, nur um dieses Lachen zu hören.

Wir legten auf, und ich blieb stehen, um Eriks Tafelkunst zu bewundern, bevor ich in den *Freien Fall* ging.

»Eriks Blumenkaltsuppe?«, fragte ich am Tresen.

Erik sah von der Zeitung auf. »Kalte Blumenkohlsuppe.«

»Weil sie lecker ist oder wegen dem Wortspiel?«

»Die ist lecker!« Er grinste. »Aber das Wortspiel ist auch gut, oder?«

»Und wie läuft der Laden?«, fragte ich und ließ meinen Blick durch den Raum schweifen. Zehn Gäste. Zwölf, wenn man die beiden alten Männer mitzählte, die an einem Tisch saßen und Wettscheine ausfüllten.

»Ganz okay. Rat mal, wie hoch unser Umsatz am Freitag war.«

»Hoch«, erwiderte ich. »Aber du hattest auch einen verdammt guten Barkeeper.«

»Das sind die Hits!«, sagte Erik. »Ich weiß ja, dass du das Gefühl hast, über einigen dieser Songs zu stehen, aber die sprechen die Leute einfach total an. Es kommt nur darauf an, die Kategorie zu finden, die Alt und Jung, beide Geschlechter und die vier sexuellen Vorlieben trifft, die wir hier in Os haben.« Erik grinste so breit und erwartungsvoll, dass ich seine beiden Goldzähne sehen konnte. Ich fragte aber nicht, welche vier er meinte. Ich hatte ihn diesen Witz schon einmal machen hören, und auch wenn ich mich nicht an die Pointe erinnerte, wusste ich instinktiv, dass ich sie nicht noch einmal hören musste. »Wir haben übrigens die Straßenbaubehörde kontaktiert und darum gebeten, dass sie diese blauen Messer-und-Gabel-Schilder am Riksvei aufstellen, schließlich haben wir jetzt eine Speisekarte. Vielleicht können wir deiner Tankstelle ein paar Kunden abluchsen.«

»Nur zu«, sagte ich lächelnd. »Das Schild erinnert die Autofahrer an ihren Hunger, vermutlich ist uns beiden damit gedient. War das deine oder Julies Idee?«

Erik sah perplex aus. »Hm, ich würde sagen, es war unsere.«

Ich nickte, Os-langsam. Also Julies Idee.

»Ideen sind gut«, sagte ich. »Und Initiativen. Die brauchen wir, wenn es langfristig laufen soll. Deshalb bin ich eigentlich auch gekommen.«

Erik Nerell sah mich wachsam an. Kein Wunder, in der Regel hatte ich schlechte Nachrichten, wenn ich mit ihm reden wollte.

»Ich habe mir die Quartalsabrechnung angesehen«, sagte ich. »Das Problem sind nicht die variablen, sondern die wiederkehrenden Kosten. In erster Linie die Lohnkosten der Festangestellten.«

Es war Erik anzusehen, dass er genau das befürchtet hatte, denn der *Freie Fall* hatte nur zwei Angestellte. Julie und ihn. Und Julie war gut und zudem schwanger, sodass ich sie weder gehen lassen konnte noch wollte. Das war ihm klar.

»Ich habe noch nicht mit Julie gesprochen«, sagte ich. »Zuerst wollte ich mit dir reden.«

»Worüber?« In seiner Stimme lag bereits ein Anflug von Verzweiflung und Wut.

»Ich habe mir überlegt, Julie eine Teilhaberschaft am *Freien Fall* anzubieten, im Gegenzug müsste sie dafür auf einen Teil ihres Lohns verzichten. Auf diese Weise sitzen wir im selben Boot, egal, ob es gut oder schlecht läuft. Ich denke, jetzt wo der Riksvei doch weiterhin durch den Ort führt, ist das sicher kein schlechter Deal.«

Ich sah Erik Nerells Kiefermuskeln arbeiten. »Und ich?«, fragte er mit rauer Stimme.

»Dir möchte ich dasselbe anbieten«, sagte ich.

»Dasselbe?« Erik sah mich ungläubig an, als erwartete er eine Spezifizierung, aus der hervorging, dass dasselbe eben doch nicht dasselbe war, sondern ein Scheißdeal.

»Sodass du, Julie und ich jeweils ein Drittel des Ladens besitzen.«

Erik kniff ein Auge zu, aber nicht auf die Weise, wie Natalie das immer machte. Er sah nicht neugierig, sondern verdammt misstrauisch aus.

»Du willst, dass wir uns einkaufen?«

»Nein«, sagte ich. »Ihr bekommt euer Drittel gratis. Dafür verzichtet ihr auf fünfzehn Prozent eures Lohns. Wenn wir die letzten beiden Halbjahresabrechnungen zugrunde legen, bedeutet das für Julie einen Einnahmegewinn von fünfundzwanzig und für dich von achtundzwanzig Prozent.«

»Ich verdiene daran besser als Julie?«

»Ihr Lohn ist höher als deiner, fünfzehn Prozent weniger sind für sie also mehr. Und ihr erhaltet denselben Anteil am Überschuss des Ladens.«

Erik Nerell sah aus, als wüsste er nicht, was er glauben sollte. »Warum … willst du das tun?«

Ich breitete die Arme aus. »Wie schon gesagt, ich glaube an den positiven Effekt, im selben Boot zu sitzen. Und daran, einfallsreiche und engagierte Mitarbeiter zu beteiligen. Was für sie gut ist, ist auch für mich gut. Wie Blumenkaltsuppe. Und ›Bombadilla Life‹.«

Erik lachte. Hielt inne. Dachte nach. Schüttelte den Kopf und lachte wieder. »Wahnsinn.« Sein Goldzahn blitzte auf. Ich wusste, wie er sich fühlte. So hatte ich mich gefühlt, als ich die Werkstatt gekauft hatte, in der ich so viele Jahre gearbeitet hatte. Was mein war, war endlich wirklich *mein*. Das ist der Bauer in uns, wir brauchen Besitz, Grund und Boden, wollen auf unserem eigenen Fleckchen Erde stehen und dieses, wann immer möglich, vergrößern. Es war wie eine verfluchte Krankheit, die jetzt auch Erik ergriffen hatte. Ich sah die Dämonen schon in seinen Augen blitzen.

»Eine Sache ist aber klar«, sagte ich. »Wenn man im selben Boot sitzt, bedeutet das auch, dass wenn einer untergeht, alle untergehen. Man muss einander helfen.«

»Klaro«, sagte Erik etwas abwesend, während sein Blick durch das Lokal schweifte. Aber nicht sein alter Blick, sondern der des Besitzers, der Einnahmen und Ausgaben kalkulierte. »Du könntest meine Erinnerung auffrischen, was damals in dem Winter passiert ist, ich war da wohl siebzehn und du fünfzehn.«

»Was?« Erik sah mich an. »Meinst du das eine Mal, als Kurt

dich über das Wochenende mit in die Polizeiwache genommen hat?«

Ich nickte. »Ich weiß ja, dass Kurt und du Freunde seid.«

»Ach, Freunde würde ich nicht gerade sagen«, beeilte Erik sich klarzustellen. »Er kommt halt zu mir, wenn er bei irgendetwas Hilfe braucht. Er weiß nämlich, dass er die kriegt, schließlich hängt die Ausschankbewilligung davon ab, dass er sich für mich und unseren Laden einsetzt.«

»Du weißt aber auch, dass Kurt sich noch nicht damit abgefunden hat, dass sein Vater ins Wasser gegangen ist. Stattdessen pflegt er seine Verschwörungstheorie, dass Carl und ich etwas mit seinem Tod zu tun haben.«

»Ja, vor ein paar Jahren wollte er mich ja sogar da oben bei euch abseilen, um den Wagen zu überprüfen.«

»Genau das meine ich. Deshalb musst du mir helfen, ihm wieder in Erinnerung zu rufen, was passiert ist, als Papa seinen Cadillac damals unten bei eurem Hof in den Schneewall gesetzt hat und nicht mehr rauskam. Du warst damals fünfzehn.«

Erik sah mich fragend an. »Ist deinem Vater das passiert?«

»Ja, erinnerst du dich nicht?«

Er kratzte sich die spaghettifarbenen Haare. »Nicht direkt, nein.«

»Eigentlich kein Wunder. Ist ja 'ne Weile her, und so dramatisch war das ja auch nicht. Aber lass mich von Anfang an erzählen, dann kommt die Erinnerung bestimmt zurück. Diese Kindheitserlebnisse sind ja speziell, weißt du, die müssen nur aktiviert werden.«

Eriks Mund stand halb offen. Er sah mich konzentriert an. Dann nickte er langsam, *sehr* langsam. »Mag sein«, sagte er.

## 22

Es begann, als ich zwölf Jahre alt war«, sagte Natalie. »Mit meiner ersten Menstruation. Wobei ich mir nicht sicher bin, ob es wirklich damit zusammenhängt. Ich habe ein paar befreundete Psychologen gefragt, also nur so ganz allgemein. Eigentlich weiß niemand, was damals zu Hause bei uns passiert ist. In der Psychologie glaubt man an einen biologischen Zusammenhang. Aber Psychologen sind manchmal ja auch nicht mehr als Sterndeuter, kaum sehen sie ein Muster oder einen Zusammenhang, ist für sie alles klar. Und in meinem Fall hätte dieser Zusammenhang ja eigentlich das Gegenteil bewirken müssen. Schließlich ist es biologisch betrachtet nicht gerade klug, seine Tochter zu schwängern. Das war selbst Papa bewusst. Deshalb ist er ja zu dir in die Tanke gegangen und hat die Pille danach gekauft, wenn er glaubte, nicht vorsichtig genug gewesen zu sein.«

Sie rutschte etwas zur Seite und machte es sich auf meinem Arm bequem. Ihr Bett war so schmal wie meins in der Werkstatt, aber unsere Beziehung war so frisch, dass alles über einem Meter Breite Platzverschwendung gewesen wäre.

»Bis zum Alter von zwölf Jahren war ich angeblich ein fröhliches, kontaktfreudiges Mädchen«, sagte sie. »Danach wurde ich dann zu dem stillen, zurückgezogenen Wesen, mit dem irgendwann niemand mehr zu tun haben wollte. Und das mit niemandem Zeit verbringen wollte. Trotzdem haben weder Lehrer noch andere Erwachsene irgendwelche Fragen gestellt.

»Bei Carl war es genauso«, sagte ich. »Das heißt, irgendwann gab es einen vagen Verdacht, aber der hat sich auf mich gerichtet.«

»Siehst du«, sagte sie. »Trotzdem fällt es mir schwer, zu sagen, dass die Erwachsenen dies oder jenes hätten verstehen müssen, die meisten von uns verändern sich ja in diesen Jahren. Vielleicht wäre ich auch ohne diese Übergriffe so geworden. Ich glaube es zwar nicht, sicher kann ich mir aber nicht sein. Vielleicht bin ich einfach so, und vielleicht gilt für die Drogen dasselbe.«

»Glaubst du das wirklich?«

»Damals habe ich auch meine ersten Erfahrungen mit Alkohol gemacht. Wäre mehr da gewesen, hätte ich sicher auch mehr getrunken. Ich habe mich an ältere Jungs geklammert, die Zugang zu Selbstgebranntem hatten. Vermutlich hatte ich damals deshalb den Ruf, ein Flittchen zu sein. Das stimmte aber nur zum Teil. Andererseits passen sowohl der Alkohol als auch die Promiskuität zum klassischen Opferverhalten. Ich kann echt nicht sagen, wie ich ohne das gewesen wäre. Vielleicht gefällt es mir einfach, mich abzuschießen und rumzuvögeln.«

»Tut es das?«

Sie holte tief Luft. »Nein. Vor dem letzten Mal hatte ich ein Jahr lang nichts genommen, vermutlich mag ich es also lieber, nüchtern zu sein. Und ich habe mit acht Jungs geschlafen. Dich habe ich da schon mitgezählt. Ich weiß nicht, mit wie vielen du zusammen warst, aber acht Kerle machen mich in den Kreisen, in denen ich verkehre, zu einer Nonne.«

»Acht ist mehr, als ich zu bieten habe, ist aber wohl trotzdem wenig«, sagte ich.

»Okay, also eigentlich neun, wenn ich meinen Vater mitzähle.«

Nach ein paar Sekunden Stille prusteten wir beide los.

»Findest du es absurd, dass wir heute so viel Distanz dazu haben?«, fragte sie.

Ich schüttelte den Kopf. »Ich glaube, wir können nur so darüber reden.«

»Ist schon komisch«, sagte sie. »Es fühlt sich an, wie über etwas zu sprechen, das in einem Paralleluniversum passiert ist. Als wäre das alles nur ein Traum oder Albtraum gewesen. Doch dann findet man plötzlich Beweise dafür, dass das wirklich passiert ist. Der zerrissene Slip oder sein Geruch an deinem Bettzeug …«

Sie hielt inne, spürte vielleicht, wie sehr ich mich anspannte, und nahm die Wut wahr, die in mir hochstieg, wenn mir solche Bilder präsentiert wurden. Allein der Anblick des Stockbetts in unserem alten Zimmer ließ meinen Puls klettern.

»Alles okay?«, fragte sie.

Ich sog den Duft ihrer Haare ein, und mein Puls beruhigte sich. Draußen auf dem Platz hupte ein Auto. Ihre Wohnung lag im ersten Stock des Meierigården. Ihr Schlafzimmer war ebenso karg eingerichtet wie ihr Wohnzimmer, alle Wände waren kahl. Wie bei jemandem, der sich gleich nach dem Umzug in die Arbeit gestürzt und weder Zeit noch Interesse gehabt hatte, seine Wohnung einzurichten. Oder bei jemandem, der gar nicht vorhatte, länger zu bleiben.

»Ich sollte dich fragen, bist du okay«, sagte ich. »Magst du weitererzählen?«

»Okay.« Sie küsste mich auf die Schulter. »Nachdem ich zu Hause ausgezogen war, habe ich lange nicht verstanden, wie das jahrelang so gehen konnte. Natürlich hatte Vater freies Spiel. Wir wohnten allein auf einem Hof, ich war Einzelkind, und Mama war damals schon krank und die meiste Zeit bettlägerig. Wir hatten kaum soziale Kontakte, und es gab auch keine Nachbarn oder Verwandte, die ihm in die Quere hätten kommen können. Aber trotzdem. Schließlich wusste ich Bescheid. Außerdem war es bei mir nicht so wie bei dem missbrauchten Mädchen, das ich in Notodden kennengelernt habe. Ihr Vater hatte ihr eingetrichtert, dass sie das doch selbst alles wollte, und obwohl sie wusste, dass das nicht stimmte, ist sie die Scham nie losgeworden. Vater hat das bei mir zwar auch versucht, damit ich mich weniger zur Wehr setze und um sicherzugehen, dass ich es niemandem erzähle, gelungen ist ihm das aber nicht. Das war aber ganz sicher nicht der Grund, weshalb ich nie mit jemandem über die Sache geredet habe. Ich hatte Angst. Und zwar nicht um mich, sondern um ihn. Ich wusste ja nicht, was mit ihm passieren würde. Ist es nicht verrückt, dass man sich um die Person sorgt, die man mehr als alles andere auf der Welt hasst?«

»Doch«, sagte ich. »Aber das ist vermutlich die Definition der Kernfamilie, oder?«

»Manchmal hat er mir laut aus der Bibel vorgelesen. Über Männer, die Sex mit Familienangehörigen hatten. Abraham mit seiner Halbschwester, Lot mit seinen Töchtern und so weiter. Vater war ja der Gottesfürchtige in der Familie, nur gut, dass er es irgendwann aufgegeben hat, mich für die Kirche gewinnen zu wollen. Die Geschichten hat er mir trotzdem vorgelesen, vermutlich wollte er mich davon überzeugen, dass wir nicht in der Hölle brennen würden.«

»Hört sich an, als hätte er sich damit selbst überzeugen wollen.«

»Vielleicht. Er hat immer wieder ein Bild zu zeichnen versucht, in dem er das Richtige tut. Oder wenigstens etwas weniger Ungeheuerliches. Schließlich muss man sich ja auch selbst ertragen.«

»Ja«, sagte ich und schob mir einen Beutel Snus unter die Lippe. »Das ist wohl so. Bis man sich entscheidet, dass es nicht so sein muss.«

Ich lauschte in die Herbstnacht. Der Wind ließ das Laub rascheln, und etwas entfernt hörte ich den schönen zweistimmigen Sound von einem aufheulenden Motor und auf Asphalt quietschenden Reifen.

»Dein Vater und das Gewehr an der Wand?«, fragte sie.

»Die richtige Strafe wäre es gewesen, ihn damit leben zu lassen. Aber ich musste das tun, um meinen Bruder zu retten. So gesehen war es eher aktive Sterbehilfe als Mord.«

Das Auto war weg. Ich stellte mir einen Volvo mit zwei jungen Männern vor, die jetzt mit 120 über den Riksvei in Richtung Gemeindegrenze rauschten, weg aus Os. Dann beantwortete ich ihre unausgesprochene Frage.

»Meine Mutter ... ich weiß es nicht. Klar, ich habe sie zum Tode verurteilt, weil sie nichts unternommen hat. Aber irgendwie war es so, als wüsste sie, was passieren würde. Es gab eine Nacht, in der ich mich entschlossen hatte, Papa zu töten. Ich hatte das Jagdmesser extra mit ins Bett genommen und wartete darauf, dass er kam. Und er kam, schien die Gefahr aber irgendwie zu riechen, denn er machte wieder kehrt. Und dann hörte ich das Weinen durch das Ofenrohrloch zur Küche. Ich ging nach unten. Mama saß allein da. Wir haben nie auch nur ein Wort über das verloren, was Papa Carl angetan hat, aber an jenem Abend hat sie mir etwas anvertraut. Es war wie ein Gebet.

»›Du weißt, Roy, dass ich deinen Vater so lieb habe, dass ich ohne ihn nicht leben kann. Hätte ich zwischen deinem oder Carls und seinem Leben entscheiden müssen, ich hätte mich für ihn entschieden, Roy. Das musst du wissen. Ich bin keine gute Mutter.‹«

»Du meinst, sie hätte sich freiwillig neben deinen Vater in das Auto gesetzt?«

Ich blinzelte, versuchte, ins Dunkel zu schauen.

»Ich weiß es nicht. Wir sind verdammt gut darin, zu glauben, was wir glauben wollen. Da bin ich auch nicht besser als dein Vater.«

»Roy«, sagte sie und schmiegte sich nackt und warm an mich. »Erwähne dich und meinen Vater nie wieder in ein und demselben Satz. Verstanden?«

»Verstanden«, sagte ich.

Sie ging aufs Klo, und als ich die Nachttischlampe einschaltete, um meine Unterhose zu suchen, bemerkte ich kleine Blutflecke auf dem Laken. Natalie lachte, als sie zurückkam und mein Gesicht sah.

»Ist das lustig?«, fragte ich.

»Dein Gesichtsausdruck«, sagte sie und küsste mich auf die Stirn. »Du sieht so aus, als glaubtest du, mich getötet zu haben. Ich blute manchmal ein bisschen, wenn ich mit wem schlafe, das ist weder gefährlich noch ungewöhnlich.«

Wir schlugen die Decke über uns und legten uns dicht aneinander. Lauschten auf die Geräusche von draußen und achteten auf jedes Detail.

»Du«, fragte sie schließlich. »Warst du in Krakau?«

»Krakau?«

»Als du in Polen warst. Du hast gesagt, das wäre ganz in der Nähe von diesem Freizeitpark. Die Altstadt von Krakau soll unglaublich sein.«

»Sagt man, ja. Aber … hm, ich war ja allein da, sodass das für mich irgendwie keinen Sinn gemacht hat. Nachdem ich aus dem Park raus war, bin ich mit dem nächsten Flieger nach Hause.«

»Wie wäre es mit einem Wochenendausflug?«

»Du und ich, meinst du?«

»Ja, um eine Pause von Os zu bekommen. Dir würde das sicher auch guttun.«

»Möglich«, sagte ich.

»Ich würde gerne schon Freitag fahren, aber da ist das Fest im Büro. Ich habe mal nachgesehen, von Oslo aus gibt es am Samstag billige Direktflüge.«

»Du meinst, dieses Wochenende?«

»Warum nicht?«

Ich blinzelte wieder ins Dunkel. Sie und ich, also. In Krakau, ausgerechnet in Krakau. Ja verdammt. Warum nicht? So falsch konnte das doch nicht sein? Nein, warum auch. Es war richtig, So richtig richtig.

# 23

Am Mittwochnachmittag kam der Anruf von Vendelbo, auf den ich gewartet hatte. Der Kredit war diskutiert und genehmigt worden.

Wir sprachen kurz über die praktischen Dinge, ohne den anderen Teil des Deals auch nur zu erwähnen. Es gab aber keinen Grund für ihn, sich Sorgen zu machen, schließlich saßen wir im selben Boot. Meldete ich, was ich über Vendelbo in der Hand hatte, würde ans Licht kommen, dass ich es benutzt hatte, um den Kredit zu erhalten, und damit wäre auch ich am Arsch. Trotzdem war es interessant, dass er mit mir über den Kredit sprach, als wäre das alles ein ganz normaler Vorgang. Er schaffte es sogar, mir in einem herzlichen Ton zu gratulieren. Vendelbo war der perfekte Schauspieler. Als hätte er den Verdacht, abgehört zu werden.

Der Gedanke war mir vorher tatsächlich noch nie gekommen. Hatte Kurt Olsen mich festgenommen, um mich aufzuschrecken und zu sehen, was ich jetzt unternehmen würde? Spionierte er mir in der Hoffnung nach, dass ich etwas Unbedachtes tat und so zugab, dass ich einen Mord zu verbergen hatte? Ich hatte nicht vor, ihm obendrauf auch noch eine Bestechung zu servieren.

Ich rief Bent Halden deshalb nicht von meinem Telefon an, sondern borgte mir Egils aus.

»Ja?«

»Guten Tag, Herr Halden. Hier ist die Autowerkstatt in Os. Ihr Wagen ist fertig. Sie müssen uns nur noch sagen, wohin wir ihn bringen sollen.«

In der folgenden Stille hörte ich Jon Fuhrs Stimme im Hintergrund, er schien ein Telefonat zu beenden.

»Einen Augenblick«, sagte Halden mit hörbarem Zittern in der Stimme. »Ich verbinde Sie mit dem anderen Wagenbesitzer.«

Das Telefon wurde weitergereicht, und dann war Fuhr zu hören.

»Wir müssen uns treffen«, sagte er. »Und die Lieferbedingungen noch einmal durchsprechen. Nur, damit wir auf der sicheren Seite sind.«

»Okay«, sagte ich. »Das Hotel in Notodden?«

»Nein, treffen wir uns auf einem Parkplatz am Riksvei. Ich schicke Ihnen die Koordinaten. Morgen um Null Fünf Null Null. Schaffen Sie das?«

»Fünf Uhr morgens?«

»Wir haben einen vollen Arbeitstag mit diversen Sitzungen, außerdem sind wir dann ungestört. Bringen Sie das Telefon mit, an das ich die Koordinaten schicke. Ist das in Ordnung?«

Ich lauschte. Als könnten mir die Schallwellen über das Telefonnetz irgendwie verraten, was Fuhr dachte.

»In Ordnung«, sagte ich und legte auf.

Dann rief ich Carl an und informierte ihn, dass der Kredit genehmigt war.

Er jubelte so laut, dass ich das Handy vom Ohr nehmen musste.

Nachmittags fuhr ich hoch nach Opgard, und als ich in die Küche kam, grinste Carl mich breit an und öffnete eine Flasche Sekt.

Der Korken knallte an die Decke, und er füllte die beiden grünen Sektgläser, die laut Papa eines der idiotischsten Hochzeitsgeschenke waren, die sie bekommen hatten. Bisher waren sie nur ein einziges Mal zum Einsatz gekommen. Nicht nach Carls oder meiner Geburt, sondern nachdem er den Cadillac gekauft hatte.

Ich nippte an dem Glas, während Carl den Sekt herunterkippte.

»Okay«, sagte er. »Ich habe mit dem Vorstand gesprochen, und hier ist der Plan. Du kaufst die gesamte Emission zu 500 Kronen pro Aktie auf, insgesamt sind das dann fünfzig Millionen Kronen.«

Ich hätte den Sekt beinahe in die falsche Röhre bekommen. »Kaufen? Verdammt, Carl! Wir haben von einem Kredit gesprochen! Kurzfristig.«

»Ja, ja, beruhige dich. *Mit* dem Kauf der Aktien erhältst du eine Verkaufsoption, die dir das Recht gibt – also keine Pflicht –, das gesamte Aktienpaket in sechs Monaten an *Os Spa* wieder zu verkaufen, und zwar für 510 Kronen pro Aktie. Die sechs Monate geben uns mehr als genug Zeit, neue Investoren zu finden. Die zehn Kronen zusätzlich pro Aktie sollten die Zinsen decken, die du der Bank zahlen musst. Vermutlich bleibt ein bisschen über. Das heißt, wie sehr der Wert der Aktien auch fällt, du kannst ohne Verlust an uns verkaufen. Und sollte der Wert der Aktien über 510 Kronen steigen, kannst du sie behalten, solltest du das wollen.«

»Das kann ich nicht, in sechs Monaten brauche ich doch das Geld, um die Achterbahn zu bauen.«

»Ich weiß, und da es im Moment ja auch keinen liquiden Markt für *Os-Spa*-Aktien gibt, bieten wir sie dir für 500 und einen Rückkaufswert von 510 an. Okay?«

Ich drehte das Glas in den Fingern. »Dann ist das doch so etwas wie ein privater Kredit von mir an die Gesellschaft?«

»Genau. Du verdienst nicht viel daran, hältst in den nächsten Monaten aber dreißig Prozent der Aktien und bekommst damit einen Platz im Vorstand.«

»Alles zusammen sind das dann sechsunddreißig Prozent. Sollte ich damit nicht Vorstandsvorsitzender werden?«

Carl lachte. »Ich denke, wir schaffen es durch diese sechs Monate, ohne den Vorsitzenden austauschen zu müssen. Jo Aas macht einen guten Job. Was meinst du, Bruderherz?«

Ich machte einen Schnalzlaut. Eigentlich mag ich keinen Sekt, aber dieser schmeckte besser als alle anderen, die ich bisher getrunken hatte. Ich hob das Glas.

»Ich liebe dich!«, rief Carl und stieß so fest mit mir an, dass der Sekt aus dem Glas schwappte.

Wir schoben eine Fertigpizza in den Ofen, und ich erzählte von dem Gespräch mit Halden und Fuhr und welche Gedanken ich mir dazu gemacht hatte. Er nickte, rief Goebbel an und sagte, dass ich ihr ein paar Sachen schicken würde.

Wir aßen am Küchentisch, und Carl jammerte, dass er den ganzen Sekt allein trinken musste.

»Ich muss fahren«, sagte ich.

»Fahren? Du hast doch noch die ganze Nacht, wenn du Fuhr um fünf Uhr früh triffst. Zeit genug, um den Alkohol abzubauen.«

»Nee, ich fahre jetzt gleich. Ich übernachte bei Natalie.«

Er zog eine Augenbraue hoch. »Wirklich? Three-Night-Stand? Ist sie so gut im Bett?«

Ich zuckte mit den Schultern und nahm ein Stück vom Pizzarand, den Carl immer liegen ließ.

»Wir machen am Wochenende eine Spritztour nach Krakau«, sagte ich.

»Ach wirklich? Wollt ihr noch mal diese Achterbahn austesten?«

»Nein. Nur ...«

»Nur?«

»Ein bisschen durch die Altstadt laufen und uns umsehen. Wein trinken. Und lecker essen.«

»Wirklich?« Er lachte. Irgendwie kam es mir aber so vor, als wäre mit seinem Lachen in den letzten Tagen etwas passiert. Die sonst so ansteckende Unbekümmertheit war weg. Mir war das schon vor der Festnahme aufgefallen, daran konnte es also nicht liegen. Ging es um Mari Aas und all das Gegrübel, ob sie den Sprung wagen und ein Paar werden sollten? Oder darum, dass im neuen Haus noch so vieles geregelt werden musste, es aber immer wieder zu Verzögerungen kam? Natürlich konnte ihm auch die Arbeit zusetzen, schließlich musste er Tag für Tag die Fassade wahren und gleichzeitig den Ertrag steigern, sollten die roten Zahlen nicht zu offensichtlich werden. Klar, ich hätte ihn einfach fragen können. Warum tat ich es nicht? Stand etwas zwischen uns, das mich daran hinderte? Nein, was sollte das schon sein? Deshalb fragte ich:

»Was quält dich, Carl?«

Er sah mich nachdenklich an. »Es ist die Summe«, sagte er. »Aller Dinge. Du weißt schon, du spürst doch auch, wie der Druck dir zusetzt?«

»Wie kommst du darauf?«

»Wenn du glaubst, dass Kurt Olsen unsere Telefone abhört. Das ist Paranoia, und die steckt alle an.«

Ich nickte. »Du hast recht. Wir müssen einen kühlen Kopf bewahren. Vorsichtig sein, keine Panik bekommen.« Ich sah auf die Uhr und stand auf.

»Willst du schon los?«

Es war ihm einfach so rausgerutscht und klang deshalb vielleicht flehender als beabsichtigt. Ich sah in die großen, schönen Augen meines kleinen Bruders, und für einen Moment fragte ich mich, ob ich Natalie nicht anrufen und ihr sagen sollte, dass Carl heute Abend meine Gesellschaft brauchte.

Es fühlte sich an, als stünde er hinter mir im Wintergarten, als ich vom Hof fuhr, als sähe ich sein Gesicht im Schein der Bremsleuchten rot schimmern.

Und als ich, nachdem wir Liebe gemacht hatten und sie eingeschlafen war, in Natalies Armen lag, hörte ich Papas Stimme gebetsmühlenartig in meinem Kopf wiederholen:

»Wir sind eine Familie. Wir haben einander und sonst niemanden. Freunde, Geliebte, Nachbarn, die Dorfbewohner und Landsleute, alles Illusion. Wenn es eines Tages wirklich darauf ankommt, sind sie nichts wert. Dann heißt es, wir gegen sie, Roy. Wir gegen alle anderen. Absolut alle.«

# 24

Als ich vom Riksvei auf den Rastplatz fuhr, der zu den Koordinaten passte, war es fünf Minuten vor fünf. Es war noch immer dunkel. Das Licht der Scheinwerfer fing Jon Fuhr ein, der mit verschränkten Armen an dem einzigen Auto lehnte, das auf dem Parkplatz stand. Es war nicht derselbe Wagen wie beim letzten Mal, sondern ein Suzuki Across. Im Licht sah ich das Logo des Autoverleihs Oslo Bislett. Der Ort war gut gewählt, hier hielten nur selten Autos an. Dafür war es hier einfach zu öde und gleichzeitig etwas beklemmend. Schwarze, senkrechte Felswände versperrten die Sicht in drei Richtungen, in der vierten lag ein kleiner, hässlicher See am Ende eines Geröllfeldes. Außerdem waren es von hier nur zwanzig Minuten bis zum Rastplatz bei Os, wo es einen Imbiss, Benzin und einen deutlich schöneren See gab.

»Und?«, fragte ich, als ich aus dem Auto stieg und zum See hinunterschaute. In dem schwarzen, stillen Wasser spiegelte sich das Mondlicht. »Wollte Halden nicht mitkommen?«

»Das ist nicht nötig«, sagte Fuhr und kratzte sich am Kinn. Er hatte seit dem letzten Mal ein paar Pickel mehr bekommen. »Ich will dir nur die IBANs der Konten geben, auf die das Geld überwiesen werden soll.«

Er reichte mir einen Zettel. Als ich las, schrie oben an der Felswand ein Rabe.

»Zwei Konten auf den Cayman Islands?«, fragte ich.

»Volle Anonymität. Damit ist uns ja wohl beiden gedient.«

»Das ist richtig.« Ich faltete den Zettel zusammen und wollte ihn in die Hosentasche stecken.

»Ich brauche den Zettel zurück«, sagte Fuhr. »Ich will, dass du das Geld jetzt überweist.«

»Jetzt?«

»Du hast doch dein Handy dabei, oder?« Er zog mir den Zettel aus der Hand. Da er den Mond im Rücken hatte, konnte ich seinen Gesichtsausdruck nicht erkennen.

Ich rieb mir die kalten Hände. »Warum diese Eile?«

»Weil du unter Mordverdacht stehst und das Geld ja wohl kaum überweisen kannst, wenn du einsitzt.«

»Ui«, sagte ich. »Wer hat dir denn das erzählt?«

»Ein paar Leute aus der Gegend, die am Todde-Projekt arbeiten. Oder gearbeitet haben, sollte ich wohl sagen. Wenn die Polizei dich auf dem Kieker hat, ist das Risiko, dass diese Sache ans Licht kommt, deutlich größer. Bent meint, wir sollten abspringen, das Geld ablehnen und einen revidierten Bericht an die Behörde schicken. Deine Drohungen da im Hotel sind ihm egal.«

»Ja, wovor solltet ihr auch Angst haben, wenn ich hinter Schloss und Riegel sitze?«

Fuhr antwortete nicht. Sah einem Lastwagen nach, der vorbeifuhr.

»Dann ist Halden nicht hier, weil ihr vor mir Angst habt?«, fragte ich. »Weil ich als Mörder ja auch auf die Idee kommen könnte, euch umzubringen. Jetzt, da der Bericht raus ist. Dann könnte ich mir auch die zwölf Millionen sparen.«

Fuhr zuckte mit den Achseln. »Und einen revidierten Bericht bräuchtest du dann auch nicht mehr zu fürchten. Es ist nicht ungewöhnlich, dass Berichte nachträglich korrigiert werden.«

»Soll das eine Drohung sein?«

»Nein, eine Motivation.« Fuhr verlagerte das Gewicht von einem Bein auf das andere. Dieses Mal war er vorbereitet und würde sich nicht überraschen lassen. Er wirkte auch nicht sonderlich ängstlich. Die Pickel deuteten darauf hin, dass er noch mehr Steroide genommen hatte und das Testosteronniveau gestiegen war. Aber las ich ihn richtig, oder war er bewaffnet? Unter dem Rücken der Bomberjacke ragte auch etwas aus seinem Hosenbund, bei dem es sich eigentlich nur um eine Pistole handeln konnte. Mein Herz begann schneller zu schlagen.

»Okay«, sagte ich und hoffte, dass Fuhr nicht die Angst in meiner Stimme hörte. »Wir müssen hier nicht rumstehen und über Unwesentliches diskutieren.« Ich nahm das Handy heraus. »Ein bisschen tippen, und du hast das Geld.«

»So schnell geht es nun auch nicht«, sagte Fuhr. »Es sind zwei Überweisungen, also setzen wir uns lieber in deinen Wagen.«

»Zwei?«

»Da waren ja auch zwei Kontonummern auf dem Zettel. Sechs Millionen auf das eine und neun Millionen auf das andere Konto.«

»Wenn ich richtig rechne, ergibt das fünfzehn Millionen.«

»Der Preis ist gestiegen, Opgard. Wie gesagt, mit der Polizei im Spiel ist das Risiko für uns viel größer.«

»Sechs auf Haldens Konto und neun auf deins, denke ich?«

»Komm, setzen wir uns in deinen Wagen.«

Ich schluckte. Die Stille war beklemmend, nach dem Lastwagen war kein einziger Wagen mehr vorbeigekommen. Fuhr sah mein Zögern und ließ die Arme hängen, wie ein Mann, der ziehen wollte. Ich spürte seinen wachsamen Blick auf mir, während ich zum Wagen ging und mich hinter das Lenkrad setzte. Fuhr schob sich auf den Beifahrersitz. Ein verrückter Gedanke ging mir durch den Kopf. Er hatte die Waffe noch nicht gezückt, wenn ich also den Motor anließ, die Türen verriegelte, das Fenster an meiner Seite öffnete und an der kurzen Leitplanke vorbei in den See fuhr, wäre das Auto voller Wasser, bevor er reagieren könnte, und ich könnte durch das Fenster auf meiner Seite nach oben kommen. Es war, wie gesagt, eine verrückte Idee, aber der Gedanke an einen Angriff muss aus meiner Körpersprache ersichtlich gewesen sein, denn als ich mich wieder zu Fuhr wandte, hielt er, ganz richtig, eine Pistole in der Hand. Sogar ein ziemlich hässliches Ding.

»Versuch es gar nicht erst, Opgard. Überweis das Geld, während ich zusehe, und dann trennen sich unsere Wege. In Ordnung?«

Ich starrte nickend in die Mündung der Waffe. Ein Kussmund, der einen schnellen und relativ schmerzfreien Tod versprach. Noch vor zwei Wochen hätte ich sicher wie jetzt auch Angst gehabt, wäre aber vermutlich auf ziemlich traurige Weise auf dieses Angebot eingegangen. Jetzt lagen die Dinge anders. Nicht weil ich einen Kredit über hundert Millionen bekommen hatte, einen Campingplatz besaß und die Straße weiter durch den Ort führte, sondern weil ich zwei Flugtickets nach Krakau für weniger als tausend Kronen in der Tasche hatte.

»Also«, sagte er, »entsperre dein Telefon und gib es mir.«

Ich tat, was er wollte. Beobachtete ihn, während er mit einer Hand auf das Display tippte, mich dabei aber weiterhin ansah. Er gab mir das Handy zurück. Ich sah, dass die SMS mit den Koordinaten, die er mir geschickt hatte, gelöscht war.

»Verstehe«, sagte ich.

»Was verstehst du?«

»Deinen Plan.«

»Ich habe dir ja auch gerade alles gesagt.«

»Tja, dass wir unserer Wege gehen werden, ist so weit richtig.«

Er legte mir den Zettel mit den Kontonummern auf den Schoß. »Lass das dumme Gerede und mach endlich die Überweisung klar.«

Ich rührte mich nicht, starrte bloß auf den Zettel.

»Jetzt!«, schrie er und drückte den Lauf der Waffe an meine Stirn.

»Ich zweifle wirklich daran, dass du mich erschießt, bevor ich das Geld überwiesen habe«, sagte ich. »Anschließend aber …«

Ein Bus fuhr vorbei, dann wurde es wieder still. Zu hören war nur der Atem von zwei Männern in einem engen Auto. Noch atmeten beide.

»Los jetzt!«, fauchte Fuhr in mein Ohr.

»Tipp doch selbst!«, sagte ich und reichte ihm das Handy.

»Was?«

»Erinnerst du dich nicht an das, was ich in Notodden gesagt habe? Wenn man jemandem eine Falle stellen will, muss man dafür sorgen, dass die Falle nicht dümmer als die Beute ist.«

»Was für ein Schwachsinn ist das jetzt wieder?«

»Dein Plan, ich bin mir nämlich ziemlich sicher, dass der auf deinem und nicht auf Haldens Mist gewachsen ist, ist doch wohl, mich an einem einsamen Ort ohne Zeugen zu treffen, zu dem man dich nicht zurückverfolgen kann. Deshalb bist du mit einem Leihwagen gekommen, und vermutlich hast du auch dein Handy zu Hause gelassen. Richtig?«

Fuhr antwortete nicht, er drückte die Waffe nur noch etwas fester an meine Stirn.

»Natürlich löschst du die SMS mit den Koordinaten auf meinem Handy, die könnte die Polizei ja finden. Sollten sie denn überhaupt Nachforschungen anstellen, schließlich handelt es sich ja offensichtlich um Selbstmord. Wäre ja auch nachzuvollziehen, wenn ein Mann, der wegen eines alten Mordes angeklagt ist, diesen Ausweg wählt. Das passt alles zusammen. Vor dem Morgengrauen, an einem verlassenen Ort in seinem Auto, mit einer Pistole. Es sieht sogar so aus, als würdest du die Waffe im richtigen Winkel halten. Ich gehe mal davon aus, dass du dir eine besorgt hast, die nicht zurückverfolgt werden kann? Über dein altes Gangmilieu, vielleicht? Kommt da auch deine Vorstrafe her?«

Ich hörte, dass Fuhr die Finger etwas anders um die Waffe legte, als hätte er den Griff so fest umklammert, dass sich die Milchsäure im Unterarm bemerkbar machte. Er streckte die freie Hand aus und zog etwas aus seiner Jackentasche.

»Was ist das?«

»Dein Abschiedsbrief, Opgard, damit auch kein Zweifel aufkommt. Noch ist es aber nicht zu spät. Wenn du das Geld jetzt überweist, muss hier heute niemand sterben.«

»Ach, hältst du mich wirklich für so dumm? Du hast diesen Abschiedsbrief doch nicht geschrieben, um mir zu drohen, sondern um ihn zu *verwenden*. Das Einzige, was mich im Augenblick rettet, ist die Tatsache, dass ich das Geld noch nicht überwiesen habe.«

»Es gibt schlimmere Dinge als eine Kugel im Kopf, Opgard.«

Ich lachte. »Ah, da kommt der wahre Fuhr zum Vorschein! Denkst du an Folter? Mit dem Wagenheber? Oder einem Messer? Aber dann würde es nicht mehr wie Selbstmord aussehen, oder?«

»Verdammt!« Es sah so aus, als würde Blut in seine Pickel gepumpt. »Wenn du das Geld jetzt nicht überweist, dann töte ich dich und töte …«

Sein Atem wischte über mein Ohr und im Wageninneren war mit einem Mal ein Geruch von – wenn man den amerikanischen Thrillern Glauben schenken will – Furcht, Testosteron und Adrenalin. Vielleicht alles auf einmal.

»Wen tötest du dann?«, fragte ich. »Denn das ist ja das Problem. Es mag ja sein, dass ich unmittelbar vor einer Verhaftung wegen Mordes stehe und so gesehen keine allzu große Angst vor dem Tod habe. Aber es gibt niemanden, den du töten könntest, der mir mehr wert ist als ich mir selbst. Traurig, das gebe ich gerne zu, im Augenblick ist das aber ein Glücksfall.«

Er schluckte. Bekam seinen Atem wieder unter Kontrolle. Und sich und die Situation auch, glaubte er vermutlich. »Du verstehst das nicht, Opgard. Das Beste ist es, wenn wir das Geld bekommen. Die zweitbeste Lösung ist, dass du verschwindest und diese ganze Sache vom Tisch ist. Dann sind wir wieder da, wo wir vor deinem Auftauchen waren. Ist das klar? Also werde ich dich in fünf Sekunden erschießen, wenn du nicht langsam deine Finger bewegst. Wenn du überweist, gibt es wenigstens eine gewisse Chance, dass ich dich nicht erschieße. Warum willst du diese Chance nicht nutzen, he?«

»Lass mich dir stattdessen ein Angebot machen, das du nicht ablehnen kannst«, sagte ich. »Etwas, das die Situation für uns beide löst.«

»Ach, und das wäre?«

»Öffne mal meine Mail«, sagte ich und nickte in Richtung

Handy. »Die gesendeten Sachen. Ganz zuoberst findest du eine Mail an Liv Goebbel. Die kannst du mal öffnen.«

Die Waffe an der Stirn, starrte ich nach vorn durch die Scheibe in die Dunkelheit, während ich Fuhr tippen hörte. Irrte ich mich, oder war da ein leichter Grauschimmer im Schwarz des Himmels auf der anderen Seite des Sees? Auf jeden Fall wusste ich, dass er jetzt die Mail las, die ich am Abend zuvor verschickt hatte.

*Ich verweise auch auf unser Telefonat. Im Falle meines Todes oder sollte ich länger als drei Tage vermisst sein, autorisiere ich hiermit meine Anwältin, Liv Goebbel, untenstehenden Link zu öffnen und die entsprechenden Behörden mit dem Inhalt vertraut zu machen. Mit freundlichen Grüßen, Roy Opgard.*

Es dauerte ein paar Sekunden, dann hörte ich unsere Stimmen aus dem Zimmer 333 im *Brattrein Hotel*. Fuhr ließ die Aufnahme bis zu Ende laufen, inklusive meiner Zusammenfassung am Schluss.

Der Lauf der Pistole verschwand von meiner Schläfe, und ich sah ihn an. Er saß mit gesenktem Kopf da und starrte auf das Display.

»Die gute Nachricht ist«, sagte ich, »... dass wir Opgards nicht handeln. Die zwölf Millionen überweise ich natürlich, denn das waren doch zwölf, oder?«

Fuhr nahm den Blick nicht vom Display, nickte aber so langsam, dass man glauben konnte, er käme aus Os.

»Gut, dann sind wir quitt«, sagte ich. »Gib mir das Handy, dann erledige ich das gerade.«

Natürlich hätte ich es kommen sehen müssen, aber vielleicht habe ich das Feeling dafür verloren, wann die Leute durchdrehen. Fuhr schlug zu. Und er nahm dafür die Waffe, sodass ich Sterne sah, als er meine Stirn traf. Blut lief mir ins Auge, und ich spürte die Wärme und schmeckte das Metall auf der Zunge.

»So«, sagte Fuhr und reichte mir das Handy. »Jetzt sind wir quitt.«

Als Fuhr sich in seinen Wagen setzte und verschwand, blieb ich noch eine Weile sitzen und spürte, wie mein Puls sich beruhigte.

Ich griff in die Jackentasche und nahm den Zettel heraus, den er hineingeschoben hatte. Er hatte die Nachricht mit Blockbuchstaben geschrieben, sodass niemand den Text mit meiner Handschrift abgleichen konnte.

ICH HABE GENUG VON DIESEM LEBEN. MACHTS GUT: OPGARD

Kurz und gut. Ja, in gewisser Weise war ich beeindruckt, denn genau so hätte ich es wohl selbst formuliert.

»Sieht aus, als würde ein Tausendfüßler über meinen Kopf laufen«, sagte ich, als Stanley Spind mir einen Spiegel vors Gesicht hielt.

»So brauchst du dir wenigstens keine Halloween-Maske zu kaufen«, sagte Stanley und packte sein Nähzeug ein.

»Und nur damit du es weißt, Roy, dass du vor den Türrahmen gelaufen bist, kaufe ich dir nicht ab.«

»Was Besseres ist mir nicht eingefallen«, sagte ich und fuhr mit der Fingerspitze über die frische Naht auf meiner Stirn.

»Nicht anfassen«, sagte Stanley, trat hinter meinen Stuhl und wickelte mir einen Verband um den Kopf. »Was war das eigentlich mit deiner Festnahme?«

Stanley war vertrauenswürdig, er hatte keine eigene Agenda und interessierte sich die Bohne für den Dorftratsch. Er war *raka rör*, wie die Schweden sagen. Ein geradliniger Kerl, der sagte, was er dachte, und fragte, was er wissen wollte. Wie jetzt, da er als Zugezogener nicht so in die Tratschzirkel eingebunden war wie wir Eingeborenen.

»Tja«, sagte ich. »Fällt das unter die Schweigepflicht?«

»Wenn du willst.«

»Sie haben Blut von unserem damaligen Polizisten am Cadillac meiner Eltern gefunden. Kurt versucht, das jetzt mit den

Lebenden in Verbindung zu bringen. Die Vorstellung, dass sein Vater sich das Leben genommen hat, gefällt ihm nicht.«

»Verstehe«, sagte Stanley. »Menschlich, wir suchen immer nach Lösungen, die uns passen. Du doch wohl auch, Roy?«

Ich zuckte mit den Achseln. »Wir wollen doch alle der Held in unserem eigenen Film sein, oder?«

»Da hast du recht. So, dann hat Os endlich seinen ersten Bewohner mit Turban.« Stanley befestigte den Verband mit ein paar Klammern und setzte sich wieder hinter seinen Schreibtisch. »Wie läuft es mit der Liebe, Roy?«

Ich lächelte. »Warten draußen nicht andere Patienten auf dich?«

»Doch, deshalb frage ich ja.«

»Ach?«, sagte ich und nahm meine Jacke vom Haken an der Wand.

Er legte die Hände hinter den Kopf und grinste. »Das ist mein Express-Gesundheitscheck. Sind die Leute verliebt, sind sie in der Regel auch gesund.«

»Wirklich? Kannst du das empirisch belegen?«

»Ich habe nur ein paar anekdotische Beweise, die sind dafür aber richtig gut. Wer ist die Glückliche?«

Ich musste lachen. »Willst du damit sagen, dass du das den Leuten ansiehst?«

»Ich erkenne das am Blutdruck, am Puls und an dem Weiß in ihren Augen«, sagte er.

»Vielleicht ist es ja umgekehrt. Gesunde Menschen verlieben sich leichter.«

»Möglich«, sagte er.

»Und wie ist es mit dir und der Liebe, Stanley?«

»Mal sehen, am Wochenende geht es auf eine Hüttentour.« Er schrieb etwas auf einen Zettel und reichte ihn mir. »Schmerzmittel. Solltest du welche brauchen.«

Ich sah auf das Rezept. »Du, eine Sache interessiert mich. Stimmt es, dass man einen Vaterschaftstest schon während der Schwangerschaft machen kann?«

»Ja klar. Das DNA-Profil des Babys kann aus Zellen ermittelt werden, die man im Blut der Mutter findet. Eine einfache Blutprobe reicht dafür.«

»Na super.«

»Nicht wahr?«

Im Wartezimmer saß Moe. Er starrte in eine Zeitschrift, ohne den Blick zu heben. Sicher hatte er meine Stimme durch die Tür des Behandlungszimmers erkannt.

Ich trat mit dem Fuß auf das Pedal des kleinen, glänzenden Mülleimers, ließ das schwere Kondom hineinfallen und schauderte etwas, als der Deckel sich schloss.

»Dein Kopf leuchtet im Dunkeln«, sagte Natalie, als ich zurück ins Schlafzimmer kam.

»*Der Unsichtbare*«, sagte ich.

»Was?«

»Man sieht nur die Bandage. Wenn ich die abnehme, bin ich unsichtbar und kann mit dir machen, was ich will.«

»Ich habe den Eindruck, dass du das auch mit Bandage kannst.«

Ich schob mich zurück ins warme Bett, und sie drehte mir den Rücken und ihren Po zu und stöhnte leise, als ich ihren Nacken küsste.

»Darf ich dich was fragen?«, sagte ich.

»Ich würde ja Ja sagen, aber wenn deine Sätze so anfangen, werde ich immer etwas unsicher«, erwiderte sie und streckte ihre Arme nach hinten, um mich näher an sich zu ziehen.

»Das kann warten«, sagte ich. »Oder eigentlich … wir können es auch lassen.«

»Nein.«

»Doch.«

»Jetzt ist es dafür zu spät. Sag schon.«

»Ich …«

»Los jetzt!«

»Warst du jemals schwanger?«

Es war, als wäre plötzlich der Strom weg. Sie ließ mich los.

»Ich weiß es nicht«, sagte sie nach einer Weile.

»Du hast die Pille danach genommen, aber warst du dir jemals *sicher*?«

Das Kissen knisterte, als sie den Kopf schüttelte.

»Hast du jemals darüber nachgedacht?«, fragte ich. »Kinder zu bekommen?«

Ich spürte, wie steif ihr Körper wurde.

»Nein, nein«, beeilte ich mich hinzuzufügen. »Das ist kein Vorschlag, ich bin einfach nur neugierig.«

Sie war lange still, und ich bereute es bereits, mich in dieses unwegsame Gelände vorgewagt zu haben.

»Ja.«

»Ja? Du *kannst* dir vorstellen, Kinder zu bekommen?«

»Nein, ich habe es gewusst.« Sie drehte sich zu mir. »Dass ich schwanger war. Einmal.«

»Von ...«

»Ja, von *ihm*.«

»Wusste er das?«

»Ja, er hat mich sogar zum Arzt geschickt. Und ich habe es ...« Sie suchte nach einem anderen Wort, gab es aber schnell auf. »... wegmachen lassen.«

»Erinnerst du dich, ob sie dir damals eine Blutprobe abgenommen haben?«

Sie sah mich an. »Nein. Auf was willst du hinaus, Roy?«

»Ich weiß es nicht«, sagte ich, drehte mich auf den Rücken und sah an die Decke. »Ich weiß es wirklich nicht.«

Die Stille schien etwas im Raum zu verändern. Als wäre ein ungebetener Gast zwischen uns ins Bett gekrochen. Ich wusste, dass ich ihn rausschmeißen musste, schnellstmöglich, bevor er von uns Besitz ergriff. Etwas sagen. Ich schluckte.

»Ich liebe dich«, sagte ich.

»Was hast du gesagt«, fragte sie, und ich hörte ihre Verblüffung.

Ich räusperte mich. »Tut mir leid, wenn das undeutlich war. Ich habe nicht so viel Übung mit dem Wort. Ich habe gesagt ...«

Ihre Lippen stoppten den Rest.

»Au«, sagte ich sachlich, als sie mit ihrem Kuss fertig war.

»Oh sorry. Deine Stirn.«

»Na ja, so weh hat es auch nicht getan.« Ich zog ihren Kopf zu mir.

»Streif dir …«, murmelte sie nach einer Weile.

»Leer«, sagte ich.

»Ich will dich in mir spüren, aber sei vorsichtig. Eisprung.«

»Oh nein, was das angeht, vertraue ich keinem von uns. Wir warten bis Krakau, polnische Pariser sollen billiger sein.«

Ich spürte, wie ihr Körper zu zittern begann.

»Verstehe gut, wenn du vor Freude weinst«, sagte ich. »Ich würde auch gern von mir gevögelt werden.«

Sie drehte sich auf die Seite und sah mich noch immer lachend an. Das beste Publikum, das ich jemals hatte.

»Lachst du, weil ich lustig bin oder weil du meine Versuche zu schätzen weißt«, fragte ich.

»Sagen wir beides«, erwiderte sie und streichelte mir über die Wange.

Nach einer Weile drehte sie sich wieder um und flüsterte:

»Was du da gesagt hast …, nach zwei Wochen darf man das noch nicht sagen, das weißt du, oder? Aber okay, ich liebe dich auch.«

Vor dem Einschlafen dachte ich, dass die Dinge sich schon regeln würden. Oh ja, das würden sie.

Aber natürlich, das galt genau einen Tag.

Zwei Tage später war alles wie auf den Kopf gestellt

# 25

Samstagfrüh um sechs Uhr morgens lag dichter Nebel über der Landschaft. Noch dazu hatte es geschneit, sodass die Straße von Opgard nach unten ins Dorf voller Schnee war. Es waren Plusgrade gemeldet, der Schnee würde im Laufe des Tages also schmelzen. Trotzdem war ich froh, Winterreifen aufgezogen zu haben, so mussten wir nicht im Schneckentempo bis zum Flughafen fahren.

In den Tagen davor war alles verflucht schnell gegangen.

Nach der Genehmigung der Aktienemission durch die Generalversammlung hatte eine kurze Vorstandssitzung ausgereicht, um mich als Käufer zu akzeptieren. Das Geld – 50 Millionen – war bereits gezahlt worden, womit die Aktien jetzt also mir gehörten. Auf jeden Fall für sechs Monate, bis ich sie wieder verkaufen sollte. Ich hatte die Emissionsvereinbarung und den Kaufvertrag langsam und gründlich durchgelesen. Alles schien in Ordnung zu sein, aber bei derart hohen Beträgen wird einem schon flau im Magen.

Ich stand im Meierigården und betrachtete mein Spiegelbild in der Tür. Stellte fest, dass die Haare einen Großteil der Wunde verdeckten, nachdem ich am Morgen den Verband abgenommen hatte. Noch einmal drückte ich Natalies Klingel.

Ich hatte sie angerufen, bevor ich losgefahren war, und nachdem sie nicht geantwortet hatte, war ich davon ausgegangen, dass sie noch schlief. Es konnte bei dem Mitarbeiterfest am Abend zuvor ja spät geworden sein. Carls Poltern hatte mich geweckt, als er nachts um drei ins Haus gestolpert war, und als ich gefahren war, hatte er noch geschnarcht wie ein Zweitakter.

Mehr Sorgen machte mir, dass Natalie nicht einmal von der Klingel wach wurde. Einmal, als ich bei ihr gewesen war, hatte ich gehört, wie schrill und laut dieses Ding war – fast wie eine Schulglocke.

Ich sah auf die Uhr.

Alle möglichen Antworten auf die Frage »was zum Henker ist passiert?« schossen mir durch den Kopf, aber ich schob sie wieder und wieder weg und klammerte mich an die Antwort, dass sie rückfällig geworden war und sturzbetrunken oder high von irgendetwas oben in der Wohnung lag. Also ignorierte ich den Dorftratsch und klingelte beim Nachbarn. Das Schrillen hörte ich bis unten an der Tür.

Nach einer Weile drang eine verschlafene Stimme durch die Gegensprechanlage. Ich erklärte die Situation, dass Natalie nicht wach zu kriegen war, wir aber ein Flugzeug erreichen müssten. Der Nachbar klang skeptisch, schließlich hatte ich einen Namen genannt, den er vermutlich im Zusammenhang mit dem Stichwort »unter Mordverdacht stehend« gehört hatte. Als ich sagte, Natalie sei gestern auf einem Fest gewesen, verstand er den Zusammenhang aber, und schließlich stellte sich heraus, dass er und sie – wie die meisten hier in Os – für alle Fälle die Schlüssel der jeweiligen Nachbarwohnung hatten.

Ich ging nach oben und traf den Nachbarn in ausgeleierter Jogginghose und einem T-Shirt mit der Aufschrift »Don't suck« auf dem Treppenabsatz, bereit, die Tür zu öffnen.

Er blieb im Hausflur stehen, während ich in die Wohnung ging. Ich weiß nicht, was ich erwartet hatte, aber sie war leer. Und das Bett war gemacht. Natürlich meldeten sich in diesem Augenblick einige der anderen Möglichkeiten. Für mich passte das alles aber nicht zusammen.

Ich ging wieder nach draußen, entschuldigte mich für die Störung und sagte, dass ich sie sicher an einem anderen Ort finden würde.

Ich fuhr nach oben zum Hotel.

Die Frau an der Rezeption war die ganze Nacht über dort gewesen und hatte deshalb nicht am Fest teilgenommen. Sie hatte die Kollegen aber kommen und gehen sehen, und sie wusste natürlich, dass ich der Bruder des Chefs und Aktionär des Hotels war. Trotzdem zögerte sie, als ich fragte, wann Natalie Moe gegangen sei. Ich zeigte ihr das Flugticket mit Natalies Namen und erklärte ihr, dass sie nicht zu Hause gewesen war, als ich sie abholen wollte. Die junge Frau wurde rot und erzählte, dass Natalie das Fest schon früh verlassen habe. Sie hätte, wenn sie sich richtig erinnere, bereits um halb zehn ein Taxi genommen. Ich konnte mir denken, warum sie so rot geworden war, weshalb ich fragte. Ich war das Raten leid.

»Allein oder in Gesellschaft?«

»Allein«, sagte die Frau.

»Nüchtern?«

Die Frau blies die Wangen auf und sah unglücklich aus. »Nein.«

Okay, das konnte also bedeuten, dass sie zu jemandem gefahren war. Ein Lover? Eine Freundin?

»Und Sie wissen nicht, wohin?«

»Nein.«

»Welches Taxi war das?«

Sie tippte auf den Bildschirm, um die Bestellung aufzurufen. »Ein weißes oder ein rotes?«, fragte ich.

»Rot.«

»Das reicht. Danke.« Ich ging nach draußen und rief Dagur an.

Er meldete sich beim zweiten Klingeln, und ich fragte, wohin er Natalie Moe gefahren hatte.

»Tut mir leid, Roy«, sagte er in seiner wunderbar singenden Version unserer Sprache. »Aber das kann ich dir nicht sagen.«

»Mir ist scheißegal, wen sie besucht hat, Dagur. Ich will nur wissen, ob sie okay ist.«

»Verstehe, aber ich habe Schweigepflicht.«

Ich schnaubte. »Die hast du nicht.«

»Doch. Die meisten wissen das nicht, aber unser Job unterliegt der Schweigepflicht.«

»Was?«

»Wenn ich was sage, riskiere ich eine Strafe, sie können mir sogar den Schein wegnehmen. Sorry. Aber du musst über Kurt gehen, wenn du Informationen über eine bestimmte Fahrt brauchst. Ich muss jetzt auflegen, Roy.«

Die Verbindung war unterbrochen.

»Verdammt!«

Irgendwann realisierte ich, dass ich das Telefon weggeworfen hatte, ging hinterher, hob es auf und sah die Splitterrose in der Ecke.

Mit dem Finger fuhr ich über die Unebenheiten des Displays und fragte mich, was ich tun sollte, als plötzlich Leben in das Handy kam. Erst dachte ich, ich hätte es durch das Streichen aktiviert, doch dann sah ich, dass Natalie anrief. Für einen Moment hatte ich das Gefühl, gerade aus einem Albtraum aufzuwachen.

»Ja?« Ich rief fast in den Hörer. Nein, ich rief wirklich.

»Roy?« Sie lallte nicht, hörte sich aber definitiv fertig an. »Es tut mir so leid.«

»Wo bist du? Ist alles in Ordnung?«

»Das wird nichts mit Krakau und mir, Roy.«

»Schon in Ordnung. Wo bist du …?«

»Ich finde aber, dass *du* fahren solltest …«

Ich hielt inne. »Du findest … warum sollte ich denn alleine dahin fahren?«

»Weil … weil ich nicht mitkommen kann.«

Ich lauschte auf Hintergrundgeräusche. Waren da noch andere Leute, oder verriet mir irgendetwas, wo sie war?

»Ich weiß, dass da gestern was schiefgelaufen ist«, sagte ich. »Aber so was passiert. Das ist doch kein Problem. Wir machen die Tour einfach wann anders.«

»Doch«, sagte sie. »Das ist ein Problem.« Ich hörte, wie nah sie den Tränen war. Am liebsten hätte ich selbst geheult.

»Nicht, wenn du in Ordnung bist«, sagte ich. »Ich habe meinen Wagen hier, lass mich kommen und dich holen.«

»Nein«, sagte sie scharf. Zu scharf.

»Okay«, erwiderte ich. »Okay. Hört sich so an, als könntest du mein Gedrängel gerade nicht vertragen. Richtig?«

Sie antwortete nicht.

Ich blies die Luft aus den Wangen. Hörte mich jämmerlich wie ein Hasenfuß an.

»Natalie? Ruf mich an, wenn es dir besser geht. Oder ... egal, ruf mich einfach an.«

»Roy?«

Die Art, wie sie meinen Namen sagte, gefiel mir nicht. Als sollte da noch was kommen, was mir noch weniger gefallen würde. »Ja?«, zwang ich mich zu fragen.

»Wir können uns nicht mehr sehen.«

Ich schluckte. Plötzlich fühlte es sich so an, als wäre ich aus diesem verfluchten Albtraum doch nicht aufgewacht.

»Warum nicht«, fragte ich leise. »Du hast doch gesagt, dass ...« Ich brachte den Satz nicht zu Ende.

»Vergiss, was ich gesagt habe, Roy. Okay? Vergiss alles. Das Ganze war ein Fehler. *Mein* Fehler. Okay?«

»Aber ...«

»Kein Aber, Roy. Ich lege jetzt auf.«

»Gibt es einen anderen? Ist es das?«

Ich hörte sie zögern.

»Lass uns lieber sagen, dass es an mir liegt, okay? Es ist niemand, von dem du jemals hören wirst.«

»Wenn der nicht wichtig ist, ist das in Ordnung, Natalie. Ich meine das im Ernst. Ich bin ein erwachsener Mann, ich weiß, dass so was passiert. *Shit happens*. Wir können über alles reden.«

»Nein! Nein, das können wir nicht, Roy. Es tut mir leid.«

»Oder nicht darüber reden. Wir können ...«

»Hör mir zu, Roy!«

Mir wurde klar, dass eigentlich ich derjenige war, der in den Hörer brüllen sollte. Aber mir war nicht danach, wirklich nicht.

»Ich höre«, sagte ich.

Sie holte zweimal tief und zitternd Luft.

»Du musst mir eine Sache versprechen, Roy.«

»Ja?«

»Komm nicht zu mir. Versprichst du das?«

Ich schluckte und schluckte. Bewegte meine Zunge, formte Wangen und Lippen, bis ich die drei jämmerlichen Wörter herausbrachte.

»Ich verspreche es.«

Jämmerlich wie der Hasenfuß, den Ibsen beschrieben und von dem mir Rita Willumsen in jenem Sommer wieder und wieder vorgelesen hatte. *Aslaksen ist ein Hasenfuß, ein feiger Kerl, es ist kein Mannesmut in ihm.*

»Danke«, sagte Natalie und legte auf.

Ich blieb dort auf dem Parkplatz stehen. Genau an der Stelle, an der ich gekniet und von Kurt Olsen festgenommen worden war. Am liebsten hätte ich mich wieder auf die Knie fallen lassen. Geschah das alles wirklich? Welcher verfluchte Teufel spielte da sein Spiel mit mir? Oder war das die Strafe? Die Strafe für sieben Morde?

»He, musst du nicht ein Flugzeug kriegen?«, fragte Egil hinter dem Tresen, als ich in die Tankstelle kam.

»Gecancelt«, sagte ich und ging ins Hinterzimmer.

»Wegen des Nebels?«

Ich machte mit den Armen eine vage Geste »Ich kümmere mich mal um den Bürokram«, sagte ich. »Ruf mich, wenn du mich brauchst.«

»In Ordnung.« Egil sah mir nach, als wäre ich eine tickende Zeitbombe, aber die Arbeit war immer schon meine Medizin gegen Melancholie gewesen. Wie die meisten Medikamente heilte sie nichts, sondern dämpfte nur die Symptome. Aber solange ich meinen Kopf mit manuellen Aufgaben beschäftigen konnte, wie das Waschen der Werkzeughalle, oder mit intellektuellen wie der Buchhaltung, blieb weniger Raum für sinnloses Grübeln über *matters of the heart*, wie es so schön heißt.

Im Hinterzimmer hängte ich meine Jacke neben Egils Lederjacke, auf deren Rücken zwei gekreuzte Knochen prangten, umringt von dem gotischen Schriftzug Lid&Evensen MC Club. Ich setzte mich an den kleinen Schreibtisch, der unter dem Stapel Papiere fast in die Knie ging, schob die Warenproben und die defekte Kaffeemaschine beiseite und nahm mir die Unterlagen der Quartalsabrechnung vor, die aber einfach nicht aufgehen wollte. Ich war verwirrt. Klar, ich bin kein besonders guter Menschenkenner, die meisten halten mich vermutlich für einen einfachen, praktisch veranlagten Mann, der einfache, praktikable Lösungen suchte. Und vielleicht lag genau dort das Problem, vielleicht war ich nicht in der Lage, zu verstehen, wie der Kopf – und das Herz – von Menschen wie Natalie funktionierte.

Ich schob die Rechnungsunterlagen weg.

Nein, es stimmte nicht, dass ich mich nicht auf Menschen verstand. Es war wie mit dem Lesen, ich litt unter Dyslexie und machte entsprechende Fehler, aber ich konnte *lesen*, daran bestand kein Zweifel! Was also sah ich nicht? Wenn Natalie Drogen genommen und die Nacht mit einem anderen Mann verbracht hatte, mit dem sie aber kein Verhältnis haben wollte, *so what?* Sie schämte sich, das war klar. Vielleicht war die Tatsache, dass sie selbst untreu war ... untreu? Verdammt, wir hatten doch noch nicht mal klar ausgesprochen, dass wir ein Paar waren! Natürlich war es möglich, dass sie einen Seitensprung im berauschten Zustand als halb bewusste Handlung ansah und daraus ableitete, dass sie noch nicht bereit für eine feste Bindung war, wie sie sie mit mir begonnen hatte. Oder? Nein, es war wie die Quartalsabrechnung. Das Ganze ging einfach nicht auf! Warum setzte sie sich nicht mit mir zusammen und sagte mir klipp und klar, dass sie nicht mit mir zusammen sein wollte. Ohne Drama und Geschrei am Telefon.

Was also war passiert? Hatte sie gelogen, als sie gesagt hatte, dass sie mich liebt? Ich hatte es doch nicht nur *geglaubt*, sondern *gespürt*. Und hieß das dann, dass der Rest auch nicht stimmte?

Ich schloss die Augen und biss die Zähne zusammen. Zwang meine Gedanken weg. Dann schlug ich sie wieder auf, zog den

Rechnungsstapel zu mir und legte den Finger auf die erste Spalte. Holte tief Luft und begann, nach dem Fehler zu suchen.

Um zehn Uhr war ich mit den letzten Monatsberichten fast fertig. Durch die offene Tür und die dünne Wand hörte ich, wie Egil die Kunden bediente. Und plötzlich war da eine bekannte Stimme. Natalie. Ich verstand nicht, was sie sagte, hörte aber die Kasse und Egils laute, klare Stimme. »Das macht dann dreihundertundvierzehn Kronen.«

Es gibt in der ganzen Tankstelle nur eine Sache, die 314 Kronen kostet, und die steht direkt hinter dem Tresen. Die Pille danach, Ellaone.

Meine Finger legten sich um den Rand der Tischplatte, und ich kniff Mund und Augen zu. Krallte die Nägel hart ins Holz, um mich festzuhalten, als wäre ich unter Wasser. Ich wollte nicht von der Strömung zu ihr gerissen werden, nicht den Mund öffnen, um etwas zu sagen und dann doch nur vor ihren Augen zu ertrinken. Erst als ich das Klingeln der Tür hörte und wusste, dass sie wieder gegangen war, schnappte ich nach Luft und registrierte, dass ich die ganze Zeit über nicht geatmet hatte. Ich legte meinen Oberkörper auf die Schreibtischplatte, bis ich wieder richtig bei mir war. Irgendwann stand ich auf, ging in den Verkaufsraum und holte mir eine Tasse Kaffee. Vom Automaten aus sah ich aus dem Fenster. Der Schnee war wie vermutet geschmolzen, aber der Nebel lag noch immer dicht über dem Dorf. Ich sah Natalies Rücken auf dem Fußweg in Richtung Zentrum verschwinden. Sie ging etwas gebeugt in einem viel zu großen Parka, den ich noch nie gesehen hatte. Oder doch? Dann war sie im Nebel verschwunden.

Egil starrte konzentriert auf das Display seines Handys.

»Der Zapfhahn von Pumpe zwei steckt nicht richtig drin«, sagte ich.

»Ich kümmere mich drum«, sagte er und sah zu mir. Sein Gesichtsausdruck war vollkommen neutral, als hätte er Natalie Moe Milch und Brot und keine Pille verkauft. Vielleicht kein Wunder, ich hatte ihm ja nicht verraten, dass ich nicht allein nach Krakau fliegen wollte. Und dass Natalie und ich etwas miteinander hatten, war ihm wohl auch noch nicht zu Ohren gekommen. Oder er nahm an, dass sie die Pille brauchte, weil wir beide unvorsichtig gewesen waren, *no big deal*. Aber egal. Ich ging wieder ins Hinterzimmer, setzte mich und machte weiter. Hatte den verfluchten Fehler noch immer nicht gefunden.

Kurz vor zwölf hörte ich eine Stimme mit isländischer Färbung aus dem Verkaufsraum.

»Hab gehört, du und Børge wart auf einem MC-Treffen?«

»Ja«, sagte Egil. »Pumpe eins. Siebenhundertsechzig Kronen.«

»Ich hoffe, die Leute waren friedlich? In Island drehen die grad total am Rad. Hells Angels, Bandidos, Outlaws, alle fahren sie dorthin.«

»Nach Island? Warum denn?«

»Jeder will König von irgendwas sein, weißt du. Hast du schon eine Maschine gefunden?«

»Noch nicht, es stehen so wenige zum Verkauf.«

»Stimmt. Denk doch mal drüber nach, ob du nicht meine kaufen willst? Mit dem Hotel bin ich im Taxi wirklich gefordert, sodass ich kaum noch Zeit für die Maschine habe. Ich würde dir einen guten Preis machen.«

»Echt? Ich habe die ja mal gesehen, aber wie ist die denn noch so in Schuss?«

Dagur begann mit einer Beschreibung, die lange dauern würde.

Ich stand auf und ging durch die Hintertür auf den Platz zwischen Werkstatt und Tankstelle, wo mein Volvo parkte. Umrundete das Tankstellengebäude und ging zu dem roten Mercedes an Pumpe 1. Warf einen Blick in den Verkaufsraum, wo ich Dagurs Rücken sah, und setzte mich in seinen Wagen.

Ich bin kein Computergenie, habe in Os aber schon mal ein Taxi genommen und gesehen, dass die Fahrten auf dem Display unter dem Radio aufgelistet sind. Ich tippte den Schirm an, der sogleich erwachte. Und – voilà – da waren die Fahrten der Nacht. Mit Abholort, Kilometer und Preis. Viele Touren starteten am *Os Spa*, aber nur eine war gegen halb zehn verzeichnet, genauer gesagt um 21.23 Uhr. Die Kilometer verrieten mir, dass die Fahrt nicht ins Zentrum von Os geführt hatte. Sie sagten aber auch nicht, wohin die Reise gegangen war. Ich tippte die Zeile an, um zu sehen, ob es weitere Informationen gab, und das war wirklich der Fall. Dort stand nicht, wohin die Fahrt gegangen war, wohl aber, wer sie bezahlt hatte.

Und das war nicht Natalie Moe.

Mir lief es kalt den Rücken runter.

Hinter der Kreditkartennummer stand der Name Anton Moe. Der Klempner. Ihr Vater. Und dann fiel mir ein, wo ich diesen Parka schon einmal gesehen hatte. Anton Moe hatte ihn getragen.

Die Übelkeit kam so plötzlich, dass ich mich fast erbrechen musste. Ich öffnete den Mund, konnte einfach nicht mehr durch die Nase atmen, kniff die Augen zu und riss sie wieder auf, aber nein, wenn es ein Traum war, steckte ich noch immer mittendrin. Ich tippte auf »Zurück« und stieg aus dem Wagen.

»Ui, das ist ja mal ein Service!«, rief Dagur, als er ein paar Sekunden später aus dem Laden kam und ich mit Schwamm und Seifenwasser über seine Windschutzscheibe fuhr.

»Gute Kunden sollen auch guten Service bekommen, weißt du?« Ich goss etwas mehr Wasser über die Scheibe und zog sie ab.

Dagur trat neben mich.

»Tut mir leid, dass ich dir heute Morgen nicht helfen konnte, Roy. Hat sich das geklärt?«

Dagur hatte einen dicken Vollbart und milde braune Augen. Man sollte sicher davon ausgehen, dass nicht alle Isländer gute, nette Menschen sind, aber was mich angeht, musste der Beweis dafür erst noch erbracht werden. Wobei das natürlich auch damit zu tun hatte, dass ich bis jetzt nur drei getroffen habe.

»Ja, hat sich geklärt«, sagte ich. »Natalie hat auf dem Fest ein bisschen viel getrunken und hat irgendwie nichts verstanden, als sie heute früh zu Hause bei ihrem Vater aufgewacht ist.«

Dagur lachte. »Ja, ich dachte, es wäre das Beste, sie dorthin zu fahren.«

»Du dachtest, das wäre das *Beste*?«

»Ich weiß ja, dass sie im Meierigården wohnt, aber bei dem Zustand, in dem sie war, musste sich einfach jemand um sie kümmern.«

Ich sah ihn an. »Das war sehr fürsorglich von dir, Dagur.«

Er lächelte warm. »Mach ich doch gerne. Wir wohnen in einem kleinen Ort, und da passen die Menschen aufeinander auf, nicht wahr?

»Stimmt«, sagte ich. »Habe ich das richtig verstanden? Anton ist nach draußen gekommen, hat bezahlt und ihr dann ins Haus geholfen?«

»Genau«, sagte Dagur. »Die Arme war vollkommen weggetreten, ich musste selber auch noch mithelfen. Aber er hat nicht geschimpft, hat ihr einfach wie ein guter Vater geholfen. Ein prima Kerl, dieser Anton. Ich …«

Dagur hielt inne, als wäre ihm das mit der Schweigepflicht gerade wieder eingefallen.

»Ja, ja«, sagte er, »danke für die Scheibe.«

Er setzte sich in den Wagen, und ich klappte die Scheibenwischer wieder an. Riss ein Blatt von der Papierrolle und fuhr damit über den Abzieher, während der rote Mercedes in Richtung Ortszentrum fuhr.

Sieben Morde.

Ich hatte sieben Morde auf dem Gewissen und gehofft, dass es dabei bleiben würde.

# 26

Ich muss diesen verfluchten Fehler finden«, sagte ich.

»Tja?« Egil sah vom Tresen aus zu mir, während ich an der Kaffeemaschine meine Tasse füllte.

»Ich werd sonst noch wahnsinnig. Ich setze mich jetzt ins Hinterzimmer, schließe die Tür und will nicht gestört werden. Was auch passiert. Okay?«

Egil sah mich etwas überrascht an, nickte dann aber.

Bevor ich im Hinterzimmer verschwand, drehte ich die Musik im Verkaufsraum etwas lauter.

»Cooler Song«, log ich.

Im Hinterzimmer schloss ich die Tür zum Verkaufsraum und zog meine Jacke an. Als ich das Handy in die Schreibtischschublade legen wollte, sah ich, dass Kurt Olsen zweimal versucht hatte, mich zu erreichen. Ich zögerte etwas. Aber nur etwas. Dann ging ich durch den Hinterausgang zur Werkstatt. Schloss die Tür auf und ging in die Halle. Hinter dem Traktor stand das Fahrrad, mit dem ich als Jugendlicher immer hoch nach Opgard gestrampelt war. Manchmal hatten Carl und ich die Zeit für unsere Tour de Opgard gestoppt. Im Sommer fuhr ich manchmal noch mit dem Rad zu den schönen Badeplätzen am Budalsvannet. Wobei? Das letzte Mal war jetzt auch schon lange her.

Ich nahm eine der Zangen von der Werkzeugwand, zog Handschuhe an, durchtrennte die Kette des Fahrrads und ging in Gedanken noch einmal das Gespräch durch, das ich damals mit Moe in seiner Küche geführt hatte. Ich hatte ihm versprochen, was ich tun würde, wenn er seine Tochter auch nur noch einmal anrührte.

»Wie willst du mich denn umbringen?«

»Erschlagen, denke ich. Das wäre vermutlich am passendsten ... Wie in der Bibel.«

Ich legte einen Lappen über die Fingerknöchel, rollte die Kette ein paarmal um die Hand und ballte die Faust. Ja, wie in der Bibel.

Mit der Kette in der Jackentasche ging ich nach draußen in den Nebel, setzte mich in den Wagen und startete den Motor. Dann fuhr ich so langsam, dass Egil mich nicht hören konnte, nach Osten auf den Riksvei, bog an der alten Milchrampe ab, machte einen U-Turn und fuhr nach Westen. Am Dorfplatz sah ich durch den Nebel das Licht hinter den Fenstern in der ersten Etage des Meierigårdens. Vor ein paar Stunden war es dort noch dunkel gewesen.

Gut, dann war Natalie auf jeden Fall aus dem Weg. Ich fuhr weiter nach Westen.

Der Nebel war mir gerade recht. Die Sicht war so schlecht, dass kaum jemand mit Sicherheit sagen konnte, dass es mein Auto war, das er gesehen hatte. Ein verdammt gutes Timing, also. Andererseits waren da diese Anrufe von Kurt. Was wollte er jetzt? Was das anging, war das Timing weniger gut. Man sollte niemanden umbringen, wenn die Polizei so schon versucht, einen zu erreichen. Vielleicht war es das, was mich zur Besinnung brachte, oder waren es doch Papas Worte, an die ich mich plötzlich erinnerte, wenn er mich im Boxen trainierte?

»Wer wütend wird, hat verloren.« Genau das war mein Vorteil auf den Dorffesten gewesen, wenn ich vor den Typen stand, die Carl vertrimmen wollten, weil er mit den falschen Mädchen geflirtet hatte. Sie waren wütend, während ich ruhig und kalt war.

Jetzt loderte diese Wut in mir.

Ich wurde langsamer. Ermahnte mich, die Sache noch einmal zu durchdenken. Auch bei einem so dicken Nebel wie an diesem Tag würde es verdammt schwierig werden, mit einem Mord davonzukommen, wenn ich zu dem Opfer nach Hause fuhr und es dort erschlug. Erst recht in einem Ort, in dem es nur einen Mann gab, der bereits des Mordes verdächtigt wurde.

Ich fuhr noch langsamer.

Im selben Boot.

Genau. Ich könnte Moe auf dieselbe Weise strafen wie beim letzten Mal, nur härter. Eine Leiche konnte sich nicht verteidigen, aber das würde er tun müssen, wollte er nicht öffentlich zugeben, dass er sich an seiner Tochter vergangen hatte. Trotz des Wissens, dass ich einen kühlen Kopf bewahren musste, wurde ich die Bilder der bewusstlosen, mit hochgeschlagenem Rock auf dem Bauch liegenden Natalie nicht los. Über ihr ihr Vater. Ich stellte mir vor, wie sie am Morgen allein aufgewacht war, an sich heruntergeblickt und schließlich verstanden hatte, was geschehen war. Was *wieder* geschehen war. Nur dass sie sich dieses Mal selbst die Schuld gab. Und diese Schuld lastete so schwer auf ihr, dass sie mir nicht einmal in die Augen schauen oder erzählen konnte, was passiert war. Sie hielt sich selbst für beschädigte Ware, nicht wert der wahren, echten Liebe. Woher ich das wusste? Nun, weil ich selbst auch beschädigte Ware war.

Ich bemerkte, dass ich wieder schneller geworden war, und nahm den Fuß vom Gas.

»Wer wütend wird, verliert«, murmelte ich vor mich hin und versuchte, die Bilder zu verdrängen. »Du musst ihn verletzen, töten kannst du ihn später.«

Der Moe-Hof lag in der Talebene drei bis vier Kilometer außerhalb des Ortes oberhalb der Straße. Ich bog in den Schotterweg ein und sah Haus und Scheune aus dem Nebel auftauchen. Dank der sicher drei- bis vierhundert Meter breiten Felder zwischen dem Hof und dem nächsten Nachbarn konnte ich davon ausgehen, dass es keine Zeugen gab.

Ich parkte zwischen Haus und Scheune und stieg aus.

Hinter dem Küchenfenster brannte Licht, und Moes Lieferwagen stand mit weit geöffneter Tür in der Scheune. Er war zu Hause, daran gab es keinen Zweifel.

Ich ging die Treppe hoch und klopfte an.

»Suchst du was, Opgard?«

Ich drehte mich langsam um.

Moe – sein Kopf hatte noch immer diese Sanduhrform – stand im offenen Scheunentor. Natalie hatte recht, das Gewehr ihres Vaters war eine Remington. Er hielt die Waffe in Brusthöhe und zielte auf mich.

»Ich suche nach dir«, sagte ich. »Hab nicht damit gerechnet, dass du mich kommen sehen würdest.«

»Geräusche tragen in so einem Nebel ziemlich weit. Außerdem vermute ich, dass du eher nach Natalie suchst und nicht nach mir.«

»Da irrst du«, sagte ich. »Ich suche nach dir. Wir hatten eine Abmachung, erinnerst du dich?«

»Wenn ich das richtig verstanden habe, hast du es jetzt auf sie abgesehen«, sagte er. Seine Stimme klang wie ein ungeöltes Scharnier, und die dünnen Haare auf seinem Kopf tanzten, obwohl die Luft stillstand. »Das erklärt natürlich, warum du damals so besessen davon warst, dass sie hier wegkommt. Du wolltest sie schon da haben, sie musste nur erst noch auf die Alm, damit noch ein bisschen mehr Fleisch am Knochen ist und sie die zwanzig erreicht.« Er trat aus der Scheunentür in den Nebeldunst. »Habe ich recht, Opgard?«

»Nein«, sagte ich heiser.

»Oh doch«, sagte er. »Aber Natalie ist ein kluges Mädchen, weshalb das auch nicht passieren wird. Und weißt du was? Ich bin es leid, mir ständig über die Schulter zu schauen und mich zu fragen, auf was für eine Idee du jetzt wieder kommen könntest. Wie ich höre, bist du ein Mörder. Und dann passt das ja.«

Ich schluckte. Es macht etwas mit dir, wenn jemand mit einer Waffe auf dich zielt, und das war jetzt schon das zweite Mal binnen kurzer Zeit.

»Komm«, sagte Moe und nickte in Richtung Scheunentor. »Wir gehen hier rein.«

Ich rührte mich nicht vom Fleck.

»Wie du willst«, sagte Moe und legte das Gewehr an.

Ich stieg die Treppenstufen runter.

»Da rein«, sagte Moe und trat zur Seite, damit der Abstand zu mir groß genug war. Vermutlich erinnerte er sich noch an meine schnelle Rechte.

Ich ging hinein und stellte mich an sein Auto.

»Weiter rein«, sagte Moe und wies mir mit dem Lauf der Waffe den Weg.

Ich tat, was er wollte. Ging in einen Verschlag, in dem früher sicher einmal Schweine gewesen waren. Moe ging an mir vorbei, sodass er an der Innenseite stand und ich das Licht im Rücken hatte. In diesem Moment dämmerte mir, was er vorhatte. Verflucht. Er wollte mich wirklich erschießen. Mein Mund war so trocken, dass ich zwei Anläufe brauchte, um ein paar Worte über die Lippen zu bringen.

»Und wie willst du das anschließend erklären, Moe?«

»Überlass das ruhig mir«, sagte er. »Wenn sie einen mutmaßlichen Mörder finden, der sich mit einem Messer in der Hand Zutritt verschafft hat, versteht auch noch der Letzte, dass das Notwehr war.«

Was er sagte, klang vernünftig. Er musste mir anschließend nur ein Messer in die Hand drücken. Und er war auf die Innenseite des Verschlags gegangen, damit es so aussah, als hätte ich ihn in die Ecke gedrängt und ihm keine andere Wahl gelassen. Er legte den Kopf etwas zur Seite, sodass er direkt über das Korn blicken konnte, und kniff das andere Auge zu. Es gehörte schon viel dazu, aus zwei Metern Entfernung sein Ziel zu verfehlen, weshalb ich glaubte, dass er mir in den Kopf schießen wollte, damit ich gleich tot zu Boden sackte und bei den Kriminaltechnikern keine unnötigen Zweifel aufkamen. Sein Finger legte sich auf den Abzug.

Da er auf meinen Kopf zielte, und ich außerdem im Gegenlicht stand, konnte er die Hand nicht sehen, die sich in meine Jackentasche schob. Meine Finger bekamen das Ende der Fahrradkette zu fassen und zogen sie heraus. Ich schwang meinen Arm am Körper entlang nach oben, wohl wissend, dass eine Kette mit 116 Gliedern 148 Zentimeter misst, plus die 70 Zentimeter meines ausgestreckten Arms. Deshalb spielte es auch keine Rolle, wie lang der Lauf der Remington 700 BDL war. Ein hartes, metallisches Klacken war zu hören, als die Kette sich wie eine Peitschenschnur um den Lauf wickelte. Ich riss den Arm wieder nach unten und das Gewehr rutschte Moe aus den Händen, wobei sich ein Schuss löste. Noch ehe das Gewehr auf dem Boden aufgeschlagen war, wusste ich, dass er mich ins Bein getroffen hatte.

Ich habe gelesen, dass es nicht sonderlich wehtut, wenn man von einer Kugel getroffen wird. Ich habe aber auch gelesen, dass man nicht alles glauben soll, was geschrieben steht, insbesondere, was die Schmerzen bei einer Schussverletzung angeht. Mein Fazit ist, dass es sehr wehtat. Trotzdem gelang es mir, die Waffe mit der Kette zu mir zu ziehen, bevor der nach vorn stürzende Moe sie sich wieder schnappen konnte.

Was danach geschah, weiß ich nicht mehr so genau.

Ich habe nur noch Bilder im Kopf, Moe lief zur Tür, und ich bin ihm trotz der Schmerzen in meinem Bein gefolgt. Denn gleich darauf lagen wir neben dem Lieferwagen auf dem Boden. Ich schaffte es nach oben, setzte mich auf seine Brust und hielt die Arme mit den Knien fest. Dann nahm ich den Lappen aus der Tasche, wickelte die Fahrradkette um meine Hand und begann zu schlagen. Anfangs waren die Schläge nicht sonderlich hart, ich musste mich quasi erst einschlagen. Dann war da wieder ein Loch in meiner Erinnerung, und danach war das Gesicht – das heißt das, was davon noch übrig war, denn so eine Kette macht wirklich hässliche Verletzungen, vollkommen verändert. Mit einem Mal sah er aus wie Dog, weshalb mir dieselben Gedanken kamen. Ich musste den Armen erlösen. Dog winselte, bevor ich ihn tötete, und auch von Moe kam eine Art Winseln. Die schlimmste Wut hatte sich gelegt, und dass ich trotzdem weiterschlug, lag nicht daran, dass ich ihm Schmerzen zufügen, sondern diese beenden wollte. Ich schlug und schlug, bis nichts mehr da war, auf das ich einschlagen konnte und ich die Bodenbretter *unter* seinem Kopf und seinen Knochen spürte.

Dann war es wieder für einen Moment schwarz.

Als Nächstes erinnere ich mich daran, dass ich vor Moe stand und er nicht mehr atmete. In diesem Moment schmerzte mein Bein wirklich schrecklich. Ich sah das Loch in meiner Hose und hörte das Gurgeln in meinen Schuhen, wenn ich das Gewicht verlagerte. Das Blut troff auf den Boden und zog in die unbehandelten Dielen ein. Erst jetzt kam ich wieder richtig zu mir, denn mein Blut an einem Tatort bedeutete zwanzig Jahre Gefängnis.

Der Fluchtreflex zupfte und zerrte an meinem Körper, während ich versuchte, den Ratschlag der Amygdala zu ignorieren und lieber auf das zu hören, was die anderen Teile meines Gehirns vorschlugen. Die sagten nämlich, dass ich die Wahl hatte. Entweder ich schiss auf alles, lief weg und wurde hinterher geschnappt, oder ich blieb, ging konstruktiv vor, tat, was getan werden musste und riskierte, auf frischer Tat ertappt zu werden. Denn eines war klar, da hatte Moe recht, Geräusche trugen in einem Nebel wie diesem weit, und die Nachbarn auf beiden Seiten hatten sicher den Schuss gehört. Wenn sie nicht selbst nachsahen, informierten sie sicher Kurt Olsen, und der wäre dann in fünf bis zehn Minuten hier. In der Summe bedeutete dies, dass das hier definitiv mein Ende war, wenn ich weglief, blieb ich, war es nur wahrscheinlich mein Ende. Also entschied ich mich fürs Bleiben.

Ich sah mich um. Moe hatte eine Werkbank und ein großes Werkzeugsortiment an der Wand darüber und sicher auch in den Kisten, die auf dem Boden standen. Als Erstes nahm ich das stabile Tape, das auf der Werkbank lag, zog das Hosenbein hoch und wickelte das Klebeband mehrmals fest um das blutende Loch in meinem Bein. Auf der anderen Seite war kein Loch, die Kugel steckte also aller Wahrscheinlichkeit nach im Wadenbein. Ich warf einen Blick zurück an die Wand mit den Werkzeugen hinter mir. Hammer, Zangen, Sägen. Daneben stapelten sich vier Reifen, obenauf lag ein Wagenheber. Moe selbst, oder sein Leichnam, erinnerte mich an die Gemälde von Pablo Picasso, die Rita mir gezeigt hatte und bei denen die Gesichter komplett ummöbliert waren. Rita hatte gesagt, Picasso habe surrealistisch gemalt, um realistischere Bilder zu malen, als die Wirklichkeit sie jemals hervorbringen konnte. Und wirklich, es war surrealistisch und gleichzeitig schrecklich real.

In diesem Augenblick wurde mir klar, dass ich ein Bild zu malen hatte. Ein Bild, das realistischer wirkte als das Kranke, das gerade geschehen war.

# 27

Das Bild war fast fertig gemalt.

Ich fuhr vom Hof und sah auf die Uhr. Seit ich Moe getötet hatte, waren vierzig Minuten vergangen. Der Nebel war noch so dick wie zuvor, obwohl der Wetterbericht gesagt hatte, dass er sich im Laufe des Tages lichten sollte. Kurt Olsen hatte noch einmal versucht, mich anzurufen.

Acht Minuten später fuhr ich an der Tankstelle vorbei, machte an der Milchrampe den U-Turn, fuhr zurück, bog vom Riksvei ab und parkte außer Sichtweite von Egil hinter dem Tankstellengebäude.

Ich stieg aus. Die Schmerzen strahlten ins ganze Bein aus. Dann ging mein Blick zu Gretes Salon. Ich konnte nur hoffen, dass sie an diesem Samstag viel zu tun hatte und nicht die ganze Zeit am Fenster gestanden hatte.

Ich schloss die Werkstatt auf, öffnete einen Kanister Fritz-Reiniger, ließ die Fahrradkette hineinfallen und drehte den Deckel nur leicht zu, damit der Kanister nicht explodierte, wenn die chemische Reaktion begann. Ich wusste nicht, wie lang es dauerte, bis sie sich ganz aufgelöst hatte. Die Knochen von Sigurd Olsen hatten Tage gebraucht, bis sie ganz weg gewesen waren. Wie beim letzten Mal stellte ich den Kanister in die Schaufel des Traktors und fuhr diese in die höchste Position, bevor ich nach draußen ging, die Tür abschloss und mich durch die Hintertür ins Hinterzimmer schlich. Nachdem ich die Feuchtigkeit vom Stoff der Jacke gewischt hatte, ging ich in den Verkaufsraum, trat an das Regal mit den Medikamenten und nahm eine Packung Paracetamol.

»Was hast du gemacht?«, fragte Egil und sah vom Telefon auf.

Ich zweifelte zwar daran, dass Egil mir auf diese Weise kalt und ruhig mitteilte, dass er mich entlarvt hatte, musste aber zugeben, dass mein Herz einen Schlag aussetzte.

»Den Fehler gefunden?«, fügte er hinzu.

»Vielleicht«, sagte ich. »Aber ich muss jetzt los.« Ich knöpfte die Jacke zu und ging zum Ausgang.

»Kurt Olsen hat übrigens nach dir gefragt.«

Ich erstarrte. Wenn Kurt Olsen hier gewesen war, hatten sie an die Tür geklopft und herausgefunden, dass ich und mein Auto weg waren, und damit auch mein Alibi.

»Ich habe ihm gesagt, dass du da bist, gerade aber keine Zeit hast«, sagte Egil. »Ich soll dir ausrichten, dass du ihn anrufen sollst.«

Ich atmete erleichtert auf. »Dann hat er nur angerufen?«

»Ja.«

»Okay. Bis dann.«

»Du hinkst«, sagte Egil.

»Ich hab mir heute früh ins Bein geschossen«, sagte ich.

Egil grinste und konzentrierte sich wieder auf sein Handydisplay.

Ich ging nach draußen, lief um das Gebäude herum, setzte mich in den Wagen, aus dem ich gerade erst ausgestiegen war, schluckte vier Paracetamol ohne Wasser und fuhr los. Diese Sache mit Olsen war haarscharf gewesen, und Grete war natürlich eine potenzielle Zeugin, aber wenn es mir gelang, das Bild bis ins letzte Detail fertig zu malen, brauchte ich hoffentlich kein Alibi.

Neun Minuten später hielt ich oben auf Opgard. Carls Wagen war weg, vermutlich war er im Hotel. Ich ging in die Küche und öffnete die Apothekenschublade. Weitere fünf Minuten später hatte ich das bereits ziemlich heftig angeschwollene Bein bandagiert. Ich nahm die Remington von der Wand des Anbaus, lud sie und öffnete die Klappe zu dem kalten, feuchten, nur anderthalb Meter hohen Kartoffelkeller.

Ich schloss die Klappe über mir, um den Schall noch etwas mehr einzugrenzen, und feuerte im Dunkeln einen Schuss in die Holzsäcke, die dort lagerten.

Als ich wieder nach draußen kam, lichtete der Nebel sich langsam, über mir war der Himmel bereits blau. Verdammt, ich war zu spät.

Hinter dem Haus sah ich dann aber das Nebelmeer unten im Tal. Dort hatte sich noch nicht viel getan.

Ich hinkte, so schnell ich konnte zu meinem Wagen.

Auf dem Riksvei unterhalb des Moe-Hofs war der Nebel noch so dicht, dass weder das Haus noch die Nachbarhöfe zu sehen waren. Ich hielt an, ließ die Scheibe runter und lauschte. Alles war still, es deutete nichts darauf hin, dass irgendjemand Alarm geschlagen hatte.

Langsam fuhr ich über den Schotterweg zum Hof. Ich ging in die Scheune, vorbei am Lieferwagen und an Moe, ohne einen Blick auf die Leiche zu werfen. Mein Herz ging wie ein Stempel.

Zurück bei meinem Wagen, blieb ich einen Moment stehen und sah zum Haus. Hatte ich die Klinke berührt? Ich hinkte nach oben und wischte das Messing mit dem Ärmel meiner Jacke ab. Dann drückte ich sie mit dem Ellenbogen nach unten. Die Tür war wie erwartet nicht verschlossen. Ich zögerte, ging dann aber doch hinein. An der Wand zur Treppe nach oben hing eine gerahmte Stickerei.

*Was hülfe es dem Menschen, so er die ganze Welt gewönne und nähme Schaden an seiner Seele?*

Ich sah nach oben, wo es geschehen sein musste. Dann setzte ich meine Füße auf die Stufen.

Es gab zwei Schlafzimmer mit ungemachten Betten.

Ich schlug die Decke zur Seite, erst die des Doppelbettes, dann die andere. Auf keinem der Laken war Blut. Natürlich könnte es auch unten im Wohnzimmer passiert sein, denn sie war mitten in der Nacht auf dem Sofa aufgewacht und hatte es erst dann aus eigener Kraft nach oben ins Schlafzimmer geschafft. Ich schloss die Augen und dachte nach. Bedauerte, dass ich Anton Moe bereits getötet hatte, denn so konnte ich es kein zweites Mal tun.

Als ich wieder nach draußen ging, bemerkte ich, dass es deutlich heller geworden war.

Zwei Minuten später war ich zurück auf dem Riksvei.

Die Schmerzen fuhren pochend durch mein Bein. Die Arztpraxis war samstags geschlossen, weshalb ich Stanley Spinds Privatnummer wählte. Als eine Frauenstimme mir mitteilte, dass der Teilnehmer nicht erreichbar war, fiel mir wieder ein, dass er am Wochenende eine Hüttentour machen wollte.

Der nasse Asphalt glitzerte, langsam brach die Sonne durch den Nebel.

Dann – im Laufe weniger Hundert Meter – tat sie es wirklich, und plötzlich badete unser Ort in Säulen aus Licht, genau wie auf dem Jesusbild im Bethaus. Vielleicht hätte ich die Schönheit darin sehen können, wäre ich nicht so verzweifelt gewesen. Außerdem wäre es sicher von Vorteil gewesen, an so etwas wie Erlösung zu glauben.

An der Rezeption oben im Hotel hatte die Schicht gewechselt.

»Er hat gerade eine Massagestunde«, antwortete der junge Mann, als ich nach Carl fragte.

Ich hinkte nach unten in den Spa-Bereich und ging, ohne zu diskutieren, an der jungen Frau vorbei, die am Tisch saß. Ich fand Carl, nachdem ich zuvor in zwei andere Massageräume geplatzt war. Der Mann auf der Liege lag mit einem Handtuch über dem Po auf dem Bauch, das Gesicht in einem Loch. Die Muttermale auf dem Rücken meines kleinen Bruders waren aber unverkennbar.

»Lassen Sie uns bitte kurz allein«, sagte ich zu der Masseurin, die mich beleidigt anstarrte.

»*Please leave, sir …*«, begann sie, aber Carl fiel ihr ins Wort.

»*It's okay, Petra, just continue*. Roy, sie versteht kein Norwegisch. Worum geht es, und warum bist du nicht auf dem Weg nach Krakau?«

Ich setzte mich auf einen Stuhl, beugte mich vor und sprach in Richtung von Kinn und Nase, die durch die Liege ragten.

»Krakau fällt aus«, sagte ich. »Natalie wollte nicht.«

»Nicht? Sie ist doch sonst zu allem bereit?«

Ich stutzte, konnte aber nicht sagen, wie er das meinte, da ich sein Gesicht nicht sah. Außerdem macht es was mit der Stimme, wenn einem jemand mit vollem Gewicht auf den Rücken drückt.

»Kurt versucht, mich zu erreichen«, sagte ich. »Ich weiß nicht, worum es geht, es ist aber sicher kein Zufall, dass er das an einem Samstag tut. Ich glaube, es wäre klug, Goebbel zu kontaktieren.«

»Tja, dann mach das doch.«

»Sie ist deine Anwältin.«

»Jetzt ist sie unsere. Ruf sie einfach an.«

»Danke.«

»Danke? Mein Gott, Roy, bist du jetzt etwa ein Softie geworden?«

»Vielleicht«, sagte ich. »Ich wollte nur dein Okay.«

»Ein Anruf hätte es dafür doch auch getan.«

»Ich habe dir schon heute Morgen gesagt, dass ich lieber vorsichtig bin, was das Telefon angeht.«

»Ja, hast du gesagt, aber ist das nicht ein bisschen paranoid?«

»Ein bisschen Paranoia schadet nicht«, erwiderte ich und stand auf, als mir ein Apropos in den Sinn kam und ich die Frage stellte, die ich eigentlich nicht stellen wollte. »Was meinst du damit, wenn du sagst, dass Natalie zu allem bereit ist?«

Carl antwortete nicht. Die Masseurin machte irgendwelche Längsbewegungen an seinem Rücken, wodurch sein Gesäß sich hin und her bewegte.

»Petra.« Seine Stimme wurden von den Bodenfliesen zurückgeworfen. *»Take a break and leave us alone for a minute, okay?«*

Als die Masseurin den Raum verlassen hatte, setzte Carl sich auf die Liege. Wobei das Handtuch von seinem Körper glitt. Für mich sah es so aus, als hätte er noch ein paar Kilo zugelegt, seit ich ihn das letzte Mal nackt gesehen hatte.

»Du bist blass, stimmt was nicht?«

»Hab was ins Bein gekriegt, sonst ist alles okay.«

»Also, erstens, Natalie ist ein *booty call*, nicht wahr?«

»*Booty call?* Was lässt dich das glauben? Ich wollte verdammt noch mal mit ihr nach Krakau.«

»Aber genau so etwas macht man doch mit *booty calls*. Ein Wochenende, Flugtickets für einen Fuffi. Billiger Alkohol und Sex. Wenn es ernst ist, fährst du mit ihr nach Paris oder New York, nicht wahr?«

Ich starrte ihn an. Etwas in seinem hundeartigen Blick weckte eine tiefe Unruhe in mir, und damit meine ich tiefer, als sie vorher bereits da war.

»Was versuchst du mir eigentlich zu sagen, Carl?«

»Ihr seid doch nicht wirklich *zusammen*, oder? Du hast da kein Monopol?«

»Komm zur Sache, Carl.« Ich hörte das Zittern in meiner Stimme, dabei war mir längst klar, was kommen würde.

»Zur Sache?« Er warf mir ein fahriges, schuldbewusstes Lächeln zu.

»Die Sache, tja ... ich habe sie gestern, auf diesem Fest, gefickt.«

Ich schluckte. Aber das war einfach zu viel, zu viele Worte, zu viele Geräusche.

»Sag, dass das nicht wahr ist, Carl.«

»Es ist nicht wahr«, sagte er und seufzte tief. »Stimmt aber trotzdem. Wir hatten wohl beide ein paar Gläser zu viel getrunken und ... da ist es einfach passiert.«

»*Auf* dem Fest? Wie ist das möglich?«

»Das Fest war in einem Hotel, und da fehlt es ja bekanntlich nicht gerade an Möglichkeiten. Das ist sicher ein Teil des Problems.«

»Wo und wann?«

»Die Hochzeitssuite war leer«, sagte er. »Es war noch früh. So gegen neun. Aber egal, anschließend hat sie noch die Minibar geleert und war dann so besoffen, dass ich ihr vorgeschlagen habe, doch in der Suite zu übernachten, während ich zurück zum

Fest ging. Aber sie witterte den Skandal und hat darauf bestanden, nach Hause zu fahren. Ich habe an der Rezeption darum gebeten, dass man ihr ein Taxi bestellt.«

Ich fühlte mich leer. Komplett ausgehöhlt. Ohne Kraft, ohne Gefühle, ohne Pläne, ohne Ideen, ohne Lust, dieses Leben noch länger zu leben.

»Vermutlich wollte sie nach Hause, weil sie das Flugzeug nach Krakau nicht verpassen wollte«, flüsterte ich.

»Möglich, gesagt hat sie davon aber nichts«, erwiderte Carl. »Sie hat dich überhaupt nicht erwähnt, weshalb ich dachte ... das heißt, eigentlich habe ich gar nicht viel nachgedacht. Es tut mir wirklich leid, Roy. Erst recht, wenn ich sehe, wie traurig dich das macht.«

Ich senkte den Kopf und starrte zu Boden. Das Bein war so angeschwollen, dass der Stoff der Hose spannte.

»Das bist du doch, oder?«

»Was?«, fragte ich.

»Traurig?«

»Ja, kann schon sein.«

»Das muss verflucht wehtun.«

Ich antwortete nicht, sondern sah ihn nur an. Es war sein Gesicht, und auch die Stimme kannte ich, trotzdem schien es mir so, als sähe und hörte ich einem Fremden zu. Auch er schien in meinem Gesicht nach etwas zu suchen, vermutlich aber mit mehr Erfolg, denn irgendwann nickte er.

»Sag mir, was ich tun kann, um es wiedergutzumachen«, sagte er.

»Ist okay«, erwiderte ich. »Ich habe sie sowieso verloren.«

Ich schluckte die anderen Worte runter, die über meine Lippen wollten. *Und dich jetzt auch.*

Oben an der Rezeption bat ich um die Schlüssel der Hochzeitssuite. Sagte, dass ich für Freunde, die hier vielleicht ihre Hochzeit feiern wollten, einen Blick hineinwerfen wollte.

Der junge Mann sah auf den Bildschirm. »Die Suite ist noch nicht fertig«, sagte er.

»Ich sehe sie mir trotzdem an«, antwortete ich und streckte

die Hand aus. Als ich sein Zögern sah, fügte ich hinzu. »Mir gehören hier 36 Prozent der Aktien.«

Die Tür der Suite fiel hinter mir mit einem weichen Klicken ins Schloss. Licht strömte durch die Fenster und wurde von dem weißen Bettzeug auf dem großen, für glückliche Brautpaare gedachten Himmelbett reflektiert. Es war so hell, dass ich blinzeln musste, die kleinen Blutflecken auf dem Laken waren trotzdem zu erkennen.

Ich öffnete die Minibar. Sie war vermutlich schon wieder aufgefüllt worden, der Inhalt reichte aber, wenn man sich mal richtig abschießen wollte.

Ich ging nach unten an die Rezeption, gab den Schlüssel zurück und fuhr nach Opgard.

Um vier Uhr nachmittags hielt Kurt Olsens SUV vor dem Haus. Er und Johnny stiegen aus.

Nachdem ich vom Hotel zurückgekommen war, hatte ich den Verband gewechselt und unseren Tablettenvorrat nach allen möglichen Schmerzmitteln durchsucht. Ich hatte ein Tütchen mit kleinen, olivgrünen Pillen gefunden, die gegen Angstzustände helfen sollten. Carl hatte sie sich nach Shannons Tod besorgt. Dann war mein Blick auf eine Dose Tramadol gefallen, die er gegen die Schmerzen nach seiner Blinddarmentzündung bekommen hatte. Ich hatte drei davon genommen und war seitdem so müde, dass ich kaum aus dem Sessel kam, um Kurt und Johnny zu öffnen.

»Warum gehst du nicht ans Telefon?«, fragte Kurt. Die Zigarette wippte zwischen seinen Lippen.

»Ist das jetzt auch schon Bürgerpflicht?«, fragte ich und hielt mich am Türrahmen fest.

»Nein, aber wenn du dich auf der Wache gemeldet hättest, müssten wir dir nicht hinterhertelefonieren.«

»Du willst mich schon wieder festnehmen?«

»Beim letzten Mal war es nur vorläufig.«

»Und jetzt?«

»Nehmen wir dich richtig fest.«

»Richtig?«

Kurt verlagerte das Gewicht von einem Bein aufs andere. »Ja.«

»Wofür?«

Ich wusste nicht, was er antworten würde, muss aber sagen, dass es mir in diesem Moment vollkommen egal war. Ich hätte wirklich nichts dagegen gehabt, das alles hinter mir zu haben und einen Schlussstrich zu ziehen. Ein für alle Mal.

Kurt schnippte die Asche von der Zigarette. »Du hast Flugtickets nach Krakau gekauft.«

»Ja und? Was ist damit?«

»Was damit ist?«, äffte er mich nach. »Wenn du nicht diese Leseschwäche hättest, wäre dir vielleicht aufgefallen, was in dem Dokument stand, das du unterschrieben hast. Ein Versuch, das Land zu verlassen, wird als Bruch der Meldepflicht angesehen. Das ist als solches bereits strafbar, Roy. Und es mindert deine Chance beträchtlich, was den bevorstehenden Termin beim Haftrichter angeht.«

Dieses Mal richteten sie keine Waffe auf mich, und sie legten mir auch keine Handschellen an.

Unten in der Wache merkte ich aber gleich, dass es dieses Mal ernst war.

# 28

Das Erste, was mir in der Wache auffiel, war, dass Kurt und Johnny für diesen Anlass aufgeräumt hatten. Der Tisch, der in der Zelle gestanden hatte, war in die Mitte des kleinen Büros geschoben worden, und an ihm saßen bereits zwei Personen. Gilliani mit seiner Nerd-Brille und eine untersetzte, blasse Frau, die ich noch nie gesehen hatte, die aber wie Gilliani die Marke des Kriminalamtes an einer Kette um den Hals trug.

Die Sache war ernst, diese Leute kamen nicht zum Spaß aus der Hauptstadt nach Os.

Und dann war da noch ein dritter Typ, der aussah, als hätte er sich den Anzug von Vendelbo geliehen.

Kurt zog einen Stuhl für mich heran.

»Ich gestehe«, sagte ich und ließ mich auf die Sitzfläche fallen.

»Was gestehen Sie?«, fragte die untersetzte Frau und drückte auf das kleine Aufnahmegerät auf dem Tisch.

»Das dürfen Sie entscheiden«, sagte ich und gähnte.

Gähnen kann bedeuten, dass man müde ist, aber – und das weiß jeder halbwegs kluge Psychologe – es kann auch ein Zeichen einer nervösen Reaktion sein, besonders häufig sieht man das bei Hunden.

In meinem Fall hatte es mit einer etwas zu hohen Dosierung von Tramadol zu tun.

»Ich würde Ihnen nicht raten, die Entscheidung diesen Leuten zu überlassen«, sagte der Mann in dem Vendelbo-Anzug.

»Wer sind Sie?«, fragte ich.

»Ich bin der Typ, dessen Kontaktdaten an zweiter und letzter

Stelle der Liste stehen, die die Polizei abtelefoniert, wenn Sie in Notodden und Umgebung einen Strafverteidiger suchen.«

Seinem Bulldoggengesicht war nur schwer zu entnehmen, ob er lustig zu sein versuchte oder nicht. Auf jeden Fall hatten sie ihn nach einem Fest aus den Federn geklingelt – da war ich mir ziemlich sicher. Gut, damit waren es schon zwei, die sich am liebsten gleich schlafen gelegt hätten. Der Typ klappte ein Notizbuch auf.

»Die erste Frage lautet, ob Sie mich als Ihren Anwalt akzeptieren?«

»Sollte ich das?«

Er antwortete mit einem Grinsen. »Ich kann auf der Stelle wieder fahren, wenn Sie das wollen. Ich werde nach Stunden bezahlt, inklusive Reisezeit, und es gibt da wirklich ein paar Dinge, die ich heute lieber tun würde.«

Kurt Olsen räusperte sich. »Sag Ja, Roy. Nur Berufsverbrecher bitten um andere Anwälte als diejenigen, die die Polizei ihnen zur Seite stellt.«

Ich sah zu Gilliani, der kaum merkbar nickte.

»Okay, dann soll es so sein«, sagte ich. »Bin ich festgenommen worden, weil ich ein Flugticket nach Krakau bestellt habe, oder haben Sie irgendetwas Neues?«

»Lassen Sie lieber mich ...«, begann der Anwalt, aber ich hob die Hand, und er hielt tatsächlich den Mund.

»Was wir haben, ist mehr als genug«, sagte Kurt. »Das Kriminalamt kann bestätigen, dass das Blut unter dem Nummernschild von meinem Vater stammt. Nicht wahr?«

Die Untersetzte nickte, wobei ihr Pferdeschwanz lustig auf und ab wippte. »Es trifft zu, dass wir Blut des früheren Polizeistationschefs von Os gefunden haben.«

»Polizei ... was?«

»Polizeistationschefs.«

Ich sah zu Kurt.

»Das ist jetzt die offizielle Bezeichnung«, sagte er etwas betreten.

»Wie dem auch sei, das Blut ...«

»An der Tür steht aber noch was anderes«, warf ich ein.

»Das wird noch geändert«, zischte Kurt durch zusammengebissene Zähne. »Antwortest du jetzt auf die Fragen, Roy?«

»Ich muss protestieren, mein Mandant …«

»Seien Sie still«, sagten Kurt und ich im Chor, ohne den Anwalt auch nur eines Blickes zu würdigen.

»Dann fragen Sie schon«, sagte ich.

»Was für eine Beziehung hatten Sie zu Ihrem Vater?«, fragte die Untersetzte.

»*Meinem* Vater?«, fragte ich. »Was hat der denn damit zu tun?«

»Wir fragen, weil wir auch zu seinem Unfall ein paar Fragen haben.«

»Ach, und welche?«

Gilliani räusperte sich. »In der Kriminaltechnik sind einige merkwürdige technische Fehler am Wagen gefunden worden, die nicht mit dem Unfall in Verbindung stehen können. Da Sie damals an dem Wagen herumgeschraubt haben …«

»Falsch, ich war Automechaniker«, unterbrach ich ihn. In erster Linie, weil ich eine Denkpause brauchte. Das war es also, was Kurt nicht hatte sagen wollen. Natürlich hatten sie den Cadillac nicht nur auf Blutspuren untersucht.

Gilliani rückte etwas ärgerlich seine Brille zurecht. »Ich bin mir nicht ganz sicher, wo da der Unterschied ist, aber wie gesagt …«

»Der Unterschied«, sagte ich, »liegt darin, dass es sich dabei um einen Beruf handelt. Wenn Leute Sie fragen, antworten Sie ja auch nicht, dass Sie Räuber und Gendarm spielen?«

Gilliani sah resigniert zum Anwalt, als wollte er ihn bitten, mich zur Räson zu rufen.

»Also«, sagte Gilliani. »Wir haben zwei Löcher in den Bremsschläuchen gefunden, überdies hatte sich das Lenkgestänge gelöst. Laut dem … Mechaniker, mit dem wir gesprochen haben, könnte dies der Grund sein, warum Ihr Vater und Ihre Mutter aus der Kurve gefahren sind. Was sagen Sie dazu?«

Ich nickte. Langsam und lange.

Der verkaterte Anwalt tat vermutlich sein Bestes, um die Situation richtig zu lesen, und fand es schließlich angemessen, sich vorzubeugen und etwas zu sagen.

»Mein Mandant muss auf hypothetische Fragen keine Antworten geben.«

»Nein, er muss auf gar keine Frage antworten, wenn er das nicht will«, sagte die Untersetzte, ohne den Blick von mir zu nehmen.

Ich gähnte. Ich tat es. Es war nicht als Provokation gemeint, mein Hirn brauchte ganz einfach mehr Sauerstoff. Danach lehnte ich mich auf meinem Stuhl zurück.

»Hören Sie, das war heute wirklich ein langer Tag für mich. Lassen Sie es mich deshalb so kurz wie möglich machen. Wie ich die Situation sehe, hat der Polizeichef ... sorry, der Polizeistationschef mich hier erst festgenommen und dann wieder laufen lassen, um mich zu überwachen. Er hat vermutlich gedacht, ich würde irgendetwas Dummes tun, aus dem abzuleiten wäre, dass ich seinen Vater getötet habe. Da ich das zu seiner großen Enttäuschung aber nicht getan habe, nutzt er jetzt dieses Krakau-Ticket als Vorwand, um mich in Untersuchungshaft zu nehmen, um zu sehen, ob ich vielleicht zusammenbreche, wenn ich erst ein paar Tage einsitze. Und um den Druck noch zu erhöhen, kommen Sie mit der wilden Hypothese, dass ich auch etwas mit dem Tod meiner Eltern zu tun haben soll. Irre ich mich? Nein, Kurt, nicht antworten, das war eine rhetorische Frage. Ich möchte Ihnen deshalb folgenden Vorschlag machen. Ich hole Ihnen einen Zeugen her, durch dessen Aussage das Blut am Wagen eine ganz plausible, undramatische Erklärung findet. Im Gegenzug bekommen Sie ein vorbehaltloses Geständnis von mir, dass ich meinen Eltern das Leben genommen habe. Was sagen Sie dazu?«

Fünf Gesichter sahen mich einige lange Sekunden an. Dann begann der Pferdeschwanz der Untersetzten zu tanzen. Sie nickte.

Erik Nerell saß neben mir und starrte auf das Aufnahmegerät auf dem Tisch.

Normalerweise hätten Kurt und das Kriminalamt ihn ohne andere Anwesende befragt, aber Erik hatte darauf bestanden, dass ich dabei war, um seiner Erinnerung notfalls auf die Sprünge zu helfen, wie er es nannte. Als Kurt diesen Wunsch schlichtweg abgelehnt hatte, hatte Erik sich an die beiden Beamten vom Kriminalamt gewandt und gesagt, dass sie nur hören würden, was er zu sagen habe, wenn ich im Raum bleiben würde, sonst würde er wieder gehen.

So kam es, dass nun Erik, ich, der Anwalt auf der einen und Kurt mit den beiden Beamten auf der anderen Seite des Tisches saßen.

»Erzähl du«, sagte Erik. »Ich melde mich, sollte ich etwas anders in Erinnerung haben.«

Ich sah, dass Kurt wieder protestieren wollte, und beeilte mich, das Wort zu ergreifen.

»Es war in dem Winter, bevor meine Eltern den Unfall hatten«, sagte ich. »Papa und ich waren mit dem Auto auf dem Weg nach unten etwa in Höhe des Nerell-Hofes. Es gibt da eine leichte Kurve, wir waren nicht schnell, aber die Lenkung hatte viel zu viel Spiel und die Bremsen waren schlecht. Papa wusste das, seit er den gebrauchten Cadillac für viel zu viel Geld von Halsabschneider Willumsen gekauft hatte. Wir kamen auf jeden Fall von der Straße ab und landeten mit dem Heck voran in dem zusammengeschobenen Schnee. Auto und Insassen waren in Ordnung, aber wir kamen nicht wieder auf die Straße. Dann kamen Erik und sein Vater, die alles beobachtet hatten, um den Wagen auf die Straße zu schieben. Es hat nicht viel gefehlt, aber die Reifen drehten immer wieder durch und gruben sich tiefer in den Schnee, sodass Eriks Vater schließlich zurück zum Hof ging, um uns mit dem Traktor aus dem Schnee zu ziehen.«

Hier machte ich eine Pause, damit Erik nicken und sagen konnte, dass das alles so stimmte.

»Vielleicht können wir den Rest dann direkt von Nerell hören?«, sagte die Untersetzte.

Erik sah mich verunsichert an. Ich nickte, und er wischte sich die Handflächen an den Hosenbeinen ab, bevor er zu reden begann. »Ja, also, als mein Vater weg war, kam dann plötzlich der Polizeichef angefahren, also der frühere Polizeichef. Als er hörte, dass Papa den Traktor holen gegangen war, meinte er, man müsse dem Wagen doch bloß einen kleinen Stoß geben, dann wäre er schon wieder auf der Straße. Stimmt doch, Roy, oder?«

Erik sah mich an, und ich übernahm wieder, bevor die Untersetzte eingreifen konnte.

»Ja, genau. Wir haben ihm gesagt, dass wir das schon versucht hätten, aber Olsen meinte, es käme lediglich darauf an, an der richtigen Stelle zu schieben. Vermutlich wollte er zeigen, dass er stärker als Eriks Vater war. Er ging hinter den Cadillac, legte die Hände unter die Stoßstange und sagte uns Jungs, wo wir schieben sollten. Dann sollte Papa vorsichtig Gas geben. Papa machte das dann auch, und der Polizist drückte aus Leibeskräften und schrie dabei laut rum, das weiß ich noch ganz genau. Und das Auto hat sich tatsächlich bewegt. Doch dann rutschte Olsen weg, vermutlich lag das an den Schlangenlederstiefeln, die haben ja so eine glatte Sohle. Auf jeden Fall schlug er mit dem Kopf direkt an der Kante des Nummernschildes auf. Er hat ziemlich heftig geblutet, nicht wahr, Erik?«

»Ja, und wie.«

Ich sah Kurt in die Augen. »Das muss er doch auch zu Hause bei euch erzählt haben, oder?«

»Nein«, sagte Kurt. »Ich erinnere mich auch an keine Wunde auf der Stirn.«

Ich zuckte mit den Schultern. »Vielleicht prahlt man als Polizist ja auch nicht mit so etwas, wenn man nach Hause kommt. Die Wunde war etwas oberhalb des Haaransatzes, oder, Erik?«

Erik schüttelte den Kopf. »Das ist so lange her, an die genaue Stelle erinnere ich mich wirklich nicht mehr, aber das kann schon stimmen.«

»Dein Vater hatte ja auch ziemlich dichte Haare«, sagte ich und sah zu Kurt. »Vielleicht hast du das deshalb nicht gesehen.«

Ich beendete das gegenseitige Niederstarren mit Kurt und sah zu den beiden anderen. »Eriks Vater hat den Wagen dann mit dem Traktor zurück auf die Straße gezogen. Es ist also alles gut ausgegangen. Also … *dieser* Tag ist gut ausgegangen.«

Die Beamten auf der anderen Seite des Tisches, auf der richtigen Seite des Gesetzes, tauschten Blicke. Die Untersetzte flüsterte Gilliani etwas ins Ohr, ehe sie wieder mich ansah.

»Und das Geständnis, das Sie uns versprochen haben, Opgard?«

»Das geht doch wohl aus dem hervor, was ich erzählt habe.«

»Wie meinen Sie das?«

Ich zuckte mit den Schultern. »Ich war Automechaniker. Papas Wagen war in einem dermaßen desolaten Zustand, dass jede Fahrt damit gefährlich war. Und ich habe mir nicht die Zeit genommen, etwas daran zu ändern. Das ist ganz klar meine Schuld.«

Es war still im Raum.

Die Untersetzte räusperte sich. »Ist das Ihr gesamtes Geständnis?«

»Also, wenn Sie mich fragen, ist das ziemlich weitreichend.«

Sie tauschte einen Blick mit ihrem Kollegen. »Haben Sie eine Erklärung dafür, warum Sie sich nicht die Zeit genommen haben, das Auto für ihn zu reparieren?«

Ich zuckte mit den Schultern. »Meine einzige Entschuldigung ist, dass er nie gefragt hat. Und vielleicht ist es wie mit des Schusters Kindern. Nur dass man das mit den Kindern weglassen und …«

»Danke, ich verstehe schon«, sagte die Untersetzte und schob die Zettel, die vor ihr lagen, zusammen. Ein unbewusster Hinweis auf das bevorstehende Ende des Termins. Sie würden unverrichteter Dinge nach Hause fahren oder waren Profis genug, um anzunehmen, dass sie durch ihren Einsatz dazu beigetragen hatten, dass ein Unschuldiger von jedem Verdacht freigesprochen wurde. Kurt Olsen war ganz sicher anderer Auffassung. Er saß zusammengesunken auf seinem Stuhl und starrte leer vor sich hin, als wir die Wache verließen.

Draußen war es dunkel geworden. Erik bot mir an, mich nach Opgard zu fahren.

»Hast du gut gemacht, da drinnen«, sagte ich, als wir uns in seinen Wagen setzten, den er am Dorfplatz geparkt hatte.

»Hab das gemacht, so gut es ging«, sagte er. »Was meinst du, wann hast du die Papiere für die Beteiligung am *Freien Fall* fertig?«

»Nächste Woche«, sagte ich und sah an der Fassade des Meierigården nach oben. In ihrem Schlafzimmer brannte Licht.

## 29

Ich saß im Wintergarten und wartete, hatte zwei Tramadol eingeworfen und sechs Bier vor mich gestellt.

Auf was genau ich wartete, weiß ich nicht.

Dass Natalie anrief?

Dass Carl nach Hause kam?

Dass mir jemand von Anton Moes Tod berichtete?

Oder dass das Kriminalamt und Kurt Olsen mit Blaulicht auf den Hofplatz gefahren kamen und mich für einen oder mehrere der acht Morde verhafteten, die ich wenigstens teilweise auf dem Gewissen hatte?

Ich öffnete die erste Flasche und fasste meine Situation zusammen.

Natalie hatte mich verlassen, und das hatte ganz offensichtlich damit zu tun, dass sie mit meinem Bruder geschlafen hatte. Wobei ich mir über Ursache und Wirkung alles andere als im Klaren war. Vielleicht hatte sie die Sache mit mir beendet, um frei für eine Nacht mit Carl zu sein. Oder es war einfach passiert, wie Carl behauptete, weshalb sie jetzt glaubte, mich nicht mehr treffen zu können. Vielleicht hoffte sie auch, dass Carl nichts sagen würde und die Sache geheim blieb, wenn sie und ich uns nicht mehr sahen. Dass Alkohol mit im Spiel gewesen war, erachtete sie anscheinend nicht als mildernden Umstand, eher im Gegenteil, bedeutete dies doch nur, dass sie auf mehreren Ebenen versagt hatte.

Die Tatsache, dass Carl im besoffenen Zustand eine Frau – eigentlich vollkommen egal, wen – in ein Hotelzimmer schleifte und mit ihr schlief, war eigentlich kein Schock. Dass er sich bewusst auf mein Territorium vorgewagt hatte, war weniger leicht zu schlucken. *Booty call?* Er wusste, dass ich total verliebt in dieses Mädchen war. Warum musste er dann ausgerechnet sie vögeln? War er selbst in Natalie verliebt? Nein, das hätte ich bemerkt, er war mein Bruder, und wir kannten einander in- und auswendig.

Oder? Etwa nicht?

Ich war hinter seinem Rücken mit Shannon zusammen gewesen, ohne dass er das durchschaut hatte, und als Schauspieler bin ich nicht gerade ein Oscar-Kandidat.

Ich öffnete die zweite Flasche.

Merkwürdigerweise setzte mir die Sache mit Natalie und Carl irgendwie mehr zu als die Tatsache, dass ich gerade erst einen unschuldigen Mann getötet hatte. Das heißt, unschuldig war er ja nicht. Also, okay, ich spürte, dass ich damit leben konnte, und vielleicht ist es ja einer der wenigen Vorteile, wenn man sieben Morde auf dem Kerbholz hat, dass man weniger feinfühlig wird.

Natürlich konnte ich auch für diesen Mord ins Gefängnis gehen, man vergisst immer etwas, wenn man seine Spuren verwischt. Wie das Blut von dem alten Olsen, nachdem er in den Abgrund gestürzt war, oder dass ich die Bremsschläuche angestochen und das Lenkgestänge gelöst hatte. Aber das war jetzt geregelt.

Alles war geregelt.

Erik hatte seinen Anteil am *Freien Fall*.

Halden und Fuhr ihre zwölf Millionen.

Und Asle Vendelbo und Johnny Depp mein Wort, dass ich die Klappe hielt.

Ich musste beinahe grinsen. Das alles erinnerte mich an das einzige Buch, das ich Papa in den Achtzigern jemals lesen gesehen hatte. *The Art of the Deal*. Dass der Wahnsinnige, der das Buch geschrieben hatte, einmal Präsident werden würde, war komplett verrückt. Der König von Amerika, sozusagen. Aber allem Anschein nach landen dort – *in the Mansion on the Hill* – nur selten die richtigen Menschen.

Bei Eriks Anteil fiel mir wieder ein, ich hatte Julie noch gar nicht gesagt, dass auch sie ein Drittel bekommen sollte.

Ich nahm das Handy und wählte ihre Nummer.

Sie meldete sich mit einem Gähnen.

»Sorry, schon im Bett?«

»Nein, nein«, sagte sie. »Ich hab gestern nur lange gearbeitet und bin ziemlich müde.«

»Ich dachte, du hättest gestern freigehabt?«

»Ja, schon, aber Carl hat gefragt, ob ich die Hotelbar übernehmen könnte. Wegen dem Mitarbeiterfest. Er wollte, dass möglichst viele Angestellte teilnehmen konnten.«

»Verstehe. Du, ich habe ein Angebot für dich.«

»Aha? Ein gutes?

»Ich habe Angebot gesagt, oder?«

»Ja, aber sie reden auch von Angeboten, wenn sie dich in Frührente schicken wollen, weil sie dich für überflüssig halten.«

Ich lachte. Dachte, dass Julie wirklich der einzige Mensch neben Carl war, mit dem ich stundenlang im selben Raum sein konnte, ohne dass sich die übliche soziale Müdigkeit einstellte.

»Du arbeitest morgen, oder?«, fragte ich.

»Ja. Ich mache um elf auf. Genau wie der Pastor.«

»Dann komme ich vorbei.«

Wir legten auf. Ich leerte das zweite Bier und machte mir Gedanken über das dritte. Ich hatte Tramadol gegoogelt und gelesen, dass es keine gute Idee sei, Opioide mit Alkohol zu kombinieren. Okay, dann sollte ich mir vielleicht lieber noch eine Pille genehmigen und ins Bett gehen.

Ich bin mir nicht sicher, ich glaube aber, dass ich es so gemacht habe. Die Träume in jener Nacht waren auf jeden Fall Opioid-Träume. Ich sah Shannon auf einem Stuhl sitzen. Sie versuchte dort wegzukommen, schaffte es aber nicht, weil zwei riesige Nägel in ihren Oberschenkeln steckten. Sie streckte die Arme schreiend nach einem Baby aus, das auf dem Nachbarstuhl an Natalies Brust saugte, die wiederum auf Carls Schoß hockte. Das Handtuch war von Carls Körper geglitten, er war nackt und bewegte die Hüften auf und ab, wobei er »Hoppe, hoppe Reiter« anstimmte. Dann begann das Baby plötzlich mit tiefer Bassstimme zu singen: *»Kjenner du Kari Midtgard frå Tinn, ho slepper ikkje gutane inn.«* Und schließlich bemerkte ich, dass das Kind plötzlich das Gesicht eines alten Mannes hatte. Ich brauchte eine Weile, bis ich erkannte, wer das war, und musste lachen, obwohl mir eigentlich zum Weinen zumute war, denn der Alte war ich.

# 30

Die Kirchenglocken hallten durch das Tal.

*Kirchenkaffee und Vergebung* stand in Eriks Handschrift auf der Klapptafel vor dem *Freien Fall.*

»Du hinkst«, war das Erste, was Julie sagte, als ich in das Lokal kam.

»Ich habe eine Gewehrkugel im Bein«, erwiderte ich und ließ den Blick über die leeren Tische schweifen. »Ist elf Uhr nicht ein bisschen früh zum Öffnen?«

Sie lehnte sich an den Tresen. »Schon, aber wenn ich zu Hause herumsitze, fällt mir die Decke auf den Kopf. Bist du umgeknickt, oder was?«

»So in etwa«, sagte ich. »Also, mein Angebot ist, dass ich ein Drittel des Ladens hier an dich und ein Drittel an Erik übertrage. Im Gegenzug verzichtet ihr auf fünfzehn Prozent eures Gehalts, und du verpflichtest dich, den Laden noch mindestens zwei Jahre zu leiten. Auszeiten wegen Geburten oder so was sind natürlich jederzeit möglich.«

Ich sah die Überraschung in ihren Augen, im Kopf schien sie bereits zu überschlagen, was das für sie bedeutete.

»Ich würde daran verdienen«, sagte sie nach einer Weile. »Vorausgesetzt, wir fahren den Laden hier nicht an die Wand. Und wenn wir das Potenzial voll ausschöpfen, wie es mir vorschwebt, werde ich *deutlich* mehr verdienen.«

»Dann tu das«, sagte ich.

Julie kam lachend um den Tresen herum und umarmte mich innig.

»Danke«, sagte sie und wischte sich eine Träne weg.

»Danke? Ich tue das doch nur, damit ihr euch den Arsch aufreißt, sodass auch ich mehr verdiene.«

»Ich weiß, aber trotzdem danke.«

»Ich bereite die Papiere noch diese Woche vor«, sagte ich, während sie mir einen Kaffee einschenkte.

»Wie war es denn, wieder oben an der Hotelbar zu arbeiten?«, fragte ich.

»Genau wie früher«, erwiderte sie. »Ist das nicht merkwürdig? Unsere Generation lebt ein vollkommen anderes Leben als unsere Großeltern. Egal, ob Kleidung, Essen, Bücher oder Filme. Aber wir trinken genau wie sie. Gehen in eine Bar und besaufen uns. Wie seit hundert, ach, was sage ich, seit tausend Jahren! Mindestens.«

»So gesehen, ist das ein ziemlich sicheres Business. Gab es am Freitag viele Betrunkene?«

»Ja, würde ich schon sagen.«

Ich trank einen Schluck Kaffee. Hielt die Tasse vor den Mund und dachte, dass ich noch einen Schluck trinken und nicht die Frage stellen sollte, die mir auf der Zunge lag, ich war aber nicht schnell genug.

»Hast du Natalie Moe gesehen?«

»Natalie? Klar. Ist 'ne tolle Frau geworden, hast du sie gesehen?«

Ich sah Julies große, unschuldsblaue Augen. Offenbar hatte sie das von Natalie und mir noch nicht gehört.

»Ja«, sagte ich. »Sie hilft mir bei einem Projekt. War sie auch so betrunken wie die anderen?«

Julie stellte die Tasse weg, sah vor sich hin und schien sich von innen in die Wange zu beißen. »Nein, nicht so wie die anderen.«

»*Mehr?*«

»Ja. Und nein.«

»Nein?«

»Ich weiß nicht, was sie während des Essens getrunken hat, aber an der Bar hat sie nur Wasser bestellt. Eigentlich hat sie komplett nüchtern gewirkt. Und dann, eine halbe Stunde später, war sie plötzlich total breit. Als hätte sie eine Pille eingeworfen oder so. Schwankte mit hängendem Kopf auf ihrem Stuhl herum. Wäre es nicht Natalie gewesen, hätte ich sie bitten müssen, die Bar zu verlassen, verstehst du? Aber ich habe das früher schon mal gesehen und dachte, dass sie irgendein Drogenproblem hat. Zum Glück hat Carl eingegriffen, bevor ich das tun musste.«

Ich fluchte und betete innerlich. Verdammt, bitte, nicht auch noch das.

»Was hat er gemacht?«

»Er hat die Arme nach draußen gebracht. Ich habe später nach ihr gefragt, und irgendjemand hat mir gesagt, dass Carl sie in ein Taxi gesetzt hat. Ein guter Mann, dein Bruder.«

Ich nickte langsam. Bedankte mich für den Kaffee, nahm Julie noch einmal in die Arme und hinkte nach draußen.

Neben dem Auto, das genau vor der Tür des Meierigårdens parkte, blieb ich stehen. Oben in Natalies Wohnung brannte kein Licht, aber bewegten sich nicht die Gardinen?

Im Gegensatz zu Carls hatte mein Wagen keine Automatik, sodass ich jedes Mal, wenn ich mit dem kaputten Bein die Kupplung treten musste, eine Grimasse schnitt.

Ich wusste nicht, ob ich zurück nach Opgard oder zur Tankstelle fahren sollte, um zu sehen, ob alles lief. Aber hin und wieder kann man solche Entscheidungen dem Körper überlassen, und genau das tat ich. Er wählte eine dritte Möglichkeit, das Hotel. Natürlich hätte ich so tun können, als wüsste ich nicht, warum, aber das stimmte nicht.

Ich parkte regelwidrig vor dem Eingang, hinkte in die Lobby und fragte nach dem Housekeeping-Raum. Sie erkannten mich anscheinend wieder, auf jeden Fall zeigten sie einfach nur den Flur hinunter und ließen mich weiterhinken, ohne irgendwelche dummen Fragen zu stellen. Ganz hinten drückte ich eine breite Tür auf, auf der Lager stand, und befand mich in einem großen, garagenähnlichen Raum, in dem ein Dutzend Wäschewagen standen. Die Ränder waren hoch, sodass ich mich ziemlich strecken musste, um die Hände hineinzubekommen. Ich zog ein weißes Laken heraus.

»*Can I help you, sir?*«

Ich drehte mich zu der Frau um, die mich angesprochen hatte. Der Akzent kam mir osteuropäisch vor und ihr Gesicht definitiv weniger freundlich, als die Frage geklungen hatte.

»*I'm looking for a car …*« Ich versuchte mich an das englische Wort zu erinnern.

»Ich verstehe ein bisschen Norwegisch«, sagte die Frau. Sie strahlte die natürliche Autorität von Menschen aus, die sich ihrer Rolle sicher sind, egal, wie weit unten in der Hierarchie sie sich auch befinden.

»Einen Ohrring«, sagte ich. »Von meiner Freundin. Sie glaubt, dass sie ihn im Bett verloren hat. Er hat Zacken, sodass er sich im Laken verhakt haben kann. Wenn es für Sie in Ordnung ist, schaue ich die Wagen mit der Bettwäsche durch.«

»In allen Wagen ist Bettwäsche.«

»In allen?« Ich zählte sie rasch durch. Elf. Ein verfluchter Aufwand.

»Wann war sie denn hier?«, fragte die Frau. Ihre eben noch steinerne Miene wirkte mit einem Mal lebendig und ausdrucksstark.

»Vor dem Wochenende.«

»Tut mir leid, aber die Wäsche wird jeden Morgen abgeholt.«

»Nor Tekstil in Skien«, sagte ich. »Aber die kommen nur an Werktagen. Und meine Freundin war in der Nacht auf Samstag hier.«

Die Frau sah mich an. »Welches Zimmer?«

»Die Hochzeitssuite.«

»Ihre neue Frau oder Freundin?«

Ich lächelte, und sie erwiderte mein Lächeln und seufzte.

»Ich bin mir nicht ganz sicher«, sagte sie und streckte den Arm aus. »Aber vermutlich ist die Wäsche in einem der drei Wagen da vorne. Ich bin gleich wieder da, ich frag mal nach.«

Ich war am Boden von Wagen Nummer 2 und hatte bereits ein Laken mit Menstruationsblut in den Händen gehalten – hoffte ich –, als ich das Laken mit den kleinen Blutflecken fand. Ich hatte kein Messer dabei, meine Nägel waren aber lang genug, um mit ihnen das Blut abzukratzen.

»*Did you find anything?*«, fragte die Frau, die zurückkam, als ich das Laken wieder in den Wagen stopfte.

»Leider nein«, erwiderte ich.

»*I spoke with my girls now, they haven't found anything, I'm sorry.*«

»Die Ohrringe waren nicht so teuer, ich kaufe ihr neue.«

Die Frau verzog ihren Mund zu einem schiefen Grinsen.

»*And maybe be a little more gentle next time?*«

Zu Hause in Opgard kratzte ich das trockene Blut mit einem Zahnstocher unter den Nägeln weg und sammelte es in einer Berry-Snus-Schachtel. Dann rief ich Vera Martinsen an.

»Hallo«, meldete sie sich und begann gleich zu lachen.

»Was ist denn los?«

»Gilliani hat mir erzählt, wie lang Olsens Gesicht wurde, als allen klar war, wie das Blut hinter das Nummernschild gekommen ist.«

»Kurt gibt nie auf«, sagte ich.

»Ich habe dir schon bei unserer letzten Begegnung gesagt, dass du ihn anzeigen sollst, damit die Interne überprüfen kann, ob das nicht Schikane ist.«

»Ich weiß, aber eigentlich rufe ich wegen etwas anderem an. Genauer gesagt wegen zwei Sachen. Meine erste Frage ist, ob mein Telefon angezapft ist.«

»Nein.«

»Nein? Das kannst du so ohne Weiteres sagen?«

»Jemand hat uns gefragt, unter welchen Voraussetzungen das möglich ist. Wer das war, kannst du dir ja denken. Wir haben ihm jedenfalls gesagt, dass die Hürden für einen richterlichen Beschluss für das Abhören eines Telefonanschlusses sehr hoch sind. Und dass die Verdachtsmomente in deinem Fall ganz sicher nicht ausreichen. Was ist der zweite Punkt?«

Ich erzählte es ihr.

Als wir aufgelegt hatten, spürte ich, dass die Schmerzen noch schlimmer geworden waren. Im Internet stand, dass Tramadol ein ziemlich hohes Gewöhnungspotenzial hat und man deshalb schnell eine Überdosis riskiert. Nach einigen Minuten konnte ich aber nicht mehr und ging noch einmal zur Apothekenschublade. Ich erwog auch eine der olivgrünen Pillen zu schlucken – als Schlafmittel funktionierten die ja –, nahm stattdessen aber noch eine Tramadol. Dann schleppte ich mich nach oben und ging ins Schlafzimmer. Ich zog mir das T-Shirt aus und sah aus dem Fenster. Unser Hof liegt etwas zu weit von der Kante entfernt, sodass man nicht den ganzen Ort einsehen kann, die Anhöhe mit dem Königshof war aber deutlich zu erkennen. Dort drüben brannte Licht, Carl war also vermutlich da. Vielleicht inspizierte er die Arbeit der Handwerker, wenn er nicht Mari das Anwesen zeigte. Sollte das der Fall sein, hatte sie sicher auch noch Vorschläge, was wie gemacht werden sollte. Ob Carl dabei wohl durch den Kopf ging, dass er die Frau, mit der er jetzt die Einrichtung der Kinderzimmer diskutierte, vor weniger als 48 Stunden betrogen hatte? Noch dazu mit einer seiner Angestellten und der Frau, in die sein Bruder verliebt war.

Ich stellte mir vor, dass er vor den großen Terrassenfenstern stand und das Licht oben in Opgard sah. Ich könnte ihm mit der Gardine Morsezeichen senden. Ihm so mitteilen, dass ich genug verloren hatte und nicht auch noch ihn verlieren wollte. Dass ich versuchte, ihn zu hassen, aber dass Blut eben doch dicker als Wasser ist, ja nicht nur das, sondern sogar dicker als richtig und komplett verrückt. Die Familie ist eine Partei des Krieges, die man nicht selbst wählt, sondern in der man sich wiederfindet. Ich wollte wirklich nicht hier geboren werden und ein verfluchter Opgard sein. Aber das wurde ich, und das bin ich.

Das Telefon klingelte.

Ich beugte mich nach unten und fischte es aus der Tasche der am Boden liegenden Hose.

Es war Stanley.

»Ich bin erst jetzt von der Hüttentour zurück und habe deine Nachricht gesehen. Du hast dir ins Bein geschossen?«

»Ja.«

»Und du bist nicht ins Krankenhaus nach Notodden gefahren?«

»Die Schmerzen waren zu groß, ich hab das verbunden.«

»Mein Gott, Roy. Ich bin in einer Stunde in Os, kannst du dann in der Praxis sein?«

Stanley studierte das Bein, während ich auf der Pritsche lag und an die Decke starrte.

»Du hast unglaubliches Glück gehabt«, sagte er.

»Ja, fühlt sich auch so an«, erwiderte ich.

»Die Kugel ist im Wadenbein stecken geblieben, es sieht aber nicht so aus, als gäbe es irgendwelche Knochensplitter. Sie sitzt so flach, dass ich sie faktisch sehen kann. Aber wir müssen dich zum Röntgen nach Notodden schicken. Da sollten sie dir das Ding dann auch rausoperieren.«

»*Really?* Kannst du das nicht selber machen, wenn du die Kugel sehen kannst?«

Stanley lachte kurz, bis ihm aufging, dass ich das wirklich ernst meinte.

»Wären wir auf einer einsamen Insel, würde ich das natürlich tun, Roy. Aber wir müssen die Gefahr einer Infektion minimieren, und dafür musst du ins Krankenhaus.«

»Ich will nicht.«

»Das verstehe ich, aber …«

»Was ich damit sagen will, ist, dass ich das nicht mache. Entweder du ziehst die Kugel da raus, oder ich nehme zu Hause eine Pinzette, halte sie über ein Feuerzeug und mache es selbst.«

Stanley sah mich nachdenklich an. »Bist du dir über die möglichen Folgen einer Infektion im Klaren?«

»Ja«, sagte ich. »Amputation und baldiger Sozialfall. Sonst noch was?«

Stanley seufzte tief.

»Gut«, sagte ich. »Und bitte keine Betäubung, danke.«

Stanley zog eine seiner frisierten Augenbrauen hoch. »Sicher?«

Ich dachte nach. »Korrektur. So viel Betäubung wie möglich.«

Ab da ist es wieder schwarz. Es ist möglich, dass ich ihm meine Tramadol-Einnahme verschwiegen habe und die Kombination mit dem, was er mir gegeben hat, in mir alle Lichter ausgepustet hat. Das Erste, an das ich mich wieder erinnere, ist ein Klirren. Danach habe ich die Augen geöffnet und gesagt, dass sich das genau wie in einem Western anhört, wenn der Doc die Kugel in eine dieser Metallschalen fallen lässt.

Stanley lachte nur und zeigte mir die Schale mit der blutigen Kugel.

Er machte mir einen neuen Verband, schrieb mir Schmerzmittel auf und gab mir ein Attest. Und dann sagte er, dass ich in meinem Zustand nicht fahren solle, er mich aber hoch nach Opgard bringen könne.

Ich habe mich bedankt und abgelehnt. »Dagur kann mich fahren«, sagte ich. »Es ist ja sein Job, die Kranken herumzukutschieren.«

Als ich auf Krücken aus der Praxis kam, sah ich im Dunkel vor der Polizeiwache die Glut einer Zigarette.

»Guten Abend«, sagte ich.

»Guten Abend«, erwiderte Kurt, drückte sich von der Wand ab, an der er lehnte, und ließ die Zigarette fallen. Die Funken wurden vom Wind über den Asphalt geweht, bevor er die Kippe mit dem Absatz ausdrückte. »Was ist mit deinem Bein passiert?«

»Hab mir zu Hause ins Bein geschossen. Ein blöder Unfall. Sag mal, sind das deine üblichen Bürozeiten, oder verfolgst du mich?«

Er lachte kurz und kalt. »Warum sollte ich das tun?«

»Weil du wie besessen versuchst, mir irgendeinen Mord anzuhängen.«

Kurt schnaubte. »Du bist ein verfluchter Mörder, Roy. Erinnerst du dich noch an das Computerspiel im Flur der alten Kaffeestube?« Er nickte über den Platz in Richtung des *Freien Falls*. »Das, bei dem ein Asteroid vor deinem Raumschiff explodiert und du den Trümmern ausweichen musst? Anfangs war das easy, aber sobald man auf den höheren Levels war, kamen die Brocken dichter und schneller, und irgendwann ging es einfach nicht weiter.«

»Ich erinnere mich gut daran«, sagte ich. »Wenn ich mir das richtig gemerkt habe, war ich ziemlich weit oben auf der Highscore-Tabelle.«

Kurt schüttelte den Kopf. »Daran erinnert sich doch niemand mehr, Roy.«

Dagurs Mercedes hielt vor uns. Ich legte die Krücken auf die Rückbank, bevor ich die Beifahrertür öffnete und über die Schulter zurückblickte. »Frag mal Rita, ich glaube, die erinnert sich daran.«

Wir fuhren, und im Seitenspiegel sah ich die Flamme des Feuerzeuges, als Kurt sich die nächste Zigarette anzündete.

# 31

Sie fanden Anton Moe am Montagmorgen, und noch vor dem zweiten Frühstück wusste ganz Os davon.

Natürlich war mir der Gedanke gekommen, dass es Natalie sein könnte, die ihn fand, aber laut Grete Smitt war einem Nachbarn aufgefallen, dass Moe weder in der Kirche gewesen war noch am Sonntag die Flagge gehisst hatte, obwohl er nicht verreist war, denn im Haus brannte Licht.

»Es war total schrecklich«, sagte Grete und legte die Hände auf die Wangen, als hätte sie selbst den Leichnam gefunden. Sie stand mit Egil, mir und Simon Nergard im Verkaufsraum der Tankstelle. »Sein ganzer Schädel war eingedrückt.«

»Kein Wunder«, sagte Simon. »Der Lieferwagen wiegt seine zwei Tonnen. Komisch ist nur, dass er *unter* dem Wagen gelegen hat, wenn er die Reifen wechseln wollte.«

»Vielleicht hat er was am Unterboden überprüft, wenn er den Wagen schon mal hochgebockt hatte«, meinte ich.

»Okay, aber wie blöd muss man sich denn anstellen, einen Wagenheber umzuschmeißen, auf dem zwei Tonnen lasten?«

Ich breitete die Arme aus. »Wahrscheinlich ist er gar nicht an den Wagenheber gekommen, sondern hat irgendwie am Auto geruckt, vielleicht an der Radaufhängung, und nicht realisiert, dass der Wagenheber schief steht.«

»Verdammt«, sagte Egil und schnitt eine Grimasse. »Und dann kriegt er die ganze Chose direkt ins Gesicht.«

»Kein schöner Anblick«, sagte Grete und seufzte tief. »Kurt musste Natalie holen, um Anton zu identifizieren.«

»Warum das denn?«, rutschte es mir heraus.

Die anderen drei drehten sich zu mir um. Ich befeuchtete meine Lippen. »Kurt hat Anton in den letzten Jahren doch öfter gesehen als sie.«

»Stimmt«, sagte Grete. »Und Anton hat sich ja einen Hoden wegoperieren lassen, daran hätten sie ihn also auch erkennen können.«

Jetzt war sie es, die alle Blicke auf sich zog.

»Wusstet ihr das nicht?«, sagte Grete sichtlich überrascht. »Anton hatte Krebs.«

Im Laufe des Montags fragte ich mich immer wieder, wie es Natalie ging. Klar, ich hatte versprochen, mich nicht bei ihr zu melden, aber hebelt ein Todesfall in der Familie ein solches Versprechen nicht aus? Vielleicht *hoffte* sie ja sogar, dass ich mich meldete? Wahrscheinlicher war vermutlich, dass ich hoffte, dass sie es hoffte, aber konnte ich mir wirklich vorstellen, nie mehr mit Natalie zu reden? Und wenn die Antwort Nein lautete, wäre das dann nicht jetzt der richtige Augenblick?

Gegen ein Uhr rief Vera Martinsen an.

»Ich habe mit dem Labor gesprochen, und wie ich dir gestern schon gesagt habe, würden die eine Urinprobe vorziehen. Aber sie kriegen es auch so hin. Sie wollen wissen, ob du einen chromatografischen Test brauchst oder ob ein einfacher immunologischer Test reicht.«

»Was ist der Unterschied?«

»Letzteres geht schneller und ist einfacher, solltest du nach einem genau definierten Stoff suchen.«

»Das tue ich.« Ich sagte ihr, welchen ich meinte.

»Okay«, erwiderte sie. »Aber bevor ich dir diesen Gefallen tue, muss ich sichergehen, dass das nicht auf mich zurückfällt, Roy.«

»Ich verspreche es dir«, sagte ich. »Das hat nichts mit den Sachen zu tun, die Olsen mir vorwirft.«

»Dann vertraue ich auf dich.«

»Tu das«, sagte ich und hoffte, dass ich überzeugend klang, ganz sicher war ich mir nämlich nicht. Dann legte ich auf.

Die Kunden kamen und gingen in einem gleichmäßigen Strom, und jedes Mal, wenn ein SUV an den Säulen hielt, hob ich den Blick und rechnete förmlich damit, Kurt zu sehen. Aber er kam nicht. Um fünf Uhr war draußen dann aber doch das charakteristische Motorengeräusch eines Land Rovers zu hören. Er kam in seinem typischen, o-beinigen Gang langsam auf die Tür zu. Drinnen trat er an den Tresen und schob die Daumen wie ein Sheriff, und vermutlich hielt er sich auch genau dafür, unter die Gürtelspange.

»Das kann so nicht weitergehen, Roy. Wir können uns nicht immer auf diese Art treffen.«

Ich fragte mich, wie lange er an diesem Satz gefeilt hatte.

»Ich habe dir ein paar Fragen zu stellen, hier oder auf der …« Er zögerte.

»Wache?«, beendete ich seinen Satz. »Hier ist gut.«

Ein Lächeln huschte über seine Lippen. »Ich rechne damit, dass du schon davon gehört hast, dass Anton Moe tot aufgefunden wurde?«

Ich nickte. Sah, dass Kurt auf mehr hoffte, also hielt ich den Mund.

Kurt verlagerte sein Gewicht auf das andere Bein. »In diesem Zusammenhang frage ich mich, wo du am Samstag um 10.30 Uhr warst?«

Wir starrten uns an, bis die Stille durch das Rauschen der Klospülung und das Klappen der Tür der Personaltoilette unterbrochen wurde.

»Egil!«, rief ich.

Er kam mit schlurfenden Schritten auf uns zu.

»Wo war ich am Samstag um halb elf?«

Er sah von mir zu Kurt und zurück. Kratzte sich am Ohr. »Warst du nicht hier, Chef?«

»Der Polizeistationschef will eine zweifelsfreie Antwort«, sagte ich.

»Wer?«

»Kurt.«

»Ach ja. Lass mich nachdenken … Samstagvormittag. Doch,

du warst hier. Weißt du das nicht mehr? Du hast im Hinterzimmer versucht, den Fehler in der Abrechnung zu finden.«

Ich wollte noch eingreifen, war aber nicht schnell genug.

»Du wolltest nicht gestört werden und hast sogar die Tür zugemacht«, sagte Egil, sichtlich zufrieden mit dieser unnötigen Ergänzung. Ich fluchte innerlich.

»Und du hast ihn nicht gestört?«, fragte Kurt.

»Ich hab es mal versucht«, sagte Egil, »An einer der Säulen hat das Zählwerk gestreikt, aber er hat nicht geantwortet, weshalb ich rausgegangen bin, um das selbst zu regeln.«

Kurt zog eine Augenbraue hoch und sah mich an.

»Earpods«, sagte ich und zeigte auf meine Ohren. »J. J. Cale und Buchhaltung passen verflucht gut zusammen.«

Kurt nickte. »Darf ich das Hinterzimmer mal sehen?«

»Wenn du willst«, sagte ich und versuchte, mir nichts anmerken zu lassen.

Kurt lächelte dünn, und mich überkam wieder das Gefühl, dass er irgendwas gegen mich in der Hand hatte. Irgendein verfluchtes Ass steckte noch in seinem Ärmel, wie es so schön heißt.

»Das möchte ich gerne«, sagte er.

Ich ging auf Krücken vor ihm in das kleine Zimmer, blieb vor der Hintertür stehen und zeigte auf den überladenen Schreibtisch. »Da ist einiges liegen geblieben, wie du siehst.«

Aber Kurt interessierte sich nicht für die Buchhaltung, sondern sah stattdessen über meine Schulter. »Wohin führt diese Tür?«

»Die da?«

»Eine andere gibt es ja wohl nicht«, sagte er und legte seine Hand seitlich auf meinen Arm, sodass ich zur Seite treten musste. Er drückte die Klinke nach unten und öffnete die Tür.

»Sieh mal einer an, da steht ja dein Auto«, sagte er butterweich. »Gehen wir mal an die frische Luft, Roy?«

Ich stellte die Krücken vorsichtig auf den nassen Asphalt an die Rückwand der Tanke.

Der Pastor fuhr langsam und ohne uns zu sehen aus der Waschanlage und entfernte sich.

Kurt wippte auf seinen Schlangenlederstiefeln zufrieden auf und ab, während er sich eine Zigarette anzündete.

»Kein sonderlich gutes Alibi, das du da hast«, sagte er. »Im Gegenteil, so auffällig, dass es fast schon gegen dich spricht. Was glaubst du, wird die Jury denken, wenn der Staatsanwalt Egil fragt, wie oft du dich in all diesen Jahren in dem Zimmer eingeschlossen und nicht reagiert hast, wenn er dich gerufen und um Hilfe gebeten hat? Wenn er dann ›einmal‹ sagen muss? Und zwar genau an dem Tag, an dem Anton Moe getötet wurde.«

»Getötet?« Ich unterdrückte ein Gähnen. »Ich dachte, er wäre von seinem Lieferwagen erdrückt worden.«

»Diese Theorie kursiert«, sagte Kurt und zog an seiner Zigarette, wobei er mit der Schuhspitze gegen die Reifen meines Volvos trat. »Ich habe das auch einen Moment geglaubt. Bis ich mit dem Nachbarn gesprochen habe, der mir gesagt hat, Antons letztes Lebenszeichen sei ein Schuss gewesen, der am Samstag gegen 10.30 Uhr abgefeuert wurde. Der Nachbar ist sich mit der Zeit so sicher, weil er Radio gehört hat und der Knall genau am Anfang in eine Sendung über die Thronfolge geplatzt ist.

»Sorry, jetzt kann ich dir nicht ganz folgen.«

»Ich habe mich dann natürlich gefragt, auf was man samstagmorgens um 10.30 Uhr schießt?«

»Rehe?«

»Das hat der Nachbar auch gemeint«, sagte Kurt. »Es ist ja Jagdsaison, und die Rehe kommen hier angeblich bis auf die Felder, besonders in der Morgendämmerung. Der Nachbar hat vor vier Jahren ein Reh aus seinem Küchenfenster geschossen, hat er erzählt.«

»Dann ist das Rätsel doch gelöst«, sagte ich.

»Nicht ganz«, sagte Kurt und zog an seiner Zigarette. »Am Samstagmorgen war dicker Nebel. Überhaupt keine Sicht. Ich weiß, dass du jetzt sagen wirst, dass die Rehe ja dicht am Haus gewesen sein können. Aber unter diesen Umständen wären das maximal fünfzig Meter, und auf die Distanz schießt man nicht daneben. Es gibt aber keinen Kadaver.«

Ich zuckte mit den Achseln. »Vielleicht war es ja kein Schuss, sondern irgendein anderer Knall.«

Kurt schüttelte den Kopf. »Hinten an der Scheunenwand hing ein Remington-Gewehr. Das habe ich überprüft. Wenn damit geschossen wird, riecht man das mindestens eine Woche lang, und da gibt es keinen Zweifel. Die Waffe ist gerade erst abgefeuert worden.« Kurt federte jetzt in den Knien, als bereitete ihm das alles eine Riesenfreude. »Man fragt sich dann ja unweigerlich, auf was er geschossen haben könnte und ob er sich so vielleicht verteidigen wollte. Weil jemand eine Gefahr für ihn darstellte.«

Ich sah auf die Uhr. »Kurt, können wir das Ganze vielleicht ein bisschen abkürzen?«

Er lachte. »Wenn du willst. Aber sollen wir das nicht lieber irgendwo machen, wo wir garantiert ungestört sind?«

»Warum?«

»Das verstehst du dann schon.«

Ich nickte und schaute zur Werkstatt.

»Gut«, sagte Kurt und trat seine Zigarette aus.

Ich schloss die Tür auf und ging vor ihm in die Halle. Dann stellte ich die Krücken neben mein Fahrrad, schob ihm einen Stuhl hin und setzte mich auf den anderen. Kurt blieb vor dem Fahrrad stehen.

»Gerissen?«, fragte er und zeigte mit der Stiefelspitze auf das kettenlose Ritzel.

»Hab ich für was anderes gebraucht«, sagte ich.

»Ah ja, ich habe mal gesehen, dass man daraus Schraubenschlüssel machen kann?«

»Genau«, sagte ich, während mir ein Schauer über den Rücken lief. Vielleicht weil die Mordwaffe sich – auf jeden Fall das, was davon noch übrig war – in der Schaufel weniger als einen Meter über seinem Kopf befand. Oder weil das, wonach er eigentlich suchte – der Leichnam seines Vaters –, sich in derselben Schaufel aufgelöst hatte. Vielleicht lag es aber auch einfach nur an der feuchten Kälte in der Werkstatt.

»Pest oder Cholera«, sagte Kurt und sah sich noch immer stehend in der Halle um, als wollte er sich vor dem Hinsetzen einen Überblick verschaffen. »Eine schwierige Entscheidung, nicht wahr, Roy?«

Er setzte sich, verschränkte die Arme vor der Brust und grinste.

»Nein«, sagte ich. »Cholera.«

»Ach ja?«

»Weniger tödlich als die meisten Pestarten.«

»Okay«, sagte Kurt, »also dann ist es die Pest.«

Er griff in seine Tasche, holte etwas heraus und hielt mir die Faust hin. Dann öffnete er sie. Auf der Handfläche lag ein kleines Stück Metall. »Erkennst du es wieder?«

»Sollte ich?«

»Diese Kugel war in deinem Bein.«

»Ui«, sagte ich und rutschte etwas auf meinem Stuhl herum. »Wo hast du die denn her?«

Kurt hielt die blutige Kugel zwischen Daumen und Zeigefinger und studierte sie. »Als der Nachbar sagte, dass er einen Schuss gehört hätte, ist mir wieder eingefallen, dass du diesen Waffenunfall zu Hause hattest. Und ein paar andere Dinge sind mir dann auch noch in den Sinn gekommen. Schließlich bist du damals bei mir reingeplatzt und hast Moe beschuldigt, sich an seiner Tochter zu vergehen.«

Auch ich erinnerte mich daran. Reingeplatzt war ich in Gretes Sonnenstudio. Das Einzige, was ich von ihm gesehen hatte, als ich meinen Verdacht kundgetan hatte, war der Zigarettenrauch, der aus einer Sonnenbank quoll. Kurt hatte das damals alles für Schwachsinn gehalten.

Er fuhr fort:

»Kurz darauf hatte Moe eine hässliche Wunde im Gesicht und deine Hand war verletzt. Glaubst du, ich habe damals nicht eins und eins zusammengezählt, Roy?«

Ich war geneigt, etwas darauf zu antworten, ließ es aber bleiben.

»Heute Morgen habe ich deshalb Stanley angerufen«, sagte

er. »Ihm gesagt, dass wir von einem Mordfall ausgehen und es möglicherweise noch weitere Opfer geben könnte, weshalb er zur Auskunft verpflichtet sei. Und ich habe ihn gebeten, die Kugel aus dem Abfall zu fischen. Und voalla!«

Ich ließ sein Französisch an mir abprallen und fragte, was er mit möglichen anderen Opfern meinte.

»Siehst du denn nicht fern, Roy? Bei Serienmördern wie dir besteht diese Gefahr doch immer.« Kurt schloss seine Hand um die Kugel. »Wir wissen doch beide, was herauskommt, wenn ich diese Kugel und Moes Gewehr checken lasse. Die ballistische Analyse wird belegen, dass die Kugel in deinem Bein aus Moes Waffe stammt. Was dich zum Zeitpunkt des Mordes am Tatort verortet. Und das würde dann auch ein paar andere Dinge erklären.«

»Als da wären?«

»Zum Beispiel die Tatsache, dass nicht alle Verletzungen in Moes Gesicht von der Radaufhängung kommen können. Und dass es im Boden frische Kratzer gibt, als hätte jemand etwas mit einem Messer oder Hobel aus dem Holz entfernt. Du hältst dich wohl für schlau, Roy, aber im Grunde ist es nicht so schwer, den Tathergang zu rekonstruieren. Du bist zu Moe und hast ihn angegriffen, er hat versucht, sich mit dem Gewehr zu verteidigen, es aber nur geschafft, dir ins Bein zu schießen, bevor du ihn mit irgendwas erschlagen hast. Dieses Mal vermutlich nicht mit den bloßen Händen, da die ja unverletzt sind. Sein und dein Blut hast du dann weggehobelt und den Tatort so arrangiert, dass es nach einem Unfall aussieht. Wie nahe bin ich an der Wahrheit? Du brauchst nicht zu antworten, Roy, die Frage war … wie hast du das genannt? Rhetorisch?«

Kurt öffnete die Hand wieder.

»Diese Kugel bedeutet für dich zwanzig Jahre Haft, Roy. Und das nenne ich mal eine Pest. Die Alternative ist Cholera.« Er sah mich an. Bis ich tat, was er wollte, und ihn fragte, wie er das meinte.

»Du gestehst, dass du meinen Vater umgebracht hast. Dass du ihn in den Abgrund gestoßen und anschließend ein leeres

Boot mit seinen Stiefeln auf den See hinausgeschoben hast, damit es so aussieht, als wäre mein Vater ein jämmerlicher Selbstmörder. Okay?«

Er sah mich an, als wollte er sich vergewissern, dass ich auch alles verstanden hatte.

Ich räusperte mich »Hört sich ziemlich gleich an.«

»Ja, nicht wahr. Arrangierte Unfälle, das ist dein ...«

Er suchte nach einem Wort.

»Modus Operandi«, schlug ich vor.

Er schüttelte den Kopf. »Deine *Methode*«, sagte er.

»Okay«, erwiderte ich. »Was ich meinte, war, dass sich deine Pest und deine Cholera ziemlich gleich anhören.«

»Nein, nein. Im ersten Fall gibt es mildernde Umstände, weil du gerade erst volljährig warst, als du meinen Vater umgebracht hast. Außerdem ist die Strafe für Morde, die vor langer Zeit begangen wurden, nicht so hoch. Du bekommst maximal fünf Jahre.«

»Und du kriegst ... was dafür?«

Die Temperatur in Kurts Blick fiel drastisch. »Ich kann den Namen meines Vaters reinwaschen.«

Ich nickte. »Und was willst du mir jetzt also vorschlagen?«

»Einen Deal. Du gestehst den Mord an Vater, und ich werfe diese Kugel in den See.«

Mein Nicken wurde langsamer, bis ich den Kopf kaum noch bewegte. »Soso«, sagte ich. »Natalie Moe soll also nie erfahren, wer ihren Vater getötet hat, weil du es für wichtiger erachtest, die Ehre deiner Familie wiederherzustellen?«

Ich spürte die Kälte in Kurts Blick jetzt fast körperlich. »Du wirst kein besseres Angebot bekommen, Roy. Also, was sagst du?«

Ich kratzte mich am Kinn. Nachdem Natalie sich beklagt hatte, dass mein Fünftagebart ihr die Haut wund rieb, hatte ich mich jeden Tag rasiert. Bis Samstag. Und jetzt juckte er. »Ich weiß, dass du gerne handelst, so wie bei dem Campingplatz auch. Aber so richtig gut bist du nicht darin.«

»Ach nein«, sagte er mit eisiger Stimme.

»Die beste Art, einen Deal durchzuziehen, ist dafür zu sorgen, dass alle im selben Boot sitzen.«

»Das tun wir doch?«, sagte er. »Du bekommst eine geringere Strafe, ich kann meinen Vater reinwaschen.«

»Hör mal zu, Kurt. Gehen wir mal – rein hypothetisch – davon aus, dass du recht hast und ich diese beiden Morde begangen habe. Sobald ich den Mord an deinem Vater gestanden habe, hast du keinen Grund mehr, die Kugel in den See zu werfen, und ich werde für zwei Morde verurteilt. Umgekehrt habe ich keinen Grund zu gestehen, nachdem du die Kugel in den See geworfen hast. Dann stehst du mit leeren Händen da. Du musst dafür sorgen, ein Gleichgewicht des Schreckens herzustellen, eine Situation, in der der Untergang des einen Partners auch der Untergang des anderen ist. Aber das erfordert natürlich eine gewisse Gedächtnisleistung, die …«

Dieses Mal sah ich es kommen, verhinderte es aber nicht. Kurt schlug nicht, er warf sich auf mich. Packte meinen Arm und mein Handgelenk, drehte ihn herum, sodass ich automatisch in die Knie ging, während er hinter mir stand und mir ins Ohr fauchte:

»Ich lasse mich nicht von einem blöden Analphabeten belehren, der eine Zapfpistole in der einen und eine Mordwaffe in der anderen Hand hält. Verstanden!«

»Verstanden«, stöhnte ich aus dem Mundwinkel, der nicht auf dem kalten Beton klebte.

»Also was?«

»Pest.«

»Hä?«

»Pest! Und du, willst du wirklich einen Mann zusammenschlagen, der krankgeschrieben ist?«

Er ließ mich los, und ich rappelte mich wieder hoch.

»Du willst also lieber für den Mord an Moe verurteilt werden?« Kurt rückte seine Jeansjacke zurecht, als wäre sie ein teures Sakko.

»Ich gestehe auf jeden Fall nichts, was ich nicht getan habe«, sagte ich.

»Wie du willst. Aber das wirst du noch bereuen, Roy. Denn ich werde Beweise finden, dass du auch Vater getötet hast.«

»Dann kriegst du doch alles, was du willst«, sagte ich und wischte mir ein paar Krümel von der Wange. »Und nur mal so, mit dieser Formulierung mit der Zapfpistole in der einen und der Mordwaffe in der anderen Hand hast du mich wirklich beeindruckt. Ganz schön elaboriert, echt Mann.«

Er warf mir einen letzten vernichtenden Blick zu und machte auf dem Absatz kehrt. Seine Schritte hallten wütend durch den Raum. Dann fiel die Tür hinter ihm zu, und ich sackte auf den Stuhl.

Ich nahm das Handy heraus und tippte eine Nachricht.

*Mein Beileid.*

Dann löschte ich sie, das war selbst für Roy den Hartgesottenen zu kalt. Wobei der neue Text, den ich schrieb, auch nicht viel besser war:

*Hab von deinem Vater gehört. Ruf an, wenn du reden willst.*

Aber was dann? Wollte ich zugeben, dass ich mir vorgenommen hatte, ihrem Vater wehzutun, weil ich überzeugt davon gewesen war, dass er sie im vollkommen hilflosen Zustand vergewaltigt hatte? Und dass daraus dann ein Mord geworden war? Wem würde das helfen? Nein, ich konnte nur für sie da sein, wenn sie mich brauchte. Mehr nicht. Sie brauchte ja nicht zu antworten, wenn sie jetzt jeden hasste, der den Namen Opgard trug.

Ich drückte auf Senden.

# 32

Mein Kopf brauchte eine Pause, weshalb ich mich auf das Praktische konzentrierte. Die täglichen Routinearbeiten an der Tankstelle, das Gespräch mit meinem Buchhalter in Notodden und die Aufteilung der Anteile am *Freien Fall*. Ich hatte das Darlehen der Bank in Anspruch genommen und fünfzig Millionen Kronen an das *Os Spa* überwiesen, womit ich mit einem Aktienanteil von 36 Prozent nun der größte Einzelaktionär der Gesellschaft war.

Carl hatte angeboten, eine Generalversammlung einzuberufen, damit ich in den Vorstand gewählt werden konnte, aber ich hielt das nicht für notwendig. Ich wollte die Aktien ja nur sechs Monate behalten und müsste mich ohnehin der Mehrheit beugen, die Carl jeden Wunsch von den Lippen ablas.

Dank der Ablenkung gelang es mir, vorübergehend nicht an Natalie und die tickende Zeitbombe zu denken, auf der ich saß. Die Schmerzen in meinem Bein wurden dadurch aber nicht besser. Trotz Tabletten konnte ich nicht schlafen, weshalb ich mich entschloss, eine von Carls olivgrünen Pillen auszuprobieren. Mit Erfolg, denn danach schlief ich wie ein Stein.

Natürlich war diese Art von Selbstmedikation nicht empfehlenswert, ich ging damit das Risiko einer Abhängigkeit ein, aber es tat ganz einfach gut.

Nach drei Tagen entschloss ich mich trotzdem, wieder damit aufzuhören, und lag prompt bis nachts um vier wach. Schließlich ging ich nach unten in die Küche, nahm doch noch eine und versprach mir selbst, dass das jetzt wirklich die letzte war.

Dann ging ich wieder ins Bett. Das Nächste, woran ich mich erinnere, war, dass Carl mich schüttelte.

»Sie rufen von der Tankstelle an und fragen, wo du bleibst«, seine Stimme war so laut, offensichtlich hatte er Schwierigkeiten gehabt, mich wach zu bekommen. Ich nahm mein Handy vom Nachttisch. Sechs verpasste Anrufe von Egil. Und einer von Vera.

»Was hast du gesagt?«, fragte ich, während ich auf einem Bein stehend versuchte, mir meine Hose anzuziehen.

»Dass du krankgeschrieben bist. Egil meinte aber, davon hätte er noch nichts gehört.«

»Ich habe niemanden gefunden, der so schnell für mich einspringen kann«, sagte ich und verlagerte mein Gewicht vorsichtig auf das verletzte Bein. »Außerdem geht's mir schon wieder besser.«

Es regnete, wieder war es dieser verfluchte Dauerregen, der uns heimsucht, wenn es die Wolken irgendwie über die Berge im Westen schaffen. Mein Kopf war noch immer voll Watte, als ich mich in den Wagen setzte. Trotzdem rief ich Vera zurück.

»Verdammt«, sagte sie, noch ehe ich sie begrüßen konnte.

»Hä? Was ist denn los?«

»Du hast mir versprochen, dass das nicht auf mich zurückfällt. Und jetzt höre ich, dass die Ballistik eine Kugel aus deinem Bein untersucht, es geht schon wieder um einen möglichen Mordfall! Hast du eigentlich eine Ahnung, in was für Schwierigkeiten ich kommen kann, wenn rauskommt, dass ich dir helfe?«

»Ach das, Scheiße ja. Als ich mit dir gesprochen habe, wusste ich ja noch nicht, dass Kurt meinen Unfall hier zu Hause gleich wieder für seine Zwecke missbrauchen wird. Ich hab mir mit unserem Gewehr ins Bein geschossen.«

»Wie das denn?«

»Hab die Waffe geputzt und den Abzug ausprobiert, dabei aber vergessen, dass noch eine Kugel in der Kammer war.«

»Und wie hast du dann dein *Bein* getroffen?«

»Ich lag auf dem Sofa, die Beine auf der Lehne.«

In der erdrückenden Stille, die folgte, versuchte ich herauszuhören, ob sie mir die Geschichte abkaufte oder nicht. Schließlich räusperte sie sich. »Ich habe Antwort aus dem Labor.«

»Gut! Haben sie was gefunden?«

»Keinen Alkohol, aber Flunitrazepam. Besser bekannt als Rohypnol oder K.-o.-Tropfen. Ich weiß nicht, ob dir das was sagt?«

Mein Kopf war noch immer nicht ganz klar. »Schon«, erwiderte ich. »Ich dachte, nur Drogenabhängige würden das nehmen?«

»In der Apotheke kannst du das schon lange nicht mehr kaufen. Aber Rohypnol ist mittlerweile eine Straßendroge, ähnlich wie Amphetamin und Heroin. Sicher, dass sie keine Drogenabhängige ist?«

»Sicher, dass es sich um eine Sie handelt?«

»Diese Blutproben verraten einem eine ganze Menge.«

»Ich dachte, du hättest bloß um einen Screentest gebeten?«

»Manchmal kriegt man mehr Infos, als man angefordert hat, Roy.«

»Wie meinst du das?«

»Ich habe von Gilliani erfahren, dass du zusammen mit einer Frau nach Polen wolltest, irgendwie komisch, aber das hat mir wirklich einen Stich versetzt. Wir beide sind ja nie irgendwohin gefahren.«

»Tut es weniger weh, wenn ich dir sage, dass das nicht meine Idee war?«

»Ein bisschen. Ist das ihr Blut? Willst du wissen, ob sie abhängig ist?«

»Neulich hast du noch gesagt, dass du gar nicht wissen willst, wofür der Test ist, damit du dir den Rücken freihalten kannst.«

»Ja, stimmt. Ich will es nicht. Lass uns besser aufhören.«

»Okay, danke, Vera. *I owe you.*«

»*Love you?*«

»Owe *you.*«

»Nein, tust du nicht.«

»Doch, tue ich.

»Wenn du meinst.«

Wir lachten und legten auf.

Ich rief im Hotel an, ließ mich mit der Frau verbinden, mit der ich im Housekeeping-Lager gesprochen hatte, und fragte sie nach den Minibar-Routinen.

Fünf Minuten später war ich in der Tankstelle, bedankte mich bei Egil, dass er auf dem Posten geblieben war, obwohl ich ganze drei Stunden zu spät kam, und sagte ihm, dass er sich dafür den ganzen Sonntag freinehmen dürfe, bei vollen Bezügen.

Er grinste zufrieden, während ich das Handy aus der Hosentasche zog, das zu vibrieren begonnen hatte. Ich las den Namen auf dem Display. Spürte es warm und kalt über meinen Rücken laufen und nahm das Gespräch an.

»Hallo«, sagte ich und verschwand im Hinterzimmer.

»Hallo«, erwiderte Natalie. »Die Beerdigung ist heute.«

»Ich weiß.«

»Kannst du mitkommen?«

Die Begrüßungsworte des Pastors waren so sakral, wie der Zeitgeist es zuließ. Ich war zu Hause vorbeigefahren und hatte den schwarzen Anzug angezogen, um auch noch das Hemd zu bügeln, hatte mir aber die Zeit gefehlt. Trotzdem wirkte ich in der zweiten Reihe nicht ganz fehl am Platze, wenn das auf der Beerdigung eines Mannes, den ich selbst getötet hatte, denn überhaupt möglich war. Natalie hatte vor der Kirche auf mich gewartet, und wir hatten uns darauf verständigt, dass ich nicht neben ihr bei ihrer Restfamilie, sondern direkt hinter ihr sitzen sollte.

Während der Pastor das erste Gebet sprach, sah ich mich um.

Nicht alle waren gekommen. Bei Willumsen, zum Beispiel, war die Kirche voller gewesen. Ebenso bei Sigurd Olsen, obwohl man in seinem Fall nichts zu begraben hatte. Es waren aber mehr Trauergäste als bei der Beisetzung meiner Eltern und viel mehr als bei der Trauerfeier für Shannon, sie hatte nur kurz in unserer Mitte gelebt. Abgesehen einmal von dem dänischen Geldeintreiber, war ich bei allen Beerdigungen der Menschen, die Carl und ich ins Jenseits befördert hatten, anwesend gewesen.

Der frühere Bürgermeister Jo Aas war hier, Grete Smitt, Kurt Olsen. Und Julie.

Der Bruder des Verstorbenen, ein dünner Mann, der in der ersten Reihe saß, wollte ein paar Worte sagen und trat ans Rednerpult. Seine Hände zitterten so sehr, dass das Blatt, von dem er die wenigen, unsentimentalen Sätze ablas, raschelte. Er zeichnete ein Bild von einem ehrlichen, hart arbeitenden, bescheidenen Mann, dessen einziger Wunsch es gewesen sei, sich für seine Familie und die Heimatgemeinde einzusetzen. Allem Anschein nach war Moe humorvoller gewesen, als es den meisten bewusst war. So erzählte sein Bruder eine Anekdote aus ihrer Jugend, als er Anton eine Stulle aus der Frühstücksbox geklaut hatte und dieser ihm daraufhin mit einem weichen Teppichklopfer auf den Kopf geschlagen und gesagt hätte, dass er nur froh sein kann, dass er ihm nicht das Brot mit Schinken geklaut hätte, denn dann hätte er ein Stück Holz genommen. Die Anwesenden lachten höflich. Ich weiß nicht, warum diese so plump vorgetragene Anekdote mich rührte. Vielleicht, weil es die Geschichte zweier Brüder war, vielleicht aber auch, weil sie von Liebe zeugte, von einer Zuneigung, an die ich mich aus einer anderen Zeit erinnerte. Als Carl noch mein kleiner Bruder war, auf den ich aufpassen musste, den ich vor Papa aber nicht hatte beschützen können. Ich hatte ihn über alles geliebt – glaubte ich –, bedingungslos, bis eben zu jenem Tag, an dem ich verstanden hatte, dass es immer Bedingungen gab.

Zum ersten Mal klar geworden war mir das, als ich herausgefunden hatte, dass er Shannon regelmäßig verprügelte.

Das zweite Mal, als er mir meinen Teil unseres Landes mit einer gefälschten Unterschrift stahl. Seither quälten mich nicht nur die Morde, die ich bereits auf dem Gewissen hatte, sondern auch die Tatsache, dass ich die Ermordung meines Bruders geplant hatte.

Aber der Mensch denkt und Gott lacht, wie es so schön heißt. Denn an dem Tag, an dem Shannon und ich unseren Plan umsetzen wollten, konfrontierte Carl sie damit, dass er nicht der Vater des Kindes sein konnte, das sie erwartete. Es kam zu einem Streit, und er erschlug sie mit einem Bügeleisen.

Alles, was danach geschah, habe ich bis heute nicht ganz verstanden.

Wie immer bat Carl seinen großen Bruder um Hilfe, er wusste ja nicht, dass ich involviert war. Warum ich ihm damals diese Hilfe nicht verweigert habe, ist mir bis heute ein Rätsel. Es war komplett widersinnig und gegen die Natur. Oder doch nicht? War Blut dicker als Wasser, wie Papa immer gesagt hatte? Auf jeden Fall dann, wenn alles andere verloren ist. Wir gegen den Rest der Welt, mag der Segen der Familie sein, er ist verdammt noch mal aber auch ihr Fluch. Ich habe Carl geholfen und getan, was schon damals meine Spezialität war: Ich habe einen Mord wie ein Unglück oder einen Selbstmord aussehen lassen. Bereute ich es, Carl gerettet zu haben? Die Frage ist genauso ein Unsinn wie die nach der Reue, weil man zurückgeschlagen hat, nachdem man selbst eine Faust ins Gesicht bekommen hat. Man entscheidet das nicht selbst, es läuft ein Programm ab. Ich weiß nicht, ob es mir damals gelungen wäre, Carl zu töten. Denn selbst als ich die Bremsen von Vaters Wagen manipuliert habe, war dies aus Loyalität zu meinem kleinen Bruder geschehen, der mich angefleht hatte, Papa zu stoppen. Und nicht zuletzt auch aus Loyalität zu meinem Vater, der mich ebenfalls gebeten hatte, allem ein Ende zu setzen, als er das Gewehr geladen an die Wand der Scheune gelehnt hatte.

Würde es dieses Mal anders sein? Würde es mir gelingen, jemand anderem mehr Wert zuzumessen als mir und meiner Familie?

Stoff raschelte um mich herum, und ich bemerkte, dass der Pastor in der Bibel blätterte, und stand wie die anderen auf. Kurz darauf begannen die Glocken zu läuten, und der Sarg wurde nach draußen in den Regen getragen.

»Danke, dass du gekommen bist«, sagte Natalie, die nach der Beerdigung auf dem Weg nach draußen zu mir aufgeschlossen war.

»Das ist doch das Mindeste«, sagte ich und nahm den Schirm in die andere Hand, um so auch sie vor dem Regen zu schützen. »Wie geht es dir?«

Sie verschränkte die Arme und schüttelte sich, als fröre sie in ihrem Mantel. »Nicht so gut. Ich bin krankgeschrieben.«

»Das ist doch nicht erstaunlich, ich meine, du hast gerade deinen ...«

»Nicht wegen Vater. Wegen dem, was auf dem Fest passiert ist.«

»Wieso?« Ich sah Kurt und Rita in ihrem Land Rover abfahren. »Du hast klar gesagt, dass du nicht darüber sprechen willst, und das ist auch in Ordnung. Ich frage mich aber natürlich, was da passiert ist.«

»Ich mich auch«, sagte sie.

»Du dich auch?«

»Ich erinnere mich an nichts, Roy. Das heißt an *fast* nichts.«

»Ist das nicht normal, wenn man Rohypnol genommen hat?«

»Was?«

»Es war Flunitrazepam in deinem Blut.«

Sie blieb stehen und starrte mich an. »Woher weißt du ...?«

Wir wurden von ein paar Trauergästen unterbrochen, die kondolieren wollten. Ich ging weiter zum Parkplatz. Dann war sie wieder neben mir.

»Ich hab mir schon gedacht, dass es so etwas war«, sagte sie.

»Ach ja?«

»Manchmal haben wir das Zeug in Notodden bekommen, sodass ich die Nachwirkungen kenne. Man erinnert sich einfach an nichts. Aber ich hatte nichts bei mir, als ich zu dem Fest gegangen bin, wenn, muss ich das also da bekommen oder gekauft haben.«

»Oder dir hat jemand was ins Glas getan.«

Sie lächelte. »Wir sind hier nicht in Oslo, Roy. In Os kippt einem doch niemand was ins Glas.«

»Doch, an diesem Abend schon.«

»Und wer soll das gewesen sein?«

Ich hielt ihr die Beifahrertür meines Autos auf, und sie setzte sich. Ich schob mich hinter das Lenkrad. Der Regen lief wie Tränen über die Windschutzscheibe, während wir die letzten Gäste in ihren Wagen verschwinden sahen.

»Wer?«, wiederholte sie.

»Carl«, antwortete ich.

Sie sah mich ungläubig an.

»Ihr hattet Sex«, sagte ich. »Erinnerst du dich?«

Sie schüttelte langsam den Kopf, ohne mich aus den Augen zu lassen.

»Kein Wunder, dass man die K.-o.-Tropfen nennt«, sagte ich.

»Ich wusste aber, dass ich auf dem Fest mit irgendwem geschlafen haben musste«, sagte sie. »Als ich wach wurde, hatte ich Blut und Sperma in meinem Slip. Entschuldige die Details.«

»Auf dem Laken der Hochzeitssuite war auch Blut. Ich habe das zur Analyse geschickt.«

»Aber woher weißt du, dass es Carl war?«

»Er hat es mir gesagt.«

»Er hat dir das *erzählt*?«

»Bis auf die Tatsache, dass er dir was ins Glas gekippt hat. Er hat mich angelogen und gesagt, ihr wärt beide schon betrunken gewesen, bevor ihr in der Suite gelandet seid.«

»Woher weißt du, dass es so nicht war? Vielleicht habe ich Drogen genommen, und er hat den Unterschied einfach nicht bemerkt?«

»Möglich. Aber warum hat er mir dann erzählt, dass du die Minibar der Suite geleert hast? Das sollte vermutlich erklären, warum er dir anschließend in ein Taxi helfen musste. Es war aber nicht die Spur von Alkohol in deinem Blut ...«

»Vielleicht habe ich erst getrunken, nachdem wir Sex hatten.«

»Nein. Ich habe das mit dem Hotel abgeklärt. Die Minibar der Hochzeitssuite wurde weder Samstag noch Sonntag aufgefüllt, weil sie unberührt war.«

Natalie blies die Luft aus ihren Wangen, sodass die Windschutzscheibe beschlug.

»Okay, dass ich getrunken habe, war also eine Lüge«, sagte sie. »Das heißt aber nicht, dass der Rest auch gelogen war. Wo soll er das Rohypnol denn herhaben. Auf der Straße wird das kaum noch gehandelt.«

Ich steckte die Hand in die Tasche und hielt ihr eine der olivgrünen Pillen hin.

»Du hast welche?«, fragte sie.

»Nicht ich, das sind Carls. Er hat das Zeug vor acht Jahren bekommen. Gegen die Angst. Damit er schlafen konnte.«

»Aber nicht von einem Arzt, oder?«, fragte Natalie. »Das wird schon seit Ewigkeiten nicht mehr verschrieben. Sie hätten ihm etwas anderes gegeben.«

»Stimmt, er wollte damals aber zu keinem Arzt gehen.«

»Warum nicht?«

Ich sah sie an. Was sollte ich antworten? Dass ein Mann, der gerade erst seine Frau getötet hatte, sicher nicht wegen Angst und Schlafstörungen zum Arzt geht. Er will ja keinen Verdacht wecken.

»Vergiss es«, sagte sie. »Verstehe. Dann war er das also. Carl.«

»Irgendwie glaube ich nicht, dass du das erst jetzt verstanden hast«, sagte ich. »Du wusstest das doch schon, als du am Morgen danach mit mir geredet hast, oder?«

Sie antwortete nicht.

»Stimmt doch, oder?«

Sie blinzelte schnell, als hätte ich dicht vor ihren Augen in die Hände geklatscht.

»Ich erinnerte mich noch daran, dass er beim Essen mit mir geflirtet hat«, sagte sie. »Und dass ich das ziemlich unangenehm fand.«

»Weil er dein Chef ist?«

Sie verdrehte die Augen. »Weil er *dein* Bruder ist, du Idiot. Als ich das Sperma im Slip gesehen habe, bin ich dann per Ausschlussverfahren zu dem Ergebnis gekommen, dass das nur von ihm sein konnte.«

»Hast du deshalb gesagt, dass du mich nicht mehr treffen willst? Weil du geglaubt hast, dass du Drogen genommen und freiwillig mit meinem Bruder geschlafen hast?«

»Ich weiß nicht, welche Vorstellungen du von mir hast, aber es wäre nicht das erste Mal, dass so etwas geschieht. Sieht man mal von deinem Bruder ab. Und von der Tatsache, dass es das erste Mal wäre, dass ich mit einem anderen geschlafen habe, während ich in einer Beziehung war.«

»Das ist so, oder?«, sagte ich und sah sie an. »Wir haben eine Beziehung?«

»Findest du etwa nicht?«

»Ich kann das nicht so richtig einschätzen, aber für mich war es das auf jeden Fall.«

»Gut, für mich nämlich auch.«

Wir sahen einander an. Lange. Würde ich jetzt versuchen, sie zu küssen, würde sie mich abwehren, das wusste ich. Zum einen, weil ihr Vater gerade erst beerdigt worden war und wir von dort, wo wir saßen, sein Grab sehen konnten. Zum anderen, weil es weniger als eine Woche her war, dass sie das Sperma meines Bruders in sich hatte. Und drittens, weil sie all die Informationen erst einmal verarbeiten musste. Nur ich war so krank, dass ich selbst in dieser Situation Lust auf sie hatte. Oder? Doch, definitiv.

»Was soll ich jetzt tun? Was schlägst du vor?«, fragte sie.

»Was schwebt dir selbst vor?«

»Dass ich deinen Bruder entweder anzeigen oder mir einen anderen Job suchen sollte. An einem Ort, an dem ich mir sicher sein kann, dass ich ihn nie wiedersehe.«

»Okay.«

Sie stöhnte. »Was meinst du mit okay?«

»Ich meine, dass das deine Entscheidung ist.«

»Verdammt, Roy. Du hast mir doch diese ganze Geschichte erzählt und all die Informationen gesammelt.«

»Und jetzt weißt du Bescheid.« Ich atmete zweimal tief durch. »Willst du es zulassen, dass ein Vergewaltiger dich aus deinem Heimatort vertreibt und dir das Leben nimmt, das du leben willst?«

Sie starrte nachdenklich vor sich hin. Der Regen war dichter geworden. »Wenn ich das zur Anzeige bringe, wirst du mir dann helfen?«

Meine Finger umklammerten das Lenkrad. »Das würde ich gerne, Natalie. Aber wenn du das Kurt Olsen sagst, ist dir besser damit gedient, wenn ich mich raushalte.«

»Verstehe«, sagte sie schnell. »Er hat es auf dich abgesehen. Okay.«

»Du hast die Informationen, die ich beschafft habe. Lege sie vor, als hättest du sie selbst besorgt, und lass ihn alles doppelt abchecken. Das Blut, die Pillen, die Minibar und so weiter.«

Sie nickte. Legte ihre Hand auf den Türöffner. Stoppte.

»Warum?«, fragte sie.

»Warum was?«

»Warum stößt du deinen Bruder unter den Bus? Er ist immerhin ...«

»Der Letzte meiner Familie, ich weiß«, vollendete ich für sie. »Aber ...«

»Aber?«

»Einige Zweige der Familie verbreiten nur Krankheiten und hätten längst geschnitten werden müssen.«

Sie sah mich mit einem Blick an, als liefe ihr ein Schauer über den Rücken. Dann war sie aus dem Auto und gleich darauf im Regen verschwunden. Meine Worte hallten wie ein Echo durch den Wagen. Und jetzt war ich es, dem ein Schauer über den Rücken lief.

# 33

Die ersten Pläne von Glen Moore und Rocky Mountain Constructions trafen ein, wobei es sich eigentlich nur um eine in einigen wenigen technischen Details modifizierte Version von Shannons Original handelte. Dennoch waren die Zeichnungen so schön und aufregend, dass ich mich kaum davon losreißen konnte.

Moore schrieb dazu, dass Shannon eine große mathematische Begabung gehabt haben müsse, denn diese Art von Physik lerne man eigentlich nicht im Architekturstudium, gleichwohl sei alles richtig ausgearbeitet gewesen. Beigelegt waren auch ein Zeitplan, ein Kostenvoranschlag und ein Vertragsentwurf auf der Grundlage der Arbeit, die RMC in Polen geleistet hatte. Auf den ersten Blick sah alles vernünftig aus, trotzdem wollte ich, dass Carls Hotel-Anwälte die Verträge prüften. Es gab keine potenziellen Dealbreaker, aber natürlich verfolgten RMC und ich unterschiedliche Interessen, die besprochen werden mussten.

Die Debatte um den Riksvei beschränkte sich nicht mehr auf den Todde-Tunnel und den Bericht, sondern es ging jetzt auch um alternative Streckenführungen. Aber alle – die realistischen wie die unrealistischen – beruhten auf dem Ausbau der Straße durch Os.

Natalie rief an und lud mich zum Essen ein.

»Sicher?«, fragte ich.

»Nein«, erwiderte sie, »aber wir können das ja mal als einen Anfang nehmen.«

»Ich dachte eigentlich an das Essen. Du hast doch gesagt, dass du nicht kochen kannst.«

»Ich mache was Einfaches.«

»Ich kann sonst auch ein bisschen früher kommen und dir helfen.«

»Heißt das, du hättest lieber was Kompliziertes?«

Irgendwie ging mir die Frage nicht aus dem Kopf, auch nachdem wir aufgelegt hatten. Beschrieb sie mein Leben?

Ich duschte, zog mich an und kämmte mir die Haare, als wäre es unser erstes Date.

»Du gehst nicht mehr an Krücken«, sagte sie, als sie mir die Tür öffnete.

»Die standen mir irgendwie nicht«, sagte ich.

Natürlich war es großzügig, diesen Kommentar mit einem Lachen zu belohnen, aber ich liebte es.

»Nein danke«, sagte sie, als sie die Weinflasche sah, die ich mitgebracht hatte.

»Alkoholfrei«, erwiderte ich.

Sie rümpfte die Nase. »Scheußlich, oder?«

»Vermutlich. Ich überlege aber trotzdem, den ins Sortiment der Tanke aufzunehmen. Du weißt schon …«

»Verzweifelte Hüttengäste, die es nicht mehr ins Vinmonopol geschafft haben?«

»Exakt.«

Sie kam darauf zurück, als wir ihre überraschend gute Lasagne aßen und den Wein tranken. Er war wirklich schlecht.

»Du bist der Einzige in Os, der *exakt* sagt.«

»Carl macht das auch. Das haben wir von Mama. Sie hat als Haushälterin in der Stadt gearbeitet, bevor sie hierhergekommen ist.«

»Dann spricht Carl deshalb keinen Dialekt?«

»Das hat während des Studiums in Minneapolis angefangen. Angeblich, damit die anderen norwegischen Studenten ihn besser verstehen. Die meisten waren wohl aus Oslo und Bærum. Und weil das dialektfreie Norwegisch leichter für Shannon war, die gerade erst ihren ersten Sprachkurs angefangen hatte.«

»*Bullshit.*«

»*Well put, native.*«

Sie lächelte. »Ich will mich da gar nicht ausnehmen, aber warum sind wir nie mit dem zufrieden, was wir *sind*?«

»Hm, ist das eine Frage?«

»Wenn du eine Antwort darauf hast.«

»Lass es mich versuchen. Wir sind nicht zufrieden, weil wir immer das Gefühl haben, dass irgendetwas fehlt. Deshalb kopieren wir diejenigen, die wir für vollständig halten, die mit sich selbst im Reinen sind. Wir kleiden uns gleich, essen dieselben Sachen und wünschen uns dieselben Dinge wie sie. Machen dieselben Pläne.«

»Wie in den Modellen«, sagte sie. »Mimetische Begierde.«

»Ui«, ich hob mein Glas. »Du hast René Girard gelesen.«

»Nein, wir hatten aber einen Dozenten in Marketing, der geradezu besessen von ihm war. Vor allem von dem Aspekt, dass wir immer das haben wollen, was die Menschen haben, zu denen wir aufblicken. Glaubst du, dass es deshalb passiert ist?«

Eigentlich wusste ich, auf was sie anspielte, ich fragte aber trotzdem nach.

»Carl«, sagte sie. »Wollte er mich, weil ich dein war?«

Ich dachte an Shannon. »Ich glaube, so einfach ist es nicht.«

»Warum nicht? Du bist doch sein großer Bruder. Sein Vorbild.«

»Das war eher umgekehrt.«

»Umgekehrt?«

»Ich war zwar der Ältere, aber er hatte, was ich wollte. Er war in der Schule klüger als ich. Konnte die Menschen um den Finger wickeln, war beliebt und hatte bei allen Mädchen gute Karten. Hat gekriegt, wen er wollte.«

»Und du wolltest das, was er hatte?«

Ich zuckte mit den Schultern.

»Ist das noch immer so?«, fragte sie.

Ich trank einen Schluck von dem schlechten Wein. »Mit dem Alter ist man vielleicht mehr man selbst oder zufriedener mit dem, was man hat. Also nein, ich will nicht, was er hat.«

»Nicht? Du bist nicht interessiert an seinem Hotel? Seinem neuen Haus? Du willst nicht der König von Os sein?«

»Du etwa?«

»Nein!«, rief sie lachend. Und dann – als sie sich erinnerte, worüber wir eigentlich sprachen – wurde sie wieder ernst, starrte auf ihren Teller und stocherte im Essen. »Wenn dein Bruder gewohnt ist, zu bekommen, wen er will, warum muss er dann die Frau angraben, von der er weiß, dass sie mit seinem Bruder zusammen ist?«

Ich zuckte mit den Schultern. »Weil er betrunken war und du die attraktivste Frau auf dem Fest?«

»Und der, der jede haben kann, muss mir Drogen ins Glas kippen, um auch mich zu bekommen?«

Ich antwortete nicht.

»Du hast eben noch selbst gesagt, dass es so einfach nicht ist«, sagte sie. »Und jetzt versuchst du, mich vom Gegenteil zu überzeugen?«

Ich sah seufzend aus dem Fenster. Es wurde mittlerweile deutlich früher dunkel. »Ich weiß es nicht, Natalie. Möglicherweise weiß er es selber nicht. Vielleicht ist es eine Art von Kleptomanie?«

»Das musst du mir erklären.«

»Eine Art Zwangshandlung. Wie andere spielsüchtig sind, sucht er die Spannung woanders und tut etwas, von dem er weiß, dass es ihn nicht nur ins Gefängnis, sondern auch in die soziale Verdammnis führen kann.«

Natalie sah definitiv nicht überzeugt aus.

»Tja«, sagte ich. »Apropos Gefängnis. Hast du …?«

Sie nickte. »Ich war gestern auf der Polizeiwache, ich habe aber noch nichts gehört.«

»Hast du mit Kurt Olsen gesprochen?«

»Ja, er hat mir geraten, mit der Anzeige zu warten, bis er ein paar Ermittlungen angestellt hat. Er meinte, das sei zu meinem eigenen Besten.«

»Ach ja?«

Sie zuckte mit den Schultern. »Er wollte checken, dass das,

was ich ihm geben kann, auch reicht. Eine Anzeige, die zu nichts führt, würde mich nur ins falsche Licht rücken, meinte er. Das verstehe ich eigentlich ziemlich gut. Du weißt doch, was die Leute über Frauen denken, die ihren Ruf retten wollen und deshalb behaupten, sie wären vergewaltigt worden. Oder die sich an einem Mann rächen wollen, der nichts mehr mit ihnen zu tun haben will. Wollen wir nicht lieber über etwas anderes reden? Ich brauche …«

»Gerne«, sagte ich.

Sie schob den Stuhl etwas vom Tisch zurück. Setzte sich so, dass ich ihren ganzen Körper sehen konnte. Und dann kam dieser Blick. Auch ich schob den Stuhl nach hinten. Verschränkte die Arme vor der Brust.

»Wie war die Lasagne?«, fragte sie und blinzelte mir zu.

»Wie ich schon gesagt habe … die war richtig gut.«

»Du hast sie nur zweimal gelobt.«

»Jetzt dreimal«, sagte ich langsam.

»Das zählt nicht, kam ja nur auf Aufforderung.«

»Okay, wie oft muss man ein Essen loben?«

»Also … viermal den Hauptgang und zweimal den Nachtisch.«

»Dann gibt es noch Nachtisch?«

»Ja«, sagte sie und stand auf. Knöpfte ihr Kleid auf, ließ es zu Boden fallen und ging mit schwingenden Hüften vor mir her.

»Du hast vergessen, Unterwäsche anzuziehen«, sagte ich.

»Ups«, erwiderte sie und kroch auf allen vieren auf das Sofa. Ihr Po war mir zugewandt. Schließlich drehte sie den Kopf und sah mich aufreizend an.

»Ein ziemlich …«, mein Mund war knochentrocken, »… verlockendes Dessert.«

Irgendwann um Mitternacht fuhr ich bei Natalie los, weil ich keine Kleider zum Wechseln hatte, die ich am nächsten Tag auf der Arbeit hätte tragen können. Carl saß mit einem Bier im Wintergarten.

Ich rief ihm von der Küche aus zu, dass ich ins Bett gehen würde, aber er rief mich zu sich.

»Was ist denn?«, fragte ich und stellte mich in die Tür.

»Kurt war heute im Hotel«, sagte er, ohne den Blick von der Aussicht zu nehmen. »Diese verfluchte *bitch* überlegt, mich anzuzeigen.«

*»Bitch?«*

»Natalie Moe. Sie behauptet, ich hätte sie mit K.-o.-Tropfen betäubt. Die reden von Rohypnol. Als wenn ich das hätte.«

»Hast du nicht? War das nicht das Zeug, das du dir damals in Oslo besorgt hast? Gegen die Angst und deine Schlaflosigkeit?«

»Das war Rohypnol? Mag sein, aber das würde jetzt doch nicht mehr wirken.«

»Sag das nicht. Ich habe erst kürzlich gelesen, dass Pillen auch noch Jahre nach dem Verfallsdatum was können.«

»Wirklich?« Er sah mich an. Wieder bemerkte ich das Fremde in seinem Blick, trotzdem erinnerte es mich an irgendetwas. Dann wusste ich, was es war. Diesen Blick hatte er auch schon Papa am Frühstückstisch zugeworfen. Irgendwie hart und verletzt gleichermaßen.

»Oh, dann war es ja vielleicht dumm von mir«, sagte Carl, »dass ich die Pillen schon vor Jahren weggeworfen habe.«

Ich nickte nur und wusste, dass das Tütchen mit den Pillen jetzt nicht mehr in der Schublade war. Hoffentlich hatte er nicht bemerkt, dass es weniger geworden waren.

»Was hat Kurt gesagt?«, fragte ich. »Steckst du in Schwierigkeiten?«

Carl zuckte mit den Schultern. »Kurt hat mich jetzt natürlich auf dem Kieker, vermutlich auch, weil er bei dir ja keinen Erfolg hatte. Er meinte aber auch, dass die Blutproben, die sie eingeschickt hat, kein Beweis sind, auch wenn sie Rohypnol enthalten. Das Zeug kann sie ja irgendwann selbst eingeworfen haben. Wäre auch kein Wunder, schließlich ist sie wegen Drogenbesitzes vorbestraft.«

»Ist sie?«

»Du wusstest das nicht? Sei froh, dass du nichts mehr mit ihr zu tun hast, Roy. Nein, ich bin nicht in Schwierigkeiten, sollte sie mich anzeigen, käme sie damit nicht weit.«

»Hast du Kurt gesagt, dass du an diesem Abend Sex mit ihr hattest?«

»Bist du verrückt?« Carl lachte freudlos. »Es ist zwar nicht kriminell, mit ihr zu schlafen, aber ich muss die Sache ja nicht noch komplizierter machen, oder? Ich werde Kurt sagen, was ich ihm schon gesagt habe, nämlich dass sie vollkommen betrunken war und ich dafür gesorgt habe, dass sie sich in der Hochzeitssuite ein bisschen hinlegen kann. Das ist alles. Der Rest ist Aussage gegen Aussage. Das heißt, eigentlich nicht, denn sie hat ja schon eingeräumt, dass ihr Kopf total leer ist und sie sich an nichts erinnert.«

»Dann sollte doch alles geregelt sein«, sagte ich und musterte ihn.

Carl trank einen Schluck Bier. »Sollte die Polizei dich fragen, ob ich irgendwas von diesem Abend erzählt habe, wirst du doch nichts sagen, oder?«

Ich legte den Kopf zur Seite. »Was denkst du denn, Brüderchen?«

Carl lächelte schnell. »Nein, wir habe so viel gegeneinander in der Hand. Das würde sonst den reinsten Atomkrieg auslösen, oder?«

Ich antwortete nicht. Er drehte sich um und musterte mich.

»Schicke Klamotten. Wo warst du denn?«

»Beim Essen.«

»Mit wem?«

Ich spürte in mich hinein. Die Sekunden vergingen.

»Mit jemandem, der erwägt, die Tankstelle zu kaufen«, sagte ich.

»Was? Du hast vor, die Tanke zu verkaufen?«

»Nein«, sagte ich und gähnte. »Ich wollte aber trotzdem wissen, was ich angeboten bekomme. Ist doch immer interessant, zu wissen, welchen Wert die Dinge wirklich haben. Oder was meinst du?«

Carl wirkte etwas verwirrt.

»Gute Nacht«, sagte ich, drehte mich um und ging.

## 34

Erik und ich studierten das Plakat, das ich neben der Tür draußen an die Wand des *Freien Falls* gehängt hatte.

»Ich hab wirklich das Gefühl, das schon mal irgendwo gesehen zu haben«, sagte er.

»Das hast du«, erwiderte ich.

»Aber Hell Spelemannslag? Da klingelt bei mir nichts.«

»Die sind gut. Mir reicht das.«

»Sie spielen für fünftausend plus die Einnahmen über die Eintritte«, sagte Erik. »Für mich reicht *das.*«

»Wir werden sehen, vielleicht kommen mehr Leute, als du denkst.«

»Das wäre dann ein Bonus. Ich sehe das als Investition, den Laden hier auch als Veranstaltungsort in Os bekannt zu machen.«

»Als Konkurrenz zur …?«

»Tja, die Kirche, Gretes Salon, die Tanke.«

Erik ging hinein, und ich schlug den letzten Nagel ein. Drehte mich um und wollte ihm folgen, als ich Natalie schräg über den Platz auf mich zukommen sah. Ich wartete, sie hatte die Haare hochgesteckt und die Arme verschränkt. Trug einen dicken, grauen Pullover, als fröre sie. Die enge, verwaschene Jeans betonte ihre wie eine amerikanische Ölpumpe gleichmäßig schwingende Hüfte. Schon jetzt verlangte es mir danach, ihren breiten, verlangenden Mund mit den weichen Lippen zu küssen und noch einmal das kleine, wohlige Zittern zu erleben, das durch ihren Körper ging, wenn unsere nackten Körper sich berührten, etwas später gefolgt von dem heftigen Zittern, wenn sie kam, nachdem sie mir dies vorher vollkommen sachlich ins Ohr geflüstert hatte. Oder die Art, wie sie sich anschließend weich wie eine Katze an mich schmiegte, als wollte jetzt sie in mich eindringen, damit wir endlich eins wurden.

In diesem Moment bemerkte ich, dass ihr Gang etwas Kantiges hatte, wie damals, als wir das erste Mal in den Bergen waren, und dass ihre Augen rot gerändert waren. Sie blieb ein ganzes Stück vor mir stehen.

»Was ist los?«, fragte ich.

»Kurt Olsen hat angerufen.«

»Und?«

»Er hat gesagt, ich hätte nicht genug in der Hand, damit die Anzeige gegen Carl durchgeht.«

»Das ist doch Blödsinn!«

»Er sagt, er hätte mit Carl gesprochen. Angeblich lautet dessen Version, dass er mir nur geholfen hat, mich hinzulegen, damit ich wieder zu mir komme. Kurt meint, da würde Aussage gegen Aussage stehen, ja nicht einmal das, da mein Kopf ja total leer sei und ich mich an nichts erinnern würde.«

»Dein Kopf total leer? Hat er das so gesagt?«

»Ja.«

Ich schüttelte den Kopf und ging einen Schritt auf sie zu, um sie in die Arme zu nehmen, blieb aber stehen, als sie abwehrend die Hand hob.

»Was ist?«

»Kurt hat noch etwas erzählt.«

»Ja?«

»Er glaubt nicht daran, dass Vaters Tod ein Unfall war.«

»Nicht?«

»Er meint, er sei erschlagen worden. Von einer Person, die er vorher in Notwehr angeschossen habe.« Sie starrte mich an und drückte die verschränkten Arme fest auf ihre Brust, als steckten sie in einer Zwangsjacke. »Er hat gesagt, dass er den Beweis dafür schon bald in der Hand halten wird.«

Ich schluckte und nickte.

»Ich will die Wahrheit lieber von dir als von Kurt Olsen hören, Roy. Hast du meinen Vater getötet?«

Natürlich hätte ich auf diese Frage vorbereitet sein müssen, aber das war ich nicht. Ich holte tief Luft, um meine Stimmbänder in Schwingung zu versetzen und einen Laut von mir zu geben, von dem ich noch nicht wusste, wie er klingen würde, und ob ich es noch einmal schaffen würde zu lügen. Anderen gegenüber, ja, aber nicht gegenüber der Frau, die ich gerade über den Platz laufen gesehen hatte, wobei ich gegen jede Erwartung zu der Erkenntnis gelangt war, dass ich doch lieben konnte.

Ich ließ die Luft aus den Lungen, aber es kam kein Laut.

Tränen stiegen in ihre Augen. »Verstehe«, flüsterte sie. »Vater hat gesagt, dass er Angst vor dir hat. Ich habe ihm gesagt, dass es dafür keinen Grund gibt und die Sache längst hinter uns liegt. Anscheinend hat er doch recht gehabt.«

»Natalie …« Ich trat einen Schritt vor, aber sie wich zurück.

»Ich will dich nie wiedersehen. Nie.« Sie drehte sich um und ging zurück in die Richtung, aus der sie gekommen war. Ihr Rücken begann zu zittern. Dann begann sie zu laufen. Erst als die Tür des Meierigårdens hinter ihr ins Schloss fiel, kniff ich die Augen zu und flüsterte die Flüche, die mir in den Sinn kamen.

Die Vorstandssitzung des *Os Spa* fand am Nachmittag im großen Konferenzraum des Hotels statt. Ich war nie zuvor in einem Vorstand gewesen, es lief aber ziemlich genau so ab, wie ich es mir vorgestellt hatte.

Eigentlich müssen die Vorstandsmitglieder von der Generalversammlung gewählt werden, der Vorsitzende Jo Aas erklärte den Anwesenden aber, dass das Vorstandsmitglied des französischen Konzerns Alpin zurückgetreten sei und der Konzern keine neue Vertretung wünsche, weshalb sie mich bis zum Ende der aktuellen Periode als Vertretung wählen könnten.

Ich saß am Ende des Tisches und hörte zu, wie die anderen die Tagesordnungspunkte durchgingen.

Für gewöhnlich führten Carl und Aas das Wort, die anderen nickten und schienen zuzuhören. Die Stimmung war gut, kritische Fragen wurden nicht gestellt. Da ich gewählt werden musste, bevor ich den Haushaltsplan für das laufende Jahr lesen konnte, sah ich nur die akkumulierten Zahlen des letztjährigen Jahresabschlusses und des vorgelegten Budgets. Beide sahen in Ordnung aus, was für mich erklärte, warum niemand Kritik übte.

Klar war aber auch, dass einige der Posten eine gründlichere Erklärung verdient hätten, als Carl sie lieferte. So bemerkte ich, dass die Unterhaltskosten im Laufe des letzten Jahres deutlich gestiegen waren, ohne dass ich mich erinnern konnte, außergewöhnlich viele Handwerker im Hotel gesehen zu haben. Und als ich einige einfache Fragen zur Bewertung bestimmter Anlagegüter stellte und wissen wollte, ob der zugrunde liegende Abschreibungssatz richtig war, wirkte Carl nicht gerade kooperativ.

»Darauf werden Buchhalter und Rechnungsprüfer eingehen, wenn der Jahresabschluss vorgestellt wird. Das können wir jetzt nicht abhandeln«, sagte er. Dabei war letztlich doch er für die Zahlen verantwortlich. Vielleicht war aber auch alles in Ordnung, denn außer mir schien sich niemand Sorgen zu machen.

Auf dem Weg zum Parkplatz nahm Jo Aas mich zur Seite.

»Ich wollte dir nur rasch danken, dass du Verantwortung übernimmst, Roy.«

Ich sah dem großen hageren Mann nach, als er zu seinem Auto ging. Ein Opel, den er – soweit ich wusste – schon immer gehabt hatte und an dem nie irgendetwas zu machen gewesen war. Versteckte Fehler und Mängel haben wir natürlich alle, aber Aas und sein Wagen standen für Solidität und Vertrauen. Von welcher Verantwortung sprach er also? Übernahm man die nicht, wenn etwas schieflief? Bisher hatte ich doch nur Kapital zur Verfügung gestellt, damit die Expansion überhaupt möglich war? Oder ging es um mehr?

Ich setzte mich in den Volvo, wartete und ließ den Motor an, als Carl sich auf den Beifahrersitz setzte.

»Was wollte Aas von dir?«, fragte er.

»Sagen, dass er sich freut, dass ich jetzt mit im Team bin«, entgegnete ich und warf einen Blick in den Rückspiegel, obwohl die gesamte Umgebung des Autos auf einem Videoschirm gezeigt wurde. Wir fuhren schweigend, während im Radio über den Riksvei berichtet wurde.

»Habe ich dir eigentlich gesagt, dass ich mit Goebbel über Natalie gesprochen habe?«, fragte Carl.

»Nein.«

»Sie meinte, dass ich rein juristisch nichts zu fürchten hätte. Aber wenn Natalie das der Geschäftsführung meldet und dann womöglich auch noch andere Angestellte ähnliche Geschichten aus dem Hut zaubern, könnte es trotzdem übel ausgehen.«

»Besteht da denn die Gefahr?«

»Andere?« Carl schüttelte den Kopf. »Es gab ein paar junge, neue Mitarbeiterinnen, als ich noch in Kanada war, denen gegenüber ich gewissermaßen eine Machtposition innehatte, aber damals haben wir uns darüber ja keine Gedanken gemacht. Ich habe da übrigens gerade eine interessante Geschichte aus einem Hotel in Bergen gehört, die vor ein paar Jahren passiert ist. Zwei Männer aus der Chefetage hatten sich in dieselbe Frau verliebt, eine junge Rezeptionistin, und um sie geworben. Du weißt schon, Einladungen, Blumen, SMS und so weiter. Einer von beiden hatte Erfolg und sie geheiratet. Der ist jetzt Chef des Hotels. Der andere wurde wegen sexueller Nötigung entlassen und hat sich kurz darauf erschossen. Später hat sich dann herausgestellt, dass die SMS, die der Kündigung zugrunde lagen, eigentlich denen von dem Typen ähnelte, den sie später dann doch nett fand und geheiratet hat.«

Wir fuhren an Nergard vorbei, und ich schaltete am Beginn der Steigung hoch.

»Und die Moral von der Geschichte?«

»Dass es sich lohnt, der attraktive zu sein«, sagte Carl. »Und sich sein Publikum ausrechnen zu können.«

»Ganz so einfach ist es wohl nicht. Bei Nötigung spielt doch auch der Kontext eine Rolle, nicht nur der Text einer SMS.

Wichtig ist auch, an welcher Stelle des Körpers ein Chef seine Angestellten berührt.«

»Ganz so einfach ist es wahrscheinlich nicht, nein«, sagte Carl. »Aber für den, der seinen Job und seinen guten Ruf verloren hat und schließlich mit der Pistole in der Hand dahockt, sind die Dinge vermutlich ziemlich klar.«

An jenem Abend fuhr ich noch einmal alleine los. Es hat mich immer irgendwie beruhigt, das Lenkrad in den Händen zu halten, die Straße vor mir zu sehen und die Kurven zu spüren. Zu wissen, dass es dem Motor besser geht als J. J. Cale, auch wenn der auf ziemlich gute Weise gelitten hat. An diesem Abend wollten meine Nerven aber nicht zur Ruhe kommen. Ich zwang mich, nicht an Natalie zu denken, stattdessen kreisten meine Gedanken um den Mann mit der Pistole. Und um Carl. Vielleicht fand ich mich deshalb plötzlich vor dem Königshof wieder.

Ich war schon einmal mit Carl hier oben gewesen, als er sich nach einem passenden Grundstück umgesehen hatte. Warum ich seither nicht mehr hier gewesen war, konnte ich eigentlich nicht erklären. Natürlich hatte er mich eingeladen, ich hatte aber immer eine Entschuldigung gehabt. Mal war mir was dazwischengekommen, mal fehlte mir die Zeit. Außerdem sagte ich immer, dass es ja auch nicht eilte, das Haus würde ja nicht verschwinden.

Ich parkte hinter einem Zementmischer und stieg aus. Leuchtete mir mit dem Handy den Weg und ging zwischen Stapeln von Brettern und Steinen hindurch. Die Eingangstür war verschlossen, auf der Seite, in Richtung Os, stand aber ein Kellerfenster offen. Ich kroch hinein. Es roch nach Zementstaub und Dämmwolle. Oben lief ich von einem halb fertigen Raum in den nächsten. Es waren eigentlich viel zu viele Zimmer für eine vierköpfige Familie. Schließlich kam ich ins obere Stockwerk, das von einer einfachen Glühbirne erhellt wurde. An der höchsten Stelle war die Decke sicher sechs oder sieben Meter hoch. Das Licht reichte nicht bis zu den Wänden, ich konnte die Zwischengeschosse nur erahnen und schaltete wieder das Licht des Handys ein, um die ganze Dimension des offenen Raumes zu erfassen. Vermutlich sollte das hier Wohnzimmer, Esszimmer und Küche in einem werden, darauf deuteten jedenfalls die Aussparungen an einer Wand hin, wo die Küche, die aus Deutschland auf dem Weg war, montiert werden sollte. Diverse Werkzeuge lagen im Raum verteilt, Nagelpistolen, Sägen, Hobelmaschinen und eine Werkbank mit einer Kreissäge. Alle trugen die Logos von AUB, das ich aus dem neuen Flügel des Hotels kannte. Die Seite des Raumes, die in Richtung Os zeigte, war komplett verglast, davor war eine große Terrasse. Ich stellte mich an die Werkbank und sah nach draußen.

Es war ein großartiges Haus.

Kalt, unpersönlich und großartig. Für eine kalte Person vielleicht persönlich. Aber trotzdem verdammt großartig.

Carl musste nicht nur darauf geachtet haben, dass das Haus die perfekte Aussicht auf Os bot, sondern auch darauf, dass man von Os aus die perfekte Aussicht auf den Königshof hatte. Die Höhe des Hauses hatte keinen praktischen Nutzen, sie diente lediglich dazu, dass die dort unten sehen konnten, wie Carl Opgard am Rand ihres Blickfelds in den Himmel gebaut hatte. Der konkrete Beweis dafür, wer in Os der König war. Trauer überkam mich, und ich musste an den Text der Stickerei in Moes Haus denken.

*Was hülfe es dem Menschen, so er die ganze Welt gewönne und nähme Schaden an seiner Seele?*

Vermutlich ging Carl das aber nicht einmal nahe. Diese Art von Problemstellungen kümmerten ihn nicht, er war immer der toughe von uns beiden gewesen. Klar, ich war es gewesen – und nicht er –, der schließlich zum Messer gegriffen und Dog von seinen Leiden erlöst hatte, aber das war eine Notwendigkeit gewesen, ja sogar eine Tat aus Barmherzigkeit. Ging es aber um die Dinge, die gemacht werden mussten, um die Weltherrschaft zu erringen, war Carl der toughe.

*Schaden an seiner Seele.*

Hatte ich genau das erkannt, als ich Natalie weder anlügen

noch ihr die Wahrheit hatte sagen können? Dass eine Entscheidung einfach unmöglich war? Weil die Wahrheit sie mir sofort nehmen, während die Lüge zu dem gleichen Ergebnis führen würde, nur langsamer und qualvoller? So gesehen war es eine Befreiung, als sich die nächste Phase der Trauer ankündigte, in der absolut alles sinn- und wertlos erschien und selbst der Verlust des geliebten Menschen kaum noch Bedeutung hatte.

Und diese Phase rückte näher, das spürte ich.

Ich sah zu der Leitung hoch, an der die Lampe hing. Sie schien fest an der Decke verankert zu sein.

Das Telefon klingelte.

Sollte ich es einfach klingeln lassen? Der Anruf kam von Vera.

»Ja?«

»Hallo. Bist du allein?«

»Ja, ich glaube schon.«

Sie zögerte, es klang, als wolle sie nachhaken, redete dann aber doch weiter.

»Die Ergebnisse der Ballistik sind gekommen.«

»Und?«

»Sie schaffen es nicht, die Kugel aus deinem Bein dem Gewehr zuzuordnen, das sie bei Moe gefunden haben.«

»Schaffen es nicht?«

»Es gibt immer eine gewisse, theoretische Möglichkeit, dass die Kugel doch aus der respektiven Waffe stammt. Aber ich habe eben mit Gilliani gesprochen, auch er ist mittlerweile der Meinung, dass euer Polizeichef auf einem ganz persönlichen Kreuzzug ist. Er wird die Sache gegenüber Kurt Olsen so darstellen, dass dieser ... nicht die Gelegenheit bekommt, sich auch noch an diese vage Möglichkeit zu klammern.«

Ich sah ein Licht weit hinten am Budalsvannet.

»Danke, Vera.«

»Ich bin einfach nur froh darüber, dass du mir die Wahrheit gesagt hast. Entschuldige, dass ich an dir gezweifelt habe.«

»Ich bitte dich.«

»Du hörst dich ... traurig an.«

»Tue ich das? Vielleicht liegt das an der Jahreszeit. *Dark season*. Wir freuen uns auf den Frühling, auf die Brutsaison, du und ich. Und noch mal danke. *I love you*.«

»He, jetzt hast du aber …«

»Du hörst, was du hören willst, Vera, es gibt Diagnosen für so etwas, weißt du?«

»Ach, halt deinen Mund!«

Wir legten auf, und ich sah mich ein letztes Mal langsam um, bevor ich mich auf demselben Weg aus dem Königshof schlich, über den ich gekommen war.

# 35

*Yes, I do speak English*«, antwortete der Mann am Telefon und hörte sich fast ein bisschen beleidigt an.

»*I'm sorry, Mr Gerard*«, sagte ich. »*I wasn't sure since …*« Ich verstummte.

»*Since I'm French?*«, fragte der Mann in herausforderndem Ton.

Ich durchforstete mein Hirn halbherzig nach irgendwelchen diplomatischen Wendungen, bis mir klar wurde, wie egal mir das eigentlich war.

»*Yes.*«

Der Mann am anderen Ende lachte. »*I'm as busy as I'm sure you are, Mr Opgard. So, how may you help me?*«

Ich fragte mich, ob er einen Fehler oder einen Spaß gemacht hatte, berichtete ihm dann aber schlicht, dass ich im Augenblick 36 Prozent der Aktien von *Os Spa* hielt und den Vorstandsposten von Gerards Gesellschaft Alpin übernommen hatte. Dann erklärte ich ihm mein Anliegen. Gerard hörte zu. Als ich fertig war, schlug er mir vor, nach Paris zu kommen. Er fragte, wie mein Kalender aussähe.

»*If I had one, it would be empty.*«

Gerard lachte wieder und schlug ein Datum und eine Uhrzeit vor.

Wir legten auf. Es war an diesem Tag schon mein zweites Telefonat mit jemandem im Ausland. Der erste Anruf war nach Vilnius gegangen. Ich hatte eine Viertelstunde warten müssen, bis die Frau in der Telefonzentrale von AUB mich endlich mit Lewi Wirkus verbunden hatte. Bei ihm war ich gleich zur Sache gekommen und hatte erzählt, dass ich die Anlagen des Rechenschaftsberichts vom *Os Spa* gecheckt hätte und dabei auf eine Rechnung von AUB über drei Millionen Kronen gestoßen sei, mit dem Betreff »*Preparatory work*«. Ich wollte von ihm wissen, um was genau es sich bei dieser Rechnung handelte, leider hatte sich dann aber herausgestellt, dass mein Warten vergeblich gewesen war.

»*We don't give out information like that, but in general we specify invoices the way our clients want it specified*«, antwortete Lewi Wirkus. »*If you have more questions, talk to our client.*« Mit diesen Worten hatte er aufgelegt.

Und ich in Paris angerufen.

Das war der zweite Schritt gewesen, der dritte und schwerste stand noch aus. Ich war vollkommen erschöpft, es führte aber kein Weg dran vorbei. Wobei es natürlich immer auch einen anderen Ausweg gab, den gab es immer.

Ich ging aus der Tankstelle zum Ufer, schob mir einen Beutel Snus unter die Lippe und sah über den Budalsvannet zum Neuschnee auf dem Ottertind. Und plötzlich, trotz wolkenlosem Himmel und einer Herbstsonne, die wirklich ihr Bestes zu geben versuchte, schlich sich die Dunkelheit an. Eine Finsternis, die niemand zu ertragen in der Lage ist.

Der Gedanke war schon lange da, es war mittlerweile aber lange her, dass er sich auch nur irgendwie gerührt hatte. Jetzt erhob er sich, baute sich vor mir auf und verdunkelte die Sonne.

Ich nickte dem unsichtbaren Riesen zu, als wären wir uns einig geworden.

Ich schloss mich in der Werkstatt ein und stellte mich vor die Wand mit den Werkzeugen. Wie konnte ich es beenden? Allein durch die Fantasie sind uns Grenzen gesetzt, und so war es auch jetzt. Ich ging in mein Zimmer und starrte auf die Nummernschilder an der Wand. Genauer gesagt, auf das aus Barbados, das ich von Shannon bekommen hatte. Dann zog ich eine Schublade auf und öffnete das rote Samtschächtelchen, das darin lag. Fuhr mit dem Zeigefinger über den schmalen Goldring, den ich in Kristiansand gekauft hatte. Mein Plan war es gewesen, auf der Reise um ihre Hand anzuhalten. Wenn wir irgendwo zwischen Os und Barbados waren. Vielleicht konnten sie und ich und unser Kind dort ein neues Leben anfangen? Ausgemalt hatten wir uns das, aber lägen die Dinge dann anders, oder hätte die Dunkelheit mich auch dort eingeholt? Ich weiß es nicht. Ich weiß nur, dass die Dunkelheit vor dem Tod von Shannon und unserem Mädchen nicht so finster wie jetzt gewesen war. Sollte irgendetwas die beiden zu neuem Leben erwecken, konnte vielleicht ja auch ich als derjenige auferstehen, der ich vor dem Mord an meinen Eltern gewesen war. Vor meiner Verwandlung in den kalten, depressiven Teufel, der seinem Vater nicht nur ähnlich, sondern zu *ihm selbst* geworden war.

Ich schloss die Augen.

Als ich sie wieder öffnete, nahm ich das Handy aus meiner Tasche und legte es auf die Fensterbank. Ging nach draußen und noch ein letztes Mal in den Verkaufsraum. Egil war dabei, die Öfen auszuwaschen. Gott segne diesen Jungen.

»Egil, kannst du hier für den Rest des Tages die Stellung halten?«

»Natürlich.«

»Das Boot von deinem Onkel, liegt das noch oben am Gudimvannet? Kann ich mir das mal leihen?«

»Klar doch, ich kann aber nicht dafür garantieren, dass es noch dicht ist.«

»Dann fahr ich da hoch. Ich will ein bisschen fischen.«

»Fischen?«

»Ich muss irgendwie einen klaren Kopf kriegen.«

Egil sah aus wie ein einziges Fragezeichen, wie es so schön heißt. Ein Wunder war das aber nicht, schließlich hatte ich immer gesagt, dass ich die Begeisterung für die Angelei nicht verstehen könne.

Ich fuhr nach Opgard und ging die beiden Möglichkeiten durch. Das Gewehr an der Wand des Schuppens oder der Restbestand Tramadol und Rohypnol aus der Schublade. Die Wahl fiel – aus verschiedenen Gründen – auf die Pillen. Dann musste ich das Gewehr nicht tragen und Egil anschließend das Boot nicht waschen. Entscheidender war aber vielleicht noch, dass ich mit dem Gewehr eine neue Runde Ballistik riskierte, und das würde das Chaos nur noch verschlimmern. Ich wog die Box Tramadol und das Tütchen Rohypnol in der Hand. Irgendwo hatte ich gelesen, dass sechs Gramm Tramadol als tödlich angesehen werden, und das hier war sicher das Doppelte.

Ich fuhr wieder nach unten zum Riksvei, bog in Richtung Osten ab, vorbei an der Tankstelle, und parkte den Wagen an der Stelle am Waldrand, wo Rita früher, als ich noch ihr junger Lover gewesen war und wir uns oben in ihrer Hütte getroffen hatten, immer ihren Saab Sonett abgestellt hatte.

Ich nahm zwei Tramadol und begann zu gehen. Es ging überraschend schnell und leicht. Mein Bein fühlte sich besser an, was mich fast ein bisschen ärgerte, da ich es ja bald nicht mehr brauchen würde. Nach zwanzig Minuten erreichte ich die Hochebene. Es war windstill. Das Wasser des kleinen Sees spiegelte den blauen Himmel wider, als wären beide ein und dasselbe. Das grüne Plastikboot von Egils Onkel lag unter demselben Baum wie Willumsens rotes. Ich schob es vom Ufer weg, stieg hinein und hätte fast das Gleichgewicht verloren, vielleicht lag das ja an den Pillen? Langsam ruderte ich zur Mitte des Sees und starrte auf die Wasseroberfläche. Wie ich einmal vor acht Jahren auf einer Brücke gestanden und dieselben Gedanken gewälzt hatte wie jetzt. Der Unterschied war allerdings, dass meine Entscheidung jetzt bereits gefällt war. Außerdem hatte ich Glück, denn in meiner Jackentasche lag noch immer der fertig geschriebene Abschiedsbrief, sodass ich keine Schreibfehler riskierte.

ICH HABE GENUG VON DIESEM LEBEN. MACHTS GUT, OPGARD

*Funny.*

Ich drehte den Deckel von der Tramadol-Dose und sah hinein. Plötzlich wurde mir bewusst, dass ich kein Wasser mitgenommen hatte, mit dem ich die Pillen schlucken konnte. Ich sah mich um, fand eine Schöpfkelle, tauchte sie in den See, kippte den Inhalt der Box in meinen Mund und legte die Kelle an die Lippen. Es fühlte sich an, als zöge jemand eine Kette durch meine Speiseröhre, aber irgendwann waren alle Pillen unten.

Dasselbe machte ich mit den restlichen Rohypnol aus dem Tütchen.

Ich legte mich auf den von der Sonne warmen Boden des Bootes und schloss die Augen. Jetzt, da die Würfel gefallen waren, hieß ich die Dunkelheit willkommen und geriet fast schon in Panik, als ich für einen Moment glaubte, mein schlimmster Feind würde mich verraten. Doch dann war die Finsternis da. Übermächtig, schwarz und voller Kraft. Das Beste am Schmerz ist das Wissen, dass er irgendwann vorbeigeht.

Der Schlaf und die Taubheit kamen in Wellen, denn immer, wenn ich die Augen öffnete, war die Sonne etwas weiter über den Himmel gewandert. Dachte ich, vielleicht hatte sich das Boot aber auch nur ein bisschen gedreht.

In mir drin wurde es still und dann schwarz – auf die gute Weise.

Ich ging über eine flache, öde Landschaft, in der überall Autowracks lagen. Sie mussten vom Himmel gefallen sein, anders konnte ich mir ihre Existenz nicht erklären. Einige steckten mit dem Kühler im Boden, zusammengedrückt wie eine Ziehharmonika, andere lagen auf der Seite und wieder andere auf dem eingedrückten Dach. Es waren alte und neue Modelle, einige rostig, andere mit glänzender Lackierung oder ohne Räder, als wären hier Grabräuber unterwegs gewesen. Hoch über mir kreisten Vögel, ich hörte aber weder ihren Gesang noch das Gekreische. Plötzlich hörte ich hinter mir einen Aufprall. Ich drehte mich um. Ein Wagen ragte hochkant aus einer Staubwolke, er musste gerade erst vom Himmel gefallen sein. Dann wurde es wieder still. Ich suchte nach jemandem, stellte aber fest, dass ich weder wusste, wen ich suchte, noch wo ich nach ihm suchen sollte. Schließlich gab ich es auf, legte mich auf den trockenen, harten Boden und schloss die Augen. In der Luft über mir war ein Rauschen zu hören, ich rührte mich aber nicht, sondern wartete darauf, dass das Auto mich traf. Aber das Rauschen veränderte sich und wurde zu einem langen, traurigen Ton, der anstieg und wieder abfiel. Ich öffnete die Augen, und jetzt lag ich im Wasser. Nein, in dem Wagen einer Achterbahn. Im Wasser in einem Wagen einer Achterbahn. Ich richtete mich auf, um zu sehen, woher das Geräusch kam. Am Ufer, gar nicht weit entfernt, stand ein Mädchen. Sie trug Tracht und blies in eine Lure. Dann legte sie die Lure weg und kam langsam auf mich zu. Sie ging auf dem Wasser, oder nein, das Wasser reichte ihr bis zu den Knien. Und dann bis zu den Hüften. Aber sie ging weiter, als weigerte sie sich unterzugehen oder als hätte sie übernatürliche Kräfte.

Ich legte mich wieder hin, die Sonne wärmte mein Gesicht.

Dann schirmte etwas das Licht ab, und es wurde kalt.

»Roy.«

Es war mein Name, den da jemand sagte.

»Roy.«

Wenn ich nicht reagierte, verschwand die Stimme dann vielleicht?

»Roy!«

Die Stimme redete mit mir, das war klar. Ich wollte aber nicht dahin zurück, wo sie herkam, ich wollte hierbleiben.

Ich wurde hin und her gerüttelt, jemand setzte den Wagen in Bewegung.

Dann öffnete ich ein Auge. Es war Natalie.

»Roy! Was hast du getan?«

Ich versuchte, den Satz zu formulieren, *deinem Vater den Schädel eingeschlagen*, aber mein Mund gehorchte mir nicht.

Dann ging das Licht aus.

# 36

Das Licht war wieder da, und zwar so hell, dass ich es durch die geschlossenen Lider sah. Ich hörte murmelnde Stimmen und öffnete zitternd ein Auge. Um mich herum war viel Weiß: Wände, Gardinen, Bettzeug, die Kleidung von zwei der drei Frauen, die am Fußende meines Bettes standen und die Köpfe zusammensteckten. Ich schloss das Auge wieder. Fing Worte wie »Gift« und »Zutaten« auf, und musste spontan an die drei Hexen denken, die eine Suppe für Macbeth kochen und vorhersehen, dass er König wird. Rita hatte mir das damals vorgelesen.

Widerwillig öffnete ich noch einmal ein Auge.

»Er ist wach«, sagte eine der weiß gekleideten Hexen.

»Roy?«, sagte die andere. Ich kriegte ihr Gesicht einigermaßen in den Fokus, erkannte die Frau aber nicht. »Ich bin Doktor Helgesen«, sagte sie lächelnd. »Wissen Sie, wo Sie sind und was im Laufe des letzten Tages passiert ist?«

Ich wollte den Kopf schütteln, dachte dann aber, dass es vielleicht weniger schmerzhaft war, einfach Nein zu sagen.

»Ich weiß auch nicht, welchen Tag wir haben«, sagte ich.

»Sie haben achtzehn Stunden geschlafen«, erwiderte sie, während ihr Blick die Papiere überflog, die sie an ein Plastikbrett geklemmt hatte. »Wir haben Ihnen hier im Krankenhaus den Magen ausgepumpt und Sie dann mit Aktivkohle behandelt.«

»Wie … bin ich hergekommen?«

»Ihre Lebensgefährtin hat Sie hergebracht.«

»Lebensgefährtin?«

Die Frau in Weiß nickte lächelnd in Richtung der dritten, nicht weißen Hexe. »Das hat sie gesagt.«

Schließlich schaffte ich es, auch sie scharf zu stellen. Es war Natalie. Sie kam zu mir und nahm etwas, das auf meiner Decke lag. Dass es sich dabei um meine Hand handelte, verstand ich erst, als das Hirn mit einer gewissen Verzögerung die Wärme ihrer Haut wahrnahm. Die Ärztin redete weiter, ich bekam aber nur noch Bruchstücke mit. Mein Fokus lag auf Natalie. Ihre Augen glänzten feucht, und das Lächeln auf ihren Lippen zitterte.

»Dann lassen wir sie beide mal ein bisschen allein«, sagte Doktor Helgesen.

Ich hörte die Tür ins Schloss fallen, ohne den Blick von Natalie zu nehmen oder ihre Hand loszulassen. Sie setzte sich auf die Bettkante.

»Lebensgefährtin?«, fragte ich.

»Das war am einfachsten so. Sonst hätten sie irgendwelche Angehörigen herbestellt, und da du nur einen hast, mit dem ich definitiv nichts zu tun haben will …« Sie machte mit der freien Hand eine vage Geste.

»Okay«, sagte ich. »Aber wie …?«

»Wie was?«

»Wie … das alles hier. Und warum?«

»Also«, sagte sie und sah vor sich hin, als brauchte sie ein paar Sekunden, um die Geschichte zu sortieren. »Ich habe gestern einen Anruf bekommen, von Kurt Olsen. Er sagte, sie seien davon ausgegangen, dass mein Vater in Notwehr jemandem ins Bein geschossen hat. Es habe sich jetzt aber gezeigt, dass die Kugel im Bein des Mannes doch nicht aus der Waffe meines Vaters stammte. Sie glauben nun, dass der Schuss, den die Nachbarn gehört haben, einem Reh oder einem Wolf galt.«

»Wolf?«

»Hat Olsen gesagt. Wie dem auch sei, sie haben die Theorie fallen lassen, dass mein Vater ermordet wurde, und gehen jetzt doch von einem Unfall aus. Mich hat das so glücklich gemacht,

Roy. Nicht weil Vater nicht ermordet wurde, sondern weil du kein Mörder bist.« Sie schluckte und sah mich an. »Verzeihst du mir, dass ich das von dir geglaubt habe?«

»Natürlich«, sagte ich. »Ist doch kein Wunder, dass du das geglaubt hast.«

»Ich hätte es besser wissen müssen. Aber da war dieses Gefühl … dass es … mit euch beiden so enden würde. Also habe ich dich verurteilt. Dabei warst du unschuldig. Nachdem ich das Gespräch mit Kurt beendet hatte, bin ich direkt zur Tankstelle gefahren, um mich zu entschuldigen. Und um zu fragen, ob du … ob du mich zurückwillst, auch wenn ich dich falsch eingeschätzt habe. Aber du warst nicht da. Egil hat mir dann gesagt, dass du gerade zum Fischen gefahren bist. Ich bin dann nach draußen, um dich anzurufen. Keine Antwort. Dann noch einmal. Wieder keine Antwort. In einem der Fenster der Werkstatt habe ich dabei aber etwas aufleuchten sehen. Also bin ich rein und habe dein Handy auf der Fensterbank entdeckt. Da habe ich dann angefangen, mir Sorgen zu machen.«

»Weil?«

»Weil das … verlassen wirkte. Es gibt doch keinen Grund, ein Handy auf eine dreckige Fensterbank zu legen. Oder da zu vergessen. Außerdem hätte ich das selbst vielleicht auch so gemacht, wenn ich …«

»Wenn ich was …?«

»Verschwinden wollte.«

Ich drückte brummend ihre Hand. »Und dann?«

»Ich bin noch mal zu Egil rein und habe ihn gefragt, wo genau du hinwolltest, und er hat mir das mit dem grünen Boot erzählt und mir den Ort auf Google Maps gezeigt.«

»Und wie bist du zu dem Boot gekommen?«

»Ich hatte Panik und bin ins Wasser gewatet.«

»Dann warst du das? Ich dachte, ich hätte halluziniert.« Ich musste lachen. »Na ja, ein bisschen habe ich das wohl auch. Und dann?«

»Ich bin zu dir ins Boot, und auf dem Boden rollte so eine leere Pillenbox herum. Als ich sah, dass es Tramadol war, habe ich mir den Rest gedacht und das Fläschcken Ipecac genommen …«

»Verdammt. Du hattest dieses Überdosismittel wirklich dabei?«

Sie lächelte. »Ich habe dir ziemlich alles eingeflößt.«

»Und ich habe gekotzt?«

»Wie Robert in *Bad Taste*. Egils Onkel wird das Boot waschen müssen, um es mal so zu sagen.«

»Oh verdammt. Und dann?«

»Dann habe ich dich an Land gerudert und irgendwie nach unten zum Auto bugsiert.«

»Konnte ich denn laufen?«

»Nein.«

»Du …?«

»Mehr oder weniger, ja.«

»Oh verdammt.«

»*Seriously*, du solltest ein bisschen an deinem Wortschatz arbeiten.«

Ich nickte und spürte, dass mir wieder die Augen zufielen.

»Es kommt noch ein Psychiater zu dir, um mit dir zu reden, bevor sie dich gehen lassen«, sagte sie. »Was willst du dem sagen?«

»Worüber?«

»Ob du vorhast, dir noch einmal das Leben zu nehmen?«

Ich schüttelte den Kopf. Es tat nicht so weh, wie ich gedacht hatte. »Es wird kein nächstes Mal geben.«

Sie lächelte. »Das sagen wir alle.«

»Ich meine das so. Du hast mir das Leben gerettet, und das soll nicht vergebens gewesen sein. Das heißt, mein Leben ist vielleicht vergebens, aber ich werde es weiterleben.«

»Weil?«

»Hab keine Angst, Natalie, ich habe die Pillen nicht genommen, weil du mich verlassen hast. Du bist nicht dafür verantwortlich, verstanden?«

»Das habe ich auch nicht geglaubt. Aber wie dem auch sei, ich habe wirklich keine Lust auf einen lebensmüden Lover.«

Ich sah auf ihre Hand, die meine streichelte, und holte tief Luft.

»Es ist jetzt acht Jahre her, dass ich schon einmal kurz vor einer Entscheidung wie dieser stand. Ich will damit nur sagen, dass zweimal im Laufe von etwas mehr als vierzig Jahren doch ziemlich wenig ist. Und wenn das Durchschnittswerte sind, werde ich es das nächste Mal mit siebzig probieren, und bis dahin bin ich vielleicht an anderen Dingen gestorben.«

Sie legte den Kopf zur Seite. »Willst du mich so etwa davon überzeugen, auf dich zu setzen?«

»Was Besseres fällt mir im Moment nicht ein, außerdem bin ich noch immer so voller Drogen, dass du ein bisschen großzügig sein solltest.«

Sie nickte und stand auf. »Ich treffe Ola zum Lunch. Anschließend komme ich noch einmal. Vielleicht lassen sie dich dann schon gehen, und wir können nach Hause fahren.«

Ich ließ ihre Hand erst los, als ich musste. »Lebensgefährten?«, fragte ich. »Sind wir das?«

»Noch nicht«, antwortete sie lächelnd.

»Tja, und was fehlt noch?«

»Eine Tour nach Krakau?«

Ich dachte nach. »Ich erhöhe.«

»Erhöhe?«

»Wie wäre es mit Paris?«

# 37

*That's our price*«, sagte Gerard.

»*Okay*«, erwiderte ich.

»*Okay?*«

»*Opgards don't haggle.*«

Der Mann, den Gerard als seinen Finanz-Anwalt vorgestellt hatte, lehnte sich zu seinem Chef und flüsterte ihm etwas ins Ohr. Als er den Oberkörper zur Seite bewegte, kam im Fenster hinter ihm der Eiffelturm zum Vorschein. Nicht, dass ich Paris kenne oder daran zweifelte, dass die Geschäftsräume von Alpin exklusiv gelegen waren, aber irgendwie war bei mir der Eindruck entstanden, dass diese verfluchte Eisenkonstruktion von überall in der Stadt zu sehen war. Auf jeden Fall hatten Natalie und ich ihn auch aus unserem Hotelfenster gesehen. Natalie hatte sogar verlangt, dass wir uns anzogen, damit wir die Tür zu dem sogenannten Balkon öffnen und den so hochgelobten Turm bewundern konnten.

»Was gefällt dir daran denn nicht?«, fragte sie.

»Die Lichter oben an der Spitze. Sie stören die Navigationsrouten der Zugvögel, die von Afrika nach Os wollen. Das ist ein Mistding.«

Sie hatte gelacht, und ich hatte damit erreicht, was ich wollte.

»Wie kommt es, dass du so viel weißt. Du behauptest doch immer, noch nirgendwo gewesen zu sein?«

»Lesen. Das ist vermutlich meine Art des Reisens.«

»Dann sag mir lieber, was dir an dieser Stadt gefällt«, verlangte sie.

»Okay«, erwiderte ich. »Das hier.«

»Das?«

»Französische Balkone. Sie sind hier in Paris entstanden, damit Leute ohne Gärten die Möglichkeit haben, trotzdem ein paar Blumen zu pflanzen. In England nennt man sie ›Julian balconies‹, weil Romeo unter genau so einem Balkon gestanden hat, als er um Julia geworben hat. Ich finde die Vorstellung ziemlich schön.«

Es dauerte eine ganze Weile, bis sie fragte: »Sag mal, gibt es da irgendeinen Subtext?«

»Überhaupt nicht«, antwortete ich.

Sie hatte Os-langsam genickt. »Sollen wir uns wieder ganz ausziehen und miteinander schlafen?«

»Definitiv.«

Als Gerard mich jetzt ansah und sagte: *»It's all yours«*, war das wie ein Echo der vergangenen Nacht.

*»Good«*, antwortete ich.

Wir gaben uns die Hände, und Gerards Anwalt schob die Papiere, die ich unterzeichnen sollte, über den Tisch.

Ich sah auf die Vorderseite und zog eine Augenbraue hoch.

*»Sorry«*, sagte Gerard schnell. *»There's an English copy there also, but it's French policy that all commerce in France is done in French. Actually, it's French policy to spread the French language wherever.«*

*»Why?«*, fragte ich, während ich die englische Version las.

*»Why? Pride, jealousy, and world domination, of course. Are there any other reasons?«*

Gerard begleitete mich zum Aufzug.

*»Now that we've signed«*, sagte ich. *»Can you tell me, why you're selling?«*

*»Apart from the price, you mean?«*

*»I don't believe it was about the price, Mr Gerard.«*

*»You are right, Mr Opgard. It was the accounts. We didn't like them. Or more precisely, we didn't like the accounting. I knew your brother, when we were in Toronto. He is a smart man. Maybe too smart.«*

Die Aufzugtüren öffneten sich, und ich trat ein, drehte mich aber noch einmal um und nickte dem Franzosen zu. Sein Anzug kostete sicher das Fünffache von meinem, den ich in Notodden gekauft hatte, vermutlich im selben Laden wie Asle Vendelbo. Ich weiß nicht, ob es nur an dem Anzug lag, aber ich sah Gerard förmlich an, dass er glaubte, den einfältigen Bruder aus dem hohen Norden übertölpelt zu haben. Gerard wusste nicht, dass ich schon den einen oder anderen Gebrauchtwagen aus der Werkstatt heraus verkauft hatte und ich schon beim Betreten des Raumes gespürt hatte, wie sehr sie darauf gierten, zu verkaufen. Ebenso wenig wusste er, dass ich für ihren Posten von 15 Prozent der Aktien des *Os Spa* auch dreißig Prozent mehr zu zahlen bereit gewesen wäre.

Im Aufzug auf dem Weg nach unten dachte ich an das, was Gerard über unsere Beweggründe gesagt hatte: Stolz, Eifersucht und Weltherrschaft. Ich versuchte, noch andere Gründe zu finden. Vergeblich.

Am nächsten Tag mieteten Natalie und ich einen Wagen und fuhren nach Plailly, etwas nördlich von Paris, um den Vergnügungspark Astérix zu besuchen. Es ging auf das Saisonende zu, und wir hatten uns warm angezogen. Trotz der Kälte wimmelte es von Menschen. Der Park war viel kleiner als Disneyland Paris, hatte aber ganze sieben Achterbahnen, die ich alle ausprobieren wollte. Besonders gespannt war ich auf die Bahn Tonnerre 2 Zeus, die – auf jeden Fall vor dem Umbau – als beste Holzbahn der Welt gegolten hatte. Natalie war nicht ganz so gespannt. Das heißt, sie war ein bisschen zu angespannt.

»Muss ich?«, fragte sie, als wir am Rand eines Weihers standen und nach oben zum höchsten Punkt einer herzförmigen Bahn schauten, deren Wagen, begleitet von hysterischen Schreien nach unten donnerten.

»Du musst gar nichts«, sagte ich. »Mach einfach, was du willst.«

»Mit dir möchte ich eigentlich fast alles«, sagte sie und lehnte sich an mich.

»Ach wirklich?« Ich musste mich nach hinten lehnen, um die

Wagen an der krassen Steigung nach oben nicht aus den Augen zu verlieren. »Auch mich heiraten?«

Sie ruckte an meinem Arm. »Mit so was macht man keine Witze!«

Ich lachte. »Ich dachte ja nur.«

»Nein, du willst austesten, ob du ein Ja kriegen würdest. Du hast dir doch vorgenommen, es zu filmen, wenn du ganz oben in der Bahn um meine Hand anhältst. Und dann stellst du das bei YouTube ein.«

»Habe ich das wirklich vor?«

»Das hoffe ich.«

»Okay, du hast mich entlarvt.«

Sie lachte. »Ja, ja.«

Ich seufzte. »Wenn du es wissen willst, musst du mitkommen.«

Sie drehte sich um, legte den Kopf nach hinten an meine Schulter und sah in den Himmel. »Wenn du es wissen willst, musst du mitkommen«, wiederholte sie langsam.

Und wie die Wagen den Schienen nach oben folgten, folgten meine Gedanken dem, was sie in mir angestoßen hatte. Wenn die Achterbahn in Os nicht mehr nur ein Mahnmal für Shannon war, sondern meine ganz persönliche Kathedrale, warum dann nicht ganz oben um ihre Hand anhalten, wenn die Bahn fertig war? König Sigurd der Jerusalemfahrer hat sich ja auch in der Kathedrale vermählt, die er selbst in Oslo hatte errichten lassen.

Doch als der Gedanke schwindelerregend genug war und die Wagen in rasendem Tempo wieder nach unten ratterten, wies ich das Ganze wie selbstverständlich von mir.

Wir fuhren vom Freizeitpark direkt zum Flughafen Charles de Gaulle. Während wir in dem kleinen Bereich für Flüge nach Skandinavien warteten, rief ich Jo Aas an, informierte ihn über den Aktienposten, den ich gerade gekauft hatte, und fragte ihn, wie schnell er eine außerordentliche Generalversammlung von *Os Spa* einberufen könne. Er sagte, alle Aktionäre mit einem

Anteil von mehr als 10 Prozent hätten Anspruch darauf, eine solche Versammlung innerhalb eines Monats einzuberufen. Dann fragte er, warum ich es so eilig hätte.

Es wurde still, als ich es ihm sagte.

»Hast du mit Carl schon darüber gesprochen?«, fragte Aas zum Schluss.

»Nein.«

»Bist du dir wirklich sicher, dass du das willst, Roy?«

»Hast du Einwände?«

»Das wird für viele ziemlich gravierende Konsequenzen haben.«

»Kurzfristig, vielleicht. Auf lange Sicht werden aber die Gesellschaft und auch die Leute im Ort davon profitieren. Siehst du das nicht auch so?«

»Die Gefahr ist ja die, dass auch kleine Verwerfungen zu großen Zerstörungen führen können. Weißt du was, Roy, ich denke, wir beiden sollten uns noch mal zusammensetzen, wenn du nach Hause kommst.«

»Ich wollte wissen, ob du einverstanden bist, Jo, aber meine Entscheidung steht.«

Ich glaubte, fast spüren zu können, wie der frühere König von Os auf seinem Stuhl herumrutschte, als ich ihm nicht nur widersprach, sondern auch seinen Vornamen nannte. Er blieb aber stumm. Als erfahrener Lokalpolitiker ahnte er vermutlich, dass der Wind bald drehen würde.

»Wie du willst«, sagte er. »Es gibt natürlich auch noch eine andere Möglichkeit.«

»Und die wäre?«

»Dass wir das alles dem Vorstand überlassen. Ich weiß ja nicht genau, warum du Carl rausschmeißen willst, aber wenn der Vorstand hinter der Verabschiedung steht, müssen wir die Gründe vielleicht nicht an die große Glocke hängen. Wie wir das Ganze kommunizieren, ist letztlich ja unsere Entscheidung.«

»Du meinst«, sagte ich. »Dass wir das so verpacken können, dass die Entlassung für Carl weniger demütigend ist?«

»Sollten wir das nicht anstreben?«

Ich sah den Wagen mit Shannon auf den Abgrund zurollen und Natalie bewusstlos im Himmelbett der Hochzeitssuite liegen.

»Hallo? Roy? Bist du noch da?«

»Ich muss auflegen, das Boarding beginnt. Ja, überlassen wir die Entscheidung dem Vorstand.«

# 38

Es war nach Mitternacht, als ich nach Hause kam.

Carl drehte sich im Schaukelstuhl um und sah mich an, als ich in der Tür zum Wintergarten stand.

»Wie war es in Paris?«

»Groß. Hast du Lust auf einen Spaziergang?«

»Spaziergang? Jetzt? Wohin denn?«

Ich glaube, er hatte das von Papa. Für ihn war jede Art der Bewegung sinnlos, wenn man nicht irgendwohin musste. Ein unnützes Verbrennen von Energie. Auf einen Sandsack einzuprügeln war okay, dann trainierte man ja, was man eines Tages brauchen würde. Aber spazieren gehen oder Auto fahren, nur um zu fahren, war nicht sein Ding.

Carl zog sich die Gummistiefel und seinen Kamelhaarmantel an.

Ich ging vor ihm im Mondlicht über die Heide und hörte hinter mir seinen schweren Atem. Nach einer Viertelstunde blieb ich auf einer kleinen Anhöhe stehen, von der aus man etwas unterhalb die Lichter des Hotels sehen konnte.

Ich wartete, bis Carl zu mir kam. »Erinnerst du dich an diesen Ort?«, fragte ich.

Er nickte und versuchte, wieder zu Atem zu kommen. »Hier haben du, Shannon und ich gestanden, als ich euch gezeigt habe, wo ich das Hotel bauen will.«

»Davor«, sagte ich.

Er schüttelte den Kopf.

»Du wolltest Papa zeigen, dass du kein Weichei bist, das nichts töten kann. Deshalb hast du Papas Flinte und Dog mitgenommen. Und als du hierherkamst, sind ein paar Schneehühner aufgeflogen, und du hast dir die Flinte von der Schulter gerissen. So war es doch, oder?«

Carl nickte. »Ich habe es genau so gemacht, wie Papa es uns gezeigt hat. Ich habe so lange gewartet, dass ich meine Hand zum Gruß an den Hut hätte legen können, bevor ich abgedrückt habe.«

»Nur dass du nicht abdrücken konntest.«

Carl zuckte mit den Schultern. »Vielleicht dachte ich an ihr Leben, dass sie zusammen waren, eine Familie.«

»Und deshalb hast du die Flinte sinken lassen und trotzdem abgedrückt?«

»Ich wollte doch, dass ihr einen Schuss hört. Ich dachte, wenn Papa auf dem Hof ist und die Schneehühner womöglich auffliegen sieht, muss er auch einen Schuss hören.«

»Aber du hast Dog getroffen.«

»Ja, habe ich.«

»Und dann bist du zum Hof gelaufen und hast mich geholt. Nur mich. Weil niemand sonst es wissen sollte. Du wolltest, dass ich komme und hinter dir aufräume.«

Carl nickte.

»Ich habe Dog mit dem Messer getötet und für dich die Drecksarbeit erledigt«, sagte ich. »Und anschließend haben wir Papa erzählt, du hättest das gemacht und damit wenigstens die Verantwortung für deinen Fehler übernommen.«

Carl verlagerte sein Gewicht auf das andere Bein. Er wurde langsam ungeduldig. »Ich habe dir dafür schon gedankt, Roy. Auf was willst du hinaus? Soll ich dir noch einmal danken?«

»Nein«, sagte ich. »Du schuldest mir nichts.«

»Damals stand ich wohl in deiner Schuld, aber als ich dann das Hotel hier oben auf unserem Land gebaut habe, habe ich auch dich zu einem reichen Mann gemacht. Ohne das …«

»… hätte ich mir die Tankstelle nicht leisten können«, sagte ich.

»Oder eine der anderen Immobilien.«

»Stimmt.«

»Es ist spät und kalt, Roy. Sollen wir nicht zum Punkt kommen und dann nach Hause gehen?«

Ich nickte. »Ich muss wieder was für dich beenden. Da du das sicher nicht selbst tun wirst.«

Carl sah mich nur an.

»Ich habe in Paris Aktien gekauft«, sagte ich.

Carl hob das Kinn. Ich kannte die Bewegung und wusste, dass er bereits jetzt ahnte, um was es ging.

»Mein Aktienanteil an dem Hotel dort unten beträgt jetzt 51 Prozent. Das heißt, dass ich allein entscheiden kann, ob ein Geschäftsführer bleibt oder geht. Und wie bei Dog wirst du mir dafür dankbar sein.«

Im Mondlicht waren wir bereits so blass, dass nicht zu erkennen war, ob Carl noch blasser wurde. Dann kam die erwartete erste Frage.

»Warum?«

»Weil du Lewi Wirkus dazu gebracht hast, die Arbeiten an deinem Haus dem Hotel in Rechnung zu stellen. Unter dem Posten ›*Preparatory* …‹«

»Nicht das«, unterbrach Carl mich. »Warum glaubst du, dass ich dir dankbar sein werde?«

Ich holte tief Luft. »Früher oder später hätte jemand nach diesen Rechnungen gefragt, Carl. Wenn nicht aus dem Vorstand, wäre die Frage in der Generalversammlung oder noch schlimmer von Dan Krane gekommen. Vendelbo hat den Braten bereits gerochen. Und Gerard auch. Aber Gerard ist Pragmatiker und vor allem Geschäftsmann. Vor die Wahl gestellt, ob er dich feuern oder seine Aktien verkaufen will, bevor der Skandal diese ins Bodenlose fallen lässt, hat er sich natürlich für Letzteres entschieden. Worüber du froh sein solltest. Denn mit mir als Mehrheitsaktionär und vorläufig einziger Person, die die unangenehmen Fakten kennt, können wir deinen Abschied entdramatisieren und sagen, dass du eine Pause brauchst und das Ruder solange mir überlässt. Wir können offenlassen, ob du zu einem späteren Zeitpunkt wieder einsteigst.«

»Du willst Geschäftsführer werden?«

»Und Vorstandsvorsitzender. Ich sorge dafür, dass die Buchhaltung die fehlerhafte Rechnungsstellung von AUB korrigiert und die Rechnungen dann an den richtigen Adressaten, also dich gehen. Wenn ich mich nicht irre, musst du etwas verkaufen, um die zusätzlichen drei Millionen aufbringen zu können. Das Einfachste wären vermutlich ein paar Hotelaktien. Ich würde sie dir auch zu einem höheren Preis abkaufen als dem, den ich Gerard gezahlt habe. Wie wäre es mit einem zwanzigprozentigen Aufschlag? Die Entscheidung liegt auf jeden Fall bei dir.«

Carl schüttelte den Kopf und lachte lautlos. »Das ist doch alles nicht wahr, Roy!«

»Nicht?«

»Du stiehlst mir das Hotel und bist auch noch frech genug, es so darzustellen, als würdest du mir damit einen Gefallen tun?«

»Bist du wirklich der Meinung, dass sich das anders verhält?«

Carl hielt mir seinen Zeigefinger vor das Gesicht. »Und wenn ich zu Vendelbo gehe und ihm erzähle, dass fünfzig Millionen des Kredits, den er dir für die Achterbahn gegeben hat, für etwas ganz anderes verwendet wurden. Was, glaubst du, wird dann passieren?«

»Ich glaube, Vendelbo wird sich freuen, dass das Geld an einem weniger riskanten Ort untergebracht ist. Das *Os Spa* wird von dem Ausbau des neuen Riksvei profitieren, ganz zu schweigen von der Tatsache, dass du die Leitung abgibst. Dass ist ein *wet dream* für die Bank. Er wird mir dankbar sein, Carl.«

Carl wusste, dass ich recht hatte. Ich sah ihm das an, und genau deshalb überraschte mich seine Reaktion. Er begann erneut zu lachen. Vermutlich hatte er mehr getrunken, als ich angenommen hatte.

»Ich denke schon lange darüber nach«, begann er, »warum Papa nicht auch dir angetan hat, was er mit mir gemacht hat. Du warst ja der Ältere und vor mir in diesem Alter.«

»Du warst es, der Mama ähnlich war«, sagte ich. »Du hast ihn an sie erinnert, als er sich in sie verliebt hat.«

»Idiot«, schimpfte Carl. »Der Grund war einzig und allein, dass er immer schon Angst vor dir hatte. Er wusste, dass du ihn töten würdest, wenn er dich anfasst, selbst als du gerade erst ein Teenager warst. Er hat in dir einen rücksichtslosen Mörder gesehen, Roy. Und sieh nur, er hat recht bekommen.«

»Ich würde sagen, er hat sich geirrt«, erwiderte ich. »Ich bin ein rücksichtsvoller Mörder. Denk mal über meine Worte nach. In zwei Wochen ist Vorstandssitzung.«

Ich ging langsam zurück nach Opgard. Auf halbem Weg drehte ich mich um. Carls Silhouette wuchs noch immer am selben Ort aus dem Gebirge. Es sah so aus, als bewunderte er sein Hotel.

Die nächsten zehn Tage verbrachte ich gemeinsam mit Natalie in ihrer Wohnung, Wenn ich nicht in der Tankstelle war, waren wir zusammen. Wir schliefen, aßen, sahen Filme, lasen, liebten uns und redeten miteinander. Ich bin ja eher ein stiller Typ und hatte nie zuvor so viele Worte und Sätze produziert wie in diesen Tagen. Nicht einmal Shannon hatte mich so zum Reden gebracht wie Natalie.

Manchmal war es aber richtig, den Mund zu halten. Wie bei unserem Besuch auf dem Friedhof, wo Natalie Blumen auf das Grab ihres Vaters legen wollte und ich zu meiner Überraschung feststellte, dass eine Träne aus ihren Augen lief. Es verlangte mich danach, sie zu fragen, was auf ihrer inneren Waagschale welches Gewicht hatte und ob ein Vater und Vergewaltiger wirklich eine Träne verdiente, ich ließ es aber bleiben. Vielleicht weil ich in mir dieselbe Schizophrenie spürte. Vielleicht war der Grund aber auch, dass ich fürchtete, durchschaut zu werden, sollte ich ihren Vater angreifen. Sie könnte in meiner Stimme hören, dass ich indirekt den Mord verteidigte. *Ruhe in Frieden* war in seinen Grabstein eingraviert worden. In den Albträumen, die ich in der letzten Zeit gehabt hatte, tat er das nicht, aber sollten er und die anderen auf dem Friedhof wirklich in Frieden ruhen, beneidete ich sie. Ja, es hatte Tage gegeben, in denen ich mehr als bereitwillig mit ihnen getauscht hätte. Mittlerweile lagen diese Tage aber schon eine ganze Weile zurück.

Wir wanderten im Gebirge und diskutierten das Leben, die Zukunft und was wir um uns herum sahen. Und wie man ein Geschäft führt, wobei es weniger um den Vergnügungspark als um das *Os Spa* ging. Ich hatte in all den Jahren mitbekommen, was Carl gemacht hatte, und war zu dem Schluss gekommen, dass es sich nicht allzu sehr vom Betrieb der Tankstelle unterschied. Andererseits hatte Natalie ganz offensichtlich ein besseres Verständnis für das Hotelfach als ich und noch dazu ein intuitives Feeling dafür, worauf es auf lange Sicht bei einem Geschäft ankam.

»Delegieren«, sagte sie mindestens fünfmal pro Wanderung.

Ich hatte ihr gesagt, dass ich durchaus wisse, was mit diesem Wort gemeint war, sie wiederholte es aber trotzdem und betonte, dass auf das Team vertrauen müsse, wer immer das Geschäft führe. Dey (anfangs klang dieses Wort in meinen Ohren so künstlich, doch inzwischen hatte ich tatsächlich selbst begonnen, es zu verwenden) muss als Manager auftreten und den Mitspielern die Aufgaben erklären. Das sei ein wichtiger Teil der Taktik, wenn man das Spiel gewinnen wolle. Dann müsse die Führungskraft aber an der Seitenlinie stehen und nicht selber eingreifen.

»Wenn man sieht, wie die Spieler sich nach einem Treffer in den Armen liegen, weiß man, dass man als Führungskraft alles richtig gemacht hat. Sie wollen nicht nur für dich gewinnen, sondern für sich selbst. Sie wollen stolz darauf sein, für das *Os Spa* zu arbeiten.«

»Ich glaube, du solltest mal einen dieser Inspirationsvorträge für die Mitarbeiter halten.«

»Das tue ich, wenn ich leitende Geschäftsführerin bin«, sagte sie und zog verschmitzt lächelnd eine Augenbraue hoch.

»Und was machst du in der Zwischenzeit?«

»Keine Ahnung.« Der Os-Dialekt hatte fast unbemerkt wieder verlorenes Terrain zurückgewonnen. »Ich weiß aber, was ich will.«

»Und das wäre?«

»Dass wir jetzt ganz schnell nach Hause gehen, uns alle Kleider vom Leib reißen und es wie die Karnickel machen.«

An dem Abend, als Hell Spelemannslag im *Freien Fall* spielte, war der Laden rappelvoll. Natürlich konnte das auch daran liegen, dass der *Freie Fall* mittlerweile auch unabhängig von Wochentag und Programm regelmäßig gut besucht war. An diesem Abend ging es aber richtig ab, als hätte der ganze Ort nur auf die Hardcore-Hardangerfiedelmusik gewartet. Als Ola – er hatte wieder die Strähne durch den Ohrring gezogen – mit beiden Beinen über die schmale Kante der Lautsprecher balancierte, während seine Fiedel schrie, weinte und heulte, waren die Menschen längst auf den Beinen. Johnny und seine Kumpel zogen vor der zwanzig Zentimeter hohen Bühne den reinsten Moshpit ab, als wären sie auf einem Satyricon-Konzert.

Ola warf den Kopf zur Seite und schleuderte mit der sich lösenden Strähne eine Dusche aus Schweiß über die neu gewonnenen Jünger, und ich sah – natürlich nach ein paar Bier, aber ich meine wirklich, das gesehen zu haben – Egil und Børge ihre Zungen rausstrecken, um irgendetwas einzuwerfen.

Dann betrat Natalie die Bühne, stellte sich mit ihrem Instrument an den Rand und ließ ihren Blick über die Anwesenden schweifen, als forderte sie bedingungslose Unterwerfung. Und sie bekam sie, so hatte der Ort sie noch nie gesehen. Die Menschen, die noch Sekunden zuvor komplett von Sinnen schienen, wurden mit einem Mal still wie in einer Kirche. Als sie sang, spürte ich plötzlich einen Arm um meine Taille. Es war Julie, den anderen hatte sie um Alex gelegt. Sie stellte sich auf die Zehenspitzen und flüsterte mir ins Ohr:

»Du Glückspilz, die hätte ich auch genommen.«

Als das Lokal endlich bis auf Julie und Alex, Erik Nerell, mich und die Band leer war, war es fast zwei. Wir – minus Julie und Natalie – teilten uns eine Flasche Cognac, und Erik weinte fast vor Glück. Nicht weil wir einen neuen Umsatzrekord geschafft hatten, dafür hatte es knapp nicht gereicht, sondern weil wir – wenigstens mittelbar – einen Beitrag dazu geleistet hatten, dass die Menschen in Os ein Erlebnis geschenkt bekommen hatten, an das sie sich noch lange erinnern würden. Ja, für den Rest des Lebens, sagte er mit dem Brustton der Überzeugung. Und dann dankte er mir noch einmal dafür, ihm eine neue Chance gegeben zu haben. Als er mich dann sogar umarmte, musste ich an das denken, was Natalie über jubelnde Fußballmannschaften gesagt hatte. Es schien also wirklich etwas dran zu sein, einem Menschen die Möglichkeit zu geben, sich seine eigene Begeisterung zu erschaffen.

Auf dem Weg nach Hause musste Natalie mich stützen.

»Findest du, ich hätte solidarisch sein und nichts trinken sollen?«

»Nein«, antwortete sie. »Es ist gut zu sehen, dass auch ein Roy Opgard mal die Kontrolle verliert.«

Zehn Tage lang schwebte ich, um es ganz klar auszudrücken, auf einer lächerlichen Wolke aus Glück. Und auch wenn ich kaum Erfahrung mit dieser Art von Glück habe, bilde ich mir ein, dass es dadurch verstärkt wurde, dass die Sonne nicht von einem wolkenlosen Himmel schien. Im Gegenteil, überall um mich herum türmten sich dunkelgraue Gewitterwolken auf. Aber ist es nicht so, dass man gerade in diesen Momenten die Wärme genießt. Wenn man spürt, dass die Zeit nur geborgt ist und man jede Sekunde genießen muss? Schließt man die Augen, spürt man vielleicht, dass es noch etwas wärmer wird, weil die Sonne den Rand der Wolken erreicht hat und die Strahlen deshalb für einen Moment in einem anderen Winkel einfallen und sich wie in einem Brennglas sammeln. Das ist dann aber auch der Moment, in dem die Sonne verschwindet, die Temperaturen in den Keller gehen und – bei einem Himmel wie meinem – das Unwetter losbrechen kann.

Genau an diesem Punkt stand ich, im Zentrum der Sonnenstrahlen und beseelt von einem fast schon frenetischen Glück, als Carl anrief und mich bat, nach oben zum Hotel zu kommen. Ich wusste nicht, was er wollte, ich kenne aber jede Nuance seiner Stimme – wie er sicher auch meine – und spürte schon da, wie es kälter und kälter wurde.

Als ich eine Stunde später in seinem Büro stand, öffnete der Himmel, wie erwartet, seine Schleusen.

# 39

Carl saß hinter seinem Schreibtisch, als ich das Büro betrat.

»Setz dich«, sagte er.

Da wir als Brüder nicht auf irgendwelche Höflichkeitsphrasen angewiesen waren, verstand ich seine Worte als eine Art Einleitung, eine Warnung, dass er mir etwas Ernstes mitzuteilen hatte.

Ich setzte mich vor den Schreibtisch, während er von seinem Sessel aufstand.

Definitiv etwas Ernstes.

»Gefällt dir dieses Büro?«, fragte er und klopfte mit der flachen Hand auf die Lehne des Chefsessels. Er fuhr fort, ohne auf eine Antwort zu warten. »Mir auch.«

Er trat ans Fenster.

»Außerdem liebe ich die Aussicht über mein eigenes Land. Es gefällt mir, dass sie mir das Essen aus dem Restaurant nach oben bringen, wenn ich darum bitte, oder mir einen Termin im Spa-Bereich ermöglichen, wenn ich eine Massage brauche. Ich weiß die Mischung aus Verantwortung und Freiheit zu schätzen, die ich als Chef habe. Und mir gefällt der Respekt, der mir entgegengebracht wird. Und die Macht. Die Möglichkeit, gute Dinge zu tun. Für mich, für meine Angestellten und für Os. Das alles gefällt mir so gut, Roy, dass ich nicht bereit bin, das abzugeben. Mein Entschluss steht fest.« Er drehte sich zu mir um. »Als wir zuletzt miteinander geredet haben, hast du gesagt, dass du die Entscheidung mir überlassen willst. Aber das war natürlich Blödsinn, du hast mir keine Wahl gelassen. Deshalb musste ich es tun.«

»Was tun?«

Carl lächelte, in seinem Blick lag aber so etwas wie Schuldbewusstsein und Resignation. Und diesen Blick kannte ich nur zu gut. So hatte er mich angesehen, als er mir gesagt hatte, dass er Dog angeschossen hatte. Und als er den alten Olsen in den Abgrund gestoßen oder Shannon erschlagen hatte. Ich schluckte.

»Was, Carl? Was hast du getan?«

»Ich habe eine Vereinbarung mit Kurt Olsen getroffen. Ich werde ihm sagen, wie du Papa und Mama getötet hast und wie du alles so arrangiert hast, dass es so aussah, als wäre Olsen ins Wasser gegangen. Und dass du Willum Willumsen erschossen hast.«

Ich starrte ihn an und versuchte zu verstehen, was er gerade gesagt hatte. Denn das konnte nicht wahr sein. Wie gesagt, ich bin kein Held, was das Lesen angeht, aber im Rechnen bin ich ziemlich gut, und das Ganze ging irgendwie nicht auf.

»Du willst gestehen, dass du den alten Olsen umgebracht hast, weil du dein Büro behalten willst?«, fragte ich.

»Ich werde bezeugen, dass du es warst, der Sigmund Olsen getötet hat. Und Kurt hat schon gesagt, dass er mir glauben wird. Wer damals auf den Dorffesten war, weiß doch, dass du der Gewalttätige von uns beiden bist.«

Ich schloss die Augen und biss die Zähne so fest zusammen, dass mein Kiefer knackte. »Du willst sagen, dass du mit Kurt schon darüber gesprochen hast?«

»Richtig.«

Ich atmete durch die Nase, und in meinem Kopf pfiff und rauschte es. »Du bringst mich hinter Gitter. Und dann? Deinen Job hier verlierst du so oder so, wenn die Unterschlagung rauskommt.«

»Die kommt aber nicht raus«, sagte Carl. »Und vielleicht wirst du ja auch nicht verurteilt.«

Ich schlug die Augen wieder auf. »Nicht? Und wie soll das gehen, wenn du das alles schon ausgeplaudert hast?«

Ein Lächeln, dieses Mal breit und echt, zeichnete sich auf seinem Gesicht ab. »Eine Aussage vor der Polizei ist nicht dasselbe wie eine Aussage vor Gericht, Roy. Was man einem einfachen Polizisten gegenüber gesagt hat, kann man jederzeit widerrufen, ich könnte zum Beispiel sagen, dass Kurt mich unter Druck gesetzt hat oder dass ich ihn nur verarschen wollte, weil er uns all die Jahre schikaniert hat. Ich kann die Aussage noch heute zurückziehen, Roy, aber nur unter folgenden Bedingungen. Du hältst bei der Vorstandssitzung deinen Mund, und ich behalte meinen Job. Und du persönlich zahlst die Rechnung über die drei Millionen, aber natürlich so, dass niemand das mitbekommt. Sollte das später mal ans Licht kommen, können wir immer noch sagen, dass der Fehler bei AUB lag und wir ihn längst korrigiert haben.«

Ich nickte. Fühlte mich angezählt. Carl war dem Tipp gefolgt, den Papa uns immer beim Boxen gegeben hatte. Will man seinen Gegner mit maximaler Kraft treffen, muss man zuschlagen, wenn der andere angreift und in der Vorwärtsbewegung ist.

»Du wirkst ein bisschen erschüttert, großer Bruder. Im Grunde tue ich dir damit aber einen Gefallen. Und die Wahl hast ja noch immer du.«

Ich konnte nur nicken, wie eine dieser verfluchten Hundepuppen, die die Alten im Ort auf der Hutablage ihrer Autos spazieren fuhren.

»Ich weiß, wie du dich jetzt fühlst«, sagte Carl. »Aber dann sind wir quitt. Einem Neuanfang steht dann nichts im Weg. Team Opgard. Oder was meinst du?«

»Quitt?«, fragte ich.

»Ja, ich wusste natürlich, dass du in Natalie Moe verliebt bist. Und wie weh es dir tun würde, wenn du hörst, dass ich sie gefickt habe. Aber ich musste das tun. Damit wir auch in diesem Punkt quitt sind.«

Ich starrte ihn an.

So langsam dämmerte es dem Idioten Roy Opgard.

Carl hatte Natalie nicht betäubt, um mit ihr zu schlafen, sondern um sich an mir zu rächen. Und das konnte nur eins bedeuten.

Es wusste Bescheid.

»Wie …?«, begann ich und musste mich räuspern.

»Kurt«, sagte Carl. »Er kam zu mir und wollte mich als Zeugen für den Mord an seinem Vater. Im Gegenzug hat er mir zugesichert, mich nicht wegen Beihilfe anzuklagen. Locken wollte er mich mit Informationen, die unsere Bruderliebe ein bisschen infrage stellen könnten, wie er sagte. Denn sie hatten nicht nur das Blut des alten Olsen unter dem Nummernschild von Papas Auto analysiert, sondern auch das Blut in dem Wagen, den Shannon gefahren hat. Daraus war hervorgegangen, dass sie schwanger war, was ich wusste. Was ich allerdings nicht wusste, war, dass man anhand des Blutes einer Schwangeren auch feststellen kann, wer der Vater ist. Wusstest du das?«

Ich nickte, so langsam tat mir mein Nacken weh.

»Großartig, oder? Genauso großartig wie die Nachricht, dass du der Vater warst. Roy, mein eigener Bruder, hat meine Frau gevögelt und mir nichts davon gesagt.« Er legte den Kopf zur Seite. »Ich habe mich da natürlich gefragt, wie ihr euch das vorgestellt habt, was euer Plan war. Wolltet ihr das vor mir geheim halten? Sollte ich das Kuckuckskind ernähren und wie mein eigenes aufziehen?«

Ich schluckte. Ich konnte ihm ja kaum sagen, dass unser Plan viel drastischer gewesen war.

»Kurt ist überzeugt davon, dass er einen Keil zwischen uns treiben kann. Und so ganz unrecht hat er damit ja nicht. Ich habe ihm gesagt, dass ich über seinen Vorschlag nachdenken will. Und das habe ich, Roy. Ich könnte dich fallen lassen und mich rächen. Dann wäre auch Schluss mit dem ewigen sich Umschauen und der Angst, auf welche Ideen Kurt Olsen als Nächstes kommen könnte.«

Mit einem Mal wusste ich, was das Fremde gewesen war, das ich in seinem Blick gesehen hatte. Dem Blick, den er sonst nur Papa zugeworfen hatte. Es war eine Mischung aus Hass und Schuldgefühlen, wegen dem, was er noch tun würde.

»Erst dachte ich, es reicht, Natalie Moe zu ficken«, sagte er. »Ich wollte deinen Schmerz sehen, beobachten, wie dein Herz bricht. Ich habe wirklich gehofft, dass mir das reichen würde. Und weißt du was? Es wäre auch genug für mich gewesen. Es hätte an diesem Punkt stoppen können. Aber dann hast du diesen Atomkrieg begonnen, und plötzlich zählte nur noch das, was Papa damals über den dritten Weltkrieg gesagt hat.«

»Vergeltung«, sagte ich.

»Vergeltung«, wiederholte Carl. »Dann werden alle – vor allem die Kommunisten – zurück in die Steinzeit gebombt.«

Ich musste lächeln.

Carl setzte sich wieder auf seinen Chefsessel. »Also, was sagst du, Bruderherz? Wollen wir beide Kurt den Sieg abspenstig machen? Akzeptieren wir, dass wir beide ein paar Nierenschläge eingesteckt haben, es damit dann aber auch reicht? Und dann machen wir weiter, ich leite dieses Hotel, und du kriegst den Vergnügungspark und die Prinzessin obendrauf?«

Wir sahen uns an. Ich weiß nicht, was er noch sagte, aber ich sah den kleinen Bruder, mit dem ich gespielt und getobt, gestritten und konkurriert hatte, den kleinen Jungen, dem ich immer, wenn er es brauchte, Schutz und Trost gewährt hatte – wenn wir beide es brauchten. Nachts, wenn Papa gekommen und wieder gegangen und ich nach unten in Carls Bett geklettert war, hatte ich meine Arme um ihn gelegt, bis seine Tränen versiegt waren. Und er war nachts, wenn er glaubte, ich schlief, aufgestanden, hatte meinen Ranzen geöffnet und den Aufsatz, den ich am nächsten Tag abgeben musste, korrigiert. Ich habe immer so getan, als hätte ich das nicht bemerkt. Und später tanzte er dann mit all den schönen Mädchen auf den Dorffesten, und ich hielt ihm den Rücken frei und vermöbelte all die eifersüchtigen Jungs, die ihm an den Kragen wollten.

»Ist Natalie mit ihrer Anzeige deshalb nicht weitergekommen?«, fragte ich. »Kurt schützt dich, den Kronzeugen des einzigen Falls, der für ihn wirklich wichtig ist?«

»Ich weiß es nicht. Ich glaube, Kurt hat Natalie nichts Unwahres gesagt. Die meisten Anzeigen wegen Vergewaltigung verlaufen im Sand.«

»Okay.« Ich strich mir über das Kinn.

Carl beugte sich vor und streckte mir seine rechte Hand entgegen.

»Frieden, Bruderherz?«

Meine Finger strichen noch immer über die ungewohnt glatte Haut, ich hatte mich noch nicht daran gewöhnt, mich jeden Tag zu rasieren.

Ein merkwürdiger Gedanke kam mir. Wenn ich jetzt die ausgestreckte Hand drückte, würde sich die warme, raue Handinnenfläche des einzigen noch lebenden Opgards vertrauter und sicherer anfühlen als mein eigenes Kinn. Ich räusperte mich.

»Ich erinnere mich gut an das, was Papa über Vergeltung und Weltkriege gesagt hat«, erwiderte ich. »Er meinte, dass es an dem Tag, an dem wir uns gegenseitig zurück in die Steinzeit bomben, darauf ankommt, alle anderen dahin mitzunehmen, damit wir den Kampf später auf Augenhöhe fortsetzen können: mit Steinäxten.«

Carl sah mich unsicher an, während seine Hand wie ein nicht zu Ende gebrachter Satz zwischen uns in der Luft hing. Ich stand auf.

»Geh mit deiner Zeugenaussage zu Kurt, Carl. Ich gehe derweil nach Hause und hole meine Steinaxt.«

Ich hörte den Chefsessel hinter mir knirschen, als schwänge er darin vor und zurück, während ich den Raum verließ und die Tür hinter mir schloss.

# 40

An diesem Nachmittag kochte ich im vollen Bewusstsein, dass der dritte Weltkrieg ausgebrochen war und es nur Verlierer geben würde, für Natalie Labskaus. Nicht den norwegischen Abklatsch, sondern die echte norddeutsche Variante, die selbstverständlich nicht aus billigem Dosenfleisch und eingeweichten Schiffskeksen bestand, wie man es früher auf den Schiffen serviert hatte. Mama hatte das Gericht als Haushälterin gelernt. Die Zutaten waren gepökeltes Rindfleisch, Hering, Kartoffeln, Rote Bete, Zwiebeln, Petersilie und Kräuter, und diese Version stellte auch die hohen Herren in Bremen und Hamburg zufrieden. Als Natalie ihre dritte Portion in Angriff nahm, fragte ich vollkommen überflüssigerweise, ob es ihr schmeckte. Sie zeigte als Antwort nur lachend auf meinen Teller. »Die Frage ist doch wohl eher, ob es *dir* schmeckt.«

»Ja, klar, ich habe nur keinen Hunger.«

»Stimmt was nicht?«

»Schwer zu sagen, irgendwas ist doch immer im Busch«, sagte ich, denn die besten Lügen sind die, die eigentlich keine Lügen sind.

»Die Arbeit?«

»Die Arbeit«, bestätigte ich und sagte damit eigentlich noch immer die Wahrheit, schließlich ging es ja um meine Arbeit als Hotelchef.

»Ich höre gerne zu, wenn du erzählen willst«, sagte sie.

»Danke, Liebling, aber so viel gibt es da nicht zu erzählen.« Ich lieh mir das Wort von ihr, *Liebling*, das sie in der letzten

Zeit immer öfter in den Mund genommen hatte und das mittlerweile auch gar nicht mehr so ironisch klang.

»Verstehe«, sagte sie seufzend. »Ich brauche einfach was, um mein Gehirn zu beschäftigen. Dieses Nichtstun geht mir langsam auf die Nerven.«

Ich schob meinen Teller zur Seite. »Und ich spüre, dass ich mein Gehirn ein bisschen lüften muss. Ich gehe 'ne Runde spazieren und gucke anschließend bei Erik vorbei. Soll ich von unterwegs irgendwas mitbringen?«

»Es hat doch eh nur noch die Tankstelle auf, und bis dahin ist es bei dem Regen doch wohl ein bisschen weit.«

»Stimmt«, sagte ich, küsste sie auf die Stirn und ging nach draußen.

Es regnete gleichmäßig. Ich zog mir die Kapuze über den Kopf, ging über den Platz zum Riksvei und auf dem Bürgersteig weiter in Richtung Tanke. Ein Stück vor mir sah ich eine Frau aus einem Škoda Hybrid steigen, ein vernünftiges Familienauto. Ich erkannte den Wagen wieder, nicht aber die Frau, und dachte, dass das eigentlich ein ziemlich seltsamer Ort zum Aussteigen war, denn da vorne gab es weit und breit kein Haus. Als sie über die Straße auf den Bürgersteig kam und weiter in meine Richtung lief und der Škoda in dieselbe Richtung fuhr, erkannte ich die Zeichen. Das Auto fuhr zuerst an mir vorbei, und hinter den Scheibenwischern saß Dan Krane. Er starrte geradeaus, als würde der Zeuge auf dem Bürgersteig verschwinden, wenn er ihn keines Blickes würdigte. Als die Frau sich mir näherte, erkannte ich auch sie, es war die Hotelangestellte mit dem osteuropäischen Akzent, die mir im Housekeeping-Lager geholfen hatte, das Laken zu finden. Ich nickte ihr zu, aber auch sie starrte geradeaus, wenn auch mit einer gewissen Röte auf den Wangen ihres versteinerten Gesichts.

Und trotzdem. Was ich da gesehen hatte, war kein Glück, nicht einmal ein gestohlenes. Die beiden hätten nicht einsamer sein können, nicht einmal, wenn ich sie mutterseelenallein auf dem Meer ausgesetzt hätte.

Ich holte in der Tanke Natalies *guilty pleasure* – eine große

Tafel Milchschokolade – und ging zurück. Zählte die Schritte und entschloss mich, eine Entscheidung zu treffen, bevor ich bei dreihundertdreiunddreißig war. Würde Carl wirklich vor Gericht gegen mich aussagen? Die Vorstellung fiel mir schwer. Und wenn es eine leere Drohung war, wäre das, was ich in Erwägung zog – einen *preemptive strike* –, ein katastrophaler Fehler. Dreihundertundeinunddreißig. Ich stand vor dem *Freien Fall*. Der Regen hatte schwarze Streifen durch Eriks Kreidestriche auf der Klapptafel gezogen.

*Just do it* war zu *just dø it* geworden.

Ich ging hinein.

Erik wiederholte meine Frage. »Was für Freunde wir sind? Tja. Früher war es jedenfalls so, dass er die Entscheidungen traf und wir anderen ihm folgten. Ich glaube, der gesamte Freundeskreis hat zu Kurt aufgesehen, auf jeden Fall in unserer Jugend. Vielleicht weil er der Sohn des Polizisten war, vermutlich dachten wir, dass es bei ihm zu Hause spannender war als bei uns. Sicher aber auch, weil er der mit Abstand beste Fußballspieler von uns war. Das größte Talent, das Os jemals hervorgebracht hatte, sagten die Leute. Entscheidend war aber wohl auch seine souveräne Art.«

Erik schenkte mir Kaffee nach. Er hatte Alex die Bar überlassen, während wir an dem Tisch an der Tür saßen, wo wir außer Hörweite waren. Ich trank einen Schluck und wusste, dass es eine Weile dauern würde, bis Erik zum Punkt kam.

»Er war der Beste und wusste das nur zu gut. Nicht in der Schule, da war er keine Leuchte, aber kaum war der Unterricht zu Ende, war er die Nummer eins. Auch bei den Mädchen war er vorne dran. Sie mochten sein Selbstvertrauen und seine blonden, dichten Haare. Der hätte echt in einer Band spielen können. Das Schlimmste war aber, dass er auch noch Gitarre spielte, und das gar nicht so schlecht. Ihm fehlte nur die Geduld. Außerdem stand der Fußball für ihn immer im Vordergrund, aber das musste vermutlich so sein, schließlich spielte er ja schon mit 16 in der ersten Mannschaft. Die Notoddener wollten ihn abwerben, und einmal war er sogar zu einem Probetraining in Skien. Er hat da auch ein paarmal auf der Bank gesessen, hatte aber nur einen Einsatz als Joker, der ganz gut gelaufen ist. Rechtsaußen, du weißt schon, aber irgendwie konnte er da nicht zeigen, wie gut er wirklich ist, weshalb er schnell wieder zu Hause war. Gefallen hat es ihm nicht in Skien. Er kannte da niemanden. In Os fühlte er sich viel wohler. Er brauchte das vertraute Terrain und Freunde, die für ihn da sind, wenn er sie ruft.«

»Lieber der Beste im kleinen Kreis?«, fragte ich.

Erik nickte. »Wenn Kurt eine Schwäche hat, dann die, dass er nicht verlieren kann. Wobei, im Fußball war das sicher auch seine Stärke, er rannte und rannte, bis seine Gegenspieler auf dem Zahnfleisch gingen. Er war geduldig, hat nie aufgegeben. Aber manchmal ging es auch durch mit ihm. Ich erinnere mich an ein Spiel gegen Notodden im Pokalwettbewerb. Die hatten damals einen verdammt guten Spieler, einen kleinen, technisch versierten Typen, der Kurt zweimal getunnelt hat. Die Leute klatschten dem Kleinen Beifall, der unseren Kapitän so wunderbar vorgeführt hatte. Beim dritten Versuch holte Kurt ihn in Kniehöhe von den Beinen, und der Junge musste vom Platz getragen werden. Kreuzbandriss. Ein halbes Jahr später habe ich gelesen, dass er seine Karriere an den Nagel gehängt hat.«

Ich sah zu Johnny – in Uniform –, der mit zwei Freunden an einem Tisch saß. Er sah immer wieder zu uns herüber.

»Sag mal, wenn er wusste, dass ihr kommt, wenn er euch ruft? Hat er das auch mal ausgenutzt?«, fragte ich.

»An was denkst du?«, wollte Erik wissen und hob die Tasse an die Lippen. Sie war leer.

Ich war auf dem Weg nach draußen und stand im Flur des Lokals, als das Telefon klingelte.

Es war Bent Halden.

In der Regel muss man Menschen kennen, um herauszuhören, wenn etwas gar nicht stimmt, wenn sie vollkommen ruhig über das Wetter sprechen. Bei Halden war es anders.

»Ja, es ist auch hier kälter geworden«, antwortete ich und

blinzelte durch das Glas der Kneipentür nach draußen. »Was ist los?«

»Jon Fuhr«, sagte er.

»Was ist mit ihm?«

Er erklärte mir das Problem.

Es war eine Überraschung, wenn auch nicht gerade ein Schock.

Ich fragte Halden, wie schnell er in Os sein könne. Er sagte, dass er sich Sorgen mache, mit mir zusammen gesehen zu werden, aber ich erwiderte, dass er zur Werkstatt fahren solle, dann könnten wir sagen, dass ich noch etwas an seinem Wagen regeln müsse.

»Okay«, sagte er und legte auf.

Ich starrte auf das abgetretene Parkett. Das helle Viereck musste von dem alten Spielautomaten stammen, der dort einmal gestanden hatte. Die Asteroiden explodierten in immer schnellerer Folge, und Kurt Olsen hatte natürlich recht. Irgendwann war es vorbei. Aber wie geht man damit um? Spielt man weiter, bis vor einem irgendwann die Buchstaben *Game Over* auftauchen, die Musik verstummt und das Licht ausgeht?

# 41

Es war kurz vor Mitternacht. Bent Halden hatte seinen Audi in die Werkstatt gefahren, saß auf einem Holzstuhl an der Wand und erzählte. Es war so kalt und feucht, dass wir unsere Jacken anbehalten hatten.

Jon Fuhr hatte Halden gesagt, er habe jetzt verstanden, wie viel mein Bruder und ich an ihrem Bericht verdienten, weshalb er noch einmal sechs Millionen wollte.

»Warum gerade sechs?«, fragte ich.

»Keine Ahnung«, sagte Halden, die Verzweiflung war ihm anzuhören. »Ich glaube, er hat Schulden ... vielleicht hat er gespielt und verloren.«

»Was es auch ist«, sagte ich. »Das machen wir nicht. Wir haben eine Vereinbarung, und ich erwarte, dass Sie sich daran halten.«

»Jon sagt, dass er den Bericht korrigieren wird, wenn Sie nicht bezahlen.«

»Wenn Sie auch nur ein Komma ändern, kommen wir euch holen.«

»Fuhr glaubt an kein ›Wir‹«, sagte Bent. »Er meint, da wären nur Sie und Ihr Bruder.«

Ich nickte. »Versteht er denn nicht, dass jede Veränderung des Berichts verdächtig ist? Selbst wenn wir euch in Ruhe lassen, andere werden das nicht tun. Dann fliegt der ganze Mist auf, und wir alle landen im Gefängnis. Und eure Strafen werden dann höher sein als unsere.«

»*Ich* verstehe das«, sagte Halden. »Und eigentlich glaube ich, dass Jon das auch versteht, aber ...«

»Aber?«

»Er will Sie unter Druck setzen. Er ist … als hätte er überhaupt keine Angst.«

»Keine Angst.«

»Der ist komplett durchgedreht.«

»Steroide«, sagte ich.

Halden sah mich fragend an.

»Wussten Sie das nicht?«, fragte ich. »Ihr Partner nimmt anabole Steroide?«

Halden schüttelte den Kopf. »Er nimmt ein paar Pillen. Die hat er in seiner Büroschublade, aber das sind Nahrungsergänzungsmittel … sagt er.«

»Steroide haben nicht selten einen angstmindernden Effekt, machen dafür aber aggressiv und unberechenbar«, sagte ich. »Passt das zu Fuhrs Verhalten in der letzten Zeit?«

»Ja.«

»Und deshalb kontaktieren Sie mich, ohne dass er das weiß? Sie fürchten, dass er auf irgendwelche dummen Ideen kommen könnte?«

»Ich will bei dem Spiel nicht länger mitmachen.« Halden rieb sich schlotternd die Hände. »Ich muss an meine Familie denken.«

»Man kann aus einer Achterbahn nicht aussteigen, wenn sie sich erst einmal in Bewegung gesetzt hat«, sagte ich.

»Aber er … Sie kennen ihn nicht, er wird das machen. Er arbeitet bereits an einem revidierten Bericht. Er weiß nicht, dass ich das weiß, ich habe mich aber in seinen PC eingeloggt und es gesehen.«

Ich nahm die Snus-Dose und hielt sie Halden hin – wenn auch eigentlich zum Spaß. Dann schob ich mir einen Beutel unter die Lippe und ließ mir viel Zeit. Ging noch einmal durch, was er gesagt hatte. Langsam kam ich drauf, worum es ging.

»Sagen Sie, Halden, warum erzählen Sie mir das eigentlich?«

»Ich will einfach, dass Sie wissen, dass ich nichts damit zu tun habe.«

»Und weil Sie wollen, dass ich irgendwas unternehme?«

»Was? Nein!« Er sah mich an. »Oder doch ... also, natürlich, wenn Sie denn irgendetwas tun *können.*«

Ich begegnete seinem Blick. Vielleicht, um seine Gedanken zu lesen, was natürlich Quatsch war. Ich war mir aber fast sicher, dass einer dieser Gedanken um die Geschichte kreiste, die ich ihm damals in seiner Garage erzählt hatte. Von dem Ingenieur, der praktischerweise aus dem Fenster seines Hotels gestürzt war.

»Wussten Sie eigentlich, dass hier in der Nähe Wölfe gesehen wurden?«

Halden sah verwirrt aus. Schüttelte den Kopf.

»Die Leute, die hier Schafe halten, würden die Wölfe am liebsten abknallen, aber das ist ja verboten. Sie versuchen deshalb herauszufinden, wo die Wölfe auf ihrer Nahrungssuche umherstreifen, und legen vergiftete Köder aus. Wenn Sie so wollen, sorgen sie dafür, dass die Wölfe sich selber töten.«

Halden blinzelte. Ich sah seinen Kopf arbeiten, ich glaube, diese Geologen sind ziemlich scharfsinnig.

»Ist das nicht verboten?«, fragte er.

»Vermutlich schon. Aber ziemlich schwer nachzuweisen, erst recht, wenn es um die Frage geht, wer das getan hat.«

»Verstehe. Machen ... machen Sie so etwas?«

»Nein«, sagte ich mit Nachdruck. »Aber wenn, dann würde ich Fentanyl verwenden. Das ist fünfzigmal stärker als Heroin. Mit etwas Glück kriegen Sie Pillen, die so aussehen wie die, die der Wolf schon nimmt. Und dann legen Sie die dahin, wo der Wolf normalerweise seine Pillen herumliegen hat, klar, oder?«

»Und was wird die Untersuchung des Kadavers ergeben?«

»Dass der Wolf eine Überdosis einer bekannten Droge genommen hat. Überraschend, aber nicht schockierend, wenn die weiteren Untersuchungen zeigen, dass der Wolf schon über längere Zeit andere Drogen genommen hat. Ich habe übrigens erst neulich gelesen, dass anabole Steroide mittlerweile die zweitpopulärste Droge in den USA sind. Die Leute nehmen das nicht nur, um ihre Muskeln aufzubauen, sondern um sexuell aktiver zu sein und mehr Energie zu haben. Ein bisschen wie Amphetamin, nicht wahr?«

Halden sah mich an und nickte. Nicht so langsam wie wir in Os, aber auch nicht viel schneller. Ja, dieser Mann war schlau genug, um zu erkennen, wann man ein Problem mitsamt der Wurzel ausreißen musste. Schlau genug, um den Unterschied zwischen zwölf Millionen geteilt durch zwei und geteilt durch eins zu kennen.

Wir redeten noch ein bisschen über das Wetter, ich warf die Motorhaube des Audis zu, öffnete das Tor und winkte ihm zum Abschied hinterher.

Als ich Natalies Wohnung aufschloss, saß sie im Nachthemd auf dem Sofa. Sie hatte auf mich gewartet. Es war so süß, wie sie einfach dasaß und mich ansah. Ich küsste sie, und dann liebten wir uns, hatten nicht die Spur einer Chance, ins Bett zu kommen. Sie war dabei wie ich, wild, intensiv, ja fast verzweifelt. Wie Frauen und Männer im Krieg, habe ich gelesen, wenn man jederzeit unbewusst damit rechnet, dass es die letzte gemeinsame Nacht sein kann.

Ich hielt mich wie üblich zurück, als ich kurz davor war, aber dieses Mal ließ sie es nicht zu.

»Weiter!«, fauchte sie mir ins Ohr.

»Aber …«, begann ich.

»Psst«, sie bohrte ihre Nägel in meinen Po, und ich schloss die Augen und ließ es darauf ankommen.

# 42

Es war Sonntag, noch zwei Tage bis zur Vorstandssitzung.

Beim Frühstück fragte ich Natalie, ob sie später mit zum Fußballspiel kommen wollte.

»Ich interessiere mich nicht sonderlich für Fußball«, sagte sie. »Ich dachte, du auch nicht?«

Ich zuckte lächelnd mit den Achseln. »Es könnte spannend werden.«

»Spannend? Sind wir nicht bereits aufgestiegen?«

»Ich dachte nicht an das Spiel.«

Sie sah mich lange an und zog die Stirn kraus. »Und an was denkst du?«

»Tja, an was denke ich? Außerdem ist es gratis.«

»Ach so?«

»Ja. Als Hauptaktionär vom *Os Spa* habe ich zwei Tickets für die VIP-Tribüne.«

Ich sah, wie es ihr dämmerte. »Du willst, dass wir gehen … um uns zu zeigen?«

Ich nickte. In früheren Zeiten galten ein Junge und ein Mädchen in Os als ein Paar, wenn sie gemeinsam zum Dorftanz am Samstag oder zum Gottesdienst am Sonntag gingen.

»Deine Entscheidung«, sagte ich. »Wir können damit aber auch warten. Oder es lassen. Vielleicht willst du es ja auch nicht, vielleicht bist du ja bloß scharf auf meinen Körper.«

Sie stand auf, kam um den Tisch herum und setzte sich auf meinen Schoß. »Du bist wirklich süß«, sagte sie und küsste mich auf die Nase. Dann spürte ich, wie ihr Körper sich anspannte. »Dein Bruder … ist der nicht auch auf dieser Tribüne?«

»Was, wenn ich dir sage, dass er nicht dort sein wird?«

»Dann komme ich mit«, antwortete sie, und dieses Mal küsste sie mich auf den Mund.

Ich saß mit dem Telefon in der Hand auf dem Klo und hörte, wie Natalie im Wohnzimmer ihren Duolingo-Kurs in Französisch machte.

Carl nahm nach dem zweiten Klingeln ab.

»Wo bist du?«, fragte ich.

»Im neuen Haus. Die Deutschen sind mit der Küche gekommen.« Ich entnahm seiner Stimme – oder eher dem Schweigen, das folgte –, dass er auf die erhofften Worte wartete, darauf, dass ich ihm ein Friedensangebot machte.

»Natalie möchte heute mit zum Spiel kommen«, sagte ich. »Aber nur, wenn du *nicht* da bist. Ich denke, das wäre eine respektvolle Geste, Carl. Vielleicht das Zünglein an der Waage bei ihrer Entscheidung, ob sie weiter gegen dich vorgehen will oder nicht.«

In Carls Denkpause hörte ich das Hämmern und das Kreischen einer Säge.

»Ich verzichte auf das Spiel, wenn du deine Take-over-Pläne fallen lässt«, sagte er.

»Das wird nicht passieren«, antwortete ich. »Ich rette damit nicht nur das Hotel, sondern auch *dich*. Verstehst du das denn nicht?«

Carl seufzte. »Oh ja, ich verstehe, Roy. Ich verstehe das nur zu gut. Du hast deine eigene Agenda, also erzähl mir keinen Scheiß von Retten und so. Ich hatte gehofft, du würdest zur Vernunft kommen, weshalb ich bis jetzt noch nicht auf den roten Knopf gedrückt habe. Aber jetzt muss ich das tun. Vergiss aber bloß nicht, dass das deine Entscheidung war. Ist das klar, Roy? Mach's gut.«

»Carl, warte!«

Er legte nicht auf, und wieder hörte ich es. Vielleicht war es das Atmen, das ich im Bett unter mir gehört hatte und bis ins Detail kannte. Auf jeden Fall klammerte er sich an dieses

»Warte« wie an einen Strohhalm. Er hoffte noch immer, dass ich nicht vergessen würde, was Papa uns wieder und wieder eingeprägt hatte: *Wir sind eine Familie. Wir haben einander und sonst niemanden.*

Ich räusperte mich. »Kommst du zu dem Spiel oder nicht?«

Ich hörte, wie die Luft aus ihm entwich. »Du hast Glück, großer Bruder.« Seine Stimme war so flach wie ein punktierter Reifen. »Ich muss den ganzen Tag hier sein und aufpassen, dass alles richtig wird.«

»Dass alles richtig wird«, wiederholte ich.

Er legte auf, und ich zog ab.

Verließ mit dem Rauschen hinter mir den Raum. »*On y va!*«

Für ein derart bedeutungsloses Spiel war das Stadion überraschend voll.

»Das ist wie bei den Feiern von erfolgreichen Menschen. Da kommen auch alle, die eingeladen sind«, sagte Natalie dazu.

Für mich hinkte der Vergleich etwas, schließlich spielten wir ja noch immer in einer der niedrigeren Ligen. Os hatte mal einen Biathleten in der Juniorennationalmannschaft gehabt, und das war deutlich größer gewesen als das hier. Trotzdem waren damals nur die Eltern, Verwandte und irgendwelche Sonderlinge zu den Biathlon-Kreismeisterschaften der Junioren gekommen. Fußball zieht hingegen die Massen an, weil fast alle einmal selber gespielt haben und gute Leistung zu schätzen wissen. Nicht minder wichtig ist es aber, sich über das Versagen der weniger guten Spieler die Haare zu raufen und lauthals zu betonen, dass man den ja sogar noch selbst versenkt hätte. Die meisten von uns erachten es außerdem als ein Wunder, wenn man aus fünfzig Metern ein Ziel trifft, das so groß wie ein Teelicht und mit bloßem Auge kaum zu sehen ist.

»Teelicht?«, fragte Natalie, als wir auf die VIP-Tribüne zugingen. »Das muss ich ausprobieren!«

Die Blicke, die sie trafen, schienen an ihr abzuprallen. Auch ich ließ mir nichts anmerken, spürte aber, was die Leute dachten: »Ui, die Tochter des Klempners und Tankstellen-Roy«, oder: »Ob sie wohl dem Ruf des Geldes gefolgt ist?« Über »die ist doch noch ein Kind« bis hin zu »die sehen richtig glücklich aus«. Vielleicht sogar: »Grete Smitt hat gesagt, dass Carl Opgard sie auf dem Firmenfest ziemlich angebaggert hat. Tja, dann ist es also der Bruder geworden, aber Carl hat ja auch genug mit Mari Aas zu tun.«

»Hallo«, sagte Rita Willumsen, als wir auf der Tribüne nach oben gingen. »Schön zu sehen, dass du nicht allein kommst. Hallo, Natalie.«

»Hallo, Rita.«

Die zwei lächelten sich herzlich zu. Sie hatten nie zuvor auch nur ein Wort miteinander gewechselt. Was sie verband, war ich, und doch wirkten sie plötzlich wie zwei vertraute Freundinnen. Frauensachen. Ich verstand diese Dinge nicht, und ich bin mir nicht mal sicher, ob ich sie verstanden hätte, wenn mir jemand das Ganze zu erklären versucht hätte.

Mari Aas und Dan Krane standen nebeneinander. Dan wich meinem Blick aus, was nicht überraschend war, bedachte man, dass ich mitbekommen hatte, was er so trieb. Umso erstaunlicher war es, dass Mari und er tatsächlich Hand in Hand dastanden.

Um es noch einmal klar zu sagen: Ich fand immer schon, dass selbst das komplizierteste Auto leichter zu verstehen ist als Menschen.

Ich nickte Asle Vendelbo und Jo Aas zu, als sie Natalie und mir Platz machten.

»Gegen wen spielen wir?«, fragte ich die beiden.

»Kongsberg II«, sagte Natalie. »Die stehen irgendwo im Mittelfeld.«

Ich sah sie überrascht an, während Vendelbo bestätigend nickte.

Wie gesagt: Gebt mir das bockigste Auto der Welt …

Aas räusperte sich, ohne etwas zu sagen. Ich wusste aber, dass er wissen wollte, ob ich über die Sache nachgedacht und mich aus Rücksicht auf Carl umentschieden hatte. Ich spuckte Snus über den Rand der Tribüne, und er nickte kaum merklich. Er hatte mich verstanden.

In der Pause tranken wir Bier. Ich weiß nicht, wie sie das geschafft hatten, aber die VIP-Tribüne war als geschlossene Gesellschaft eingestuft worden, und damit sowohl von der sonst notwendigen Alkohollizenz als auch von dem Verbot des Fußballverbandes, bei den Spielen Alkohol auszuschenken, ausgenommen worden. Im Namen der Bank goss Vendelbo das Bier in schmale Sektgläser, als wäre es Champagner, den wir unter den Blicken des weiter unter uns stehenden Fußvolkes tranken. Einige schüttelten die Köpfe, als sähen sie in uns rot gewandete Snobs auf der Fuchsjagd. Aber niemand protestierte laut, dafür wussten sie zu gut, dass sie es uns – oder unserem Geld – zu verdanken hatten, dass ihr Klub aufgestiegen war und dies vielleicht noch einmal tun würde.

Gegen Ende der zweiten Halbzeit hörte ich die Leute unter uns jubeln. Da auf dem Spielfeld nichts passiert war, drehten wir die Köpfe, um zu sehen, was dort vor sich ging. Kurt näherte sich auf seinen O-Beinen der Tribüne.

Das Jubeln ging in ein rhythmisches »Kurt, Kurt«-Gerufe über, das er grinsend mit einem Winken erwiderte, um mitzuspielen. Dabei wussten beide Seiten, dass es kein Spiel war, sondern dass hier *ihr* König von Os kam. Kurt richtete seinen Blick auf die Tribüne und entdeckte mich. In diesem Moment wusste ich, weshalb er gekommen war.

Johnny war nicht bei ihm, trotzdem zweifelte ich nicht daran, dass er mich ein drittes Mal innerhalb kurzer Zeit festnehmen würde; und er hätte dafür keinen besseren Ort wählen können als die VIP-Tribüne inmitten all der anderen und vor den Augen von Rita. Dieses Mal musste er wirklich von seinem Blatt überzeugt sein.

Jo Aas – der mit Natalie über den neuen Flügel des Hotels sprach – musste erkannt haben, was in der Luft lag. Er verstummte, sah erst zu Kurt und dann zu mir. Dann lief er mit drei langen Schritten nach unten und hielt Kurt auf. Er legte dem Polizisten die Hand auf die Schulter und flüsterte ihm etwas ins Ohr. Kurt blieb stehen und hörte zu, weil alle in Os die Ohren aufsperren, wenn der frühere Bürgermeister etwas zu sagen hat. Kurt erwiderte etwas, aber Aas schüttelte den Kopf und übernahm den Rest des Gesprächs. Schließlich nickte Kurt und wandte sich zum Spielfeld. Er wusste ganz genau, dass alle Augen der Gemeinde jetzt auf ihn gerichtet waren. Er zog sich die Hose am Gürtel etwas höher – genau wie sein Vater es immer gemacht hatte – und tat so, als verfolgte er das Spiel. Rita ging zu ihm nach unten und sagte etwas, aber er schüttelte nur den Kopf. Nach ein paar Minuten sah er demonstrativ auf die Uhr und verschwand hinter den alten Baracken. Ich lauschte auf das Geräusch seines Land Rovers, aber es war zu windig.

»Was wollte Kurt?«, fragte Natalie.

»Nichts, das nicht auf einen passenderen Zeitpunkt warten kann«, sagte Aas und wandte sich an mich »Ruf ihn nach dem Spiel doch mal an, Roy. Es gibt da wohl noch ein paar offene Fragen, bei denen du ihm vielleicht helfen kannst.«

Ich nickte.

Natalie hatte gesagt, dass sie fahren könne, weshalb ich ein paar Glas Bier getrunken hatte. Kurz vor Ende der Partie verabschiedete ich mich in Richtung der Toiletten im Klubhaus, um dem anschließenden Rush aus dem Weg zu gehen. Danach wollte ich am Auto auf sie warten.

Es war leer im Klubhaus.

Ich trat an die einfache, kurze Rinne in der Männertoilette, die in einem wiederkehrenden Rhythmus gespült wurde. Vermutlich lag es am Rauschen des Wassers, dass ich die Tür nicht hörte. Ich bekam wirklich nichts mit, bis ich einen Stich im Rücken spürte und Kurts Stimme hörte.

»Das ist der Lauf einer Glock 17, Roy. Bleib ganz ruhig stehen und leg die Hände auf den Rücken.«

Wäre das zu irgendeinem anderen Zeitpunkt meines Lebens in Os passiert, hätte ich über die Szene gelacht.

»Kurt ...«, begann ich.

»Du tust jetzt, was ich sage, sonst wäre das Widerstand gegen die Staatsgewalt, was mir das Recht geben würde, zu tun, was ich will. Und ich denke, du weißt, was das ist ...«

»Lass mich nur kurz ...«

»Jetzt!«

Ich tat, was er sagte. Spürte die Handschellen an meinen Knöcheln und hörte das Klicken.

»Und jetzt drehst du dich um«, sagte er.

Ich drehte mich um.

»Scheiße!«, schrie Kurt, als der Urinstrahl seine Hose traf. Er taumelte hastig zurück, aber der Strahl folgte ihm und ich hielt auch nicht gerade ein. Dann nahm der Druck ab, sodass die Tropfen dem Hosenbein nach unten folgten, aber erst als die ersten Spritzer die Spitzen der Schlangenlederstiefel trafen, nahm die Verzweiflung überhand, und er begann unartikuliert zu schreien. Kurt verlor vollkommen die Beherrschung. Als ich dann endlich fertig war und er einen Schritt vortrat, kam die Wiederholung, auf die ich natürlich hätte vorbereitet sein müssen. Er schlug zu. Mit der Pistole. Und traf meine Stirn. Die Stiche rissen auf, und die Wunde öffnete sich. Ich schloss die Augen, während warmes Blut über meine Wangen lief. Als ich sie wieder aufschlug, war Kurts Gesicht dicht vor mir.

»Ich werde dich töten«, sagte er. »Das weißt du, nicht wahr?«

Ich reagierte instinktiv, also nicht klug und durchdacht, aber auch nicht von Wut oder Angst oder anderen kontraproduktiven Gefühlen getrieben. Es war, als hätte mein Gehirn etwas verstanden und den Muskeln den Befehl gegeben, mich zu retten. Meine Hände waren auf dem Rücken gefesselt, aber ich beugte mich etwas nach hinten, legte den Kopf in den Nacken und nickte. Nicht Os-langsam, sondern Festplatzheftig. Kurt musste den ältesten aller Tricks vergessen haben. Ich spürte, wie in seinem Gesicht etwas nachgab, und hörte das Knirschen des Nasenbeins, genau wie bei Fuhr. Kurt verlor das Gleichgewicht, rutschte in der Pisse aus und ging zu Boden. Ein hässliches Geräusch ertönte, als er mit dem Hinterkopf auf den Fliesen aufschlug.

Dann tat ich, was ich mit Moe gemacht hatte, setzte mich auf seine Brust und drückte Kurts Arme mit den Knien auf den Boden. Ja, das waren alles Wiederholungen. Nichts war neu. Mein Leben drehte sich in einem verfluchten Kreis, und ich wusste nicht, wie ich daraus ausbrechen oder die Bahn verlassen konnte. Vielleicht war es das Blut, das von meinem Kinn auf Kurts Gesicht tropfte, das ihn weckte. Auf jeden Fall begann er, sich zu bewegen, öffnete die Augen und starrte mich an. Trotzdem dauerte es eine Sekunde, bis er wieder wusste, wo er war.

»Jetzt bist du in Schwierigkeiten, Roy«, zischte er.

»Du auch«, sagte ich. »Wenn wir hier rausgehen, werden die Leute sehen, dass du einen Mann in Handschellen misshandelt hast.«

Er blinzelte, als ein Blutstropfen, auf seine Wange fiel. Schnaubte. Noch schien er sich in Sicherheit zu wiegen, da ich meine Hände ja nicht verwenden konnte. Er drehte sich unter mir hin und her.

»Runter von mir, Roy. Sonst werfe ich dich ab.«

»Du wirst deinen Job verlieren, Kurt.«

»Nee, nee. Ich sage, dass du als Erster zugeschlagen hast und ich mich wehren musste, um dich außer Gefecht zu setzen und dir die Handschellen anzulegen. Die Aussage eines Polizisten gegen die eines Mörders. Wem da geglaubt wird, kannst du dir doch wohl denken, oder?«

Ein Lächeln breitete sich auf Kurts Gesicht aus, während er unter mir lag. Er war ein harter Brocken, das musste ich ihm lassen. Und vielleicht nicht ganz so dumm, wie ich gedacht hatte. Doch in diesem Moment ging die Tür auf. Das Klackern von Stollen war auf dem Boden zu hören, und ich hob den Kopf. Der Mann im Trikot des OS FK blieb abrupt stehen. Es war unsere nigerianische Sturmspitze, der wir so viel zahlten. Er starrte uns in der plötzlichen Stille an.

»*Coach?*«, sagte er fragend.

*»Yes, Umar?«*

*»Do you need help?«*

Kurt drehte den Kopf und sah zu seinem Stürmer. *»No, Umar, leave us, please.«*

Umar blieb stehen und starrte mich an. Um genau zu sein, meinen Schwanz, der noch immer aus dem Hosenspalt hing und – das verstand ich erst jetzt – in unmittelbarer Nähe von Kurts Mund war. Umar schien die verschiedenen Elemente des Bildes zusammenzusetzen – Blut, Schwanz, zwei Männer mit Handschellen an einem öffentlichen Ort –, ehe er nickte, als hätte er das jetzt alles registriert und verstanden, und verließ rückwärts die Toiletten.

Die Tür fiel hinter ihm zu, und das Geräusch der Stollen entfernte sich.

»Damit ist deine Version den Bach runter«, sagte ich.

»Weg von mir.«

»Wenn du versprichst, mir die Handschellen abzunehmen?«

»Runter!«

Ich stand auf. Kurt rappelte sich hoch und hob die Waffe auf, die unter das Waschbecken gerutscht war. Dann nahm er den Schlüssel heraus und öffnete die Handschellen. Ich steckte meinen Schwanz in die Hose und zog den Reißverschluss zu.

»Du bist festgenommen«, murmelte Kurt und reichte mir ein Papier aus dem Spender über dem Waschbecken.

»Weswegen?«

Er grinste traurig. »Ich weiß wirklich nicht, wo ich anfangen soll, Roy.«

»Carl?«, fragte ich, während ich mir das Blut abwusch. Mit wenig Erfolg, denn es kam ständig neues.

Er nickte, legte vorsichtig die Finger an seine Nase und schnitt eine Grimasse.

»Dein Bruder war heute Morgen bei mir und hat mir alles erzählt. Das war es also, Roy. Eigentlich brauche ich jetzt nur noch dein Geständnis. Aber das könnte das Urteil natürlich mildern. Andererseits sprechen all die Morde eine ziemlich deutliche Sprache. Also, was sagst du? Willst du direkt hinter Gitter oder erst noch etwas sagen?«

»Was hat Aas dir gesagt? Was hat dich davon abgehalten, mich vor allen Leuten festzunehmen?«

Kurt zuckte mit den Schultern. »Etwas von professioneller Diskretion. Aus seinem Mund hörte sich das vernünftig an.«

»Ja, so was kann er gut.«

»Ja.«

Wir standen vor unseren Waschbecken, während das Wasser lief.

»Du kannst nicht beweisen, dass ich zuerst geschlagen habe«, sagte Kurt. »Faktisch kannst du überhaupt nicht beweisen, dass ich dich geschlagen habe.«

»Das habe ich auch gar nicht vor«, sagte ich.

»Nicht? Und warum nicht?«

»Weil ich gut verstehe, warum du getan hast, was du getan hast. Ich habe dich schließlich angepinkelt, oder?«

Er musterte mich, als wollte er sichergehen, dass ich keine Witze machte.

»So richtig wörtlich, meine ich«, und dieses Mal zog ich ihn auf.

Kurt grunzte. »Du hättest ja auch in eine andere Richtung zielen können.«

»Wahrscheinlich könntest du davon sogar die Geschworenen überzeugen.«

Ich sah das Grinsen in Kurts Spiegelbild. Es war echt. Ich habe wirklich keine Ahnung, warum der Ton zwischen uns mit einem Mal so leicht war. Bei Kurt mochte es daran liegen, dass seine Jagd endlich zu Ende war. Roy Opgard war gefasst und sein Vater von dem Verdacht befreit, sich das Leben genommen zu haben. Ich habe nie verstanden, warum Selbstmord so verachtet wird. Vielleicht liegt es ja daran, dass man es nicht geschafft hatte, sich ein Leben aufzubauen, das zu leben auch wert ist. Aber wer hat etwas derart Kompliziertes und Zufälliges schon in der Hand?

»Bekomme ich ein Geständnis von dir?«, fragte er.

»Lass uns später darüber reden«, sagte ich. »Erst muss ich mal diese Blutung stoppen.«

Wir gingen aus den Toiletten in die Garderobe. Die Spieler waren mehr oder weniger bekleidet, und an der freundschaftlichen Art, mit der sie ihn begrüßten, konnte ich ablesen, dass die Mannschaft ihn wirklich liebte. Nur die Sturmspitze hielt sich zurück.

»Stanley«, sagte Kurt.

Stanley Spind – der vor einem Spieler kniete und vorsichtig dessen Knie abtastete – drehte sich zu uns.

»Ui«, sagte er. »Was ist denn da passiert?«

»Wir sind im Klo ausgerutscht«, sagte Kurt. »Jemand hat auf den Boden gepinkelt, und wir sind im Fallen mit den Köpfen aneinandergestoßen. Wo hast du dein Nähzeug?«

Stanley sah von Kurt zu mir und wieder zurück. Offensichtlich glaubte er kein Wort von der Geschichte, öffnete seine Tasche aber trotzdem und holte ein Etui heraus.

»In der letzten Zeit geschehen hier echt die verrücktesten Unfälle«, sagte er lakonisch, während er die aufgeplatzte Wunde in meiner Stirn nähte.

Ich sagte nichts, als er mir wieder den Turban um den Kopf wickelte.

Anschließend nahm er Kurts Nase in Augenschein, die bereits angeschwollen war. »Ich kann dir Schmerzmittel verschreiben und dich zum HNO in Notodden überweisen. Das sollte geröntgt werden.«

»Die ist schief«, sagte Kurt. »Kannst du nicht was daran ändern?«

»Ich kann versuchen, sie zu richten, aber das wird verflucht wehtun. Außerdem sieht es ein bisschen kompliziert aus, ich kann dir also nicht garantieren, dass das gut geht.«

»Mach es«, sagte Kurt, setzte sich auf eine Bank und schloss die Augen.

Ein Schauer lief mir über den Rücken. Ich kann mich noch gut daran erinnern, wie Stanley das vor acht Jahren mit meinem Zeigefinger gemacht hatte, und das hatte verdammt wehgetan.

Kurt verzog keine Miene. Nicht ein Laut kam über seine Lippen. Umso lauter war das Knirschen der Nase und das Stöhnen der Spieler, die fasziniert und entsetzt um ihn herumstanden. Kurt dankte Stanley, stand auf und kam zu mir, wobei er blinzelnd die Tränen der Schmerzen wegdrückte, die ihm in die Augen gestiegen waren.

»Dann fahren wir, Roy.«

Er legte mir die Hand auf die Schulter, und wir gingen nach draußen.

Der Parkplatz hatte sich bis auf Natalie geleert, die mit verschränkten Armen neben meinem Volvo stand. Sie erstarrte, als sie uns sah.

»Kann ich ...?«

»Ja, aber beeil dich«, sagte Kurt.

Ich ging zu ihr. Sah die besorgte Verwirrung in ihren Augen.

»Was ist passiert?«

»Carl hat erzählt, was damals passiert ist, als meine Eltern gestorben sind.«

»Was? Aber ...«

»Ich muss mit Kurt gehen. Ich rufe an, sobald ich mehr weiß, okay?« Ich gab ihr die Autoschlüssel und küsste sie auf die Wange. »Ich liebe dich.«

Sie blinzelte. »Kommst du ... sehe ich dich wieder?«

»Ja.«

»Sicher?«

»Nein. Aber ziemlich wahrscheinlich.«

»Wie?«

»Etwa 71 Prozent.«

»Idiot!«

Es war das Letzte, was sie sagte, bevor ich zu Kurts SUV ging. Er hielt mir die Tür auf der Beifahrerseite auf.

»Ist eine tolle Frau geworden, die Natalie«, sagte Kurt und ließ den Motor an.

»Wohin fahren wir?«

»Nach Notodden.«

»Gefängnis?«

»Du brauchst ordentliche Kost und Logis, dieses Mal wird es ja etwas länger dauern.«

Als wir auf dem Riksvei in Richtung Osten fuhren, brach die Sonne durch die Wolkendecke.

»Ich werde dir die ganze Geschichte erzählen«, sagte ich.

»Besser du wartest damit, bis wir auf der Wache in Notodden sind, wo wir das aufzeichnen können«, sagte Kurt.

»Nein, in Notodden werde ich nicht ein Wort sagen. Besser wir machen einen kurzen Zwischenstopp. Das wäre für uns beide besser. Ein Snus, eine Kippe und eine Geschichte.«

Kurt sah kurz zu mir herüber.

»Was meinst du mit *besser für uns beide*?«

»Weißt du was?«, sagte ich und zeigte nach vorn. »Bieg da mal ab, das würde perfekt passen. Dann bringen wir die Geschichte zu Ende.«

Kurt zog die Stirn unschlüssig in Falten, verstand aber, was ich meinte. Direkt vor uns zweigte der Weg zu dem Bootshaus ab, in dem das Boot gelegen hatte, das mit Sigmund Olsens Stiefeln darin auf dem See treibend gefunden worden war. Noch einmal schien er einen Moment zu zögern, dann setzte er den Blinker und bremste.

»Schauen wir mal nach, ob das Boot noch dicht ist«, sagte ich und schob das Tor auf.

»Immer mit der Ruhe«, sagte Kurt und sah aus, als wollte er die Waffe aus dem Holster ziehen, ließ sie dann aber doch stecken.

Er folgte mir nach unten zu dem rot gestrichenen Bootshaus, das am Ufer im Sonnenlicht badete. An der Tür hing ein Vorhängeschloss. Ich schob die Tür auf, so weit es ging, und warf einen Blick durch den entstandenen Spalt. Das Boot war noch da.

»Ihr habt das Schloss gewechselt«, sagte ich. »Früher hing hier so ein großes, glänzendes Ding.«

»Ging ja nicht anders«, sagte Kurt und bot mir eine Zigarette aus seiner Packung an. »Die Schlüssel sind ja zusammen mit Papa verschwunden.«

Als er dieses »Papa« sagte, geschah etwas. Und ich verstand endlich, was ich längst hätte verstehen müssen. Ich habe ihn aber nie zuvor so über seinen Vater sprechen hören. Jetzt kam es mir so vor, als ließe er seine Deckung etwas sinken, als wollte er mir damit einen Einblick gewähren. Nicht in seine Verwundbarkeit, die war zwar da, aber um die ging es gerade nicht. Er wollte mir die Familienbande zeigen, die Intimität, die Liebe zu seinem Vater. Denn in dem Verwundbaren steckt auch eine unüberwindbare Kraft. Ich hatte meinen Vater nicht geliebt, war nicht geliebt worden. Und deshalb würde Kurt Olsen mich jedes Mal schlagen. Denn seine Jagd hatte ein Ziel und machte Sinn, während ich nur ziellos vor etwas weglief. Ich wusste das, und Kurt wusste das, und jetzt, da er mich endlich bezwungen hatte, war der ganze Hass, den er auf mich gerichtet hatte, wie weggeblasen. Als wollte er als guter Sportsmann einem würdigen Gegner für den Zweikampf danken.

Ich setzte mich vor dem Bootshaus auf die Steinplatten und nahm die Snus-Dose heraus.

»Ich habe die Bremsen und die Lenkung manipuliert, damit meine Eltern in den Abgrund fahren«, sagte ich. »Eigentlich sollte es nur meinen Vater treffen. Er hat Carl missbraucht.«

»Ja, Carl hat mir das erzählt.« Kurt setzte sich neben mich und zündete sich eine Zigarette an.

»Dein Vater ist uns auf die Schliche gekommen, und Carl hat ihn in den Abgrund gestoßen.«

»Ein Unfall«, sagte Kurt und atmete den Rauch aus. »Er war siebzehn, er wird so oder so damit davonkommen. Und dann?«

»Ich musste ihm helfen. Wir mussten die Leiche irgendwie verschwinden lassen. Ich habe sie zerteilt, sie in die Schaufel des Traktors in der Werkstatt gelegt und mit Fritz-Reiniger aufgelöst. Wie du vielleicht weißt, ätzt das alles weg.«

Ich sah Kurt schlucken.

»Ich habe ihm die Stiefel ausgezogen und den Schlüsselbund abgenommen. Dann bin ich mitten in der Nacht hier raus, habe das Boot aus dem Bootshaus geholt, die Stiefel hineingestellt und es aufs Wasser geschoben. Es ist aber immer wieder an Land getrieben, sodass ich irgendwann damit rausgefahren bin, bis es in der Strömung wegtrieb. Dann bin ich über Bord gesprungen und zurück an Land geschwommen.«

»Das sind dann ein Mord und eine Beihilfe, um einen Mord zu vertuschen«, sagte Kurt. »Du warst achtzehn, so viel wird man dir dafür nicht aufbrummen. Schlimmer ist die Sache mit Willumsen.«

»Carl hat gesagt, dass ich etwas mit Willumsens Tod zu tun habe?«

»Er hat erzählt, wie du den Mord geplant und durchgeführt hast.«

Ich seufzte. Carl hatte wirklich nichts zurückgehalten. »Willumsen hat ausgenutzt, dass Carl in der Klemme steckte. Er hatte ihm Geld zu Wucherzinsen geliehen, und als Carl diese nicht mehr zahlen konnte, hat er ihm den dänischen Geldeintreiber auf den Hals gehetzt. Und mir.«

»Dann hast du beide getötet?«

Ich zuckte mit den Schultern. »Ich würde sagen, das war Notwehr. Ich musste die Familie verteidigen. Verstehst du das nicht, Kurt?«

Kurt nickte langsam. »Der letzte Mord war aber keine Notwehr, oder?«

»Der letzte?«

»Der an Carls Frau.«

Das war ein Tiefschlag. Hatte Carl wirklich gesagt, *ich* hätte Shannon getötet? Wollte er mir damit zuvorkommen, sollte ich jetzt behaupten, dass er Shannon getötet hatte? Das alles ergab doch keinen Sinn. Carl war wütend und wollte mich stoppen, damit er seinen Job behielt, er war deshalb aber doch noch nicht komplett verblödet. Er wusste genauso gut wie ich, wie viel wir beide zu verlieren hatten, wenn herauskam, dass Shannons Tod kein tragischer Unfall gewesen war.

»Was lässt dich glauben, dass ich sie getötet habe?«, fragte ich und spuckte bis ins Wasser.

»Na ja, wenn deine Schwägerin von dir schwanger ist, sich aber gegen eine Abtreibung wehrt, muss das Problem ja irgendwie aus der Welt geschafft werden. Und was das angeht, hattest du ja bereits eine gewisse Erfahrung. Also …« Er machte mit der Zigarette in der Hand eine Geste, damit ich weiterredete.

»Dann hast du es nicht von Carl, dass Shannon getötet wurde?«

Kurt zog an seiner Zigarette, vermutlich brauchte sein Gehirn mehr Nikotin, um die richtige Entscheidung zu treffen, sollte sein Bluff erfolgreich sein.

»Ich habe nicht gesagt, dass ich das von ihm habe«, antwortete Kurt.

»Dann ist das deine eigene Hypothese?«

»Hypothese hin oder her. In Anbetracht all der mehr oder weniger natürlichen Todesfälle in eurem Umfeld ist das vermutlich eine ganz logische Frage. Aber wie ich sehe, leugnest du das, und das ist in Ordnung …« Er ließ die Kippe auf die graue Steinplatte fallen und trat sie aus. »Ich habe so schon mehr als genug gegen dich in der Hand.« Er steckte die Hand in die Jackentasche und nahm eine echte Ray-Ban-Sonnenbrille heraus. Keine der billigen Kopien, die wir an der Tanke verkaufen. Dann setzte er sie auf und hielt sein Gesicht in die Sonne.

»Weißt du was, Roy? Eigentlich tut mir das alles leid. Denn ich verstehe dich. Manchmal habe ich wirklich gedacht, dass ich auch nicht anders gehandelt hätte. Ja, einschließlich der Tatsache, dass du die Frau deines Bruders geschwängert hast, denn Shannon war ja nun wirklich etwas Besonderes. Ich verstehe das, weil wir uns ziemlich ähnlich sind, du und ich. Wir mögen nicht nur dieselben Frauen, wir sind beide ziemlich zähe Burschen, halten durch, wenn andere längst schlappmachen, bis wir haben, was wir wollen. So ist das.« Er lächelte mir zu. Nicht das triumphierende Strahlen des Siegers, sondern das anerkennende, offene, freundliche Lächeln des Ebenbürtigen. »Ich vergebe dir, du hast getan, was du musstest. Und ich glaube, wären die Würfel anders gefallen, hätten du und ich vielleicht Freunde werden können, Roy.«

Ich nickte. Die Sonne näherte sich dem Ottertind. Ein weiterer Tag war bald vorüber, die nächste Nacht kam. Und dann ging es wieder von vorne los. Wieder und wieder.

»Tja, wir sollten dann mal los«, sagte Kurt und stand auf. Lächelte mich noch immer an, obwohl ich sitzen geblieben war.

»Du meinst so Freunde wie du und Erik Nerell?«, fragte ich.

Kurts Lächeln verblasste an den Mundwinkeln.

»So ein Freund, den man auch mal dazu bringen kann, einem einen etwas fragwürdigen Gefallen zu tun? Ein guter Freund, der einem aus einer schwierigen Situation helfen kann, in der man nur gelandet ist, weil man selbst etwas zu vorlaut war. Willst du dich nicht wieder setzen, Kurt?«

»Warum?«, fragte er mit einem Schneepflugkratzen in der Stimme.

»Weil ich dir versprochen habe, die ganze Geschichte zu erzählen. Und das hier gehört dazu.«

Kurts Adamsapfel hüpfte. Er setzte sich.

»Also«, sagte ich, nahm den Snus-Beutel aus dem Mund und legte ihn auf die Steinplatte. »Du wolltest den Preis für das Land in die Höhe treiben, das du für deine Freundin verkaufen solltest. Nicht weil du gierig bist, sondern um ihr zu zeigen, dass du nicht auf den Kopf gefallen bist, wie es so schön heißt. Also hast du ein Angebot erfunden, um die Kaufsumme in die Höhe zu treiben. Auf den ersten Blick wirkt das ziemlich unschuldig. Ein Verkaufsslogan wie: ›Es gibt viele Interessenten, Sie sollten also zuschlagen, solange Sie noch die Möglichkeit dazu haben‹, hört man ja immer wieder. Es ist nur so, dass es beim Verkauf von Land und Immobilien feste Regeln gibt.

Wenn ein Käufer – der sich wie ich ein bisschen auskennt – darum bittet, das andere Angebot einsehen zu dürfen, sodass man also plötzlich eine schriftliche Version braucht, wird es schwierig. Du hast Panik gekriegt. Hättest du in dem Moment den Bluff eingestanden, hättest du nicht nur dein Gesicht gegenüber dem Käufer und deiner Freundin verloren, sondern dich nachweislich des Betrugs schuldig gemacht. Wir reden hier nicht von Mundraub oder irgendwelchen Kavaliersdelikten, sondern von schwerem Betrug, so steht es auf jeden Fall im Gesetzbuch. Man wird dafür nicht nur verurteilt, sondern verliert auch seinen Posten bei der Polizei. Und bei meiner und deiner Geschichte darfst du ruhig daran zweifeln, dass ich Gnade vor Recht ergehen lasse, wenn ich es herausfinde. Außerdem weißt du, dass Rita eine strenge, rechtschaffene und prinzipientreue Frau ist, die du zu keinem Betrug überreden kannst. Im Gegenteil, auch sie will das andere Angebot sehen. Du denkst nach, und anstatt das Dokument zu fälschen und mit irgendeinem Namen zu unterschreiben, den Rita möglicherweise recherchieren könnte, gehst du zu Erik und bittest ihn so zu tun, als käme das Angebot von ihm. Er hat das Angebot für dich sogar auf einen Zettel geschrieben, den du Rita gezeigt hast. Sie war sicher etwas überrascht darüber, dass Erik 6,4 Millionen aufbringen kann und den Campingplatz übernehmen will. Aber okay, denkt sie, Erik hat den *Freien Fall* verloren, und sie weiß ja auch, dass er gerne etwas besitzt und sein eigener Chef ist, warum also nicht? Als du mir den Zettel gezeigt hast, hast du den Namen abgedeckt. Du weißt, dass ich ohnehin schon misstrauisch war und sicher alles akribisch überprüft hätte, hätte ich gewusst, um wen es sich handelt. Ich aber akzeptiere das Angebot, ohne den Namen zu sehen. Ritas Versicherung reicht mir aus. Es ist nur so, dass ich die Handschrift des Angebotes erkannt habe und schon weiß, wer das geschrieben hat. Die zierliche Schrift sehe ich nämlich jeden Tag auf der Klapptafel vor dem *Freien Fall*. Und weil ich überdies weiß, wie begrenzt seine Finanzen sind und wie gut eure Freundschaft ist, verstehe ich gleich, wie das abgelaufen sein muss. Also habe ich neulich mit Erik gesprochen. Er hat alles gestanden und mir versichert, dass er keine Ahnung hatte, dass das andere Angebot von mir war. Du hast ihm gegenüber nur von einem Freundschaftsdienst gesprochen und behauptet, der Campingplatz sei längst verkauft und du bräuchtest das Angebot nur, damit der Käufer sich besser fühlt. Damit er nicht glaubt, zu viel bezahlt zu haben. Der guten Stimmung wegen, nicht wahr? Ich habe Erik dann aufgeklärt, dass du das nicht der Stimmung wegen gemacht hast, sondern um ein höheres Angebot von mir zu bekommen. Dass du mich auf diese Weise getunnelt, ihn aber auf Kniehöhe von den Beinen geholt hast. Ich will nicht ausschließen, dass seine Loyalität dir gegenüber einen Knacks bekommen hat, nachdem ich ihm ein Drittel des *Freien Falls* überschrieben habe und er überdies erkannt hat, dass du ihn zu etwas verleitet hast, wofür er wegen Beihilfe zum Betrug verurteilt werden könnte.«

Kurt sah mit einem Mal blass und seekrank aus.

»Erik hat ein Dokument unterzeichnet, das bis ins Detail beschreibt, was passiert ist, und das sich bei einem Anwalt in Oslo befindet. Vorläufig wissen nur wir drei davon, mit dir jetzt wir vier.«

»Warum ...?« Kurt musste sich die Lippen befeuchten. »Warum hältst du das geheim?«

»Was glaubst du, Kurt?«

Wir sahen uns an. Zwei abgekämpfte Boxer in der fünfzehnten Runde. Er mit gebrochener Nase, die noch immer triefte, und ich mit einer blutigen Bandage um den Kopf.

»Weil du wusstest, dass du das noch brauchen könntest«, sagte er.

Ich nickte. Und ihm schien etwas aufzugehen.

»Du wusstest schon, als du den Campingplatz gekauft hast ...«, sagte er, »dass du betrogen wurdest?«

Ich zuckte mit den Schultern. »Ich habe etwas mehr bezahlt, ja. War das knapp über eine Million? Als Versicherung war es das wert, finde ich.«

»Du hast mich zu einem Betrüger gemacht.«

»Oh nein, das warst du ganz allein, Kurt. Ich habe dich nur nicht aufgehalten.«

»Verdammt.«

Er stieß das Wort mit so viel Luft aus, dass ich mich für einen Moment fragte, ob er sich erbrechen musste. Ich hatte mir diesen Augenblick so oft ausgemalt und gedacht, er würde sich süß und wonnig anfühlen, doch seltsamerweise war es ganz anders, denn ich fühlte mit ihm. Ja, verdammt, der Mann tat mir leid.

»An diesem Punkt stehen wir jetzt also«, sagte ich und legte ihm die Hand auf die Schulter.

Er ließ den Kopf hängen. »Meintest du das, als du gesagt hast, du wolltest schauen, ob das Boot noch dicht ist?«

»So in etwa«, sagte ich und klopfte ihm tröstend auf den Rücken. »Wenn wir beide dichthalten, wird unser Boot nicht untergehen.«

»Das ist doch krank«, hauchte Kurt.

»Stimmt.«

Er zündete sich eine Zigarette an. »Ich denke, du hast auch noch ein bisschen in die Zukunft geschaut, oder? Wie sollen wir jetzt weiter verfahren? Das alles abblasen und nach Hause gehen?«

»Das Problem«, sagte ich, »ist Carl.«

»Wieso?«

»Wenn ihm klar wird, dass du mich nicht verhaftest, geht er möglicherweise zur Polizei nach Notodden oder nach Oslo.«

»Okay. Aber das kann ich nicht verhindern.«

»Das solltest du aber. Sonst wird mein Anwalt das Dokument veröffentlichen. Eriks Namen halten wir da selbstverständlich raus.«

»Aber verdammt, Roy, wie soll ich Carl denn aufhalten?«

»Carl denkt rational. Er ist zu dir gegangen, weil er wusste, dass du mit ihm einen Deal machen würdest, sodass er selbst ungeschoren davonkommt. Andernorts wäre das alles andere als sicher. Außer du arrangierst da was mithilfe deiner Kollegen. Ohne diese Garantie würde er das Risiko nicht eingehen, wegen Beihilfe angeklagt zu werden, zum Beispiel bei dem Mord an Willumsen. Wenn du ihm diesen Gefallen nicht tust, sind wir beide verhältnismäßig sicher.«

»Glaubst du?«

»Das tue ich. Und wenn der Vorstand vom *Os Spa* erst einen neuen Direktor gewählt hat, ist das Rennen für Carl ohnehin gelaufen. Es bringt ihm keine Vorteile mehr, irgendwelche Atombomben zu zünden.«

Kurt kratzte sich durch seinen Mopp. »Du bist sein Bruder, du weißt das am besten.«

Wir standen auf und gingen zum Wagen, während Kurt bei der Polizeidienststelle in Notodden anrief und die Bitte um Amtshilfe zurückzog.

Er legte auf und setzte sich hinter das Lenkrad. Ich auf den Beifahrersitz. Dann machte er einen U-Turn, und während wir darauf warteten, dass die Straße frei wurde, rutschte mir die Frage einfach so über die Lippen.

»Hasst du mich eigentlich, Kurt?«

Ich sah, dass er nachdachte, während er nach links und rechts schaute. Dann gab er Gas, und erst als wir in normalem Tempo auf dem Weg nach Os waren und ich bereits glaubte, dass er die Frage vergessen oder bewusst überhört hatte, antwortete er.

»Ich habe das viele Jahre lang geglaubt, Roy. Aber es war das Übliche.«

»Das Übliche?«

»Wenn du jemanden auf diese Weise abgrundtief hasst, hasst du eigentlich dich selbst.«

Wir fuhren schweigend weiter, während ich aus dem Seitenfenster schaute und an Papa dachte. Die Sonne ging hinter dem Ottertind unter. Bald würde die Dunkelheit – die sich hier bei uns nicht herabsenkte, sondern langsam aus dem Boden emporstieg – hier sein.

Zu Hause erzählte ich Natalie, was geschehen war.

Sie hörte mir mit offenem Mund und ungläubigem Blick zu.

In dieser Nacht liebten wir uns nicht. Wir klammerten uns im Schlaf so fest aneinander, dass der Schweiß von unserer Haut lief, als träumten wir beide, dass der andere im Begriff war, über Bord zu gehen.

# 43

Willst du mich heiraten?«

Es war das erste Mal in meinem Leben, dass ich die vier Wörter in dieser Reihenfolge zusammengesetzt hatte.

Natalie blinzelte mich mit schlaftrunkenen Augen im Morgenlicht an, dann sah sie sich im Zimmer um, als wolle sie überprüfen, ob noch wer anders im Zimmer war, dem die Frage galt.

Ich kniete neben dem Bett mit einer Tasse frisch gekochtem Kaffee in der einen Hand und einem Teller mit einer Serviette, einer Scheibe Brot mit Brunost und einem roten Plüschschächtelchen mit einem schmalen Goldring darin in der anderen. Sie nahm die Scheibe Brot, biss hinein, kaute und sah an die Decke.

»Okay«, erwiderte sie, als ginge es um den Geschmack des Brotes. Dann begann sie beinahe hysterisch zu lachen. Sie schaffte es nicht mehr, die Hand vor den Mund zu heben, sodass nasses Brot und Käse auf die Bettdecke spritzten. Wir wischten es mit der Serviette weg.

»Sollen wir es noch einmal versuchen?«, fragte ich.

Sie nickte.

Ich ging aus dem Zimmer, kam wieder rein und kniete mich neben das Bett. Wiederholte die vier Wörter in derselben Reihenfolge, sagte sie also zum zweiten Mal in meinem Leben.

»Ja«, antwortete sie laut und deutlich und begann zu lachen.

»Noch ein Versuch?«, fragte ich.

»Idiot!«, sagte sie, zog mich zu sich ins Bett und wischte sich mit meinem T-Shirt die Tränen weg. »Küss mich, du Trottel!«

Wir holten die verlorene Nacht nach, und sie nahm den Ring aus der Schachtel. »Wie schön«, sagte sie und versuchte, ihn auf den Ringfinger zu schieben. »Hast du wirklich geglaubt, dass ich so schmale Finger habe?«, fragte sie lachend, verstummte aber, als sie den Kopf hob und mein Gesicht sah.

»Du hast den nicht für mich gekauft, oder?«

Ich nickte. »Der war für Shannon, aber ich bin nie dazu gekommen, ihn ihr zu geben. Jetzt gebe ich ihn dir. Ist das okay?«

Es war, als sähe ich die Gedanken durch ihren Kopf flimmern. *Ob es in Ordnung ist, die Nummer zwei zu sein, meinst du? Wolltest du Geld sparen, hast du mir deshalb keinen eigenen Ring gekauft? Oder soll ich den tragen, damit du dir vorstellen kannst, dass ich Shannon bin, die du noch immer liebst?*

Ich weiß nicht, vielleicht musste sie diese Gedanken erst abarbeiten, wie ich sie abarbeiten musste. Doch dann schien sie zu verstehen, und die Härte wich mehr und mehr aus ihrem Blick. Hier in den Bergen wirft man keine noch brauchbaren Sachen weg, nicht einmal solche mit Symbolwert. Unsere Liebe war ebenso unsentimental wie die Natur und die Lebensbedingungen. Man liebt jemanden, verliert ihn, und dann – mit viel, viel Glück – liebt man einen anderen Menschen. Natürlich kann man das alles wegwischen und eine zuckersüße, romantische Ballade erdichten, aber das wäre eine Lüge, und was das anging, hatten Natalie und ich einen Pakt. Wir wollten einander nicht anlügen.

»Der ist schön«, sagte sie leise und fuhr mit der Fingerspitze über den Ring. »Ich werde ihn bei einem Juwelier weiten lassen.«

Wir schliefen ein, und als ich wieder wach wurde, lag ich allein im Bett. Ich stand auf und fand Natalie vor dem Laptop im Wohnzimmer.

»Ich bin zu einem Jobinterview nach Lillehammer eingeladen worden«, sagte sie. »Ich antworte ihnen jetzt.«

»Dieser Direktorenposten?«

»Ein kleines Hotel. Aber du wirst Lillehammer lieben. Und für die Tankstelle bekommst du sicher einen guten Preis.«

Ich lachte. Bis ich irgendwann begriff, dass das kein Witz war. Oder nur ein bisschen.

Dann verzog sie den Mund zu einem schiefen Lächeln. »Das ist nur die erste Runde.«

»Du wirst noch weitere Angebote bekommen«, sagte ich. »Was muss passieren, damit du hier in Os bleibst?«

Sie zuckte mit den Schultern. »Das Übliche.«

»Das Übliche?«

»Höherer Lohn, besserer Job, eine schönere Wohnung, ein Mann. In dieser Reihenfolge.«

»Einen Mann hast du jetzt, und wohnen tust du doch auch nicht schlecht.«

Sie schüttelte den Kopf und tippte weiter. »Zu klein für zwei. Vielleicht drei.«

Es fühlte sich an, als hätte mein Herz gleich mehrere Schläge ausgesetzt. Sie sah lachend von ihrem Laptop auf. »Erschrocken? Entspann dich, ich mach nur Witze. Gerade schwanger gewordene Frauen bewerben sich nicht auf neue Jobs.« Sie wandte sich wieder der Tastatur zu.

»Es sollte doch möglich sein, etwas Größeres zu finden«, sagte ich. »Carl zieht aus.«

»Der Moe-Hof ist größer«, erwiderte sie.

»Willst du da wohnen? Wo …?«

»Wo die schlechten Erinnerungen an den Wänden kleben? Mit Opgard verhält es sich kaum anders, oder? Baut dein Bruder nicht deshalb neu?«

»Mag sein, seine wahren Beweggründe sind aber eher wie beim Zaunkönig.«

Natalie stutzte einen Moment, dann erinnerte sie sich. Und verstand.

»Du meinst, er muss ein Nest bauen, mit dem Mari Aas zufrieden ist?«

Ich nickte.

»Damit sie König und Königin von Os werden können?«

»Ex-akt. Das hatten sich auch Mari und Dan vorgenommen, als sie hierhergezogen sind. Aber passiert ist es nie, weshalb sie jetzt das Männchen wechselt.«

Natalie dachte einen Moment nach. »Du hast aber schon gesehen, dass sie und Krane bei dem Spiel Händchen gehalten haben?«

»Ja, habe ich.«

»Warum, wenn sie ihn doch verlassen will?«

Ich zuckte mit den Achseln. »Vielleicht wissen sie um die Gerüchte, die über sie kursieren, und wollen dagegen angehen?«

»Nein«, sagte Natalie und schob den Laptop weg. »Das ist wegen Irini.«

»Irini?«

»Die arbeitet im Hotel. Du hast sie aus Kranes Auto steigen sehen. Mari hat von ihrem Verhältnis erfahren.«

»Glaubst du?«

»*Yes.*«

»Und dann?«

»Dann passiert das Merkwürdige. Mari kapiert plötzlich, dass der Mann, an dem sie das Interesse verloren hat und an den sie nicht mehr glaubt, für andere attraktiv ist. Und dass er möglicherweise *sie* verlässt. Und damit entdeckt sie ihn wieder und will ihn zurück.«

»Mimetische Begierde?« Ich strich mit den Fingern über die Kopfbandage. »Folgt man der Theorie, müsste Mari in Irini dann aber eine Art Vorbild sehen, und daran glaube ich nicht – auch wenn sie aus einem sozialdemokratischen Haushalt kommt.«

»Du kannst nicht alles in diese Theorie reinpressen«, erwiderte Natalie seufzend und wandte sich wieder ihrem Laptop zu.

Jo Aas rief an und lud mich zu einem Kaffee ein, gerade als ich einige der Hütten auf dem Campingplatz inspizierte. Ich fuhr zu ihm, und er empfing mich in Strickjacke und Pantoffeln auf der Treppe des Hauses. Elin, seine Frau, servierte uns Kaffee und Kranzkuchen im Wohnzimmer, von wo aus wir über die Felder schauen konnten. Sie waren so weitläufig und fruchtbar, dass man glauben konnte, man wäre irgendwo im flachen Østland. Weder der Riksvei noch der See oder Carls Haus waren von hier zu sehen, trotzdem war der Ausblick schön.

»Na ja, für uns Alte ist das Haus mittlerweile ein bisschen groß geworden, zum neuen Jahr ziehen wir ins Gesindehaus«, sagte Aas und nickte in Richtung des kleineren Hauses, in dem seine Tochter und Krane wohnten. »Die brauchen jetzt ja den Platz, weißt du?«

Ich sagte nichts. Hatte keine Ahnung, ob er nur so tat oder wirklich nichts von Carl und Maris Plänen wusste.

»Als abtretender Vorstandsvorsitzender fand ich es angebracht, dem zukünftigen, ein paar Ratschläge und Hinweise zu geben«, sagte er und wartete, bis seine Frau das Wohnzimmer verlassen hatte. »Mein genereller Ratschlag wird dich nicht überraschen, kommt er doch von einem alten Mann. Man darf nie übereilt handeln. Das ist in vielen Fällen die Wurzel des Übels.«

Ich kaute auf dem Kuchen herum. »Lecker.«

»Die Familienbande zu zerschneiden ist für die meisten dramatischer, als sie es sich im Vorfeld vorgestellt haben. Wusstest du eigentlich, dass Elin aus einer Zeugen-Jehovas-Familie stammt?

»Nein.«

»Dort lautet die Regel: Wer nicht mit uns ist, zu dem brechen wir den Kontakt ab. Elin hat ziemlich früh den Glauben verloren, den sie da verkünden, aber nicht deshalb musste sie mit ihnen brechen, sondern weil sie mit einem Außenstehenden wie mir zusammen sein wollte.« Er lächelte, ohne dass sein kantiges Gesicht dadurch weicher wirkte. Seine markanten Züge hätten wirklich gut auf die Werbeplakate von rechts und links außen gepasst. »Die Geschichte ist nicht ungewöhnlich, und alle auf unserer Seite des Zaunes sind überzeugt davon, dass nur so ein glückliches Ende möglich gewesen ist. Aber sie irren sich.« Er rührte in seinem Kaffee. »Es gibt noch immer Stunden, in denen Elin daran zweifelt, das Richtige getan zu haben. Und ja, ich weiß, dass du dich jetzt fragst, ob sie im Ernst denkt, dass es ihr leichter gefallen wäre, ein Leben lang Gottesfürchtigkeit zu heucheln, nur um Teil der Gemeinschaft zu bleiben. Statt hier in Wahrheit zu leben. An manchen Tagen ist die Antwort darauf ein klares Ja, an anderen eher ein Nein.« Er sah mich an. »Nehmen wir mal Mari. Sie hat eine Familie, und wir wissen, dass das nicht immer Lebensinhalt genug ist, vor allem für euch Jüngere ... ihr habt höhere Ansprüche an das Leben, um es einmal einfach auszudrücken. Deshalb vergesst ihr manchmal, wie wichtig die Familie ist, sodass wir Älteren und per Definition Klügeren euch daran erinnern und auf den rechten Weg bringen müssen, auf den Weg ins Glück.«

Ich konnte nur nicken. Jo Aas wusste alles über Carl und Mari. Vielleicht auch über Dan und Irini. Es war keine mimetische Begierde oder irgendeine andere komplexe Sache, die Mari und Dan wieder zusammengebracht hatte. Es war die Standpauke des früheren Bürgermeisters gewesen, die Drohung, die Familienbande aufzukündigen. Vermutlich schmackhaft gemacht mit dem Versprechen, das große Haus übernehmen zu können, wenn sie taten, was Aas wollte. Aber warum hatte Aas erst jetzt eingegriffen? Andererseits lag die Antwort auf diese Frage eigentlich auch auf der Hand. Carl Opgard würde seinen Posten verlieren und damit einer unsicheren Zukunft entgegenblicken, und für so jemanden trennte man sich im Hause Aas nicht.

»Als Carl und Mari in ihrer Jugend zusammen waren, war er wie ein Sohn für mich«, fuhr Aas fort. »Wie du weißt, habe ich ihm zu dem Stipendium in den USA verholfen. Und da ich damit ja in gewisser Weise den Kurs für sein Leben abgesteckt habe, fühle ich eine gewisse Verantwortung für die Situation, in der er jetzt steckt. Deshalb möchte ich dich bitten, deinen Bruder in dieser misslichen Lage nicht zu hart anzufassen.«

»Danke«, sagte ich. »Ich werde es versuchen. War das alles?«

»Ja«, sagte Aas.

Ich stopfte mir den Rest Kranzkuchen in den Mund und stand auf.

»Eine Sache noch«, sagte Aas, als wir im Flur standen. »Ich habe eben erst mit Dan gesprochen. Ein Fuhr von GeoData hat am Nachmittag eine Pressekonferenz über den Riksvei einberufen.«

Der Kuchen, auf dem ich noch immer herumkaute, wuchs und wuchs in meinem Mund.

»Hoffen wir, dass das keine schlechten Nachrichten für Os und das *Os Spa* sind«, sagte Aas und hielt mir die Tür auf. »Dann sehen wir uns morgen bei der Vorstandssitzung?«

Pressekonferenz.

Fuhr machte es wirklich.

Ich trat auf dem Rückweg von Aas aufs Gas, als hätte ich noch irgendeinen Termin. Aber es war zu spät, das Rennen war gelaufen. Denn auch mir war klar, dass man chancenlos ist, wenn ein verfluchter Kamikazepilot vollgepumpt mit Steroiden alles und jeden in die Hölle bomben will.

Natürlich. Was hatte ich denn geglaubt?

War ich in der Gewissheit, Kurt Olsen nicht mehr im Nacken zu haben, so übermütig geworden, dass ich tatsächlich daran glaubte, auch noch den letzten Asteroiden umschiffen und so das oberste Level des Spiels erreichen zu können, wo der Himmel klar und blau war?

Wie gesagt: der Mensch denkt, Gott lacht.

Ich musste selbst lachen, und das Wetter unterstrich die ganze Situation auch noch irgendwie. Es war wirklich wie in den Brontë-Romanen von Rita. Im Moment waren nur ein paar leichte Wolken am blauen Himmel zu sehen, aber am späteren Nachmittag sollte Regen aufziehen, und irgendwie glaubte ich, die dunklen Wolken am westlichen Horizont bereits erkennen zu können.

Natalie hob überrascht den Kopf, als ich ins Wohnzimmer trat und ihr vorschlug, noch einmal die Wanderung zu machen, die wir beim ersten Mal gemacht hatten.

»Jetzt?«

»Das Wetter wird umschlagen.«

Sie seufzte. »Wanderung bedeutet in der Regel, dass du noch weitere schreckliche Bekenntnisse zu machen hast.«

»Du glaubst, dass ich das, was ich schon gesagt habe, noch toppen kann?«

»Ist das nicht immer möglich? Vielleicht hast du ja irgendwelche Säuglinge verspeist.«

»Kommst du mit?«, fragte ich.

»Ich bin dein Heilo«, sagte sie, klappte den Laptop zu und verließ das Zimmer, um sich umzuziehen.

Ich sah ihr nach.

Auf der Webseite der Lokalzeitung stand, dass die Pressekonferenz von GeoData für sechs Uhr angesetzt war. Mir blieben also noch vier Stunden, bis die Hölle losbrach und ich alles verlieren würde. In diesem Moment wurde mir dann aber etwas bewusst. Denn eigentlich spielte es keine Rolle, wenn das Spa, die Tanke und die Achterbahn vor die Hunde gingen, solange ich nur sie behielt. Denn ich glaubte ihr. Sie war der Heilo, der Begleiter der einsamen Seelen, nicht Mari, die Zaunkönigin, die eher das Nest als das Männchen begutachtete.

»Ich habe noch immer keine Wanderschuhe«, rief sie aus dem Flur.

»Carl ist auf der Arbeit, wir nehmen Mamas Schuhe oben in Opgard. Dann kann ich mir auch gleich ein paar Anziehsachen holen.«

»Okay.«

Wir nahmen ihren Wagen, und auf dem Weg nach Opgard erzählte ich ihr von der Pressekonferenz. Und wieder kam mir der Gedanke, wie befreiend es ist, einen Menschen zu haben, dem man absolut alles sagen kann. Na ja, abgesehen von einer Sache. Irgendwann in unserer Jugend war Carl dieser Mensch gewesen, mittlerweile fühlte es sich aber so an, als lägen diese Tage unendlich weit zurück.

»Dann wird Fuhr also einen revidierten Bericht vorlegen,

nach dem der Todde-Tunnel gebaut werden kann?«, sagte Natalie und schaltete, als die Steigung begann.

»Sieht so aus.«

»Und warum rufst du dann nicht an und sagst, dass du seine Forderung annimmst? Ich denke, Fuhr wartet genau darauf.«

»Weil ihn das nicht stoppen wird. Er ist auf Steroiden und kommt früher oder später mit neuen Forderungen.«

»Aber hast du denn eine Wahl?«

»Ich kann mich dafür entscheiden, das alles geschehen zu lassen.«

»Damit sich alles, wofür du gearbeitet hast, in Luft auflöst?«

»Ja, alles. Der ganze Mist.« Ich wagte es nicht, sie anzusehen, lauschte nur auf ihre Reaktion. Und sie kam.

»Okay.« Leicht wie eine Bachstelze im April.

»Okay?«

»Wenn du das alles für Mist hältst, lass es los. Das meine ich wirklich. Du kannst Hausmann in Lillehammer werden. Die haben übrigens angerufen, und als ich gesagt habe, dass ich noch unsicher bin, ob ich zum Vorstellungsgespräch kommen will, haben sie mir den Job mehr oder weniger direkt am Telefon angeboten.«

»Wirklich?«

»Ja. Es gibt also eine Alternative, Liebling.«

Ich ließ mir die Worte auf der Zunge zergehen. Alles inklusive Opgard verkaufen und einfach weggehen. Ein neuer Anfang. Davon hatte ich schon einmal geträumt, doch dann war mir der Traum mitsamt Shannon genommen worden. Konnte er doch noch in Erfüllung gehen? Ich fühlte in mich hinein. Ja, verdammt, wir konnten wegziehen, wir mussten es nur tun. Nur, was hielt mich dann zurück? War ich alt geworden, fürchtete ich die Veränderung, oder ging es darum, dass ich mein Leben dafür in die Hände einer anderen Person legen sollte?

»Vertrau mir«, sagte sie.

Ich drehte mich zu ihr und sah sie ungläubig an. »Was hast du gesagt?«

»Vertrau mir«, wiederholte sie.

Ich schluckte. Konnte diese Frau jetzt auch noch meine Gedanken lesen?

»Ich liebe dich«, sagte ich. Es klang irgendwie schräg, aber richtig.

»Wie sehr?«

»Verflucht sehr!« Es klang so was von richtig.

Ohne den Blick von der Straße zu nehmen, beugte sie sich zu mir rüber und küsste mich auf die Wange. Ja, ich vertraute ihr. Vielleicht führte der neue Bericht zu einer Untersuchung der Vorgänge, die zu der ersten Fassung geführt hatten. Es war nicht auszuschließen, dass dabei etwas ans Licht kam, auch wenn Fuhr das sicher zu vermeiden versuchen würde. Aber egal, mit Natalie an meiner Seite gab es Grenzen dafür, wie groß eine Katastrophe werden konnte.

Dachte ich.

Fünf Minuten vor der Katastrophe.

Alle Katastrophen sollten ein Präludium haben. Ein Vorspiel, einen warnenden Hinweis auf das, was kommen sollte. Wie diese Pressekonferenz. Wie die Sekunden auf dem Hofplatz, in denen Papa mich ansieht, bevor er und Mama sich in den Wagen setzen und losfahren. Wie Carl, der mich anruft und sagt, dass etwas passiert ist. Wie das Hecheln des Polizisten, der dir auf den Fersen ist. Wie das Donnern in den Bergen, bevor die Felsbrocken direkt über einem sind.

Es ist aber nicht immer so. Manchmal scheint die Sonne, der Himmel ist wolkenlos, und die Vögel zwitschern, während man realisiert, dass die Katastrophe nicht zu kommen droht, sondern längst eingetreten ist.

Ich war oben in meinem Schlafzimmer und stopfte T-Shirts, Strümpfe und Unterhosen in die Tasche, die ich ins Auto stellen und nach der Wanderung mit zu Natalie nehmen wollte. Hörte Natalie mit den Füßen stampfen, als sie unten im Flur am Fuß der Treppe Mamas Schuhe anzog.

Ich packte noch ein paar weitere Sachen ein und hörte das Kratzen von Stuhlbeinen am Boden.

Ein paar Jacken und zwei zerknitterte Hemden landeten in der Tasche. Wenn ich sie bügelte, konnte ich mich schick machen, wenn ich ihr ein leckeres Essen servierte.

Unten war es still geworden. Ich warf noch einmal einen Blick in die Schubladen, sollte ich etwas vergessen haben, zog den Reißverschluss der Tasche zu und ging zur Treppe.

Natalie stand auf dem Stuhl und drehte mir den Rücken zu. Eine Schulter und ein Arm hingen auf eine Weise herab, wie ich es noch nie gesehen hatte, als wäre ein Gewicht daran befestigt worden. Der andere Arm war angehoben, ihre Finger strichen über etwas direkt vor ihrem Gesicht. Das Remington-Gewehr. Ihres Vaters. Die identische Waffe meines Vaters hing an der Scheunenwand des Moe-Hofes. Das Scheunentor war nach dem Todesfall natürlich verschlossen worden, und ich hatte noch keinen Vorwand gefunden, unter dem ich Natalie bitten konnte, mir den Schlüssel zu leihen, um die Waffen wieder zurückzutauschen. Jetzt war es dafür zu spät, das sah ich.

Ihre Finger strichen über das Ende des Kolbens aus Walnussholz. Über das Einzige, woran man die beiden Gewehre unterscheiden konnte. Ein winziges Herz, das die Tochter mit einem Lötkolben eingebrannt hatte, um ihrem Vater eine Freude zu machen.

Natalie drehte sich um. Über beide Wangen rann jeweils eine Träne, die rechte hatte etwas Vorsprung. Ich war kurz vor Ende der Treppe stehen geblieben, sodass wir auf gleicher Höhe waren, als würden wir schweben. Nur ihr schneller, zitternder Atem war zu hören. Dann stieg sie vom Stuhl und zog sich die Bergschuhe aus. Steckte die Füße in ihre Schuhe, nahm etwas aus der Tasche und legte es auf den Stuhl. Die Bewegung war weder hastig noch zögernd, nur effektiv, und ihr Gesicht wirkte – sah man einmal von den Tränen ab – besonnen, als hätte sie ihre Entscheidung längst getroffen und für sich akzeptiert, dass nur dieser eine Weg der mögliche ist. Die Tatsache, dass sie nicht im Mindesten wütend wirkte, ließ mich die Endgültigkeit ihrer Entscheidung verstehen. Wütende Menschen beruhigen sich irgendwann wieder und sehen die Dinge dann vielleicht anders. Aber Natalie wirkte nicht einmal überrascht, als hätte sie nur eine Bestätigung für etwas bekommen, was sie sich längst gedacht hatte, und entsprechend war sie sich auch über die Konsequenzen im Klaren.

»Ja, ja«, sagte sie. Wie in Ja, ja, so ist das Leben, oder ja, ja, so kann es gehen, wir haben es wenigstens versucht. Dann drückte sie mit einem Schulterzucken die Klinke nach unten und war weg.

Ich blieb wie gelähmt stehen. Hörte, wie der Motor angelassen wurde und der Wagen sich entfernte.

Erst in diesem Moment ließ ich die Tasche fallen, ging zum Stuhl und sah den Ring auf der Sitzfläche.

# 44

Es war stockfinster, als ich aus dem Schlaf aufschrak. Ein tiefes, brummendes Grollen verstummte.

Donner. Ich hatte einen Albtraum gehabt. Nicht mit den sieben alten Gespenstern, die mich jagten, und auch nicht mit dem neuen, Klempner Moe. Der Albtraum bestand darin, dass Natalie mich zum dritten Mal verlassen hatte und Papa mir »*third strike and yer out*« ins Ohr brüllte, wie er es immer getan hatte, wenn er mit Carl und mir auf dem Hofplatz Baseball geübt hatte. Also ja, es war eine Erlösung, wach zu werden. Bis mir bewusst wurde, dass die Realität kaum besser war. Ich drehte mich um und fiel vom Sofa. Ich hatte also nicht wie gedacht im Bett gelegen. Meine Nase roch den alten, abgetretenen persischen Teppich, den Papa aus Amerika mitgebracht hatte, und sagte mir, dass ich mich im Wohnzimmer befand. Die Zeiger der Armbanduhr leuchteten fahl. Halb zwölf. Vage erinnerte ich mich an das, was passiert war, seit Natalie mich verlassen hatte. Es war nicht viel.

Ich hatte das Handy ausgeschaltet und mich den Budweiser-Flaschen gewidmet, die Carl im Vinmonopol in Notodden bestellt hatte, obwohl er eigentlich wie ich der Meinung war, dass das Zeug ziemlich dünn schmeckt. Fernseher und Radio hatten Pause, während ich mir einen Rausch angearbeitet hatte, um den Schmerz zu dämpfen, sollten meine Gedanken doch wieder zu Natalie zurückkehren. Ich hatte mich dieses Mal mit Bier begnügt und nicht die Abkürzung in die Stille genommen. Nur genug, um zu schlafen.

Jetzt, da ich wieder wach war, fühlte es sich so schon still genug an. Ein wilder Gedanke packte mich. Hatte Natalie vielleicht angerufen und sich umentschieden? Sollte ich doch mit ihr nach Lillehammer oder sonst wohin gehen? Es klirrte, als ich nach dem Handy tastete und die leeren Bierflaschen umstieß. Hatte ich das Ding nicht auf den Tisch gelegt?

Ein Blitz erhellte für einen Moment das Wohnzimmer, und ich sah das Handy auf einem Buch liegen. Ich schaltete es ein, während es zu donnern begann. Sieben verpasste Anrufe und zwei SMS. Nichts davon von Natalie. Ich seufzte. Drei Anrufe von Carl, zwei von Dan Krane und einer von Jo Aas. Die zwei SMS waren von Dan Krane. Ich öffnete die erste.

*Habe versucht, dich anzurufen. Du bist ein wichtiger Investor in Os und ein Teilhaber unserer Zeitung. Ich hätte deshalb gern einen Kommentar von dir, was auf der Pressekonferenz von GeoData über die Fehler im früheren Bericht bekannt geworden ist.*

Es war geradezu zum Lachen. Ich hatte keine Ahnung, welche Konsequenzen das für mich haben und was ich verlieren würde, das alles war aber unbedeutend im Vergleich zu der Tatsache, dass Natalie weg war. Klar, die Tanke, der Vergnügungspark und vielleicht auch das Spa wären verloren – ein Versagen erster Klasse, episch, aber nicht mehr. Doch, mir war tatsächlich zum Lachen zumute, als ich die zweite SMS öffnete.

*Kann ich einen Kommentar zu der Tragödie und dem Fakt bekommen, dass Fuhr und GeoData den Bericht frisiert haben?*

Ich hätte Krane anrufen und ihm sagen können, dass man das Wort Tragödie für verlorene Gliedmaßen, Tod und Liebeskummer verwendet, und nicht für den norwegischen Straßenbau oder die Entvölkerung der Provinz. Letzteres war noch gar nicht entschieden, denn Os' Tod war vermutlich Toddes Brot. Apropos, ich hatte seit dem Frühstück nichts mehr gegessen.

Ich entschloss mich, in die Küche zu gehen, etwas zu essen, dann noch ein bisschen zu schlafen und am nächsten Morgen früh aufzustehen. Bis zur Vorstandssitzung waren es noch zehn Stunden, und in Anbetracht der neuen Situation gab es einiges vorzubereiten. Ein Tagesordnungspunkt war, Carl ab- und mich selbst als geschäftsführenden Direktor einzusetzen, ebenso wichtig war aber die Frage, ob wir den Ausbau des Hotels, in Anbetracht der Tatsache, dass der Riksvei nun doch verschwand, stoppen sollten.

In der Küche schnitt ich mir, ohne das Licht einzuschalten, ein paar Scheiben Brot ab, nahm den gekochten Schinken aus dem Kühlschrank und setzte mich an den Tisch am Fenster. Kauend starrte ich in die Dunkelheit. In diesem Augenblick wurde mir bewusst, wie schnell meine Gedanken Natalie verlassen und sich auf etwas Konkretes konzentriert hatten. Den Riksvei, die Vorstandssitzung, Nahrung. Nach Shannons Tod war es ebenso gewesen. Vielleicht war das ein Überlebensreflex, und sollte das so sein, konnte das ja nur bedeuten, dass ich – trotz allem – weiterleben wollte.

Wieder zerriss ein Blitz den Himmel.

Und als es plötzlich hell wurde, sah ich ihn.

Ein zweites Mal.

Den Wolf.

Er musste den kleinen Mülleimer umgestoßen haben, der an der Außenseite der Scheune stand, denn seine Schnauze steckte tief in dem herausgefallenen Müll.

Dann war es wieder dunkel.

Ich kniff die Augen zu. Hatte ich ihn wirklich gesehen? Es war wie in dem Jahr, als Onkel Bernard aus den USA nach Hause gekommen war und Carl und mir einen Viewmaster mitgebracht hatte, den wir uns teilen sollten. In Os hatten wir das damals als Taschenkino bezeichnet. Es war so etwas wie ein Vorläufer einer VR-Brille, man sah hell erleuchtete Fotos in einer faszinierenden 3-D-Version. Unser Viewmaster hatte Bilder vom Grand Canyon und den Rocky Mountains. An sich cool, aber Bilder von Bergen beeindrucken eher Leute, die im

Flachland wohnen. Das Bild, das mich am meisten faszinierte und das ich wirklich nie leid wurde, zeigte einen großen gelben Puma vor einer Felswand. Wie gesagt, nicht wegen des Felsens, sondern weil er so unglaublich einsam wirkte. Ich hatte in einem Lexikon von Papa nachgeschlagen und dort gelesen, dass Pumas allein in einem riesigen Revier leben. Nur wenn das Männchen in der Paarungszeit ein Weibchen findet und dieses ihn akzeptiert, bleiben sie für zwei Wochen zusammen. So stand es dort. Zwei Wochen, nicht mehr, aber auch nicht weniger. Danach sucht das Männchen wieder die Einsamkeit, um weiter über sein einsames Königreich zu herrschen. Es war so traurig. Aber auf eine gute Weise, ich weiß nicht, wie ich das erklären soll. Du bist ein geborener Puma, das ist deine Natur, du tust, was du tun musst, und brauchst nicht traurig darüber zu sein. Aber klar, ist man ein Wolf und aus dem Rudel ausgestoßen, sodass man Mülltonnen umwerfen muss, um zu überleben, sieht die Sache natürlich ganz anders aus.

Ich starrte in die Dunkelheit und wartete auf einen weiteren Blitz. Um ihn zu sehen. Um mich zu sehen. Den König des Mülls. Den armen Tropf, der seine Würde auf dem Altar des Überlebens opferte, wie wir alle. Wir verschieben lediglich die Grenzen des Erträglichen und ändern die Spielregeln, damit wir uns selbst ertragen können. Sogar Menschen, die alle und jeden umbringen, die ihnen im Weg stehen, und die Frau und den Rang ihrer Brüder rauben, glauben noch daran, ihre Ehre zu verteidigen. Und sie tun das verzweifelter als die meisten anderen, weil ihre Grenzen nicht mehr weiter verschoben werden können, ohne dass sie auch noch den letzten Rest an Selbstachtung verlieren.

Ein neuer Blitz erleuchtete den Hofplatz. Aber der Wolf war weg.

Ich schaltete das Licht ein und aß weiter. Versuchte nicht zu denken, sondern konzentrierte mich auf das Gewitter. Es war schwer zu erkennen, ob es kam oder ging.

Nach einer Weile räumte ich das Essen weg und spülte den Teller ab. Vor dem offenen Kühlschrank hörte ich mit einem

Mal ein anderes Geräusch. Carls BMW. Ich trat ans Fenster und sah den Wagen auf den Hofplatz fahren. Doch statt vor dem Haus zu parken, fuhr Carl den Wagen über die Rampe in die Scheune. Er schaltete den Motor aus, und für einen Moment war es stockfinster, dann begann die Neonröhre unter der Decke zu blinken, und es wurde hell. Carl war von der Wand mit dem Lichtschalter verdeckt, und es dauerte einen Moment, bis er wieder auftauchte. Er ging über die Rampe nach unten und bemerkte im Licht der Scheune die umgestürzte Tonne und den herumliegenden Müll, ließ aber alles liegen. Was hatte er vor? Hatte er getrunken? Er kam mit dem Licht im Rücken auf das Haus zu, und ich wusste, dass er meine Silhouette im Küchenfenster gesehen hatte.

»Was machst du hier?«, fragte er, als er in die Küche kam. Ich hatte mich wieder hingesetzt und wartete auf ihn.

»Ich wohne hier«, sagte ich.

»Tust du das?« Er war in der Türöffnung stehen geblieben. Seine Stimme war leise, wie tot. »Wo ist dein Auto?«

»Natalie war hier. Wir haben ihren Wagen genommen.«

»Und jetzt ist sie wieder gefahren?«

Ich nickte.

»Dann hast du ja vielleicht Zeit, mir mit meinem Wagen zu helfen?«

»Stimmt was nicht?«

»Die Bremsen«, sagte er. »Die arbeiten nicht so, wie sie sollen.«

»Ich guck mir das morgen früh an.«

»Wäre klasse, wenn wir das jetzt machen könnten.«

Unsere Blicke begegneten sich. Er sah nüchtern aus. Ich zuckte mit den Achseln.

Er ging vor mir über den Platz, während ich mich umsah, obwohl der Wolf sicher längst über alle Berge war.

Auf einen neuerlichen Blitz folgten ein Krachen und Knallen. Und als wäre der Himmel tatsächlich in Stücke gerissen worden, waren plötzlich dicke Tropfen in der Luft. Wir stürmten über die Rampe in die Scheune. Wieder ein Blitz und ein Donner. Der Regen nahm zu, und schon ein paar Sekunden später klatschte er hämmernd auf das Blechdach und die Rampe. Carl setzte sich hinter das Steuer und entriegelte die Motorhaube.

Ich öffnete sie und beugte mich vor. Überprüfte den Behälter mit der Bremsflüssigkeit.

»Sieht normal aus«, sagte ich.

Ich bekam keine Antwort, doch dann wurde mir bewusst, dass ich wegen des ohrenbetäubenden Trommelns auf dem Dach rufen musste.

»Sieht normal aus! Wir müssen ...«

Ich verstummte, als ich an der Motorhaube vorbei auf den leeren Fahrersitz schaute. Carl war nicht mehr da.

»Lass gut sein«, hörte ich seine Stimme direkt hinter mir. Und im selben Moment wusste ich es.

»Vielleicht ist mit den Bremsen ja doch alles in Ordnung«, sagte Carl, der trotz der kurzen Distanz laut reden musste. »Das ist ja immer schwer zu sagen. Ich meine, ich habe mir einfach Sorgen gemacht, als ich heute von der Kriminaltechnik erfahren habe, dass auch an den Bremsen von Shannons Auto etwas nicht stimmte und sie deshalb in den Abgrund gefahren sei.«

Ich drehte mich nicht um. Lauschte nur auf den Regen. Bis der nächste Donner losbrach. Dieses Mal noch näher.

»Ich meine, das war ja mein Auto«, fuhr Carl fort. »Und ich bin mir sicher, dass auf der Fahrt davor mit den Bremsen noch alles in Ordnung war. Mich hat das zum Nachdenken gebracht. Shannon und du, ihr habt ein Kind erwartet, vielleicht habt ihr euch sogar darauf gefreut und Pläne geschmiedet. Nur dass ich euch in vielerlei Hinsicht im Weg war. Und was macht man, wenn man ein Risiko eingehen muss, man etwas Ähnliches aber schon einmal geschafft hat? Man wiederholt die Methode, das liegt doch irgendwie auf der Hand, oder? Du hast die Bremsen an meinem Auto manipuliert. Genau wie bei Papa. Das heißt, du musst eine raffiniertere Methode gefunden haben, denn die Kriminaltechnik hat nicht einmal den Verdacht, dass eine Straftat zugrunde liegt. Hätte ich Shannon nicht getötet, am

Abend des Investorenmeetings für das Spa, wäre ich gestorben. Oder was meinst du, Roy?«

Ich drehte mich langsam um.

Carl stand zwei Meter vor mir, die Schrotflinte in Brusthöhe. Sein Finger war am Abzug, der Doppellauf auf mich gerichtet. Er kannte mich, wusste, dass ich jederzeit etwas probieren könnte. Nur dass ich diesmal keine Fahrradkette hatte.

»Repetition«, sagte ich.

»Wieso?«

»Auch du wählst dieselbe Methode. Wie bei Dog. Aber vielleicht wiederholt man dann auch seine Fehler. Du hast es damals nicht geschafft, Dog zu töten. Du hast ihn nur angeschossen. Und es war ein Unfall. Wie willst du es da schaffen, deinen Bruder zu töten?«

Carl lächelte. »Lieber Roy, vielleicht stimmt es ja, dass es beim ersten Mal am schwersten ist. Vielleicht ist das aber auch nur Blödsinn, außerdem habe ich seit damals schon zweimal getötet. Den alten Olsen und Shannon. Nein, warte, mit deinem Kind waren es drei.«

Ich schluckte. »Was willst du mit meinem Tod denn erreichen? Der Vorstand wird dir deinen Job nicht zurückgeben, jetzt, da all die Unregelmäßigkeiten auf dem Tisch liegen.«

»Ach Roy, du vergisst das Erbe.«

»Erbe?«

»Ja, ich bin erst neulich darauf gekommen, als ich im neuen Haus saß und hierher nach Opgard geschaut habe. Das Licht in der Küche ging an, und ich wusste, dass du nach Hause gekommen warst. Nach Hause in unser Erbe. Und meine Gedanken spannen sich weiter. Schließlich bin ich die einzige Familie, die du hast. Solltest du sterben, würde ich also alles erben. Nicht nur Opgard, sondern auch die Aktien von *Os Spa*. Dann könntest du mich morgen bei der Vorstandssitzung nicht absetzen, im Gegenteil könnte ich als neuer Mehrheitsaktionär den gesamten Vorstand entlassen, auf jeden Fall diejenigen, die einer Zukunft mit mir als Hoteldirektor nicht positiv gegenüberstehen.« Carl lachte, die Verblüffung musste mir ziemlich deutlich anzusehen sein. »Simpel, nicht wahr, Roy?«

»Okay«, erwiderte ich. »Aber wie willst du aus der Sache rauskommen? Wie stellst du dir das vor?«

»Wo rauskommen? Es wird niemand auch nur auf die Idee kommen, mir die Schuld zu geben, wenn man herausfindet, dass du dich hier in der Scheune erschossen hast.«

»Selbstmord also? An dem Tag, an dem ich das *Os Spa* übernehme und dich absetze? Glaubst du wirklich, dass die Leute das glauben würden?«

»Auf den ersten Blick wird das Motiv vielleicht nicht zu erkennen sein. Aber wenn herauskommt, dass man dir erst neulich im Krankenhaus in Notodden den Magen auspumpen musste, werden die Polizei und alle anderen erkennen, dass du schon eine ganze Weile im höchsten Maße selbstmordgefährdet warst. Das ist bei Männern in deinem Alter nichts Ungewöhnliches. Sieh dir nur Fuhr an.«

»Fuhr?«

Carl legte den Kopf in den Nacken und musterte mich mit gerunzelter Stirn. »Hast du es nicht gehört?«

»Was gehört?«

»Wirklich? Aber klar, du hattest ja dein Telefon ausgeschaltet.« Carl lachte kurz. »Jon Fuhr hat sich das Leben genommen. Er ist nicht zur Pressekonferenz erschienen und wurde anschließend tot aufgefunden. Sie vermuten eine Überdosis von irgendetwas. Aber okay, er hatte ja vielleicht auch ein Motiv. Nach allem, was Bent Halden auf der Pressekonferenz gesagt hat, war ziemlich klar, dass Fuhr sich für die Fehler im ersten Bericht verantwortlich gefühlt hat.«

»Fehler? Also der Bericht, den wir bestellt haben?«

»Nein, nein, das ist ja die Ironie dabei. Es gibt da eine Wasserader im Berg, die sie anfangs nicht bemerkt haben und die weder gekappt noch irgendwie abgezweigt werden kann. Der Todde-Tunnel ist ganz unabhängig von den rein geologischen Verhältnissen nicht zu verwirklichen. Halden hat eingeräumt, dass GeoData diese Ader viel früher hätte entdecken müssen, dem Steuerzahler wären dann die hundert Millionen Kronen für Planung und Projektvorbereitung erspart geblieben. Fuhr hat damit geprahlt, erst neulich viel Geld erhalten zu haben, was zu Spekulationen geführt hat, dass er von den Todde-Anhängern bestochen wurde und die Wasserader im Bericht bewusst ausgelassen hat.«

»Dann wird der Riksvei …«

»Weiterhin durch Os führen. Und jetzt sind alle Zweifel ausgeräumt, es geht nicht mehr um die Deutung von unsicheren Daten und Lockergestein; würde man da einen Tunnel bauen, hätten wir einen neuen Fluss.«

Ich hatte die Nachricht von Krane über die Fehler im früheren Bericht von GeoData falsch gedeutet, wie auch jene, die er vermutlich nach dem Auffinden von Fuhr geschickt hatte. *Kann ich einen Kommentar zu der Tragödie und dem Fakt bekommen, dass Fuhr und GeoData den Bericht frisiert haben?*

»Apropos Fluss«, sagte Carl und legte die Flinte an. Ich starrte in die Mündung. Sah, wie sein Finger sich krümmte. Ich hatte keine Angst. War einfach müde und wollte es hinter mir haben.

»Warte!«, sagte ich.

»Warum?« Er starrte mich mit einem Auge an, das andere war geschlossen.

»Du kannst mich nicht aus zwei Metern Entfernung mit einer Schrotflinte erschießen, wenn es wie ein Selbstmord aussehen soll. Sonst sieht man schon an der Streuung, dass ich das nicht selbst gemacht haben kann. Außerdem ist es nicht sicher, dass ich wirklich auf der Stelle tot bin, und dann würde es überall Spuren geben. Menschen, die sich mit einer Schrotflinte erschießen, nehmen die Mündung des Laufs in den Mund.«

»Ach ja? Was schlägst du also vor?«

»Dass du das Gewehr nimmst. Es hängt im Flur. Es ist sogar noch eine Kugel im Lauf.«

»Ach?« Er legte den Kopf etwas zur Seite. »Hilfst du mir, oder heckst du wieder irgendeinen Scheiß aus?«

Ich schüttelte den Kopf. »Zum einen will ich keine lange

Quälerei, zum anderen bist du mein Bruder. Wenn ich schon sterben soll – ich meine, es ist ja nicht so, dass ich das nicht verdient hätte –, macht es doch keinen Sinn, dass der letzte verbliebene Opgard direkt in den Bau geht, nur weil er nicht praktisch denken kann. Und drittens …«

»Ja?«

»Wenn ich jetzt kooperiere, will ich, dass Natalie die Tankstelle und die Häuser im Ort bekommt.«

Carl dachte nach. »Die Tankstelle kann sie kriegen.«

»Und die Häuser«, sagte ich. »Für dich sind dann der Campingplatz und die Aktien. Und Opgard.«

Carl lachte. »Deal. Immerhin hast du ja einiges für mich gemacht. Aber sorry, bei der Flinte bleibt es.«

»Okay, aber dann nehme ich die Mündung in den Mund.«

»Wirklich?« Er sah skeptisch aus.

»Du kannst mir glauben, ich will ja gar nichts versuchen«, sagte ich, sackte auf die Knie und schob beide Hände unter das Gesäß. »Anschließend wischst du den Abzug ab und drückst meinen rechten Zeigefinger darauf. Und dann fasst du nichts mehr an, sondern lässt alles so, wie es ist. Und wenn du mit der Polizei redest, hältst du dich soweit es geht an die Wahrheit, also wann du nach Hause gekommen bist und so weiter. Du bist ins Haus gegangen, hast mich nicht angetroffen und wolltest gerade ins Bett gehen, als du den Schuss gehört hast. Dann bist du in die Scheune, hast mich gefunden und überprüft, ob ich noch lebe. Danach hast du sie angerufen, verstanden?«

»Verstanden.«

»Okay, dann bringen wir es hinter uns.«

Ich riss den Mund auf. Carl starrte mich ungläubig an und trat wachsam einen Schritt auf mich zu. Ich schloss die Augen. Ein neuer Donnerschlag, jetzt weiter entfernt. Dann spürte ich den Lauf an den Lippen, ich musste den Mund noch weiter öffnen. Carl drückte den Stahl hinein, und ich hatte mit einem Mal nur noch den bitteren Geschmack von Pulver und Metall im Mund.

Ich kenne eine Theorie, die erklärt, warum man das Leben

Revue passieren lässt, wenn man weiß, dass man sterben wird. Weil das Gehirn verzweifelt alle gespeicherten Erinnerungen durchgeht, um einen Ausweg zu finden. Ich war nicht mehr darauf aus, gerettet zu werden, trotzdem war es auch bei mir genau so. Es begann mit Carl und mir. Wir saßen reisekrank auf der Rückbank des Cadillacs, während Papa rauchend fuhr und Mama rauchend die Karte las. Papa hielt an, damit wir uns übergeben konnten, wuschelte uns durch die Haare und versprach uns ein Eis an der nächsten Tankstelle. Ein Versprechen, das er hielt. Und bevor wir nach Oslo kamen, hielt er am Fjord an, damit wir baden konnten. Auch Mama war im Wasser, während Papa nur rauchend am Auto lehnte und uns zusah. Danach reichte er uns ein großes Handtuch. Ich weiß noch, dass er gelächelt hat und ich geglaubt habe, dass Papa in diesem Moment glücklich war. Und vielleicht war er das auch. Damals, in diesem Moment.

Ich sehe mich vor Carl stehen mit dem Aufsatz in der Hand, für den ich eine Zwei bekommen habe. Er lächelt mich an und leugnet, dass er – mein kleiner Bruder – meine Rechtschreibfehler korrigiert hat, obwohl ich es doch sehen kann.

Dann sehe ich, wie der Cadillac sich mit Papa und Mama entfernt, während Carl und ich auf dem Hofplatz stehen.

Vier Personen in dem alten Volvo, den ich von Onkel Bernard zum achtzehnten Geburtstag bekommen habe. Wir sind auf dem Weg zum Dorffest. Auf der Rückbank Carl und Mari, neben mir auf dem Beifahrersitz Grete Smitt, die in Carl verliebt ist, und hinter dem Steuer ich, der ich Mari liebe.

Nachdem Carl im Suff Grete gevögelt hat, bot Mari sich mir an, um sich zu rächen. Ich habe damals aber erkannt, dass ich nicht wirklich in Mari verliebt war, sondern alles liebe, was Carl hatte, und Mari gehörte da ja nicht mehr dazu.

Moe an der Tankstelle, wie er gebeugt vor Scham und Angst nach der Pille danach fragt.

Shannon. Rot glänzende Haare auf schneeweißer Haut, das eine Augenlid etwas gesenkt, als zielte sie auf mich. Und mich selbst am Geländer der Varodd-Brücke, nachdem ich aus Os nach Kristiansand gezogen war, um Abstand zwischen uns zu bringen. Bis sie dann eines Tages auf der Treppe vor meiner Tür steht, die Haare tropfnass, und darum bittet, hereinkommen zu dürfen.

Natalie, wie sie in der Heide liegt. Das Wunder, dass es mir trotzdem noch einmal vergönnt war zu lieben.

Zator. Die Aussicht von ganz oben. Über allen anderen zu sein und doch zu wissen, dass man in der nächsten Sekunde in den Abgrund rast.

Dann kam der Knall. Doch es wurde nicht alles schwarz, stattdessen begannen die Bilder rückwärtszulaufen. Ein Ruck ging durch den Lauf, der aus meinem Mund rutschte. War es so, zu sterben? Lebte man das Leben plötzlich rückwärts? Sollte ich Natalie dreimal gewinnen und wieder verlieren, bis sie wieder ein junges Mädchen war? Würde ich Shannon wiedersehen? Würden Mama und Papa, Moe, Willumsen, der alte Olsen und all die anderen Gespenster von den Toten wieder auferstehen? Würde Natalie aus der Tankstelle verschwinden und dann nie mehr wiederkommen? Ich spürte etwas Warmes an meiner Wange und über meine Lippen nach unten laufen und streckte automatisch die Zunge heraus. Erkannte den Geschmack sofort. Das waren keine Tränen, das war Blut.

Ich öffnete die Augen.

Carl stand nicht mehr vor mir. Ich starrte direkt ins Dunkel hinter dem Scheunentor und sah nur das Licht im Küchenfenster. Ich war am Leben, oder? Und der Knall? Das musste dann ein Donner gewesen sein. Ein Blitz zerriss die Nacht und badete unser Haus im Licht. An der Westwand sah ich eine Gestalt. Vielleicht war ich tot, vielleicht sah ich, was ich sehen wollte, vielleicht ist es so, im Paradies zu sein. Denn es war sie, Natalie, in den Händen die Lure, auf der sie spielte, wobei der Regen mit einer solchen Wucht auf den Boden prasselte, dass ich nichts hörte. Dann war es wieder dunkel, und sie war verschwunden.

Ein Stöhnen, und ich senkte endlich meinen Blick.

Es war Carl.

Er lag vor mir auf dem Boden, das Gesicht kreideweiß. Sein weißes Businesshemd hatte aber Farbe bekommen. Rote Farbe.

Er starrte mich an und tastete nach der Flinte. Legte seine Finger darauf, ehe ich sie zu mir zog. Ich drehte mich um und legte sie hinter mich auf den BMW. Sah, dass der Kühler übersät von Blutspritzern war.

»Was … ist passiert?«, flüsterte Carl heiser.

Ich kniete noch immer vor ihm und starrte ins Dunkel.

Und dann trat sie ins Licht. Die Haare tropfnass.

»Hallo«, sagte Natalie. Ich hatte mich geirrt. Sie hielt keine Lure in den Händen, sondern das Gewehr.

»Hallo«, sagte ich, weil mir nichts Besseres einfiel.

»Ich habe euch gesehen, als ich um das Haus herum bin, um zu klopfen. Er wollte dich …«

»Ja«, sagte ich und kam auf die Beine. »Hast du das Gewehr von der Wand genommen?«

Sie kam näher. »Ich hab so schnell gemacht, wie ich konnte. Ist er …?«

»Noch nicht.«

Wir sahen zu Carl. Sein Gesicht war an den Rändern noch weißer geworden, wie zu alt gewordene Schokolade. Das Blut lief aus seinem Hemd auf den Boden. Natalie hatte vom Haus aus geschossen, eine Distanz zwischen siebzig und achtzig Metern. Die Kugel war in seinen Rücken geschlagen und an der Brust wieder ausgetreten. Ich drehte mich um und sah, dass an der Innenseite der Kühlerhaubenverankerung eine kleine Delle war. Dort musste die Kugel ihre Reise beendet haben.

»Wird er …?«

»Nein«, sagte ich. »Er wird das nicht überleben.«

Natalie sah mich an, als wollte sie noch weitere Fragen stellen. Woher ich wusste, dass sein Leben nicht zu retten war, zum Beispiel. Aber vielleicht war mein Gesicht ja ein offenes Buch, denn sie ließ es sein.

»Kannst du das Jagdmesser holen?«, fragte ich, den Blick auf Carl gerichtet, der sich wie ein Wurm am Haken wand. »Es liegt in der untersten Schublade der Kommode im Windfang.«

»Okay.«

Natalie verschwand in der Nacht. Dann sah ich ihren Rücken im Licht eines weiteren Blitzes. Der Donner war nur noch ein leises Grollen, wie ein Gedanke, der einem erst spät kommt.

Ich hockte mich hin. Carl öffnete und schloss die Augen, sein Atem ein Zischen, wie Luft, die aus einem punktierten Reifen entweicht. »Ich sterbe, oder?«

Der Os-Dialekt klang nach all diesen Jahren beinahe fremd aus seinem Mund.

»Ja«, sagte ich. »Ein letzter Wunsch?«

Carl sah aus, als versuchte er zu lächeln. »Derselbe wie deiner«, zischte er. »Dass du dafür sorgst, dass der König von Os Opgard heißt.«

»Ich weiß nicht, ob mir der Titel so wichtig ist.«

»Mag sein, dass du das nicht weißt, ich weiß es aber, denn du wolltest immer, was ich wollte.«

»Wirklich?«

»Den Thron. Shannon. Ja, und auch Mari, als wir jung waren. Ich wusste das schon damals. Sogar die Aufmerksamkeit von Papa, ohne dieses andere … du weißt schon. Krank, aber wahr, oder?«

Ein Schauer lief über meinen Rücken. Hatte er recht?

Carls Augen waren halb geschlossen, als wollte er einschlafen. Ich nahm seine Hand und drückte sie. Er erwiderte den Druck.

»Was machst du mit meiner Leiche?«, flüsterte er.

»Darüber habe ich mir noch keine Gedanken gemacht.«

»Doch, hast du. Du denkst schnell, wenn es um praktische Dinge geht. Wie sieht dein Plan aus?«

»Willst du das wirklich wissen?«

»Ich weiß es nicht, lüg mich an, wenn es zu schlimm ist.«

»Ich werde dich hier oben auf dem Hof begraben. Mit Aussicht.«

Carl lachte und hustete auf einmal. »Du musst besser lügen!« Blutflecken waren auf seinem Kinn und seiner Oberlippe gelandet.

»Draußen, auf unserem Land«, sagte ich. »Tief genug, damit der Fuchs dich nicht holt.«

»Gut.« Er lächelte, die weißen Lippen sahen wie leere Larvenhüllen aus. »Gut. Danke.«

Natalie kam aus der Nacht wieder zu uns. Reichte mir mit beiden Händen das breite Jagdmesser, als wäre es ein chirurgisches Instrument und ich der Chirurg. Es war Papas Messer, mit dem ich Dog erlöst hatte.

»Ich gehe nach draußen«, sagte Natalie.

»Tu das.«

Ich blieb sitzen und starrte auf die Klinge. Die brutale Variante, mit Rillen an der Seite, damit das Blut abfließt, wenn man ein Tier zerlegt.

»Es tut verdammt weh, Roy. Kannst du es bitte zu Ende bringen?«

Ich nickte, schaffte es aber nicht, mich zu rühren. Dann räusperte ich mich.

»Vielleicht überlebst du das ja. Ich könnte Stanley rufen?«

»Denk mal nach, Roy«, stöhnte er und flüsterte so leise, dass ich mich vorbeugen musste, um ihn im Regen verstehen zu können. »Ich überlebe, verliere morgen meinen Job, stehe vor dem Konkurs und muss dann allein in dieses Scheißhaus einziehen, weil Mari Dan jetzt doch nicht verlässt. Natalie wandert wegen des Mordversuches an mir in den Knast und ich für den an dir. Wenn ich hingegen verschwinde, verschwinden auch all unsere Probleme. Deine wie meine. Dann muss *ich* nicht überleben und *du* kommst endlich weiter.«

Ich setzte mich hinter ihm auf den Boden und packte seine dicken, dunklen Haare mit der linken Hand. Es war wie ein Déjà-vu, all die Nächte, in denen ich nach unten in sein Bett geklettert bin, nachdem Papa gegangen war, und ich hinter ihm lag und tröstend über seine Haare strich, während er, mein kleiner Bruder, weinte.

Ich zog seinen Kopf fest nach hinten, legte meinen rechten Arm um ihn und setzte die Messerspitze an die linke Seite seines Halses.

»Was meinst du?«, flüsterte ich ihm ins Ohr. »Der Name *Os Spa*, klingt das nicht ein bisschen steif? Sollen wir es nicht umbenennen in Carls?«

»Idiot«, stöhnte er.

»Nein, im Ernst.«

Ein Lächeln huschte über seine blassen Lippen. »Ich denk drüber nach«, flüsterte er.

Dann stach ich die Klinge in seinen Hals und zog sie nach rechts, wobei ich darauf achtete, den Druck aufrechtzuerhalten.

Das Blut floss und begann zu spritzen, als ich die Pulsader öffnete. Drei Stöße platschten auf den Boden. Dann hörte es auf, und Carl ließ mich los.

Ich legte ihn vorsichtig ab und stand auf. Sah ihn in seinem Blut liegen und fühlte nichts. Dachte nichts. Außer vielleicht, dass ich wieder den Hobel brauchen würde, um die Planken abzuziehen.

# 45

Ich habe gehört, dass es Hinterbliebene in der Regel schaffen, die Trauer eine Armlänge auf Abstand zu halten, solange sie mit den Beerdigungsvorbereitungen beschäftigt sind. Ich weiß nicht, ob Carls Tod mich deshalb nicht traf. Oder war ich schon so kaputt, dass ich keine Trauer mehr empfinden konnte?

Aber egal, wir begruben Carl nicht oben in der Wildnis, wie ich es ihm versprochen hatte.

Denn er hatte recht. Warum ein Risiko eingehen, wenn man eine bewährte Methode anwenden kann?

Wir legten Carls Handy auf den Küchentisch, wickelten ihn in Müllsäcke, legten die Leiche in den Kofferraum des BMW und fuhren ihn und Natalies Auto zur Werkstatt. Der Zeitpunkt und das Wetter waren ideal. Die Tankstelle war geschlossen, und in dem noch immer heftig prasselnden Regen war niemand draußen unterwegs. Ich öffnete das Tor zur Werkstatt und fuhr hinein, und Natalie half mir, den eingewickelten Leichnam in die Schaufel des Traktors zu legen. Dann kippten wir den Rest des Fritz-Reinigers hinein. Ich hörte das Brodeln und Zischen des sich auflösenden Fleisches, während ich die Schaufel in die höchste Position bis oben unter das Dach der Werkstatt fuhr. Wir ließen die Handys dort, bevor wir uns in die Autos setzten und in Richtung Osten fuhren, bis wir den verlassenen Rastplatz erreichten, an dem ich Jon Fuhr getroffen und von ihm den maschinengeschriebenen Brief bekommen hatte, den ich jetzt aus der Tasche zog und auf den Beifahrersitz legte.

ICH HABE GENUG VON DIESEM LEBEN. MACHTS GUT. OPGARD

Mit einem Lappen, den ich aus der Werkstatt mitgebracht hatte, wischte ich das Lenkrad und alle anderen Stellen ab, die ich berührt haben konnte, auch wenn ich nicht davon ausging, dass überhaupt Ermittlungen angestellt würden. Und falls doch, wäre es nicht erstaunlich, wenn Spuren von mir im Wagen meines Bruders gefunden wurden.

Dann stieg ich aus, wischte den Schlüssel ab und legte ihn auf den Vorderreifen. Als Letztes verwischte ich meine Fußabdrücke im Schotter und setzte mich in Natalies Mitsubishi.

Auf dem Rückweg schwiegen wir. Zu hören waren nur der Regen und die Scheibenwischer. Bis hierher hatten wir nur über das Praktische gesprochen, das sofort erledigt werden musste. Jetzt hatten wir Zeit, auch das andere anzusprechen, denn irgendwann mussten wir uns dem stellen. Trotzdem taten wir es nicht. Vielleicht mussten wir beide erst zur Ruhe kommen, Kopf und Körper eine Atempause gönnen. Schließlich hatten wir einiges durchgemacht.

Am Ende war ich es, der das Schweigen brach.

»Warum bist du zurückgekommen?«

Eine neue, lange Pause folgte. Sie schluckte immer wieder, wobei die Haut an ihrem Kinn dasselbe Walnussmuster hatte wie bei Kindern, die ein Weinen zurückzuhalten versuchen.

»Weil ich es doch weiß«, sagte sie mit gequälter Stimme. Sie versuchte, noch mehr zu sagen, hielt inne, atmete schwer, und ich wartete.

Dann war sie so weit.

»Du hast das getan, weil du geglaubt hast, dass Vater sich wieder an mir vergangen hat. Ich weiß nicht, ob du das gemacht hast, weil du mich liebst, vielleicht hättest du es auch sonst getan, einfach weil du erlebt hast, was dein Vater Carl angetan hat. Aber ich verstehe dich, und genau das macht mir Angst. Als ich von dir weggefahren bin, wurde mir irgendwann bewusst, dass ich, hätte mein Vater mich noch einmal angefasst … Ich hätte gewollt, dass du – oder ich … dass er stirbt. Und jetzt …« Eine Träne rann über ihre Wange. »… war ich das.«

»Nein«, sagte ich. »Du hast mein Leben gerettet. Jetzt schon zum zweiten Mal.«

Sie wischte sich die Tränen mit dem Handrücken weg und schniefte. »Ich möchte aber nicht, dass das zur Gewohnheit wird, solltest du das glauben.«

Ich lächelte. »Gut, dass du es so eilig hattest, mir das zu erzählen.«

»Du Idiot, nicht das war eilig.«

»Nicht? Und was dann?«

»Idiot«, wiederholte sie schniefend und fuhr sich mit dem Jackenärmel unter der Nase entlang.

»Richtig, und Idioten brauchen Klartext.«

Sie seufzte resigniert. »Ich fand es … es war mir verdammt wichtig, dir zu sagen, dass ich dich liebe.«

Ich sah sie an. »Wie …?«

»So was von!«, sagte sie.

Wir lachten. Wirklich, wir taten es.

Natalie wartete vor der Werkstatt, während ich drinnen die Handys holte. Oben aus der Schaufel war jetzt nichts mehr zu hören, es stank aber schrecklich, sodass ich die Luft anhielt, bis ich wieder draußen war.

Irgendwann lagen wir dann in Natalies Bett, um vor der Vorstandssitzung noch ein paar Stunden Schlaf zu bekommen. Ich wähnte sie schlafend, als ich plötzlich ihre Hand auf meinem Bauch spürte. Ich drehte mich etwas überrascht zu ihr, als wollte ich mich vergewissern, dass es wirklich das war, was sie wollte. So kurz nachdem sie am Tod eines Menschen beteiligt gewesen war, dessen sterbliche Überreste sich gerade wenige Hundert Meter von uns entfernt auflösten. Das Weiß ihrer Augen leuchtete im Dunkel, und nein, ich hatte ihre Hand nicht fehlgedeutet. Und dann wurde mir klar, dass sie es nicht trotz, sondern gerade deshalb wollte. Sie war keine Psychopathin, die sich an so etwas aufgeilt, aber die Nähe des Todes weckt unseren Lebenshunger, wir wollen nicht sterben, damit wir weiterleben können.

Weniger als eine Minute nachdem wir fertig waren, schlief sie wie ein Kind.

Ich sah Rita Willumsen aus ihrem Saab Sonett steigen, als ich gerade auf den Parkplatz des *Os Spa* fuhr. Sie blieb stehen und wartete auf mich, bis ich aus dem Volvo gestiegen war.

»Guten Morgen«, sagte sie. »Du siehst gut aus.«

»Danke, das Kompliment kann ich nur zurückgeben«, sagte ich und meinte das auch so. Dass sie nicht so ehrlich war, wusste ich. Ich hatte kaum geschlafen, und das Gesicht, das mich heute früh im Spiegel angeschaut hatte, sah zehn Jahre älter aus als das, mit dem ich schlafen gegangen war.

»Und gratuliere zu deiner neuen Liebe«, sagte sie, während wir gemeinsam zum Eingang gingen. »Da hast du jemand mit Grips und Stil gefunden.«

Ich hätte fast den Satz mit dem Kompliment wiederholt, konnte mich aber rechtzeitig bremsen.

Im Kopf ging ich die Liste der möglichen Gründe durch, warum Rita Willumsen plötzlich so freundlich zu Roy Opgard war, dem Jungen, den sie sich zwar mal als Kuscheltier gehalten hatte, der sie aber auch zur Witwe gemacht hatte.

Die Liste war kurz. Eigentlich standen nur zwei Punkte darauf.

Zum einen, dass Kurt ihr erzählt hatte, dass ich etwas gegen ihn und damit auch gegen sie in der Hand hatte. Ich zweifelte aber daran, dass Kurt ihr auch nur ein Sterbenswörtchen gesagt hatte, sodass ich auf den zweiten Punkt tippte. Rita sah vermutlich schon voraus, was bei der Vorstandssitzung geschehen würde, und wenn dem so sein sollte, wäre ihr sehr damit gedient, Roy Opgard auf ihrer Seite zu haben. Denn auch wenn Rita ein Gefühlsmensch war, obwohl nein, ich musste mich selbst korrigieren. Also noch einmal: Obwohl Rita eine heftige Abneigung gegen mich hatte, war sie eine äußerst pragmatisch veranlagte Geschäftsfrau, die ihre Karten so ausspielte, wie die Situation es erforderte.

Die anderen sechs Vorstandsmitglieder waren bereits anwesend, als Rita und ich auf die Minute pünktlich den großen Sitzungsraum betraten. Ich machte die Begrüßungsrunde, setzte mich und registrierte, dass sie den Stuhl neben dem Vorstandsvorsitzenden Jo Aas bewusst oder unbewusst frei gehalten hatten.

»Wir sollten auf Carl warten«, sagte Aas und sah auf die Uhr. Alle, mich eingeschlossen, nickten.

Während wir warteten, redeten wir über die Wasserader, die die Leute von GeoData entdeckt hatten, weshalb es nun keinen Zweifel mehr daran geben konnte, dass der Riksvei auch weiterhin durch Os führte. Auch der tragische Selbstmord des Mannes, dem der Fehler offensichtlich unterlaufen war, wurde angesprochen. Vielleicht war es das Gerede über den Selbstmord, das dazu führte, dass die Stimmung sich veränderte, als ich erzählte, dass ich meinen Bruder zuletzt am Abend zuvor gesehen oder besser gehört hatte, als er mit dem Auto vom Hof gefahren war.

»Ich habe mehrmals versucht, Carl anzurufen«, sagte Aas. Die Falte in seiner Stirn war tiefer als bei den anderen. »Keine Antwort.«

»Das kann sein«, sagte ich. »Natalie hat mich abgeholt, nachdem Carl weg war, und als wir aufgebrochen sind, haben wir Carls Handy auf dem Küchentisch gesehen.« Ich sah auf meine eigene Uhr. »Er ist zwar ein bisschen vergesslich, aber es ist schon seltsam, dass er nicht zurückgekommen ist, um es zu holen. Und dass er jetzt nicht hier ist, ohne sich abgemeldet oder sich bei jemandem entschuldigt zu haben, macht mir natürlich Sorgen.«

Ich sah mit ernster Miene in die Runde, und die Blicke wirklich aller Anwesenden erzählten mir, was sie dachten. Dass es Menschen in Os gab, die sich für weniger umgebracht hatten als einen verlorenen Job.

»Die meisten Menschen kommen ja irgendwie klar«, sagte Jo Aas. »Das ist die Regel. Aber es gibt natürlich auch Ausnahmen. Hoffen wir, dass dies nicht eine davon ist. Aber wie dem auch sei, wir sollten dann mal anfangen.«

Die Sitzung begann mit der Feststellung der ordnungsgemäßen Einberufung und der Verlesung der Tagesordnungspunkte. Danach kamen wir direkt zum ersten Thema, nämlich der Wahl des neuen Vorstandsvorsitzenden. Eigentlich eine Proforma-Sache, wie es heißt.

»Ich halte Roy für eine gute Wahl, und das nicht bloß, weil er mehr als 50 Prozent der Aktien hält und wir damit gar keine Wahl haben«, sagte Aas unter dem Gelächter der anderen. »Wie ihr wisst, kann Roy auch auf seine Erfahrungen als Eigentümer der Tankstelle, des *Freien Falls* und des Meierigårdens zurückgreifen, um damit nur einige seiner Positionen zu nennen. Soweit ich weiß, laufen all seine Geschäfte gut. Das Hotel und die Geschäftsführung sind, wenn ihr mich fragt, in den besten Händen, wenn Roy die Leitung übernimmt.«

Ich wurde mit Akklamation gewählt, und dieses Wort nehme ich sonst wirklich nur selten in den Mund.

»Ich möchte dir damit ganz offiziell das Zepter übergeben«, sagte Aas mit einem munteren Blitzen in den Augen. »Leider nur symbolisch, denn nicht mal als Bürgermeister von Os bekommt man so was.«

Wieder Gelächter. Ich selbst begnügte mich mit einem Lächeln, das Lachen sollte einem nicht zu locker sitzen, wenn man sich Sorgen um seinen verschwundenen kleinen Bruder macht. Das Schlimmste war, dass ich mir tatsächlich Sorgen machte. Was in der Nacht geschehen war, fühlte sich so unwirklich an, dass sich ein Teil von mir noch immer fragte, ob Carl nicht gleich zur Tür hereinkommen würde, sodass ich erleichtert aufatmen und feststellen konnte, dass das alles doch nur ein schrecklicher Traum gewesen war.

»Und damit«, fuhr Aas fort, »leitest du nun ganz offiziell diese Sitzung.«

»Danke«, sagte ich. »Ich würde es aber sehr zu schätzen wissen, wenn du uns heute noch durch die Tagesordnungspunkte führen könntest, Jo.«

Durch ein paar von Aas' Falten ging ein leichtes Zucken, es

war aber bereits deutlich schwächer als beim letzten Mal, als ich ihn beim Vornamen genannt hatte.

»Es ist mir eine Ehre«, erwiderte er lächelnd. »Der nächste Punkt der Tagesordnung ist die Anstellung eines neuen Geschäftsführers.«

Aas hatte gut durchdacht, wie er sich ausdrücken wollte, und die Sache zum Positiven gewendet. Kein Wort von Absetzung oder Entlassung. Trotzdem geschah etwas im Raum, als wäre den Anwesenden plötzlich bewusst geworden, was der leere Stuhl am Sitzungstisch bedeuten konnte.

»Roy und Carls Vorschlag ist, dass Roy übernimmt. Ich unterstütze den Vorschlag, da Carl selbst der Meinung ist, dass es an der Zeit ist, das Handtuch zu werfen. Letzteres weiß ich allerdings bloß aus den Gesprächen, die ich mit Carl geführt habe. Es wäre zweifelsohne besser, wenn er selbst hier wäre und Stellung nehmen könnte.«

»Streng genommen ist es von untergeordneter Bedeutung, was Carl meint«, sagte eines der Vorstandsmitglieder. »Wenn Roy ihn entlassen will, ist das Roys Entscheidung.«

Ein rot lackierter Nagel reckte sich in die Höhe.

»Ja, Rita?«, sagte Aas.

»Es ist durchaus von großer Bedeutung, was Carl dazu sagt«, meinte sie. »Er hat wie die meisten Geschäftsführer einen Vertrag unterzeichnet, der ihm eine Abfindung garantiert, wenn dieser vorzeitig endet. Der Vorstand kann ihn natürlich nach eigenem Dafürhalten und ohne sachlichen Grund kündigen. Tritt er aber aus freien Stücken zurück, verzichtet er damit auch auf die Abfindung. Wenn ich mich richtig erinnere, ist das immerhin die Summe von zwei Jahresgehältern. Und Carls Lohn ist so hoch, dass ich der Meinung bin, der Vorstand sollte Gewissheit haben, ob wir es hier mit einer Kündigung oder einem Rücktritt zu tun haben, bevor wir einen neuen Geschäftsführer einsetzen. Sollte der Vorstand Carl heute kündigen, bevor er eventuell auf eigenen Wunsch zurücktritt, wäre das ein *preemptive strike* …«

»Ein … was?«, fragte Aas.

»Eine Attacke, bevor das Gegenüber überhaupt angegriffen hat«, sagte ich.

Aas zog eine Augenbraue hoch und sah sich am Tisch um, als wollte er herausfinden, ob dieser Begriff nur für ihn neu war.

»Ein Punkt sind die kurzfristigen, ökonomischen Konsequenzen«, fuhr Rita fort. »Der andere die langfristigen Auswirkungen, also die Frage, wie sich ein plötzlicher Abschied auf den Ruf des *Os Spa* auswirken wird. Sollte sich zeigen, dass Carl – entgegen der Annahme des früheren Vorstandsvorsitzenden – nicht von der Position zurücktreten will, habe ich einen Vorschlag für ein Angebot, das wir als Vorstand Carl unterbreiten könnten. Nämlich dass Carl formell selbst zurücktritt gegen eine geringere Abfindung, sagen wir anderthalb Jahresgehälter, die wir dann aber nicht als Abfindung, sondern als Bonus für seine gute Arbeit deklarieren. Der Gesellschaft bleibt damit ein halber Jahreslohn und vielleicht die eine oder andere Macke im Ruf erspart, und Carl braucht nicht zu fürchten, dass sein Name in den Schmutz gezogen wird. Wenn der Vorstand sich darauf einigen kann, würde ich des Weiteren vorschlagen, dass wir die konkrete Entscheidung über die Geschäftsführung aussetzen, bis wir Carls Antwort kennen, und dann direkt im Anschluss eine neuerliche Sitzung einberufen.«

Aas sah erneut in die Runde. Alle nickten, ich eingeschlossen, und im Stillen beschloss ich, dass Rita Willumsen die Erste sein würde, die ich bitten wollte, Teil des neuen Vorstandes zu werden.

Es hatte zu dämmern begonnen, als ich Kurt Olsens Land Rover auf das Tankstellengelände fahren sah. Er hielt ein Stück von den Säulen entfernt, sodass ich schon ahnte, weshalb er kam. Und als er o-beinig durch die Schiebetür trat, sah ich, dass er wirklich bereits die Maske aufgesetzt hatte, die Pastoren auf Beerdigungen und beim Überbringen von Todesbotschaften trugen.

Ich nickte und machte Egil ein Zeichen, dass er sich allein um die wartenden Kunden kümmern müsse, und ging Kurt entgegen.

Als wir hinter der Tankstelle standen, zündete er sich eine Zigarette an und ich schob mir ein Beutelchen Berry unter die Lippe. Wir standen nebeneinander und schauten aufs Wasser, während Kurt mir sagte, er habe einen Anruf von Grete Smitt erhalten. Ein Kunde sei Carls Wagen auf einem Rastplatz östlich der Gemeindegrenze aufgefallen. Und da sie ebenfalls aufgeschnappt hatte, dass Carl am Morgen nicht zur Vorstandssitzung gekommen war, erschien es ihr richtig, mir das zu melden.

Ich nickte. »Diese inoffiziellen Informationszentren wie Grete sind manchmal schon praktisch.«

»Ja, der Tratsch kann seine Funktion haben. Aber egal, ich bin rausgefahren und habe mal nachgesehen. Es ist wirklich sein Auto, und auf dem Beifahrersitz lag ein Zettel. Es ist nie ein gutes Zeichen, wenn man so etwas wie einen Brief findet. Und noch schlechter ist es, wenn man dann auch noch die Autoschlüssel auf dem linken Vorderrad findet.«

»Das stimmt«, sagte ich. »Aber Kurt, du musst mir das nicht in Häppchen erzählen.«

*»Sorry.«* Er inhalierte so tief, dass sich die Glut in die Zigarette fraß. Dann atmete er den Rauch aus. »Es sieht aus wie ein Abschiedsbrief, Roy.«

»Suizid?«

»Polizeitermologie. Selbstmord.«

Terminologie, dachte ich, hielt aber den Mund.

»All diese Ausdrücke aus der Hauptstadt gehen mir echt auf den Zeiger«, sagte er. *»Polizeistationschef!«* Er schnaubte verächtlich. »Vermutlich hat ihnen die kleine Demütigung Spaß gemacht.«

»Was stand da?«, fragte ich, weil es komisch gewesen wäre, wenn ich nicht gefragt hätte.

»Sehen wir mal nach.« Kurt holte sein Handy hervor. Er hatte Bilder gemacht.

ICH HABE GENUG VON DIESEM LEBEN, dachte ich. MACHTS GUT. OPGARD.

Er las den Satz schließlich vor, und ich nickte sehr langsam, als müsste ich die Worte erst verdauen.

»Die zuständige Polizeibehörde ist mit Hunden im Einsatz«, sagte Kurt. »Ich bezweifle aber, dass sie was finden werden. Vom Rastplatz geht es steil bergab zu einem See.«

»Ja, ich glaube, ich weiß, welchen Rastplatz du meinst.«

»Es kann natürlich sein, dass es sich nicht so verhält, wie wir es jetzt befürchten ...«

Wie wir es jetzt *hoffen*, sagte ich. Denn auch du würdest besser schlafen, wenn du wüsstest, dass Carl nicht zur Polizei in Notodden oder Oslo gehen könnte, um auszusagen, dass der Polizeichef von Os eine Anzeige wegen Mordes nicht weiterverfolgt hatte. Nur dass ich das natürlich nicht sagte, sondern lediglich dachte. Wie Kurt bestimmt auch den Gedanken hatte, dass das Ganze mein Werk war. Aber okay, wir saßen im selben Boot. Und deshalb empfand ich keine Nervosität, als Kurt in Richtung Werkstatt blickte und sich fragte, ob die Geschichte sich wiederholte und jetzt, in diesem Moment, ein weiterer Leichnam in der Schaufel des Traktors weggeätzt wurde.

Kurt rauchte die Zigarette bis zum Filter herunter. »Sollten die was finden, hörst du natürlich sofort von mir.«

»Danke«, sagte ich.

Kurt ließ die qualmende Kippe in eine kleine Pfütze auf dem Asphalt zwischen uns fallen und ging zurück zu seinem Wagen.

Ich blieb stehen und starrte auf die durchnässte Zigarette. Dann hob ich sie auf und trug sie in den Mülleimer. Ich will, dass es hier sauber ist.

# 46

Kurz vor Ostern erhielt ich einen Anruf von Liv Goebbel. Auf dem Eis des Budalsvannet lag Neuschnee, und die Sonne blendete mich, als sie mich auf dem Campingplatz erreichte. Ich ließ Glen Moore und die beiden norwegischen Ingenieure stehen, die weiter darüber sprachen, was wohin musste, wobei sie abwechselnd auf die Pläne und ins Gelände deuteten. Goebbel erzählte mir, dass es ihr gelungen sei, das Gericht davon zu überzeugen, den Todesfall endgültig als nicht verdächtig einzustufen, und dass Carl nun offiziell für tot erklärt worden sei, sodass auch die Erbangelegenheiten geregelt werden könnten. Wobei es da nicht so viel zu regeln gab, weil es kein Testament gab und ich der einzige nahe Verwandte sei. Was die liquiden Mittel anging, war das Erbe nicht sonderlich attraktiv, da Carl viele Schulden angehäuft hatte. Andererseits hatte er einiges an Besitz, sodass ich nicht alles verkaufen musste, um die Schulden zu decken. Als offiziell Bevollmächtigter hatte ich den BMW schon vor Weihnachten verkauft, ebenso Carls Spa-Aktien, die Rita Willumsen übernommen hatte. Im Gegenzug hatte ich ihr versprochen, mich auch in Zukunft so gut um das Hotel zu kümmern wie seinerzeit um ihren Sonett.

»In ein oder zwei Wochen wird alles geregelt sein«, sagte Goebbel. »Wird Carl eine Beerdigung bekommen?«

»Eine Gedenkstunde«, sagte ich. »Und einen Grabstein neben dem von Papa und Mama.«

»Gut.«

»Danke, Liv. Dann sehen wir uns nächsten Mittwoch bei der Vorstandssitzung.«

Wir legten auf, und ich sah auf die Uhr. Erklärte Glen, dass ich einen Termin mit Natalie im Hotel hatte.

»*It's going to be fabulous*«, sagte er voller Begeisterung. »*Imagine the ride when it's been snowing. Fuckin' fantastic.*«

Natalie saß an unserem Tisch am Fenster und wartete schon, als ich zehn Minuten nach der vereinbarten Zeit eintraf.

»Sorry, wir waren einfach zu sehr bei der Sache«, sagte ich und küsste die Hand, die sie mir gnädig entgegenstreckte. Ich spürte den Ring unter meinen Lippen.

»Schön«, sagte sie lächelnd. »Du siehst froh aus.«

»Das bin ich auch«, sagte ich und bestellte bei der Bedienung, die gleich an unseren Tisch gekommen war. Tee und den Os-Salat für Natalie und die Forelle aus heimischer Herkunft und ein Wasser für mich.

»Es ist schön, dass du dich so für den Park begeistern kannst«, sagte sie. »Gleichzeitig sollte ich dir sagen, dass man es langsam merkt, dass du die anderen wichtigen Dinge etwas vernachlässigst.«

Ich nickte und legte meine Hand auf ihre auf die weiße Decke. »Stimmt. Du und ich, wir sollten mal wieder über das Wochenende wegfahren. Du arbeitest auch zu viel, das weißt du, oder? Ich dachte, dass wir nach Ostern, wenn hier nicht mehr so viel los ist, mal zu Sant Jordi nach Barcelona fahren könnten.«

»Sant Jordi?«

»Ein katalanisches Fest, bei dem der Schutzengel Jordi gefeiert wird. Die Frau schenkt dabei dem Mann, den sie liebt, ein Buch und der Mann der Frau eine Rose. Das stammt noch aus der guten alten Zeit, als Frauen noch nicht lesen konnten, aber da das in unserem Fall ja umgekehrt ist, würde ich mich auch über die Rose freuen.«

Sie schlug mich lachend mit der Serviette. »Süß. Aber mit dem Vernachlässigen meine ich nicht uns beide, sondern die Arbeit hier im Hotel.«

»Aha«, sagte ich und legte die Serviette auf meinen Schoß, da die Bedienung mit frisch gebackenem Brot und Olivenpaste kam. »An was genau denkst du?«

»Ich habe eine Liste.«

Ich lächelte, entnahm ihrem Gesichtsausdruck aber, dass sie es ernst meinte.

»Einige Entscheidungen *müssen* gefällt werden«, fuhr sie fort, »andere *kann* man fällen.«

»Kann?«

»Gute, proaktive Vorschläge.«

»Von dir?«

»Und anderen. Es gibt viele gute Leute hier, in den unterschiedlichsten Positionen. Und kein Geschäftsführer ist in allen Punkten gut, deshalb kommt es darauf an, zuzuhören.«

»Liebling, hör mal …«

»Ich weiß, Roy, du bist ein guter Zuhörer. Das Problem ist nur, dass du im Moment nicht die Zeit zum Zuhören hast. Und was das angeht, musst du eine Lösung finden, mehr sage ich nicht.«

Ich nickte. Sah auf Natalies Hände, während sie die Paste auf das Brot strich. Sie trug den Ring seit dem Tag nach der Fritz-Nacht, in der sie das Gewehr von der Wand des Windfangs in Opgard genommen und Carl erschossen hatte. Sie war gekommen, hatte die Situation erfasst, die Alternativen analysiert, einen Entschluss gefällt und getan, was getan werden musste. Und ich hatte mich selbst gefragt: Sind es nicht gerade solch fiktive *cases*, mit denen sie in Amerika die Bewerber für Führungspositionen konfrontieren, um zu sehen, wie lösungsorientiert die Kandidaten sind?

»Bevor du mir diese Liste präsentierst, würde ich dir gerne etwas zeigen«, sagte ich.

»Ja?«

»Nach dem Lunch.«

Beim Essen erzählte Natalie mir von einem weiteren Jobangebot. Es kam von einer der großen Hotelketten des Landes. Sie wollten sie in ihrem Führungsgremium in der Hauptstadt haben. Natalie sagte, dass das natürlich verlockend sei, sie aber an der Front arbeiten wolle, da, wo die Dinge passierten. Unser Gespräch wurde immer wieder unterbrochen von Leuten, die zu uns kamen, um uns zu begrüßen. Der neue Bürgermeister Voss Gilbert, der Bankchef Asle Vendelbo und der Baustellenchef, der die Ausbesserung des Riksveis durch Os leitete. Sie kommentierten den neuen Anbau, das Wetter und die Chancen des OS FK in der neuen Saison. Wir nickten und machten hier und da eine Bemerkung, manchmal hatten wir aber auch einfach nichts zu sagen. Sogar Dan Krane kam und reichte mir die Hand. Er wollte uns aber nur Hallo sagen. Auch er war zahm geworden, ging wohl davon aus, dass der Status quo das Beste war, was er erreichen konnte, nachdem Mari und er nun ins große Haus gezogen waren und ihr viertes Kind erwarteten.

»So was«, sagte Natalie, als Krane gegangen war. »Sieht so aus, als wollten sie sich alle unterwerfen und deinen Ring küssen.«

Es vergingen ein paar Sekunden, bis ich verstand, dass sie das nicht wörtlich meinte, sondern auf die Schlussszene von *Der Pate* anspielte.

Als wir bezahlt hatten – ich vermische meine private Kasse nicht mit der der Gesellschaft, wie Carl es zu tun pflegte –, nahmen Natalie und ich den Volvo, den ich nach Meinung von Erik und Kurt gegen ein standesgemäßeres Gefährt austauschen sollte, da ich jetzt ja Hoteldirektor sei und so weiter.

»Was hast du jetzt wieder ausgeheckt?«, fragte Natalie, als ich in einen Waldweg einbog, bevor wir unten waren.

»Warte, bis du es siehst«, sagte ich.

Ein paar Minuten später parkte ich, und wir stiegen aus.

Eine glänzend weiße Schicht Neuschnee lag auf dem Königshof – wie sie ihn unten im Ort nannten – und verdeckte das, was im Außenbereich noch getan werden musste.

»Was meinst du?«, fragte ich.

»Das ist ja großartig. Dann ist das schon fertig?«

»Genau. Es fehlt nur noch jemand, der darin wohnen will.«

»Vielleicht kannst du jetzt an Ostern einen Käufer finden«,

sagte Natalie. »Da kommen doch all die reichen Säcke aus Oslo hierher. Wir könnten im Hotel eine Verkaufsanzeige aufhängen. Ist es drinnen genauso schön?«

»Gucken wir es uns an«, sagte ich.

Der Schnee war nicht geräumt worden und hatte sich derart aufgetürmt, dass Natalies Schuhe das niemals überstehen würden, weshalb ich sie zur Treppe und über die Schwelle trug, bevor ich sie absetzte.

»Mein Gott!«, platzte sie hervor.

Schon im Eingangsbereich wurde man von der Aussicht gefangen genommen, die sich einem durch die großen Fenster des riesigen, noch unmöblierten Raumes bot. Ich hatte am Abend zuvor die Heizung aufgedreht, sodass sie die Schuhe abstreifte und auf Socken über das frisch gewachste Parkett zum Fenster ging.

Ich stellte mich hinter sie, und wir schauten nach unten auf den in der Sonne badenden Ort. Sie lehnte sich an mich, als ich die Arme um sie legte.

»Meinst du noch immer, dass wir im Hotel eine Anzeige aufhängen sollten?«, flüsterte ich ihr ins Ohr.

Ihr Körper erstarrte. Ich blieb stumm und wartete. Dann – nach einer Weile – begann sie tonlos zu lachen. Ihr Körper bebte.

»Du hinterhältiger Kerl«, sagte sie.

»Du warst es, die das wollte.«

»Ich? Ich habe doch nie …«

»›Höherer Lohn, besserer Job, eine schönere Wohnung, ein Mann‹. Das waren deine Bedingungen, um hier in Os zu bleiben. Erinnerst du dich nicht?«

»Doch, ich erinnere mich, ich erinnere mich aber auch daran, dass ich gesagt habe, ›in dieser Reihenfolge‹.«

»Ich weiß. Deshalb lautet auch die nächste Frage, was du davon hältst, den Job als geschäftsführende Direktorin des Hotels zu übernehmen. Und wie deine Lohnforderungen sind, natürlich. Der Vorstand muss da aber noch zustimmen.«

Sie wandte sich mir mit verdutztem Gesichtsausdruck zu.

»Du verstehst schon«, sagte ich lächelnd. »Der Job wird frei, da der jetzige Direktor im Begriff ist, einen Vergnügungspark zu bauen.«

Ich sah, wie es hinter den fehlfarbenen Augen arbeitete.

»Wenn du das Blatt sehen willst, musst du mitgehen«, sagte ich.

Sie lachte kurz und schüttelte resigniert den Kopf. Okay, ein bisschen Überzeugungsarbeit musste ich noch leisten. Sie drehte sich wieder in Richtung Os um, und ich legte meine Wange an ihre.

»Sieh mal«, sagte sie und zeigte auf eine weiße Wolke, die sich an der Bergflanke des Ottertinds nach unten bewegte.

Es war eine lautlose Lawine. Bald würde sie auf den Budalsvannet treffen, aber es war vor allem lockerer Neuschnee, kaum schwer genug, um durch das Eis zu brechen. Der Schnee würde aufgewirbelt werden und ein Stück in Richtung Os treiben, das sicher auf der anderen Seite lag. Ein Dorf mit knapp tausend Einwohnern, dreitausend in der Gemeinde, das aber rasch wachsen konnte. Der Ort liegt sechshundert Meter über dem Meer, hat kurze, aber warme und trockene Sommer und harte, intensive Winter. Die Menschen hier arbeiten hart und reden nicht mehr als notwendig, außer man hält ein bisschen Dorftratsch für überflüssig. Neid ist menschlich und eine gewisse Konkurrenz gesund, die Gemeinschaft ist aber die Voraussetzung für das Überleben. Und auch wenn jeder hier in erster Linie sein eigener Herr ist, brauchen die Menschen hin und wieder eine Leitziege, die ihnen den Weg weist, wenn der Nebel zu dicht, das Gebirge zu steil oder ein Wolf in der Nähe ist.

Ich ließ meinen Blick über die Landschaft schweifen. Da war die Kirche. Da der Dorfplatz. Nergard und darüber thronend Opgard. Das Dorfzentrum und der Campingplatz. Etwas weiter dahinter das Bethaus, das Haus von Smitt und die Tankstelle. Ich hatte in diesem Dorf alles verloren und alles bekommen. Ich hasste und liebte diesen Flecken Erde. Konnte man

– letzten Endes – mehr von dem Ort verlangen, den man Heimat nennt?

Die Lawine traf den See, und für eine Weile wirbelte der Schnee durch die Sonnenstrahlen.

Dann legte er sich, und alles war wie vorher.

## Die Erfolgsserie des Bestsellerautors Jo Nesbø:

**Harry Holes 1. Fall:**
**Fledermausmann**
Kriminalroman.
ISBN 978-3-548-06187-0

**Harry Holes 2. Fall:**
**Kakerlaken**
Kriminalroman.
ISBN 978-3-548-06195-5

**Harry Holes 3. Fall:**
**Rotkehlchen**
Kriminalroman.
ISBN 978-3-548-06165-8

**Harry Holes 4. Fall:**
**Fährte**
Kriminalroman.
ISBN 978-3-548-06169-6

**Harry Holes 5. Fall:**
**Das fünfte Zeichen**
Kriminalroman.
ISBN 978-3-548-06180-1

**Harry Holes 6. Fall:**
**Erlöser**
Kriminalroman.
ISBN 978-3-548-06186-3

**Harry Holes 7. Fall:**
**Schneemann**
Kriminalroman.
ISBN 978-3-548-06190-0

**Harry Holes 8. Fall:**
**Leopard**
Kriminalroman.
ISBN 978-3-548-06189-4

**Harry Holes 9. Fall:**
**Larve**
Kriminalroman.
ISBN 978-3-548-06188-7

**Harry Holes 10. Fall:**
**Koma**
Kriminalroman.
ISBN 978-3-548-06194-8

**Harry Holes 11. Fall:**
**Durst**
Kriminalroman.
ISBN 978-3-548-06184-9

**Harry Holes 12. Fall:**
**Messer**
Kriminalroman.
ISBN 978-3-548-06360-7

**Harry Holes 13. Fall:**
**Blutmond**
Kriminalroman.
ISBN 978-3-548-06873-2

*Alle Titel sind auch als E-Book erhältlich.*
www.ullstein.de